parte I
A NOIVA

FASCÍNIO

DAVID CORREIA

Editora InVerso

© 2024. Editora InVerso

R. Doutor Goulin, 1523 Alto da Glória
CEP 80040-280 Curitiba-PR
(41) 3254-1616 e (41) 3558-8001
editorainverso@editorainverso.com.br
www.editorainverso.com.br
Facebook.com/editorainverso
Instagram @editorainverso

COORDENAÇÃO EDITORIAL / EDITORA

Cristina Jones

REVISÃO

Camila Dias Manoel

CAPA, PROJETO GRÁFICO E DIREÇÃO DE ARTE

Adriane Baldini

DADOS INTERNACIONAIS DE CATALOGAÇÃO NA PUBLICAÇÃO (CIP)
MONA YOUSSEF HAMMOUD – CRB/9ª.1393

C824f
CORREIA, David. **Fascínio. Parte 1: A noiva.**
Curitiba: Editora InVerso, 2024
428 p. 15,5 x 23 cm PTBR
ISBN: 978-85-5540-408-5

1. Thriller. 2. Suspense. 3. Terror. 4. Saúde mental.
5. Dependência emocional. 6. Narcisismo. 7. Maquiavelismo.
8. Autossuficiência. I. Título

CDD: 809.9

TERROR: 809.9
SAÚDE MENTAL: 362.1

ASSOCIADO CBL Câmara Brasileira do Livro

brazilian publishers

Este livro é uma ode aos
novos e belos caminhos.

Minha eterna gratidão ao gigante Afro Stefanini ii, por todo cuidado, direcionamento e apoio para que eu pudesse ser quem eu sempre fui de verdade: um contador de histórias.

Gratidão também à criança que pelos séculos tem me amado e inspirado a ser feliz.

1

A chuva caía torrencialmente na noite. Dirigindo seu carro, Guilherme permanecia em silêncio, mas com uma tensão tão forte que seria possível ouvir com clareza seus pensamentos mais ocultos. E eles gritavam em desespero. Segurando o volante com uma mão, ele leva o cigarro até os lábios com a outra. Seus olhos fitam o limpador de para-brisa, que em sua velocidade máxima buscava inutilmente melhor visualização em meio à tormenta. Tudo em vão. A chuva forte, combinada com a noite tão densa e ao fato de nenhum carro ter cruzado a rodovia havia mais de uma hora, só aumentava a sensação de solidão, abandono e angústia crescente que tomava todo o corpo do homem, que fumava incessantemente.

Agora tudo acabou, Guilherme diz para si. Ele se mantinha tenso, mas aos poucos tentava reorganizar seus pensamentos como se alguma força (sabe-se lá vinda de onde) precisasse chegar até ele para lidar com tudo que ocorrera. Com tudo que viria com este ocorrido.

O carro permanecia em alta velocidade. Uma das características do jovem rapaz era dirigir acima da velocidade, como se deste ato imprudente ele pudesse obter algum tipo de poder e assim tivesse em suas mãos, por um momento que fosse, a mesma sensação que Deus tem, que a tudo controla. Desacelerou quando viu as sirenes dos carros de polícia parados no acostamento mais à frente brilhando intensamente. O carro se aproximou, e Guilherme estacionou logo atrás da última viatura. Ele respirou fundo e, fechando os olhos, deu a última tragada no cigarro antes de abrir a porta do carro e descer. Ao jogar a bituca no asfalto molhado, ele observa que são mais de cinco viaturas paradas no local, e pelo menos dez policiais estão ali.

Se eles ligaram para mim, é porque têm certeza de quem é ELA, pensa o jovem, que agora se mantém em certo ar apático. Ele vagarosamente se dirige até eles, com seus pensamentos fervilhando. A cada passo, Guilherme se lembra DELA. Um verdadeiro filme se passa em sua cabeça: o momento em que se conheceram, o casamento, e em cada um deles o homem amaldiçoa o instante em que essa mulher cruzara sua vida.

Ao chegar ao agrupamento de policiais, estes encerram a conversa que mantinham, e um dos policiais aponta para o barranco logo atrás deles. “Senhor, estávamos a sua espera. O carro está ali”. No mesmo segundo, Guilherme vira o rosto na direção apontada, mas a impressão que tem é de que se passaram horas para seu pescoço completar o intento de se virar, talvez na esperança de que não fosse real, de que ele não estivesse ali, de que não fosse o carro, de que não fosse ELA. Mas a esperança maior que ele carregava era de que tudo não passara de um pesadelo. Não este momento que agora ele vivia, mais o fato de ter se ligado a essa mulher. Este era o real pesadelo do qual o homem trêmulo que ali estava gostaria de acordar.

Guilherme desce com dificuldade o barranco íngreme, literalmente tendo de se abaixar e praticamente se rastejar no terreno enlameado pela chuva forte que havia caído, passando-lhe a sensação de que aquela descida até o carro, mais do que lhe deixar fisicamente imundo, fazendo-o se sentir como uma cobra deslizando na lama pela noite escura, levava-o diretamente para a entrada do inferno. E, de fato, sua vida a partir daquele instante se tornaria o mais angustiante inferno que livro algum poderia descrever.

Ao chegar enfim ao local exato, Guilherme se vê rodeado de policiais, que o observam como se ele fosse não mais a cobra com a qual instantes antes ele se comparara ao descer o morro, mas sim uma raposa que se julga muito esperta. Tentando controlar seus pensamentos e assim manter-se focado, dirige-se até aquele carro, que mantém o pisca-alerta ligado. O barulho feito por este se encandeia às batidas do seu próprio coração, em perfeita sintonia macabra, não deixando de mostrar que até mesmo neste momento o rapaz está ligado umbilicalmente a ELA. E isso o deixa com mais raiva ainda. *Maldita simbiose*, é a expressão que surge na mente do jovem. Ao se aproximar da lataria do veículo, que permanece com a porta do motorista aberta, Guilherme arregala os olhos, numa tentativa de se adaptar à escuridão, mas, muito mais em reação ao horror que emerge do seu ser ao ver que há sangue na lataria do veículo, como se um pincel de parede tivesse sido usado, marcando ali um movimento de dor intenso e ainda vívido. Em estado de choque, entra no interior do carro. No banco do carona há uma foto do casamento deles. Ainda suja de sangue, como se o autor dessa obra macabra tivesse adornado o local do crime como quem decora uma casa com um belo porta-retrato no recinto mais especial. Por um instante, Guilherme teve de assumir para si que talvez o autor dessa barbárie fosse mais criativo que ele próprio em matéria de suspense.

Nunca consegui passar essa tensão real nos meus contos. Deve ser por isso que jamais obtive êxito em minhas pseudo-obras. Guilherme corta o pensamento ao levar sua mão à boca, horrorizado com a própria frieza da sua mente, e, em uma tentativa de voltar à realidade da cena, em um súbito pulo, sai do veículo. Em uma revista ocular, ele percebe que as roupas dela se encontram espalhadas pelo local, assemelhando-se a um apartamento recém-visitado por assaltantes dos mais sorrateiros e covardes.

Um dos policiais se aproxima de Guilherme, que consegue ver com certa dificuldade o nome no uniforme: Jonas.

— Senhor, você é o marido da proprietária do veículo, pelo que conseguimos averiguar. Fui eu quem ligou para que comparecesse ao local e pudesse nos auxiliar a entender esta cena.

Entender esta cena de que forma!?, indaga-se o jovem, assustado.

— Nós estamos com o celular dela aqui, e parece, conforme a leitura de uma conversa ocorrida ainda nesta noite entre vocês dois, que uma briga intensa se desenrolou. No texto, aliás, o senhor até mesmo afirma que ela morreria esta noite. Que o mundo ficaria livre da monstruosidade que ela era. Este número com quem ela manteve essa conversação é seu, não é mesmo?

Jonas ergue o braço em direção ao rosto de Guilherme, com a tela do celular apontada para sua face. A luz da tela naquele escuro teve o efeito que o Sol tem nas vistas de quem o vê pela primeira vez. Luz que dissipa as trevas. Mas, no caso, eram as trevas internas.

Petrificado ao ler aquele texto no celular, sentindo-se desnudo de seu próprio ser, como se estivesse sem roupa em plena Times Square, Guilherme dá passos lentos para trás, tentando entender o que houve com ela, e por que ele agora se encontra em meio a esta teia de aranha aparentemente inescapável. Em uma tentativa de novamente reorganizar seus pensamentos, volta seu olhar para o lado esquerdo, onde há um imenso rio com forte correnteza, e tem a nítida impressão de ver próximo da margem uma mancha branca. Cambaleando, dirige-se até ela como quem deseja elucidar e dar forma àquela macabra mancha que repousa próximo das águas, sendo acompanhado dos policiais.

Ao se aproximar, constata que é o mesmo vestido de noiva que ELA havia usado no enlace entre eles, ocorrido uma década atrás! O homem ergue a vestimenta do solo úmido e, como uma criança procurando abrigo do mundo, começa a chorar desesperadamente abraçado ao tecido, como se neste momento ele também pudesse estar abraçado a ela mais uma vez, em uma tentativa ilusória de que ELA mais uma vez pudesse estar ali para o proteger, como sempre esteve. Não mais. E ele sabia disso. Por isso seu choro era ainda mais desesperador. Guilherme sabia que estava só definitivamente. Ela havia, enfim, desaparecido da vida dele.

— Senhor, eu preciso levá-lo até a delegacia para prestar esclarecimentos. Pelas provas aqui encontradas, não me resta alternativa que não prendê-lo em flagrante.

O policial Jonas encerra sua fala retirando de seus bolsos as algemas de metal, que cintilam na noite escura, fazendo um Guilherme em prantos erguer seu olhar para o policial, até que algo inacreditável ocorre, em uma cena horripilante que nenhum filme de terror ousaria retratar ou imaginar: o vestido vazio começa como que a ganhar vida, preenchendo-se do seu interior por completo! Os braços saem das mangas, trazendo à tona mãos em intensa putrefação, de pele azulada, com buracos que escorrem pus, e estas mãos se agarram aos braços do atônito viúvo, que não acredita no que seus olhos testemunham neste momento horrendo!

Alguns policiais correm do local, outros permanecem de arma em punho, mas jamais conseguiriam apertar o gatilho, tamanho era o horror que lhes embranquecia a face. O vestido ganhara forma totalmente da mulher que se encontrava aparentemente desaparecida ou morta, quando por fim, da gola da vestimenta, se ergue a cabeça: é ELA! Em vez dos intensos olhos verdes como esmeraldas, há apenas uma coloração branca e vazia; a pele, antes sempre alva, se apresenta azulada e fétida, típica dos corpos em estado avançado de putrefação. ELA puxa o assustado Guilherme para mais próximo de si e, como que a ensaiar um beijo típico dos filmes hollywoodianos, sussurra:

— *Sempre estarei com você. Em todos os momentos. Até naqueles em que eu não for necessária. Enquanto você precisar de mim, eu estarei ao seu lado...*

Em seguida, o monstro que surgiu do vestido de noiva abre sua boca ensaiando o beijo mortal no seu cônjuge, mas sua boca está em tamanho avantajado, maior do que seria a de um tubarão, com dentes igualmente pontiagudos, e dessa boca surge outra, ainda mais medonha, fazendo todos os presentes gritarem de horror: ao testemunhar o beijo macabro, eles são banhados em sangue quente, que passa a jorrar com a força de um hidrante quebrado na rua por todos os poros da entidade, cobrindo-os com aquele líquido viscoso.

Guilherme tenta se desvencilhar DELA em vão, restando-lhe, em uma rápida esgueirada de olhar, constatar que os policiais, cobertos de sangue, metaforicamente são apenas testemunhas naquele momento do enlace dele com aquela criatura, com o rio ao fundo como decoração, em um macabro e metafórico casamento. Casamento com as sombras. Casamento com o diabo. Ele grita em um desespero alucinante.

— Guilherme, você está bem! Relaxe!

Ele escuta bem ao fundo essa voz acolhedora, que nos últimos três anos tem sido seu porto seguro para todos os momentos de aflição: Amanda. Sua vista permanece embaçada, ele movimenta os dedos das mãos no piso de carpete, não deixando dúvidas de que ele se encontra no chão.

— Vou ajudar você a se levantar — fala docemente a jovem Amanda.

Mal sabe a literalidade da força dessas palavras, pois de fato ela o ajudou e ainda ajuda emocionalmente a se levantar do lamaçal em que há bem pouco tempo ele se encontrava.

Enquanto a jovem segura seu braço com firmeza, forçando-o a se apoiar para se erguer do solo, Guilherme repara no anel dourado no dedo da mão direita da loira, que está preocupada.

— Mal posso acreditar que estou noivo, que minha vida enfim está entrando nos trilhos, como sempre esperei: um grande comercial de margarina, e não um filme de terror.

Amanda sorri ao perceber que Guilherme havia verbalizado o que provavelmente gostaria apenas de ter mentalizado e, ruborizada, sorri.

— Gosto quando pensa em voz alta. É bom entrar um pouco na sua mente de vez em quando.

Já em pé, Guilherme segura firmemente Amanda pelos ombros e carinhosamente leva seus lábios ao encontro dos dela, selando um delicado beijo.

— Bom, fico feliz pelo seu entusiasmo, mas não queira estar na minha mente. Na maioria das vezes, nem mesmo eu gosto de entrar muito fundo lá.

Os dois emitem uma sonora gargalhada uníssona, típica dos casais com alto entrosamento, em clara e evidente fase de encantamento.

— Não quero ser intrometida, mas penso que o desmaio tenha relação com aquele seu sonho recorrente, com sua ex-mulher, aquele sonho do vestido de... — Antes que Amanda pudesse continuar, ambos são interrompidos por outra moça, que se aproxima segurando um copo de água, que é imediatamente oferecido ao jovem recém-erguido do chão. Esta o fita com olhos de admiração, como quem observa com carinho alguém de extrema relevância para si.

É exatamente isso que Amanda afirmaria, pensa o ainda assustado Guilherme.

2

O desmaio veio devido à lembrança do sonho, e ele agora podia perceber por que fora invadido por essa memória indesejada: a moça que trouxe a água está trajando uniforme de um bufê, e na mesa perto deles está, além dos cardápios, um portfólio de casamento com vários casais que por ali selaram o início da vida a dois. Fotos de mulheres vestidas de noiva. Tudo isso fora gatilho suficiente para as imagens de seus pesadelos eclodirem novamente.

— Podemos marcar outro dia nesta semana para finalizarmos esse cardápio. Acho que hoje você não está muito bem para decidir esses detalhes...

Enquanto Amanda dá suas explicações plausíveis para que fiquem para uma próxima ocasião essas questões de bufê, Guilherme observa o espaço em que se encontram; um imenso saguão de pé direito alto, com lustres gigantes que cintilam como diamantes, cortinas tão grandes e altas que mais parecem terem adornado a sala de algum imperador do passado, e na entrada espelhada que dá acesso à rua ele percebe um aglomerado de pessoas, que se somam a outras, como um verdadeiro formigueiro que se deleita com algum grão de açúcar caído sob a superfície. O grão de açúcar, no caso, era justamente ele.

Repórteres, câmeras de TV ligadas, pessoas com celulares erguidos fazendo fotos ou provavelmente transmissão ao vivo para suas redes sociais... Guilherme observa a tudo e não consegue evitar que um leve sorriso de canto de boca comece a se formar no seu rosto, ao constatar agora que já se encontra totalmente restabelecido de seu desmaio, que tudo mudara em sua vida nestes últimos três anos, de um amaldiçoado e humilhado acusado de um crime bárbaro a uma verdadeira celebridade adorada.

— Amor, concordo com você. Deixemos para o fim desta semana. Acabo de ver uma pessoa ali na calçada que me recordou do compromisso da noite. E, até mesmo para suportar esse compromisso, eu preciso antes conversar com doutor Stephano.

Amanda serenamente se aproxima de Guilherme e o beija compreensivamente, como quem apoia incondicionalmente uma pessoa que muito ama. Ele se vira, dirigindo-se para a porta, quando é segurado pelo antebraço pela moça do bufê, que com um sorriso envergonhado pede ao homem que autografe a capa do livro para ela.

— Desde que vocês entraram aqui, estava me contendo. Mas não posso perder a oportunidade.

Ele segura o livro de capa dura cuja ilustração de fundo preto contém filetes de sangue escorrendo, e cujas letras prateadas destacam o título, *O FASCÍNIO de Guilherme*. Desliza suavemente os dedos pela brochura como um jovem rapaz acariciaria a pele de uma jovem moça a quem muito desejasse, em um misto de encantamento, incredulidade e realização. Segura a caneta com firmeza e realiza o desejo da atendente, que abraça e aperta o livro assinado contra seu peito como quem abraça um amigo querido.

Enquanto se dirige agora para de fato se retirar do local, Guilherme consegue organizar totalmente as ideias e praticamente sabe que não precisa nem mesmo se beliscar para saber que tudo que está vivendo não é mais uma ilusão, e sim a realidade da sua vida atual: escritor de sucesso que se prepara para se casar pela segunda vez na vida.

Ele ainda olha para trás uma última vez para registrar em sua mente a imagem da jovem loira, dos olhos azuis, cabelos lisos até a altura dos ombros, vestida em um *tailleur* verde-claro, sapatos brancos, que permanece ao lado da atendente, tão feliz por ter um livro autografado por ele: Amanda.

Conheceu a jovem moça quando esta enfrentou os tribunais em sua defesa como advogada sênior do escritório da irmã de Guilherme, Fabi. Ambas foram responsáveis por sua absolvição no caso do desaparecimento de sua ex-mulher. Foi dessa situação desesperadora que ele acabou por conhecer a mulher que hoje se prepara para subir ao altar com ele. Não o altar macabro que ele havia vivenciado com sua ex-mulher, mas um altar cheio de felicidade, que ele nunca havia experimentado, e ansiava por descobrir.

Guilherme permanece imóvel por alguns segundos com a mão na porta de vidro do bufê, observando a multidão que se acotovela para conseguir qualquer ângulo mais favorável de captação de sua imagem, estudando a melhor forma de chegar até seu carro, que se encontra a menos de quatro metros, mas, pela quantidade de pessoas e repórteres, a distância parece de quilômetros infinitos.

Respire fundo e vá!, diz o orgulhoso e sorridente escritor para si ao empurrar a porta e se ver no meio da turba esfuziante de profissionais, fãs e trabalhadores das mídias. Seu nome ecoa de todas as direções, as câmeras erguidas registram cada tentativa do homem em se movimentar, sem sucesso, devido ao grande assédio à entrada. Guilherme sorridentemente atende ao máximo de pessoas que o seguram, seja pedindo autógrafos, seja pedindo fotos. Tudo aquilo era o que ele sempre desejara desfrutar e tinha plena certeza de que um dia ocorreria. Ao se aproximar de seu Lamborghini azul estacionado e abrir a porta, vê-se subitamente com um microfone estendido a poucos centímetros de sua boca, e ao levar seus olhos na direção do rosto de quem segura o objeto percebe que se vê diante daquela que ele pouco antes havia visualizado da calçada: Adrianne, apresentadora do maior *talk show* da atualidade, "DE CARA COM A VERDADE", em que os casos policiais de maior repercussão no país são dissecados sem piedade em busca desenfreada por audiência e fama. Ela mesma, no comando do programa, tentara de todas as formas influenciar o julgamento do seu processo para que ele fosse condenado. Águas passadas, pelo visto.

— Como você se sente sendo autor do maior *best-seller* policial baseado no processo sobre a morte da sua ex-mulher?

Guilherme sente que todo o sangue de seu corpo sobe para sua cabeça, e por alguns segundos a vontade de esmurrar aquela mulher ávida por polêmicas é tão intensa que ele precisa de muito esforço para continuar segurando a porta do carro.

— Como todos sabem, ela está desaparecida, e não morta. Nenhum corpo foi encontrado até hoje. Ela não morreu.

— Então seu livro apelativo é uma tentativa de fazê-la tomar coragem de sair de onde estiver e explicar o que fez nos últimos anos?

Ele aperta a porta do carro com mais força, gira seu pescoço ao seu redor e, enquanto observa a imensa quantidade de pessoas tirando fotos, vai se acalmando, conseguindo até colocar um largo sorriso no rosto debochado.

— Conversamos mais tarde no seu programa — fulmina o escritor, antes de entrar em seu possante carro e sair em alta velocidade pelas ruas da cidade.

No interior do seu veículo luxuoso, Guilherme, entre uma tragada e outra em seu cigarro eletrônico, se acalma a cada segundo. No seu aplicativo de música ecoa uma ópera que muito lhe agrada o espírito: *Carmen*. O Lamborghini atravessa as ruas da cidade em velocidade bem acima do permitido, como que dançando ao som daquela verdadeira obra artística, mas seu condutor não se importa nem um pouco com o pé pesado no acelerador, pois para ele velocidade, melhor falando, correr riscos, é um constante prazer, como o cigarro o é também. Ele observa os raios de sol reluzindo nos vidrais dos altos prédios da cidade, fazendo-o lembrar como sempre gostou do fim das tardes e como tantas vezes chorou vendo o cair do sol e toda a atmosfera depressiva que todo fim faz eclodir, nem que seja o simples fim de mais um dia. Mas não mais. Ele hoje só consegue sentir o prazer da cena, a nitidez da coloração alaranjada dos raios de sol não se despedindo, mas apenas acenando com um pequeno *até logo* à grandeza do astro que a tudo cerca, mostrando assim a necessidade de eclipsar para ressurgir radiante no amanhã, mostrando que tudo renasce, como ele próprio renasceu.

Guilherme se apercebe chorando enquanto dirige, por constatar como tudo havia mudado na sua vida, e mais importante: como ele havia mudado com tudo que lhe ocorrera, e melhorado intensamente. Mas neste momento, apertando o volante com extrema força, ele é invadido por um sentimento de raiva por saber que toda essa mudança veio por meio DELA. Até neste momento, assim como em todos de sua vida, ela era responsável por seus êxitos, felicidades, conquistas. Se não fosse o sumiço, este livro não existiria, a fama não estaria diariamente ao seu derredor. Apesar do seu esforço intenso para se desvencilhar da ex-mulher, ela acabava por ainda estar junto dele o tempo todo, mesmo que ele não quisesse. Se ele brilha hoje, foi porque ela o permitiu de forma indireta.

Até quando essa maldita infeliz vai conduzir meus passos?, pergunta-se o raivoso condutor do carro de luxo, que manobra perigosamente pelas ruas da cidade, ao mesmo tempo que se vê invadido por uma tristeza por ELA não estar ali para testemunhar o sonho realizado do jovem escritor.

Por que ela não está na primeira fila me aplaudindo?, pergunta-se Guilherme, que se vê nessa mistura de sentimentos, dores e alegrias.

O sol mal eclipsara quando Guilherme chegou ao consultório do seu terapeuta, Dr. Stephano, e, assim como de praxe, em todos os locais que ele adentrava, subitamente as vozes se calaram; os olhares se tornaram direcionados para sua figura; os celulares, subitamente sacados de bolsas, ainda que de forma discreta, como fazem os assaltantes que aguardam momento ideal para anunciar sua ação. Ele já se acostumara com tal situação corriqueira e nada em sua face deixava transparecer nem mesmo por um segundo nenhum incômodo com o assédio ou com a sensação de praticamente ser um animal raro em um famoso zoológico a quem todos almejavam avistar. Mas por certo havia algo que o fazia se sentir ligeiramente confuso nessa nova realidade. A eterna dúvida se os olhares que se voltavam eram de condenação e de censura a um monstro que escapara da devida punição por mãos do destino, ou olhares de regozijo em ver que a vida copia a ficção dos cinemas, e no fim sempre somos merecedores do *happy ending*, e que estaria ele agora nada mais do que recebendo as glórias que a vida lhe devia há muito tempo por tamanha injustiça de que fora alvo quando acusado de tão horrível crime.

Guilherme preferia pensar que seria a segunda opção a mais lógica, porque sabia quão difícil fora encarar e viver tudo que havia percorrido para estar vivendo aqueles dias tão mágicos na atualidade. A primeira opção não lhe parecia justa. No seu modo peculiar de explicar a justiça, é claro. Além do que, mais importante do que se certificar da primeira ou da segunda opção, era saber que os olhares continuariam, e este tipo de atenção era o combustível que alimentava cada pedaço do seu ser. Não importando a forma como seria julgado, desde que estivesse eternamente na atenção dos púlpitos.

3

Quando a sala de espera já se encontrava vazia, ele se apercebera de que, recostada na mesa de acrílico, que continha um telefone, um computador e um pequeno vaso de flores com a pintura já gasta, permanecia em espécie de contemplação à sua figura a secretária de seu terapeuta, Letícia. Sempre no seu estilo conservador de se vestir, saia até altura dos joelhos, sapatos sem saltos, blusa estampada de seda abotoada até os punhos, óculos de grande armação transparecendo sempre a imagem de pessoa culta, acolhedora e atenciosa, em perfeita sintonia com o que se espera da sala de espera de um psicólogo: tranquilidade e acolhimento.

— Será que você poderia dar um breve "oi" na minha rede social? Vou entrar rapidamente agora ao vivo só para mostrar que estou com você!

— É claro! — responde o jovem, que calmamente se levanta da poltrona de veludo verde em que estava recostado para receber um pouco mais do combustível que o mantinha sempre em pé: admiração com pitadas de evidência.

Guilherme se posta ao lado da jovem Letícia, transpassando seu braço em sua cintura, segurando-a delicadamente enquanto sorri para tela do celular da mulher, que já havia iniciado sua transmissão. Momentos como este sempre o faziam esquecer as cicatrizes que carregava e que insistiam em sangrar, por mais que ele se esforçasse em lhes dar o correto tratamento. Letícia encerra a transmissão alguns segundos após Guilherme cumprimentar os seguidores da rede social da moça, que, satisfeita, abraça o escritor, que, mesmo com aparência de cansaço, segue sempre carinhosamente atendendo a todos que o procuram.

— Saiba sempre que sou sua fã número um! — exclama a secretária, com entusiasmo.

O entusiasmo de Letícia não deixava dúvidas em Guilherme, pois, nestes quase três anos de assídua frequência a este consultório, era extremamente bem acolhido por Letícia, que frequentemente lhe pedia fotos, autógrafos ou qualquer coisa que pudesse conectar sua vida à do ídolo. De fato, ela poderia se passar com facilidade pela lendária Annie Wilkes da obra *Misery* de Stephen King, a obcecada fã número um do famoso Paul Sheldon, que na ficção o mantivera em cativeiro, forçando-o a escrever incessantemente sobre sua adorada personagem principal. Mas, diferentemente do escritor feito prisioneiro por sua maior fã, de cujas garras cruéis desejava desesperadamente escapar, Guilherme se deleitava com a possibilidade de ser tão admirado a ponto de realmente haver espalhadas pelo mundo pessoas que ansiassem em mantê-lo enclausurado, por mais doentia que fosse esta conjectura. Como ele mesmo gostava de pensar, no entanto, o mundo é doente, e nada mais lógico que procurar se adaptar ao ambiente, até mesmo porque lidar com a loucura era algo com que ele tinha prática, em decorrência de seu antigo casamento, e mais que isso: no fundo de sua alma, por mais perigoso que fosse lidar com a mente enferma de algumas pessoas, arriscando até mesmo sua vida, seria tal situação melhor do que a existência sem admiradores, mergulhada no mais puro ostracismo, o que equivaleria ao mais puro nada, o que lhe gelava a espinha com mais intensidade do que saber que poderia ser alvo de um psicopata.

No corredor ao lado da sala de espera, uma porta de madeira se abre, revelando a figura de um homem alto, de cavanhaque e boina, cuja figura exalando serenidade conseguia aplacar qualquer angústia que estivesse assolando a mente daqueles que procuravam este recinto em busca da solução dos conflitos internos que os afligiam. Este homem se chama Stephano e, como dizia o jovem escritor, era o responsável por ter impedido que seu cérebro entrasse em ebulição após o sumiço de sua esposa.

— Vamos entrar, *Excelência*, seu horário já começou.

O jovem Guilherme gostava de ouvir repetidamente esse pronome de tratamento pelo terapeuta, o que de fato acendia algo no seu interior como uma pequena fagulha que prenuncia o flamejar de uma futura imensa fogueira que aquece e ilumina a noite mais fria e escura que possa existir. Repetida há anos, a palavra parecia ter sido o chamamento ao universo daquilo que ocorre nos dias atuais, como se descontraidamente ela tivesse sido responsável por desencadear esse turbilhão de destaque e fama que envolve o escritor, como se Stephano fosse o primeiro a reconhecer a relevância e o diferencial daquele antes marginalizado homem que vivera um período de extrema dificuldade com as acusações de que fora alvo.

Guilherme então se dirige a passos largos em direção ao seu terapeuta como o cristão se dirige até a sinagoga ou o doente ao médico, como se o seu local de paz e acolhimento estivesse tão tangível que qualquer problema que estivesse o afligindo fosse se dissipando a cada passo dado, a cada aproximação feita.

Após abraçar calorosamente o terapeuta, Guilherme entra na sala de atendimento e se senta na sua já conhecida poltrona verde de veludo, aconchegando-se como um feto faz no útero de sua mãe, como se aquele local fosse seu compartimento verdadeiro, onde ele podia mostrar sem amarras quem ele era, sem receios de julgamentos ou críticas.

Enquanto seu terapeuta se prepara para iniciar a sessão como sempre fazia, organizando metodicamente sua mesa para em seguida colocar a *Sonata 59 Ronald Brautigam* de sua *playlist* para preencher o ambiente com som relaxante, Guilherme observa a sala com atenção, como que procurando avidamente por alguma mudança, não obtendo êxito em seu intento. Isso de certa forma o incomodava, porque o que antes era sinal de segurança e estabilidade agora passava a ele a imagem de não evolução, de estacionamento em um local da linha do tempo, a sensação de que estar ali era estar sempre preso no passado, em um tempo que não mais existia e tampouco fazia parte dele mais.

— Os sonhos com a noiva então retornaram, pelo que me disse na sua mensagem. Eu havia recomendado um tempo atrás que você não parasse com sua medicação. Esta é um complemento a sua terapia comigo. Remédio e terapia são as asas de um pássaro, que não consegue alçar voos sem elas, a não ser que o desejo seja mergulhar em queda livre para o solo.

O tom assertivo das palavras do terapeuta ressoam na mente de Guilherme como um tiro certeiro, gerando um incômodo maior do que a impressão de segundos antes acerca de o local aparentar fazer parte de um passado do escritor, fazendo-o repensar com mais força, e até com um certo ódio, por que permanecia frequentando este ambiente, abrindo-se com alguém que lidava com seu passado, e que jamais saberia dimensionar a força do seu presente e a potencialidade do seu futuro.

— Estou muito bem sem a medicação. Quem enfrenta minhas dores sou eu, doutor, e quem controla minha mente também é este que vos fala, e não um comprimido. Ninguém me controla. Jamais controlou — o jovem termina a frase procurando nos bolsos seu cigarro eletrônico, como que a procurar muito mais que apenas relaxar tragando a fumaça inebriante, mas sim uma forma de afrontar e transgredir, talvez intimidar quem estivesse o colocando contra parede, como agora fazia o experiente terapeuta.

— Isso também não o ajuda, muito ao contrário. Fugas só postergam o inadiável. Cedo ou tarde você terá de lidar com suas necessidades, suas dúvidas, seus fantasmas e, infelizmente, com as consequências até mesmo destes pequenos prazeres furtivos.

A fala faz o jovem pensativo guardar o aparelho cancerígeno no bolso, e ironicamente fitar o terapeuta como que tentando adivinhar qual seria a próxima frase de efeito daquela mente tão sábia.

— Quanto tempo já faz que aquela pessoa não o procura ou, sendo mais claro, há quanto tempo as ameaças não ocorrem...?

Guilherme arregala os olhos e sente o coração disparar. Havia um certo tempo que seu fã não entrava em contato. A mente do autor recobra com tensão o fato que nos últimos meses fora alvo de intensa perseguição de uma pessoa que se dizia ser seu maior admirador, e provava isso enviando fotos em tempo real para mostrar que estava ao encalço do escritor, nos mesmos locais que ele estava, fossem eles de lazer, como uma academia, fosse na plateia de algum programa de entrevista, enviando presentes macabros a sua casa, como seu livro todo manchado de sangue, demonstrando que era alguém do seu convívio.

— Não, já tem algum tempo que ele sumiu. Não tem mais tentado demonstrar sua fixação por mim. Vai ver ficou fã de outra pessoa.

O terapeuta se assusta por constatar na expressão do seu agora famoso paciente certo pesar por não estar sendo mais alvo de procura de um potencial psicopata, quando o sentimento que ele esperaria de qualquer pessoa seria uma grande sensação de alívio com tal situação.

— E isso não faz você se sentir melhor, mais livre, mais relaxado...?

Guilherme fita o médico com olhar melancólico por não saber de fato o que sentia com essa constatação, se alívio ou, ao contrário, um grande sentimento de abandono, mas no fundo ele sabia que já era extremamente assustadora a existência dessa dúvida. Até mesmo para ele.

— Eu preciso ir, doutor, tenho uma entrevista hoje, que não será das mais fáceis de lidar. Então, preciso me preparar. Agradeço seu tempo, e desculpe qualquer mau jeito.

Guilherme se levanta de súbito e sai da sala, sob olhar preocupado de Stephano, que sem pronunciar nada apenas lamenta mais uma vez ver o jovem não terminar uma sessão e continuar sua eterna fuga do que de fato lhe atormenta.

O fim de tarde já começava a se prenunciar no horizonte, enquanto Guilherme conduzia seu possante carro em direção a sua residência. Fazia esforço para se concentrar na música que ecoava no veículo como que em uma tentativa de preparar os ânimos para a entrevista da noite com aquela atrevida jornalista que incansavelmente parecia viver para tentar o desestabilizar. Ao menos a música lhe servia ao intento de ficar mais calmo, e a cada palavra dita na famosa *Hier encore* de Charles Aznavour fazia com que o escritor se concentrasse no tipo que havia criado para si quando precisava estar em público falando de seu famoso livro: sorridente, calmo e vivendo um grande *happy ending*, digno dos clássicos de cinema. Mas a dúvida se de fato tudo isso era real não deixava de lhe trazer certa apreensão, pois ele não tinha nenhuma garantia de que ELA de fato não poderia se levantar do seu passado cinzento para tornar seu presente, e principalmente seu futuro, devastador.

Ela, ela, sempre ela!, pensou alto Guilherme, que não conseguia entender por que afinal, mesmo vivendo o sonho que ele apenas imaginara um dia, e estando totalmente reerguido, ainda se via atrelado à imagem da ex-mulher. Talvez em razão do longo período de convivência que tiveram, do fato de que ela jamais fora encontrada desde a fatídica noite, das dúvidas com relação a tudo do processo criminal ou de como tudo podia se modificar em um piscar de olhos como em uma trama macabra, tudo o fazia pensar na moça com mais frequência do que ele gostaria.

Guilherme estaciona seu carro de luxo na sua imensa mansão, e no momento que colocou seu pé no piso após abrir a porta do possante e sair do interior do veículo, não conseguira disfarçar a sensação quase orgástica de estar naquele local. Os raios finais do sol refletiram em seus óculos escuros, que ele retirou imediatamente como que para não perder nenhum percentual de visibilidade daquele que para ele era a materialização de um verdadeiro palácio: uma casa com mais de mil metros quadrados. E não era uma simples residência, era como uma obra de arte megalomaníaca, que retratava com intensidade o imenso ego que seu proprietário possuía, e ele se orgulhava sobremaneira de tal imóvel. Era o retrato de como ele se via e de como tinha certeza de que era visto.

O empreendimento tinha quatro suítes, sendo uma master, banheiras em todos os quartos, closet, uma sala principal com telão e projetor *full HD*, home office, salas gourmet integradas, expositor de vinhos, piscina com borda infinita, ar-condicionado em todos os quartos, sala de estar, sistema de som Harman Kardon integrado na sala gourmet, energia fotovoltaica de mil e quatrocentos watts, enfim: uma estrutura monstruosa.

Guilherme adentrou sua residência assim como um rei do passado entrava em seu palácio, sentindo o privilégio de ser quem era e a posição que ostentava, pois estava ciente de que poucas pessoas tinham a oportunidade de usufruir de tamanho luxo e comodidade.

Isso o deixava em êxtase, pois sentia que toda aquela riqueza servia como prêmio de consolação pela vida de certa forma solitária que o rodeava: ainda que estivesse noivo, ele permanecia morando sozinho e, mesmo que fosse diferente, o vazio que carregava ainda o fazia se sentir como um náufrago em uma grande ilha deserta.

4

Enquanto caminhava em direção a um dos quartos da casa, ele passara pela sala de estar, de pé direito alto, que ostentava imenso lustre de cristais iranianos, e, como em uma espécie de encantamento, percebe-se parado de frente à estante que possuía diversos porta-retratos naquilo que ele considerava como *alameda da memória*: fotos de momentos marcantes de sua vida com seus pais.

Meu coração, pensa o jovem, que passa a segurar um porta-retrato com a foto de sua mãe, aquela que ele considerava seu primeiro e provavelmente maior amor. "Que mulher diferente foi ela", pensou ele: coração imenso, sempre pronta a auxiliar aqueles que necessitavam de ajuda, altamente resignada com as dores com que teve de conviver na vida tão sofrida que tivera. Nos momentos de maior dificuldade, era nela que o escritor fixava o pensamento, como que a procurar novamente o colo macio e acolhedor que somente as mães possuíam e possuem, mesmo aquelas que partiram deste lado de cá da vida. Para Guilherme, ela jamais deveria ter passado o martírio do câncer, tampouco não mais estar ao lado dele. *Por que ninguém que eu amo pode permanecer ao meu lado?*, parecia refletir o jovem, que com pesar constatava que talvez isto fosse um sinal de que não era possível ser feliz na totalidade da vida, devendo todos, em algum momento, optarem entre o lado profissional e o lado afetivo. Mas esta era uma dúvida que ele jamais gostaria de elucidar, porque a escolha seria deveras pesada no seu íntimo. Preferia acreditar que Deus, em seu xadrez pessoal, escolhia o caminho de suas criaturas, privando algumas do amor daqueles que lhes eram caros, recompensando-as com felicidade profissional. E este era seu caso, o que no fundo acabava, na mente do ali solitário jovem, o destacando ainda mais da maioria das pessoas, aumentando ainda mais a sensação do escritor de que ele era bem diferente da maioria, mesmo que essa diferença fosse oriunda de um rosário de tragédias pessoais.

Guilherme recoloca o porta-retrato no local em que este se encontrava, ainda observando melancolicamente a foto, e talvez em um lampejo de consciência chega à conclusão de que, se tivesse a escolha de viver novamente ao lado de sua mãe, e pudesse realmente escolher entre o lado profissional ou o afetivo, não titubearia em optar pelo lado afetivo, porque de nada vale qualquer conquista sem o amor como mistura principal.

Nada é pequeno onde o amor é grande, já dizia sua amada mãe. Só o amor é grandioso, e qualquer coisa sem ele é quase nada.

Não era apenas a estrutura dantesca da casa que mostrava o ego exacerbado do famoso autor, mas a própria decoração o gritava a quem estivesse no recinto. Em diversos pontos do imenso imóvel, existiam fotos do escritor com personalidades famosas do meio artístico, ou reportagens de capa de conceituadas revistas cujo conteúdo tratava do caso do desaparecimento de sua ex-mulher, ou do incrível sucesso de vendas que o *best-seller* se tornara, o grande campeão de vendas no país.

Na sala principal, em local de destaque, encontrava-se imenso painel com cerca de dois metros de altura, com o retrato de ninguém menos do que o próprio Guilherme, em um famoso ensaio fotográfico para uma revista de relevância no entretenimento.

Atraído por ela tal como uma mariposa se sente atraída pela luz, Guilherme se posiciona em frente à imensa foto, passando a percorrer com seus olhos de forma minuciosa cada detalhe de sua própria imagem: a posição dos ombros, o torso desnudado marcando a divisão perfeita da linha dos músculos de seu peitoral, o abdômen completamente definido com os famosos "gominhos" em grande destaque, a barba simetricamente desenhada, o cabelo perfeitamente penteado com uso de pomada modeladora, as veias saltadas no antebraço denotando uma grande vascularização no local, o semblante exalando superioridade, naquilo que o escritor consideraria uma grande obra de arte.

— Deveria estar em Florença, na Itália, não tenho dúvida. Chega a emocionar mais que aquela escultura fantástica. Este sim é o modelo de homem perfeito, diz, referindo-se à famosa obra *David*, que há séculos é admirada e conhecida pelo mundo por retratar o homem perfeito.

Enquanto sorri, envaidecido consigo mesmo, ele percebe que uma garrafa de whisky permanece na sala onde se encontra, com o mesmo copo da noite anterior, denotando que não fora sequer lavado. Não se importando com isso, o jovem pega a garrafa e despeja grande quantidade do líquido no objeto de vidro, virando de uma única vez, ao melhor estilo *cowboy*, fazendo uma certa careta enquanto passa a língua ao redor dos lábios ainda em ardência pelo contato da iguaria inebriante. Imenso estrondo ecoa no ambiente, quase fazendo com que Guilherme solte o copo que estava em sua mão. Foi um forte trovão. O homem desabotoa os botões de sua camisa de seda, botão por botão, enquanto se aproxima da janela, cuja visão cai em direção à imensa piscina de borda infinita como que à procura de confirmação acerca do intenso barulho ouvido poucos instantes antes.

As nuvens estão de fato extremamente carregadas, e o vento sopra forte, balançando as copas das árvores, fazendo parecer quase a famosa peça *Lago dos cisnes*, em uma espécie de dança frenética embalada pelo zumbido forte que o vento ecoa nas frestas das janelas da mansão. Guilherme, já totalmente sem camisa, permanece observando por mais alguns segundos o espetáculo da natureza que prenuncia uma grande tormenta. O jovem era apaixonado por intensas tempestades, o que ele via como mais uma ligação com sua mãe, que também era apaixonada por chuvas, principalmente pelas nuvens, que nessas situações ganham uma coloração azul extremamente intensa.

Aparentemente já cansado da observação do fenômeno da natureza, o escritor se afasta da janela e, retomando o copo em suas mãos após preencher novamente seu interior com mais whisky, se dirige até uma porta, que ao ser aberta descortina, conforme a luz adentra o recinto, uma imensa escada com piso de mármore branco que dá acesso ao piso inferior. Guilherme desce degrau por degrau, vagarosamente, enquanto se delicia com mais alguns goles do líquido alcoolizante.

Com o fim dos degraus, o jovem fica parado em um imenso corredor subterrâneo, que possui diversas portas, com distância entre elas não superior a três metros cada uma. Guilherme dirige sua mão à maçaneta da primeira porta, que ao ser aberta aciona o sistema de iluminação automática do ambiente, revelando uma imensa sala de cinema, com diversas poltronas de couro marrom, com mais de dez fileiras, tela imensa, que não fica para trás de nenhuma sala audiovisual que se possa achar em shoppings pela cidade. Tudo isso servindo mais vez para mostrar a necessidade do jovem em ver sua síndrome de grandeza devidamente saciada. Não era, portanto, uma simples sala de cinema, mas uma das melhores da cidade. Guilherme se senta confortavelmente em uma das poltronas e estica suas pernas ao acionar o interruptor na lateral do estofado, ficando completamente na horizontal, como nas poltronas das salas VIPs. Este era um dos locais prediletos do jovem para relaxar, pensar, acalmar-se. E era disso que ele necessitava antes do *talk show* a que dali poucas horas ele compareceria. Guilherme saca seu cigarro eletrônico do bolso e, após forte tragada no aparelho, solta uma espessa fumaça, que alcança praticamente o teto do cinema, como que formando um tubo antes de se dissipar aos poucos por todo o ambiente da sala cinematográfica.

Filmes eram parte da essência de Guilherme, tendo sido tal mundo lúdico apresentado por seu falecido pai. E não apenas apresentado, mas incentivado desde os primórdios de sua infância, sendo esta uma de suas memórias recorrentes: estar de mãos dadas com pai enquanto este o levava para mais uma sessão de cinema no centro da cidade, dia após dia nas férias escolares. Por mais que no transcorrer da vida adulta ele tenha se afastado do pai, essa lembrança o acompanhava o tempo todo. Guilherme era grato ao pai por ter lhe apresentado o mundo mágico do cinema, e por ter incentivado a maior paixão do jovem, aquilo que ele considerava como a salvação da sua mente nos momentos em que a realidade se mostrava extremamente dura e amarga. A imagem da criança feliz segurando a mão grossa do pai enquanto se dirigia para um cinema lhe passava segurança. O pai estava ali com ele, protegendo-o, preparando-o de certa forma para o mundo das artes, mas principalmente: o pai estava lá com ele e por ele. Tudo que o jovem escritor gostaria naquele momento era poder estar novamente de mãos dadas ao pai. Infelizmente este tempo passara, e nada mais poderia ser feito além de lembrar e agradecer.

Quando ainda estava envolvido em suas lembranças profundas acerca do pai, Guilherme se vê novamente surpreendido por um forte barulho, que o faz se levantar da poltrona reclinável de súbito, tamanho fora o susto. Apesar de muito menos intenso do que os trovões que ecoaram pouco antes enquanto estava no piso superior, e que permaneciam entoando no céu ao passo que uma forte tempestade que estava se prenunciando enfim desabara na cidade, esse novo barulho lhe deixou tenso porque viera de uma das salas do piso inferior, onde ele agora estava. O som o fez gelar a espinha porque comprovava que o escritor não estava sozinho em casa.

Guilherme sai da sala de cinema e se prostra no corredor como que a tentar adivinhar de qual das salas o som viera. Tinha plena certeza que não fora do andar superior, porque o barulho parecia de certa forma muito próximo; e, como o andar mais abaixo se encontrava revestido com isolamento acústico, por óbvio o som viera de uma das salas daquele mesmo andar.

Ele suspira profundamente e, recostando as costas contra a porta da sala de que ele acabara de sair, ergue a cabeça para o alto ao mesmo tempo que fecha os olhos, como em uma tentativa de se tranquilizar, levando por conseguinte as mãos até a testa, forçando um relaxamento mental que há muito era necessário se instalar, e parecia cada vez mais impossível.

Acalme-se, jovem. Controle essa imaginação. E controle também o álcool, porque parece que este começou a fazer algum efeito, diz debochadamente para si. Ao colocar seu pé no primeiro degrau da escada com a intenção de subir para o piso superior, retirando-se do recinto, o barulho novamente se faz forte. Alguma coisa havia caído. Era nítido para o jovem que algo havia caído em uma das salas, mas desta vez ele conseguira identificar a sala exata.

Dirigindo-se a passos largos em direção ao fim do corredor, Guilherme coloca a mão na maçaneta, abrindo de súbito a porta da habitação da onde o som viera. Quando a luz se acende, a tensão do jovem se esvai consideravelmente, já que a sala é sua preferida e considerada por ele como sendo sua própria mente, seu ópio, sua essência e, por que não dizer, sua alma: a sala dos filmes.

Era imensa, até maior do que a sala de cinema, que se encontrava a poucos metros dali, tendo suas paredes totalmente preenchidas com pôsteres das maiores franquias de filmes de terror do cinema, que eram as paixões do proprietário daquela imensa casa desde a tenra infância. A quantidade de itens de colecionador era tão imensa que não faria feio a nenhum museu dedicado ao macabro: *Sexta-Feira 13, Halloween, A Hora do Pesadelo, Pânico,* entre outros clássicos *slashers,* estavam com seus pôsteres por todas as paredes, quase lembrando uma antiga videolocadora, dando ao escritor ali presente a sensação plena de que uma imagem tão acolhedora do seu passado, uma parte viva de sua memória, fora ali reconstruída em detalhes, literalmente plasmada com a intenção de para sempre permanecer pulsante e denotando um apreço sem igual ao entretenimento do medo.

E não eram apenas os pôsteres de franquias conhecidas do cinema que adornavam a sala, mas também manequins vestidos como os personagens dessas franquias: desde Jason Voorhees a Michael Myers, Freddy Krueger a Ghostface, todos os monstros clássicos de franquias de terror lá decoravam a sala; bustos de personagens como a menina Regan de *O Exorcista* permaneciam em imensas estruturas de vidro, expostas com iluminação própria e específica para maior visualização de detalhes, *action figures* menores de igual forma e em perfeito posicionamento que somente um aficionado por esses clássicos reconheceria que estavam em posição perfeita de cenas contidas nestas franquias.

Guilherme não conseguia disfarçar a satisfação por ter construído este verdadeiro santuário do medo em sua casa, pois este era seu estilo predileto de filmes, fonte de inspiração de sua escrita, fosse pelos contos que no passado escrevera e diversas vezes tinha tentado publicar, sem sucesso, fosse até mesmo pelo *best-seller* sobre o desaparecimento de sua ex, que lhe alçara o mais puro sucesso e evidência, e que continha em sua escrita grandes pinceladas de terror, já que, mesmo sendo um livro biográfico, teve inserção de elementos fantasiosos ligados ao macabro e ao suspense.

E mais uma vez o jovem se vê, ainda que não quisesse, pensando na ex-mulher, em como sempre houvera críticas a ele, por parte dela, por ter no transcorrer de sua vida gastado dinheiro em busca desses artefatos que agora, em grande quantidade, decoram este quarto.

Gostaria de ver a cara dela observando esta sala. Com certeza estaria me criticando dia e noite, meses e meses sem parar, pensa o escritor, que não se detém em pegar seu cigarro eletrônico e dar mais uma tragada enquanto sorri para si imaginando a cena.

Esse jeito dela de criticar tudo que ele fazia era uma das coisas que Guilherme mais detestava, porque sabia que não era uma crítica com intuito de auxiliá-lo, mas por questões meramente competitivas. O relacionamento deles havia chegado a este nível em que o casal, na verdade, compete o tempo todo. Ele sabia que era inveja o que a ex-mulher sentia por ele há muito tempo. E lhe trazia imensa satisfação sempre constatar que, em tudo que ela havia se proposto a entrar em contenda e competição com ele, sempre saíra perdedora. Era quase orgástico para Guilherme saber que ele, enquanto convivera com a dita-cuja, podia até não chegado ao destaque que desejava e que hoje vive, mas em tudo que se propora a fazer havia tido êxito, ao contrário dela. Era estranho reservar este sentimento justo pela pessoa com quem ele idealizava conviver até seus últimos dias de vida, mas não podia negar que, por mais sentimento que houvesse entre eles, a inveja havia se instalado na convivência do casal, que mais se auxiliava por dependência emocional do que por qualquer outro motivo. A vontade de destruir o outro era já mais evidente do que a certeza de que, após a escuridão da noite, a claridade do dia viria brilhante e intensa. Era um fato incontestável.

Caminhando por entre a infinidade de itens de colecionador que cuidadosamente ele adquirira ao longo dos anos, de cujo acervo se orgulhava por ser, sem exceção, de itens originais, e não cópias malfeitas, vindas em sua maioria do exterior, ele percebe que jaz no chão a famosa máscara de hóquei do lendário assassino da franquia *Sexta-Feira 13*.

— Está aí a causa do barulho! — dispara Guilherme para si, segundos após se abaixar e pegar o item do chão.

Mas um súbito arrepio começa a subir por toda a sua espinha, chegando à nuca, quando ele se dá conta, enquanto se ergue, de que foram dois sons que ecoaram em momentos distintos desde que ele descera para este piso de sua residência, e nesta sala só há um objeto caído no chão. Antes que ele pudesse pensar em qualquer outra possibilidade, a maçaneta da porta da sala contígua é forçada bruscamente, como se alguém insistisse com certa raiva para abri-la, seja para entrar, seja para sair de seu interior, fazendo com que o homem se vire rapidamente em sua direção, em um misto de horror e incredulidade.

Que diabos está acontecendo aqui?, pensa Guilherme, ainda tenso com o olhar fixo em direção à porta de onde o som de maçaneta sendo forçada ecoara. Dominado cada vez mais pelo terror, que se expandia por todo o seu corpo em uma velocidade incomum, o rapaz caminha vagarosamente em direção à malfadada porta, muito mais assustado pelo fato de ser dessa sala específica do que em decorrência da série de estranhos barulhos que se originaram daquele local.

Os trovões parecem cadenciados com os batimentos do coração de Guilherme, que também se sente como em uma tempestade que se mostra longe do fim. Ele dirige sua mão trêmula até o bolso da calça que usa, retirando dali uma pequena chave, que ele leva alguns segundos para introduzir na fechadura, tamanho era seu nervosismo. Essa era única porta do complexo do piso inferior que sempre permanecia chaveada, pois verdadeiramente o que ali estava era tudo que o homem trêmulo que ali se encontra gostaria de manter trancafiado para sempre.

Quando a porta se abre, não somente a luz do teto se acende totalmente, mas com muito mais destaque é acesa a iluminação contida nos compartimentos espelhados no centro da habitação: como se ali fosse a sala preparatória para um ensaio fotográfico de um futuro enlace matrimonial, Guilherme se depara com o vestido de casamento de sua ex-mulher, exposto em um manequim, ainda perfeito como na noite em que fora usado no casamento, como que em um destaque macabro esperando sua "dona" retornar a qualquer momento para reutilizá-lo. Ao lado deste, há mais três compartimentos de vidro em formato de caixa, igualmente com iluminação própria, contendo: o álbum de casamento do escritor, a aliança de ouro que ele usara anos a fio, um adorno de prata que ela havia utilizado no penteado na festa, e um bracelete de pedras.

Guilherme, tal como um investigador digno de Sherlock Holmes, atentamente movimenta a cabeça como que a procurar algo diferente no local, em busca de qualquer coisa que justificasse os barulhos que dali se originaram, não obtendo êxito no seu intento. Nada naquele recinto está diferente da última vez em que ali esteve, e o sentimento de ansiedade e medo que tomava o corpo de Guilherme aos poucos vai transmutando-se em raiva e decepção por estar novamente adentrando aquele verdadeiro túmulo.

Prometera-se já havia algum tempo a nunca mais entrar naquele ambiente, pois era suficientemente inadequado para ele possuir estes objetos quando transcorrido longo período do desaparecimento da mulher. Mas, para qualquer pessoa, essa promessa seria descumprida neste momento, em virtude dos barulhos estranhos que se manifestaram. Era preciso checar. Poderia ali estar escondido algum ladrão, ou até mesmo o fã que tanto o perseguiu durante um período. Ele não estava, portanto, adentrando o local sem um ótimo motivo. Ele fora forçado, de certa forma, e isso, para o vaidoso homem, era um consolo como que a justificar que ele não fraquejou em sua promessa, procurando mais uma vez e sem motivo estar próximo a qualquer coisa ligada a ela.

Era impossível para Guilherme, ali estando, não se aproximar do espesso vidro que protegia o vestido iluminado por intensa luz ali embutida. O magnetismo era quase viciante, totalmente irresistível para ele, que, mantendo os olhos fixos na vestimenta exposta, se aproxima calmamente, colocando sua mão no vidro como quem desejasse tocar e não pudesse; limitação, no entanto, que não se origina do grosso receptáculo, mas por uma barreira mais forte. Seria esta impossibilidade o tempo, ou seria a morte? O jovem escritor não saberia afirmar com clareza.

Enquanto observa o vestido morbidamente exposto, ele recorda-se de seu terapeuta, doutor Stephano, e de como esse valoroso homem o ajudara a se desvencilhar não somente das lembranças emocionais de sua ex-esposa (a expressão *ex* fica na mente do jovem unicamente pelo fato de que uma sentença de declaração de ausência fora proferida após o fim do julgamento criminal), mas também de objetos pessoais que Guilherme não conseguia de forma alguma se livrar. Ele se recorda de como fora libertador, após sucessivos encontros com o mencionado terapeuta, juntar todos os objetos guardados ao longo dos anos, como cartas, fotos, itens que lembrassem as viagens realizadas juntos, roupas, presentes, e colocar fogo em uma enorme pira, digna das fogueiras da Inquisição. Aquele ato foi uma vitória pessoal, uma realização tão forte como escrever o livro que hoje lidera o ranking dos mais vendidos pelo país. Fora uma prova para o jovem de que ele era capaz de superar mais essa situação complicada na sua vida. Prova de que conseguia andar sem ter a sombra daquela mulher em seu encalço. Comprovação de que sim, havia dentro dele um desejo ardente de recomeçar e esquecer totalmente seu passado, muito mais ardente do que a imensa fogueira que reduziu a cinzas todos os objetos relacionados à moça com que fora casado.

Enquanto anda por entre as caixas de vidros que lado a lado permanecem com os objetos da noite do casamento, Guilherme reflete, como se a justificar para si, por que então guardou estes itens; não apenas os guardou, mas praticamente os tornou objetos de quase adoração, como ele fez na outra sala com os de filmes clássicos de terror.

Não foi por ela. Foi por mim mesmo. Para que eu reflita acerca da seriedade com que um casamento deve ser levado. A responsabilidade que é esse compromisso, e como não podemos nos deixar levar apenas pelo desejo e emoção, sendo preciso analisar profundamente o outro, sua origem familiar, suas propensões e anseios. Esses objetos estão aí como um alerta para um novo erro como este não ocorrer. Guilherme se sentia melhor pensando assim do que cogitando que mantinha qualquer anseio sentimental relacionado a ELA, afinal era questão de poucos dias para seu novo casamento ocorrer, não sendo minimamente lógico que ele ainda estivesse emocionalmente ligado ao fantasma do passado. Mas o jovem sabia que dentro dele restava algo com relação à figura feminina que utilizara todos esses objetos adornados na sala, e este sentimento, por mais confuso que fosse, de fato existia, e ele não podia negar. Guilherme apenas não sabia distinguir com precisão se era uma emoção ligada ao arrependimento pela forma como a relação deles se desgastara, tão profundamente, ou se era pura e simplesmente culpa pela noite fatídica. Mas a única verdade que ele de fato constatava era que se fazia necessário apagar em definitivo qualquer lembrança da sua antiga relação. E isso deveria acontecer o mais breve possível.

No centro da sala há uma imensa poltrona reclinável, até mesmo mais moderna do que as que permanecem na sala de cinema da mansão, igualmente de couro, mas cuja coloração é mais clara, quase caqui. Guilherme se aproxima e, após se sentar, procura a melhor posição para que confortavelmente pudesse continuar o ritual quase fúnebre de admiração dos objetos da antiga noiva. Era difícil não se lembrar dela dentro daquele vestido, e como se movimentava graciosamente na noite do casório. A beleza quase surreal daquela imagem feminina o enchia de orgulho como poucas coisas na época o faziam. Essa era a palavra correta a ser usada como definição: "orgulho". Guilherme sentia-se envaidecido por ser casado com uma mulher cuja beleza impactava a todos, "de mamando a caducando", como vulgarmente se fala no dito popular; os traços incomuns da moça, sua pele alva, o cabelo escuro como a noite, e os olhos claros como a luz do luar mais intenso que se possa imaginar eclipsavam toda e qualquer coisa ao redor. E essa beleza inquestionável estava ali se casando com ele, havia escolhido estar ao lado dele por todo o sempre. Não escolhera nenhum homem com mais posses ou qualidades: escolhera a ele, mesmo sem grandes atributos físicos naquele momento ou boas condições financeiras. E isso o deixara na época com a firme sensação de que ele então tinha atrativos acima da média dos homens, porque ela era acima da média, sem a menor dúvida. Isso o excitava sobremaneira. Até mesmo fisicamente.

Estando reclinado na poltrona e relembrando os pensamentos que tinha acerca dos atributos físicos da antiga noiva, e, não podendo deixar de vê-la naquele momento dentro daquele vestido trancafiado e protegido naquela caixa espelhada, o jovem quase que instantaneamente fica excitado. Isso mesmo, ele fica com pau duro.

Guilherme desafivela seu cinto e abre o zíper de sua calça, colocando seu membro ereto para fora, iniciando os movimentos de masturbação, alternando em gestos mais lentos com alguns mais rápidos, em uma cena que, até mesmo para ele, trazia algum desconforto por estar tendo prazer sexual com a imagem de uma mulher que aparentemente fora engolida pelo mundo, não se sabendo se estava viva ou morta, tornando a cena deveras grotesca.

Mas Guilherme se incomodava muito pouco com essa questão, já que, para o jovem, a obtenção do seu desejo, sexual ou não, estranho ou dentro da normalidade, era o que importava. Nada além. Naquele instante, a lembrança da figura feminina que ele desposara e que incontavelmente o satisfazia sexualmente de todas as formas era o que tinha relevância.

Enquanto intensificava os movimentos da masturbação, Guilherme recordava-se do corpo nu da moça, e até mesmo a maciez da pele dela em contato com a dele era novamente sentida com perfeição como se a jovem estivesse novamente ali recostada em seu corpo, pele a pele, suor com suor, e fosse ela quem estivesse segurando o pau do escritor naquele ato sexual.

Ficando cada momento mais relaxado no ato que realiza, Guilherme abaixa a calça até a altura dos joelhos, ganhando mais liberdade na realização do seu momento erótico particular, levando em seguida sua mão direita até seu peito, que permanecia desnudo desde que descera para este piso, enquanto a esquerda permanecia movimentando seu pênis ereto de forma frenética. A chuva se intensificara sobremaneira, fazendo com que os trovões que explodiam no céu servissem como um comando mental para o escritor apertar com certa força incomum seu mamilo, aumentando seu estado de excitação.

Ele gostava de sentir dor em alguns momentos do ápice sexual, e ELA era conhecedora de tal fato, sabendo com perfeição o momento certo de proporcionar essa sensação durante qualquer atividade sexual, fosse mordendo ou arranhando, fosse praticando qualquer ato mais intenso do que isso. Guilherme se sentia muito satisfeito não apenas por ela realizar com exatidão essa tara, mas muito mais porque fora ele que, com o tempo, conseguira introduzir a prática erótica na relação deles. A satisfação de ter conseguido quebrar um paradigma, de ter induzido uma ideia suja em alguém cuja santidade exalava a quilômetros de distância, como era o caso da antiga parceira, era muito mais excitante do que o próprio ato realizado. Perceber que não só a semente daquilo fora plantada, mas que de fato germinara nela, valia como mil orgasmos alucinantes.

Guilherme desliza suavemente a língua entre seus lábios ao lembrar que ela mordia os próprios lábios ao perceber a excitação dele durante o sexo, recordação essa que o faz intensificar o movimento da masturbação, que já se evidencia estar chegando ao grande clímax.

O escritor abre os olhos por uma fração de segundos após um forte estrondo de trovão, saindo desta feita do mundo das lembranças e excitações em que se encontrava mergulhado para um retorno à realidade, percebendo-se novamente na sala secreta com o vestido iluminado no compartimento de vidro a sua frente, atentando-se desta vez que a manga da roupa permanecia suja de lama, lançando a mente do jovem imediatamente para a noite em que sua então esposa desaparecera para sempre de sua vida, e aparentemente da vida de todos. Ele se recorda de que o vestido estava a alguns metros de distância do carro que ela dirigia naquela noite de chuva intensa, jogado na lama às margens do rio, assim como tantas outras peças de roupas, fotos e os mais variados objetos pessoais dela, assemelhando-se tal lembrança a uma bomba que, tendo caído sobre uma cidade, a arrasara totalmente, destruindo vidas e sonhos. Essa ilustração cabia perfeitamente nos sentimentos do rapaz, porque esta era a sensação que ele tivera ao ter se dirigido ao local daquela noite. De fato, uma bomba caíra e aniquilara absolutamente tudo que ele conhecia, vivera e idealizava como felicidade. Sua vida fora alvo de uma bomba atômica como a de Hiroshima. Nada mais sobrara.

Não quero pensar nisso, conclui Guilherme, sacudindo bruscamente a cabeça para o lado como que a expulsar com este movimento a memória e o sentimento que ela trazia, passando a se sentir novamente forte por saber que, assim como Hiroshima, ele também renascera das cinzas como uma fênix, e isso era prova que nada podia impedir aquilo que estava predestinado a ocorrer. A tempestade vem e é preciso vir, acabando por arrancar as folhas das árvores, mas esta permanece com sua raiz forte fincada ao solo, a bomba aniquilou Hiroshima, mas a cidade renasceu ainda mais forte e bela, assim como ele fora destruído com o desaparecimento da jovem, preso e humilhado, mas hoje alçado ao mais extremo estrelato com que apenas sonhara, mostrando que o destino nunca muda. O que é preciso ser será.

Guilherme sorri em indisfarçável satisfação com a conclusão de suas ideias e, quando se preparava para cerrar os olhos voltando-se novamente para o ato sexual que já se perpetuava há minutos, a luz da sala começa a oscilar após mais um trovão ecoar no ambiente. O escritor sente o coração acelerar como se pressentisse que algo estava prestes a ocorrer, mas mais que isso: a sensação que começava a dominar seu corpo era a mesma que ele sentira na noite em que descera o barranco enlameado pela chuva em direção ao carro daquela que fora o céu e o inferno para ele. O jovem recostado à poltrona sabia da extrema ligação que construíra com o tempo com aquela mulher, a ponto de os pensamentos de ambos se misturarem em um tal nível de intimidade que palavras se faziam desnecessárias na maioria das vezes, bastando um único olhar para uma perfeita execução de comandos ser colocada em prática.

Pela intensidade da conexão, que beirava uma simbiose, e por mais ilógico que pudesse ser e era, Guilherme sabia que o seu coração estava cada vez mais acelerado por pressentir que ELA estava na casa neste momento. A razão gritava na mente do escritor que isso era totalmente impossível, mas a emoção dizia o contrário, e, embalado pela esperança, tal sentimento não poderia ser simplesmente ignorado. Guilherme então sobe suas calças ao mesmo tempo que fica de pé, percebendo suas mãos tremendo enquanto afivela o cinto ao redor da cintura. Os trovões permanecem ecoando, assim como a luz recomeça a oscilar, agora de forma ininterrupta como um vaga-lume na noite escura. Quando ele sobe o zíper da calça, assusta-se com a batida à porta da sala em que se encontra. Alguém está no corredor querendo entrar. Isto é incontestável. *Só pode ser ELA*, pensa o assustado homem, que agora se direciona para a porta.

Como uma criança bem ansiosa que rasga a embalagem de um presente que ganha no Natal para verificar o conteúdo do que tinha recebido do Papai Noel, Guilherme abre a porta da habitação em um rompante só comparável a uma tentativa de flagrante de um adultério, mas a única coisa com que ele se depara é com um grande e frustrante nada. Não há ninguém. O corredor permanece vazio, tal como antes estava. O homem, cuja decepção no rosto fica cada segundo mais evidenciada, sai do interior da sala e percorre o corredor em busca de algo diferente ou sinal de que alguém pudesse ter ali estado há poucos segundos. Tudo estava do mesmo jeito. O coração do escritor aos poucos vai retornando ao ritmo normal. *Ela continua desaparecida*, pensa pesarosamente o homem, cujo lamento por tal constatação se faz óbvio com o profundo suspiro que escapa de seus lábios, ainda um pouco trêmulos.

Os sentimentos mais uma vez se misturam na mente do jovem, que agora há pouco tremia com a possibilidade de reencontrar a ex-mulher, fosse fisicamente, fosse como um demônio vindo direto do inferno mais diabólico que pudesse existir, como ela vem aparentemente surgindo nessas visões sinistras que povoam a mente do escritor nos últimos tempos. A forma não importava mais, e, em qualquer hipótese ou sob qualquer situação, o que ele desejava era de fato estar com a moça frente a frente mais uma vez, para que pudessem ter uma última conversa sobre tudo que ocorreu, não especificamente acerca da noite fatídica em que ela desaparecera, mas sobre em que ponto tudo dera errado na vida que eles planejaram para ambos. O momento em que o que havia desaparecido fora o respeito, a cumplicidade, os planos, o amor. Revelações sobre o sumiço em si eram circunstanciais, beirando à irrelevância, comparado a essas questões que afligiam a alma do escritor.

Mais uma vez, no entanto, Guilherme se vê frustrado com a constatação de que esse reencontro permaneceria em aberto, como estava há tempos, nada havendo que se resolver destas questões nessa noite. Nada restava ao ansioso homem a não ser esperar mais uma vez pelo retorno dela. Cabisbaixo, Guilherme retorna ao interior da sala que abriga os itens de casamento, jogando-se em um movimento brusco na poltrona em que há pouco se deleitava em um momento íntimo com suas memórias acerca da ex-mulher, em uma sintonia quase sobrenatural. Durante alguns segundos o homem permanece sentado como que aguardando inspiração para retomar o ato de volúpia do ponto em que havia parado, mas ele sabia que a conexão havia se perdido como um sinal de wi-fi que geralmente desaparece como por encanto, e justamente quando mais necessitamos dele.

O melhor que faço é cuidar da vida e deixar de perder tempo neste pseudomausoléu, constata Guilherme, que, no exato momento em que apoia ambas as mãos em cada braço da poltrona, em sinal claro de que se prepara para erguer-se do móvel, se vê impedido por dois braços que brotam de dentro do estofado de couro, agarrando-o pelo peito como em uma espécie de abraço macabro e angustiante. O pânico e o horror tomam o corpo do escritor a ponto de seus olhos, petrificados de medo, só ganharem novamente o movimento das pálpebras em decorrência do suor que começa excessivamente a pingar pelo rosto do jovem, acumulando-se em seus cílios. Completamente encharcado de suor, ele tenta gritar, sem sucesso, como se a boca estivesse lacrada com concreto, mas o grito de horror está lá, entalado em sua garganta, tentando desesperadamente sair, assim como as pernas parecem não lhe obedecer ao comando para se levantarem e correrem daquele local tenebroso.

Os braços sobrenaturais que o seguram com firmeza deslizam por seu peito e ombros, em um vaivém suave, uma espécie de massagem fantasmagórica, passando a deslizar vagarosamente pelos braços do escritor, alisando toda a extensão desde o bíceps ao antebraço do jovem, fixando-se em definitivo nos punhos do homem, passando a segurá-los com força excessiva, como que a dar o recado de que o manterá naquela poltrona por toda a eternidade.

Não sabendo como ganhara força no transcorrer destes segundos aterradores, o que deve ter ocorrido em razão do insuportável odor pútrido que tomara conta do ambiente, já que os braços que o mantêm fixado na poltrona possuem a carne azulada e deteriorada típica de cadáveres em estágio avançado de putrefação, o jovem enfim consegue emitir um sonoro e forte grito desesperador no ambiente, e, em um súbito e forte movimento, ergue-se do sofá, caindo em seguida, pela ação brusca, contra o receptáculo de vidro onde o vestido de noiva permanece iluminado, batendo a cabeça fortemente. Guilherme, ainda no chão da sala e bastante letárgico, leva as mãos à cabeça como que tentando recuperar a normalidade do labirinto o mais rápido possível, mas somente consegue erguer o tronco, recostando-se no artefato de vidro em seguida, e, estando já sentado, enxerga aterrorizado que a figura monstruosa tomara forma completa, não sendo mais apenas dois longos braços fétidos que emergiram do nada da poltrona. Agora o que Guilherme enxerga é um corpo que se levanta vagarosamente de trás do estofado reclinável a sua frente, deixando visível em um primeiro momento as costas azuladas ainda reclinadas como de um corcunda, mas ensaiando para ficarem completamente eretas, o longo cabelo preto caído para a frente, e o fato de estar trajando o vestido de casamento, como uma noiva infernal.

Guilherme de súbito se vira para trás na esperança de que seus olhos estejam enganados mais uma vez, e o vestido branco permaneça onde sempre estivera, mas, para seu desespero, constata que o vestuário não mais se encontra no compartimento de vidro, fazendo que, de forma automática, o escritor volte o seu olhar novamente para a criatura, que agora se mostra completamente erguida a sua frente, na poltrona em que ele estivera.

Ainda em pânico, Guilherme olha em direção à porta da sala, que permanece entreaberta, e começa a calcular o número de movimentos que teria de realizar e quantos segundos ele precisaria para estar fora daquele pesadelo. Os segundos se parecem horas, as batidas do seu coração parecem ressoar como imensas caixas de som e em uma intensidade semelhantes a dos trovões que há pouco ecoavam em meio à tempestade, fazendo com que o cálculo das possibilidades seja em vão, pois ele não consegue tirar seus olhos da criatura em pé a sua frente.

Criatura, é uma criatura! Isso não é uma pessoa, é o que Guilherme constata ao olhar aquela noiva mortal o encarando com a pele azulada, os olhos esbranquiçados, o cabelo negro como a noite e completamente desalinhados, molhados e com certo líquido viscoso pingando deles. Ela apenas o observa sem expressão alguma, até que inesperadamente começa a esboçar um leve sorriso, para em seguida dizer ao homem, que permanece estático no chão, o que ele ouvira na última visão que tivera dela vestida com esse traje matrimonial na beira do lago ao lado do barranco onde seu carro fora encontrado: *Enquanto precisar de mim, sempre estarei aqui para você*. Neste momento, a boca da mulher se abre e adquire tamanho anormal e monstruoso, assemelhando-se quase à bocarra de um tigre, e dela emergem milhares de moscas, que tomam todo o ambiente.

Desesperado, Guilherme grita enquanto agita os braços freneticamente próximo ao rosto, em uma tentativa inútil de se desvencilhar da quantidade de moscas que pululam no ambiente, mas principalmente para evitar que perca visibilidade do local exato onde a noiva se encontra, já que de fato, com a quantidade de moscas se intensificando no ar, o jovem encontra certa dificuldade em localizar até mesmo a porta que dá acesso ao enorme corredor. Não havia dúvidas de que saber exatamente onde ela estava era melhor do que não vê-la, por mais amedrontador que fosse para ele enxergar aquela monstruosidade.

Sentindo a necessidade imperiosa de se salvar o mais rápido possível, Guilherme apoia as mãos no chão e, em um único e forte impulso, se põe em pé, correndo em seguida desesperado em direção à porta da sala, o que não leva mais do que poucos segundos, mas, pela situação em que se encontra, transparece ao jovem a sensação de que levara horas para conseguir alcançar a porta de saída daquele inferno.

5

Ao conseguir enfim se ver fora daquele purgatório, e estando já no corredor principal, Guilherme bate a porta da sala com força e, após retirar com certa dificuldade a chave do seu bolso, leva-a até a fechadura, cerrando assim o local macabro, conseguindo se afastar de todo aquele cenário infernal que tomou conta do ambiente, gerando-lhe quase a sensação que a Alice do País das Maravilhas pôde ter sentido, em grau menor, é claro, quando enfim conseguiu regressar para sua casa. Estava livre. Ao menos temporariamente. Mas dentro dele permanecia a certeza de que a situação se repetiria, que em muito pouco tempo o embate definitivo com aquela mulher com quem convivera por anos a fio ocorreria e toda a verdade sobre o que aconteceu com a moça naquela estrada viria à tona, definitivamente.

Guilherme, ainda ofegante, apesar de mais tranquilo, e em um momento de autorreflexão e responsabilidade, promete para si que voltará a tomar a medicação psiquiátrica que há muito havia abandonado, como o próprio doutor Stephano havia recomendado que fizesse em sua última sessão de terapia. Mas tal pensamento é cortado quase que instantaneamente na mente do escritor quando este visualiza uma mosca movimentando-se ao redor da maçaneta da porta recém-fechada, como que alertando com sua movimentação que tudo de fato acontecera naquela sala, e não fora fruto da mente adoentada do homem que ali permanece assustado.

Eu vou voltar a tomar a medicação sim, mas preciso ter certeza. Absoluta certeza. Isso não foi igual ao bufê, quando desmaiei. Não foi. Foi muito real, e não um sonho, diz o rapaz, que, enchendo-se de coragem, aproxima sua mão da maçaneta de forma decidida, introduzindo a chave na fechadura, e girando firmemente a maçaneta, destrancando a porta. Ao abrir a porta lentamente, como que se precavendo de algo que possa de lá pular em cima dele, Guilherme se vê novamente dentro da sala e parado junto à porta de entrada, constatando, perplexo, que tudo no local está exatamente igual à última vez que ali estivera, meses atrás: não há nenhuma mosca no ambiente, o vestido ainda está dentro do invólucro de vidro, iluminado pelas luzes internas, assim como o álbum, a aliança e o enfeite de cabelo permanecem em seus respectivos baús de vidro expostos. Tudo está da mesma forma.

Devo estar ficando louco mesmo, pensa Guilherme, que, ao virar as costas para a sala e ensaiar sua saída, fechando mais uma vez a porta, se vê surpreendido por um forte e intenso grito feminino, que ecoa em todo o ambiente de forma ensurdecedora. Um grito de dor. Um grito de horror. Ele corre, após bater a espessa porta do recinto, esquecendo-se até mesmo de trancá-la, como sempre o fez, e, desesperado, atravessa o corredor com a intenção de sair deste piso inferior da casa. As luzes do corredor piscam de forma intermitente, tornando a ambientação local extremamente aterradora, o que nem mesmo era necessário, porque tudo que ali estava se desenrolando já era deveras macabro e fantasioso a ponto de que, se estivesse ocorrendo à luz do dia em uma praia repleta de pessoas alegres e contentes, ainda traria o mesmo sentimento de pânico e insanidade que ele estava vivenciando ali sozinho, naquele início de noite, em sua residência.

Com o cintilar frenético das luzes do corredor, o senso de direção do escritor fica prejudicado, o que, aliado ao nervosismo crescente de toda situação, faz com que este se demore a localizar o ponto exato das escadarias que o salvarão deste local amaldiçoado, levando-o para superfície de sua luxuosa mansão.

Quando enfim se vê prostrado aos pés da longa escadaria, Guilherme se vê invadido pelo sentimento de alívio e esperança, ao mesmo tempo que sabe que ainda não é o momento adequado para relaxar, pois precisa sair daquele complexo de salas. Assim, como alguém que está se afogando e abraça um pedaço de madeira que surge no alto mar como última oportunidade de se manter vivo, o jovem recobra a adrenalina inicial e lança-se escada acima de forma frenética, pulando de dois em dois degraus, tal era seu anseio de sair o mais rápido possível daquele espaço. Quando se aproximava da tão almejada porta no topo da escada, Guilherme acaba por tropeçar justamente por estar subindo tão rapidamente, pulando degraus imprudentemente, acabando por rolar escada abaixo, parando novamente aos pés da escada no corredor de que fora tão assustador escapar.

O escritor se levanta rapidamente, apalpando seu corpo todo como que a conferir se a queda o havia machucado, o que constata, aliviado, que não, e retoma seu intento de chegar até o topo da escadaria. Ao enfim conseguir ter êxito em seu intento, ele força a porta, que parece estar travada. O horror começa a tomar seu corpo novamente, e uma sensação gélida lhe percorre toda a pele, sentindo um iminente desmaio tomando forma.

— Não vou aguentar mais ficar aqui, Deus, por favor, não me deixe desmaiar! Não agora, não agora, eu imploro — grita o rapaz, que não mais tem como deixar que lhe escapem as lágrimas, tal como uma criança desamparada o faria.

Guilherme esmurra a porta freneticamente na esperança de que este ato seja suficiente para a porta desabar, ou suficiente para que alguém o ouça, um vizinho ou outra qualquer pessoa. Tudo em vão. Ele sente que o mundo está girando, ao mesmo tempo que sua visão começa ser acometida de pequenos *flashes* antes de ser completamente tomada pela mais pura escuridão.

A consciência de Guilherme vai despertando aos poucos, mas seus olhos parecem não acompanhar essa ativação mental, como que se negando a correr o risco de novamente se deparar com tanto horror, o que era muito natural àquela altura. O jovem aproveita então para se concentrar nas sensações que seus outros sentidos captam naqueles instantes de relaxamento. Ele movimenta as pernas de forma lenta, sentindo o calor e a maciez do tecido, o que lhe proporciona imensa sensação de conforto, constatando desta forma estar deitado em uma cama com colchão de qualidade excepcional. É notório para ele que a grande tempestade que caíra no fim de tarde e continuou no início da noite havia praticamente cessado, restando uma calma chuva que insiste em cair, perceptível ao escritor pelo som ritmado que capta por sua audição. Som da chuva batendo levemente no vidro da janela, fazendo-o ter a segurança de que está em seu quarto, repousando em sua cama.

O novelista tenta vasculhar as lembranças de como ele teria chegado até o local seguro em que se encontra. Teria evitado o desmaio e subido em direção a seu aconchego? Alguém o socorreu daquele inferno a tempo e o levou até sua cama? Por mais esforço que faça, não consegue ter certeza de nenhuma dessas possibilidades, o que o levava para uma das conclusões que mais o atemorizavam, porém que deveria ser sim considerada: ele jamais saíra daquele local em que se encontra repousando, e tudo que ele vira no piso inferior de sua mansão fora fruto de um pesadelo, um delírio, ou qualquer coisa similar. E isso o assustava fortemente, porque, em se comprovando que tudo não passara de um sonho, tornava-se forte o indício de que sua consciência não estava normal, e poderia estar em um crescente declínio em direção a um estágio de loucura plena.

Na intenção de fugir dessa possibilidade tão pesada, Guilherme resolve, mesmo que com dificuldade, abrir seus olhos vagarosamente, e, estando com seu pescoço ligeiramente virado para a direita, depara-se com seu abajur ligado em cima da pequena mesinha de madeira, o que de pronto o faz ter convicção de que alguém o levara até ali, já que em cima do móvel repousa uma xícara toda entalhada com detalhes chineses e dela sobe pequena fumaça, denotando que fora preparado algo para ele, e o jovem escritor tinha certeza que nunca teria preparado nenhum café, chá ou solução líquida similar, porque não tinha esse costume. Em razão da iluminação do abajur, a fumaça que sai da xícara ganha curiosa forma no ar, o que deixa o cenário bem *instagramável*, pensa Guilherme, já imaginando quantas visualizações e comentários conseguiria obter, se publicasse neste instante essa foto específica. Pensamento fútil, ele bem sabe, mas não podia fugir desta visão que lhe tomara a mente, o que era até bom, porque o jovem necessitava de relaxamento neste instante, e as redes sociais tinham essa função na vida do homem que ali repousa.

— É apenas chá, pode tomar antes que esfrie muito. Você com certeza está precisando. Aliás, está se sentindo melhor? — pergunta uma voz feminina, que ecoa firmemente no recinto, fazendo com que Guilherme vire totalmente e de forma rápida sua cabeça para o lado esquerdo, talvez temeroso de que a mulher que acabara de se dirigir a ele fosse aquele fantasma horrendo de sua antiga esposa, que insiste em persegui-lo.

Mas Guilherme constata que é sua noiva, Amanda, sentada na ponta da imensa cama de seu quarto, com seu sempre resplandecente sorriso acolhedor no rosto, mãos cruzadas na altura da coxa, e com a sua habitual aparência calma e doce, o que arranca de forma instantânea do jovem um sorriso de orelha a orelha, acalmando sua mente como a chegada de uma mãe acalma o coração da criança que passara uma tarde longe de seus braços acolhedores, mas que agora se reencontra com o filho. Era essa a sensação, embora ele soubesse e fosse muito feliz em constatar que não havia nada nesta nova relação que se assemelhasse a uma relação filial, e ele sentia imenso alívio por isto; tudo que o escritor mais abominava era justamente a possibilidade de repetir o tipo de simbiose maternal que ele infelizmente contribuíra para se tornar real, no seu relacionamento anterior com a desaparecida ex-mulher.

Guilherme sabia que, por mais comum que fosse a um casal acabar, no transcurso do tempo, confundindo intimidade e cuidados típicos do companheirismo com sentimento maternal, isso era extremamente errado, e que ceder a tal caminho fácil nada mais era do que fornecer o combustível ideal para a ruína plena da relação homem e mulher, e tal caminho ele prometera para ele mesmo que jamais trilharia em outro relacionamento, o que o escritor vem à risca cumprindo com Amanda. Sua relação com a jovem advogada era embasada sim em muita confiança, incontáveis afinidades nos mais diversos aspectos da vida, mas sem jamais com isso permitir que o mais importante deixasse de permanecer em meio a tudo isso: que era a individualidade de ambos. Em um relacionamento, sempre se deve manter a consciência de que há três lados coexistindo de forma harmônica: o casal, o homem e a mulher. Um perfeito tripé que deve se manter sempre em pé, o que não ocorrera na sua antiga e doentia relação do passado.

— Eu estava pensando como havia parado aqui na minha cama, porque confesso que não me lembro mesmo de nada, além do fato de que havia chegado aqui em casa e estava começando a se armar uma forte tempestade — diz mansamente Guilherme, tentando construir um semblante sensual e chamativo para a noiva, que o escuta atentamente.

— Pois é, meu amor, eu vim direto para cá, preocupada com você porque no bufê já estava bem claro que sua cabecinha criativa, altamente sexy, não estava muito bem. Acho que pelo estresse e pressão da entrevista de hoje, não é? Eu tinha percebido que não estava no seu normal lá, então teve o desmaio, e achei melhor vir até aqui me arrumar para a noite — responde, com um sorriso levemente irônico ao mesmo tempo que fixa o olhar para as unhas que repousam em sua coxa.

— Onde eu estava quando você chegou? — pergunta o curioso homem, que agora ergue o tronco na cama, ficando sentado no colchão, exibindo seu peitoral desnudo.

— Desmaiado no chão próximo da porta que leva ao piso inferior. Penso que tenha ido à sala de cinema relaxar um pouco.

A explicação da jovem faz com que Guilherme suspire aliviado e cerre os olhos em sinal de alívio, porque isso confirma que ele não havia imaginado tudo que ocorrera desde que chegara a casa. Ao menos não fora tudo fruto de sua imaginação. Não estaria ele completamente desequilibrado. Talvez apenas meio desequilibrado, e isso era sim motivo de muito alívio.

Amanda se levanta da cama, sua figura deixando Guilherme totalmente vidrado: a jovem está toda arrumada para o evento daquela noite. Ela se direciona até a imensa janela do aposento em que se encontram, parando junto à cortina que decora a habitação e fixando seu olhar na noite escura, enquanto Guilherme crava seu olhar na mulher como em uma tentativa de captar e registrar na memória cada detalhe daquele momento. Ela está estonteantemente bela trajando um vestido preto colado ao corpo, denotando suas formas, dando a certeza de que é uma mulher que cuida muito de sua aparência, estando ainda mais esguia do que era, o que muito agradava ao escritor, que valorizava sobremaneira quem cuidava do físico. O vestido ainda levava uma grande fenda na perna, deixando a mulher ainda mais sexy.

Não era apenas observar para guardar mentalmente a imagem, como todo bom saudosista gosta de fazer, ainda mais um *saudosista ansioso*, como ele mesmo gostava de se tachar (aquele que, por vivenciar um momento muito bom, mas tão bom, já imagina a imensa saudade que terá desta significativa situação). Ele o faz pelo prazer e excitação que sente por mais uma vez saber que tem atenção e o coração de uma mulher fantástica como Amanda a sua disposição e ao seu alcance, cuja dedicação e cujo companheirismo em seu pior momento, quando esteve preso, mostraram-se reais e intensos. Ele sabia que Deus mais uma vez o estava oportunizando a chance de ser feliz a dois com alguém, ser correto com uma pessoa que está ao seu lado para o que der e vier, e muito mais do que isso: a chance real de conseguir mostrar que era um ser humano diferente, permitindo se observar como um todo, e com isso não se deixar levar por impulsos indevidos, por mais tentadores que fossem e mais costumeiros que fossem para ele. Era a oportunidade de provar para si que era capaz de ser feliz, porque agora tinha maturidade e consciência de suas falhas. Além disso, pela primeira vez ele sentia o que jamais conseguira se aperceber em momento algum de seu antigo eu: ele tinha, como todos, o direito e o dever de ser feliz, sem culpas ou julgamentos. O ontem já havia passado, portanto o foco deve ser o presente. E neste tão intenso presente o que o escritor mais ansiava era ser avassaladoramente feliz.

— Então você veio até aqui para me proteger da tempestade? Que moça mais cuidadosa. Aliás, mais que cuidadosa, extremamente habilidosa, afinal até conseguiu dissipar a tempestade, hein? Com certeza a chuva ficou intimidada com sua beleza, amor — fala Guilherme, que ao mesmo tempo sorri ironicamente ao pronunciar o galanteio, percebendo em seguida que a jovem advogada sorria encabulada enquanto seu rosto, ainda que a certa distância, se deixava notar bem ruborizado com as palavras do noivo.

Bingo!, pensa Guilherme, ao perceber que havia mais uma vez conseguido com uso das palavras corretas atingir o emocional da moça. Amanda naquele instante era para o jovem a representação do público em geral, portanto era obrigação do escritor saber usar as palavras da forma mais adequada para tocar o emocional das pessoas, e essa habilidade ele exercia com maestria, passando ao autor a sensação concreta de que era de fato alguém diferenciado da maioria, e Guilherme faria tudo para não apenas sentir-se assim, mas provar que tal conclusão era fato. E tem trabalhado com intensidade para isso.

Amanda se afasta da janela e corre para os braços de Guilherme, que já em pé junto à cama a envolve em seus braços e lhe dá um beijo apaixonado e voluptuoso, deslizando suas mãos por todo corpo da jovem, que não consegue esconder a chama da excitação, que vai aos poucos se acendendo, a ponto de soltar leve gemidos entre suspiros apaixonados. Enquanto sua mão direita se posiciona na nuca de Amanda, Guilherme vagarosamente passeia com a mão esquerda pelo quadril da advogada, e em um movimento maroto introduz sua mão pela fenda do vestido da mulher, na tentativa de fazer a noiva ceder ainda mais a seus desejos sexuais imediatistas.

— Não podemos agora, bonitão! Segure seu *amigo* aí dentro das calças, ao menos por mais algumas horas. Não temos todo o tempo que você imagina. Você ainda tem de tomar banho, escolher roupa certa, arrumar-se e ficar um pouco mais tranquilo para a entrevista. Se formos dar atenção a isso agora, tudo isso que falei aqui vai ficar corrido para você. E você sabe que não gosta de se preparar abruptamente. Gosta de levar certo tempo se preparando.

Amanda coloca as mãos no peitoral de Guilherme e docemente faz movimento que demonstra a necessidade de afastamento do corpo excitado do homem, que, levando o rosto para o alto, lamenta ter de concordar com sua noiva.

— Voltando da gravação, sem falta vamos resolver isso aqui então. Não gosto de ficar com uma mulher tão linda frente a frente como você e nada acontecer. Fica no ar a probabilidade de que não sou sexualmente interessante — brinca Guilherme, que recebe como resposta um doloroso beliscão da noiva, que, rindo, o corrige pelas palavras, "uma mulher tão linda como você", pois ele acabou por deixar no ar que qualquer mulher bonita o faz ficar completamente louco por sexo.

— Estou brincando, amor, foi apenas força de expressão. Você me entendeu... — justifica-se o jovem, que recebe um carinhoso abraço da noiva, mostrando que tudo permanecia muito bem entre eles.

Guilherme gostava às vezes de testar a maturidade da noiva até em meio a piadas, como que a tatear o terreno em busca da certeza de que havia feito a melhor escolha permanecendo ao lado dela. Estava cada dia mais evidente a ele que desta vez o acerto fora pleno. Uma brincadeira como essa seria suficiente para uma discussão interminável com a ex-esposa.

— Minha irmã vai estar hoje à noite no estúdio? — indaga o curioso homem à sua noiva, enquanto tira a calça, dirigindo-se nu até o banheiro para iniciar seu banho.

— Muito provavelmente. Aliás, ela me deu certeza de que sim. Melhor ser clara contigo — afirma Amanda, enquanto mexe no seu celular.

Guilherme para à porta do banheiro que adentrava, permanecendo cabisbaixo por algumas frações de segundos, para em seguida voltar o rosto em direção à advogada, poucos metros distante dele.

— Então vou ter de cuidar para não me exceder. Sabe como minha irmã é, ainda mais nessas situações públicas — conclui o homem, antes de o som da água do chuveiro se fazer audível no ambiente, em sinal claro de que enfim Guilherme iniciara seu ritual preparatório para a grande entrevista da noite.

Já passava das 20h quando o Lamborghini cruzou a estrada em altíssima velocidade, levantando fina camada de água acumulada pela chuva no atrito das rodas do possante com asfalto molhado. Guiando essa máquina moderna, está Guilherme com a bela Amanda sentada no carona, que utiliza o espelho do quebra-sol do carro para se observar enquanto retoca seu batom, em uma imagem altamente excitante para o escritor, ainda mais pelo fato de não ter conseguido seu intento de possuir fisicamente a moça antes do compromisso para qual agora se dirigem apressadamente.

— Vê algo de que gosta, lindão? — brinca a jovem, quando enfim termina de retocar perfeitamente os lábios, estampando um grande sorriso de imediato, o que coloca de igual maneira no condutor do veículo um sorriso malicioso e típico de quem deseja adentrar uma conversa mais picante com intenção de aumentar a tensão sexual que ali se encontra.

— Claro, meu bem. Com certeza. E você? Também está vendo algo de que gosta aqui? — indaga Guilherme, ao mesmo tempo que inclina rapidamente a cabeça em direção à parte inferior de seu corpo, deixando muito evidente, pelo volume na calça que veste, que a imagem da noiva retocando a maquiagem o deixara extremamente excitado.

Amanda arqueia as sobrancelhas ao mesmo tempo que emite um sonoro *UAU*, admirada com a visão, antes de levar uma das mãos à boca, surpresa por seu noivo, até mesmo em uma situação cotidiana como dirigir (ainda mais atrasado para um evento que pode não terminar de forma agradável), ter cabeça para se manter interessado em sexo. *Os homens são assim mesmo*, conclui ela mentalmente, antes de deslizar sua mão pela coxa de Guilherme e terminar com a mão apalpando delicadamente o pênis do homem, que passa a respirar mais intensamente, num frenesi semelhante a um gemido.

— Vendo, segurando e me divertindo como sempre — responde Amanda, enquanto permanece se entretendo massageando o órgão genital do escritor, que aumenta o volume do som, enquanto pisa ainda mais fundo no acelerador, fazendo com que o luxuoso carro transite com ainda mais velocidade pela estrada sinuosa, passando a impressão, a qualquer um que observasse a cena, de se tratar de um avião, e não de um automóvel. O velocímetro do carro marca acima dos duzentos quilômetros por hora, enquanto a música *Do it to it* de Acraze, que é uma das músicas prediletas do apressando homem, ecoa em altíssimo volume no interior do Lamborghini.

O carro a cada curva parece aumentar mais um pouco de velocidade, quase que derrapando, sendo seguramente controlado por Guilherme, que, maravilhado com o momento ali presente, não sabe ao certo se o prazer que está sentindo vem unicamente das mãos da bela mulher que massageia seu pênis, ou por estar dirigindo um carro em alta velocidade e mantendo o pleno controle de sua estabilidade, ou mesmo pela soma de ambas as situações, o que parecia ser mais provável. A razão não importava, e sim o momento presente estar de conformidade com os anseios do jovem, fazendo-o sentir-se privilegiado e especial, indestrutível até, em suma: alguém com a vida repleta de prazeres e realizações pessoais e sobre cuja existência ele tinha total e absoluto controle.

Acostumado a transitar a vida toda entre o real e o fictício, por ser um escritor e, muito mais que isso, um amante da sétima arte desde sempre, era impossível a Guilherme estar naquela situação tão sexualmente intensa e não ter a memória remetida automaticamente para imagem da atriz Sharon Stone no filme *Instinto Selvagem 2*, quando na cena inicial ela dirige um carro em alta velocidade enquanto é masturbada por um homem sentado no banco do carona — mesmo essa cena introdutória tão picante terminando de forma trágica.

— Espero que não terminemos esta noite dentro de algum rio aqui da cidade, igual a Sharon Stone — brinca Guilherme, enquanto permanece com o pé firme no acelerador.

— Hummm... *Instinto Selvagem 2*... gostei da referência. Fique tranquilo, meu bem, confio na sua condução ao volante, assim como sei que você confia na minha condução aqui no seu *playground*... Fora que esse filme naufragou totalmente, infelizmente. Diferente de você, que está emergindo.

Guilherme sentiu-se extremamente satisfeito: Amanda pegara a referência da película muito rapidamente e sem muitas explicações, dando ao jovem mais certeza de que desta vez escolhera a mulher certa para passar sua vida ao lado, afinal, entre tantas afinidades, o fato de a advogada ser cinéfila o encantava sobremaneira. Era, portanto, uma igual. Que mulher incrível era essa que fazia descortinar a ele uma expectativa de um final feliz que o escritor ansiara escrever para si incontáveis vezes.

A noite se mantinha bastante fria em decorrência da chuva intensa que caíra durante o fim da tarde, mas para Guilherme a sensação de forte ansiedade pela situação que se avizinhava era como de uma tarde de verão extremamente sufocante e abafada. Para qualquer pessoa que avistasse o jovem que dirigia apressadamente, no entanto, seria impossível perceber tais sentimentos, já Guilherme sabia como poucos ocultar suas reais sensações, e tal habilidade era mais um motivo de grande orgulho para ele.

Guilherme vai desacelerando seu possante veículo à medida que se aproxima do centro da cidade e do estúdio da emissora de televisão mais assistida da atualidade, que esta noite transmitirá sua entrevista para todos os lares do país. Seu coração reage de forma oposta ao seu nervosismo, passando a bater em um ritmo diferente, quase letárgico, lembrando os batimentos de alguém que está lentamente se despedindo deste mundo. Quanto mais próximo do local, mais tudo se assemelha a um filme em câmera lenta para Guilherme: os carros que cruzam parecem estar quase parando, os movimentos das pessoas nas calçadas parecem levar horas, até a água da poça que se formou na rua e se ergue no ar com a passagem de outro carro se assemelha a uma microexplosão líquida, intensa e grandiosa, que paira no ar, ampliando-se tal qual uma tempestade antes de voltar a cair no asfalto.

O mundo atual, tal como o conhecemos, parecia haver entrado em processo de desligamento, como se estivesse se reiniciando para uma nova etapa — era essa a impressão que crescia dentro de Guilherme enquanto se aproximava da sede onde o evento da noite ocorreria. E de fato estava, ao menos para o escritor. E de formas que ele jamais poderia antever, e quem sabe desejar. As pupilas de Guilherme praticamente brilham como joias ao mesmo tempo que dilatam de forma incomum, quando, diminuindo a velocidade de seu carro até parar totalmente uma esquina antes da entrada do evento, o jovem, inebriado com tudo que está a sua frente, constata a grandiosidade daquele momento, e como ele enfim conseguira atingir por meio de sua escrita o interesse das pessoas com intensidade jamais prevista. As ruas próximas se encontram tomadas de fãs, curiosos e repórteres; emissoras de televisão estão na calçada aguardando sua chegada, fotógrafos com seus *flashes* intensos captam toda a perspectiva da situação, pessoas erguem cartazes de apoio ao escritor, e na fachada da emissora um imenso outdoor iluminado com canhões de luzes exibe sua imagem usando belo terno preto desenhado exclusivamente para ensaio de fotos realizado quando do lançamento do livro.

— Estou aqui com você. Fique tranquilo. Sei que esse evento será um pouco diferente dos outros, mas, assim como antes, este aqui você vai tirar de letra. Vai conseguir colocar a megera no lugar dela — afirma Amanda, enquanto leva sua mão de encontro à de Guilherme, segurando-a firmemente para certificar mais uma vez seu intenso apoio incondicional.

Ele leva o olhar em direção à noiva, e manifesta um sorriso de canto de boca ao mesmo tempo que lhe aperta a mão em sinal de agradecimento pelo apoio recebido. Talvez essas palavras fossem até mais significativas ao escritor do que tudo aquilo que se desenrolava aos olhos dele a poucos metros de distância, porque somente o rapaz sabia o tamanho da dor e a intensidade de sua carência afetiva. Saber que não estava sozinho, que havia alguém que de fato se importava com o que sentia e como estava, era mais importante que o destaque como autor, afinal Guilherme sabia que o verdadeiro sucesso pessoal era ser amado em sua inteireza por alguém, e o real reconhecimento era aquele que obtemos sendo nós mesmos, com nossos defeitos e qualidades, e com Amanda ele conseguia sentir-se amado como pessoa real, e não idolatrado como o escritor cujas palavras pareciam encantar os leitores que se mantinham ávidos por mais informações sobre seu livro e suas ações na vida pessoal, como em um grande *reality show*. A advogada o admirava e estava ao seu lado pelo simples fato de o amar, mantendo-se indiferente a qualquer destaque midiático, e isso era deveras crucial para a mente do romancista. Ajudava-o, desta maneira, na difícil tarefa de ser ele mesmo. Ela era o porto seguro onde o jovem podia ser autêntico, e não alguém que atua a um público. Há muito tempo Guilherme não sentia essa segurança e esse cuidado real vindo de alguém. A última vez que sentira tudo isso fora junto daquela que era a grande responsável por tudo de ruim que acontecera em sua vida. Aquela que permanecia desaparecida aos olhos de todos, mas extremamente atuante em sua vida: sua ex-companheira, cuja presença em seus recorrentes pesadelos não lhe permitiam virar a página emocional de forma plena. De alguma forma, o escritor se mantinha umbilicalmente unido a ela. Mas ele pressentia que algo havia sido desencadeado no universo para extirpar por completo essa ligação doentia. Seria o amor por Amanda? Só o tempo diria.

Enchendo o peito de ar para em seguida soltar um sonoro respiro, Guilherme volta a acelerar o carro em direção ao aglomerado de pessoas, câmeras e *flashes* que se encontram a poucos metros, agora tomado não apenas de coragem, mas também de uma serenidade absurda, compreendendo, por óbvio, que aquela situação toda era seu novo normal já há algum tempo, e que seria bastante contraditório o escritor ficar incomodado com um movimento que ele mesmo havia desejado durante anos, e agora havia conseguido transformar em realidade. Não havia nada a ser temido. Era preciso encarar tudo com a devida magia que a situação trazia. Esse mundo quase encantado de destaque e fama era para poucas pessoas, tal qual um camarote de uma festa cujos convidados eram escolhidos a dedo. Uma tal vida cobiçada havia sorrido e selecionado Guilherme para adentrar o camarote do sucesso, só restando a ele aproveitar e mostrar a todos quão merecedor de ali estar era ele. *Chegou a hora de brilhar e encantar mais uma vez*, pensa, quando enfim para com seu possante na entrada da emissora.

Ele desce do Lamborghini com um imenso sorriso no rosto, ao mesmo tempo que ergue ambos os braços para o público na porta, movimentando as mãos no ar incessantemente; lembrando automaticamente aquelas moças que concorrem a premiações de concursos de belezas, Miss Mundo e similares, o que serve ao menos para o jovem manter um sorriso no rosto enquanto posa como uma atração diante dos olhares dos curiosos.

A porta do passageiro do carro luxuoso que estava sendo pilotado pelo "rapaz sensação do momento" também se abre, atraindo instantaneamente a atenção dos presentes, e consequentemente um pouco dos *flashes* que antes eram todos para Guilherme, o que leva o homem que posava sorridente diante de todos a também dirigir seu campo visual para aquela mesma direção, fitando Amanda, que já se encontra do lado de fora do veículo, sorridente e bela, observando o comportamento do amado noivo.

Guilherme então se movimenta em direção à bela mulher que o acompanha e, ao modo dos grandes atores quando encarnam um papel com perfeita sincronia, dá um sorriso afetado enquanto leva a mão esquerda aos seus cabelos, passando a perfeita imagem de sensualidade típica de um *playboy* maroto, visão esta que de fato ele gostava de transparecer, ainda que muitas vezes se sentisse, em seu íntimo, tão traumatizado que não visualizava nem mesmo a mais rudimentar possibilidade de que alguém realmente o percebesse como um homem interessante, ou com o mínimo de atrativo sexual.

Ao ficar de frente à noiva, Guilherme a envolve pela cintura com seu braço direito enquanto levanta o braço esquerdo, cuja mão vai no rumo do rosto da jovem, curvando seus respectivos corpos levemente para trás enquanto a beija apaixonadamente diante de todos, aumentando consideravelmente neste instante não apenas os *flashes* das fotos, mas também a intensidade da algazarra da turba que se aglomera próximo às escadarias da emissora de televisão, contida apenas pelos seguranças que fazem o papel de cordão humano para evitar aproximação excessiva.

O som dos gritos dos que ali se encontram ecoa dentro do escritor como a mais bela sinfonia já criada, porque faz com que Guilherme tenha a certeza de que com este marketing pessoal o interesse pela sua vida íntima aumenta sobremaneira, e por consequência o livro ganha mais interesse. O que o jovem autor mais anseia é atrair atenção para a obra, e com a entrevista desta noite, em que ele pretende revelar pontos ocultos da investigação criminal, seu intento será perfeitamente alcançado.

— Sinto-me como um animal exótico em um zoológico. Todo mundo quer registrar os mínimos movimentos da fera enjaulada — sussurra Guilherme ao ouvido de Amanda, enquanto mantêm ambos a imagem de casal apaixonado diante dos presentes, que mal percebem que os dois ali estão mantendo essa conversação.

— Só aconselho a fera a permanecer de fato enjaulada durante a entrevista, porque sua "domadora" vai estar lá presente, acompanhando com atenção o que você vai falar. E mais do que o conteúdo do que vai falar: a *forma* como vai explanar.

A noiva estava se referindo à irmã de Guilherme, Fabi, que seguramente já estava nos bastidores da emissora aguardando-o com uma planilha contendo tudo aquilo que o rapaz deveria responder, e principalmente o que ele deveria evitar de falar para não se comprometer. De certa forma, por mais controladora que a irmã fosse, o escritor sabia que estava bastante blindado com a ingerência da moça em sua vida, fazendo-o ter certeza que com este pulso firme nas atitudes ela de fato o amava, ainda que da maneira dominadora característica dela.

Guilherme e Amanda então começam a subir a pequena escadaria que leva ao interior do prédio que transmitirá a entrevista, ainda acenando e respondendo a alguns elogios que são direcionados ao casal, quando são alcançados por um grupo de repórteres que conseguira furar o bloqueio do cordão humano dos seguranças; alguns portando estas câmeras profissionais, outros com celulares pessoais transmitindo o momento, iniciam a abordagem ao escritor, que se mantém tranquilo como antes.

— Guilherme, conte-nos mais sobre seu futuro casamento! Você pretende matar esta moça antes ou depois da lua de mel? Isso vai depender de o livro continuar no topo da lista dos mais vendidos no país, ou isto é irrelevante? Você tem cara de quem pretende escrever a sequência de tudo independentemente de o interesse pelo original permanecer, não é? — pergunta, em tom totalmente sarcástico, um dos repórteres que conseguiram furar o bloqueio e chegarem até o ficcionista.

A pergunta o deixa totalmente desconcertado, e isso era mais do que natural. Por mais que conseguisse se manter sereno por ter criado quase que um personagem de si mesmo para esses momentos públicos, era impossível não deixar seu sangue ferver em puro ódio a ponto de lhe tomar a mente a vontade, além de socar a cara do homem que lhe desferira tal absurdo, informar que seu próximo *best-seller* seria sobre um *serial killer* de jornalistas sanguessugas, e que portanto era bastante aconselhável ao profissional de notícias ali parado a sua frente fechar bem as portas de casa à noite quando fosse recolher-se, evitando assim um destino indigesto. Mas a frieza do jovem escritor era realmente surpreendente até mesmo para ele, que apenas leva as mãos um pouco acima da cintura, ajeitando seu blazer preto de tecido italiano, em atitude típica de pouca importância ao que estava ouvindo naquele instante, dando como resposta apenas suas costas ao dali se retirar escadaria acima, acompanhado de sua noiva, retomando o caminho que havia sido interrompido momentaneamente pelo séquito de jornalistas que haviam rompido o esquema de segurança.

Ao chegar ao topo da escadaria, Guilherme observa antes de adentrar o prédio a imagem da intensa movimentação de pessoas: leitores entusiasmados, críticos que com cartazes de "assassino", jornalistas de tabloides, enfim, a motivação de cada uma das pessoas ali presentes pouco importava ao nobre escritor, porque no fim das contas o que importava era que estavam ali unicamente por ele, fazendo-o ter a sensação de que era o centro da atenção mundial mais uma vez. Ao menos por mais aquela noite. De igual forma, automaticamente uma certa melancolia se instala em seu interior, imaginando que no meio daquela multidão que se acotovela na calçada um rosto não se encontrava presente, talvez a figura que Guilherme no fundo mais ansiava por ver: o da companheira desaparecida. O sentimento era extremamente contraditório: por mais que desejasse recomeçar sua vida, e de fato estava trabalhando para isso ocorrer, fosse com seu crescimento pessoal independente, fosse com sua relação amorosa estável com Amanda ou sua ascensão profissional no meio literário, o jovem não podia evitar o desejo intenso e curioso de saber o que *ela* estaria achando de toda essa mudança de vida tão intensa que lhe descortinava com tanta magnitude. Talvez sua satisfação não fosse completa naquele momento justamente pela possibilidade real de que jamais o escritor saberia qual reação a jovem teria diante de tudo isso, pois a chance de que ela estivesse morta deveria sim ser considerada. Esses sentimentos antagônicos de repulsa e dependência emocional não eram fáceis de lidar, mas eram uma realidade para Guilherme, e aceitá-los era o primeiro passo para acalmar sua fúria interna. O primeiro passo para conseguir ter um pouco de paz um dia.

6

Já dentro do imenso prédio da emissora, ele percorre um grande corredor em direção à sala que lhe servirá de camarim, onde aguardará o momento de ser convocado para a esperada entrevista da noite. Enquanto se locomove até a sala, percebe que, assim como ocorrera lá fora, as pessoas ali parecem paralisadas com a visão do jovem que garbosamente se movimenta no local, operadores de câmera, técnicos cenográficos, figurinistas, todos como que magicamente param o que estão fazendo para observar aquela figura quase mítica que nesta noite pretende tocar, como havia anunciado anteriormente, pontos obscuros do processo e que estão no livro de sua autoria.

É nítido o magnetismo que o escritor proporciona com sua presença. Esse alvoroço ocorreria com qualquer trama que ele magistralmente fizesse ganhar vida por meio de sua escrita, ou todo esse espetáculo de fato ocorre em razão de o livro ser baseado em um dos mais estranhos casos policiais não solucionados no país? O pensamento invade a mente do jovem autor, que tenta afastar essa possibilidade deveras dolorosa até mesmo por confiar plenamente na sua capacidade criativa intensa, afinal, antes do desaparecimento da moça, ele já havia tentado por diversas vezes fazer suas publicações obterem publicidade e reconhecimento, enviando seus manuscritos a editoras e estúdios, mas, como bem sabia, talento não era o único ingrediente que se fazia necessário para um sucesso estrondoso. Era preciso contar com a sorte. Antes isso não havia dado certo em decorrência do mais puro azar. Talento ele confiava plenamente ter. Êxito nessa área era como um pássaro, e de nada adiantaria tentar alçar voo com uma única asa. Era preciso perfeita combinação do talento com a sorte, o que ocorrera justamente com a tragédia que vivenciara. Guilherme sabe que fora atingido em cheio pela tempestade perfeita, e agora, dentro do olho do furacão, seu trabalho era apenas batalhar com todas as armas possíveis para permanecer no interior do furacão.

Guilherme enfim adentra o interior de seu camarim, que mais estava parecendo uma floricultura em decorrência do excesso de arranjos que ali estavam adornando o ambiente: tulipas, copos de leite, rosas brancas, uma infinidade floral entregue com cartões de parabenização pela obra publicada, que, por mais que já tivesse sido lançada com grande pompa há alguns meses, esta noite parecia ganhar um destaque ainda maior e intenso, quase passando a impressão de que o livro estava sendo republicado com acréscimo de informações, como incontavelmente ocorrera, por exemplo, com o clássico *O Diário de Anne Frank*, que de tempos em tempos era reeditado com fatos novos, relevantes ou não.

Amanda, presente no local, aproxima o rosto de algumas rosas ao mesmo tempo que cerra os olhos para absorver-lhes o perfume intenso. Além dos arranjos, a sala contém diversos exemplares do livro para serem entregues ao auditório do programa. Guilherme segura um dos exemplares, alisando docemente a capa dura, passando calidamente os dedos pela gravura e pelo relevo do papel, admirando o filete de sangue que escorre da ilustração. Era de fato uma capa altamente chamativa para qualquer pessoa. Guilherme fixa o olhar em seu nome na capa, sendo invadido pelo sentimento de concretização do início de seu sonho. Início apenas, pois era preciso se manter no auge, e sabedor da dificuldade dessa tarefa de se manter em voga, e a dúvida se a sorte permaneceria ao seu lado no voo rasante do sucesso voltou a permear o inconsciente do autor.

— Seria eu o escritor de uma obra só, como aconteceu com tantos antes de mim, ou isso tudo é apenas o início do sonho? — indaga, em tom quase fúnebre, o jovem romancista para sua noiva ali presente.

— Tenho certeza de que o sonho só começou. De qualquer forma, fixe-se no hoje. No que você conquistou até agora, no que conseguiu superar de forma tão incrível para estar aqui. É isso que tem de focar. O amanhã é justamente isso: o amanhã. Não temos controle. Sofrer por antecipação não serve de coisa alguma. E, seja lá o que esse futuro lhe reserva, quero sempre enfatizar que eu estarei lá com você. *Enquanto você precisar, eu estarei do seu lado.*

Essa sentença faz um suor frio deslizar pela nunca de Guilherme, que por milésimos de segundo chega a duvidar se de fato está na presença de Amanda ou novamente fora da realidade como diuturnamente vem ocorrendo, sendo este mais um pesadelo cuja atração principal sempre é sua ex-mulher. Ele chega a segurar a noiva pelos ombros com firmeza incomum, talvez como forma de ter certeza de que ela ali está realmente, ou como se estivesse aguardando a materialização da ex-mulher, para, quem sabe, levar suas mãos até seu pescoço e realizar o ato que muitos já acham que ele praticou: o assassinato daquela que é a atriz principal do palco dos seus pesadelos.

Amanda estranha o olhar cada vez mais tenso, quase colérico, que se forma na feição do noivo, enquanto este aperta cada vez mais os ombros dela, fazendo a jovem ligeiramente se curvar ao mesmo tempo que dá tímidos passos para trás, como que tentando se desvencilhar do homem que dentro poucos dias chamará de marido.

— Está tudo bem, amor? Você está me assustando com esse apertão!

Ao ouvir as palavras de Amanda, Guilherme instantaneamente inicia um processo de retorno à normalidade, deixando de pressionar-lhe os ombros à medida que seu coração desacelera, e a feição fica menos tensa, preservando como único vestígio de sua alteração física apenas o intenso suor que escorrendo por sua testa e pescoço, que chegou a umedecer-lhe a gola da camisa.

— Sim, sim. Estou bem. Acho que foi uma vertigem mais forte. Sempre que uso a medicação eu acabo tendo muitos efeitos colaterais, você sabe. Detesto como meu organismo não se adapta jamais com qualquer substância química.

— Fico aliviada que tenha retomado o uso dos remédios. Por mais que você não se adapte muito bem a eles, sabe que ainda precisa utilizá-los. São importantes para sua saúde mental, ainda mais em situações que tem vivido, com tanta pressão e visibilidade. Fora tantas outras coisas. Agiu corretamente em retornar ao tratamento. Parabéns!

Mas Guilherme sabia que não foi por isso que ele acabara de ter uma crise que poderia ter culminado em atos mais graves, afinal ele não retornara a fazer ingestão da medicação, por mais necessário que fosse seu uso contínuo, como bem aconselhou o doutor Stephano. De fato, uma das maiores queixas de Guilherme era como qualquer medicação, até mesmo uma simples aspirina, tinha um efeito catastrófico em seu organismo, que sempre passara muito mal, com os mais diversos tipos de efeitos colaterais. Ele preferia encarar qualquer problema de saúde sem medicação, pois literalmente era mais fácil lidar com o problema do que com as reações medicamentosas. Parecia a ele que o universo lhe avisava, até com isso, que ele só podia contar consigo mesmo, sem nenhum tipo de alívio ou muleta. Ao menos isso servia para mostrar que não havia opção que não ser forte e autossuficiente. E o escritor conseguia perfeitamente sê-lo, com isso sua vaidade e senso de superioridade de certa forma se intensificava, pois dava-lhe a sensação clara de ser uma pessoa incomum, que aguentava qualquer rojão sozinho. E de fato era uma conclusão lógica. O jovem já tinha suportado sozinho muitas pauladas da vida. Era uma muralha grandiosa. Mas sabia ele que não conseguiria evitar por muito mais tempo esse necessário retorno a mais uma tentativa de utilização do alívio medicamentoso. As visões com a antiga companheira, tal como uma doença qualquer e seus sintomas, estavam se tornando tão frequentes, assemelhavam-se realmente a uma infecção quase que com hora marcada, mostrando assim ao jovem a imperiosa necessidade de ajuda externa, o que deixava seu ego um pouco frustrado por lhe mostrar que ele também tinha vulnerabilidades, como qualquer pessoa.

— Pois é! Espero que eu tenha paciência para aguentar os efeitos do remédio. E que ele também tenha algum tipo de eficácia. Qualquer melhora será bem-vinda — conclui Guilherme, antes de abraçar fortemente sua noiva, para em seguida levar seus lábios até a testa da jovem de forma terna e carinhosa.

Neste exato momento, sons de batidas na madeira são ouvidas pelo casal, que, interrompendo o momento de cumplicidade, voltam-se em direção à porta, no aguardo de quem estaria se anunciando para adentrar.

— Interrompo alguma coisa? — pergunta uma voz feminina bastante familiar ao casal, arrancando de pronto um imenso sorriso de Guilherme ao se ver na presença de sua irmã, Fabi.

O novelista, de braços abertos, se lança em direção à mulher, que de igual forma o recepciona com forte abraço, permanecendo alguns segundos entrelaçados em uma intensa imagem de irmandade. Era impossível para Guilherme não sentir na presença de Fabi a mesma energia dos falecidos pais deles. Estar com a irmã passava praticamente a mesma sensação que tinha quando estava na presença dos pais, não sabendo o jovem escritor se essa ligação tão intensa ocorria em decorrência da criação que tiveram, dos anos de convívio forte na infância, ou simplesmente por terem muitas dores em comum, sendo a mais notória a morte de ambos os pais. Mas isso era irrelevante, porque de nada adiantaria saber a origem dessa forte conexão, sendo suficiente vivenciá-la e saber que era real. Saber que alguém de sangue restara no convívio e se preocupava com ele, estando a seu lado, mesmo quando era preciso ouvir palavras duras (e sua irmã sabia como ninguém ser rígida com Guilherme, alertando-o inúmeras vezes, nas mais diversas ocasiões, com palavras que muitas vezes o jovem não gostava de ouvir, tão acostumado a apenas ser adulado por onde passava), era quase que mágico. Sua irmã era real, como poucos que orbitavam Guilherme, e ele sabia valorizar com muita gratidão tal fato, por isso mesmo relevava na maioria das vezes qualquer tom mais autoritário e pesado que a irmã corriqueiramente usava nas instruções ao jovem. Fabi representava para Guilherme sua família por inteiro. Era uma sobrevivente, como ele também o era. O que eles passaram tão cedo na vida poucos tiveram a infelicidade de encarar no seio familiar.

Talvez este também fosse um dos motivos de tanta conexão entre eles dois. Família era algo sagrado e primordial aos olhos de Guilherme, ainda que tal afirmação não fosse totalmente crível aos olhos de Fabi, em decorrência dos variados problemas que o jovem escritor tivera ao longo da vida com o pai de ambos, cuja afeição intensa para com a irmã ampliou em Guilherme a sensação de abandono e desprezo, empurrando-o de certa forma ao convívio de qualquer pessoa que oferecesse o que ele sempre quis encontrar apenas nos pais. No seu íntimo, ele achava que essa falta de atenção adequada por parte do pai acabara por empurrá-lo para os braços da ex-mulher, responsável por tudo de ruim que lhe ocorrera na vida. Quando a mãe morreu, Guilherme teve esperanças de encontrar no pai o acolhimento que suplantasse o vazio que se instalara na casa da família. E isso não ocorreu. O jovem se sentia abandonado em detrimento da irmã, foco de atenção exclusiva do pai. Em vista disso tudo, os irmãos viveram um grande atrito durante anos, só cessado com o falecimento do genitor.

Mas o que culminou no restabelecimento total da relação dos irmãos fora a tragédia do passado que agora ganhara ares de sucesso na forma do livro de Guilherme, provando realmente que situação alguma, e sob nenhuma hipótese, ainda que muito grave ou ruim, deixa de também trazer algo bom. Fora a irmã do jovem que patrocinara a sua defesa durante todo o processo até o surpreendente julgamento que inocentara o irmão. A tragédia que parece rondar com assiduidade os jovens tratou desta vez de aparar as arestas entre eles em grande parte. Mas Guilherme sentia que algum tipo de mágoa e desconfiança restara por parte de Fabi; confiava, no entanto, que o tempo resolvesse, afinal nada era impossível onde o amor era grande, como a mãe deles gostava de dizer, e o amor entre eles, ainda que embalado intensamente por traumas e desavenças, era bastante evidente, comprovado claramente pela dedicação de Fabi nos últimos anos, fosse pela defesa no processo criminal, fosse pelo sempre constante assessoramento pessoal quando Guilherme, como figura pública que agora era, precisava se manifestar, como nesta noite tensa.

— Como você está, querido? Espero que tranquilo, sereno e com os olhos bem atentos para o verdadeiro massacre que essa cobra vai tentar concretizar nesta noite. Tomara que o excesso de holofotes hoje não o deixe como habitualmente deixam, totalmente extasiado. É preciso foco. Nunca se esqueça de que essa jornalista gosta mais de confetes do que você, e foi dentro do meio jornalístico que mais tentou, de todas as formas, destruir sua imagem.

— Por isso mesmo estou aqui. Lugar melhor não há! Veja que situação inusitada: no palco que tentou acabar com minha imagem, ela vai ter de me coroar com um programa inteiro, onde a verdade vai ficar bem clara como a luz solar. Só por ter me convidado já prova que ela vai ter de, mesmo que a contragosto, dar o braço a torcer — responde Guilherme a sua irmã, com um sorriso de canto de boca como quem se sente vitorioso após uma grande dificuldade vencida.

— Ela só o convidou para este circo que é o programa dela no intuito de manter o foco nela! Uma lástima que você não se aperceba disso! Só é mais uma tentativa de o destruir, já que no passado eu consegui evitar que isso ocorresse naquele tribunal.

Ao ouvir as palavras da irmã, Guilherme fica bastante nervoso e, procurando disfarçar a revolta que ameaçava eclodir em decorrência das palavras de Fabi, se afasta. Colocando a mão no bolso da calça, retira o cigarro eletrônico em busca de algo que lhe entorpeça os ânimos de alguma forma. Mas o ato aparentemente descompromissado de fumar e que parecia ao autor uma boa forma de evitar maiores discussões teve o efeito catastrófico de deixar a geniosa irmã de Guilherme colérica.

— Como sempre você pouco se importa para o que eu tento o alertar! Ninguém tem coragem de lhe abrir os olhos, quando isso devia ser feito sempre! Tem hora que dá vontade de deixar você se ferrar, já que procura tanto que isso aconteça! Cansa ficar dando murro em ponta de faca — reage Fabi, visivelmente irritada, enquanto se dirige à mesa do camarim para servir-se de um copo de água, como que numa tentativa de ver qualquer outra palavra que quisesse porventura pronunciar afogada garganta abaixo.

— Talvez a questão nem seja *eu*, não é mesmo, Fabi? Talvez sua preocupação seja que eu acabe falando muito e estrague seu brilhante trabalho no processo. Vai ver o foco é você e a grande obra que foi minha defesa — debocha Guilherme em meio à fumaça proveniente de seu aparelho cancerígeno.

Fabi ganha de imediato uma expressão de intensa ira, mostrando que havia chegado o momento que os irmãos constantemente procuravam contornar quando não encontravam um denominador comum: discussão acalorada eclodindo. Nesse instante, Amanda, que apenas assistia ao diálogo dos irmãos como fazem os espectadores de grandes espetáculos, movimenta-se em direção a Fabi, retira o copo de água de sua mão e repousa-o sobre a mesa, fitando a sócia no escritório de advocacia de forma serena, como que numa tentativa de transmitir à mulher nervosa que o momento já era demasiado tenso, e uma discussão acalorada naquele instante só serviria para desestabilizar Guilherme e facilitar que ele fosse literalmente "devorado" esta noite pela jornalista do *talk show*.

— Fabi, não vamos dar de bandeja a cabeça do Guilherme. Estamos todos tensos. Tente se acalmar. Ele não falou por mal. Você sabe que, quando fica acuado, ele reage assim. Não podemos descuidar de nós, para justamente não descuidarmos dele.

As palavras de Amanda servem de fato como um jato de água fria na fogueira que já ameaçava queimar até às cinzas o vínculo dos irmãos ali presentes. A situação entre eles sempre fora delicada, apesar de amorosa, e Fabi sentia que às vezes a intervenção de Amanda era de extrema utilidade, e muito mais que isso: era uma ajuda verdadeira. A noiva de Guilherme se importava com ele da mesma forma que se importava com a relação que este tinha com a irmã, diferentemente da antiga parceira de Guilherme, que, ou não se importava, ou no fundo até mesmo comemorava os atritos existentes entre os irmãos e assim via os conflitos como uma forma de manter o marido sob sua eterna vigilância e domínio.

Fora impossível até mesmo para Fabi — apesar do pavio curto e muitas vezes explosivo, isso não a impedia de ter uma personalidade centrada que lhe criava um senso interno de empatia muito grande para com todos — não ficar de certa forma feliz por a antiga cunhada ter sumido em definitivo da convivência com o irmão. Era estranho o sentimento que lhe invadia a mente por completo acerca dessa conclusão, mas ela não podia fugir da sensação de alívio por se aperceber livre daquela mulher. O desejo de Fabi era de que a moça desaparecida estivesse morta de verdade. Seria o melhor para o irmão. Melhor para todas as pessoas. Melhor para o mundo todo. Porém, tal desejo trazia ainda um forte receio de que o irmão de fato fosse o autor do sumiço da mulher. Por mais que fosse difícil admitir, esta possibilidade, ainda que mínima, era real. Era assustador para a advogada imaginar que Guilherme pudesse ser capaz de fazer isso com alguém de seu convívio diário e de seu afeto, pois, se comprovado tal fato, o irmão seria extremamente perigoso e com grandes chances de se voltar contra qualquer pessoa que o contrariasse, não importando o grau de intimidade ou parentesco. Mas o que mais atemorizava Fabi, junto do sumiço da antiga cônjuge do irmão, era o sentimento igualmente assustador de que, ainda que o irmão tivesse matado a jovem, não conseguiria deixá-lo à própria sorte, como não o deixou quando do julgamento, porque, por mais estranho que fosse, o sentimento fraternal em nada sairia diminuído com a confirmação do assassinato. Era uma questão de obrigação moral familiares se apoiarem, ou ao menos se ajudarem mutuamente, não importando a situação. O grande temor de Fabi era de que um dia ela tivesse de se confrontar com a fera que eventualmente poderia habitar a mente do irmão, e no fim acabasse, também por amor, optando por ajudá-lo, da forma que isto para Guilherme seria uma verdadeira punição, e encerraria em definitivo o vínculo entre eles.

— Bom, eu não vou entrar em atrito mais uma vez por causa do mesmo assunto. Espero que você tenha tido tempo de ler as minhas instruções baseadas em algumas perguntas que serão feitas a você hoje e que a produção previamente me encaminhou — aconselha Fabi, dirigindo-se até a porta do camarim, em claro sinal de que deixaria o irmão a sós para se preparar para o programa, que em minutos começaria sua transmissão ao vivo para todo o país.

— Sim, Fabi, eu li. Pode ficar tranquila. Eu melhorei bastante de um tempo para cá nas minhas empolgações em público, e você bem sabe disso. Já me elogiou algumas vezes aliás, lembra-se? — responde Guilherme, enquanto se senta de frente ao espelho, preparando-se para a chegada a qualquer instante da maquiadora que seria responsável por retocar a maquiagem e o penteado do vaidoso homem que ali se faz presente.

— Melhorou… E fico muito feliz que tenha essa percepção das coisas, que enfim esteja sabendo identificar quem está do seu lado verdadeiramente, e quem está apenas assistindo a um homem ser jogado às feras no meio do Coliseu.

Guilherme vira o tronco para trás em direção à irmã, que permanece junto à porta do camarim e, sorrindo de forma sarcástica, como habitualmente fazia quando encontrava uma resposta humorada, mas que passasse a mensagem de que ele estaria pronto para qualquer situação que se descortinasse em sua vida, fosse boa, fosse ruim, dispara um agradecimento para a sempre preocupada irmã:

— Muito obrigado pela forma como me descreveu! Se estou sendo jogado aos leões de Roma, isso faz de mim um exímio gladiador! Obrigado por me comparar ao Russell Crowe! Espero que seja na versão do filme do ano 2000, porque hoje em dia o coitado anda um pouco fora de forma.

Fabi não consegue evitar que um sorriso brote em seu rosto após a resposta do irmão, admirando, ainda que silenciosamente, a genialidade que este possuía em fazer comparações diretas a filmes, livros ou qualquer fato ligado à cultura. Era inegável a veia artística no irmão, que parecia viver transitando com desenvoltura formidável entre o mundo real e o mundo ficcional. Seu receio era apenas que Guilherme em algum momento misturasse ambos os mundos de forma tão profunda que achasse que qualquer ato seu seria como uma "atuação sem consequências", e que no fim tudo sempre acabaria bem. Eles infelizmente sabiam, por diversas experiências pessoais, que a vida real estava mais recheada de finais tristes e melancólicos do que de *happy endings*.

Fabi abre a porta do camarim para se retirar da sala, ao mesmo tempo que realiza discreto movimento com a cabeça em direção a Amanda, em evidente sinal de que gostaria que esta lhe acompanhasse, o que de pronto é percebido pela moça, que se levanta e sai com Fabi do recinto, deixando Guilherme sozinho sentado de frente ao espelho iluminado.

— Só queria agradecer por ter como sempre percebido a hora correta de intervir na discussão com Guilherme. Eu com certeza já estava prestes a perder a cabeça. Ele e eu somos muito parecidos, você sabe disso. Esquentados até demais. Por mais que eu tente sempre manter o sangue frio quando falo com ele, às vezes as coisas saem do controle, quase que involuntariamente — desabafa Fabi, quase ofegante, em sinal claro de que somente agora, do lado de fora do camarim, iniciara o processo de se acalmar por completo.

Amanda segura nas mãos da cunhada e, puxando-as para si, acolhe-a em um terno abraço.

— Fique calma, Fabi. Eu já conheço bem vocês dois. Geniosos como poucos. Quanto eu puder, farei tudo para que estejam sempre em sintonia. Guilherme pode até não transparecer, mas reflete sobre tudo que você lhe aconselha. Ele sabe que você está apenas o protegendo. No fim dá tudo certo. Ele vai se sair bem hoje à noite. Vai saber se desvencilhar de temas mais espinhosos. Você vai ver... — conclui Amanda, com expressão serena em seu rosto acolhedor.

— Só não quero que ele, em meio a tantos questionamentos, acabe por atacar a imagem dessa infeliz com quem ele era casado. Isso pegaria muito mal, levantaria mais dúvidas, até mesmo na maioria das pessoas que o veem como a vítima disso tudo hoje em dia. Tenho medo de que se abra precedente para o caso ser reaberto. Isso seria excelente para a nojenta que apresenta esse circo nesta emissora. A situação parece confortável para Guilherme, mas isso não é uma verdade completa. A coisa pode tomar novo rumo sim — confessa a preocupada irmã do jovem escritor.

— Claro, você está correta. Mas acalme-se. Não haverá margem para rediscussão disso. Não vamos permitir. Nem você, nem eu, e principalmente Guilherme. Ele não vai permitir nenhum deslize. Fora que a verdade sempre é a verdade, em qualquer tempo. Conseguimos mostrar que ele não foi o culpado...

A noiva de Guilherme não consegue terminar seu raciocínio pois é interrompida por Fabi, que a relembra de que ambas provaram no processo que havia outras possibilidades de como as coisas se deram na noite do desaparecimento, e nada mais do que isso.

— Então acredita que seu irmão pode ter matado a antiga companheira? — questiona Amanda, que recebe de Fabi como resposta um olhar vazio acompanhado da frase:

— Prefiro pensar que não.

No seu camarim, Guilherme permanece sentado em frente ao espelho contemplando sua imagem como que a procurar algo que tenha necessidade de ser ocultado pela maquiagem, e que ele deveria, encontrando alguma imperfeição mais evidente, como uma espinha ou mancha, avisar à profissional encarregada quando esta adentrasse a sala para prepará-lo para a transmissão. O escritor nada encontra, afinal ele cuidava do seu físico, e até mesmo muito mais do seu vestuário e aparência, com extremo zelo e dedicação. Se ali houvesse alguma imperfeição, fora perfeitamente ocultada por ele mesmo antes de sair de sua residência. Provavelmente havia, mas passaria tranquilamente sem ser notada pela grande maioria das pessoas, talvez, quando muito, perceptível apenas a maquiadores profissionais. Guilherme esboça mais um sorriso de canto de boca, admirando-se também com esse talento não tão conhecido pelas pessoas em geral: a arte de esconder imperfeições, sejam elas quais forem.

O que permanece gerando dúvidas atrai atenção, pois as pessoas sentem-se impelidas a investigar se o que observam cotidianamente de fato é real ou não e, mesmo que inconscientemente, acabam por dedicar todas as atenções a um objeto ou uma pessoa misteriosa. Tal como os mosquitos são seduzidos sem resistência pela lâmpada mais forte e reluzente, as pessoas se conectam, quase que em uma hipnose coletiva, com aquilo que está em voga no mundo, e principalmente com aquilo que não apenas se encontra em destaque, mas que possui a aparência de total perfeição, como as famílias sorridentes dos comerciais de margarina, que parecem não ter nenhum problema ou boleto para quitar no fim do mês. Não há perfeição plena na espécie humana, então, seja por um sentido de investigação nato, seja pelo mais forte sentimento de inveja (outra forte característica do ser humano), as pessoas dedicam sua atenção a tudo aquilo que brilha aos olhos, em busca da certeza de que uma vida perfeita não passa apenas de ficção, sempre na esperança de confirmar tal impossibilidade, e seguem buscando e investigando enquanto nada descobrem; mas, ao se deparar com as imperfeições no aparentemente belo e irretocável, são invadidas pelo sentimento de alívio, por constatarem que todos têm algum tipo de mancha oculta na vida.

Por mais nojento que possa parecer, e era, forçoso faz-se reconhecer a miséria do ser humano, que somente se sente bem consigo mesmo quando encontra defeito ou imperfeição no seu próximo. Portanto, diante dessa característica das pessoas, nada melhor do que deixar no ar certa dúvida com tudo que cerca sua vida pessoal, enaltecendo as próprias virtudes, ampliando a imagem de perfeição e vida ideal sem defeitos, chamando, assim, o máximo de atenção do público para si, pois, tal como os tubarões que se avolumam em frenesi ao perceberem o sangue em excesso na água, as pessoas manterão aceso o interesse em você e em tudo que fizer, sempre na busca insaciável pelo encontro de defeitos na sua historiografia, seja a verdade por trás de um sumiço/assassinato, seja até mesmo uma imperfeição na pele ocasionada por uma simples espinha.

Guilherme, que permanecia fitando o próprio rosto no reflexo do espelho enquanto refletia sobre a pseudoimagem de perfeição e a curiosidade que ela gera nas pessoas em geral, subitamente se vê com sua atenção voltada para outro objeto que não o espelho, e que se encontrava refletido neste, assim como sua imagem estava: o amontoado de exemplares do seu livro que se encontram empilhados no sofá do camarim.

O escritor procura saber as horas ao levantar o braço onde seu relógio se encontra acoplado, em sinal notório de ansiedade e impaciência com a demora da maquiadora, mas que o faz ao mesmo tempo ser invadido pela sensação sempre recorrente de que todo o transcurso de tempo pode e deve ser aproveitado de alguma forma, e a ideia de autografar alguns exemplares do livro para serem sorteados tanto para as pessoas na plateia quanto para outras que acompanharem o programa pelas redes sociais e televisão seria muito vantajosa para ampliar a divulgação do livro e as vendas futuras, ainda mais pelas informações que ele pretendia revelar e que permaneceram implícitas na obra. Guilherme então se levanta da cadeira e, após pegar uma caneta que se encontra repousando na cômoda junto das maquiagens e outros itens utilizados para maquiagem, pega dez exemplares do seu livro, leva-os consigo de volta para a cadeira e inicia o prazeroso ato de escrever seu nome na página inicial da obra.

Antes de assinar seu nome, realizava o mesmo ato mecânico de passar a mão na capa do livro, como se isso inconscientemente fosse uma forma de o jovem se certificar de que a obra, por ele considerada como sendo seu próprio filho, como sempre dizia a todos, havia nascido e era bem real. Tudo que podemos tocar com nossas próprias mãos nos dá certeza não apenas da óbvia realidade de sua existência no plano físico, mas dá satisfação e esperança em constatar que sonhos são sim perfeitamente possíveis de concretude, bastando dedicação, renúncia pessoal a vários prazeres e distrações, muito esforço e fé em si.

Quando Guilherme toca cada capa dura do chocante *best-seller*, era como se a grande explosão do *Big Bang* que havia criado todo o universo e as coisas que nele habitam estivessem ocorrendo naquele momento novamente, dando-lhe a plena certeza de que o jovem, como fonte criadora e criativa, podia realizar qualquer coisa que desejasse, sem limitações de nenhuma espécie. Era impossível ao escritor retirar o sorriso do rosto durante todo o procedimento de apor sua assinatura em cada exemplar; o que seria deveras cansativo a muitos, para ele, era intensamente satisfatório.

Enquanto assina as páginas, ele leva alguns livros até seu nariz para de igual forma exercer o seu sentido olfativo, percebendo o atraente perfume que somente os leitores ávidos reconhecem existir em cada página encadernada de uma obra, aroma esse que remete a muitas boas lembranças das mais variadas épocas da vida de uma pessoa, afinal a fragrância universal do mundo não eram os perfumes caros de Paris, nem de nenhum outro grande centro famoso, mas sim aqueles das histórias eternizadas nas páginas de um livro.

Eram tantas lembranças que surgiam ao escritor enquanto sentia o perfume das páginas que ele até conseguia esquecer que, se a encadernação pudesse exalar o conteúdo da obra, com certeza federia a sangue.

Isso pouco importa, pensa o jovem escritor, afinal o sangue é a personificação mais evidente da própria vida que pulsa de forma evidente em todos os seres vivos, e seu livro era a forma mais eloquente de mostrar quanto de vida também havia dentro dele, e como sua existência, forjada em grandes tragédias, exercia o papel imenso de provar que sua trajetória era intensa, justamente pelo fato de que havia superado graves situações. Apesar de as letras contidas na obra levaram o tema da morte de forma exagerada, a lição que elas revelavam em suas páginas era de que a vida era ainda maior, e por conseguinte a vida do nobre autor ali retratada era ainda mais pulsante do que a da maioria das pessoas.

Após autografar nove exemplares de sua obra, repousa um a um sobre uma cadeira junto dele, pronto para assinar o próximo. Mas, como que atingido por um soco de um exímio pugilista ou um raio violentíssimo de uma tormenta catastrófica, o rapaz se levanta de súbito da cadeira quando abre o último livro e, em virtude da forte descarga de adrenalina sentida, faz o exemplar ir ao chão.

Guilherme fita seu olhar na obra caída próxima a seus pés, ao mesmo tempo que tenta organizar os pensamentos de forma clara, o que por breve instante parece ser uma tarefa árdua e quase impossível de ser realizada naquele momento. O jovem movimenta os olhos em direção à porta como que aguardando que algo ou alguém pudesse adentrar o local nos próximos segundos, voltando em seguida seu olhar para a obra caída.

O escritor vagarosamente se ajoelha no chão e pega o livro que havia derrubado instantes antes. Lentamente abre a capa dura, desejoso de que tudo ali não passasse de mais uma de suas frequentes visões ou pesadelos. *O que ele havia lido na página inicial não estaria mais contido na obra quando retomasse o best-seller nas mãos.*

Para o temor de Guilherme, no entanto, tudo era real, e não parte de um delírio fantasmagórico. Na primeira página do livro, em vermelho, em clara alusão a sangue (podendo até mesmo ser de fato o líquido que corre nas veias de todo ser vivo), uma evidente ameaça está contida em letras garrafais:

ESTA NOITE É O COMEÇO DO SEU FIM. VOCÊ VAI SANGRAR PELOS SEUS PECADOS

Guilherme aos poucos consegue colocar a mente para raciocinar, e, mesmo que não consiga ainda acalmar o corpo tenso com o que leu, o cérebro inicia um processo de mapeamento de possibilidades para ocorrência daquela situação. Quem poderia estar o ameaçando naquele momento? E como havia conseguido fazer essa ameaça tão pesada colocando isso em um dos exemplares de seu livro, na noite em que Guilherme justamente havia decidido revelar mais fatos sobre o sumiço da antiga companheira? Alguma pessoa estaria decidida a impedir que ele falasse esta noite?

Havia também a chance de que o seu fã desequilibrado houvesse retomado o assédio que durante certo lapso de tempo exercera de forma magistral, o que não seria difícil de concluir, afinal essa pessoa misteriosamente conseguia ter acesso a Guilherme das formas mais inusitadas, descobrindo endereços do escritor, locais onde ele se encontrava (chegando ao ponto de encaminhar fotos em tempo real para provar que estava no encalço do jovem); mostrando, assim, que possivelmente seria uma pessoa que tinha certo convívio com o novelista. Mas por que, sendo o fã, ele havia de ressurgir justo esta noite com tão pesada ameaça? Talvez as notícias vinculadas na mídia acerca da entrevista desta noite, por terem enfatizado que fatos novos do processo criminal seriam pontuados, o tenham feito sair de seu esconderijo.

Tal conjectura, ao mesmo tempo que atemoriza Guilherme, aguça novamente sua curiosidade na ideia de como sua personalidade polêmica fascinava as pessoas, fosse para o bem, fosse para o mal. Essa sensação, que invade sua mente, o faz ter mais certeza de que esta noite da entrevista que se avizinha será um divisor de águas perfeito no caso do desaparecimento, e seu grande plano enfim entrará em execução. Era preciso reforçar essa polêmica para conseguir expor quem teria de ser exposto. O fascínio que o fanático tem por ele, assim como a grande massa de pessoas que acompanham o caso famoso de sua ex-mulher, faria o que estivesse escondido brotar como petróleo do chão. Era isso que Guilherme almejava por muito tempo, e nesta noite se tornará real.

— Talvez esta noite seja o começo do seu fim, meu caro. Do seu... — sussurra para si o jovem homem, que com desdém arremessa o livro com a ameaça em direção à lata de lixo que se encontra no camarim.

Em seguida, como em um esforço de ir acalmando os ânimos, passa as mãos no cabelo para logo depois fazer uso do seu habitual cigarro eletrônico. Mas desta vez não obtém o efeito quase sedativo que a nicotina habitualmente lhe proporciona, o que o deixa deveras contrariado. Mais uma olhada no relógio de pulso o faz ficar ainda mais irritado, afinal falta menos de meia hora para o programa ser transmitido ao vivo para todo o país.

— Por onde anda essa bendita maquiadora? — vocifera, já bastante irritado pela demora.

O escritor decide ele mesmo demonstrar seu grande descontentamento indo pessoalmente até os organizadores da entrevista para reclamar do tratamento recebido, mostrando que de fato já havia incorporado o jeito arrogante que as celebridades que vivem à parte da realidade, muitas vezes, mostram quando não são atendidas em seus caprichos. Tal como elas, Guilherme sentia-se especial, e não uma pessoa qualquer que tem de suportar com tranquilidade as ocorrências cotidianas como os tão comuns atrasos. Por ter durante tanto tempo de sua vida aguardado incontáveis vezes a ocorrência de dias melhores, e estes insistiam em se postergar indefinidamente, o jovem não admitia mais, em hipótese alguma, aguardar coisa alguma. Ele já havia esperado muito da vida, portanto tinha créditos a cobrar desta. Todas as suas necessidades tinham anseio de imediatismo. Com ele era tudo ou nada, fossem nas grandes realizações, fossem nas pequenas coisas, como uma simples espera de alguém que venha maquiá-lo.

Guilherme sai pela porta do camarim impulsionando seu corpo para fora do recinto, mas suas pisadas duras, que facilmente anunciariam sua chegada na mesma sonoridade similar à de uma cavalaria de um desfile municipal, são interrompidas por ele mesmo em virtude do que observa no corredor da emissora de televisão.

As luzes do corredor estão piscando de forma cadenciada, como ocorrera no corredor da parte inferior de sua casa durante a tempestade do fim da tarde, proporcionando ao ambiente a sensação macabra que somente os filmes de terror e os locais ditos assombrados emanam. E, tal como ocorrera em sua mansão, Guilherme se vê invadido por forte tensão, porque sabe estar novamente envolto na atmosfera diabólica daquele fantasma do seu passado que insiste em se manter presente em sua vida, na mesma constância em que o desejo do escritor de se viver livre dele só aumenta.

As luzes se apagam totalmente, deixando o corredor no mais completo breu. Essa ocorrência serviria como estopim para o pânico e o medo se instalarem em qualquer pessoa normal de forma automática, já que, sem ter visão de coisa alguma, a ideia que brotaria de princípio era de que, em um instante, poderia ser atacado por algo que, esgueirando-se na escuridão, surgisse em um bote surpresa e mortal.

Mas a escuridão que se fez presente, impossibilitando Guilherme de enxergar qualquer coisa, não trouxe o pânico esperado, até mesmo por ele, nessa situação, ou a impressão de que um ataque inesperado vindo de qualquer lado pudesse ocorrer, mas sim a sensação de estar absolutamente sozinho, abandonado a sua própria sorte, sem que pudesse contar com ninguém. Este era o real horror para o escritor: permanecer oculto, sem visibilidade, esquecido e abandonado à própria sorte por todos, sem exceção.

As luzes retornam à atividade intermitente de oscilar tais qual um vaga-lume na noite escura, revelando a Guilherme que ele não apenas estava novamente na já conhecida atmosfera aterradora da visão de sua antiga esposa — ou seja, a ambientação se modifica momentos antes da aparição, dando ao local o mesmo magnetismo dos recintos assombrados vistos em filmes — como também se encontra realmente de frente com ela, que se localiza a poucos metros dele, no fim do corredor.

A figura demoníaca desta vez paira no ar vestida de noiva, completamente encharcada, como se tivesse acabado de emergir de um rio ou piscina, suspensa em razão de sua cabeça estar fixada na luminária do teto do corredor, passando quase a imagem de um macabro abajur humano levitando.

Guilherme permanece alguns segundos encarando a figura pendurada a sua frente, enquanto dentro dele um sentimento de fúria inicia um processo de ebulição como nunca havia ocorrido nessas mesmas iterações no passado. O escritor estava farto dessas aparições recorrentes. Ele se recorda de que foram incontáveis as situações em que ele fora perseguido por esta assombração desde o sumiço da sua *maldita esposa*, como inúmeras vezes ele se referia a ela em conversas com seus amigos mais próximos. Era comum no período da prisão, em quase todas as madrugadas, Guilherme se deparar com a figura da ex-mulher das mais variadas e assustadoras formas: em algumas noites, o "ser" encontrava-se ao pé de sua cama como que a velar seu sono, atitude típica de uma atenciosa cuidadora ou, sendo mais claro, da mais amorosa das mães. Em outra ocasião, o escritor fora acordado repentinamente pela sensação clara de que alguém havia lambido seu pé como os cães fazem com seus donos em sinal de afeto, e lá estava ela mais uma vez de joelhos no chão agarrada a suas pernas, enlaçando em seu pé uma imensa, fina e bifurcada língua típica das cobras mais venenosas.

Enquanto escrevia seu livro, já em liberdade condicional, Guilherme experimentava as mesmas sensações contínuas que reforçavam a presença da "desaparecida esposa", fosse na forma de barulhos e passos pela casa, fosse pelo inexplicável perfume que ela frequentemente utilizava e que certa vez impregnou toda a casa sem nenhuma explicação plausível ou lógica. Ela estava sempre presente, ainda que não estivesse fisicamente no local. Este era o recado que no fundo a *maldita esposa* parecia querer que Guilherme internalizasse e aceitasse de forma incontestável.

Como um grande filme que ganha vida repentinamente, ele liga todas essas lembranças fantasmagóricas que o têm açoitado durante tanto tempo e chega à conclusão óbvia de que inconscientemente sua mente sente ainda o peso dos cuidados que a antiga companheira tinha para com ele, e que não passavam de um intenso domínio sobre os passos da vida do escritor. Ela dispensava os mais caros e profundos cuidados para com o marido sim, mas não no sentido maternal: a atenção desvelada era com a marionete que ela acreditava possuir como propriedade dela, por quem ela nutria intenso ciúmes, como fazem as crianças com seus brinquedos prediletos e que não aceitam dividi-los com ninguém. Ele não era uma pessoa real para ela. Não passava de um brinquedo especial, ou um rato de laboratório a quem não se podia dar muita liberdade, para evitar que ganhasse o mundo e fugisse. Guilherme não estava com ela como qualquer casal típico se apresenta a todos, ele pertencia a ela como um objeto.

O ódio torna-se latente no interior de Guilherme, que sente a nítida sensação febril se espalhar por toda sua pele, e, se pudesse até mesmo adivinhar sua temperatura neste instante, arriscaria falar que provavelmente estaria beirando os quarenta graus, aquela situação grave que beira à convulsão quando não atendida pelos médicos a tempo.

— Isso não vai continuar assim — grita, de dedo em riste, para a figura monstruosa da antiga companheira, que permanece suspensa no ar como imensa lamparina humana, mas que agora movimenta o corpo de um lado para o outro como um pêndulo gigante, fazendo com que os seus pés toquem cada parede do corredor como um sino macabro. As pancadas dos pés da criatura na parede emitem um barulho forte semelhante a um soco seco, mas que Guilherme encara como um soco em seu estômago. Agressão esta que ele pretende impedir que continue sendo desferida.

Chegara o momento de se desvencilhar dessa visão aterradora de uma vez por todas. Não havia mais tempo a perder com esse trauma. Era necessário reagir e enfrentar de uma vez por todas aquela que, mesmo ausente, insistia em controlar os passos do escritor em todos os detalhes, como que a dizer que Guilherme somente pode viver o que ela permite que ele viva, só pode realizar feitos e vivenciar situações que ela permita que sejam concretizados, só pode dar passos em caminhos que ela previamente trilhou e com os quais concorde, e só possa existir da forma que ela ache adequado.

Guilherme permanece com seu olhar fixo e raivoso em direção à monstruosidade, que baila de um lado para o outro, suspensa no ar, mas acaba por mudar o foco de sua visão em decorrência da nítida impressão de ter percebido, pelo ângulo periférico do olho, que alguém está ao seu lado.

O escritor movimenta o pescoço para o lado direito e percebe estar frente a frente com sua própria imagem refletida no imenso espelho que ali surge, mas que não se encontrava ali até então. Como em um passe de mágica macabro, toda a parede do corredor de uma ponta a outra agora se encontra revestida por espelhos.

Em pleno estado de raiva, como um grande guerreiro momentos antes do enfrentamento do inimigo em uma batalha mortal, Guilherme se vê invadido agora pelo sentimento de temor que sempre o tomou nesses instantes em que a visão da ex se manifestava, o que ele tenta desesperadamente controlar para que esse sentimento não acabe se sobressaindo em detrimento da coragem que estava prestes a eclodir nele, da valentia que estava ensaiando em uma potente manifestação em seu âmago.

O pânico que toma conta do escritor se dá porque cada espelho que agora cobre por inteiro a parede do extenso corredor onde se encontra reflete sua própria imagem, ainda que Guilherme não esteja de frente ao objeto refletor, por mais que isso seja impossível segundo as leis da física. Mas o que importava que isso não fosse fisicamente possível em nosso mundo? As aparições da esposa também eram ilógicas; mesmo assim, estavam ali, cada dia mais intensas.

Guilherme começa a andar em direção à visão horrenda da ex-mulher, agora não mais fixando atenção nela, mas sim no corredor espelhado e na sua figura contida em cada espelho, percebendo que não era sua imagem refletida neste momento exato e que se encontra contida em cada parede espelhada. As roupas eram diferentes e sua imagem permanece imóvel, sem esboçar nenhum movimento ou emoção, como um animal empalhado. A única imagem contida nos espelhos e que corresponde a sua imagem atual, que trazia a mesma roupa que o escritor estava trajando, era de fato a da primeira superfície espelhada, onde Guilherme se encontrava parado inicialmente.

A cada metro que percorre em direção ao fantasma da antiga cônjuge, a imagem do jovem no espelho de certa forma vai se definhando fisicamente: nos reflexos mais distantes, ele percebe uma tênue palidez na sua imagem, para sucessivamente perceber que as roupas estão ficando mais surradas, a pele vai ganhando a aparência envelhecida em alguns, em outras imagens do reflexo, a figura passa a impressão de estar coberta de escaras, e, quanto mais se aproxima da visão fantasmagórica, o reflexo contido no corredor espelhado ganha a perfeita descrição de um cadáver em estado avançado de putrefação, em que até o odor enjoativo de uma cova aberta se faz presente. Quanto mais próximo da moça suspensa, mais podre a figura de Guilherme fica.

Para o escritor, fica evidente o recado da alegoria de sua imagem no reflexo dos espelhos: somente conseguia ser ele próprio em sua real essência, ficando longe daquela mulher, que durante anos fora sua referência de vida, o seu farol iluminado em meio às turbulentas tempestades nas noites escuras da existência, daquela que era seu coração e alma. Quanto mais próximo da figura da desaparecida esposa, menos ele tinha vida, menos alegria, vitalidade, e menor era a sua própria existência.

Guilherme não havia chegado a essa conclusão apenas agora, afinal considerava-se acima da média das mais variadas formas, fosse em criatividade, fosse, principalmente, em inteligência e capacidade de percepção de detalhes, sendo, portanto, impossível a ele já não ter, durante todo este período em que sua vida havia se transformado após o sumiço da ex-mulher, percebido todas as melhorias e evoluções que havia vivenciado desde que tomara as rédeas de seus próprios passos. Sem ela a vida havia desabrochado de forma estupenda, e as imensas asas que havia adquirido o faziam, e fazem, ganhar o mundo com tamanho encantamento e leveza que realmente qualquer menção a um possível retorno a um pseudoninho pequeno, restrito e protetivo em que vivia sob o cerco daquela figura monstruosa se assemelharia à mais brutal castração, o que culminaria literalmente em morte em plena vida.

Guilherme tinha ânsia de viver, como poucas pessoas tinham. Seu exílio na prisão o fez descobrir uma força interna que ele mesmo jamais pensou que possuía. O jovem precisou ter muito mais que apenas resignação, mas paciência com as dores, reconciliação com a esperança, e principalmente fé em si. Percebera que era um gigante que não dependia de ninguém na vida; o mundo não era um local a se temer; e não era mais necessário viver encastelado no alto de uma torre a salvo dos perigos, como antes estava, e achava muito bom. O mundo era um lugar para se viver, para buscar reconhecimento, para aproveitar e brilhar. O mundo era para guerreiros que sabiam duelar muitas vezes de forma violenta e sangrenta durante o dia, mas que no cair da noite sabiam de igual forma aproveitar os momentos com seus pares em despretensiosas conversas e brincadeiras ao redor da fogueira, pois sabiam que cada momento era único, e no amanhecer vindouro poderiam perecer em batalha. Eles sabiam da importância e do valor que era estar vivo e de viver o momento, porque tudo literalmente passa rápido demais.

O jovem escritor havia enfim aprendido o jogo da vida e da importância de encarar tudo de forma leve e prazerosa. Nada no mundo tiraria essa autonomia que ele a duras penas havia descoberto. Principalmente um passado de muita dor e que não valia a pena ser vivido, nem mesmo quando tal passado ainda se fazia presente. Guilherme já fora acusado de ter matado real e fisicamente a estrela principal deste passado de tristeza e dependência emocional que tinha vivenciado, então qual o problema de enfim colocar um ponto final nessa história, que não valia sequer ser lembrada em nenhum aspecto, matando em definitivo as lembranças de convívio com a antiga esposa, para enfim cortar para sempre o cordão umbilical com aquela que havia encarnado o papel de Deus em sua vida?

Guilherme aos poucos vai retornando à realidade, quando inicia o processo de desligamento do emaranhado de conclusões de seus pensamentos sobre o que precisa ser feito para alcançar sua total libertação em relação àquela mulher. Mas tal retorno não se dava por decisão do jovem apenas, e sim pela quantidade de moscas que tomavam o local de forma desordenada, com tão forte zumbido, que pareciam uma turba ensandecida, acumulando-se em grande parte no último espelho, o mais próximo da entidade suspensa no ar, e que reflete a imagem mais deteriorada do escritor, apresentando-se com carne desprendida cheia de vermes e com os ossos à mostra.

Guilherme se encontra agitando os braços de forma frenética no ar, tentando ao máximo afastar os insetos de seu rosto em uma tarefa deveras complicada, em esforço intenso para ao menos evitar que adentrem seus ouvidos ou até mesmo sua boca. Apesar da abundância de moscas se avolumando na superfície do espelho da última imagem, Guilherme consegue entrever detidamente o reflexo de si que ali se encontra, e talvez em mais um insight alegórico. Em decorrência da decomposição, a arcada dentária exposta o escritor encara como sendo um sorriso macabro do mais puro deboche. Esse passado morto e podre estava ali o encarando, e muito mais do que isso: estava se divertindo com tudo que estava ocorrendo, rindo da situação constrangedora pela qual Guilherme estava passando. O mesmo deboche que ele percebera nos últimos meses de convívio com a desprezível mulher que lhe controlava os passos do passado, e isto era algo que o novelista jamais admitiria enquanto vivo fosse: que alguém o diminuísse em meio a qualquer tipo de escárnio.

O sangue no corpo de Guilherme sobe com tanta intensidade para sua cabeça que o jovem chega a ter uma espécie de tontura, que quase o leva ao chão, tamanha a indignação com a constatação de instantes antes ao encarar o sorriso daquele monte de ossos putrefatos, o que o leva a ter convicção plena da necessidade de pôr fim a tudo aquilo de uma vez.

Sem perder mais tempo, o escritor se movimenta agitadamente pelo corredor à procura de algum objeto pesado que por ali esteja, não dando mais nenhuma atenção às moscas no ambiente, que por sinal só aumentam. Se dependesse dele, elas poderiam voar por onde quisessem, forçando entrada onde quer que fosse. Era direito delas ser livres e voar sem direção; e era um direito dele agir também como bem quisesse, sendo totalmente livre. A atenção dele agora era outra, e, assim como antes havia saído do papel de protegido por terceiros e inerte diante das atribulações da vida para encarar o papel de senhor de sua existência e que ativamente combate qualquer problema de forma intensa, ele agora se vê preenchido de coragem para mais uma vez enfrentar seus medos. Nada o deteria em seu objetivo de ser completamente livre.

Enfim, Guilherme encontra um grande e pesado extintor de incêndio acoplado na parede, mas que não oferece nenhum tipo de obstáculo para ser retirado, o que faz o jovem rapidamente, ainda inebriado pela adrenalina que se espalhou por todo o seu corpo, e encaminha-se com o objeto para a frente da primeira imagem do extenso corredor espelhado, golpeando-a com toda a força possível. Na verdade, desfere os golpes com tamanha força que o vidro não apenas quebra, mas explode, como se atingido fosse por uma bomba, lançando os fragmentos de vidro para todas as direções daquele corredor; muitos até mesmo rumam ao jovem que golpeia raivosamente o espelho, mas que pouco dá atenção à possibilidade de que poderia sair ferido no fim desta ação, tamanha era sua raiva naquele instante.

A imagem de Guilherme golpeando as superfícies espelhadas uma a uma, se analisada por um observador com tendência a metáforas, que enxerga mensagens subliminares até nas menores coisas, se assimilaria a uma grande "ode" que o brilhante escritor que ali se encontra tanto amava: Os cacos de vidro do espelho voam para todas as direções, formando uma fina nuvem ao redor de Guilherme, antes de caírem ao solo. Em decorrência do brilho que todo vidro consegue refletir em movimento, a impressão primeira que se tem é que o jovem está sendo alvo repetidamente de uma nuvem de confetes e purpurina, como se estivesse realizando uma entrada triunfal no corredor da fama e a multidão enlouquecida arremessasse os brilhos em ovação digna dos grandes imperadores do passado.

Estaria Guilherme conseguindo enxergar também essa alegoria e justamente por isso golpeando com tamanha força os espelhos para, envolvido nessa fantasia de uma celebração intensa, dissipar o medo da situação em que se encontra, e criar a coragem para continuar o seu intento? Fica a possibilidade em aberto, mas jamais descartada.

Ele prossegue em sua missão de estraçalhar cada espelho que reflete sua imagem deturpada, aumentando os golpes e a violência como um todo nos que mostram seu reflexo com mais características visuais perturbadoras. Quanto mais próximo da entidade suspensa no ar, mais repugnantes são os reflexos, e nestes Guilherme intensifica sobremaneira os golpes, chegando ao ponto de sapatear sobre os cacos espalhados pelo chão em meio a urros de ódio.

Quando enfim fica frente a frente novamente com o último espelho, cuja imagem asquerosa continua a mostrar a arcada dentária exposta em razão da intensa decomposição, estampando o sorriso esquelético e macabro de outrora, Guilherme intensifica a expressão raivosa em seu rosto, que fica vermelho como carvão em brasa, para em seguida lançar forte cusparada na superfície, mostrando ser essa a imagem que ele mais abomina, e não pela forte decomposição e pelo horror que ela reflete, mas por ser sabedor que essa é a que mais mostra proximidade com o domínio exercido pela antiga companheira. Era essa imagem que o escritor lutava constantemente para ver aniquilada sob todos os aspectos possíveis.

Quando essa superfície é golpeada pelo extintor de incêndio, a explosão do impacto se mostra assustadoramente mais forte, lançando Guilherme para trás em um solavanco, e ele chega a quase perder os sentidos quando arremessado contra a parede que se encontrava logo atrás. A tal imagem aterradora era realmente a mais poderosa de todas as que ali se encontravam, e continha algo diabólico: ao mesmo tempo que fora atingida pelo objeto que destruiu o espelho, espalhou pelo ambiente não apenas os fragmentos de vidro, mas uma nuvem de moscas-varejeiras tão intensa que deixou o ambiente praticamente escuro como a noite sem luar.

Guilherme se levanta com muita dificuldade do chão, apoiando uma das mãos na parede enquanto leva a outra até suas costas para amenizar a dor que surge pelo impacto ocorrido na parede. Quando se encontra totalmente restabelecido, passa a observar com satisfação que conseguira destruir totalmente todos os espelhos do ambiente.

A imagem do corredor após os atos perpetrados por Guilherme mais denotava que um furacão havia por ali passado e revirado tudo com tamanha fúria que por pouco não levou a própria estrutura ao chão, e isso só reforçava no escritor a sua capacidade não só de criar o que sua mente assim desejava que ganhasse vida, mas também sua capacidade de aniquilar o que precisava sumir do mapa, e de preferência de uma forma que ficasse impossibilitado de ressurgir, caso se atrevesse. O que precisava ser destruído o era com perfeição nas suas mãos, tal qual ocorrera em Sodoma e Gomorra pelas mãos do Criador.

Situações como essa reforçavam no interior do jovem a inebriante sensação de que ele era capaz de conseguir tudo que desejava, tal qual o próprio Deus. Guilherme conseguiu se tornar uma divindade quando destronara a ex-mulher desse papel em sua vida. O escritor chega até mesmo a sorrir imaginando que talvez, se estivesse no lugar de Lúcifer na tentativa fracassada de tomar o controle dos Céus, como consta na Bíblia, muito provavelmente o fim da história seria diferente, e com certeza seria Deus quem seria lançado em direção à Terra. Não seria ele um anjo caído, mas o novo Senhor de tudo que existe.

— Eu venci! Eu sempre venço qualquer coisa! — berra, satisfeito, pelo corredor para em seguida perceber que a fantasmagórica imagem da ex-mulher não mais se encontra suspensa no ar, tendo sumido da mesma forma como havia surgido, sem deixar nenhum rastro, passando a Guilherme a sensação de que enfim havia conseguido superar em definitivo a doentia ligação que insistia em se manter viva como um cordão umbilical desnecessário entre mãe e filho após o parto.

Guilherme havia renascido já há algum tempo e, como todo ser que nasce, precisa andar com as próprias pernas pelo mundo, vivenciando suas próprias experiências sem mais ligações com quem o havia gerado. Havia rompido a ligação final com quem nada mais tinha em comum com o "eu" que ele havia criado para si mesmo atualmente, enfim havia cortado a ligação final com aquela que representava apenas seu passado e nada além disso, com a mulher responsável por mantê-lo em uma grande prisão, metafórica e também literal, afinal fora preso em razão de seu desaparecimento. Agora o escritor se encontrava totalmente livre para voar com a liberdade plena que tanto transparecia já possuir, mas que não era completa realmente. Nada mais poderia impedir que ele ascendesse ainda mais nos seus objetivos; a partir de agora, poderia se considerar de fato o senhor de sua existência. Somente agora Guilherme sentia que seu caminho na estrada da vida estava totalmente livre de armadilhas, e que poderia pisar no acelerador sem nenhuma surpresa desagradável ou receio de ocorrências no caminho.

Guilherme ainda respira ofegante, cansado pelo esforço intenso de quebrar os espelhos do corredor, quando repentinamente se lembra do motivo de estar naquele recinto: a entrevista no *talk show*! O escritor fica ainda mais nervoso ao fitar o relógio em seu pulso e constatar que, caso o programa se inicie pontualmente, como de praxe, ele provavelmente estaria em apuros, afinal se passaram dez minutos do horário programado para a entrada do programa noturno.

— Estou fodido... Não bastava não ter os retoques finais da maquiadora que nunca chegou aqui no camarim, ainda por cima estou todo sujo, cheio de cacos de vidro, parecendo que fui atropelado — diz para si mesmo o irritado e talentoso jovem.

De fato, Guilherme havia sido atropelado, mas pelo seu passado, que resolvera mais uma vez atravessar inadvertidamente seu presente enquanto percorria aquele corredor da emissora para finalizar seu grande plano, cujo início se dera com a publicação de sua obra. Tenso com a possibilidade de, por atraso, perder sua grande oportunidade de colocar seu plano em prática, Guilherme se desespera, ao mesmo tempo que, pela tela de seu celular, tenta observar seu rosto e vestimenta, para calcular o estrago que possa ter sofrido sua imagem física após toda a ação realizada na destruição dos espelhos.

A feição do escritor, um pouco perdida com o que constata pela tela de seu aparelho, não permite saber se o jovem chegara à conclusão de que os danos foram tão mínimos que, portanto, seriam praticamente imperceptíveis para o público que acompanharia a entrevista, ou se ele estava conformado com os que ali se mostravam evidenciados, e que não lhe restava opção que não comparecer ao auditório da forma que se encontrava, e quem sabe até brincar com a grande massa dizendo que veio caracterizado de vítima, alguém que fora massacrado, espancado e humilhado pelas circunstâncias da vida, o que era justamente seu intuito ao comparecer para pontuar os pontos que tanto ansiava em tornar públicos a todos.

Não importava, desta feita, o que Guilherme havia achado de sua imagem naquele instante, pois mais uma vez sua mente altamente criativa já saberia tirar o melhor proveito da situação, fazendo com que o meticuloso escritor saísse por cima, e ganhasse mais uma vez o pódio de que achava ser sempre vencedor. O jovem impetuoso sabia se safar de qualquer saia justa, e esse era um dos grandes motivos pelos quais sua pessoa chamava tanta atenção, para o bem ou para o mal: sua capacidade criativa até nas pequenas coisas, aliada ao sentimento de ambiguidade que exalava por seus poros de maneira intensa, parecia fascinar a todos que em algum momento da vida topassem com o jovem ou com seus manuscritos. Aparentar, como naquele momento, estar paramentado de pessoa fisicamente cansada e com roupas surradas, alguém sofrido pelas ocorrências da vida e, ao mesmo tempo, manter uma aura debochada e de *bon-vivant*, como se a vida até aquele momento fosse uma sucessão de sucessos e bons momentos, com fruição do melhor que a fama pudesse conferir, não era para qualquer um, e sabidamente Guilherme se utilizava dessa faceta para atrair toda a atenção das pessoas. Quanto mais dúvida melhor; e mais atenção do público para descobrir o que ele de fato era seria excelente para se manter em voga e no topo das pesquisas, já que até mesmo Guilherme estava nessa busca de se descobrir realmente, e quem sabe, com tantas possibilidades deixadas em aberto, o jovem escritor não acabaria por reconhecer em algum momento quem de fato ele era.

Sem mais poder perder qualquer fração de segundos com demoras ou lucubrações, Guilherme parte em desabalada carreira em direção à porta que se encontrava no fim do corredor, para se dirigir ao auditório principal da emissora, já bolando em sua mente alguma frase de efeito para justificar seu atraso, e assim garantir uma entrada nada menos do que impactante a todos que ali estejam. Porém, ao abrir a porta do local, topa com aquilo que achara estar enfim devidamente superado: a maldita imagem da antiga esposa.

Guilherme emite um grito assustador pela surpresa do reencontro indesejado, e cai de costas no chão, porém mantendo seu olhar petrificado de medo, ainda de forma firme, na imagem que se encontra à porta impedindo sua saída do corredor, como que implicitamente estivesse se colocando mais uma vez no caminho de sua liberdade, mais uma vez se opondo para que o autor pudesse ir em direção a seu futuro e a todas as possibilidades que eventualmente estariam à espera de Guilherme. O recado era claramente este, e ele não podia fugir dessa constatação macabra.

A figura permanece vestida de noiva e completamente ensopada, movimentando-se de forma lenta em direção ao angustiado escritor, que se arrasta de costas no chão, incrédulo com tudo que está ocorrendo. Guilherme procura forças dentro de si para gritar por ajuda, mas sua voz não lhe obedece, tamanho era o horror que a visão lhe proporcionara ressurgindo quando ele havia pensado que tudo havia terminado.

— Por que você não desaparece de uma vez, sua desgraçada?! Deixe-me em paz! Esqueça de mim! Esqueça! — esbraveja, em mais uma tentativa de se livrar da situação angustiante que vive ali, ao mesmo tempo que a figura se abaixa e passa a engatinhar no chão em direção ao homem desesperado e que permanece sem conseguir se erguer do solo.

As mãos da mulher tocam a perna de Guilherme, que não consegue reunir forças para repeli-la, por mais que tente, e assim, em poucos segundos, a imagem monstruosa se movimenta sorrateiramente até se posicionar por completo por cima do corpo do assustado escritor, que permanece no mais completo horror, imaginando que desta vez não haveria meios de escapar do seu destino de ser levado para o mais terrível inferno pelas mãos daquela que ele tanto desejava esquecer.

— *Enquanto você precisar de mim, estarei aqui por você!*

A já conhecida sentença que a imagem assustadora proferia toda vez parece ter servido de combustível para Guilherme obter a força necessária para se livrar do destino horrível que já se desenhava em sua frente.

Guilherme agarra o pescoço da sinistra entidade com ambas as mãos e começa a aplicar toda a força que possui em um processo de esganadura, apertando-o com tanta intensidade que até mesmo os ossos de suas mãos estalam, como se fossem sofrer uma grande fratura.

— EU NÃO PRECISO DE VOCÊ, SUA DESGRAÇADA! — berra Guilherme, ao mesmo tempo que emite uma gargalhada tensa, que surge em uma mistura de pânico e nervosismo.

— Acho que ainda precisa sim — responde a mulher, que, repetindo a ação perpetrada por Guilherme, envolve o pescoço do jovem com suas pálidas e pútridas mãos e emula o esganamento como um reflexo do outro nesta intensa ação letal conjunta.

Era impossível não passar pela cabeça do nervoso homem, ainda que estivesse lutando para sobreviver naquele corredor, a coincidência da duplicação do gesto, chegando em alguns instantes a trazer à memória do escritor as infindáveis lembranças de quando seus corpos estiveram entrelaçados da mesma maneira, em situações de paixão avassaladora ou de acolhimentos diante das intempéries que surgiam no caminho do jovem casal, ficando evidente a simbiose que ainda existia entre eles.

Porém, Guilherme sabia que seu foco era criar uma versão totalmente nova de si, e de nada adiantavam as lembranças do passado, não importando quanto elas tenham sido maravilhosas ou significativas. *O passado não volta* — e, bem refletida, essa não era uma simples frase de livro de autoajuda, mas um fato de extrema relevância. Há uma razão para algo não mais existir ou ter uma continuidade, e tentar se manter ligado a algo que se findou nada mais seria do que perda de tempo, e perda de vida, uma prova irrefutável de que o ser ainda apegado não alcançara o degrau seguinte da escada, e seria, portanto, um involuído, alguém que estava parado no tempo por escolha própria. Um retardatário, ao que Guilherme, em sua imensa vaidade, jamais poderia conceber se assemelhar.

O ar já se torna rarefeito para Guilherme, cuja vista de igual maneira começa a escurecer, sentindo o homem que as forças e os seus sentidos estão se esvaindo como ocorre com o sol no fim do dia, mas na presente tela o escritor consegue sentir que, quando a noite cair para si, não haverá um novo alvorecer. Restarão apenas as trevas de uma noite escura sem luar para todo o sempre. Era preciso reagir. Era imperioso que o jovem recobrasse as forças de maneira tal que sua reação o livrasse das garras daquela criatura demoníaca de uma vez por todas. Não seria a primeira vez que Guilherme escaparia das mãos daquela mulher, que insistia em atrapalhar seu renascimento total, e que tudo tentava para que ele não alcançasse todos os seus sonhos. O jovem sabia que tinha forças sim para mais uma vez se defender, ainda que soubesse que o embate final estava longe de ocorrer.

O habilidoso novelista parece ter entendido a duplicação da repetição dos gestos entre eles, e decide então soltar o pescoço da assustadora mulher levando em seguida suas mãos cerradas em punho na direção da lateral de seu próprio abdômen, passando a golpear com toda a força que ainda lhe restava, em uma sucessão de golpes que quase lhe fazem fraturar as costelas, mas que alcançam o objetivo imaginado instantes antes: o demoníaco espectro automaticamente também retira as mãos azuladas do pescoço do jovem e passa a sentir as dores do impacto que os socos fazem no corpo do próprio escritor como se ele tivesse desferido os murros diretamente na entidade sinistra.

Guilherme consegue se autogolpear na altura do estômago duas vezes antes de decidir utilizar os membros inferiores para se ver livre daquela situação, dobrando a perna de forma adequada para desferir uma joelhada nas costas da mulher, fazendo-a cair de lado, oportunizando assim a ele a chance de se livrar do abraço quase mortal da sinistra aparição.

O jovem, trêmulo e bastante combalido, se levanta mais do que depressa, e ainda ofegante encara sua algoz com certo ar de superioridade por ter percebido que a simbiose doentia que os mantém interligados havia se revelado também como o ponto fraco da entidade, e o elo adequado para enfrentar a mulher de igual para igual.

— Eu sempre venço você, jamais se esqueça disso, sua infeliz! EU SEMPRE GANHO NO FINAL! Você só é forte até onde eu permito.

Não importa em que forma você se apresenta para mim, sempre consigo colocá-la no chão, que é onde você deveria ficar sempre! E sabe por quê? Porque você sempre foi BURRA demais para me enfrentar. No fim, não sou eu quem sou dependente de você. Muito ao contrário: é você, cretina, que sempre foi, quem é dependente de mim! — debocha Guilherme, envolto em uma sinergia tão densa e negativa que o torna naquele instante ainda mais horrendo e assustador do que a imagem da mulher, como em tempo algum havia conseguido se apresentar antes.

Quando Guilherme finaliza seu discurso doentio de superioridade, a imagem da mulher já em pé novamente, passando a levitar diante dele, que readquire o ar de receio com o que possa ocorrer em seguida, servindo tal ação literalmente ao jovem como um calmante para seu destempero, mostrando que sua superioridade era mais verbal do que um fato.

— Você continua sem entender minha função na sua vida. Mas isso logo vai mudar, eu posso lhe garantir. Tudo vai ficar claro em breve para você. Muito claro, aliás... *Enquanto precisar de mim, estarei aqui por você* — afirma a mulher, ao mesmo tempo que abre seus olhos, que antes se encontravam totalmente cerrados, deixando o escritor catatônico em razão da intensa luz que irradia deles, em uma resplandecência tão forte que faz com que Guilherme tenha a nítida impressão de ter fitado diretamente um imenso farol, destes que servem de auxílio para navegantes em noites de forte tempestade marítima.

Guilherme cai de joelhos em meio a gritos alucinantes, ao mesmo tempo que leva suas mãos ao rosto como em uma tentativa de se proteger da intensa luminosidade crescente do ambiente, sem obter com isso nenhum sucesso, pois todo o corredor se torna altamente iluminado com o facho resplandecente que é emitido do olhar daquela que mais uma vez prova ao desesperado escritor que ainda é o foco de luz de suas trevas internas, aquela que se mantém ligada a ele, não importa quantas vezes o homem a repila ou lhe diga palavras duras, porque assim é o amor verdadeiro: resignado, compreensivo e forte.

Seus gritos neste momento não são mais de terror, mas por saber que a moça, por mais que o jovem tente de todas as formas mantê-la afastada de si, permanece ao lado dele. O desespero do impetuoso escritor era por reconhecer sua pequenez diante da grandeza do verdadeiro amor, que é luz para os cegos, ainda que se esforcem para não enxergar sua grandiosidade.

7

— Está tudo bem com o senhor? Quer que eu chame um médico?

É o que Guilherme escuta ao fundo, como se sua origem estivesse a quilômetros de distância do jovem, que ainda luta para retomar a normalidade em meio à lembrança da grande luz que o atingira. Mas, ao mesmo tempo que o som se mostra distante, a sensação de paz que o acompanha é deveras salutar, pois traduz ao escritor a certeza de que agora tudo havia se normalizado mais uma vez. Ao menos por ora.

Com certo esforço, ele vai conseguindo abrir os olhos cuidadosamente, podendo perceber que se encontra dentro do camarim novamente, e não no corredor em que instantes antes podia jurar que enfrentava mais uma vez a figura tenebrosa da mulher que ele considerava como a grande pedra no seu sapato. Vagarosamente ele observa tudo a seu redor, percebendo que o ambiente está exatamente da mesma forma que se encontrava quando o jovem dali havia se retirado para reclamar da demora da maquiadora, ou imaginado que havia se retirado para tal intento.

— Sim, está tudo bem. Devo ter cochilado enquanto esperava alguém vir me maquiar. Deve ter sido isso — responde Guilherme, já totalmente recomposto, para em seguida perceber-se deitado na cadeira reclinável de frente ao espelho iluminado, tendo como companhia a maquiadora que ele impacientemente estava esperando e que agora o indaga com relação à necessidade ou não de chamar um médico.

Guilherme curiosamente percebe que suas mãos estão em volta de seu pescoço, talvez em alusão ao último delírio que acabara de enfrentar.

— O senhor não se lembra de quando cheguei? Conversamos um pouquinho antes de começar a maquiar o senhor. Até pedi uma foto, e você gentilmente tirou. Daí em seguida já comecei a maquiá-lo, e o senhor apagou. Pensei mesmo que estivesse dormindo, mas depois de alguns minutos você deu um grito forte e permaneceu de olhos fechados, e fiquei bem preocupada, pensando que estivesse passando mal, não sei… — responde encabulada, quase de cabeça baixa, a maquiadora ali presente.

Guilherme tenta reordenar as ideias, como que a buscar na memória os seus passos até este momento atual, e só consegue chegar à conclusão de que mais uma vez tinha caído em novo surto, sendo atormentado pelo seu grande trauma do passado. O assustado escritor percebe que uma crise de ansiedade se avizinha com a constatação deste novo delírio, afinal era natural que um ataque de ansiedade ocorresse devido ao cansaço extremado com essa situação recorrente, que trazia grande preocupação e até mesmo o receio de algum distúrbio patológico estar ativado no corpo de Guilherme. Era impossível não se amedrontar; o ar lhe faltava diante do pensamento de realmente estar enlouquecendo cada dia mais.

— É, eu tive um pesadelo. Mas está tudo bem. Só um pouco tenso com a entrevista… o que é normal, não é mesmo? Para mim, estar diante das câmeras, mesmo que tendo já feito isso inúmeras vezes, traz-me um frio no estômago, carregado com certa insegurança. Normal. Sinal de que sou um ser humano normal, né!? Que estou vivo! Emoções são para isso mesmo — explica Guilherme, ao mesmo tempo que ensaia um certo sorriso encabulado, típico de quando iniciava o processo de transmutação do seu eu interno para o personagem que havia se acostumado a travestir diante do público: ao famoso e bem-sucedido escritor que vivia tão fantasticamente bem, a palavra "problema" parecia apenas uma junção de letras, sem significado real e prático.

O sorriso que a maquiadora estampa no rosto ao ouvir as palavras de Guilherme tranquiliza-o bastante, afinal a ideia de que se espalhe às pessoas a possibilidade que ele esteja enlouquecendo e tendo visões, e que isso sepulte sua nova versão ou seu grande sucesso profissional, que tem sido tão glorioso, era ainda mais assustadora do que as próprias lembranças macabras com a antiga esposa. Era uma hipótese aterradora que ele jamais poderia deixar que se tornasse realidade. O escritor tinha convicção de que já sofrera demasiadamente na vida, e agora somente coisas estupendas deveriam lhe suceder, devendo se esmerar para não meter os pés pelas mãos.

Não havia mesmo alternativa a ele que não fosse retomar o uso da medicação, como sugerira doutor Stephano durante a sessão vespertina. Poucas horas antes, como forma de deixá-la tranquila, Guilherme havia mentido para Amanda que retomara o uso dos comprimidos, mas a culpa que estava sentindo pela inverdade dita não seria mais necessária, afinal, saindo da entrevista na emissora, o jovem prometera a si, em razão dos constantes delírios, o retorno ao tratamento.

Tudo vai ficar bem, sempre fica. Não tenho motivo algum para temer coisa alguma. Não temo nada. Aliás, o medo é que tem motivos para me temer, sentencia o escritor para si mesmo em pensamento, como forma de fortalecer sua mente para tudo que a noite ainda reservava a ele.

Guilherme observa que os livros que havia autografado permaneciam na cadeira onde ele os havia depositado, mas ele estava desejoso por comprovar outra coisa: certificar-se de que não era apenas mais um item no caldo dos ingredientes do seu delírio de momentos antes. Estava ansioso em saber, o que o maltratava sobremaneira, se a ameaça que encontrara num dos exemplares existia também no mundo físico, e não fora fruto apenas de uma alucinação.

O escritor se coloca de pé para em seguida marchar em direção à lata de lixo onde havia arremessado o exemplar. Retirando-o de lá, abre a capa dura e confirma que a ameaça de fato fora aposta ali. Diferentemente do momento em que ele se assustara lendo aquelas palavras, agora se vê invadido pela sensação de alívio, tanto por não estar completamente maluco, afinal a ameaça existe realmente, mas mais pela ideia que acabara de ter com relação à entrevista de logo mais. É impossível a Guilherme não soltar uma sonora risada enquanto segura o livro em suas mãos, pois mais uma vez sua mente, tão criativa, havia pensado em como tirar proveito de uma situação que aparentemente se desenhava como algo ruim.

Como pensado anteriormente, este era um dos atributos do escritor que ali estava: a capacidade de criar diversos caminhos para um fato único, aguçando assim a curiosidade do maior número de pessoas que, diante da existência de tantas possibilidades abertas por ele, continuariam curiosas e dando atenção a tudo que Guilherme escrevesse, falasse ou fizesse. Acompanhar o aparentemente perfeito (no caso, ele) em busca de um deslize ou da descoberta do que de fato era real era inerente ao ser humano, afinal a curiosidade era viciante.

Tudo na vida não passava de um grande *reality*, e, mesmo que a maioria das pessoas que o acompanhavam pudesse estar no fundo torcendo para sua queda, ou disposta a comprovar que a verdade era o inverso do que o escritor estava tentando mostrar na mídia com seu livro, isso era irrelevante para ele, porque no fim das contas estariam todas dando a ele o que o jovem tanto queria, não importando a forma: atenção, "Ibope", fama. Guilherme não estava disposto a ser vítima de coisa alguma, e já sabia nesse momento como atrair mais atenção para si.

Ele bate com a capa do livro na própria perna, em movimentos alusivos a uma rápida limpeza, afinal a obra estava repousando no cesto do lixo, e em seguida a coloca novamente na cadeira junto dos outros exemplares, mas agora no topo da pilha que ali está formada, como a mostrar que aquele livro em específico merece o pódio destinado aos vitoriosos. Ele aprendera na vida muito mais do que o aprimoramento da ambiguidade na busca de alcançar destaque ou coisas que o valham. Tornara-se perito em encarar os problemas, não dando a eles a demasiada importância que em alguns casos até seria adequado conceder. Descobrira que debochar, diminuir o problema a ponto de ridicularizá-lo fazia crescer nele a sensação de que era maior do que a aflição, o que de todo não estava errado. O lema do escritor nessas ocasiões era "À medida que você diminui, eu cresço". Neste momento no camarim, Guilherme sente-se maior do que um gigante diante da ameaça escrita no exemplar do livro.

O som seco de batidas à porta do recinto faz com que Guilherme e a maquiadora instantaneamente voltem sua atenção para aquela direção, e, antes que qualquer indagação acerca de quem estaria desejoso de adentrar fosse proferida, um integrante da produção do programa abre a porta com um sorriso no rosto, fones de comunicação no ouvido e prancheta na mão, avisando que a tão aguardada hora havia chegado:

— Boa noite, senhor Guilherme. O programa começa em cinco minutos. Tudo está pronto, e todos já o aguardam. Vamos? — convida o funcionário da emissora, recebendo do logo entrevistado o aceno confirmatório com a cabeça, mostrando que estava pronto para acompanhar o rapaz até o auditório.

— Eu autografei alguns exemplares não faz muito tempo, e acho que seria interessante levá-los para serem presenteados para algumas pessoas da plateia, e quem sabe serem sorteados também para quem estiver acompanhando online. Tem alguém que possa vir buscá-los aqui e fazer isso durante um dos intervalos da entrevista? — indaga o sorridente escritor, recebendo do funcionário da emissora a confirmação de que a sugestão dada seria prontamente atendida.

Antes de sair do camarim acompanhando o funcionário, Guilherme pega o exemplar que se encontrava no topo da pilha de livros (o que continha a ameaça a ele), e despede-se da maquiadora com um largo sorriso no rosto, já encarnando mais uma vez o seu já habitual papel de figura pública, cuja aparente perfeição não permite que se cogite, sob hipótese alguma, a existência de nenhum tipo de problema ou dores na alma, exatamente a imagem que Guilherme se esforçava para transmitir por onde fosse, e perante qualquer pessoa.

Caminha imponente pelos corredores da emissora, ombro a ombro com o funcionário que fora encarregado de conduzi-lo até o palco em que o programa seria transmitido, orgulhoso de si e da sensação que ele gera por onde transita. Era quase mágico para o jovem vaidoso poder ver a reação das pessoas ao vê-lo, os burburinhos do cochichos ao pé do ouvido enquanto ele transita pelos mais variados pontos do interior da emissora líder de audiência.

Pensar na palavra "audiência" enquanto observa o impacto que sua presença tem no imaginário das pessoas traz ao escritor mais uma vez aquela ambiguidade que tanto o jovem se esforçava para manter acesa na mente dos indivíduos. A expressão remete-o de certa forma ao período da acusação criminal pela possível morte da antiga companheira, e às incontáveis audiências processuais a que ele comparecera em busca de provar sua inocência, de como elas eram sempre angustiantes e quase fúnebres, em razão da baixa expectativa que tanto ele quanto sua irmã tinham de um eventual êxito processual.

Nesse sentido o termo "audiência" pesava negativamente na mente de Guilherme, que sempre esteve ali presente de cabeça baixa, angustiado e receoso com um futuro totalmente doloroso que se desenhava cada vez mais próximo. Os olhares que o escritor recebia nas audiências processuais eram de julgamento e crítica, sendo notório ao jovem rapaz que estes olhares ansiavam vê-lo o mais rápido possível condenado e pagando com sua liberdade pelo desaparecimento da ex-mulher. Muito mais pesada que a acusação em si era a sensação de humilhação que Guilherme vivenciava nessas ocasiões, muito em razão da constante cabeça baixa que ele mantinha nas idas ao tribunal. Nessas ocasiões, ele se indagava internamente por que Deus o havia escolhido para caminhar na Terra sempre com a fronte em direção ao chão, nunca erguida em direção aos céus.

Mas tudo mudara com a grande reviravolta processual que sua irmã conseguira dar nos autos e que fora essencial para o encerramento do caso policial. Fora quase um milagre. Aliás, astuto, o autor encarou a reviravolta como uma resposta de Deus, como se Ele tivesse descido dos céus pessoalmente para dizer a Guilherme que havia o escolhido sim para, a partir daquele instante, caminhar sempre de cabeça erguida, e com o olhar voltado para além dos céus, e que então o termo "audiência" só se encaixaria na mente do escritor no sentido positivo, que era o de atrair atenção e olhares de admiração, curiosidade e, por que não, até inveja, afinal as pessoas ansiavam ter a vida que ele tinha.

A partir de agora, a realidade do ficcionista seria de brilhos e realizações, e nunca mais na vida Guilherme passaria pelo constrangimento de receber olhares negativos que o fizessem sofrer ou sentir-se uma pessoa inferior perante as outras. Desde então, o jovem nunca mais abaixaria sua fronte para nada nem ninguém, sob circunstância alguma. E não seria nesta noite que ele se curvaria novamente, fosse por medo de um fantasma, fosse de um fã alucinado.

O caminho entre o camarim e o palco do programa que entrará no ar em poucos minutos é um pouco longo em razão dos diversos corredores que precisam ser atravessados e da intensa movimentação de profissionais da emissora que se avolumam nos espaços do local, bem como pelo fato de que também era necessário um deslocamento para uma área externa ao prédio da emissora, já que o estúdio de gravação ficava numa nova ala interligada.

Ainda que o trajeto fosse um pouco complicado, o desejo de Guilherme era que o caminho fosse ainda mais longo para que ele pudesse se deleitar por mais tempo com tudo que fazia sua alma vibrar na mais pura felicidade indescritível, e que para o maravilhado escritor ali desfilava a olhos nus: pessoas parando o que estavam fazendo para observar o talentoso homem passar, a atmosfera quase cinematográfica intensa de se estar na maior emissora de televisão do país, responsável pela produção dos mais variados programas de entretenimento mundial, por assim dizer, enfim, a possibilidade de absorver um pouco mais da aura daquele local quase inacessível à maioria das pessoas.

Ser a estrela da noite na emissora cuja programação Guilherme, desde a primeira infância, acompanhara, vidrado em diversos programas com assiduidade intensa e que faziam sua mente viajar pelo mundo e ansiar por um dia também estar usufruindo de tudo que dali irradiava como mágica, beirava o irreal.

Este momento vivido por Guilherme era indescritível; portanto, muito mais do que lúdica, era uma situação totalmente divina, que talvez poucas pessoas conseguiriam sentir durante a vida, afinal ver-se realizando um sonho pessoal intenso não era para qualquer indivíduo; poucos se dispunham a batalhar pelos seus anseios e sonhos. O sentimento de regozijo pela concretização de um sonho ou pela conclusão de uma grande obra, artística ou não, cujo sacrifício pessoal lhe custara as mais diversas perdas, fossem perdas no convívio com familiares, fossem de saúde, era para aqueles que tinham visão.

8

Agora, ver-se usufruindo de toda glória reservada aos que sabem que o sacrifício pessoal é necessário e ínfimo diante do doce aroma de figurar entre os vencedores, faz com que Guilherme tenha certeza de que tudo valera a pena, e, se fosse preciso recomeçar sua vida do início, faria exatamente as mesmas coisas para chegar a este mesmo resultado.

Ele permanece maravilhado, em contemplação, enquanto atravessa o local, sorrindo e acenando para as pessoas, que se dividem em apenas observar o famoso homem atravessar e sacar os respectivos celulares para fotos e filmagens. O escritor, orgulhoso, ajeita a manga do estiloso e impecável blazer de corte italiano que está trajando, especialmente desenhado para esta noite de entrevista, quando sente a percepção do metal esbarrando em seu dedo, constatando que fora o toque na pulseira de ouro que há anos utiliza em seu pulso.

Guilherme passa então a deslizar os dedos pela peça de ouro de tal forma que quem observasse o ato poderia perceber certa semelhança de alguém que estaria segurando um terço em contemplativo estado de oração, como fazem os devotos enquanto permanecem ajoelhados nos templos, passando suavemente os dedos em cada uma das "contas maiores" enquanto fazem seus pedidos e agradecimentos por algo alcançado. Mas, se estivesse, por acaso, segurando a pulseira com a intenção de agradecer a fama alcançada, o realizado escritor estaria, ainda que involuntariamente, rendendo graças à desaparecida companheira, já que o objeto reluzente fora um presente dado por ela em um dos aniversários de Guilherme.

Guilherme permanece alisando a pulseira ao mesmo tempo que sua mente é invadida pela recordação do momento exato em que este presente lhe fora entregue pela ex-mulher, e ela lhe afirmara que o ouro brilhante do objeto jamais conseguiria se igualar à grandiosidade do amor que sentia por ele, e que seria essa pulseira a representação do elo entre eles, e que todas as vezes que Guilherme precisasse de sua pessoa e não fosse possível contar com a sua presença, bastaria utilizar o objeto para sentir-se por ela acompanhado e fortificado.

Fora impraticável ao jovem não constatar de pronto, portanto, que, ao colocar a pulseira como adorno para esta noite, internamente, ainda que não quisesse, estava declarando que se sentia protegido e grandioso apenas com ela: sua ex-mulher. Fora algo involuntário e natural.

Guilherme não se deixa tomar pelo seu ódio, sempre tão latente nas ocasiões em que se percebe ainda ligado à antiga companheira, em razão de já estar na pele do personagem que havia criado como figura pública, não podendo jamais transparecer negatividade alguma, ainda mais diante de câmeras e *flashes*. O escritor estava cansado desses detalhes que insistiam em permanecer dentro dele, mesmo que as questões maiores de ligação e dependência para com a ex-mulher já tivessem sido superadas. Mas era questão de tempo para conseguir se libertar até mesmo desses pormenores.

Era quase palpável que até mesmo essas mínimas coisas que insistiam em permanecer estavam se esvaindo no tempo e espaço de forma tão forte que, em pouco tempo, resquício algum permaneceria. Era questão de paciência e persistência. E isso o jovem escritor tinha de sobra.

Também fora instantânea a lembrança da última alucinação, ocorrida poucos minutos antes, no corredor da área externa do camarim, em que Guilherme percebera a simbiose com a mulher desaparecida, principalmente quando observara que a visão horrenda da ex-mulher iniciara um processo de esganadura de forma similar no pescoço dele momentos após o escritor ter iniciado o mesmo procedimento no pescoço dela, apertando a carne da mulher de forma agressiva. Ele agora percebe que não era a visão fantasmagórica que estava o copiando naquele momento em razão da simbiose, até porque nada daquilo havia ocorrido realmente, e era ele quem de fato estava se autopunindo, afinal, quando acordara no camarim, estava com as mãos envoltas no próprio pescoço. A esganadura que ele sentira na alucinação era uma criação mental, tal como uma alegoria, e nada além disso. Uma forma que a mente criara para tentar ocultar do próprio novelista a culpa torturante em ter perdido uma mulher tão incrível como a que ele tinha do lado. Ao tentar se esganar, estava Guilherme tentando acabar com o único responsável por toda aquela tragédia, e por toda dor e tristeza que permanecia em seu coração: no caso, ele mesmo.

Ele sabia que não adiantava perder tempo em lembranças do passado, afinal o que tinha ocorrido não mais poderia ser desfeito, e portanto conceder a essas lembranças uma excessiva atenção era mais do que perda de tempo, era uma grande perda de vida e de oportunidades de se concentrar naquilo que ainda poderia ser feito. O ontem era inalterado, e o hoje carregava oportunidades infinitas.

Guilherme já havia repetido isso internamente algumas vezes. Quando se pegava refletindo para conseguir escapar dessas armadilhas mentais para as quais sua culpa vez ou outra insistia em lhe arrastar, ele avaliava a importância crucial da terapia, e como ele só trazia agradecimentos dentro do seu peito por ter caído nas mãos do doutor Stephano.

O escritor sabia que a estrada sem o referido terapeuta seria muito mais complexa de se atravessar, e muito provavelmente o jovem cairia nos mais variados buracos que surgissem no caminho. Desde o ocorrido com a ex-mulher, no entanto, Guilherme procura incessantemente formas de não tropeçar nessas armadilhas mentais que tentam de toda forma lhe imputar a pecha de vilão máximo e absoluto, como um Darth Vader, da saga *Star Wars*.

Não há vilões nem mocinhos na vida, somente na ficção. Todos temos um pouco de ambos na nossa existência, e isso é saudável e normal. Em certas ocasiões da vida, ser passivo e bom o tempo todo só traria prejuízos, ou no mínimo a desnecessária convivência com pessoas cujo comportamento se assemelharia em muito com sanguessugas, consumindo-nos até o ponto da completa aniquilação.

Ser, portanto, "vilão" em certos aspectos era uma questão de sobrevivência, era mostrar que estava atento a investidas danosas, e que não somos meros cordeirinhos passivos aguardando sorridentes o abate. Portanto, saber a hora de se rebelar, e usar até de certa agressividade no seu lidar com o próximo, era fundamental. Usando o exemplo do citado Darth Vader, até mesmo esse personagem era prova inequívoca da dualidade do ser, e que ora somos vistos como vilões, ora como mocinhos, os "escolhidos" para colocar um ponto final no "lado negro da força".

Fora que era preciso destacar que toda história possui muitas versões, e nenhuma está completamente certa ou errada. Tudo era questão da visão de vida de quem observa o que está acontecendo, ou daqueles que estão praticando o ato. As variantes eram as mais extensas possíveis, e, sendo realizada uma análise mais apurada ou sem tanto preconceito, todos sempre chegariam à conclusão de que a linha entre o que tantos consideravam como mal e vilanesco e aquilo que era comumente dito como bom e arquétipo do mocinho era extremamente tênue e quase inexistente. No fundo, em uma visão mais adequada e mais justa possível, sobre a essência do ser humano, diríamos que somos todos anti-heróis nas páginas da vida, buscando incessantemente formas de sobreviver às intempéries ao mesmo tempo que ansiamos viver bons momentos. Mas infelizmente o mundo ditou visões e modelos sobre o bem e o mal, e durante séculos os abraçamos fortemente, mesmo sabendo que são versões tão rocambolescas que dificilmente alguém conseguiria, ainda que se esforçasse muito, seguir cem por cento da cartilha por eles preestabelecida. Era preciso crer na mudança de visão da sociedade, e mais que isso: era necessário ditar novos modelos, e com isso facilitar que surgissem possibilidades de novas formas de pensar e agir, ampliando a visão das pessoas sobre o comportamento do ser humano, implantar, ainda que aos poucos, a real verdade de que não somos meros robôs separados em castas ou em clichês ultrapassados. Era fundamental ser a mudança.

Guilherme sentia que sua função com sua obra era justamente essa, afinal ele encarnara no imaginário coletivo, de forma exemplar, justamente essa dualidade do mocinho e do vilão, e exercera-o de forma mais que exemplar, magistral, diga-se de passagem.

Em uma ordem cronológica, Guilherme trilhara o caminho do mal, sendo na visão geral o assassino monstruoso da ex-mulher, para em outro momento ser o astro máximo que todos amavam e queriam seguir como exemplo, aquele que fora injustiçado, mas merecera agora estar nos braços do povo, que tardiamente reconhecia seu imenso valor.

Guilherme sorria levemente, porque lhe era impossível não comparar a si próprio mais uma vez ao Cristo que simbolicamente no Domingo de Ramos, conhecido momento litúrgico entre os católicos, era recebido nos braços da população em calorosa manifestação pública, para em menos de uma semana após tal fato ser humilhado de todas as formas inimagináveis, açoitado e crucificado. Era tão complicado para as pessoas perceberem que desde sempre fora evidenciado que não existe um bem e um mal perfeitamente delineado? Que essa linha tão simples era dependente mais da visão de quem acompanha o desenrolar de uma situação do que dos fatos em si mesmos? Cristo não agira como um demônio em momento algum para merecer uma mudança tão violenta na forma como as pessoas o estavam vendo. O proceder de Jesus fora o mesmo do início ao fim. O que havia mudado era a forma como seus atos estavam sendo interpretados.

Portanto, desde os tempos primórdios, bíblicos, estava bem definido que a linha que divide o bem do mal era de fato ou inexistente, ou deveras frágil. Mesmo assim, as pessoas se negavam a abraçar essa realidade, preferindo o romantismo tosco que separa pessoas em vilões e mocinhos, quando todos carregamos demônios e anjos em nosso interior, e que a manifestação de um ou de outro depende unicamente dos olhos de quem observa.

Guilherme estava certo, portanto, de que seu pensamento era totalmente lógico. Mas, de igual maneira, sabia da dificuldade que seria quebrar os estereótipos do imaginário coletivo. Então não lhe restava outra forma de tentar fazer com que a sociedade percebesse o óbvio de que somos bons e maus ao mesmo tempo do que mostrando isso em suas ações, fosse na forma de falar, fosse na postura, na manifestação de pensamentos ou, principalmente, no jogo de palavras de seu livro, instrumento fundamental para mostrar que somos uma grande panaceia. Tudo junto e misturado, como tantos gostam de dizer.

Quem visse o jovem escritor e sua história triste diria ser um mocinho que aguentava resiliente todas as adversidades e infortúnios da vida, para no fim ser premiado com a verdade. Quem, por outro lado, observasse o jovem no seu dia a dia realizando atos perigosos, como dirigir bem acima do limite de velocidade e fumar, dedicar tempo com luxos e coisas supérfluas, deixando no ar, no seu livro ou em declarações públicas, a possibilidade de ele ser de fato um assassino, diria ser Guilherme a personificação do mal.

Era isso que Guilherme também almejava com seu livro; mostrar que esse era o novo normal, aliás, a nova forma de se observar a realidade, mas que não era nova, ao contrário; sempre esteve diante dos olhos de todos. O normal era ser dúbio. Ele não descansaria até deixar esse recado para a sociedade. Padrões são grandes equívocos que são implantados como chips na sociedade. As pessoas são o que são. Sem sentenças definitivas. Apenas somos o que somos e agimos conforme as coisas se apresentam diante de nós, sem o peso dos julgamentos.

Seu livro não seria o primeiro exemplar a expor essa mensagem tão lógica diante de todos. Como dito, essa informação clara de que o bem e o mal não existem e somente são fruto da observação de quem acompanha a situação que se desenrola em sua presença em um momento específico já existe em todos os tempos, até na Bíblia estava evidenciada. Seu *best-seller* seria talvez o veículo mais robusto feito até hoje para que, enfim, toda a sociedade captasse em definitivo a essência da mensagem, e passassem a viver melhor sem o peso desnecessário de tentar se encaixar no dito "lado da luz", ou sentir-se mal por estar transitando pelo "lado negro da força" (e muitas vezes sentindo até mesmo culpa por estar, no fundo, gostando de exercer seu lado *dark*). Estava claro para Guilherme que o mundo seria bem melhor sem julgamentos ou papéis predeterminados como em um tabuleiro de xadrez. A vida não poderia jamais ser vista como uma peça de teatro em que cada pessoa apenas interpreta um personagem específico. A vida era a vida, e não possuía papéis determinados ou se utilizava de interpretações. Era preciso SER para conseguir viver.

Guilherme enfim se aproxima do ponto exato de onde a entrevista será retransmitida para todos os canais de televisão do país, bem como pelos meios virtuais, como redes sociais, podcasts, blogs e similares. Ele é posicionado atrás de uma imensa cortina de cor negra, cujo tecido grosso similar a veludo impediria que o jovem escritor fosse visto naquele momento por qualquer pessoa, ainda que houvesse um esforço para isto. O jovem artista não consegue nestes eventos não se sentir como quem anda nas nuvens celestiais, cujo privilégio de trânsito era destinado unicamente àqueles cujo próprio Deus havia tocado e determinado que tivessem essa honra. Era inegável ao novelista o sentimento de superioridade que lhe invadia o ser, e de que fora o escolhido entre milhares para ser o portador da mensagem que o mundo necessitava conhecer, ou reinterpretar, como ele tanto imaginava.

Guilherme era especial. Isso era inegável, diante de tudo que ele estava vivenciando nos últimos tempos. Negá-lo, logicamente, teria origem em sentimento de inveja ao ter de se reconhecer que o escritor tinha um talento acima da média, e que estava colhendo as glórias de sua trajetória pouco comum.

Tal como uma criança que se encontra de frente à vitrine de uma loja de brinquedos, e com sua atenção totalmente voltada para o lançamento de última geração do jogo eletrônico que há tempos vem cobiçando, maravilhada por estar tão próxima do seu objeto de desejo, analisando detidamente cada detalhe do seu sonho de consumo, Guilherme, de igual forma, se detém extasiado, quase em um estado de hipnose, em tudo que consegue captar ao aproximar seu olho de uma pequena fresta do grosso tecido que oculta sua presença naquele momento de júbilo interno.

Aquelas imagens, ainda que fossem praticamente idênticas a tantas outras já vistas por ele nas mais diversas ocasiões, tocavam no seu interior com a mesma sensação de uma imensa e satisfatória novidade, produzindo-lhe no corpo um prazer tão inebriante que ele tinha plena certeza de que jamais conseguiria obtê-lo de outra forma na vida, mesmo que se esforçasse muito. Tudo aquilo era único.

O olho do escritor vibra analisando as pessoas que preenchem o espaço do auditório da emissora, muitas com cartazes de apoio ao jovem artista, segurando pequenas placas que, erguidas para o alto, projetam sua figura nas mais diversas fotos. Algumas pessoas até mesmo trajam camisas cuja estampa é justamente a arte do seu livro, mostrando com perfeição o filete de sangue idêntico ao da capa do *best-seller*.

Claro que nem tudo são flores. Até mesmo para o sempre vaidoso Guilherme, era evidente e totalmente esperado haver opiniões opostas. Nem sempre encontrava a comum "admiração generalizada" que produzia no público, mas essa contraparte, não sendo superior ao grupamento que sempre lhe rendia apoio, era sempre bem-vinda — aparecendo em menor grupo para acabar sendo sufocada em questão de segundos por seus apoiadores, isto era perfeito. Inegável quanto era salutar que existissem esses grupos opostos, para manter sempre acesa a polêmica, a dúvida se Guilherme estava falando toda a verdade com relação ao processo criminal que havia respondido como réu, fazendo, portanto, com que o escritor nunca deixasse de estar em voga nas discussões da sociedade, enfim: os opositores eram em grande parte os responsáveis por o interesse em torno do escritor ser cada vez mais intenso.

E lá estavam no auditório alguns opositores, incutindo a certeza em Guilherme de que teriam mais uma vez um interessante embate com sua claque, mantendo, como pensado anteriormente, seu nome em um eterno destaque. Mas desta vez a visão das pessoas daquele grupo lhe produz um certo desprazer, afinal estão trajando uma camisa cuja estampa é a foto da sua antiga esposa, e nas laterais da foto filetes de sangue escorrem formando a frase: "Onde está o meu corpo?".

Era a primeira vez que a imagem dela estaria presente na plateia durante uma entrevista que Guilherme concederia, e em grande número, haja vista a quantidade de usuários do grupo opositor. Era difícil ao jovem escritor não fitar a imagem estampada nas camisas, sem ser invadido pelo sentimento de que a moça sumida, ainda que não quisesse, estava ainda presente, e mais uma vez o julgando por tudo que havia lhe acontecido, e até mesmo por tudo que não havia acontecido e poderia ter sido realizado para que ambos estivessem juntos ainda.

Curiosamente Guilherme se dá conta de que, pela primeira vez em um evento dessa envergadura, sua mente não se vê invadida com a sensação de "felicidade incompleta" por *ela* não estar acompanhando todo esse sucesso e fama, como ambos tantas vezes imaginaram, fantasiaram, ensaiaram e sonharam juntos. Essa melancolia que sempre lhe invadia o ser em razão de atualmente o escritor ser tão famoso como a ex-mulher diversas vezes desejara testemunhar, e até mesmo se esforçara para que o jovem alcançasse tal anseio, hoje denota claros sinais de que está enfraquecida, esvaindo-se no decurso do tempo, que a tudo destrói e ao mesmo tempo reconstrói em um eterno e grandioso looping. Os fins e os recomeços que constantemente a vida dava prova de serem necessários em todos os aspectos da criação e da vida dos seres que habitavam o orbe traziam clara mensagem de que era preciso cada vez mais se reinventar, e que tudo acabava em razão da necessidade da reinvenção.

Guilherme se dedicara intensamente ao projeto pessoal de se reinventar desde o sumiço da mulher com que fora casado, e esse esforço era contínuo, conforme intuía o escritor, totalmente infindável, não havendo previsão alguma de cessar, sob nenhuma hipótese, afinal a evolução era algo que não tinha fim e, tal como andar de bicicleta, exigia um movimento contínuo com esforço repetitivo; a dedicação em se recriar diariamente tampouco permitia momento de descanso ou inércia, e interromper o movimento da evolução pessoal ocasionaria o mesmo efeito que um ciclista obteria, se parasse de pedalar do nada: um estupendo tombo ao solo com riscos até mesmo de se machucar seriamente.

O escritor, portanto, suspira aliviado por perceber que a constante melancolia que nessas ocasiões de quase júbilo assombra-lhe a memória tem se mostrado cada vez menos intensa, impactante e incomodativa. O tempo de fato reinventa tudo, até mesmo as lembranças e, por que não dizer, até mesmo a dor.

Guilherme direciona seu atento olhar para o palco, onde vislumbra duas poltronas de cor branca dispostas quase uma de frente para a outra, uma pequena mesinha de vidro com suporte para que eventualmente seja servido algum tipo de bebida, água ou qualquer coisa do tipo, um banner imenso com a ilustração da capa de seu livro em alta definição, um suporte que permanece ao lado do banner já com os exemplares que Guilherme estava autografando no camarim devidamente expostos, de forma que se destacam facilmente no ambiente altamente iluminado, e logicamente: telões no fundo do painel de LED com a imagem da estrela do programa "DE CARA COM A VERDADE", a jornalista sensacionalista Adrianne. Na verdade, o programa deveria se chamar "TRAGA SEU ANTIOFÍDICO", porque quem acompanhava esse *talk show* e a forma como era conduzido pela famosa mulher sabia que esta não era nem um pouco chegada a um jornalismo investigativo isento e honesto, e estava sempre disposta a direcionar os fatos de maneira que pudesse obter para si mesma apenas Ibope, mídia e patrocinadores. Ela somente se importava em permanecer em destaque. A verdade dos fatos que estivesse eventualmente mostrando em seu programa era irrelevante. Os números de audiência eram a única coisa que tinham valor.

De certa forma, Guilherme nem mesmo poderia se queixar dessas constatações que fazia nos momentos que antecediam a entrevista; ele agia de forma muito similar, reconhecendo, portanto, que ambos se guiavam pela mesma cartilha da busca desenfreada por destaque e reconhecimento. E estava tudo bem, afinal isso era do ser humano, fazia parte da vida a eterna busca por destaque pessoal, conclui o jovem, que ali se encontra observando detalhadamente a turba ensandecida que aguarda desesperadamente para vê-lo.

A vida era movimento, tal qual uma competição de triatlo, cujo louros da primeira posição do pódio eram reservados àqueles mais rápidos e destacados em seus objetivos. Tanto quanto reconhecer que a vida era uma interminável força energética que clamava para uma eterna reinvenção pessoal de cada indivíduo, fazia-se forçoso constatar que se assemelhava também a uma eterna competição entre os mais fortes, em que sobrevive quem for mais adaptado e qualificado.

Pensando dessa maneira, se Adrianne tanto se assemelhava ao jovem Guilherme na busca por destaque e reconhecimento pessoal, ele poderia sentir naquele mesmo instante um grande frenesi tomar bruscamente seus sentidos, percebendo-se invadido por certo torpor semelhante a um prazer sexual ou talvez a mesma energia que invade o corpo de um predador sedento em um momento de perseguição à presa, mostrando que ali era chegado o momento em que a jornalista e o escritor enfim decidiriam quem ganharia essa batalha em busca do pódio, em uma grande competição pela atenção do público.

Guilherme continua sua orgulhosa tarefa de observar o máximo de detalhes na ambientação daquela noite dedicada à sua pessoa. Era necessário registrar na memória cada pormenor deste momento ímpar. O escritor sabia que seria a partir desta entrevista que tudo mudaria mais uma vez na sua vida. Esta era noite pela qual ansiara diversas vezes enquanto estivera preso e até mesmo enquanto escrevia freneticamente sua obra-prima narrativa acerca do desaparecimento da antiga companheira. Portanto, esta noite tinha um sabor sem igual, como uma iguaria rara que necessitava ser consumida minuciosamente não apenas pela sua raridade, mas por toda ansiedade que ocasionara com a espera pela degustação.

Por mais que o *best-seller* já tivesse em seu conteúdo uma perfeita e cadenciada explanação dos fatos contidos no processo criminal, mas com uma intensa mistura de licença poética ficcional, como tão magistralmente Guilherme conseguia transpor ao escrever sobre o que era fato e o que era apenas elaboração de sua mente altamente criativa, em uma linha narrativa tão bem escrita que tornava o que era ficção não distinguível do que era não ficção, seria nesta noite que muitos dos pontos que estavam contidos na obra seriam esclarecidos de verdade ao grande público. Detalhes da narrativa, como a simples descrição de um ambiente ou até mesmo a roupa que um personagem aparentemente ficcional trajava na obra do jovem escritor, ou a forma como tal personagem se expressava, permaneciam escondidos como interessantes *easter eggs*, tal como minas terrestres aguardando, em um intenso suspense, que alguém acionasse a explosão avassaladora com a descoberta daquilo que permanecia oculto. Guilherme tinha plena certeza de que quem captasse as variadas mensagens ocultas em sua obra seria o acionador de uma verdadeira hecatombe nuclear, que poderia até mesmo alterar o rumo do que se entendia até o momento como real na história da mulher desaparecida.

Guilherme subitamente abaixa a cabeça ao mesmo tempo que se esforça para conter um tímido processo de sorriso que quer brotar em sua face, o que ocorre por já antever que seria deveras complicado que a grande massa de leitores notasse os detalhes esparsos que ele havia deixado em seu livro.

Somente um grande conhecedor do processo poderia fazer as comparações existentes nos autos com as situações do livro publicado. O escritor sabia, desde quando permanecera preso, e nos momentos em que iniciara os esboços de sua grande obra literária em sua cela, que em algum momento futuro seria necessário que ele mesmo fosse o acionador de todas essas bombas silenciosas do seu texto. Guilherme soubera aguardar o momento adequado para revelar de forma clara o que estava oculto, e sabia, parodiando sob certo aspecto o próprio Oppenheimer, que seu papel era se tornar ele próprio *o destruidor de mundos*. A noite tão aguardada pelo jovem escritor enfim havia chegado e com o sabor que ele tanto imaginara incontáveis vezes, dando ao extasiado e criativo homem a certeza de que tudo que ele havia planejado realmente se tornaria realidade, e o mundo de muitas pessoas começaria a se destruir, como há muito tempo deveria ter ocorrido.

As atenções de Guilherme se voltam novamente para o palco do estúdio quando os canhões de iluminação são subitamente acesos, focando o púlpito onde o *talk show* se realizará. Simultaneamente, as luzes que permaneciam ligadas em sua totalidade no ambiente reduzem seu brilho, deixando claro que o programa começará a sua transmissão em poucos segundos. Era chegada a hora derradeira. O jogo enfim se iniciaria para todos, sem exceção.

9

Os funcionários do programa correm de um lado para outro com suas pranchetas e fones de ouvidos, conferindo os detalhes finais e últimas instruções antes da entrada da grande jornalista Adrianne, que era figurinha conhecida no meio artístico/jornalístico pelo pulso de ferro e forte cobrança para com seus funcionários; talvez como uma cópia barata da intensa Miranda de *O diabo veste Prada*, o que ficava realmente evidenciado no rosto tenso de todos que ali laboravam, cuidadosos que estavam para não cometerem nenhum erro. Ao mesmo tempo, é anunciada no ambiente a contagem regressiva de dez segundos para início da transmissão ao vivo, informação esta que faz com que todos os presentes na plateia se levantem agitados, alguns já iniciando certa ovação, outros apenas gritando como que em instintiva necessidade de também se fazerem notar naquele ambiente onde, tal qual no Coliseu, no passado dos Césares, se mostrava local ideal para "guerrear" por sua sobrevivência, mas que agora, neste estúdio, mostrava ser o ambiente perfeito de batalhar para se expor em grau tão elevado que talvez chegasse a se destacar mais do que as pessoas públicas que por ali transitavam.

Somente agora, muito pelo fato de a plateia estar totalmente agitada pelo início do programa com todos em pé e aos gritos batendo palmas, Guilherme consegue perceber na multidão algumas pessoas travestidas com vestido de noiva ensanguentado, vestimenta citada unicamente na parte em que o escritor narra o encontro do carro da mulher desaparecida, cujos pertences pessoais estavam espalhados próximo ao veículo, sendo tal veste tão marcante na história, mesmo não sendo novamente mencionada em nenhuma outra página do livro, tão onipresente, que passou a figurar em publicidades do *best-seller*, como banners, gravuras de divulgação online e similares, passando a ser a imagem de alusão automática com o livro, que quase poderia, em decorrência dessa febre toda em torno da roupa, ter seu nome trocado para "A NOIVA", o que comprovava o impacto fortíssimo que existia mais na relação de casamento entre os personagens do livro do que apenas isoladamente no conteúdo da obra, que buscava elucidar as questões acerca de um possível assassinato.

— E com vocês, a estrela da televisão de todas as nossas noites, a rainha do jornalismo, aquela que nada teme e traz a verdade doa a quem doer: Adrianne! — É como a *venenosa* jornalista é anunciada pelo locutor.

Ela adentra o recinto com imenso sorriso no rosto e braços levantados, acenando para a plateia de forma esfuziante. A mulher, ainda por cima, permanece em grande destaque em decorrência dos canhões de luz que, focando-a, dão a impressão de que nada mais no ambiente tem relevância ou destaque, como se a jornalista ali fosse a representação máxima de uma deusa na terra. A elegância com que ela também procurava se manter em evidência auxiliava o processo de admiração dos fãs da jornalista. Essa noite mesmo, ela trajava um tailleur vermelho cujo desenho reforça essa imagem de superioridade intensa que exala cotidianamente da polêmica mulher. Tudo era perfeitamente disposto para que Adrienne fosse o destaque e a estrela desta e de todas as noites. Acho que essa era intenção da ardilosa comunicadora.

Mas não nesta noite, pensa o ansioso escritor, que aguarda atrás da cortina para ser chamado ao palco. *Esta noite será minha, em todos os aspectos possíveis*, finaliza Guilherme em sua reflexão.

— Boa noite, meus queridos! Como vocês estão? Espero que ótimos! A todos que me acompanham também virtualmente, meu muito obrigado pela audiência! É por todos vocês que me dedico diuturnamente para trazer sempre o melhor do entretenimento, bem como os casos mais complexos que estejam em destaque no mundo. E mais do que isso: é para que a verdade seja sempre mostrada a todos que me esforço vinte e quatro horas por dia! — fala, em um tom quase maternal.

A apresentadora, pelo visto, não tinha problema algum em mentir descaradamente, afinal era de conhecimento solar que a víbora pouco se importava com a verdade de qualquer situação que fosse levada em seu *talk show*, e muito menos se importava com qualquer componente do séquito que acompanhava seu programinha de quinta diariamente, e que não passava de um "grupamento de tolos", como Adrianne já havia deixado escapar até mesmo em uma gravação clandestina feita por algum de seus incontáveis desafetos. Posteriormente conseguira convencer os mais alienados de que fora alvo de uma montagem para sujar sua imagem (como se fosse necessário algum complô para tal intento, quando ela mesma já fazia com maestria este trabalho de se autocancelar). Mas, pela intensidade dos aplausos e pela forma como a plateia permanecia encantada com cada palavra proferida pela megera, levaria algum tempo ainda para a jornalista de fato ver sua imagem consideravelmente arranhada por qualquer motivo, infelizmente.

Guilherme volta seu olhar para a plateia, como que a procurar por alguém em específico, mas a agitação das pessoas que ali se encontram, o intenso jogo de luzes do ambiente, misturados com sua crescente ansiedade, não o deixam se concentrar em localizar quem o escritor tanto deseja encontrar.

O escritor ainda faz esforço para se manter observando a plateia, ficando até na ponta dos pés como uma criança curiosa ficaria na manutenção de sua busca, quando se vê surpreendido por um toque no seu ombro, o que o faz se virar de súbito, tendo de praticamente levar as mãos à boca para evitar que o coração saísse por ali, tamanho fora o susto com o toque recebido.

— Fabi! Estava a procurando agora mesmo! — exclama Guilherme, de forma esfuziante, ao mesmo tempo que abraça calorosamente a irmã ali naquele momento de tensão.

Era ela quem o jovem estava procurando insistentemente no meio da multidão, até como forma de se aperceber possuidor de uma rede de proteção também, e que era tão comum a maioria das pessoas.

— Eu disse que estaria aqui já o esperando. Eu sempre permaneço até o fim nas suas entrevistas. Até para avaliar se vai falar alguma coisa indevida. Não sei por que ficou nervoso. Esse é meu padrão. Sempre vou estar com você. Ainda mais neste programa escroto em específico, em que vai precisar pensar mil vezes na pergunta que ouvir para proferir qualquer resposta — conclui, de forma preocupada.

Guilherme ouve todo o discurso da advogada sem se preocupar em nada com o conteúdo das palavras por ela ditas, pois percebe-se invadido por uma sensação similar a uma forte dose de calmante que aos poucos domina cada pedaço de seu corpo. De fato, para o jovem escritor, a família tinha uma importância ímpar e decisiva na sua vida, e a possibilidade de se aperceber sozinho em momentos decisivos como aquele era talvez mais assustadora do que qualquer coisa.

Guilherme permanece abraçado ainda à irmã quando nota que Amanda, de igual forma, ali se faz presente com um belo sorriso no rosto, transparecendo fortemente ao nervoso homem que ele estará sempre acompanhado daqueles que o amam, protegendo-o e cuidando dele, mesmo que não notasse de cara a presença de nenhuma dessas pessoas especiais. Este momento com essas duas mulheres que lhe eram tão caras compensava qualquer receio que o homem pudesse ter com relação ao que poderia transcorrer naquela noite. Guilherme estava agora em paz e pronto para encarar os leões.

O escritor observa a noiva ainda durante certo tempo, notando similaridade com a antiga companheira neste tipo de situação, que se fazia sempre presente em momentos de maior tensão e relevância, sendo tal constatação de similaridade, na visão de Guilherme, algo muito natural em qualquer novo relacionamento que qualquer pessoa comum pudesse ter, não sendo a comparação uma prova da fixação de Guilherme em quase tudo se lembrar da antiga esposa. Era natural que qualquer pessoa medianamente normal fizesse uma observação similar a essa.

Mas Amanda mantinha uma atitude e presença bem diferente da que a desaparecida mulher nestas ocasiões. Enquanto a noiva de

Guilherme se mostra presente no local denotando um apoio incondicional ao escritor, transparecendo uma calma além da esperada para um evento desta magnitude, a ex-mulher do homem que na atualidade é considerado o mago da escrita estaria nesse mesmo papel não dando apoio, mas sim como forma de se certificar que Guilherme estaria agindo como ela previamente teria determinado em detalhes.

Hoje era bastante evidente para Guilherme o que um relacionamento amoroso deveria trazer para uma pessoa, realmente. O mundo já proporcionava cotidianamente tantas dificuldades e pressões, que parecia bastante óbvio que uma relação entre um casal deveria ser baseada em conforto, mútuo apoio, proteção e, sem sombra de dúvida, na constante certeza de que a pessoa conseguirá sempre sentir-se altamente à vontade e bem ao lado daquela que havia sido eleita para trilhar a estrada da vida consigo.

Nenhum destes sentimentos elencados como bastante óbvios para Guilherme se faziam sempre presentes na relação doentia e possessiva com a mulher desaparecida. E, se algum destes se manifestava na relação que tivera, fazia-se de forma deturpada e visando chegar a um outro objetivo que não o simples e esperado "bem-estar" de um casal. No antigo enlace, se houvesse mútuo apoio, era unicamente para garantir que metas fossem alcançadas; se a proteção se mostrasse presente, era muito provável que se desse para evitar que qualquer dano ocorresse à marionete que ali servia de meio para obtenção de algum resultado. Era disso que Guilherme hoje tinha plena certeza: de que fora para sua ex-mulher uma grande marionete que ela manipulava para consecução de seus objetivos próprios, naquilo que muito provavelmente a mente doentia dela achava que pessoalmente e por suas próprias forças não conseguiria alcançar, então de maneira astuta o treinava e preparava tal como um general treina seus subordinados com afinco para uma grande guerra que se avizinha.

A frieza bem como a visão do todo que a diabólica mulher possuía eram de fato impressionantes e dignas da mais alta admiração, porque escapavam do senso normal e esperado do homem médio. Ela conseguia enxergar o que a maioria nem sequer conseguia intuir. Mesmo que fosse em pontos negativos e ruins, fazia-se necessário reconhecer a magia que envolvia tudo dessa mulher. Ela sabia como ninguém disfarçar sua frieza e forte sentido de manipulação com lágrimas e sentimentalismo aparentemente sinceros: a nenhuma pessoa, sem exceção, seria possível concluir que ela não era uma moça doce, profundamente emotiva e com a empatia gigantesca exalando por todos os poros da pele e, por que não afirmar, que irradiava por toda a sua alma. Era de fato assustador saber quanto tudo isso era altamente planejado pela moça em detalhes, e nada de sincero havia em suas emoções.

Cada passo dela era para alcançar suas metas pessoais. De fato, a psicopatia é algo imprevisível, e pode estar presente em pessoas das quais nem sequer desconfiaríamos. Mas não há um mal que não traga um bem em si mesmo, e, portanto, era forçoso a Guilherme reconhecer, e de certa forma agradecer, o convívio com essa verdadeira força da natureza que por quase duas décadas estivera ao lado dele incessantemente, preparando-o para a guerra tal como um general faria.

Hoje o escritor sabia o tamanho de sua força e capacidade de trilhar seu próprio caminho sozinho, sabia igualmente, como há pouco havia refletido nesta mesma noite quanto estava melhor sem a antiga esposa, e como a relação de dependência afetiva doentia de ambos o encastelou em uma torre onde ele não conseguia ser o que deveria sempre ter sido. Guilherme sabia estar infinitamente melhor sem ela (aliás, todos percebiam isso e sempre que possível deixavam bastante claro aos quatro ventos tal constatação).

Mas ele jamais fora uma pessoa sem discernimento ou de coração ruim. Jamais poderia negar que as vantagens que esse *mal encarnado* trouxera para sua personalidade, tornando-o o homem forte que hoje transita pelo mundo em uma desenvoltura que poucos possuem, tinham de ser enaltecidas, de certa forma. Ela fora um general em sua vida, ditando passos, posturas e determinando com alto grau de rigidez àquilo que o orgulhoso escritor deveria ou não se dedicar na sua vida, controlando até mesmo em que momento Guilherme poderia dar pausas que fossem de descanso físico após concluir alguma tarefa por ela exigida. Era preciso reconhecer, mesmo assim, que a mulher o preparara, ainda que não fosse essa a intenção real dela, para lidar com a vida.

Hoje Guilherme não era mais um comandado de ninguém diante da guerra que a vida diuturnamente propõe para as pessoas. Hoje o novelista consagrado era o general de si mesmo. E seria de uma maldade sem tamanho o jovem contador de histórias não dar créditos à antiga companheira, de certa forma, por essa evolução. Em situações assim, ele não conseguia evitar a sensação até familiar de perceber que era sim possível sentir saudades até mesmo de algo muito ruim. Era, portanto, impossível não sentir falta daquela mulher em algumas situações.

Guilherme encerra o pensamento nostálgico e, concentrando-se unicamente no momento atual, afasta-se da irmã e toma a noiva em seus braços, beijando-a em seguida, como que se certificando de que tudo aquilo que se encontra em suas mãos era real, não apenas sob o aspecto físico de ali se encontrar, mas muito mais no sentido do sentimento ser verdadeiro, o que ele consegue perceber, seja porque seu coração se mantém disparado e o da Amanda igualmente (o que ele sente em razão do encontro do tronco de ambos ao se recostar), seja porque os lábios da noiva, mesmo depois de se separarem da boca do escritor, permanecem como que a procurar formas de se manter junto aos dele, denotando as mais variadas evidências físicas de que o que vivia hoje era um relacionamento adequado, cujo apoio e cujo companheirismo eram verdadeiros, sem deixar espaços para dúvidas.

O talentoso homem fixa seu olhar nos olhos de sua carinhosa noiva de forma profunda, como que em uma tentativa de fazer com que a moça conseguisse ler sua mente ao agir dessa maneira, e tivesse assim a certeza de quanto o jovem autor se sentia bem na presença dela, e muito mais que isso: sentia-se acolhido e amado. Amanda estava ali para garantir a Guilherme que ele não estava sozinho, e, independentemente do que ocorresse naquela noite, estaria ao lado dele apoiando-o por completo, ao contrário de sua antiga mulher, que estaria naquela função unicamente para se certificar de que o escritor desempenharia corretamente o papel resignado; tal qual uma rígida professora que toma tabuada do assustado aluno, conferindo de forma amedrontadora se algum erro ocorreria durante o teste, estaria naquele local para avaliar a necessidade de uma devida reprimenda futura contra Guilherme.

O jovem, ao refletir sobre a diferença de ambas, não consegue disfarçar o sorriso que se forma em sua face, porque consegue sentir (o que era até mais importante do que apenas o ter consciência de algo) quanto ele hoje caminhava para sua plena maturidade emocional, e seu imenso desejo naquele instante era de que Amanda pudesse para sempre estar ao seu lado, porque isto sim era uma relação saudável, cujo foco era o cuidado sincero e desinteressado pelo outro.

Guilherme estava também feliz em razão de, pela primeira vez, não estar lamentando que a antiga esposa não estivesse no local para observar o homem de sucesso que ele havia se tornado, ainda que estivesse lembrando da desaparecida por alguma razão.

Lembrar não era é mesmo que sentir falta, sentencia Guilherme em sua mente. Esse sentimento que brotara, mesmo que de maneira tímida, dentro dele trazia a mesma esperança que os primeiros raios de sol da manhã produzem aos que caminham na escuridão de uma noite densa. Esse sentimento que começara a se fazer notório no coração do esperançoso escritor o enchia de expectativa de se ver cada dia mais livre da memória da antiga mulher. Poderia não ser tão imediato como desejava o brilhante romancista, mas era fato que o processo de esquecimento total de qualquer relevância que sua ex ainda pudesse ter em sua vida atual enfim se iniciara. Era inegável para o jovem famoso que era Amanda quem ele queria que ali estivesse, como de fato estava.

Guilherme segura com delicadeza a mão de Amanda ao mesmo tempo que leva sua outra mão até Fabi, permanecendo alguns momentos segurando as mãos de ambas as mulheres que eram as *senhoras de sua vida*, como comicamente gostava de falar nas rodas mais íntimas. Era bastante evidenciado a qualquer pessoa que convivesse com o escritor, ainda que de maneira superficial, quanto ele amava, à sua maneira, cada uma dessas mulheres, que eram a representação daquilo que no fundo o jovem artista valorizava e ansiava possuir com muito mais afinco do que fama e sucesso: uma família. Nesta noite especial, ele poderia afirmar, estando ao lado dessas mulheres, que demostravam tanto carinho e consideração por ele, somado a uma grande massa de pessoas que se encontram a poucos metros de distância dali na plateia do estúdio gritando insistentemente pelo seu nome, completamente fanáticas por ele e pela magia que brotava com brilhantismo de sua escrita, que era ele uma das pessoas mais realizadas da atualidade, arriscando-se a dizer, por que não, o homem mais feliz do mundo.

O momento pelo qual o tenso escritor ansiara durante dias e noites infindáveis desde os tempos de prisão enfim havia chegado em sua plenitude, tal como ocorre nos grandes sonhos que permeiam a mente de todas as pessoas do planeta e que, após longo período de esforço pessoal e espera, se torna real. Era chegada a hora de suspender o véu que insistia em permanecer ocultando a história trágica que ele protagonizara, mesmo que seu livro tivesse jogado luz a certos pontos necessários. Mas esta noite, que ele planejara em detalhes durante tanto tempo, teria a força de uma grande bomba atômica em tudo que se sabia acerca do fatídico momento em que sua antiga mulher fora aparentemente "engolida pelo chão" e sumido da vida de todas as pessoas que a conheceram.

Guilherme passa a perceber todos os movimentos seus ou de qualquer pessoa próxima a ele a partir deste instante, tal como acontece nos rolos de filme em câmera lenta, tamanho era o sentimento de magia que o invadia: percebe-se soltando lentamente as mãos de Fabi e Amanda ao mesmo tempo que vai cessando o contato visual com ambas, virando-se em direção ao palco da emissora e notando as cortinas que separam o ambiente onde se encontra nos bastidores e o estúdio iluminado de gravação serem abertas vagarosamente, acabando assim por passar a ele a impressão de estarem aguardando o jovem a terminar de ajeitar a manga do pulso do seu blazer, como ele de fato está fazendo enquanto se dirige ao palco, e por fim estar completamente e corretamente pronto para sua entrada triunfal.

No processo de descortinar o tecido para sua entrada no ambiente, já é possível entrever forte iluminação vinda do estúdio enquanto alguns *flashes* oriundos de máquinas fotográficas espocam como fogos de artifício, tal como ocorre nas festivas reuniões de fim de ano.

Uma pessoa que se enquadra nos padrões ditos medianos, de forma automática e esperada, levaria as mãos até o rosto ou no mínimo tentaria virar o pescoço de lado, ou quem sabe até mesmo franziria os músculos da face em uma tentativa de se adaptar ou evitar a excessiva luminosidade que eclodia no ambiente. Mas não Guilherme. Ele assombrosamente continuava marchando em direção ao palco que o aguardava com uma energia tão acolhedora que parecia os braços amorosos de uma mãe que anseia desesperadamente por receber o filho amado, sendo tal comparação o mais próximo que se possa ilustrar do que acontecia naquele ambiente especial; sentia-se o próprio Messias que chegava trazendo a boa nova tão desejada por todos.

Guilherme caminhava em direção a seu público, que já em pé aplaudia e gritava da forma mais histérica que se possa imaginar, alguns agitando os famosos cartazes chamativos, a maioria com celular em riste para registrar o momento em transmissões em redes sociais em um frenesi que só aumentava, tal como uma epidemia avassaladora, fazendo com que o integrante da plateia que estivesse ao lado de outro que porventura gritasse agitado a plenos pulmões, se prostrasse a fazer o mesmo, só que com mais força e intensidade, como em uma competição de quem chamasse mais atenção.

Mas ninguém chamava mais atenção do que a grande estrela da noite, e Guilherme tinha total certeza deste fato. Parecia usar tal energia como combustível para se transmutar ainda mais em uma força gigantesca sobre-humana, e, sentindo-se assim e agindo como tal, não haveria a menor possibilidade de que o escritor se visse como o "homem mediano" e se incomodasse com o excesso de luz do ambiente sobre si, afinal a somatória de situações como as vividas nesta noite e que se agrupam a tantas outras similares no seu inconsciente distanciava-o cada vez mais da existência-padrão da maioria, sendo justamente isso que Guilherme ansiara e perseguira durante toda a sua vida: o reconhecimento de que ele não estava dentro dos padrões comuns, e em razão disso se fazia salutar e desejável a atenção excessiva, que seria nada mais do que o impulso introdutório do reconhecimento total de seu talento perante todos. Quanto mais luz tivesse sobre si, mais certeza tinha o escritor sobre tudo que refletia sobre si mesmo.

Guilherme mal consegue identificar as palavras que sabe estarem ecoando no estúdio de gravação naquele instante, somente conseguindo ouvir com perfeita nitidez seu próprio nome (que no fundo era única coisa que importava a ele), o que o faz ter a total certeza de que conseguira levar seu corpo totalmente até o palco da entrevista, e este já se mostra visível a todos que estão no ambiente do estúdio da emissora, bem como a todos que estejam sintonizados em algum aparelho ou rede social.

Era como uma explosão orgástica para Guilherme saber que o mundo poderia o observar neste momento, e mais do que isso: saber que, muito mais do que poder observar, as pessoas queriam observar sua figura em detalhes e em cada movimento, prestar atenção em cada palavra que seria proferida de sua boca, notar que expressões faciais ele utilizaria, em que momento e por que, a forma como ele gesticularia, como cruzaria as pernas quando se sentasse, que marcas de sapato e terno estaria utilizando, e mais do que tudo isso: o que ele tinha ainda a revelar sobre a noite em que sua esposa sumira.

Guilherme sabia que os olhos do mundo estavam focados a partir daquele instante somente nele, ainda que a desaparecida mulher acabasse de certa forma recebendo um pouco dos louros e da atenção por ter sido a semente originária que, lançada ao solo, fizera o escritor brotar como a sensação mundial de que hoje ele era. Somente este pequeno ponto (saber que de certa forma teria de eternamente dividir um pouco da atenção do mundo com a infeliz com quem fora casado por tantos anos) o incomodava e não permitia até este momento ao impetuoso Guilherme se sentir totalmente completo no seu sonho de fama e reconhecimento artístico pleno.

Mas esta noite prometia ser o fim deste sentimento que tanto o incomodava havia tempos. Este momento na emissora servia como um renascimento para Guilherme, que sabia que, com tudo que revelaria no jogo bem-sucedido que proporia a seu público, somente ele passaria a existir e permanecer no inconsciente coletivo das massas dali em diante. Não mais existiria "Guilherme e a noiva sumida", mas somente "Guilherme, o grande escritor". Neste estúdio, durante a entrevista bombástica de instantes, a "noiva infeliz" iniciaria seu processo de sair da sombra do autor em definitivo, e começaria sua via crucis em direção à lama, que era o local ideal para que ela permanecesse.

Em pouco tempo se iniciaria a cisão do escritor com aquela mulher que vivia somente em seu passado, mas sempre assombrando seu presente. Chegou o momento de impedir que ela assombrasse seu futuro. Ela teria de abandonar sua "máscara de defunta" e reaparecer, mostrando em definitivo para todos sua verdadeira face.

Não sabendo se em razão dos pensamentos sobre sua grandiosidade nestes instantes em que se dirigia ao palco, se em virtude da chance de iniciar de fato um processo de autonomia real de sua imagem, que sempre se mantinha atrelada até aquele momento à da mulher desaparecida, ou ainda com possível êxito de seu plano em desmascarar a antiga esposa, ou pelo simples fato de estar ali diante de câmeras, em meio a fotos e aplausos intensos, altamente iluminado pelos canhões de luz do estúdio, de toda forma, não importava o motivo: Guilherme instintivamente parecia ouvir em sua mente a canção de Ludwig Göransson que eletrizou a todos quando da exibição do magistral e imponente filme *Oppenheimer*, e, sentindo-se vibrar como numa crescente dessa impactante melodia, abre os braços quando chega ao palco, em uma esfuziante e intensa explosão de aplausos.

Fora para este momento que Guilherme se mantivera em pé durante todos os golpes que a vida lhe desferira, e ele sabia que este momento chegaria. Fora para este instante que o escritor se preparara, fora para este momento que ele havia sido concebido até mesmo antes de sua atual existência.

A cena que se desenrola no teatro da emissora — onde uma plateia ensandecida permanece em pé e aos gritos, eletrizada com a proximidade do novelista mais famoso da atualidade, proferindo palavras eloquentes num movimento incessante de se fazer notar por Guilherme, seja com um simples olhar, seja com um sorriso ou aceno, sendo tal possibilidade a força motriz suficiente para que continuasse ou até mesmo intensificasse seus gestos e atitudes em um verdadeiro looping frenético e desesperador por qualquer migalha de atenção do seu ídolo — tem potencial para gelar a espinha de um bom observador crítico, muito mais do que um filme de terror que porventura tivesse uma classificação indicativa extremamente alta.

Uma reflexão mais atenta que permitia à cena ser vista como aterradora se dava em razão da constatação de que alguma parte animalesca, brutal e ruim reside em todos nós de alguma forma, porque era preciso levantar a probabilidade de que todas essas pessoas que estavam ali emocionadas estariam ovacionando de forma consciente e voluntária um possível assassino impiedoso, cuja crueldade em barbarizar a mulher que esteve ao seu lado por quase duas décadas, e ainda depois disso não lhe ter sequer oportunizado ter os restos mortais dignamente sepultados, só poderia ser encontrada em verdadeiros demônios sem consciência de seus atos.

Mesmo assim, tal homem horrendo seria digno de atenção, palmas, marketing e fãs, como se ele fosse um digno ganhador do Nobel da Paz. Se tal possibilidade monstruosa fosse a correta, a humanidade de fato caminhava para seu agonizante declínio. E, na verdade, isso, longe de ser lamentável, seria aguardado, porque só restaria como esperança para a espécie humana o derradeiro fim.

A alternativa não se mostraria igualmente esperançosa. Não havendo dúvida de que o escritor seria inocente, estariam as pessoas ali presentes, somadas a todas que tornaram o *best-seller* o número um de vendas por todo país, ligadas unicamente ao interesse desprezível de observar a tragédia alheia, de acompanhar o descortinar de uma situação como fazem os que consomem os folhetins rocambolescos, tão tolos quanto vazios, denotando que muito pouco ou nada havia evoluído no transcorrer dos séculos, e o ser humano continuava o mesmo que acompanhava os banhos de sangue públicos que ocorriam no Coliseu, quando a população, apesar de ser açoitada com os mais variados problemas, os quais deveriam focar com atenção para solucionar, se contentava com desprezível movimento do pão e circo, que em nada cooperava para melhorar a vida de ninguém. No fundo, parecia que pessoa alguma era desejosa de melhorias, fossem internas, fossem do meio em que viviam, satisfazendo-se unicamente com prazeres banais e momentâneos.

A expressão de satisfação e prazer que permanece estampada no rosto de Guilherme, que já se encontra no palco acenando para o máximo de fãs alucinados, deixa deveras evidente que a ele pouco importa a existência dessas possibilidades elencadas até mesmo por sua pessoa, o que vale é o encantamento que sua história, sua arte em escrever, ou sua tragédia pessoal possa exercer nas pessoas em geral, sendo importante unicamente que elas se mantivessem assim mesmo, hipnotizadas por sua figura e por cada movimento que ele orquestrasse.

Adrianne se aproxima sorridente de Guilherme, abraçando-o de forma altamente calorosa, como se ambos fossem amigos de longa data, mostrando que o mundo artístico carregava fortemente uma aura de falsidade (não apenas no sentido da falta de caráter, mas mais no sentido da ausência de verdade, da presença intensa da ilusão, do mascaramento da realidade e dos sentimentos verdadeiros), afinal era de conhecimento geral que ambos não nutriam bons sentimentos e lembranças um do outro. Durante toda a fase do processo criminal, fora Adrianne em seu programa diário que fomentara, com as mais variadas teorias possíveis, inimagináveis e até fantasiosas, que Guilherme havia sim assassinado a esposa, e tais teorias realmente permearam o imaginário do coletivo a ponto de quase terem sido cruciais para sua condenação no tribunal do júri.

Mas era forçoso a Guilherme reconhecer, de igual forma, que a atenção exagerada da jornalista ao caso do sumiço de sua antiga esposa também contribuíra para que as pessoas se tornassem tão interessadas no seu processo criminal a ponto de acenderem uma forte curiosidade em acompanhar até o desfecho tudo que diariamente era veiculado na imprensa e nas mídias sociais, assim como ocorre com uma série nova que ao estrear em um canal de *streaming*, sendo alvo de um adequado boca a boca viral, instiga não só os que desde o início se propuseram a acompanhar o programa televisivo, seja lá por qual motivo, como passa a aumentar o número de assinantes, que, também comprando a proposta, mostram-se desejosos de acompanharem em detalhes aquele *show* que tem sido a febre do momento entre a maioria das pessoas.

Ninguém gosta de se sentir diferente da maioria das pessoas, um peixe fora d'água, ainda mais no que tange a um fugaz escapismo; ou de não conferir pessoalmente, mesmo que de forma rápida, aquilo que está sendo falado diuturnamente nas mídias. Sendo assim, era necessário agradecer à medíocre jornalista que agora calorosamente abraça o escritor todo o trabalho involuntário que arduamente fizera, com sua contribuição pessoal, em tornar Guilherme um pouco mais interessante para o público em geral.

Guilherme, portanto, não poderia ficar chateado excessivamente com aquela mulher, afinal ele sempre reiterava ser do time que acreditava que *os fins justificavam os meios*, estando assim, na visão dele, em perfeita sintonia com a apresentadora do tabloide que ali se encontrava acoplada a ele em um abraço falso.

O escritor ainda se regozija mais pelo fato de, no fim de todo esse imbróglio judicial, ter se tornado a personalidade pública que sempre almejara ser, e muito mais por estar agora no palco do programa que por diversas vezes descortinara negativamente sua imagem e sua vida com as matérias mais sujas e parciais.

Era muito bom para Guilherme sentir que mais uma vez a justiça estava sendo feita justo nesta noite, a qual ele tanto aguardara quando estava preso e dera início à elaboração dos manuscritos que viriam a se tornar seu livro. Tudo deixava claro quanto este momento neste programa em específico era mágico e especial.

— Eu ia pedir uma salva de palmas para o escritor número um da atualidade, mestre do suspense atual, rei do estilo *noir* e do *plot twist*, mas isso nem precisou ser feito, porque o público já o saúda como um imperador. Seja muito bem-vindo, Guilherme! Uma honra receber você nesta noite — declara, de forma esfuziante, a jornalista que comanda este que é o programa de maior audiência da atualidade, no mesmo instante em que as pessoas da plateia explodem em mais uma imensa manifestação de paixão pela presença da figura de maior evidência nos últimos anos.

Guilherme consegue deixar seu sorriso ainda mais franco e aberto no rosto com tudo que escuta da boca de Adrianne, pois o escritor tinha a plena certeza de que a jornalista estava naquele momento apenas travestida no personagem que ela necessitava interpretar, e, se havia alguma alegria sincera naquele momento com a presença dele em seu programa, não restava dúvida de que era unicamente pelo fato de estar com sua audiência literalmente explodindo em proporções nunca vistas.

Era impossível a Guilherme não se autopresentear com uma encarada penetrante nos olhos de Adrianne, como se com isso o impacto na megera fosse semelhante a um tiro fulminante no meio da sua testa, e assim o faz, atingindo seu intento em constranger a apresentadora, que desvia o olhar logo depois de alguns instantes, como que em clara confirmação de que entendera o sentimento de vingança e deleite pessoal que Guilherme estava sentindo por estar sendo ovacionado com grande intensidade justo no programa que durante meses consecutivos trouxera matérias negativas de todas as ordens com intuito de liquidar sua imagem, a ponto de que seria impossível não estar futuramente transmitindo a cobertura do julgamento com a subsequente condenação do escritor.

Mas isso não ocorrera. O que acontecera de fato foi a absolvição de Guilherme e sua posterior ascensão ao Olimpo destinado aos vencedores. Isso Adrianne teria de engolir, e digerir de maneira muito mais amarga por ter de presenciar a entrega da *coroa da vitória* ao nobre autor justamente em seu território, qual seja, seu *talk show* de destaque nacional.

— Obrigado a todos que estão aqui presentes neste programa, agradeço da mesma forma especial a todos que acompanham a transmissão de forma virtual, seja acessando a plataforma do programa, seja a transmissão por lives e aplicativos. Enfim, muito obrigado a todos vocês que mais uma vez me acompanham e manifestam apoio não somente a minha pessoa e a tudo que passei, mas que principalmente sabem dar apoio ao que é verdade, e ao que de fato aconteceu. É por vocês que continuo de pé! — fulmina Guilherme, em sua primeira manifestação no programa, enquanto a plateia vai ao delírio.

Guilherme discretamente direciona seu olhar para trás das cortinas onde estivera segundos antes e observa Fabi e Amanda que lá permanecem, captando de imediato, por meio da expressão de ambas, que sua fala inicial fora de fato perfeita. O escritor parecia dominar as palavras não somente no papel, e isso era muito promissor para esta noite tensa.

— Temos sempre de prestigiar todos os lados da história, porque dessa forma verdadeiramente seremos imparciais, como tanto fazemos questão de ser neste programa. Aliás, o número um de audiência no país justamente permanece assim por procurar mostrar todos os ângulos possíveis de uma mesma história — conclui a cínica apresentadora, que no fundo deveria estar se contendo com esforço quase sobre-humano para não transparecer que tudo que estava pronunciando era um amontoado de mentiras para fingir uma credibilidade que ela jamais procurou ter, na verdade.

— De fato, Adrianne, para um julgamento justo sobre qualquer fato na vida, é preciso dar a correta atenção a todos os lados da história, permitindo a manifestação de todos os envolvidos no ocorrido, o que, desculpe-me a sinceridade, nem você e muito menos este programa o fizeram. Ao contrário: jamais foi veiculada nenhuma das situações que colocavam em xeque as versões da acusação contra mim. Minhas advogadas, que, aliás, estão aqui na emissora, podem confirmar como, com certo esforço e dificuldade, claro, programas jornalísticos similares ao seu foram sim imparciais, publicando matérias com ambos os lados da tragédia que vivenciei. Mas no seu, infelizmente, a verdade fora bem diferente, sejamos sinceros — dispara Guilherme, que em momento algum durante essa sua fala ácida e certeira, porém extremamente verdadeira, deixou de fuzilar Adrianne com seu olhar penetrante, que, se assim o pudesse fazer, estaria carbonizando a sensacionalista jornalista com tamanha intensidade e precisão que muito provavelmente até mesmo as cinzas da mulher deixariam de existir.

Adrianne arregala os olhos ao mesmo tempo que, forçando um sorriso desconcertante e nervoso, olha rapidamente para a plateia e em seguida para o monitor que transmite sua imagem para todos os aparelhos que sintonizam o programa naquele momento, como que tentando se certificar se esse verdadeiro solavanco que acabara de tomar com intensidade inesperada se fizera perceptível a todos. Mas sabia ser impossível se certificar deste fato, nada lhe restando agora do que tentar contornar a fala do escritor e torcer para que ao menos este vexame público estivesse servindo para o aumento da audiência e da procura de mais patrocinadores para seu *talk show*.

— Todos somos falhos, Guilherme, forçoso é reconhecer essa evidência, e exatamente por isso fizemos questão de lhe dedicar um programa inteiro esta noite, até como forma de consertar o equívoco cometido no passado, fazendo-o como um imenso pedido de desculpas. Não tenho, nem minha equipe tem, nenhum tipo de compromisso com o erro, e sei quando reconhecer uma reparação devida — conclui Adrianne, ao mesmo tempo que discretamente leva a sua face um pequeno lenço de papel, que usa para retirar o excesso de suor que havia brotado com as certeiras acusações do escritor.

— Perfeito, Adrianne, fico grato pela oportunidade a mim concedida, ainda que tardiamente. Mas confesso que seria ideal que eu tivesse sido convidado por você e sua produção para essa transmissão, mas fui eu quem os procurei para aqui falar sobre pontos cruciais do meu livro que servirão para esclarecer muita coisa que permanece oculta. Fui eu quem os procurou. Não se esqueça disso — sentencia Guilherme, enquanto calmamente movimenta suas mãos uma por cima da outra.

Ele se prepara para continuar suas observações constrangedoras em desfavor da já tensa jornalista, que se mantém sentada em sua conhecida e famosa poltrona cenográfica, sempre presente em seu *talk show*, e que se encontra a poucos metros de distância do escritor, sabedor ele que ali estava em rede nacional não apenas para iniciar todo o seu magistral plano que brotara em sua mente quando estava escrevendo o livro na prisão, mas também para se ver devidamente satisfeito por humilhar a víbora no seu próprio reduto. Quando subitamente toda a sua linha de raciocínio se vê cortada de súbito em razão do intenso perfume que toma conta do ambiente, chegando quase ao ponto de entorpecer os sentidos do famoso homem, não lhe deixando a menor dúvida de se tratar do perfume *dela*, sua antiga consorte desaparecida!

Era inconfundível ao assustado escritor a fragrância que acabara de notar no ambiente e que de forma rápida aparentara envolver cada ponto de seu corpo e de sua mente, afinal esse perfume era o que ela utilizava apenas em momentos considerados de altíssima importância e relevância.

Estaria Guilherme, sabedor da importância desta noite para o início de seu plano brilhante, tendo mais uma das corriqueiras alucinações que lhe têm tomado a mente nos últimos dias? Estaria unicamente sendo assaltado com a impressão de sentir o aroma do perfume utilizado pela mulher desaparecida em situações importantes para o casal porque ele, e somente ele, considera esta noite um momento especial? Era complicado ter plena certeza de alguma das variadas possibilidades que brotavam de forma desenfreada em sua mente, sendo esse um dos defeitos de quem tem a criatividade tão exacerbada: é deveras arriscado e até mesmo extremamente perigoso o assédio constante sofrido por sua própria imaginação, que acabava por abrir diversas portas que levavam a caminhos dos mais variados, tornando, desta feita, qualquer escolha a correta entre as diversas opções aventadas pela mente.

Guilherme procura não deixar o nervosismo que essa sensação de proximidade da antiga esposa transpareça ou o paralise por completo, controlando-se intensamente para que sua atenção permaneça apenas na entrevista que ele tanto idealizara. O escritor tinha grande foco em seus objetivos, e não seria neste momento que deixaria essa habilidade ser modificada. A única coisa que ele se permite fazer é uma checagem visual detalhada por entre as pessoas que estão sentadas no palco, como que a procurar a imagem da desaparecida mulher, usuária do perfume que lhe assaltara os sentidos. Seria essa atitude do novelista apenas uma forma de dissipar a questão que surgira com a fragrância que brotara no ambiente, ou estaria Guilherme com alguma fagulha de esperança de encontrar a mulher não apenas viva, mas principalmente ainda interessada em estar o acompanhando em todos os passos de sua vida? Esta era uma dúvida a que talvez Guilherme jamais conseguisse responder; talvez nem sequer quisesse saber a verdade.

— Então, Guilherme, como você se sente com tamanha reviravolta em sua vida? Como é passar pela situação de ser um acusado de um assassinato bárbaro, para em seguida se ver declarado não apenas inocente dessa acusação, mas um verdadeiro herói injustiçado, recebendo todo o reconhecimento que sempre desejara na sua arte, e virando o autor mais procurado e lido da atualidade? Como é lidar com todas essas mudanças? — dispara uma já confortável Adrianne, que parece não apenas recomposta das alfinetadas proferidas por Guilherme como desejosa de, ao reconhecer a vitória pessoal do escritor, evitar que novos golpes verbais sejam efetuados pelo homem ali sentado.

— Há momentos em que, confesso, quase preciso me beliscar para ter certeza de que estou acordado. Depois de tantos anos de dificuldades, problemas e traumas dos mais variados, vivenciar esta nova vida, tão tranquila e prazerosa, parece como um prêmio de recompensa por ter suportado tudo firmemente. Um grande "final feliz" que aparentemente só ocorria em filmes ou livros infantis. É muito bom constatar que isso existe na realidade também — explana Guilherme, de maneira calma e com um sorriso de satisfação em seu rosto, enquanto descruza as mãos entrelaçadas, para em seguida repousá-las em suas pernas.

Ele se mantém sorridente enquanto alterna os olhares entre a plateia, as câmeras dispostas pelo palco do estúdio, bem como atrás das cortinas, onde consegue vislumbrar o rosto de sua irmã e noiva, que a tudo acompanham atentamente. Tudo aparentava caminhar da forma mais tranquila possível, mas era evidente ao escritor que não demoraria para que atmosfera calma do momento fosse alterada, afinal aquela apresentadora e o seu programa em específico viviam de polêmicas e situações tensas, e estas somente se formam quando os embates eclodem. Era questão de segundos para que alguma situação difícil entrasse em ebulição.

— Afinal, era muito lógico, pelas provas processuais, que você era o assassino, não é mesmo? Seu relacionamento não andava muito bem, as suas ameaças contra ela por meio de mensagens de celular estavam ali todas acostadas no processo, e detalhe: ameaças enviadas com menos de uma hora antes de o carro da moça cair do barranco quase dentro do rio, conforme a perícia constatou. Enfim, eram excessivas as provas e, mesmo assim, você escapou — afirma Adrianne, de forma assertiva, mas com todo cuidado possível para tentar não deixar evidente quanto era parcial e desejava com todas as forças que o rapaz tivesse sido condenado pelo crime.

— Gostaria de saber qual casal não entra em atritos em algum momento do relacionamento. Brigas são normais entre pessoas que convivem. Confesso que nessas mensagens em específico, de fato, me excedi. E lamento profundamente que isso tenha ocorrido, porque foi justamente pela forma indevida com que coloquei as palavras nessas mensagens finais que fui acusado injustamente. Fora isso, não haveria absolutamente nada que pudesse sugerir meu envolvimento em nenhum desaparecimento — aduz, de maneira surpreendentemente calma, o esperto romancista, que percebe a tentativa de desestabilização perpetrada pela jornalista.

Por trás das cortinas que separam o palco da estrutura interna dos corredores para os camarins, Fabi e Amanda permanecem vigilantes e atentas como duas esfinges compenetradas, prontas para agir em defesa do escritor, caso isso se faça necessário. Fabi, apesar de tensa, não emitiu ainda nenhuma palavra para sua atual cunhada e sócia no escritório de advocacia, o que era um sinal bastante promissor de que Guilherme estava saindo-se acima do esperado nesta entrevista. Mas quem conhecia a nervosa irmã de Guilherme sabia que o silêncio não seria uma constante por muito mais tempo.

— Parece até que meu irmão resolveu me dar atenção ao menos desta vez e está evitando qualquer declaração mais polêmica, como costumeiramente ocorre. Graças a Deus. Que assim permaneça. Só ele sai perdendo deixando-se provocar com declarações de pessoas como essa Adrianne — afirma a nervosa advogada.

— Ele esperou muito por esta entrevista, e por esta noite em específico. Tenho fé de que absolutamente nada o fará perder seu foco e sua concentração aqui. Guilherme sabe exatamente o que precisa declarar neste programa. E sabia das tentativas de tirá-lo do sério. Nada conseguirá desestabilizá-lo. Tenha fé nele você também — aduz, de forma doce e serena, Amanda, antes de finalizar sua fala com um imenso e belo sorriso acolhedor para sua cunhada.

— A audiência do programa está disparada como jamais esteve com outra personalidade que tenha comparecido aqui — grita um contrarregra que passa correndo pelo corredor onde as advogadas se encontram.

Esta informação as deixa um pouco mais tensas, pois sabem que novas tentativas de fritar Guilherme serão realizadas com mais intensidade.

O escritor, sempre que possível, alterna o foco de sua visão entre a insuportável jornalista a sua frente e o público que avidamente acompanha a entrevista do palco, como que a tentar sentir a temperatura com tudo que estava a se desenrolar no ambiente, tentando assim notar como suas palavras estão sendo recebidas pelas pessoas em geral.

— Sim, claro! Todos os casais de fato brigam. Isso é muito corriqueiro. Mas o que é raro de verdade é, de uma briga repleta de ameaças, um desaparecimento com possível morte surgir. Falo "morte" até mesmo porque a lataria estava repleta de sangue... — Adrianne não conclui sua observação porque neste instante é interrompida abruptamente por Guilherme.

— Sangue de um animal: é preciso sempre deixar isso muito claro! Poderia facilmente, pela lógica, ser levantada a hipótese de que ela naquela noite chuvosa atropelara algum bicho na estrada, e isso a fez perder a direção do carro, que deslizou barranco abaixo — rebate o escritor, como que tentando reforçar a sua inocência em toda essa história trágica que o envolvia.

— O sangue foi colocado ali para confundir. Você sabe disso tão bem quanto eu, Guilherme. A perícia constatou que sim, era sangue de um animal, e não o sangue de sua esposa. *OK*. Mas ele foi jogado na lataria, talvez para que essa possibilidade, que você repete mais uma vez, como sempre, sempre povoe a mente das pessoas. Mas não havia amassado algum na lataria do carro no ponto exato onde o sangue estava. O sangue estava ali, mas ficou provado documentalmente que ele fora praticamente pintado na lateral do veículo, não houve choque de animal algum no carro! — relata Adrianne, em um prazer quase orgástico, denotando mais uma vez quanto era real a vontade pessoal que ela tinha de que Guilherme fosse considerado o assassino da ex-mulher.

Ele olha com canto de olho para o público, e em seguida para o monitor que transmite o programa para todo o país, como se assim pudesse fitar os olhos de cada pessoa que possivelmente o acompanha nesta noite, para saber se elas estão acreditando nas palavras de inocência dele, ou se estariam comprando as palavras venenosas de Adrianne mais uma vez. O escritor sabia que a dúvida era o ponto ideal que ele buscava atingir, o equilíbrio perfeito era o meio-termo entre o bem e o mal, como ele tão bem imaginava. Se o público pendesse para um lado ou para outro, todo o mistério se perderia, e o interesse por sua figura e tudo que ele era igualmente cessaria. Guilherme não poderia se arriscar a ver o público abraçando totalmente qualquer um dos lados, que dirá o lado em que o novelista era considerado um assassino cruel, lado este que Adrianne tentava reacender agora ao focar pontos frágeis da narrativa processual.

— Pode ser, Adrianne. Você pode estar correta. Mas, se foi pintado na lataria, não o foi por mim. As câmeras de segurança da rua em que eu morava mostraram o horário em que eu saí de casa naquela noite: o que se deu apenas após a polícia me ligar informando sobre o carro caído na ribanceira. Antes disso, eu permaneci o tempo inteiro dentro da minha casa. Não poderia, portanto, tê-la matado ou muito menos ter pincelado o sangue de algum animal na lataria para tentar vender a imagem de que ela atropelara algo e perdera a direção do veículo — rebate o ansioso escritor.

— Então quem teria tentado forjar essa possibilidade com o sangue? Uma terceira pessoa? A polícia, ou a própria vítima? — debocha Adrianne, enquanto pega um copo de água que se encontrava na bancada de vidro próximo a sua poltrona.

— Não a vítima, porque a única vítima dessa história toda sou eu. E posso garantir que não matei ninguém, tampouco passei sangue em lataria de carro algum. Acho que ficou claro, não apenas para quem analisou e julgou todo o processo, que naquela noite, após a briga, ela saiu com carro, e quando parou o veículo em um semáforo fora surpreendida por alguém em sua janela. Alguém que não era um desconhecido, e que fora permitido que entrasse no carro após alguns segundos de conversação pela janela. As imagens eram claras: essa pessoa entrou com a permissão dela no carro — responde, satisfeito, o jovem escritor, que reforçava assim a dúvida mais uma vez acerca do que havia transcorrido naquela noite.

— As imagens não eram tão claras, afinal não conseguimos ver o rosto da pessoa que entra no veículo. Estava na chuva usando um casaco com capuz — insiste em contestar Adrianne, mas já sabendo que não conseguiria sugestionar muito mais sobre este ponto, porque fora o surgimento desse registro de câmeras de segurança crucial para a absolvição do escritor.

Guilherme já conseguira voltar totalmente a sua posição mental do início de quando havia adentrado o palco do programa, ficando claro que toda e qualquer tensão que nele havia em alguns momentos brotado durante a entrevista fora totalmente dissipada agora, quando focara na pessoa que tivera a imagem captada pelas câmeras da rua, e que mostram que sua ex-mulher estava com alguém no veículo momentos antes de sumir para sempre.

Essas imagens que sua irmã a duras penas havia conseguido foram de suma importância para que sua inocência fosse determinada em definitivo. Era ilógico duvidar do fato de que havia uma terceira pessoa em toda a trágica noite.

— A imagem não pega o rosto, mas prova que havia alguém lá. Isso é mais do que suficiente para mostrar que sou inocente desse absurdo que me acusaram. Mas eu não preciso ver o rosto para saber quem estava com ela naquele momento. Era o amante que há tempos ela tinha. Não tenho a menor dúvida. Ou foi ele quem a matou, ou o que eu acredito que ocorreu, e deixo isto bem evidente no meu livro: ela permanece viva, escondida com auxílio dele, e fizeram o que fizeram para que eu fosse responsabilizado e consequentemente fosse condenado a vários anos de cadeia — dispara Guilherme, como que se essas suas palavras fossem uma introdução ao ponto central que o levara a este estúdio de gravação nesta noite.

— Falando desta forma, Guilherme, parece até mesmo que quem era uma grande escritora cuja mente permeava todo tipo de histórias e teorias era sua desaparecida mulher! Isso que você alega se vê com mais frequência nos livros e filmes. Não na vida real. Quais seriam as motivações para que ela orquestrasse um plano para sumir do mapa e com isso garantisse uns bons anos na prisão para você? Por que ela agiria assim? — questiona Adrianne, ao mesmo tempo que mantém seu já conhecido e cínico sorriso em seu rosto, o que irrita Guilherme talvez até mais do que as palavras que saem da enorme latrina que ela chama de boca.

— Acho que você precisa ler meu livro, minha querida, não faz parte de uma entrevista pesquisar antes a vida do convidado para não acabar em saias justas? Enfim, tanto no processo criminal quanto em meu livro, foi abordada a questão dos desvios de valores das minhas contas pessoais. As imagens dos caixas eletrônicos também foram juntadas ao processo. Meses a fio de idas ao banco para proceder com os desvios. O rostinho lindo da minha antiga mulher está em todas as imagens dos saques efetuados. Acho que isso seria um bom motivo para tentar me incriminar, não? Assim poderia escapar de ser responsabilizada pelos desvios, enquanto eu apodreceria na cadeia — responde Guilherme, em tom que não dava certeza a quem a tudo assistia se era ódio ou ironia, deboche ou a soma de tudo isso. O que estava evidente, no entanto, era que seus olhos estavam praticamente flamejando ao relembrar tudo que a desaparecida mulher fora capaz de lhe fazer de mal.

— Acho que isso que justificou como motivo para uma eventual armadilha serve mais como um excelente motivo para considerar você como responsável pela morte da sua esposa. Afinal, tamanha facada nas costas não é qualquer um que suportaria quieto levar. Penso que isso só depõe contra você mesmo, meu caro — decreta a esperta jornalista, que sabe que era preciso certa experiência para encontrar brechas, ainda que pequenas, em situações cujas provas não davam margem para muitos questionamentos, e neste momento ela obtivera pleno êxito em achar uma muito interessante na própria fala do escritor.

Guilherme discretamente aperta o tecido da poltrona em que se encontra sentado como se metaforicamente o estofado representasse o rosto da apresentadora, e o escritor pudesse assim satisfazer sua vontade, que era justamente rasgar com suas próprias mãos a carne daquela maldita mulher, que parecia tentar incansavelmente destruir sua imagem a todo custo. Era preciso adentrar logo seu objetivo principal com esta noite tão aguardada, pois estava evidentemente claro que manter em foco esses detalhes tão bem apresentados anteriormente no processo e no livro o faria não apenas perder precioso tempo, mas também possibilitaria que até mesmo sua defesa processual fosse questionada, o que era o grande temor de Fabi, que com certeza estava por trás do espesso tecido dos bastidores do programa em grande temor de que isto ocorresse.

— Está tudo no livro. Entre o processo criminal e o livro, as pessoas sabem a verdade dos fatos. Não é para ficar chovendo no molhado que vim esta noite, em rede nacional, me pronunciar — dispara Guilherme, encerrando a celeuma em relação aos pontos do processo, e já se posicionando para revelar o por que esta noite fora aguardada durante tanto tempo pelo autor. O seu plano estava prestes a se iniciar, finalmente.

Guilherme então se levanta da poltrona em que confortavelmente estava sentado até este momento, partindo em direção ao banner que estava próximo dele e da jornalista, que se mantivera o tempo todo iluminado naquele ponto e cuja ilustração é a capa de seu livro; em seguida, ao se pôr de frente a este, coloca suas mãos sobre a pilha de livros que estava disposta ao lado, e que ali foram trazidas com o intuito de serem sorteadas para os fãs que estavam na plateia, bem como para os que assistiam virtualmente à entrevista, como já explanado pelo escritor.

A imagem de Guilherme em pé de frente para sua grande obra, iluminado por holofotes e acompanhado pelos olhares atentos não apenas de seus fãs na plateia, mas por pessoas de toda parte do mundo que acompanhavam a transmissão de forma virtual, guardava um toque mágico e crescente que fazia germinar uma grande expectativa de que algo grandioso ocorreria. Era como uma panela de pressão que aos poucos aumenta a sua intensidade, anunciando uma possível explosão, caso o fogo não cessasse, o que era fato neste momento, e nesta noite o fogo não seria apagado. A explosão era ansiada por todos. Nada mais seria igual nesse caso policial, e era justamente isso que o astuto homem desejava.

O habilidoso autor sabia que a teatralidade era uma técnica que tornava todas as coisas mais interessantes e saborosas de serem apreciadas, quando corretamente utilizada, e tal arte ele dominava bem. Tanto era assim que parecia impossível a ele não sentir a expectativa de todos que neste momento repousavam os olhos em sua figura, sendo quase perceptível a ele ouvir a fricção do contato do corpo das pessoas que estavam presentes na plateia junto ao tecido da poltrona do estúdio de gravação; ademais, ele percebia detalhadamente o suor que iniciava a descida por trás de sua nuca, deslizando calmamente em direção a suas costas, vagarosamente, como que a apreciar igualmente o momento de expectativa generalizada.

Abusando da teatralidade, Guilherme pega o primeiro exemplar de sua obra e após abrir a sua capa, ergue o livro acima de sua cabeça o mais alto possível, mas assim o faz na direção da plateia para que todos, sem exceção, pudessem ter sua própria visão do que estava escrito no interior da primeira página, pintado em vermelho como sangue:

ESTA NOITE É O COMEÇO DO SEU FIM. VOCÊ VAI SANGRAR PELOS SEUS PECADOS

O alvoroço é generalizado, tendo se iniciado com um uníssono burburinho que, aumentando aos poucos de intensidade, já se assemelhava e muito com a sonoridade na bolsa de valores nos dias de crash, quando todos os ânimos estão exaltados e a impressão que se tem é de que o mundo está prestes a colapsar, mostrando assim ao orgulhoso escritor que mais uma vez ele alcançara seu intento de movimentar as massas emocionalmente da forma que tanto ansiara. O mundo parecia de fato estar acabando, e isso lhe gerava imenso prazer, pois era sabedor de que o único responsável por essa implosão era ele mesmo.

— Leiam e vejam bem estas palavras pintadas com o que parece ser sangue. Analisem esta ameaça. Isso estava no meu camarim, a poucos metros deste palco em que nos encontramos agora. Eu trouxe estes livros autografados para serem sorteados esta noite para vocês, e vejam só com o que me deparei quando estava no camarim. Esta ameaça me fez ter a plena certeza de que agi corretamente quando planejei vir esta noite a este programa de televisão. O responsável pelo sumiço da minha antiga esposa, ou quem elaborou todo esse plano para que eu fosse para cadeia, sabe que aguardei esta noite para dar início ao processo de revelação da identidade dele, e por isso veio me ameaçar com esta inscrição no livro — explana com intensidade o escritor, como que saboreando em detalhes cada reação que consegue observar ou absorver após cada palavra que profere.

Adrianne discretamente leva as mãos até seu ouvido para se concentrar no ponto auricular que ali estava, deixando dúvidas a quem observasse se agia assim para conseguir de fato ouvir o que estava sendo repassado a ela (afinal o burburinho da plateia ainda se fazia bastante intenso no estúdio), ou se era uma forma de tentar se desconectar do local e se ligar apenas ao que interessava realmente à megera: os números da audiência da transmissão.

— Já foi noticiado há alguns meses que sofri perseguição em algumas situações, possivelmente oriundas de um fã obcecado. Ele chegou a mandar exemplares do meu livro com marcas de sangue, ou tirava fotos cujo posicionamento de câmera mostrava que estava no mesmo ambiente em que eu, e encaminhava-me, entre tantas coisas. A polícia concluiu ser um fã. O que nunca acreditei piamente. Isso era o que ele gostaria que todos pensassem. Para mim, sempre foi alguém muito próximo de mim... e que tentara me derrubar com esse processo criminal, e que agora mantinha o interesse em me destruir. Ele gosta de jogos. E eu sei quem ele é — afirma Guilherme, enquanto observa a reação de todos com o que revela aos poucos.

— Se você sabe quem é essa pessoa, e sendo ela a grande responsável por tudo de ruim que lhe ocorreu, por que simplesmente não leva ao conhecimento da polícia? — questiona Adrianne, de forma incisiva.

— Como falei, ele gosta de jogos. Então decidi jogar também. Quando decidiu acabar comigo, tentou antes acabar com minha imagem publicamente. Assim, eu devo a ele o mesmo tratamento. Ele terá a imagem destruída igualmente. Quando se faz passar por fã obcecado, ele mostra que gosta de caça. Por isso o farei ser caçado. Mas não por mim: e sim por todos vocês, meus queridos leitores — sentencia, com sorriso enigmático, o jovem escritor.

A plateia aumenta consideravelmente a agitação como em um verdadeiro enxame de abelhas em um frenesi contagiante, faminta e ávida de destruir a presa, demonstrando que soube comprar a proposta com perfeição.

— Como destruir a imagem dele antes de revelar sua real identidade, bem como embarcar no jogo de que este infeliz tanto gosta e transformá-lo na caça ao invés de caçador? Muito simples: por meio do meu livro. Esta noite, tão especial para mim, dá-se em razão do anúncio da nova edição do meu livro. Uma edição mais robusta, com a introdução de 20 páginas esparsas entre os diversos capítulos já existentes, que trazem a visão do assassino, ou pseudoassassino, sobre tudo o que ocorreu. Assim como *Crepúsculo* e *50 Tons de Cinza* tiveram livros derivados que contavam a mesma história, mas pela ótica de outro personagem narrador, eu estou lançando esta nova edição com a visão do responsável pelo sumiço da mulher com que eu fui casado. Todos que comprarem esta edição poderão ler e identificar a pessoa pelos gostos tanto musicais quanto de vestimentas que aprecia, por sua descrição física, bordões que utiliza etc. Todos saberão quem de fato ela é.

— Guilherme, preciso lhe informar que nossa audiência está o dobro do que normalmente é registrado no Ibope, e não posso deixar, portanto, de lhe repassar que, entre as mensagens com que estamos sendo bombardeados, na casa de centenas de milhares, a que mais tem se repetido é: como as pessoas vão identificar a pessoa, se não têm modelos para comparação? Como poderão perceber qualquer semelhança com alguém do mundo real? — dispara a ansiosa jornalista, mal conseguindo disfarçar sua ansiedade com tudo que estava sendo revelado em seu programa.

Guilherme sente-se tão à vontade com tudo que acabara de revelar que, percebendo que conseguira mais uma vez envolver as pessoas em uma onda quase magnética de interesse em desvendar o autor real do sumiço da moça desaparecida de sua obra literária, intitula-se como um rei que, sentado em seu trono no salão principal de seu castelo, se delicia com as apresentações dos súditos e, por que não, do bobo da corte que sempre se fazia presente em tais ocasiões. No momento atual, o trono era o palco do estúdio onde ele se encontrava, os súditos são todos os que estavam na plateia totalmente boquiabertos e ensandecidos com tudo que escutaram, e o bobo da corte não poderia deixar de ser a jornalista e apresentadora do programa, Adrianne, que mal consegue disfarçar que, tal como toda a grande massa que ali escutara as palavras do escritor, estava se contendo para não transparecer como estava igualmente curiosa e hipnotizada.

— Eu disse que o autor de tudo isso que fui vítima é uma pessoa próxima a mim. Somente alguém que gozasse de muito contato conseguiria se aproximar tanto, bem como ter acessos a locais restritos, ou saber da minha rotina. Procurem fotos, vídeos nas minhas redes sociais. Tanto de antes do ocorrido com minha ex-mulher quanto depois. Prestem atenção em gestos, em vídeos de pessoas que estão comigo em festas, em jantares. Cada detalhe deve ser anotado, desde um sorriso, a cor de uma roupa, a uma frase de efeito ou até mesmo como passa a mão no cabelo. Tudo. Confio no potencial dos meus amados leitores. Tenho fé de que descobrirão a identidade da pessoa. E, quando descobrirem, marquem-me em suas redes sociais e revelem-me como chegaram a tal conclusão. Quem acertar primeiro será homenageado no meu próximo livro com um personagem com seu próprio nome, e cujo papel na obra será muito importante. O novo livro será uma continuação da história do julgamento, cujo título será *A CAÇADA*. Espero que estejam tão ansiosos quanto eu, meus queridos. Eu poderia revelar o que sei apenas para a polícia. Mas não tenho como não aplicar minha arte em tudo que me rodeia. Meu livro me levou até os braços de vocês. A minha escrita fez isso, portanto a minha escrita agora vai fazer o verdadeiro culpado pagar por seus atos — ou *culpados*, no plural.

— Então você está dizendo que são duas pessoas que orquestraram tudo isso? — questiona Adrianne. Mal se contendo em sua poltrona, seu papel de mera espectadora de tudo que ali estava ocorrendo ela já abraçara sem nenhum disfarce.

Guilherme pega seu cigarro eletrônico e inicia seu já habitual momento de relaxamento, pouco se importando com fato de o péssimo hábito estar sendo retransmitido a milhões de pessoas, até mesmo porque sua preocupação está em refletir nas próximas palavras que desejava expulsar de dentro de si.

— Por que não poderiam ser duas pessoas? Afinal, quantas pessoas diferentes habitam dentro de nós? Para cada pessoa, assunto ou experiência diferente com que nos deparamos ou vivenciamos, agimos de uma forma específica e muitas vezes inteiramente diferente uma da outra, a ponto de realmente parecermos pessoas diferentes aos olhos de tantos. Tudo depende do ponto de vista do observador. Podem ser duas pessoas sim, e, se essas duas personalidades vivem no mesmo ou em corpos diferentes, isso é irrelevante — fulmina o escritor, que, entre uma tragada e outra em seu *vaper*, saboreia com imensa satisfação a reação da plateia, que sempre parece se maravilhar com a forma romanceada com que Guilherme se expressa.

O autor igualmente sabia que manter um bom suspense e a mente das pessoas maquinando sozinhas e criando mil possibilidades era salutar, então, sem delongas, levanta-se da poltrona em que estava e, dirigindo-se ao público, agradece fervorosamente a atenção e consideração a ele dispensada esta noite, e em um aceno se despede, saindo sem maiores explicações, ainda que Adrianne tenha permanecido protestando indignada, afinal era óbvio que audiência de seu programa iniciaria um processo vertiginoso de queda considerável dos números com a saída repentina da celebridade principal da noite.

10

A madrugada avança quando Guilherme em sua casa preenche seu copo com uma dose considerável de seu whisky predileto, repousando em seguida a garrafa, que mostra que o líquido já fora consumido quase que em sua totalidade, em cima da mesa da sala principal de sua mansão. Ele caminha tranquilamente ao redor do móvel ao mesmo tempo que desliza sua mão na superfície deste, como se isso o ajudasse a pensar melhor em tudo que estava ocorrendo naquele momento, ou lhe servisse como um calmante para lidar com Fabi, que se encontra naquele momento em sua casa, mais precisamente a poucos metros do escritor, na mesma sala em que ele calmamente desfruta de sua dose do destilado predileto.

— É absolutamente inacreditável como você parece não querer tomar jeito! Quantas vezes eu pedi para você dosar suas palavras! Até hoje, mais precisamente até esta noite, você contou apenas com muita sorte para não entrar em mais confusões do que já experimentara na vida. Mas sinceramente não sei se depois desse programa você continuará tendo a sorte sorrindo em sua direção. Dessa vez parece que seu objetivo era ultrapassar todos os limites, e olha: acho que conseguiu — vocifera Fabi, enquanto mantém o dedo em riste em direção ao escritor, que tenta concentrar-se em outros pontos da imagem da irmã, para não cair na tentação de discutir com a raivosa advogada, como tão comumente ocorria no passado.

— Já dá para notar um pouco sua barriga. Agora qualquer um percebe que você está mesmo grávida, hein? — dispara Guilherme, como que tentando mostrar à Fabi que pouco ou quase nenhuma atenção estava dando a todo o discurso que ela estava proferindo, o que servia também para tentar demonstrar à irmã que ela não deveria se preocupar com nada sobre o tema que estava tirando sua já habitual pouca paciência, afinal nem mesmo ele estava pensando no que ocorrera no programa horas atrás, desmerecendo assim a preocupação que era evidente para Fabi.

— Não tem nada que se possa fazer para contar com sua ajuda para auxiliar a você mesmo! Poderia ser irônica essa constatação, mas é só lamentável. Acho que bem pior do que os absurdos que você pronuncia é esse seu deboche sem fim. Eu desisto. Só resta mesmo torcer para a pancada não ser tão forte a ponto de o derrubar sem nenhuma chance de reerguer-se — conclui, sóbria e melancolicamente, Fabi enquanto se senta no sofá da elegante sala do irmão.

Este continua saboreando seu whisky enquanto mantém os olhos fixos na barriga da irmã, como se estivesse estudando o mistério que é gerar uma vida dentro de si, e como isso poderia, sob certo aspecto, aproximar as mulheres um pouco da função criadora de Deus. Ao mesmo tempo, isso automaticamente traz dentro do escritor uma pontada de inveja por saber que essa força criadora de vida jamais poderia ser manipulada por ele, colocando-o forçadamente, ainda que não quisesse, na sua real posição de criatura, e não criador.

— Fabi, é sério! Estou mais preocupado com sua preocupação com tudo isso. Eu sei o que estou fazendo, por mais que você duvide ou me veja como um simples desmiolado inconsequente. Eu planejei isso há muito tempo. Em detalhes, *OK*? Tudo vai acontecer como eu de fato orquestrei. Sempre foi assim, e assim será sempre — tranquiliza-a Guilherme, ao mesmo tempo que segura com suas mãos os ombros de Fabi.

Seus olhos, que agora penetram o olhar da amada irmã, transmitem, no entanto, uma sensação assustadora, que mescla um vazio quase pendendo para apatia, com uma expectativa excitante e macabra de que algo monstruoso e desejado por ele vai ocorrer.

Fabi mais uma vez, ao perceber essa mistura tão incômoda no olhar do irmão, é invadida novamente pelo medo que havia relatado à cunhada na emissora de televisão horas antes, medo de que algo no irmão poderia não ser normal e até mesmo revelasse que o mal genuíno se esconde realmente nos detalhes e sob as mais variadas formas, na tentativa de se manter oculto pelo máximo de tempo. Fora impossível à jovem mulher grávida ali presente não sentir um suor gélido percorrer sua nuca enquanto imaginava as aterradoras cenas que sua mente estava criando.

— É tão estranho você estar grávida de um segundo filho! Que loucura, não? Loucura boa, claro. Mas é que o nosso mundo já se mostrava tão bem preenchido com o "pequeno genioso" que era difícil acreditar que haveria algum espaço para um novo amor brotar. Que bom que veio — confessa, ao mesmo tempo que seu semblante transmuta totalmente, ganhando uma expressão amistosa de paz e ternura que faria a qualquer ter a plena convicção de que, dentro desse homem, só havia espaço para bons sentimentos, carinho e amor, afastando completamente qualquer sensação macabra que segundos antes se mostrara tão evidente no olhar do famoso escritor.

A expressão "pequeno genioso" de fato desarmara a bélica e preocupada irmã de Guilherme, como seria esperado em qualquer mãe dedicada, como ela de fato o era, e que se vê assaltada de súbito com a menção ao filho amado. Não tinha como negar quanto o menino era realmente cheio de personalidade, mesmo em tenra idade, podendo facilmente ser comparado a um *pequeno príncipe*, ou até mesmo a um *miniditadorzinho*, cujas vontades necessitavam ser atendidas de imediato sob pena de um verdadeiro *show* dramático de birra ser realizado de forma instantânea para quem quisesse assistir.

O sobrinho de Guilherme possuía uma personalidade extremamente forte e autoritária que fazia qualquer pessoa que tivesse conhecido o escritor na infância ou ainda que apenas na fase adulta associar fortemente a semelhança de gênio de ambos, a ponto de que, em alguns momentos, se poderia facilmente passar a impressão de que se tratava de pai e filho, e não tio e sobrinho apenas. Tal similitude em alguns momentos incomodava fortemente Fabi, e não por desconfiar de qualquer aura maléfica no filho, como algumas vezes temia existir no irmão, mas por realmente notar tão intensamente as semelhanças de ambos nas mais variadas situações, fosse no fato de o menino gostar de livros, como Guilherme igualmente já apreciava desde a infância, fosse pelo jeito imitador e debochado do infante, que já fazia piadas e gozações acerca das características de qualquer pessoa com quem ele convivesse, ainda que de forma esporádica, mostrando que a criança era altamente observadora, como Guilherme também o era. Constatar muitas vezes que o filho e o irmão pareciam quase clones incomodava-a fortemente, porque não era segredo para ninguém que havia bem poucos anos a relação da advogada com o escritor transitava entre o bélico e o inexistente, só retornando aos padrões normais de uma irmandade sadia quando ela se vira forçada a ajudar o irmão no processo criminal que o mantivera preso durante certo período de sua vida.

— Estranho por quê? Quem é casada e tem uma vida sexual nos padrões da normalidade sabe que é altamente comum essa situação. E, muitas vezes, aguardada. Você sabe que eu queria um segundo filho já tem muito tempo. E é sempre bom para qualquer primogênito ter um irmão para brincar, e não se sentir tão só. A infância é uma época importante para aprender a conviver com o outro, dividir as coisas etc. Foi uma época em que fomos muito felizes, não é mesmo? — conclui Fabi, ao mesmo tempo que alisa sua barriga, que de fato já desponta certa protuberância.

Guilherme movimenta positivamente sua cabeça, manifestando concordância com o que sua irmã falara acerca do convívio entre irmãos. De fato, era salutar a existência da pluralidade de filhos, por incontáveis razões, como ela mesma elencara, como aprender a conviver com outras pessoas e assim lidar com o diferente. Mas, para o escritor, era muito mais que isso: a continuidade da família se dava justamente pela existência de diversos membros.

A família era a base de todas as boas coisas, na visão de Guilherme, afinal, em meio a todos os problemas que se tenha de enfrentar no percurso da vida, todos sabiam que o regresso ao ninho representava o mais potente lenitivo para as dores da alma, como se, de certa forma, retornar fizesse com que as pessoas novamente pudessem sentir-se protegidas da exata maneira que somente se dá na infância, em que tudo era belo, seguro e divertido.

Talvez em razão da morte dos seus pais, Guilherme tivesse essa necessidade latente de ver a família original renascer das cinzas tal como a fênix, como se isso representasse não apenas o ressurgimento de seus pais de forma indireta, por meio dos novos descendentes que carregavam o mesmo sangue deles, e desta feita ele pudesse agir de forma diversa nos pontos em que considerava ter falhado com seus genitores em uma curiosa "reparação forçada", mas muito mais pela possibilidade de que assim ele pudesse ver garantido que novamente estaria inserido em um meio de pessoas que o amassem como ele tanto ansiava ser amado.

Somente no seio de sua família originária Guilherme havia se sentido amado verdadeiramente e da forma que julgava como correta. Durante anos o escritor procurara de todas as maneiras replicar esse sentimento de amor e segurança, sem obter nenhum êxito nesta demanda. Pensara que havia ter encontrado o mesmo tipo de amor terno e concreto em seu casamento anterior, o que se mostrou um completo e magnânimo equívoco sem precedentes, mostrando assim ao frustrado homem que somente poderia obter o mesmo tipo de amor acolhedor no seio de sua família de origem; e, como os membros de origem não mais existiam em nossa realidade, nada mais lógico do que procurar a sombra da mesma árvore frondosa e acolhedora nas raízes fortes que permaneceram enterradas no solo fértil. Nada mais lógico do que essa constatação. Guilherme necessitava do amor familiar que havia experimentado no passado em sua infância; e, por meio de sua irmã e seus sobrinhos, ele sentia que isso era totalmente possível. O escritor não deixaria que sua família acabasse mais uma vez, como ocorrera no passado, e há muito tempo prometera a si mesmo que protegeria com sua própria vida as pessoas que carregavam seu sangue, porque, agindo assim, estaria protegendo indiretamente seus pais e, por que não dizer, protegendo o amor em sua mais simples forma.

— Bom, eu preciso descansar depois da agitação deste dia. Amanhã, com a mente mais tranquila, vamos sentar e conversar após uma avaliação dos comentários que surgirão nas próximas horas, e das reportagens sobre tudo que se desenrolou naquele programinha horrendo. Na sequência, vamos analisar e bolar uma boa estratégia para que, ao menos juridicamente, você permaneça da forma como está. Oremos!

Sugiro que você também vá descansar — aconselha a advogada, enquanto pega sua bolsa, que repousava em um pequeno suporte de granito próximo a um imenso espelho da sala principal da mansão.

— Estou descansando, se você não percebeu — brinca o escritor, enquanto ergue o copo de whisky para o alto em direção à irmã, ao mesmo tempo que estampa em sua face um belo e grande sorriso, típico de quem não tem nenhuma queixa na vida, e que somente vemos naquelas pessoas que ilustram as capas de revista dos ricos e famosos enquanto passeiam pela Europa ou mostram o interior do mais recente iate que adquiriram para passear em alto mar em raríssimos fins de semana ensolarados, quando se sentem entediadas de gastar seu precioso dinheiro apenas nos centros urbanos em que residem.

De certa maneira, Fabi, apesar dos pesares, ficava relativamente satisfeita em ver o irmão sempre tão confiante, ainda que isso em certos momentos parecesse quase que uma atitude debochada do rapaz, mas no fundo a advogada gostava de sentir com isso que Guilherme mantinha dentro de si a boa energia que geralmente só se encontra nas pessoas que jamais vivenciaram traumas ou grandes problemas na vida, uma emanação quase infantojuvenil, o que servia para dissipar qualquer dúvida quanto à personalidade do irmão, e que algo ruim pudesse existir no psiquismo do escritor. Alguém assim não poderia carregar uma maldade tão intensa em seu interior. Não seria razoavelmente lógico.

Guilherme e Fabi se abraçam fortemente na sala, e saem de mãos dadas até a área externa da casa, em direção à garagem, onde o carro da jovem se encontrava estacionado junto aos demais veículos de propriedade do novelista. O homem abre a porta do carro para sua irmã entrar, fechando-a ao mesmo tempo que deseja uma boa noite.

Ele permanece ainda do lado de fora, mesmo quando Fabi já sumira com seu carro no horizonte. O jovem sente o cansaço de certa forma lhe tomando o corpo, talvez em razão do adiantado da hora somado aos bons goles que havia dado no whisky em sua sala, ou até mesmo pela brisa forte que lhe atinge o rosto enquanto fica de olhos fechados do lado de fora de sua residência, ou quem sabe pela soma de todos esses fatores. Não importava o motivo, o fato era que o jovem escritor estava realmente esgotado como havia muito tempo não se sentia, necessitando quase que de um estímulo externo para não cair em um sono profundo ali mesmo no pátio da garagem de sua mansão.

Era compreensível, por certa ótica, esse estado de relaxamento que Guilherme experimentava, afinal ele enfim colocara para fora o que desejava expor desde quando estava preso; e, como a todas as pessoas que fazem um grande desabafo após longo período se corroendo internamente, o alívio e paz por revelar tudo que estava escondido e entalado na garganta tem a mesma função e efeito que um calmante ou um relaxante muscular no físico de quem os consome. Apesar da problemática toda que adviria do que havia sido revelado na emissora de televisão, o escritor estava curtindo, ainda que não fosse duradoura, a sensação de dever cumprido, e por ter tirado um peso enorme de suas costas. Ao menos nesta noite Guilherme não queria pensar em potenciais consequências negativas; era sabedor, afinal, de que emergiriam. A própria Bíblia já dizia que *a cada dia bastava o seu mal*, em um recado claro de que não devemos perder a cabeça com ansiedade em eventos futuros. Ele sabia quanto fora ansioso durante sua vida, mas ele aprendera, justamente durante seu tempo preso, que isso não trazia nada benéfico, apenas um imenso sofrimento desnecessário. O astuto escritor pretende nessa madrugada unicamente ser ansioso por sua cama, pois há tempos não sente uma vontade tão genuína em dormir por horas a fio.

Quando o homem mais uma vez pensa no tal estímulo externo que desejava ver surgir do nada para que assim fosse impulsionado a retornar ao interior de sua mansão, evitando que caísse em sono profundo ali mesmo no pátio externo, inesperadamente este se apresenta em um estrondoso trovão, que ecoa pouco depois de um intenso relâmpago clarear todo o ambiente da localidade, mostrando ao jovem que de fato o pensamento atrai tudo, ou como o jovem vaidoso gostava de imaginar: *ele era um deus*, como a própria Bíblia afirmava que éramos.

Guilherme aperta seu passo em direção ao interior de sua mansão, lamentando que a agitação desse movimento muito provavelmente dissiparia em grande parte a sonolência tão atraente que praticamente estava dominando seu corpo por completo, mas era preciso acelerar, afinal as gotas de chuva que discretamente pingaram na fronte do jovem quando o trovão ecoou da primeira vez se transmutaram em poucos segundos em um verdadeiro dilúvio, talvez só visto quando Noé terminou de agrupar todos os animais no interior de sua imensa arca. A tempestade se mostra muito próxima do condomínio onde o escritor vive, pois o intervalo entre um trovão e outro é cada vez mais diminuto, e o som que deles ressoa é de uma intensidade tamanha que a impressão que se tem não é de uma simples chuva que está caindo do céu, mas sim um tornado que mostra a grandeza com que inicia seu intento de destruir tudo que se encontra no caminho.

Guilherme enfim consegue adentrar o interior de sua mansão, completamente ensopado e possesso de ódio, a ponto de quase não conseguir chavear a porta da entrada principal da residência, ficando em dúvida se a dificuldade em cerrá-la se dava em razão do sono e excesso de álcool, ou em razão da mão molhada e do ódio de estar completamente ensopado. Talvez o fato de não ter conseguido evitar o banho de chuva involuntário fosse a razão maior de sua fúria, afinal o talentoso homem detestava falhar naquilo que ele se dispunha a realizar, ainda que fosse algo simplório, como tentar se proteger de uma forte pancada de chuva. O escritor sabia que qualquer falha, mesmo pequena, mostrava a ele próprio que igualmente fazia parte da humanidade como todos que habitavam o orbe terrestre, fazendo com que o artista tivesse de renunciar à ideia absurda, que lhe assaltava a mente nos mais variados momentos da vida, de que o culto homem ali, pateticamente encharcado de água da chuva, fazia parte de uma casta mais especial e angélica do que a dos santos que habitavam o plano superior, e deste modo tivesse de encarar sua falibilidade como todos os humanos, que acabavam não conseguindo ter êxito nem mesmo em chegar rapidamente ao interior de uma residência para se proteger das intempéries da natureza. Essa ideia de ser semelhante aos homens comuns desagradava sobremaneira o vaidoso escritor.

— Inferno! Nestes horas concordo mesmo com minha irmã, que sempre me questionou em razão de ter feito uma casa tão imensa! Para que fui dar ouvidos apenas ao meu gosto extravagante! Uma casa tão grande só serve mesmo para a gente se perder e demorar até mesmo para chegar à entrada! — verbaliza Guilherme, enquanto tira toda sua roupa molhada, arremessando-a em seguida em direção ao corredor lateral que indica a entrada da lavanderia da mansão.

O escritor então marcha em direção à sala onde há pouco se deleitava com seu whisky, muito provavelmente ansiando retomar o contato com o líquido entorpecedor, talvez na esperança de ver sua raiva se esvair, ao mesmo tempo que a sonolência pudesse ressurgir gloriosa e o tomasse repentinamente para que a cama voltasse a ser o único objetivo desta madrugada tão especial.

Já estando na sala principal e trajando apenas a cueca que milagrosamente se salvara de ficar ensopada na corrida até o interior da casa, Guilherme preenche o copo que repousava na mesa até quase transbordar o destilado, esvaziando a garrafa, que realmente já se encontrava praticamente consumida, direcionando-se de imediato para o sofá da aconchegante sala, onde se deita da maneira mais confortável possível, pouco se importando se um pouco do whisky acabasse por cair no estofado, afinal, se ele falhara no seu intuito de não se molhar, qual o problema de qualquer objeto também ficar úmido nesta noite, reflete o jovem.

Guilherme dá o comando de voz para que sua imensa televisão fosse ligada, o que ocorre instantaneamente, mostrando que estava sintonizada em um canal de notícias que coincidentemente mostrava a previsão do tempo para os próximos dias, que seriam tão chuvosos a ponto de passarem a impressão de que o sol tiraria férias literalmente, e férias prolongadas, aliás, já que a aproximação de um ciclone extratropical na região traria um aumento de tempestades.

Enquanto finaliza o gole derradeiro, ele reflete sobre a notícia e fica satisfeito com o que escuta; amava chuvas e temporais, que lhe remetiam imediatamente à memória de sua mãe, como já relembrara durante a tarde, encarando portanto a novidade com certo júbilo, como se fosse um sinal de que a sorte se mostrava a seu favor até mesmo pela atual previsão climática de sua preferência, afinal, se o tempo estava ficando como ele tanto amava, era uma clara evidência de que tudo o mais que o escritor ansiava e planejava por estes dias, com a revelação no programa de televisão, ocorreria da forma que imaginara.

Um imenso trovão ressoa forte no ambiente, fazendo com que Guilherme volte sua atenção para o interior da habitação em que se encontra, saindo forçosamente do plano mental, em que gostava de se recolher, fixando-se no mundo real, ainda que a contragosto. O coração se mantém acelerado alguns segundos, e o escritor, pensando em se acalmar, leva o copo até os lábios, percebendo, somente quando encosta o copo frio em sua boca, que seu interior já se encontra vazio.

— Que desgraça! — esbraveja Guilherme, ao se levantar do sofá, com mais raiva do que demonstrara estar quando adentrara sua casa ensopado pela tempestade.

Mas, tal qual um pedaço de carvão em brasa que subitamente esfria quando um balde de água gelada é lançado em cima dele, o jovem vê a chama do seu ódio se dissipar totalmente, dando lugar a um sentimento gélido e crescente de medo. Repousando na mesa da sala, ao lado da garrafa vazia, que ali permanece, está uma nova garrafa, já aberta, e junto a ela um copo preenchido até a metade com o whisky de que o escritor tanto gostava, cuja ausência no copo em que segurava o motivou a se irritar segundos antes.

Assustado e ainda sem conseguir entender como esta garrafa foi parar ali, já que poucos minutos antes somente o recipiente vazio permanecia sobre o móvel, Guilherme rapidamente gira ao redor de si mesmo, em um movimento de trezentos e sessenta graus, como que a tentar se certificar que não há mais ninguém dentro de sua casa. Nada evidencia que o escritor esteja acompanhado. O talentoso homem leva a mão a sua fronte ao mesmo tempo que fecha os olhos e se apoia na mesa com a outra mão, após deixar o copo que segurava na superfície da mesa.

Era preciso dar às coisas a importância devida, e não se deixar impressionar com aparências e ansiedades que pudessem estar superestimando os eventos. A pressão pela entrevista no *talk show* com certeza fora crucial para que durante todo este dia o escritor tivesse alucinações, como no bufê com sua noiva e no camarim da emissora, desmaios e situações não reais, como as vividas em sua própria casa. O seu inconsciente estava apenas liberando no seu organismo todo o acúmulo de anos de tensão e pressão, afinal Guilherme deixara bastante claro que aguardara aquela noite desde quando estivera preso, portanto precisava agora apenas tentar se acalmar e aceitar que toda essa sensação ruim e visões com a infeliz com que fora casado não passavam de uma grande liberação do caos que ainda habitava sua mente, e nada além disso. Não estava enlouquecendo ou sendo assombrado por uma entidade fantasmagórica, como chegara a pensar diversas vezes no transcurso do dia.

— Dê às coisas o tamanho real que elas possuem. Era natural e esperado que hoje minha mente pregaria boas peças em mim. Já dizia com razão o ditado de que "A noite é mais escura quando está perto de amanhecer". Então, meu querido, fique tranquilo, que as coisas estão apenas melhorando. Concentre-se nos raios de sol chegando. Só isso — conclui o jovem, antes de servir-se do copo que misteriosamente se encontrava em cima da mesa, confiante de que provavelmente fora ele mesmo quem o enchera em algum momento quando estava com Fabi momentos antes.

Guilherme movimenta seu pescoço de forma circular, enquanto leva sua mão à nuca, deixando evidente que o cansaço naquela hora da madrugada já alcançara um nível quase insuportável, e ele deveria se deitar imediatamente. Mas o escritor, desde que havia mudado seus hábitos e passado a se cuidar mais, desenvolvera quase uma obsessão por cuidados pessoais, e, vaidoso como aprendera a ser com seu corpo, jamais conseguiria se deitar sem antes tomar um adequado e relaxante banho. Portanto, mesmo que estivesse muito cansado, sabia que era preciso se molhar, mesmo que fosse de forma rápida. Sem mais delongas, parte em direção à sua obrigação com o box do chuveiro de sua suíte.

Após alguns passos que fizeram com que o artista se deslocasse da sala principal para um dos diversos corredores que a mansão possuía, Guilherme detém-se ao se deparar com a aterradora imagem a sua frente: um longo e espesso rastro de lama no corredor, como se algo não só tivesse emergido de um fétido pântano que teria brotado do nada naquele mesmo local, mas como se ele fora arrastado por todo o corredor em direção a uma das portas que ali se encontram.

Guilherme se posiciona de cócoras próximo à lama, tentando analisar como aquilo tudo era possível, e, assustado, percebe que a visão é clara em evidenciar que aquela viscosidade é típica de margem de lagos e rios, exatamente onde a *maldita* havia sumido, não deixando mais nenhuma dúvida de que ELA estava na casa mais uma vez, para horror do homem, que não sabe mais disfarçar o receio de que sua sanidade estivesse se esvaindo cada vez mais.

Ele segue o rastro de lama apenas com seus olhos, enquanto permanece agachado próximo da pequena poça de musgo que se avolumou no corredor, notando que ela segue para o interior justamente do banheiro que ele estava prestes a adentrar para um rápido e necessário banho.

Era impossível ao jovem homem não observar aquele rastro e não ter sua mente enviada de súbito para a noite fatídica em que a ex-mulher sumira como que por encanto. As semelhanças são tão fortes que é natural sentir intensamente que aquela noite está se repetindo em detalhes: o porcelanato do corredor todo sujo com aquela lama pútrida correspondia não de forma semelhante, mas idêntica ao rastro do carro caído na ribanceira daquela noite chuvosa. Aliás, Guilherme poderia jurar que até as mínimas oscilações de movimento e fissuras do barro acumulado no piso de sua casa encontrados agora são as mesmas que, em decorrência do possível arrastamento do que parecia ter sido um deslizar de um corpo no solo, daquele matagal próximo ao rio na noite macabra do seu passado. E, para se sentir completamente transportado para aquele momento aterrador do passado, só faltava agora topar em sua sala com os policiais que estavam no meio daquele lamaçal analisando não somente o local em busca de provas, mas que depositavam no escritor um olhar de julgamento como quem observa um monstro que necessita ser colocado na cadeia com a maior pressa possível. Os homens da lei não estavam em sua mansão agora, mas seus olhos de reprovação jamais deixaram de acompanhar incessantemente o jovem, que nunca, durante todos estes anos, deixou de sentir o peso intenso e cruel de cada olhar direcionado a ele na beira do rio.

Guilherme já se preparava para reerguer-se da posição em que se encontrava e partir em direção ao banheiro, pois o rastro de lama estava mostrando que o que quer que tivesse sido arrastado pelo corredor foi levado até lá, quando subitamente escuta o som de algo borbulhar, o que de imediato o detém na mesma posição em que estava, pois de pronto visualiza que o espaço que contém a maior concentração de lama é o que está em efervescência cada vez mais forte. A lama não apenas está borbulhando, mas nitidamente denota que algo está ensaiando se levantar do líquido viscoso acumulado, em movimentos que lembram quase uma dança desajeitada de um bêbado que tenta se levantar do solo após uma queda.

Mais movido pela curiosidade do que pela tensão a que estes momentos macabros sempre o remetem, o escritor aproxima seu rosto da poça de lama como que estivesse tentando analisar em detalhes o frenético borbulhar, que aumenta sua intensidade a cada segundo, ficando com o rosto a poucos centímetros do material enegrecido. Quando, para seu susto, se vê atingido na face por um forte jato do líquido negro semelhante a petróleo, que, saindo da poça formada no corredor, envolve por completo a cabeça de Guilherme, que, desesperado, se levanta de súbito, ao mesmo tempo que, levando as mãos ao rosto, tenta se ver livre de todas as formas do líquido espesso que permanecia em grande quantidade grudado em seu rosto.

Por mais que Guilherme se esforce em arrancar a intensa massa negra que se agrupara em sua face, o líquido parece se fixar com ainda mais força a cada tentativa do escritor em se livrar da viscosidade, que ganhara vida própria.

Assustado, o jovem se debate violentamente nas paredes do corredor em direção ao banheiro, ao mesmo tempo que tenta gritar de forma desesperada, do que não obtém êxito, em razão da massa negra grudada em sua face, que permite que apenas grunhidos sejam emitidos pelo escritor, que por diversas vezes desliza no chão coberto de lama, caindo de joelhos reiteradamente antes de enfim alcançar a maçaneta da porta e conseguir adentrar o interior do banheiro.

A luta de Guilherme para se ver livre da massa negra fixada em seu rosto continua dentro do recinto, com ele ainda se debatendo contra a parede, até que consegue adentrar o box do banheiro e ligar o chuveiro, fazendo com que a água despenque com intensidade em seu corpo, auxiliando de forma eficaz na retirada da lama pútrida, que não consegue se fixar mais com precisão no rosto de Guilherme, como se o jato de água quente fosse o remédio eficaz para se livrar da aterradora situação.

Permanece de joelhos debaixo do chuveiro por alguns segundos, ainda assustado, mesmo após se ver completamente livre da substância pegajosa. O esforço físico fora tão intenso que Guilherme respirava de forma acelerada, arqueando o peito com intensidade, invadido pela descarga de adrenalina enquanto deixava correr a água gelada pelo rosto em uma espécie de exorcismo do momento chocante vivido há pouco. As mãos trêmulas são levadas até o rosto diversas vezes, como se tentasse certificar-se de que não havia mais nenhum resquício da lama imunda em sua pele.

Guilherme tinha plena certeza de que o que grudara de forma violenta em sua face era a mesma lama existente no local onde a ex-mulher sumira, isso era algo incontestável para o assustado homem, afinal, mesmo passado tanto tempo desde os eventos daquela noite, o escritor jamais poderia esquecer, ainda que o desejo de que isso ocorresse fosse intenso, a textura que a lama do barranco tinha, e tampouco sumia de sua mente o cheiro forte que exalava, não sabendo confirmar se de fato era apenas a lama ou a mistura com as águas do rio que estava a poucos metros do carro da maldita desaparecida: só sabia que aquele odor embrulhara na época seu estômago, exatamente como agora.

Ainda que Guilherme experimentasse todos os perfumes existentes no mundo, dos mais famosos e raros aos mais comuns, dos nacionais aos encontrados apenas na Europa, ele jamais conseguiria se esquecer do odor asqueroso sentido no meio daquele lamaçal, fazendo-o recordar-se até mesmo do pensamento que tivera enquanto chafurdava na lama literalmente enquanto esteve nas proximidades do carro da ex-mulher: aquele cenário fétido, escuro, caudaloso e desesperador servia *como uma luva* como caracterização de sua situação amorosa naquele instante; sendo uma perfeita representação do que era a vida deplorável que ele construíra para si mesmo. Sentir novamente a lama daquela noite cobrindo seu rosto, dentro de sua atual casa perfeita, como que tomando o controle de sua vida igualmente perfeita, servia como um recado indigesto de que o passado não estava inteiramente resolvido, e chegara a hora de Guilherme ver-se novamente cara a cara com tudo que tinha certeza de que estava sepultado com seu antigo eu. O escritor não permitiria que todas as boas coisas de sua atual existência fossem vilipendiadas pela lama asquerosa do passado, e, se de fato era inevitável o reencontro com coisas mal resolvidas, que assim fosse! Ele estava preparado para destruir seu passado atormentador, como Laurie Strode fez em Halloween H20, quando enfim decidiu não mais fugir, encarando seu alucinado irmão em um confronto final.

Um imenso trovão ecoa na noite chuvosa, como que competindo em sonoridade com a chuva que, desabando dos céus, atinge a tudo com tamanha intensidade que era de se pensar se Deus não resolvera reeditar o dilúvio, como que constatando que já havia passado da hora de um bom recall ocorrer. E convenhamos que, se assim fosse realmente, Ele estava até mesmo bastante atrasado com essa providência saneadora.

O escritor se levanta cuidadosamente após conseguir nivelar totalmente tanto sua respiração como que seus pensamentos, percebendo-se já em condições de sair do banheiro e se retirar em direção a seus aposentos, quebrando sua regra de tomar um relaxante banho antes de se deitar, mas era inegável e bastante compreensível que após o ocorrido ninguém gostaria de permanecer dentro de um banheiro naquela noite.

Guilherme pega uma toalha que se encontrava no box e enxuga o rosto e os cabelos, percebendo que algo dentro dele parecia estar ganhando força, insinuando um processo semelhante a uma barragem que arrebenta as comportas, inundando por completo todo o ambiente e trazendo caos pelo caminho. O homem mal tem tempo de levar as mãos até sua boca, quando cai de joelhos novamente no chão do banheiro, ao mesmo tempo que procura manter sem sucesso uma correta respiração, o que se mostra totalmente impossível, não restando a Guilherme alternativa que não deixar que as comportas de fato desmoronassem, e que o que tivesse de se desenrolar naquele momento assim ocorresse. Não havia nada que impedisse toda aquela sucessão de horrores, só restava torcer para que não fosse levado em definitivo por toda aquela onda imensa de pânico e terror.

Guilherme sente todo seu corpo se contorcer, e o estômago se vê contraído em espasmos cada vez mais fortes e dolorosos, até que o escritor inicia um processo de eclosão de um espesso e sanguinolento vômito, que praticamente inunda o banheiro em razão da quantidade de jatos que emergem de seu interior, que não consegue crer que está vivenciando um momento de tão grande terror.

O que ele não imaginava era que aquele momento excruciante tomaria proporções ainda mais aterradoras e sobrenaturais, já que, após vomitar litros de sangue, Guilherme sente que algo dentro dele ainda precisa emergir, e novamente percebe que todo o seu interior parece abrir caminho para se manifestar naquele local, que agora se encontra totalmente banhado de sangue: a mandíbula de Guilherme se abre ao máximo, fazendo que a saliva misturada com sangue escorresse do interior de sua boca, como que abrindo espaço para todo o horror que viria em seguida.

Sons guturais brotam do jovem, que permanece no chão com as mãos apoiadas no piso do banheiro, concomitantemente à saída de um pedaço relativamente grande de uma massa sanguinolenta, semelhante a um bolo de carne e pele humana, que despenca de sua boca em meio a um último jato de sangue.

Cansado pelo esforço e assustado com tudo que estava vivendo de inacreditável mais uma vez, ele se afasta por alguns segundos da massa de carne que expelira por sua boca, indo se apoiar junto à privada, que se encontrava poucos centímetros dele, passando a observar aquilo tudo, torcendo para que mais uma vez tudo desaparecesse, como habitualmente vem ocorrendo com relação a essas visões macabras, que têm insistido em se manifestar com cada vez mais frequência. Para o espanto do escritor, este percebe que o que saíra de dentro dele estava se mexendo em movimentos intensos, num subir e descer, mostrando assim que estava respirando e, portanto, estava VIVO!

— Não é possível! Isto não pode estar acontecendo! Não é real! — balbucia Guilherme, ao mesmo tempo que se aproxima cuidadosa e vagarosamente do bolo de carne, que permanece no movimento de respiração.

O homem, receoso, aproxima suas mãos da coisa pulsante, decidido a analisar o máximo que pudesse conseguir daquilo, averiguando cada detalhe, e dessa forma quem sabe pudesse igualmente se certificar até que ponto aquilo era real ou não, e se de fato tinha vida própria.

Guilherme toca a massa de carne, realizando movimentos circulares de limpeza do excesso de sangue que nela se encontra, para assim descobrir o que era realmente o que havia saído de seu interior. O homem, em choque, interrompe a ação que estava realizando, permanecendo alguns segundos petrificado antes de emitir um alto e intenso grito de horror com o que constatara ser aquilo.

A coisa que permanece respirando tem boca e pequenos bracinhos, possui ainda diminutas perninhas, e duas pequenas manchas escuras localizadas em uma pequena cabeça, que emite agora um baixo som semelhante a um choro... Sim, o que Guilherme vomitara junto a intensos jatos de sangue fora um feto vivo, que agora chora desesperado no chão de seu banheiro!!

Guilherme consegue ganhar forças repentinas e se ergue do chão de súbito, correndo para fora do banheiro e fechando a porta, ao mesmo tempo que um novo trovão ecoa forte no ambiente, deixando tudo ainda mais tenso e assustador. O escritor sente um medo tão intenso e gélido lhe percorrer todo o corpo que a impressão que tem é de que um desmaio não tardará a se manifestar, ou quem sabe algo ainda pior, como um derrame ou um infarto. A chuva parece ter aumentado sua intensidade, a ponto de ser possível ouvir com clareza a copa das árvores se agitando fortemente.

A energia da casa oscila por breves segundos, que parecem horas, antes de enfim se restabelecer, fazendo notar em seguida, para o homem incrédulo que ali se encontra, que o choro do feto cessou por completo, e somente o silêncio se faz presente no interior do banheiro. Sem dar tempo para reflexões internas, Guilherme abre a porta rapidamente e com tamanha força que a maçaneta por muito pouco não fora arrancada da porta, que igualmente por um milagre não se desprende e cai.

O ofegante Guilherme então se depara com um banheiro completamente diferente do que há poucos segundos vira com seus próprios olhos: tudo se encontra completamente limpo e arrumado, sem nenhum vestígio de sangue, de lama, e sem o feto, que no instante anterior permanecia gritando no piso frio do porcelanato do banheiro da mansão.

Antes que possa manifestar mais uma vez quanto essa oscilação de realidades tem lhe deixado profundamente possesso e com uma quase estafa mental, Guilherme se vê surpreendido por intenso e alto som que se expande por todo ambiente da casa, em uma quase explosão musical similar à mais potente orquestra imaginável.

Era possível identificar que a música estava se originando da sala em que Guilherme estava assistindo à televisão há pouco, e é justamente em direção a esse cômodo da casa que o assustado homem se dirige nesse momento. Por mais que tivesse certeza de que era preciso apressar seus passos para, quem sabe, conseguir dar o devido flagra em quem tenha ligado o som e muito provavelmente poderia estar no ambiente, era difícil para Guilherme afastar de sua mente quanto na verdade ele não gostaria de se aproximar do local, pois seu grande receio era de que ELA estivesse em sua casa, talvez até mesmo bailando na sala de um lado para outro do ambiente, em movimentos graciosos como de uma bailarina, e com os seus perfeitos cabelos negros como a noite mais escura, a se movimentar fio a fio como se vida própria tivessem, encantados como as serpentes que bailam ao som dos flautistas e dos movimentos corporais por eles realizados.

Os pés de Guilherme praticamente se arrastam no corredor, ensaiando diversas vezes uma quase parada completa, o que serve ao menos para que o escritor, que mantinha a fronte para baixo, perceber que o piso do local se encontra completamente limpo sem nenhum sinal que uma explosão de lama tivesse eclodido como petróleo pulsante naquela noite.

Raios rasgam a noite iluminando todo o ambiente, como que desejando lançar luz, mesmo que por segundos, naquilo que estava oculto na escuridão; em claro sinal de que havia um esforço até mesmo da natureza em tornar visível tudo que estivesse ao redor de Guilherme, deixando evidente o recado de que, ainda que desejasse esconder pontos cruciais de sua vida, o escritor não mais teria como fugir do enfrentamento da sua realidade. Um novo trovão ressoa tão forte que é nítida a impressão de que até mesmo a estrutura da casa havia tremido em razão do som.

Tudo naquela situação refreava Guilherme de apressar suas passadas, e seu terror era um misto de emoções contraditórias; ao mesmo tempo que sabia que deveria chegar rapidamente à sala e tentar dar um flagra no invasor, temia que este fosse a antiga esposa, e, em sendo a mulher desaparecida, por que emoções ele se veria invadido ao estar após tanto tempo separados? O que ele sentiria, e que impactos isso teria em sua vida? Teria ódio o suficiente para partir na direção da mulher e enforcá-la da maneira que ela merecia, ou seu ímpeto seria apenas de se sentir protegido pela presença daquela mulher, como sempre ocorrera no passado, e o emocionado escritor apenas teria vontade de abraçar calorosamente a mulher com que fora casado tampo tempo? Guilherme não sabia afirmar como reagiria, e por isso mesmo não desejava apressar sua caminhada até a sala principal, de onde o som se propagava em todas as direções. Talvez seu grande medo, seu maior receio e horror seria se deparar com alguém diferente naquela sala; porque seria mais um golpe da vida em suas esperanças, ao lhe mostrar mais uma vez que a mulher que ele tanto amara, a ponto de se casar com ela, não estava nem gostaria de estar em sua vida mais, nem como uma perseguidora, nem como um fantasma, nem como coisa alguma. E isto era um dos maiores horrores que Guilherme não gostaria de constatar como verdade: a eterna permanência da ausência. Mas o escritor tinha plena ciência de que, por mais doloroso que fosse, precisava sim confrontar essa possibilidade que cada dia se mostrava mais lógica e evidente.

Faltando poucos passos para que o ansioso homem enfim possa estar no meio da sala principal de sua mansão, é notória a sensação de que a música aumenta de volume quase que acompanhando o clímax de um momento angustiante que se aproxima do seu fim. No entanto, tal qual uma sequência de suspense que nos leva para um ponto específico na narrativa apenas para em seguida apontar outro rumo, completamente diferente do construído e aguardado (geralmente até mesmo criando um descontentamento absurdo pela mudança de narrativa, vide o malfadado filme Halloween Ends), o mesmo acontece na mansão de Guilherme, afinal, quando o escritor consegue preencher sua mente de coragem e adentrar a sala em um impulso, depara-se com o ambiente completamente vazio, exatamente como ele havia deixado da última vez em que lá estivera.

A música que toca no home theater da sala é uma das mais conhecidas canções da banda No Doubt, a famosa e notoriamente conhecida *Underneath it all*, uma das melodias prediletas de sua antiga mulher, que guardava uma admiração tão grande por essa banda que fizera questão de, na festa do enlace matrimonial deles, fazer tocar em variados momentos da noite uma infinidade de músicas do grupo. Portanto, uma das músicas prediletas da desaparecida mulher estar tocando em sua casa da forma mais misteriosa era muito mais que estranho, era quase que uma evidência de que a mulher não só estava viva; muito mais que isso, ela estava ainda em sua vida, desejava estar, não importava a forma. E esta constatação torna impossível evitar para o escritor que um sorriso surgisse no canto de sua boca, ao mesmo tempo que os seus olhos subitamente brilham como a denotar que lágrimas poderiam brotar a qualquer momento.

— Eu me lembro muito bem dessa música... aliás, do álbum completo — fala consigo mesmo Guilherme, recordando que conhecera a antiga companheira na época do lançamento do álbum musical em que essa música estava inserida, sendo esta a trilha sonora do envolvimento do casal apaixonado do passado, que se comunicava de todas as formas existentes na época; fosse por telefone público, fosse por e-mail ou cabine telefônica, escutando a banda famosa (quando se conheceram, Guilherme teve de fazer uma viagem internacional com a família, então só conversava com seu interesse amoroso destas formas).

Não importava o meio como a comunicação se dava, o álbum musical do No Doubt era sempre o pano de fundo do romance que estava se iniciando. Ninguém poderia supor, assistindo às comunicações e aos encontros do casal, que essa paixão tão intensa e forte na época chegaria ao fim, ainda mais com uma conclusão tão violenta e macabra como se dera. A vida realmente tem reviravoltas que a mente humana não tem como compreender, por mais que se esforce para isso.

A música que embalara o início do namoro do casal eclodindo em sua nova vida e em sua mansão só poderia ser um recado forte de que Guilherme estava desde o início com razão: sua ex-mulher estava viva, e seu desaparecimento não passara de uma grande armação, para que ele fosse condenado a viver numa prisão por anos a fio, como forma de vingança. A monstruosa mulher estava viva, e agora, em razão do grande plano anunciando pelo esperto escritor poucas horas atrás, na emissora de televisão, a *desaparecida* resolvera se manifestar para impedi-lo de provar toda essa verdade que há muito se encontra oculta.

— Eu sabia que você ia dar as caras quando eu a encurralasse. É duro ver tudo que você mais desejava que permaneça oculto vindo à tona com juros e correção, não é mesmo? Pois saiba que está vindo. E eu não vou parar. Você não parou quando tentou me aniquilar. Agora vai saber como é essa sensação — diz Guilherme, enquanto sua face adquire uma expressão quase demoníaca, típica de quem tem convicção de que tudo caminhava como ele desejara, e que assim permaneceria até o fim.

Mais um estrondo assustador explode dos céus, ao mesmo tempo que as luzes da residência se apagam completamente, muito provavelmente em razão da forte tempestade que castiga a cidade nesta noite assustadora. Guilherme rapidamente liga a lanterna do seu celular movimentando o aparelho em todas as direções de seu entorno, como que a tentar a todo momento se certificar de que a escuridão que abraçara o ambiente não trouxera consigo alguma coisa horripilante oriunda das profundezas do inferno, como as visões terríveis com que o escritor tem sido frequentemente acometido.

11

A frequência e a intensidade com que de igual forma os relâmpagos rasgam o céu quase passam a impressão de que a energia elétrica estava ainda apenas oscilando e logo em instantes retornaria ao funcionamento completo, tamanha era a claridade que se fazia no ambiente. Em um desses momentos de claridade intensa, Guilherme sente seu corpo gelar da cabeça aos pés por ter enxergado, ainda que por milésimos de segundo, que a porta que leva até a parte subterrânea da casa estava entreaberta! A mesma que durante a tarde o jovem tentara abrir desesperadamente enquanto fugia da visão fantasmagórica da antiga esposa que lá se manifestara. A que separava a parte superior e acessível da casa da parte secreta, onde estavam as salas que continham não apenas o cinema privativo, mas a de objetos dos filmes de terror que ele tanto admirava, e mais que isso: onde estava a sala secreta com os objetos pessoais relacionados à festa de casamento do atônito escritor.

A mente de Guilherme percorre o espaço-tempo de forma intensa, como que a tentar recapitular cada passo que dera durante sua estada durante a tarde naquele ambiente inferior de sua casa, para quem sabe sentir-se reconfortado ao se lembrar de ter esquecido ele próprio de trancar aquela porta. Mas o desapontamento se mostra presente, por rememorar que apagara em um desmaio ao tentar sair por ali, tendo somente recobrado a consciência em sua cama confortável, com sua bela noiva explicando que o achara desacordado no chão. Ou ela não fechara a porta naquela tarde, ou seja lá quem havia colocado a trilha sonora do início de seu namoro com a *maldita desaparecida* havia a aberto e lá estava escondido como quem se abriga da chuva que cai fortemente na cidade.

Era preciso verificar o local, e era isso que Guilherme faria, afinal tinha quase uma intuição de que ELA resolvera se ocultar naquele ambiente, onde justamente estava tudo aquilo que o autor mais amava: cinema, personagens de filmes de terror, e as lembranças do casamento que ele um dia julgara perfeito e mágico como os contos de fada, o que de certa forma era uma comparação perfeita, já que contos de fada não existem faticamente, não passando de mera ilusão, tal qual seu casamento, que não possuía nenhuma verdade, não passando de uma dolorosa utopia daquelas a que somente os corações tolos e sem experiências se deixam levar.

Era inegável que o coração da casa era justamente o ambiente subterrâneo do mausoléu, e que, similar ao que acontece com as pessoas que escondiam e protegiam tudo aquilo de mais valioso e importante que julgavam dentro do seu coração, assim como os segredos mais fortes que igualmente repousavam ali, Guilherme trancafiava naquele espaço inferior da casa tudo que lhe era intenso e relevante; sendo, portanto, muito lógico que ELA tentasse invadir justo aquele espaço da residência em específico; era o que a víbora vinha nos últimos anos desesperadamente tentando fazer: invadir e destruir tudo que Guilherme mais preservava, e assim como ele vinha lutando e conseguindo expulsar a cada dia a presença DELA de sua vida e mente, ele faria agora fisicamente, caso a localizasse em sua casa, naquele complexo de salas do piso inferior, que representava tudo de mais amado pelo jovem artista.

Ele sabia que era preciso descer ao complexo de salas novamente, não importando o fato de estar em um breu quase absoluto ou tomado de um misto de medo com ansiedade em pegar o invasor definitivamente. No instante em que se preparava para caminhar em direção à porta entreaberta para iniciar o pretendido flagrante, mais um estrondoso trovão ressoa no ambiente, e um raio atinge a copa de uma das árvores do condomínio bem próximo da casa do escritor, cujas folhas passam a arder em intensa chama, que mais lembrava uma imensa pira de sacrifícios.

Do ponto em que se encontra parado e ofegante na sala, e bastante assustado pela queda do raio na árvore, Guilherme consegue com exatidão visualizar o fogaréu que consome não apenas os galhos atingidos, mas que já se espalha com rapidez para duas outras árvores próximas, sendo isso um ponto positivo por duas razões urgentes: a primeira é que a visibilidade como um todo melhora com a iluminação proporcionada pelas labaredas intensas; a segunda, pelo fato de que em instantes uma equipe do luxuoso condomínio estaria no local para impedir que as chamas se espalhassem ocasionando mais prejuízos e até mesmo uma grande tragédia, e essa equipe com certeza seria de muita utilidade para Guilherme, quando enfim colocasse suas mãos em quem porventura invadira sua casa e aparentemente estaria se ocultando no piso inferior, cuja porta aberta o escritor se preparava para adentrar.

Mas o jovem artista era sabedor de que todas essas situações poderiam mudar em questão de segundos, afinal a chuva intensa poderia apagar as chamas e Guilherme perderia não apenas a claridade que se mostrava ideal, como a futura ajuda da equipe de funcionários do condomínio, que não mais ali estariam para evitar os danos.

O assustado morador que ali permanece observando as chamas fortes que consomem a copa da árvore literalmente encara a possibilidade de ter de se virar sozinho como um combustível para encher-se com mais coragem e determinação para fazer logo o que era preciso ser feito, sem ficar no aguardo de uma eventual ajuda que poderia muito bem não surgir. Guilherme aprendera com perfeição desde a ausência da ex-mulher a se virar e contar somente com sua astúcia. Saber que havia a chance de ter de resolver todo o problema sozinho, longe de deixar o escritor receoso, alegrava-o infinitamente; era como se ele mais uma vez desse prova para o mundo e principalmente para a ex-companheira de que era capaz de conseguir sozinho tudo que desejasse concretizar, e isso o distanciava cada vez mais da figura dependente, acuada e totalmente parasitária construída pela maldita desaparecida e na qual acreditara o jovem autor, afinal a maldita, agindo desta forma, mantinha o laço da dependência eterno, como se assim acabasse por neutralizar indefinidamente o jovem, que, dominado mental e moralmente, acreditava piamente que a mulher era sua única "tábua de salvação na vida".

— Eu perdi o medo da vida há muito tempo, minha cara. Desde que você desapareceu no mundo, eu tive que me fazer notar. E tirei nota máxima nessa matéria — berra em tom alto e debochado, como se estivesse em um monólogo de uma peça teatral de relevância igual ou superior a HAMLET, e cujo palco da vida era sempre dele, pois, para o presunçoso artista, sua existência era digna de ser alvo do mais forte holofote que, sempre focado nele, o acompanhava em cada movimento perpetrado.

Esse era o sentimento que Guilherme carregava verdadeiramente em seu peito. Estava convicto de que a mulher que desposara estava viva, apesar de tentar se manter como defunta para sustentar uma aura fantasmagórica, incriminar e enlouquecer o jovem escritor. Com certeza permanecia, assim, acompanhando a vida do autor avidamente nos mais simples aos mais grandiosos momentos da vida dele, por isso se fazia necessário que Guilherme mostrasse com a maior intensidade que podia que estava cada dia mais forte, independente e atraente, sob todos os aspectos possíveis da vida, para que a maquiavélica tivesse notícias ou o presenciasse por ela mesma, ainda que a miserável estivesse nas sombras agindo de forma oculta, como todo mal gosta de se manter. Mas era preciso mostrar aos quatro cantos do mundo quanto o homem ali estava forte e realizado, nem que fosse por meio de uma frase dita de maneira confiante e com entonação de deboche, no escuro de uma noite de tempestade, como aquela proferida naquele instante.

Guilherme aprendera a não se intimidar, não importava a situação, e jamais demonstraria qualquer tipo de fraqueza para a maldita mulher que justamente batalhara diuturnamente enquanto estiveram juntos (e muito mais desde o "divórcio compulsório" havido em razão do sumiço dela) para que o escritor se sentisse menos, acovardado diante de qualquer embate proposto pela vida.

Com a autoestima mais elevada do que um arranha-céu de Dubai, Guilherme escancara a porta que se mantinha entreaberta em um único e forte movimento, fazendo com que ela batesse com relativa força na parede, em atitude que deixava claro que o homem não estava com menor receio do que poderia encontrar ao descer as escadas em direção ao piso inferior.

O confiante homem, antes de iniciar a descida rumo ao seu inferno (uma escadaria de fato servia como alegoria perfeita), ainda movimenta o pescoço rapidamente para trás, o suficiente para perceber que, assim como havia previsto, a chuva, que não dava um segundo de trégua, enfim conseguira apagar totalmente as chamas que há pouco brilhavam com intensidade na árvore atingida, deixando claro para Guilherme que de fato ele teria de lidar com o possível invasor sozinho.

— Somos só nós, meu bem, somos só nós mais uma vez! A dupla dinâmica reunida — entoa, em tom ameaçador, Guilherme ao mesmo tempo que inicia a descida degrau por degrau em direção ao piso inferior.

Cada passo para baixo se assemelhava ao cortejo de um casamento, mas sendo o escritor a *noiva* que atravessa todo o longo caminho em direção ao altar; e a desaparecida estaria o aguardando ansiosa no altar. No fim, parecia sempre que Guilherme quem tinha de direcionar seus passos para onde a ex-mulher estava, como se, por mais que sua vida se alterasse significativamente e tomasse rumos inesperados, no fim das contas ele sempre marcharia em direção a ela, como em um eterno looping trágico.

Mais um raio e trovão intenso rasga o céu, fazendo com que a energia subitamente regresse à casa de Guilherme. No entanto, ele nem tem tempo de sentir alívio por não mais ter de transitar no escuro apenas de posse de uma lanterna de seu celular, pois no mesmo momento escuta a voz da ex-mulher de forma clara e extremamente audível no ambiente, não podendo duvidar de forma alguma que ela de fato estava em sua mansão o tempo todo, no piso inferior, como suspeitava desde o início, aguardando-o como uma noiva espera ansiosa seu príncipe no cavalo branco.

Guilherme sente as suas pernas ficarem trêmulas de forma tão forte que não lhe resta alternativa a não ser se sentar de súbito em um dos degraus da escadaria, aguardar que seu coração volte a bater no ritmo adequado, bem como as pernas retornem a ter sua habitual força para manter seu corpo ereto. Com as mãos elevadas até a boca, como que tivesse receio de que o maxilar acabasse por se deslocar da face e rolasse escada abaixo em razão do imenso espanto, ele tenta organizar sua mente enquanto escuta a voz da mulher.

Quantas vezes este tom vocal que ele havia a duras penas trabalhado com esmero para fazer sumir de sua mente havia servido no passado para acalentar suas dores e ansiedades diante das adversidades, servido como acolhimento e lenitivo contra qualquer problema que a vida apresentasse. Por mais que não devesse, o que Guilherme sentia ao escutar a voz da mulher era segurança e conforto, e até mesmo neste momento, sentado nos degraus da escada, consegue sentir pouco a pouco seu corpo ser invadido por uma forte sensação de tranquilidade, talvez similar ao que os bebês sintam quando estão nos braços de suas queridas mãezinhas, sendo este o papel que inadvertidamente a mulher que subira ao altar com ele acabara por desempenhar com grande destreza durante o período em que estiveram casados: a de uma protetora e autoritária mãe.

Quem conhecesse Guilherme de longa data sabia que uma grande habilidade do escritor era sua capacidade de decorar falas, não importando há quantos anos elas tivessem sido proferidas, por ele ou por outros: o vaidoso homem as reconheceria de pronto e saberia repetir sílaba por sílaba, não se esquecendo sequer de pausas ou até mesmo do tom em que foram pronunciadas. Em razão desta aptidão pessoal, Guilherme instantaneamente consegue encontrar razão na aparente tranquilidade que o som da voz da mulher desaparecida lhe traz: tudo que a voz doce e calma repete naquele momento são os votos matrimoniais dela na cerimônia de casamento, e que foram responsáveis por encantar e emocionar a todos os presentes naquela celebração. A vaidade de Guilherme não deixa de cortar até mesmo este pensamento que o tomara de assalto agora, para deixar frisado e bem rememorado, até mesmo para seu inconsciente, que os votos que emocionaram e deixaram todos os presentes maravilhados e chorosos foram os que ele de improviso direcionara para sua antiga esposa. Foram as palavras dele, e não as dela, que tocaram e sensibilizaram o coração dos convidados (e o vídeo do casório comprovava isso a quem desejasse se certificar).

Guilherme retoma sua atenção para o momento presente de forma mais forçada do que natural, em razão de mais um forte trovão, que, ecoando no céu da noite chuvosa, faz com que o vaidoso artista foque sua atenção de forma objetiva na situação por ele experimentada neste momento, a ponto de concluir, pela pura aplicação da lógica no caso concreto, que a voz que invade todo o ambiente do piso inferior nada mais é do que a reprodução do vídeo do casamento dele na parte dos votos ditos pela malfazeja e desprezível mulher. Lamentavelmente, ele jamais esqueceria aquelas palavras, tão falsamente pronunciadas no altar por aquela criatura do sorriso largo e madeixas negras.

Com sua "antena ligada", agora como um meticuloso detetive que precisa captar o máximo de informações que o ambiente possa lhe oferecer, Guilherme, que neste momento se encontra livre do envolvimento emocional que o som da voz da antiga esposa infelizmente ainda o enlaça, consegue perceber que todas as portas das salas existentes nesse esconderijo subterrâneo estão escancaradas, mas somente a que guarda em seu interior os objetos ligados ao casamento está com a chave em sua fechadura, e misteriosamente também é a única que se encontra com a porta aparentemente fechada.

Certa luminosidade oscilante chama atenção de Guilherme em direção à sala de cinema, que, por se encontrar com sua porta escancarada, deixa perceptível que algo está sendo reproduzido em seu telão, o que, pelo som da voz que há pouco envolvera a mente do ressabiado escritor, parece ser o vídeo do casório, na parte em que sua ex-mulher vomita um rosário de mentiras, na tentativa de enganar não apenas o pobre coitado que a estava desposando, mas a todos que testemunhavam aquele ato, que jamais deveria ter ocorrido, mas que infelizmente era um fato incontestável.

Guilherme adentra o ambiente do cinema, de início um pouco ressabiado, mas aos poucos vai se desarmando e se tranquilizando, muito por constatar, por rápida passada de olhos nos quatros cantos da sala audiovisual, que tudo está perfeitamente igual ao que sempre foi, sem sinal de arrombamento ou de que alguém lá estivera, não oferecendo, dessa maneira, nenhum risco ao assustado homem, que a cada momento deste dia sente aumentar dentro de si a possibilidade de que sua sanidade tenha realmente implodido.

Ele apoia sua mão trêmula no estofado da poltrona reclinável e se senta, enquanto seus olhos se mantêm voltados para o vídeo do casamento, que segue sendo reproduzido naquela sala e que representava tudo o que Guilherme mais amava, sendo seu porto seguro na vida. Era bastante lógico que quem colocou o filme o fizera com a intenção de macular esse espaço considerado sagrado pelo jovem proprietário, contaminando todo o ambiente que era tradução plena da paz e tranquilidade para o jovem escritor, com a imagem de tudo aquilo que mais dor trazia ao coração e à alma de Guilherme: seu casamento com a mulher sumida.

Fora, portanto, um ato pessoal e bem planejado por alguém que nutria não apenas ódio pelo jovem homem, mas proximidade tão umbilical que sabia até mesmo que ali era o ambiente que remetia Guilherme às boas e raras lembranças da infância junto ao pai, que era quem ensinara o curioso menino a amar a sétima arte. Isso só sinalizava para o esperto escritor quanto ele estava com a razão quando, na emissora de televisão, iniciara seu grande plano de desmascarar quem desde o início havia tramado contra ele e o fizera ser preso. Agora mais do que nunca, tem certeza de que fora alvo de uma armação, e que seu perseguidor, como previsto, tentaria de tudo para se manter oculto, por mais complicado que isso seria a partir desta noite, em razão dos milhares de pessoas que topariam ler a nova versão que Guilherme lançara do livro com novos pontos de vista e detalhes, até mesmo físicos, que facilitariam identificar a pessoa causadora de todo esse infortúnio. O astuto autor era sabedor de que cedo ou tarde se veria sendo alvo de ataques, só não imaginara que isso se daria tão rapidamente na mesma noite em que fizera o anúncio para o público.

Guilherme assiste à reprodução da filmagem de seu antigo casamento como habitualmente fazia com os filmes aos quais tanto gostava de reassistir, com certa frequência, naquela mesma confortável sala de cinema; talvez como forma de, assim como ocorre com os grandes filmes de Hollywood, quando repletos de cenas incríveis e possuidores de uma história primorosa (e justamente por isso acabavam conseguindo envolver o telespectador tão fortemente a ponto de este pensar fazer parte da trama cinematográfica), sentir-se envolvido igualmente pela película e ser tragado para aquela noite de festa mais uma vez, não sabendo afirmar se estava desejoso de lá estar novamente para impedir que o ato enfim se concretizasse, evitando que o impensado *sim* fosse dito, ou se gostaria de sentir toda a alegria e felicidade que aquela noite lhe trouxera, ainda que hoje tenha para si que tudo não passara de uma falsa alegria, nada mais que um intenso torpor que lhe invadira o juízo naquela fase infantil da vida, causado por uma adrenalina incomum, mas previsível naqueles que pensam que estão vivendo o amor, e que, aproveitando a sensação de que o conto de fadas é real, se deixam levar pelo sentimento enganador que lhes toma, assim como ocorre com os viciados durante o frenesi aparentemente positivo que possam sentir durante o uso da droga, que, mesmo que transmita bem-estar, só traz a eles um mal incalculável, cujas consequências devastadoras e muitas das vezes mortais somente no futuro dão o ar da graça.

ELA fora sua droga, e hoje Guilherme sabe quanto mal fizera a si mesmo de maneira impensada ao elegê-la como sua mais importante companhia, vivendo em razão da existência dessa mulher. Por mais que sinta um sentimento de raiva contra si mesmo por ter se enganado com relação ao caráter da moça que escolhera para subir ao altar, era grato por tudo isso pertencer ao passado e, portanto, não ter mais vida, sendo apenas uma lembrança amarga como uma foto amarelada em um álbum antigo que deixamos esquecido no fundo de uma gaveta.

Assim era, felizmente, em grande parte do tempo, apesar de que, em momentos como este desta noite, o álbum parecia ganhar vida e cores, ainda que contrariamente à vontade do escritor, como que tentando provar que tudo aquilo poderia mesmo ser considerado algo morto, porém não enterrado: definitivamente, ainda tinha a capacidade de incomodar os vivos cada dia com mais intensidade, em razão da putrefação avançada e do odor asqueroso oriundo da carne decomposta.

Guilherme, que já estava em pé na sala de cinema há alguns minutos, pausa o filme no instante em que a imagem mostrava um close do rosto sorridente de sua ex-mulher vestida de noiva no altar, no momento final da leitura de seus votos matrimoniais. Ele poderia falar o que quisesse e como quisesse tanto dela quanto da decepção que sentia com tudo que ocorrera no relacionamento do casal, mas era inegável, até mesmo para ele, a beleza quase sobre-humana e, por que não dizer, angelical da vilanesca mulher, que insistia em se fazer de morta para tentar acabar com ele. A comparação com um ser angelical cabia como uma luva neste momento, afinal, ainda que de maneira ilusória, o escritor poderia, em muitos aspectos do seu passado, considerar que vivia no próprio paraíso, primando-se do amor, da companhia e dos cuidados do mais belo dos anjos que habitavam o Jardim do Éden, sendo ELA idêntica àquele que era, conforme os escritos bíblicos, o anjo preferido de Deus, o tão conhecido e abominável Lúcifer, que, assim como ELA, orquestrara um plano para tomar o lugar do Criador em uma imensa guerra celestial, sendo no fim punido por Deus, expulso e defenestrado do Paraíso, lançado dos céus em direção à Terra para viver como qualquer um nestas paragens, sofrendo ininterruptamente sem sua beleza física de outrora, sem seus privilégios de anjo, não passando de um mal que não mais poderia gozar das boas coisas, sendo agora apenas um anjo caído, derrotado por sua própria inveja de quem o havia criado e oportunizado viver nos céus.

ELA era como Lúcifer, como este, equivocou-se por inveja, deixando-se levar por sua beleza superior e por ser o preferido do Criador, a infeliz mulher agiu de igual maneira, por saber que era mais do que a preferida de Guilherme, mas a única, sendo praticamente sua alma e coração, decidindo, assim, ser e ter mais do que deveria, tentando derrubar quem a havia colocado no pedestal da existência, sendo este o erro fatal da tola mulher: desconhecer quanto era fraca e limitada em todos os aspectos, e que errara ao se enxergar com características grandiosas que eram dadas somente pelo inocente contista que fora casado com ela. Sua ex-mulher passou a se autoenxergar com os olhos valorosos com que Guilherme a admirava. Este fora o seu erro fatal: enxergar-se como o tolo escritor a enxergava, com qualidades que ela jamais poderia ter.

— Sua tentativa de tomar meu lugar não deu certo antes, não é mesmo? Sua vontade de provar que eu era dispensável, um nada que não tinha utilidade e, portanto, podia ser substituído ou descartado não deu certo, não é mesmo, sua vadia desgraçada!? Olhe aonde sua inveja a levou: para o fundo do poço! — grita, com dedo em riste, em direção à imagem pausada da noiva na imensa tela do cinema de sua sala, ao mesmo tempo que emite uma estridente gargalhada, fazendo com que muita saliva voe em direção à tela, como que desejoso de que a mulher do filme fosse de fato atingida por seu material genético naquele momento, mesmo sabedor de que isso não ocorreria, afinal naquele momento ela não passava de uma imagem paralisada do passado, não estando frente a frente com o enfurecido homem.

Outro intenso trovão explode nos céus da cidade, fazendo mais uma vez com que Guilherme fosse retornando ao padrão normal do homem médio, ainda que a sua respiração se mantivesse relativamente ofegante pelo esforço de seus gritos proferidos em direção ao filme de seu casamento. O escritor, talvez constatando o ridículo da situação de perder a cabeça mantendo uma discussão altamente acalorada e sem sentido com uma imagem inerte, joga-se em um rompante na poltrona de sua sala de cinema, esforçando-se para se encaixar e, por que não, se afundar no estofado daquele móvel, para assim garantir, mesmo sabedor de que estava sozinho ali em sua casa e, portanto, longe dos olhos e julgamentos de qualquer outra pessoa, que aquilo não havia ocorrido, e ele não havia passado pelo constrangimento que somente as pessoas altamente alcoolizadas acabavam protagonizando.

— Qual o problema, bonitão? Você teve um dia difícil, não é mesmo? E convenhamos: discutir com um filme na tela é menos estranho do que todas as coisas quase sobrenaturais, alucinógenas, ou sei lá o que, que você vivenciou hoje. Então fique de boa, até porque realmente você bebeu muito esta noite mesmo, e com certeza está bem bêbado — filosofa consigo, ao mesmo tempo que sorri, aliviado com sua própria fala de autoacolhimento.

Mas a rápida calmaria não se mantém por muito tempo, porque a atenção de Guilherme volta-se para o choro de bebê que mais uma vez se faz audível no ambiente, agora se originando do corredor ao lado, neste mesmo piso inferior em que a sala de cinema se encontra. Mais uma vez, o choro da criança ressurge do nada nesta noite, fazendo com que Guilherme procurasse em sua mente os motivos que poderiam justificar o surgimento de mais essa assombração em sua já tão tumultuada vida, e quase que instantaneamente o jovem é nocauteado por um *flash* mental tão brilhantemente intenso como os relâmpagos que cortam esta noite de tempestade, e que eclodem do seu inconsciente, trazendo a imagem de um envelope branco com um logotipo de um laboratório médico conhecido da cidade. Esta era a razão do surgimento de mais esse fantasma que parece que, tal como sua antiga companheira, necessitava de um acerto de contas com o escritor.

12

Imóvel na poltrona da sala de cinema, relembra a cena de estar segurando o envelope do laboratório em suas mãos, que pareciam se esforçar para não abrir o invólucro, como que pretendendo fugir da verdade contida naquele papel, verdade esta que seria tão dura e amarga que o melhor seria mesmo, por mais alguns poucos segundos, se manter sem conhecê-la.

O jovem escritor não consegue, por mais que se esforce, lembrar o conteúdo do envelope, apenas que a informação contida em seu interior o fizera mudar o rumo de sua vida de forma drástica, e tinha certeza de que o impacto das palavras trazidas ali fora tão severo para sua mente que, em um mecanismo de proteção mirabolante, sua psique armazenara de tal forma a verdade materializada pelo laboratório que talvez só mesmo uma intensa sessão de regressão conseguiria desenterrar a verdade dolorosa que estava no interior do envelope timbrado.

Guilherme desiste de forçar sua mente em busca da lembrança, decidindo que faria isso com a devida ajuda profissional do doutor Stephano nas próximas sessões de terapia. Afinal, com a tensão do dia altamente estressante que tivera, somada à noite de terror que está se desenrolando a olhos nus, um esforço para relembrar por que esse envelope o traumatizara tanto a ponto de agora ser atormentado por um recém-nascido fantasmagórico só o empurraria para uma muito provável imensa estafa mental e, logo, a uma internação em um hospital psiquiátrico, o que não estava nos planos do vaidoso homem.

Mais um trovão faz com que as luzes voltem a oscilar no ambiente, no mesmo momento em que Guilherme havia retomado seu olhar investigativo para a imagem gigante da ex-mulher vestida de noiva na tela da sala de cinema. As luzes que lentamente se esvaem, deixando todo o ambiente no escuro, para em menos de dois segundos irem se reacendendo da mesma forma lenta, em um espiral sem fim, deixam quase que a impressão — quase imperceptível — de que a imagem paralisada na tela toda vez que a luz retoma a normalidade se movimenta um pouco.

O atento escritor se levanta da poltrona, mantendo seus olhos fixados no olhar da noiva na tela, evitando, assim, perder qualquer eventual alteração que pudesse ocorrer na imagem. Parecia um estranho jogo de encarada mútua, como ocorre comumente nos flertes dos jovens que estão apaixonados. Não era uma tarefa difícil para Guilherme se manter vidrado e quase hipnotizado pelos intensos olhos verdes da imagem congelada ali na tela do cinema, olhos esses que exerciam um magnetismo quase hipnotizante no jovem, que muito provavelmente por isso, neste momento, ergue seu braço em direção à tela, e, quando se encontrava a poucos metros da imagem, como que ensaiando levar sua mão até os olhos da moça, talvez desejoso de poder alisar-lhe o rosto mais uma vez, o sobrenatural parece se manifestar assustadoramente.

Para sua surpresa, lágrimas começam a sair dos olhos verdes imóveis da imagem paralisada na tela, escorrendo com certa intensidade e densidade pelo rosto da mulher, fazendo com que o escritor, assustado, inicie uma série de passadas para trás, como que tentando se afastar daquela imagem chorosa que a lógica jamais conceberia como possível.

Já caído na poltrona da sala e extremamente ofegante, ele segue mirando a imagem que chora. Mesmo petrificado pelo mais puro horror, vê tudo se tornar ainda mais aterrador ao notar em seguida que as lágrimas que vertem dos olhos da imagem se transformam em sangue, cuja cor vermelha era de uma intensidade tão forte que quase poderia se passar por uma substância fosforescente, mas cujo intenso odor não deixava brechas para se duvidar que realmente era a substância orgânica que corre nas veias de todos os viventes, fétida o suficiente para embrulhar o estômago de qualquer pessoa mais sensível.

Guilherme ergue suas pernas do chão, ficando totalmente ereto sobre a poltrona, evitando que o sangue que praticamente inundara o chão do ambiente atinja seus pés. As luzes permanecem oscilando da mesma maneira que a imagem da noiva na tela continua, com cada vez mais intensidade, chorando lágrimas de sangue.

— Até quando você vai ficar surgindo no meu caminho?! O que eu fiz para você só aparecer assemelhando-se a um demônio?! Por que você não aparece apenas como alguém normal? Por que minha mente só se lembra de você assim, e até quando você vai continuar na minha vida? — grita o assustado homem para a imagem, controlando-se intensamente para que as lágrimas agora não escorressem de seus próprios olhos.

— *Até quando você precisar de mim, estarei do seu lado. Até quando você precisar* —responde calmamente a imagem da noiva reproduzida pelo projetor na tela do cinema, que, movimentando os lábios para se pronunciar acerca das indagações feitas pelo desesperado homem que se mantém em pé na poltrona da sala de cinema, termina sua frase com um macabro sorriso largo no rosto, e tal sorriso se alarga cada vez mais, a ponto de a imagem da mulher não mais permanecer reconhecível a nenhuma pessoa que a tenha conhecido, assemelhando-se agora muito mais a um monstro que somente nas histórias de suspense e terror são facilmente encontrados do que com a imagem de um ser humano.

A imagem monstruosa que chora sangue e possui agora uma imensa boca larga e retorcida com dentes afiados como de um monstro, talvez em um prenúncio de que habita atualmente as profundezas do inferno destinado aos que perpetraram as maiores maldades enquanto estiveram vivos, inicia um processo de combustão espontânea intensa, fazendo surgir labaredas de fogo da imagem, que, lambendo toda a tela imensa do cinema, indica que tudo será reduzido a cinzas do nada em questão de segundos.

A tela já se tornara uma imensa e intensa bola reluzente de fogo, que, cuspindo chamas por toda sala, assemelhava-se a um vulcão, que enfurecido, acordara para destruir tudo que estivesse ao seu redor, mostrando que sua fúria não poderia ser contida sob nenhuma circunstância, não restando alternativa que não fugir.

Guilherme desejava gritar o mais alto possível, mas, ainda que seu desejo fosse este, a sensação era de que suas cordas vocais haviam sido severamente danificadas ou tivessem sido cirurgicamente retiradas por um exímio especialista sem seu consentimento. Por mais que tentasse, não conseguia colocar para fora todo o terror e desespero que estava sentindo por uma vez mais vivenciar um pesadelo vivo cuja personagem principal era sua ex-mulher. O escritor sabia que nada de anormal havia acontecido com seu corpo no que tangia à sua capacidade de vocalizar o que quer que fosse, e que a razão da impossibilidade residia unicamente no medo e horror daquele momento.

A situação era deveras aterradora, muito pelo fato de que as labaredas já haviam conseguido atingir o teto da sala de cinema a ponto de fazer com que pedaços da estrutura iniciassem um processo de derretimento, assim como toda a decoração daquela habitação já não podia ser identificada, ainda que o fogo fosse debelado neste mesmo instante, pois havia sido tomada por completo pela intensa combustão, que tudo fazia arder na mais alta intensidade. A sensação térmica igualmente já tinha ultrapassado o aceitável, e com certeza estaria batendo em número superior aos cinquenta graus.

Ficava no ar a dúvida se ele havia morrido e estava sendo recebido por sua antiga companheira no mais intenso, sufocante e aterrador inferno que se podia imaginar, afinal as chamas ardentes, bem como o demônio (no caso, a ex-mulher), ali já estavam presentes, dando uma excelente amostra grátis de como seria as profundezas do inferno biblicamente imaginado.

Sabedor de que não havia mais tempo algum a perder, Guilherme olha para a porta da sala, que se mantém milagrosamente escancarada, e, analisando o caminho que teria de percorrer até atingir o intento de se ver para fora daquele espaço em chamas, percebe que alguns pontos do malfadado caminho ainda não foram totalmente consumidos pelo fogo ardente. Este pequeno trecho salvaria sua pele daquela situação aterradora.

Mais do que depressa, Guilherme impulsiona seu corpo para fora da poltrona, que de igual maneira começara, assim como tudo que estava no interior da sala, a queimar por completo, deixando claro que o escritor não mais poderia perder tempo permanecendo inerte ali, passando então a percorrer o estreito caminho que visualizara poucos segundos atrás, saltando de um ponto a outro tal como uma criança faria em uma calçada pintada com giz na singela brincadeira da "amarelinha", jogo universalmente conhecido por todos os infantes, não importasse a condição social que possuíssem.

Quando enfim alcança a porta, que neste momento se assemelha para o esbaforido escritor à "porta de entrada do céu", ou seja, da saída do inferno ardente que estava prestes a consumi-lo, ele arrisca olhar para trás, assim como qualquer pessoa que se vê sã e salva de uma situação de dificuldade o faria para analisar o tamanho do problema que escapara. Neste instante, depara-se com a cena aterradora da figura de sua ex-mulher saltando da tela do cinema em chamas, com os braços erguidos, assemelhando-se a uma imensa aranha que se lança sobre uma presa que inadvertidamente caíra em sua teia, pousando abraçada à poltrona no exato ponto em que Guilherme estava poucos segundos antes, ficando bem claro que seu fim estava muito mais próximo do que ele imaginara.

A figura sinistra e completamente em chamas se prostra de pé na poltrona, e encara Guilherme com olhos que brilham intensamente em uma cor amarela semelhante aos faróis de um imenso caminhão que, transitando durante a noite escura em uma estrada sem iluminação, quase tem o poder de cegar aqueles que cruzam inadvertidamente com ele e ousem encará-lo. Ao mesmo tempo, ela mantém o sorriso exageradamente largo como estava na tela do cinema, só que agora ainda mais macabro.

Ele fica parado à porta com a mão na maçaneta, como se estivesse analisando o momento ideal para fechar em definitivo essa entrada para o inferno ardente, ou como quem tem certa dúvida se deve abandonar em definitivo aquela pessoa que permanece queimando ali, fechando todas as portas de possíveis entradas. A cena atual deixara claro para o escritor que esse era o jogo que seu inconsciente estava fazendo com sua pessoa naquele momento crucial: a oportunidade de fechar em definitivo qualquer vínculo com seu passado de dor, e isso estava ao alcance do assustado homem, dependendo unicamente da vontade dele fechar as entradas de todas as portas para sempre; assim como caberia a ele permitir que o passado adentrasse as portas do seu presente, mas isso implicaria a permissão para que as chamas destruidoras igualmente atingissem e provavelmente consumissem tudo por completo.

Não importava a escolha, se era abandonar o passado autodestrutivo, não permitindo que este tivesse mais meios de adentrar, ou se era facilitar seu envolvimento com a nova vida presente do escritor deixando as portas abertas, o fato era único: somente Guilherme poderia decidir como sua vida seria, e ninguém mais.

— *Enquanto você precisar de mim, meu amado Guilherme, eu estarei aqui. Você é como o ar dos meus pulmões* — aduz, em tom terno e melancólico, a criatura flamejante, que por breves segundos quase faz esquecer a monstruosidade física com que se apresentava naquele instante decisivo.

Mas, talvez percebendo que tenha passado, mesmo que por poucos segundos, uma impressão de candura só vista nos anjos, ou onde o bem verdadeiro faz morada, a criatura em chamas decide instaurar o horror novamente, e passa, após cravar as mãos no peito, a rasgar sua própria carne da forma mais violenta que se possa imaginar, abrindo de súbito e com tamanha fúria a sua caixa torácica que fragmentos de ossos voam pelo ambiente antes de serem chamuscados e consumidos pelas chamas, que ardem por toda a sala com mais intensidade do que nunca, deixando à mostra seus pulmões e seu coração, que pulsam em movimentos intensos, e, tal como se fossem uma grande bomba-relógio, parecem dar aviso de que não tardariam a explodir nos próximos segundos.

A figura macabra em chamas permanece imóvel após a abertura do seu tórax, mantendo o sorriso demoníaco de antes, para logo em seguida arrancar o próprio coração do interior de seu corpo, ao mesmo tempo que gargalha em meio ao fogaréu, estendendo o órgão que se mantém pulsando em direção ao assustado escritor, que testemunha a cena da porta, atônito e sem reação diante de tudo que se desenrola aos seus olhos.

A cena ilustrava perfeitamente o que fora sua ex-mulher durante os longos anos de relacionamento transcorridos entre eles: transparecia amar de forma avassaladora, e sua paixão desenfreada se assemelharia facilmente com todo aquele intenso fogo destruidor que consumia a tudo sem permitir que nada permanecesse em pé diante dele, tamanha era a força deste sentimento intenso; uma pessoa que dava seu coração sem pensar nas consequências. Porém, se a imagem que se mantinha em pé nesse cenário em combustão fosse devida e cuidadosamente observada, ficaria muito evidente que, em meio a essa aparente demonstração de intenso amor, se escondia nada mais nada menos do que um monstro, e aproximar-se desse demônio para aceitar o coração que ele oferecia de bom grado significaria ter de adentrar um mar de fogo intenso existente no caminho, e sucumbir às chamas que lhe consumiriam a carne por completo. Assim era sua ex-mulher, alguém que parecia querer oferecer seu sentimento de forma amorosa, mas que apenas ansiava ver quem acreditasse em seus esforços ser aniquilado pelas chamas quando se aproximasse, em um festival de dor lancinante, enquanto permaneceria gargalhando com seu feito macabro.

Era preciso se livrar de uma vez por todas dessa dúvida que povoava a mente de Guilherme de certa forma, afinal o jovem escritor tinha plena consciência de quem ela era e que qualquer coisa que viesse dessa mulher não poderia jamais ser confundido com ato de amor ou dedicação; devendo o homem que ali se encontra de uma vez por todas entender que a jovem desaparecida era destrutiva e danosa como um veneno, e não importava a forma como ele um dia a enxergou ou idealizou; aquela mulher não deixaria de ser o demônio encarnado que ela sempre fora e continuaria a ser, não importando o que acontecesse e quanto tempo se passasse.

— *Estou aqui com você, meu "bichinho", e sempre estarei enquanto você precisar. Veja como meu coração pulsa na sua presença. Sempre foi assim e sempre será, porque ele só existe por e para você. Tudo que faço é pensando em ajudá-lo. É pensando em realizar todos os seus sonhos* — explana o ser, que, de tão horrendo, pouco dá a transparecer ser uma mulher. O ser termina seu discurso duvidoso com um sorriso de canto de boca, deixando à mostra alguns dos dentes afiados e reluzentes que só encontramos em feras sedentas de fome ao avistarem sua presa cobiçada. E o jovem escritor era exatamente isso aos olhos daquele demônio: uma pobre e desejável presa.

— Se tem algum bicho aqui, só pode ser você! Tudo que você faz é para atingir os seus anseios e nada além disso. Quando ajuda alguém, é sempre pensando em algum retorno ou vantagem pessoal, nada é feito ou dito sem expectativas. Você não faz ideia de como sou grato pelo transcorrer do tempo e pela maturidade adquirida. Eu aceitei de bom grado no passado este mesmo coração que agora me oferece novamente agora. Mas, se ele tivesse realmente me sido entregue com sinceridade em algum momento do passado, teria necessidade ou alguma razão de você gentilmente me oferecê-lo novamente? Afinal, ele já estaria comigo, não é mesmo?

O ser monstruoso desfaz imediatamente o sorriso que trazia estampado em seu rosto, conseguindo deixar sua feição ainda mais horripilante com tudo que escuta da boca de Guilherme, sendo tal mudança perceptível em razão da carranca indisfarçável que vai tomando forma, percebendo que nunca mais conseguiria disfarçar para o habilidoso escritor o que de fato ela era. A criatura aperta o coração que pulsa em suas mãos com todo ódio que ela possa ter dentro de si, a ponto de fazer com que seus dedos adentrem o órgão, que se esvai em mais sangue do que antes, ao mesmo tempo que parece estar desintegrando-se pelo movimento feito pelas garras da medonha mulher.

— Portanto, meu amor, seu coração tão falsamente oferecido neste momento por você é a prova mais do que cabal de que ele jamais me fora entregue antes, mostrando que tudo em você é falso e contraditório. Fique você com ele, tenho plena certeza de que precisa realmente ter um coração de verdade — debocha Guilherme, antes de cerrar a porta da sala de cinema em definitivo, mantendo a aparição demoníaca trancada em seu interior, enquanto ela grita enfurecida ardendo em chamas, reconhecendo agora, e de uma vez por todas, que perdera a batalha, e sua presa conseguira fugir para os braços da tão desejosa liberdade.

Guilherme se mantém segurando a maçaneta da porta da sala de cinema, ao mesmo tempo que tenta se acalmar e alinhar seus pensamentos. Parecia que enfim ele conseguira se livrar do fantasma de seu passado, cerrando por completo a porta que o mantinha ligado a sentimentos indevidos, e essa paz repentina o deixava relativamente confuso, justamente por não saber lidar plenamente com tal sensação.

Era complicado não se recordar da Bíblia e da destruição que atingira Sodoma e Gomorra, condenada pela libertinagem de seus moradores; era forte no peito do aliviado escritor o entendimento de que tudo precisa se destruir por completo para renascer totalmente, e ele já havia se destruído internamente incontáveis vezes. Era preciso renascer; e mais do que isso: era preciso querer renascer. E ele de fato ansiava por isso mais do que qualquer coisa na vida.

Guilherme só precisava agora realmente começar uma nova vida, e não olhar para trás sob hipótese alguma, afinal o que está ficando para trás tem motivo de lá permanecer, e carregar peso de um passado desnecessário para uma viagem incrível por uma estrada nova que se descortina a sua frente é se desgastar sem necessidade. As malas que levamos para uma viagem são as necessárias para o percurso. Carregar excessos só serve para deixar a viagem cansativa, e cheia de arrependimentos pelo peso morto.

— Chega de passado, basta com esse fardo todo. Tenho uma vida nova inteira me aguardando para aproveitar intensamente, e não pretendo me transformar em um punhado de sal olhando para o que ficou para trás — conclui para si mesmo o escritor, em alusão ao destino daqueles que insistiam em voltar o olhar para o que estava ficando no caminho, enquanto tudo era destruído em Sodoma e Gomorra.

Ainda segurando a maçaneta como se uma intuição o aconselhasse a ficar dessa forma por certo período, como uma estranha garantia de que o fantasma do passado que acabara de ali ser trancafiado ficaria no local sem a menor possibilidade de fuga, as mãos do escritor começam a suar, dando claro sinal de cansaço pela posição, já bastante desconfortável.

Só mais um pouco, bonitão, segura esta porra só um pouco mais. Já passou por testes piores na vida e, portanto, dá conta desta merda com bastante facilidade. No próximo trovão, você pode soltar. Só até o próximo estrondo, conversa mentalmente consigo mesmo, em uma tentativa de se fortalecer naquela posição cansativa e se convencer, de igual forma, a ficar um pouco mais nessa situação já consideravelmente desconfortável.

Guilherme desde sempre estipulara condições específicas para fazer ou permanecer fazendo algo pontual, muito em razão de um certo TOC que o acompanhara a vida toda, mas com que o escritor aprendera a lidar e conviver, transformando assim um problema em uma qualidade, afastando esse condicionamento mental quando necessário, da mesma forma que sabia o melhor momento de se valer dele, nas situações em que lhe era necessário ter um pouco mais de disciplina e foco, como esta de agora, ao permanecer parado por longo período segurando uma maçaneta.

Neste momento, Guilherme estava mentalmente fixado nos trovões que pareciam explosões no céu, servindo-se deles como um cronômetro para calcular o momento ideal para soltar a maçaneta, como se o estrondo vindo do alto fosse similar ao grito do Deus Todo-Poderoso autorizando o escritor a se retirar daquele local. Era preciso então aguardar o sinal vindo do alto das nuvens tormentosas.

Mas a paciência do jovem parecia estar sendo testada mais uma vez, pois, ao contrário do que vinha ocorrendo desde que a tempestade se abatera na cidade com trovões assustadores ecoando com grande fúria no céu de forma quase que intermitente, já se transcorrera um período razoável desde que o último fora escutado pelo já furioso novelista.

— Claro que isso só pode ser um deboche com a minha cara! Esse daí, quando não faz de uma forma, inventa outra para tentar me tirar do sério — esbraveja o raivoso artista, que, talvez envolvido com sua já grande e conhecida vaidade, que lhe dava contornos quase messiânicos na visão deturpada que tinha de si próprio, de fato conseguia acreditar que Deus o tinha como joguete de diversão pessoal, o que tornaria o despudorado escritor se assim fosse verdade, em alguém acima de todos os outros que habitavam o planeta, digno de uma atenção especial do Criador do universo.

Sua mente, tão acostumada a se sentir perseguida e especial ao mesmo tempo (o que de todo não era culpa total dele, que de fato vivenciara golpes profundos no transcorrer de sua vida, cujas consequências poucos suportariam como ele), jamais admitiria a possibilidade simples, porém a mais provável e lógica, de que a chuva aparentemente havia apenas diminuído seu ritmo, e que, em razão disto, os trovões estavam se distanciando e se tornando mais raros naquela noite; e jamais deixaria que ele chegasse à conclusão óbvia de que poderia soltar a maçaneta quando bem quisesse, e que aguardar o próximo trovão era indiferente.

A importância excessiva que Guilherme dava a si próprio só aceitava como motivação a picuinha pessoal que Deus tinha contra ele, e talvez em seus devaneios o escritor considerasse até a possibilidade doentia de que todo o Céu, por despeito, gostasse de o afrontar.

— Eu vou soltar esta porcaria. *Nosso Pai* quer que eu fique aqui um mês provavelmente, mas eu sei a hora certa para tudo na minha vida. E eu digo agora, que para mim já foi o suficiente. O monstro está no passado, totalmente preso nessa sala. Com trovão autorizando ou não, daqui ela não sai mais! — sentencia Guilherme, que solta da maçaneta, passando as mãos no peito para retirar o excesso de suor que se formara em sua pele.

Enquanto vai deixando a sensação de tranquilidade e alívio ir lhe tomando o corpo pouco a pouco, o escritor volta seu olhar para o longo corredor em que ainda se encontra, deparando-se com imagem de uma única das salas ali existentes estar com a porta escancarada: a sala considerada pelo jovem como "secreta", tratando-se daquela em que os objetos do seu antigo casamento permanecem cerrados.

Suas pupilas dilatam-se enquanto permanecem mirando a porta aberta daquela sala em específico, deixando Guilherme envolvido naquele intenso clima de suspense, típico dos filmes de terror ou das obras literárias *noir*, o que de certa forma deixava o autor aguçado como um caçador na savana da África ao avistar um animal feroz, afinal fazia parte dos gostos literários daquele jovem artista o clima de mistério e suspense no ar.

Talvez até mesmo para não perder o clima de que algo misterioso estava tomando forma naquela local, e muito disso por estar agindo agora como se fosse um integrante fictício de um romance policialesco tenso, Guilherme se dirige até a porta aberta de forma lenta, desejoso de que algum trovão se fizesse audível, não mais como sinal autorizativo de poucos instantes antes, mas muito mais para deixar a cena ainda mais tensa e pesada, como se de fato estivesse dentro de um folhetim. Por mais que estivesse sendo vítima das aparições fantasmagóricas de sua ex-mulher durante todo o dia, Guilherme parecia neste momento ter encontrado como forma de se manter lúcido, ou apenas mais forte com tudo que estava ocorrendo, ou talvez até mesmo como fuga, a solução perfeita: agir como um personagem de ficção! Nada melhor do que estar incorporado em uma figura pitoresca de algum livro ou filme macabro e, sendo assim, com total liberdade e coragem para exercer sem pânico seu mister investigativo, como quem analisa a cena de um crime em seus detalhes.

— Inacreditável. Isso só pode ser uma brincadeira — conclui, atônito, o escritor ao notar que as chaves que abrem a porta que se encontra escancarada não apenas estão acopladas na maçaneta, mas permanecem em leve movimentação, como em uma desajeitada dança, indicando que alguém acabara de tocar este objeto ou acabara de entrar na sala proibida, permanecendo agora em seu interior, como que no aguardo de qualquer curioso que resolvesse certificar-se de que havia mesmo uma presença física real na protegida sala dos objetos do antigo casamento.

— Pelo visto, vou ter de entrar na sala, mesmo sem um trovão anunciar de forma enfática e cheia de suspense essa minha incrível descoberta — afirma, de forma irônica, o jovem, parecendo estar cada vez mais confortável no personagem que encarnara para não perder sua lucidez nesta situação toda, ou muito também em razão do alto estresse vivenciado pelo dia tenso e tumultuado de hoje, em que por diversas vezes fora assaltado por alucinações terríveis envolvendo a imagem da antiga companheira, o que pode ter cooperado para que o astuto escritor fique em dúvida se não estaria, neste exato momento, dentro de mais uma aterradora e assustadora visão, o que o autorizaria a brincar e levar o momento na mais absoluta forma cômica.

Guilherme segurava o pequeno chaveiro ainda dependurado junto à chave introduzida na maçaneta, passando suavemente seus dedos pelo objeto, sentindo a espessura do metal deslizando por sua pele, friccionando-o quase como forma de confirmação de que ele era real, iniciando ao mesmo tempo um movimento giratório com seu pescoço na direção do interior da sala, para assim constatar com seus próprios olhos como as coisas estão dentro da sala secreta, encerrando em definitivo este clima de mistério que surgira com a porta escancarada com a chave na maçaneta.

Ele realmente era um escritor de mão cheia, afinal sabia que o suspense sempre se elevava segundos antes do clímax intenso ou da revelação inacreditável. Tanto o era que o jovem artista momentos antes aguardara por diversas vezes que ocorresse a manifestação de um trovão grandioso para quando resolvesse adentrar aquela sala, sabedor que era de que a cena pedia essa conclusão, estando, portanto, correto quando imaginara que seria perfeito que ecoasse o forte barulho vindo dos céus nesta noite de chuva no momento mais tenso, errando apenas o *timing* para a eclosão do aguardado fenômeno das nuvens, que, surpreendendo o assustado romancista, explode em uma intensidade tão alta que a impressão é de que próprio céu enfim sucumbiria e cairia sobre a cabeça de todos da cidade.

Deus foi o escritor mais perfeito, pensa Guilherme, logo da manifestação do intenso trovão, admirado talvez com essa conclusão tão óbvia a qualquer pessoa com o mínimo de lucidez, no mesmo instante que inicia o processo de entrada na sala que era considerada pelo surpreso homem como a mais bem protegida habitação de toda a sua moderna residência, sendo por ele imaginada como impenetrável.

Guilherme caminha incrédulo pelo interior da sala, com seu coração em ritmo tão acelerado que poderia, se fosse possível, escapar por sua boca, se o assustado homem porventura mantivesse a mandíbula um pouco mais entreaberta do que estava neste exato momento.

A impenetrável e oculta sala fora invadida, e tão lógica constatação se fazia perceptível não pela porta escancarada com a chave na maçaneta de momentos antes, mas pela destruição encontrada no interior da referida sala, que até a tarde deste mesmo dia abrigava com segurança as imensas caixas de vidro com os objetos que sua ex-mulher usara na festa de casamento deles.

Guilherme caminha completamente atônito pelo interior da sala, observando que absolutamente nada havia mais no local onde as caixas de vidro antes permaneciam altamente iluminadas por refletores de luz. Restara no exato ponto apenas o totem, mas os refletores que estavam sempre ligados e evidenciavam o brilho e a beleza dos objetos haviam sido destruídos; as caixas de vidro que protegiam os itens usados pela noiva na festa, de igual forma, pareciam ter sido alvo de uma intensa explosão, deixando o piso da sala cheio de fragmentos de vidro, que agora brilhavam espalhados pelo chão.

O assustado homem continua sua movimentação pelo interior da sala, pisando nos vidros espalhados, que acabavam, pela pressão exercida pelos passos, se fragmentando em mais pedaços, tornando bem audível o som característico de vidro sendo quebrado: mais uma garantia que Guilherme entregava para si próprio de que aquilo era bem real, e não mais uma alucinação, sendo um fato perceptível a qualquer pessoa que ali adentrasse.

Guilherme se vê invadido agora por mais uma sensação física que lhe proporciona a plena certeza de que está dentro da realidade, e não no interior de um sonho, ou em uma projeção mental ou qualquer ideia similar ao filme *A origem*, do Nolan: as solas dos pés do jovem homem estão sangrando consideravelmente após as intensas pisadas, não tendo o escritor se lembrado de que estava descalço quando descera as escadarias em direção ao piso inferior da mansão, o que era muito natural, pois, ainda que estivesse sendo vítima de fortes e assustadoras alucinações, ou mesmo que fosse uma manifestação sobrenatural do fantasma de sua antiga esposa, o fato era que Guilherme tivera momentos do mais forte e intenso pânico durante todo o dia, e que se intensificaram sobremaneira quando retornara para sua residência nesta noite após a transmissão do programa na emissora de televisão. Qualquer um esqueceria até mesmo que estava dentro do seu próprio corpo e mente, fazendo com que o fato de se esquecer de que estava descalço fosse algo totalmente irrelevante e desculpável.

Os ferimentos na sola dos seus pés fazem surgir em Guilherme uma certa raiva por sua total desatenção, seja por não estar calçado, seja por não ter notado que estava descalço quando decidira pisar com intensidade o chão da sala invadida com o objetivo de melhor ouvir o som do vidro pressionado durante suas passadas e atestar que tudo aquilo era de fato real. O tenso rapaz só conseguia vislumbrar que tal esquecimento seria esperado de um homem médio, sendo plenamente aceitável em uma pessoa comum que vivesse situações macabras como as que ele estava experimentando, mas isso seria dizer que ele igualmente estava circunscrito e enquadrado no "esperado" e na "regra" da população, e isso enfurecia o vaidoso artista muito mais do que ver sua tão protegida sala completamente destruída como em um cenário de guerra.

Enquanto se senta na poltrona da sala, cujo chão neste momento se assemelha muito a uma mina de diamantes cintilantes, a maior que se possa imaginar, aliás, em razão do brilho intenso oriundo da quantidade absurda de vidros espalhados no chão, Guilherme inicia o doloroso processo de retirada dos pedaços cortantes que permanecem bem fixados em sua pele. O escritor, ainda que sinta dor em decorrência dos cortes dos ferimentos, não consegue disfarçar certo prazer sexual, por mais estranho que isso fosse para as pessoas em geral (o que também lhe deixava a impressão de diferenciação latente, acabando por dar mais provas ao vaidoso homem de que ele não fazia parte do padrão), e tal sensação o invadia, por ser sabedor de que a linha entre o prazer e a dor era extremamente tênue, podendo-se afirmar, com certa propriedade, aliás, que o ápice do prazer somente era alcançado após um início de sofrimento com a própria penetração, que não deixava de ser uma invasão de um corpo estranho dentro da carne de um receptor, tal qual uma faca que penetra e rasga a pele em um clímax quente e sangrento; não sendo à toa que os franceses mesmo consideravam o orgasmo como a "pequena morte". Era, portanto, um fato tal similaridade existente entre a dor e o prazer, e só os ignorantes ou os cínicos moralistas que se forçavam a viver sob um padrão preestabelecido pelos últimos cinco mil anos, ainda que fossem conscientes de que tal padrão era contrário à própria natureza humana, tinham a cara de pau de negar.

Apenas quando retira o último fragmento de vidro que estava fincado na sola de seus pés, Guilherme percebe que se perdera de tal forma em seus pensamentos sobre a ligação quase umbilical entre prazer e a dor que nem sequer desfrutara da sensação que ali estava vivenciando, não lhe restando nada senão concluir mentalmente que, em certos momentos da vida, não podemos pensar excessivamente na coisa, sob risco de perder a chance de realmente desfrutá-la quando a oportunidade se apresenta; ficando bem claro que a emoção e o instinto devem prevalecer sob a lógica, em alguns aspectos, caso queiramos de fato viver, e não apenas existir, realizando unicamente o que esperam de nós em vez do que internamente queremos fazer na e com a nossa vida.

De forma quase automática, o que toma a mente de Guilherme em seguida é a percepção de que parecia inimaginável ao reflexivo homem estar naquela sala secreta sem ser invadido pela excitação ou no mínimo por pensamentos ligados ao desejo e o sexo na sua forma mais selvagem e vulgar, como se dera na tarde deste dia quando ali estivera se masturbando enquanto olhava para o vestido de noiva exposto no manequim. Parecia ser indissociável da imagem da ex-mulher a temática sexual, e antes fosse o sexo no sentido romântico ou quase santificado, o que talvez fosse esperado de um habilidoso escritor que tão facilmente conseguiria captar nas entrelinhas qualquer emanação de amor puro ou sentimentos que beirassem os angélicos, e que a grande maioria facilmente confundiria unicamente com desejo carnal, mas forçoso era concluir que de fato era uma ligação com o sentimento único de um coito chulo e sujo, por mais que ele tenha nutrido por ela um sentimento real de amor terno quando conviviam. Parecia que o que restara quando a ligação de sua imagem com sexo era aventada era apenas o sexo fora da normalidade, aquele possuidor de um prazer proibido e intenso que permanece oculto no recôndito da alma, até mesmo naqueles que, muito mais do que praticantes do sexo não usual, são ferrenhos defensores destas práticas, quando indagados a opinar sobre essa temática toda em público. Pessoas como ele e sua ex-mulher eram assim. O escritor parecia ter carregado naturalmente a vida toda essa energia sexual excessiva, e sua antiga "alma gêmea" parecia ter sido introduzida nesse mundo do sexo selvagem unicamente por amor a Guilherme, mas sem nenhuma vontade pessoal de ter conhecido tais práticas; ao menos era o que o romancista pensava a respeito da aparentemente doce mulher com quem convivera por mais de uma década, mas que com passar do tempo se mostrara ser um pensamento altamente equivocado sobre a real personalidade da desaparecida, que dera provas no fim do relacionamento de que os semelhantes se atraem sem sombra de dúvida, e ela não diferia muito do marido no quesito segredos e desejos sexuais não usuais.

Guilherme volta seu olhar para a sala como um todo, desde o imenso tapete formado pelos vidros fragmentados que se espalharam pelo chão, como as paredes e outros móveis que estão na sala, tentando entender o que ocorrera no local e como alguém conseguira invadir sua casa sem que o sistema de segurança denunciasse o delinquente. Mas a chave que se encontrava bailando levemente na maçaneta dava as provas necessárias de que a invasão fora de fato orquestrada por pessoa tão próxima que conseguira ter acesso a sua própria chave pessoal, e não apenas a uma cópia. O novelista, quando alisava o chaveiro antes de adentrar a sala de porta escancarada, realizava uma espécie de reconhecimento físico do objeto, chegando à conclusão de que estava sendo atormentado por alguém de sua mais alta intimidade, como sempre suspeitara, desde que fora perseguido pelo "fã obcecado" anteriormente, o que era ainda mais aterrador, pois alguém de seu entorno íntimo tinha grandes chances de êxito em um eventual ataque surpresa.

Guilherme tinha certeza de que essa pessoa próxima que agora o estava atormentando realmente era o fã maluco de outrora, ficando bastante evidente também que este possui relação com o sumiço da ex-mulher, pois a lógica quanto a isso se torna bem provável, afinal bastara a transmissão acerca do relançamento do livro com acréscimo de páginas reveladoras quando da sua ida até a emissora para que o famoso romancista fosse de pronto alvo de mais esse assédio em sua mansão. A mente perspicaz do vaidoso escritor estava com a razão, e ele precisava agora seguir firme nessa sua linha de pensamento investigativo para desmascarar seu perseguidor, e virar a verdade contra ele, como sempre ocorre em toda obra magistral de suspense.

Quem destruíra as caixas de vidro sumira de igual forma com todos os itens que permaneciam contidos em cada uma delas, e que lá estavam como em um tipo de *triste monumento de recordação do passado*, e que Guilherme gostava de mentir para si que conservava como aviso pessoal de que um casamento precisava ser levado com maturidade, respeito, adoração e cuidado, e assim a sala serviria como um espaço de reflexão quando sua mente fosse assaltada por qualquer situação mais complexa no seu noivado com Amanda, podendo ali o escritor se recolher para pensar nos problemas que tivera com o antigo casamento, e não repeti-los no atual.

Essa poderia ser de fato uma das razões, mas que não tinha força de afastar a outra hipótese, esta que Guilherme com certeza se constrangia fortemente por existir e saber que seria cogitada por uma parcela das pessoas, caso soubessem da existência desta sala: a de que possuir tais pertences que não apenas foram da antiga esposa, mas que eram representativos do enlace matrimonial que existira entre ambos, seria uma prova de que ainda amava aquela mulher independentemente das tragédias que envolviam a relação tempestuosa que tiveram até o desaparecimento dela, e necessitava ainda ter por perto o máximo possível de objetos que tenham sido usados e tocados por ELA; e mais que tudo isso: objetos que foram testemunhas da noite especial em que sonharam e se comprometeram a dividir por toda uma vida as alegrias, conquistas, dificuldades, tristezas e tudo mais que o pacote do casamento exige de um casal maduro e comprometido; sem nem sequer imaginar naquela noite de festa e grande alegria que o sonhado "para sempre" jamais existiria entre eles.

Essa constatação sem sabor, seca e pesada de que eles jamais vivenciariam um esperado "para sempre" lhe doía a alma até restar somente um imenso vazio que nada conseguia preencher, e só a proximidade com tais objetos específicos conseguia aplacar de maneira tímida a sensação terrível de que a vida, por mais bonita que fosse (e Guilherme hoje conseguia sentir tal beleza em cada detalhe da vida, o que curiosamente só passara a sentir depois que a ex-mulher sumira, o que não deixava de ser contraditório em face do vazio que sentia justamente por ela não estar mais junto a ele), permanecia completamente cinza.

Guilherme se levanta da poltrona em que se sentara para retirar os vidros que lhe machucavam a sola dos pés, quando subitamente se vê tão surpreso com um pensamento que lhe invade a mente neste instante, em uma velocidade e clareza só comparada aos raios que rasgavam o céu há pouco, que se tornara impossível não sentir uma alegria brotando em seu interior, ainda que tudo naquela sala estivesse destruído e o álbum de casamento, a aliança, o bracelete de pedras e o adorno de prata utilizado no penteado da noiva tivessem sido surrupiados. E qual era este pensamento? O jovem escritor enfim se dera conta que não estava se importando de forma alguma com o furto dessas peças, tão estimadas e bem cuidadas por ele durante tanto tempo.

Essa sensação tão libertadora lhe arrebatara a alma com tamanha intensidade que o tal mundo que, mesmo sendo altamente belo e perfeito (Guilherme tinha consciência de que era), se mantinha totalmente sem cor (o escritor lamentavelmente o percebia) ganhara repentinamente uma lavada multicolor, como se alguém tivesse arremessado um balde de tinta na cara do jovem apático, como em um imenso alerta para que ele jamais esquecesse que o mundo e a vida dão voltas que nos surpreendem repentinamente; e cedo ou tarde as coisas, ainda que aparentemente imutáveis e eternamente dolorosas, mudam e param de doer.

Quantas vezes Guilherme imaginara que perder tais objetos significaria perder sua ligação com a intensa e saudosa sensação de que um dia ele fora feliz e amado por alguém real, pois estes eram sua ligação com uma época da vida em que ele andava pelas ruas em total anonimato, e tinha como companhia pessoas comuns e que estavam ao seu lado pelo que ele de fato representava, sem interesses escusos ou em razão de sua arte na escrita, sendo, portanto, uma lembrança de que fora amado com sinceridade, e estimado quando ninguém se importava com ele de fato. O medo de perder tais itens diversas vezes assaltara sua mente. E agora que eles realmente foram levados por alguém, o surpreso homem não estava incomodado de forma alguma, muito ao contrário: sentia um misto de alegria com alívio, porque percebera que eles significavam apenas um apego desnecessário a algo que não mais existia, e não uma ligação com uma época em que se sentira amado de verdade.

O único item que permanecera inalterado, presente naquela sala secreta, era o vestido da noiva, o traje quase icônico tantas vezes mencionado no seu *best-seller* a ponto de se tornar para muitos a imagem ilustrativa central de seu livro, sendo essa vestimenta sim a testemunha única de dois ápices centrais da vida do antigo casal, justamente o início e o fim. A peça feminina estivera junto deles na grande noite do casamento, colado ao corpo da bela mulher de olhos claro, sorriso forte e cabelos negros como a mais escura das madrugadas, captando toda a energia de amor e alegria presente naquele momento tão intenso, e que emocionara todos os presentes de forma avassaladora, assim como estivera presente na noite misteriosa em que a mulher, após uma briga do casal, resolvera abandonar sua casa, bem como sair em definitivo da vida do escritor, sumindo na noite escura e chuvosa para aparentemente nunca mais voltar.

Esse vestido que permanecia ali ainda exposto, na sala toda destruída, esteve presente, portanto, no apogeu do altar na cerimônia de enlace matrimonial, bem como no eclipsar definitivo do casal, jogado na lama fria da margem do rio naquela noite chuvosa, todo sujo de sangue e tendo testemunhado tudo que se dera no barranco. Esse tecido branco acompanhara sua antiga mulher tanto na alegria como na dor, e isso tinha um forte significado para o tenso homem. Quantas vezes Guilherme olhara para a longa vestimenta exposta com imensa vontade de indagar o que acontecera com sua ex-mulher realmente naquele local, e se ela estava viva, como o jovem acreditava. Somente ela e aquele vestido poderiam dar as corretas respostas que aplacariam as dúvidas que ainda corroíam a mente de Guilherme, mas infelizmente de nenhum deles o escritor até este momento conseguira nenhuma resposta, nenhum vestígio.

Guilherme se aproxima do manequim que se encontra vestido com a peça feminina tentando entender por que apenas este item não fora levado pelo invasor, mesmo ciente que não teria como descobrir as reais motivações para tal decisão, ainda que utilizando seu olhar investigativo. Mas, como bom escritor que era, conseguiria facilmente encontrar ao menos signos e possíveis coincidências poéticas para tal ocorrência, como se Deus estivesse dando discretos recados enigmáticos.

Talvez o fato de os objetos relacionados à alegria da noite da festa do casamento terem sido levados fosse um indicativo de que tudo relacionado à parte boa de amor e parceria que um dia existira entre o casal tenha enfim acabado e não mais retornaria.

A permanência única do vestido de noiva que estivera nos bons e maus momentos da vida do casal talvez indicasse que a derradeira ponta solta na história de ambos ainda era a questão do que havia ocorrido de verdade na noite aterrorizante em que a mulher desaparecera na noite escura, naquele barranco próximo ao lago. E nada além disso restaria como ligação de Guilherme com seu passado triste junto daquela mulher que ele amara com intensidade quase sobrenatural. Nada mais restaria. Ficava assim bem claro ao pensativo escritor que, caso um dia a verdade se tornasse clara como claro é o sol numa manhã do meio-dia, nada nem coisa alguma mais o relacionaria com a antiga esposa, e o cordão umbilical imaginário estaria para sempre cortado entre eles.

Guilherme leva sua mão lentamente até seu umbigo, alisando com carinho enquanto reflete na comparação que acabara de fazer com o figurativo cordão umbilical, ao mesmo tempo que tenta correlacionar todos estes pontos ao choro que por diversas vezes escutara nesta noite e com o feto que ele vomitara no banheiro. Estaria a mente do criativo escritor criando e tornando reais as imagens e alucinações do que o assombrava internamente ou plasmando no mundo físico as formas como ele se sentia perante sua antiga esposa? A mente possui labirintos e meios complexos de se defender de uma ameaça ou se curar de traumas. Só restava ao perplexo artista admirar e reconhecer como o cérebro humano era de fato uma máquina assombrosamente perfeita.

Guilherme, ainda de pé em frente ao manequim trajando o vestido de noiva, e portador de uma criatividade e percepção acima da média, já conseguindo juntar as peças do quebra-cabeça curioso de sua mente que parecia tentar expurgar os medos e lembranças de dependência do jovem para com sua ex-mulher, vislumbra a possibilidade de que todas as assombrações e momentos de terror que têm vivenciado desaparecerão como que por encanto quando o escritor enfim solucionar o desaparecimento da antiga cônjuge (este era o recado da permanência da indumentária matrimonial), e em seguida, de igual forma, livrar-se em absoluto dos últimos pontos de vínculo com a desaparecida, sendo o último vínculo material justamente o vestido branco imóvel a sua frente.

— Eu vou solucionar o que aconteceu naquela noite, custe o que custar. Mas já entendi que junto a isso é preciso me livrar de todos os objetos que foram seus. A sensação de libertação que me invadiu quando vi que nada do que era seu restara nesta sala foi inebriante, e eu exijo ter mais disso! Mais disso tudo, eu preciso de mais! — berra, em meio a sorrisos e certo tremor de ansiedade, antes de colocar suas mãos na peça de roupa com rapidez e certa violência, ficando evidenciado que Guilherme destruiria e se livraria da vestimenta que por tanto tempo mantivera armazenada com intenso zelo e dedicação quase marital, mas que neste momento precisava sumir da casa do escritor como um remédio necessário para a cura total da enfermidade que tanto o incomodava nos últimos tempos.

Mas, como se algum feitiço tivesse sido lançado sobre o rapaz, Guilherme fica paralisado logo após direcionar suas mãos e segurar com violência a manga da vestimenta exposta, o que o impossibilita de continuar com o ato que iniciara um segundo antes. Era como se ele estivesse sendo vítima de uma intensa paralisia do sono, daquelas que, da forma mais aterradora, nos deixam observando tudo ao redor, mas sem nos dar chance de conseguirmos nos mover nem mesmo um centímetro, por mais que nos esforcemos.

13

Um calor repentinamente brota da barriga de Guilherme, e só aumenta como uma febre intensa, fazendo com que a fronte do escritor ficasse igualmente bastante quente e pingando suor em demasia, a ponto de escorrer em grande volume pelo rosto do jovem, e fluindo em seguida pelo peito, passando a sensação de um colapso corporal iminente e inevitável da estrutura do imóvel homem que ali se encontra.

A sensação de calor intenso no local do abdômen se intensifica fortemente, trazendo agora consigo uma dor que de moderada se torna quase insuportável, e, por mais que a estranheza se fizesse presente a qualquer pessoa que presenciasse a situação, e como Guilherme sentia que havia entre dor e prazer uma tênue e fraca tela divisora, o que o escritor passa a sentir automaticamente com isso é um prazer sexual advindo da dor que surgira em seu organismo, e o sentimento que ela trazia, ainda que incomodativo, era a clara impressão de que a cabeça do seu pênis estava sendo massageada com um tipo de pedra-pomes, que evidentemente provocava ranhuras e machucados no órgão, sem deixar, em momento algum, de estimular o prazer da fricção com o contato do objeto no corpo cavernoso. Era a dor e o prazer se fazendo presentes mais uma vez, como tanto gostava Guilherme de perceber como sendo as duas faces da mesma moeda.

Não mais conseguindo ficar de olhos fechados em razão de a dor a cada segundo estar aumentando de intensidade, bem como o calor da área ter igualmente se fortificado como a brasa de um carvão em chamas, Guilherme abre os olhos ao mesmo tempo que move sua cabeça para baixo, em direção a sua barriga, onde se encontra o foco da dor, deparando-se com a cena aterradora de uma grande e espessa lâmina de punhal cravada em sua barriga.

Guilherme caminha com seus olhos pela lâmina espessa e afiada, percebendo os detalhes do objeto perfurocortante, que brilha como uma joia em razão da iluminação do local refletida ali, analisando também em fração de segundos o cabo dourado da arma, e em seguida a mão que a segura fortemente e que se encontra vestida com uma grossa luva branca. Continuando sua tarefa de observação, ele vai erguendo a cabeça e seus olhos para cima, percebendo agora que o vestido branco está com diminutos pingos de sangue em diversos pontos que só podem ser do escritor, e que ali esguicharam quando o punhal golpeara a barriga de Guilherme.

O atônito artista conclui sua análise fixando seus olhos no rosto de quem está trajando o vestido de noiva, talvez pelo sentimento esperançoso de que fosse enfim sua ex-companheira de vida, que enfim resolvera se mostrar presente fisicamente o atacando em sua casa. Mas Guilherme não consegue saber quem estava vestido com a peça matrimonial, porque, além do uso da grinalda sobre a face, quem ali se encontra usa uma máscara branca sem expressão alguma, assemelhando-se muito às conhecidas máscaras vendidas em Veneza para que agressores não fossem identificados.

Guilherme sente a lâmina penetrar um pouco mais em sua carne ao mesmo tempo que movimentos circulares são realizados conforme mais espaço o objeto cortante ganha dentro de seu corpo, evidenciando que seu algoz, ao desferir o golpe e girar o cabo do punhal incontáveis vezes, como estava fazendo, visava encerrar a vida do escritor sem oportunizar chances substanciais de sobrevivência.

Ainda que tivesse plena ciência de que deveria tentar se defender ou ao menos se desvencilhar da pessoa que o atacava ali, Guilherme não conseguia entender o sentimento de paz e quase felicidade que tomara conta dele com força, e que o mantinha ali paralisado, sentindo-se muito à vontade.

— Eu sabia que você voltaria! Eu sabia que você estava viva! É você mesma, não é? — repete o surpreso homem, esperando a resposta positiva vindo de seu algoz, enquanto um sorriso de felicidade vai brotando em seus lábios ao imaginar que ali estava em sua frente a pessoa que ele mais ansiava rever, fosse porque representava uma fase importante de acolhimento e companheirismo que tivera no passado e que somente agora ele tinha sentido novamente ao lado da noiva Amanda, fosse porque somente resolvendo a questão do desaparecimento da ex-mulher ele poderia estar totalmente livre da dor que ainda trazia com a tragédia vivenciada e de todos os pesadelos e visões que o acometiam com cada vez mais força e intensidade.

Apenas poucos segundos haviam se passado desde que o golpe fora desferido no abdômen do jovem homem, mas a sensação que o escritor captava disso tudo era de que horas e horas haviam transcorrido neste tempo e espaço, em que ele enfim, após longo período de espera, parecia novamente estar nos braços daquela que tanto o embalara nas aflições da vida; da mulher que o abandonara após tantos anos o levando nos braços, cuidando e protegendo, e que, tal como na cena que estava acontecendo neste momento na sala secreta, também o esfaqueara de forma traiçoeira e impensada, justo quando Guilherme estava plenamente confiante de que estava no lugar mais seguro que imaginava: nos braços da abnegada e amada mulher que ele escolhera para viver ao lado até seus últimos dias de vida.

Assim como comumente relatam as pessoas que vivenciaram experiências de quase morte, e que em seus relatos sempre dizem que a toda a vida passou diante de seus olhos como em um rápido filme, Guilherme tem suas memórias revividas neste instante, mas não as lembranças da vida toda: unicamente a de momentos em que ELA estivera presente; de quando crianças e frequentavam o mesmo clube aquático sem perceber a presença um do outro ali (e somente descobrindo isso quando, já adultos, assistiram a um vídeo feito no local, e que curiosamente fora flagrado uma leve trombada que deram em meio a outras crianças), de quando formalmente, quando jovens, foram apresentados justamente dentro de um veículo em uma noite de chuva durante uma carona em conjunto (sem imaginar que o fim da história deles igualmente envolveria um carro em uma noite de chuva forte), culminando nas lembranças da noite de gala em que festejaram e brindaram seu casamento diante de amigos e familiares.

Parecia que a vida dele girava em torno da presença daquela mulher que sumira no barranco da beira do lago escuro na noite chuvosa. E de fato isso era uma verdade incontestável.

O punhal ganha mais espaço na carne do escritor devido à nova movimentação do pulso do agressor, aumentando consideravelmente a quantidade de sangue que se esvai do corpo de Guilherme, que neste momento cerra os olhos com ainda mais intensidade, como que tentando se manter ligado nas lembranças que brotaram de um passado em que fora muito feliz, ou como tentativa de manter preservada a sensação de dor que a facada lhe proporcionara, e que trouxera junto o prazer sexual que Guilherme sempre conseguia extrair com maestria dos momentos de dor, como bom sadomasoquista que sabia ser.

Ele sentia o sangue quente escorrer da fissura de sua pele cortada e seguir caminhando por toda parte inferior do seu corpo, em nítida similitude à lubrificação que eclode das bocetas e paus quando tomados por um prazer imensurável, e que, não podendo mais ficar contidos dentro dos corpos que queimam de vontade e desejo, explodem e transbordam em tesão que escorre de dentro deles, dando sinal de que é preciso atender o fogo da luxúria e se entregar à mais louca e desenfreada penetração. Não havia mais como o jovem que ali estava se esvaindo em sangue negar que fora transportado para o mundo das sensações sexuais de forma plena; e isso era perceptível a olhos nus para qualquer um, pois era indisfarçável a grande ereção que tomara de assalto o pau do jovem, que só não tocava de imediato seu majestoso órgão iniciando uma intensa masturbação porque suas mãos se mantinham em contato com o vestido que o agressor a sua frente estava trajando, e Guilherme não queria perder a sensação de que estava tocando o corpo de sua ex-mulher naquele exato momento.

Líquido corporal quente escorrendo tal qual ocorre na lubrificação sexual ou até mesmo em um próprio e intenso orgasmo daqueles múltiplos, o punhal cravado em seu corpo mantendo forçada movimentação para ganhar mais espaço em seu interior, tal qual um pau dentro de uma vagina apertada faz com extrema habilidade e intensidade, sem falar da própria forma do objeto que lhe perfurara a pele: sendo fálico, trazia a clara semelhança de uma rola grandiosa, não deixando mesmo ao criativo e safado escritor outra possibilidade que não relacionar o atentado contra sua vida com o próprio ato sexual!

Estava ele novamente agora nos braços da noiva em uma espécie de trepada monstruosa e macabra, e talvez o mais assustador da cena toda fosse imaginar que alguém naquela situação estivesse gostando tanto do que sentia no físico que estava a muito pouco de explodir em um intenso e farto gozo.

Guilherme estava invadido não apenas por um tesão e volúpia dos mais fortes que já experimentara na sua existência, mas também por uma crescente sensação de certa paz que surgira com a punhalada recebida, como se o golpe da lâmina representasse seu pagamento merecido por ter recomeçado sua vida e se tornado a pessoa que hoje ele era, e por ter achado uma nova companheira, com que se casaria dali poucos dias, dando provas de que a ex-mulher, se não estava no passado totalmente, em muito pouco tempo estaria lá de forma definitiva, e isso não deixava de ser uma grande traição a um dos maiores amores que a História já havia presenciado. Esta facada, portanto, ainda era muito pouco diante da dor do esforço que Guilherme fazia continuamente em matar esse sentimento que deveria ser eterno.

Deixe de pensar bobagem! Para que cortar o momento com pensamentos ruins que só servem para, em pouco tempo, o risco de uma broxada se tornar bem real, pensa Guilherme, ainda de olhos fechados, entretido na intensa dor que o envolvia, porém se esforçando para afastar o pensamento que tentara tomar forma em sua mente neste momento, para que não fosse perdida a conexão com o prazer sexual que o havia enlaçado de forma intensa quando o golpe violento e cortante o atingira.

O agressor mascarado retira com agilidade o punhal do interior do corpo do escritor, e, com uma habilidade e agilidade acima da média, crava o objeto afiado novamente no corpo do jovem, que segura com ainda mais força o tecido do vestido na altura dos ombros do invasor em razão da nova punhalada, tal qual uma pessoa que, durante uma trepada, sabe que o gozo intenso e alucinante está se aproximando com rapidez para se mostrar presente.

Neste instante, Guilherme, talvez impelido pela dor forte ou pelo novo corte que se materializara em seu abdômen, ou ainda talvez pela quantidade maior de sangue que passara a jorrar e escorrer por seus membros inferiores, e que tiveram êxito concreto em eliminar por completo a ereção que o escritor manifestava, enfim, não importava a razão pela qual tudo estava se alterando no que era captado por Guilherme: o fato era que algo ou tudo isso somado o fizeram se desligar da sensação de prazer sexual e perceber unicamente os efeitos concretos e físicos do atentado que estava sofrendo no interior de sua residência, e que romantizar todo aquele absurdo seria mais do que uma prova real de anormalidade mental, mas talvez uma forma de suicídio indireto, porque, enquanto Guilherme viajava mentalmente pelos meandros da sensibilidade física e das mensagens cifradas que sempre permeiam todos os eventos fáticos da vida diária, o sangue que corria por suas veias parecia inundar o chão daquela sala secreta, que a cada segundo mais se assemelhava a um imenso tapete quente e vermelho, fazendo com que muito em breve ele perdesse sua consciência por completo; portanto, significando que ali ficar sem reação de defesa alguma, somente tentando entender as sensações poéticas de sua mente criativa, levaria Guilherme fatalmente para o sono da morte, o que se assemelharia a um suicídio indireto, sem a menor dúvida.

Era preciso agradecer à Providência Divina, que, tal qual um chip eletrônico, parece ter implantado em cada ser vivo o instinto de preservação e sobrevivência de forma inata, e que, mesmo nas mentes mais desgostosas e infelizes que habitam o orbe, se mantém aceso, ainda que semelhante a uma pequena e discreta fagulha, que de tão diminuta parece que a qualquer momento se apagará com a maior facilidade, mas que da mesma forma, alimentada da forma correta, pode tomar grandes proporções e arder em labaredas assustadoras e grandiosas, semelhantes àquelas que aniquilam e consomem até às cinzas tudo que está em seu caminho.

Guilherme, neste momento, parece ter sido banhado com gasolina ou qualquer outro líquido inflamável, ou talvez o *chip divino da sobrevivência* tivesse sido reativado pelos anjos celestiais para que o jovem escritor tomasse alguma atitude intensa e urgente, porque a demora, ainda que de segundos, significaria que seu fim havia sido declarado com êxito.

Mas, até mesmo neste momento crucial e decisivo, era impossível para Guilherme não deixar de fazer alusões e conexões com situações internas mais profundas da sua existência, bem como com os traumas que ainda permeavam com muita intensidade seu inconsciente, e de aplicar de forma adequada tudo que os anos de terapia com doutor Stephano lhe ensinaram, reconhecendo que temos muitas portas para adentrar no nosso *selfie*, e que a resposta de tudo que nos aflige a alma sempre está dentro de nós mesmos. *A salvação está em nossas mãos*, lembra o escritor das palavras recorrentes que seu terapeuta tão eloquentemente pronunciava.

Entregar-se e permanecer inerte à sensação de prazer sexual intenso que Guilherme sabia que, em seu caso, representava um forte e aniquilador vício, justo pela forma abusiva e indiscriminada que fizera uso dele nas formas e meios mais incomuns e avassaladores que a mente humana conseguia maquinar, significaria o fim certeiro de sua existência. Estava ali para o escritor concluir acertadamente, naquela situação, que não era porque algo dava prazer, ativando as sensações que nos fazem sentir que a vida de fato existe em volume inebriante, que isso faria bem.

O punhal cravado na barriga, por mais que viesse acompanhado de grandes doses de prazer sexual para Guilherme, estava acompanhado secretamente da morte, que pouco a pouco se instalaria e envolveria o jovem homem em seus braços frios, afinal o ficcionista nada, além do prazer sexual, conseguia perceber naquele momento. Mas não este esperto escritor de agora. O antigo Guilherme provavelmente sim, mas este novo homem que havia renascido desde o sumiço da ex-mulher, e que diuturnamente lutava para ser melhor, e que ansiava tornar-se o que estava destinado a ser, este não se deixava levar unicamente por sensações. O novo Guilherme conseguia refletir e analisar uma situação pelos mais diversos ângulos, e isso só seria possível com a terapia do doutor Stephano.

Todos os dias agradecia mentalmente pelos anos e principalmente pelos valores investidos por ele na terapia, porque, graças a seu tratamento, tem evitado com êxito nos últimos tempos cair em todas as armadilhas que sua mente criava com facilidade, ou as inventadas por outras mentes enfermas e que estavam secretamente ao redor do jovem escritor, ansiando por ver sua nova versão tombar diante das adversidades. Estava claro para aquele homem pálido com a perda considerável de sangue, que ali se encontrava reflexivo, que era preciso se livrar dos vícios, reconhecendo o instante certeiro em que algo prazeroso toma ares de dor, e de potencial risco de destruição de tudo que construímos a duras penas e com muito esforço na vida. Este era o momento da virada na vida de Guilherme, e, uma vez tendo reconhecido a armadilha em potencial a sua frente, era preciso tomar uma atitude rápida, afinal todo bom ficcionista sabia que, mais do que a habilidade na escrita ou ser possuidor de uma criatividade acima da média, era preciso não deixar o *timing* se perder, porque as chances de um bom resultado poderiam se esvair por completo no tempo.

Mais do que depressa, leva as mãos que estavam apostas nos ombros do invasor direcionando-as para o pescoço deste, passando a esganá-lo com a desenvoltura de quem já teria em algum momento de sua vida realizado com precisão este mesmo ato de intensa raiva ou de forte desespero. O agressor, sentindo a necessidade de se ver livre do ato de defesa do escritor, de igual forma leva suas mãos até os braços de Guilherme, segurando-os na altura do pulso do artista, e, apertando com toda força, faz muito esforço na tentativa de retirar as mãos do jovem homem que ali aperta com extrema fúria, e assim se ver livre da reação de Guilherme.

A disputa de força braçal entre as duas pessoas presentes naquela sala secreta segue de forma altamente intensa. Se ambos pudessem ser vistos naquela cena, em que um dos homens se esforçava para manter as suas mãos enlaçadas com forte pressão no pescoço daquele que exercia todo um movimento agressivo de resposta para se ver livre das mãos fortes do outro, teria a sensação totalmente adequada e similarmente tensa do último round de uma boa disputa de boxe pelo título mundial, e que já dava fortes indícios de que em breve ficaria claro quem era o vencedor da contenda acirrada.

Guilherme permanece com a faca cravada em seu abdômen, deixada lá propositadamente pelo agressor ou apenas esquecida por este, que se viu na necessidade de tentar conter o mais rápido possível a esganadura de que estava sendo alvo naquele momento de reação do escritor, que parecia ter sido atingido em cheio pelo tal *chip do instinto de sobrevivência*, que viera com tamanha intensidade que de fato ficara bastante parecido com o crepitar de chamas ardentes que estavam sendo incessantemente alimentadas por um combustível inflamável para que não houvesse a menor chance de faltar chamas para consumir absolutamente tudo, até só restarem cinzas.

Guilherme estava com seu tanque da sobrevivência cheio naquele momento, e sua vontade de liquidar seu agressor era maior do que o Everest. Ele não iria sossegar até arrancar com suas próprias mãos a traqueia do invasor mascarado que se debatia em sua frente, em desesperadora tentativa de escapar das mãos fortes do escritor.

— E agora, sua filha de uma puta, quem vai trucidar quem aqui, hein? Percebeu tarde demais que mexeu com a pessoa errada, né? Vai ser um prazer matar você aqui e depois exibir seu cadáver podre em rede nacional, provando que eu estava certo desde o início, e que você sempre esteve bem viva e tentando só ferrar minha vida, como sempre tentou, até quando fingia estar ao meu lado! Prestou atenção na palavra? TENTOU! PORQUE É SÓ ISSO QUE VOCÊ É CAPAZ DE FAZER: TENTAR! E nada além disso! Tudo que você toca o dedo dá errado! Quantas vezes deixei isso claro para você, até mesmo quando ficava me assombrando na minha mente com suas aparições fantasmagóricas, mas eu acabei por enfrentá-las e vencê-las uma por uma. Hoje você vai aprender de uma vez por todas que tentar competir comigo só vai servir para levá-la mais rápido para o fundo do poço! Mas hoje é a noite que Deus me concedeu a oportunidade definitiva de arremessá-la de uma vez no poço escuro e selar a abertura de uma forma que jamais conseguirá sair de lá — berra o violento homem, ao mesmo em que intensifica o ato de esmagar a carne do invasor com a pressão de seus firmes dedos, que permanecem agarrados ao pescoço do já quase inconsciente indivíduo que decidira atacar o novelista naquela noite tenebrosa de chuva intensa.

Já começa a se fazer audível o som bastante similar ao de ossos trincando na altura do pescoço do invasor, que, sentindo a sua cabeça pesada e girando como um carrossel, com suas pernas trêmulas anunciando que não tardará o momento em que cairá no chão frio daquela sala do piso inferior, decide como última medida desesperadora levar sua mão novamente até o punhal fincado no agora confiante escritor, o que o faz de súbito, retirando o objeto da carne do homem, fazendo que jatos fortes de sangue sejam fortemente expelidos do corpo de Guilherme, que fica pálido como um cadáver, de forma instantânea diminuindo sua força por uma intensa fraqueza que vai ganhando espaço em seu corpo, diminuindo a pressão que fazia no pescoço do invasor mascarado.

Guilherme já não consegue manter a pressão de outrora com suas mãos, e seu agressor já se vê livre da possibilidade da perda de consciência que já se avizinhava momentos antes, ganhando novo fôlego para retomar seu papel de algoz, e não de uma quase vítima, como estava se tornando, em uma total inversão de papéis do planejado por ele originariamente ao invadir este recinto, mas que estava sendo habilmente reescrito pelo criativo escritor, que parecia realmente saber como ninguém alterar o que estava se desenhando como muito previsível em um primeiro momento.

As mãos dele se desprendem do pescoço do mascarado ao mesmo tempo e em perfeita sintonia, tal qual uma máquina que tem seu interruptor desligado, cessando qualquer atividade que estaria realizando, no exato momento em que Guilherme cai de joelhos e com a sua fronte baixa aos pés de seu agressor, que, mantendo sua mão firme no cabo do punhal, inicia um processo violento de estripar o escritor, fazendo força de subir na vertical com a lâmina que está cravada no homem já quase desacordado, de maneira semelhante a que um pescador faria com um peixe para retirar-lhe as entranhas.

O mascarado precisa manter seu tronco inclinado de certa forma como um grande "C" para adequadamente finalizar seu intento, ficando desta feita na mesma altura em que Guilherme permanece de joelhos. Subitamente, assim como ocorre apenas nos livros de suspense em que os mocinhos no último minuto conseguem se livrar de uma situação aparentemente sem solução criada pelo vilão da história, Guilherme parece se ver reabastecido por uma possível reserva do tal "combustível da sobrevivência e preservação", que poucos instantes antes o dominava por completo, e que, ao ser reativado agora, parece ter a mágica função de dar força, ainda que sobre-humana, ao combalido homem, que consegue juntar todas as energias que lhe restam para desferir um violentíssimo soco no rosto do agressor vestido de noiva, que, não esperando que o escritor conseguisse ter mais reação, é quase que arremessado para trás em decorrência da violência do golpe recebido, caindo de costas quase que sem consciência.

Guilherme, talvez auxiliado pela forte adrenalina que fora acionada e percorrera todo seu corpo naquele instante, fica em pé, como se os efeitos de duas facadas fortes não tivessem nenhuma consequência para ele, passando em seguida a observar o agressor caído no chão da sala em razão do nocaute que havia sofrido, e que esboça agora breves e leves movimentos com a cabeça, anunciando que não demoraria a estar totalmente desperto.

O esbaforido escritor passa a observar e analisar melhor seu agressor, que se mantém caído no chão, como que a tentar mais uma vez, na medida em que o visualiza, reter em sua mente todos os detalhes que porventura o ajudassem a perceber ou adivinhar a identidade do invasor agressivo, seja naquele momento tenso atual, seja futuramente, quando com mais tranquilidade pudesse relembrar este episódio aterrador, mas estando em um local seguro.

Guilherme não quer se aproximar demais da pessoa caída, mas, do ponto em que se encontra, percebe que aparentemente a altura daquele corpo atordoado que jaz no chão da sala tem o mesmo tamanho e compleição física que sua antiga esposa, e isso já tinha infelizmente a capacidade de deixar sua mente, que já era demasiadamente imaginativa, bastante tendenciosa a crer que de fato fora atacado pela mulher que se encontrava sumida, descartando possíveis outros suspeitos, o que não seria salutar, de nenhum ponto de vista, para elucidar essa trama intrincada.

A pessoa caída, apesar do forte golpe sofrido, permanece com a máscara, que não se deslocara nem mesmo um mísero centímetro de sua face; até a grinalda ficara no mesmo ponto em que estava antes, acoplada em sua fronte, tendo se deslocado apenas levemente no impacto. A única alteração que Guilherme consegue perceber com muita facilidade é que muito provavelmente o agressor estava usando algum tipo de coque no cabelo quando do golpe desferido com o punhal em seu ventre, porque agora, inerte no chão, deixava totalmente visível para o escritor os longos cabelos negros que o invasor possuía, exatamente idênticos aos da maldita mulher com quem ele convivera por anos a fio. Não restava nenhuma dúvida para Guilherme de quem estava ali desfalecida no chão daquela casa.

O jovem se vê tomado por um grande conflito de sensações e vontades, não sabendo qual atitude seria a correta a se tomar naquele decisivo momento, mas sabedor de que cada segundo que se passava era crucial e poderia resultar em sua própria morte, caso o agressor recobrasse plenamente sua consciência e o indeciso homem permanecesse estático ali, apenas refletindo na melhor forma de agir naquele instante. A mente e o coração do jovem Guilherme por vezes pareciam fazer questão de estar sempre em desacordo, principalmente quando o tema da pauta era sua ex-mulher, tendo sua mente a correta e lógica resolução de que o melhor seria esquecer a moça e vê-la unicamente como o monstro psicopata que ela provou ser por suas atitudes ao longo da vida a dois, mas tal narrativa sempre entrava em conflito por haver, no lado oposto disso, o seu coração emotivo e tolo, que batalhava para jamais esquecer todos os bons momentos vividos, os sonhos idealizados, a imagem do sorriso largo e belo, e a profundidade do forte olhar da mulher que comportava o mundo inteiro dentro dele como se tudo fosse um nada em comparação à intensidade da existência da paz e segurança que irradiava da presença daquela excepcional mulher.

O impasse e a dúvida do que fazer naquele momento eram quase mortificantes para o escritor, porque a vontade lógica de Guilherme era se aproximar e confirmar a identidade de sua ex-mulher, retirando a máscara daquele invasor, para em seguida, usando o mesmo punhal que fora utilizado para tentar tirar sua vida, desferir o maior número de golpes contra essa pessoa desfalecida, matando-a em definitivo, como se estivesse exorcizando de uma vez por todas este ser imundo do seu caminho e de sua memória. Porém o lado sentimental do escritor jamais o permitiria: seria um ato de ceifar a vida de uma pessoa, e de uma pessoa que durante longo período significara seu mundo por completo.

Talvez muito mais forte que tudo isso, o que de fato impedia que Guilherme se aproximasse para retirar a máscara e confirmar seu raciocínio acerca da autoria do ataque fosse justamente a possibilidade de acerto. Seria muito mais que um mero desconforto ter a convicção de que seu grande amor do passado, aquela que estivera junto dele nos mais adversos momentos da jornada, e que jurara amor eterno e companheirismo absoluto diante de Deus no altar, realmente chegara àquele ponto de desequilíbrio e maldade supremos, que ali se encontrava no recinto de punhal em mãos, golpeando-o, literalmente (mais do que o havia feito figurativamente em todas as vezes em que procurara passar a perna no marido e prejudicá-lo). A constatação dessa certeza teria o mesmo efeito de um potente veneno no organismo do jovem homem, e esse potente fel era algo que decididamente Guilherme não se mostrava psicologicamente pronto para ingerir.

A tensão do momento somada aos pensamentos conflitantes do escritor fizeram com que Guilherme esquecesse por completo que permanecia com o punhal cravado em seu abdômen, só voltando sua atenção a esse fato agora, por ter levado a mão até a região para estancar o sangue que continuava a sair. O rapaz percebe que não pode mais ali ficar, que deve chamar ajuda o mais rápido possível, devendo rumar depressa em direção ao piso superior de sua mansão.

Saindo da sala secreta, onde tudo se desenrolara, trancafia o agressor no local com a chave que permanecia na maçaneta da espessa porta, lembrando o escritor desta vez de levá-la, evitando que o mascarado pudesse usá-la e fugir de alguma maneira.

Guilherme, segurando firmemente no cabo do punhal, e logo após cerrar os olhos e arquear seu peito em claro sinal de que estava se enchendo de coragem para tomar alguma atitude, retira a lâmina completamente do interior de seu abdômen em um único movimento, o que instantaneamente mostra ter sido uma péssima ideia, afinal, se o escritor já estava perdendo sangue em demasia com o punhal cravado em seu corpo, agora, tal qual uma barragem de água que se rompe permitindo que a água represada escorra sem empecilhos para todos os lados, a quantidade de sangue que passa a sair do corpo de Guilherme é assustadoramente intensa e incontrolável, remetendo a memória do assustado homem ao filme *Evil Dead*, na escatológica cena da erupção dos jatos fortes de sangue saindo da parede em direção ao protagonista do filme, que literalmente patina em cena em decorrência do volume de plasma pelo chão.

— Estou me sentindo o próprio elevador da obra de Stephen King, o que está presente no clássico *O Iluminado*: afinal, cá estou, aberto e com uma enxurrada de sangue vazando em grande quantidade, similar a uma onda enorme de um tsunami — balbucia Guilherme, enquanto percorre o corredor em direção às escadas que levam ao piso superior, talvez até como forma de distração diante da situação preocupante em que se vê neste momento.

Ele caminha com dificuldade pelo longo corredor, apoiando uma das mãos nas paredes enquanto a outra se mantém tão apertada fazendo pressão em seu abdômen que se poderia concluir que havia a possibilidade de que o punho conseguisse atravessar a pele e se fixasse dentro das vísceras quentes do homem que lutava nesta noite assustadora para sobreviver de todas as formas possíveis. Talvez temesse que realmente seus órgãos internos saíssem de seu já débil corpo.

Era amedrontador pensar na analogia que brotara na mente de Guilherme enquanto permanecia se esvaindo em sangue, mas, assim como um pincel de tinta marca uma parede que está sendo preparada para receber uma nova tonalidade de cores em sua estrutura, a mão ensanguentada do escritor marca as paredes daquele corredor como indicando o caminho da via crucis percorrida pelo ficcionista até agora nesta noite assustadora, servindo igualmente como um prenúncio de que a vida do homem que se tornara quase um pop star da atualidade mundial, e que vinha de um longo trajeto de realizações e boas coisas, passaria por uma nova reformulação, ganhando uma nova cor, que no caso era a pior possível: a cor forte e brilhosa de sangue, o que anunciava um futuro de dor, violência, preocupações e, por que não dizer, um novo caminhar de mãos dadas com a morte e com tudo que ela traz em sua pesada bagagem pessoal.

Estaria o jovem novamente seguindo lado a lado com sua ex-mulher e com o mundo de sofrimento que sempre estava ao redor daquela que parecia ter sido criada unicamente para tornar a vida dele um verdadeiro inferno?

Guilherme consegue chegar com muita dificuldade aos pés da escada e, mesmo com a visão já se fazendo levemente turva, percebe um feixe de luz que se deixa visível pela porta entreaberta do andar de cima, indicando, tal qual a expressão *luz no fim do túnel*, que a saída deste pesadelo existia e se encontrava relativamente próxima do ensanguentado homem, bastando a ele prosseguir mais um pouco e não desistir de si, e isso era algo que ele jamais fez e tampouco tinha planos de fazer em sua vida: desistir de continuar lutando para vencer e ser feliz. Este era seu propósito.

Quando enfim alcança o topo da escada, atravessa a porta praticamente lançando seu corpo contra a pesada madeira de forma similar aos grandes maratonistas quando ultrapassam a faixa que indica a chegada, e, portanto, o fim da corrida, aliviados porque a prova estava devidamente completada por eles, afinal a sensação que o escritor tinha era justamente essa: que havia sido bem-sucedido em seu intento. Ao menos a primeira parte dos testes fora devidamente concluída por ele, que agora precisa ter calma e um pouco mais de força para conseguir chamar uma ambulância ou qualquer tipo de ajuda que lhe permita se manter vivo por mais algum tempo, e ver enfim solucionado todo esse mistério em torno de quem tanto ansiava terminar-lhe a vida.

A luta por manter-se consciente com muita razão tem se mostrado deveras pesada para o tenso Guilherme, já que somente após adentrar novamente o hall da sala principal de sua residência o homem consegue perceber que a luz já havia sido restabelecida no cômodo e muito provavelmente em toda a sua mansão, e esse restabelecimento energético deve ter ocorrido já há algum tempo, pois o escritor agora se dá conta de que viera do piso inferior sem fazer uso de celular e da lanterna que há no aparelho, e que fora totalmente necessário quando decidira ali descer.

Sua visão começava a escurecer, em claro sinal de que a perda da consciência não tardaria a ocorrer, fazendo com que Guilherme se apresse na procura do seu celular, primeiro na imensa mesa principal da sala, onde costumeiramente deixava o seu telefone, no que não obtém êxito, pois repousando ali apenas permanecia o copo com a garrafa de whisky aberta, e nada além disso.

— Puta merda! Eu desci com a merda do celular! Não faço a menor ideia de onde ele foi parar — berra o artista nervosamente consigo mesmo, para em seguida levar as mãos até a sua cabeça.

Passando os dedos entre os fios do cabelo bagunçado, movimenta-se no ângulo de trezentos e sessenta graus em busca de algum telefone ou outro celular que possa usar no pedido de auxílio, que não poderá mais se postergar por muito tempo.

O nesta noite tão utilizado *chip do instinto de sobrevivência* parece ter sido reativado ou ganhado algum tipo de bateria suplementar, pois o tenso homem que estava prestes a perder sua consciência caindo na total escuridão que já dava pesados sinais de proximidade com sua vista quase eclipsada ganha impulso e com grande agilidade move-se em direção a um dos quartos, em que há um grande móvel de madeira, e que fica praticamente ao lado da grande sala onde Guilherme se encontra.

O homem corre em disparada até o recinto e, logo após apertar o interruptor que liga a luz do quarto, abre com força e rapidez a primeira gaveta do móvel, revirando de imediato e com tanta ansiedade, em busca de um celular, tudo que se encontrava no interior do compartimento de madeira que a visão do conteúdo sendo lançado para trás do escritor dava a impressão de que uma espécie de tornado, daqueles que no folclore brasileiro traziam o saci em seu interior, ali se encontrava, e estava bastante desejoso de brincar de sacudir tudo que encontrasse em seu caminho.

O semblante de Guilherme ganhara luz e vida ao segurar firmemente um aparelho de celular que de fato estava repousando no interior da gaveta para alguma eventualidade. Sem perder mais tempo, liga o aparelho. Constatando que o telefone estava com bateria e operacional, digita o número do celular de Fabi para que ela viesse o mais rápido possível socorrê-lo, como incontáveis vezes o fizera ao longo da vida de ambos, e desta vez a ajuda seria para literalmente salvar sua vida, como jamais antes fora necessário.

— Fabi, por favor! Venha o mais rápido que puder... estou sangrando muito aqui em casa, chame a polícia, não demore! Eu a prendi em uma sala aqui de casa! Eu disse que ela estava viva! Eu sabia que esse demônio estava por trás de tudo que estava ocorrendo, eu sabia — conclui, com a voz já bastante cansada, e em seguida deixa o quarto com o aparelho em mãos, apoiando-se com o ombro nas paredes do corredor enquanto se dirige novamente para a sala principal, onde estava quando tudo recomeçara nesta noite, refazendo mentalmente, como habilmente sabia, cada passo desde que retornara da emissora de televisão, até o momento em que descera as escadas em direção ao corredor das salas ocultas de sua casa.

A forte mania de calcular possibilidades e a forma como algo ocorreu ou deixara de ocorrer não permitia à mente do escritor se tranquilizar nem mesmo neste momento de tensão forte, e era tão automático esse trabalho mental involuntário que Guilherme estava agora se aproximando da sala e matutando, ainda que extremamente debilitado pela perda de sangue, onde teria largado exatamente as suas roupas antes de se deitar no sofá para assistir à televisão enquanto tomava sua dose de whisky. Isso em vez de poupar o raciocínio e simplesmente chegar até a sala e, lá estando, procurar onde teria largado a sua roupa quando chegara da emissora.

Quando enfim se vê novamente na sala principal, inicia a busca ao menos de suas calças, afinal o vaidoso escritor não gostaria de se ver socorrido pelos médicos da emergência estando praticamente pelado, e, por mais que estivesse com seu corpo em forma, a sua imagem sem uma roupa por cima da pele, e ainda por cima estando banhado em sangue, era demasiadamente frágil, e Guilherme jamais permitiria que seus inimigos tivessem o prazer saboroso de vê-lo literalmente sangrar diante das câmeras com a imagem que sempre estava impecável em todos os sentidos, arranhada e suja neste momento, o que o tornaria pequeno e passível sim de tombar em breve, caso este fosse mesmo o intuito de seus detratores.

Vaidoso, ele tinha adquirido com maestria a habilidade de se fazer valer de sua imagem pessoal, sabia que o considerado "aparente" era essencial na vida e no lidar com o outro em todas as formas, por mais que a grande massa visse a vaidade unicamente como algo fútil (o que era ótimo, porque, se todos soubessem do poder intenso que dela emanava e de como ela controla as coisas sob este improvável manto de supérfluo, todos dariam valor e desejariam se fazer valer dessa arma tão poderosamente intensa); e ele sabia que a imagem correta ou colocada de maneira indevida poderia erguer ou derrubar até mesmo um império. E esse risco ele não iria correr, pois não chegara até ali de maneira fácil.

Internamente, para o ensanguentado homem que ali procura as calças, a morte parecia muito mais atraente do que a possibilidade de ver arranhada ou destruída a sua imagem de homem que, renascido das cinzas das dores mais pesadas da vida, se tornara modelo de tudo que é belo, imponente e atrativo no mundo e para todos que nele habitavam, uma tendência e referência para milhões no globo, invejado e copiado em cada passo que dava, observado com tamanha intensidade que até mesmo um produto que consumisse e que porventura tornasse público tinha suas vendas quadruplicadas, tamanha era a energia viciante e hipnotizante que resolvera se acoplar em Guilherme quando ele renascera para o mundo com o fim do processo sobre o desaparecimento de sua ex-mulher, fazendo com que o escritor realmente sentisse e vivesse com duas versões de si dentro do seu corpo, semelhante ao simbionte Venom dos quadrinhos, que convivia com perfeição e, por que não dizer, mostrando muito mais magia e atrativos do que o humano Eddie, dono do corpo humano a que ele resolvera se entrelaçar.

Novamente estava clara a preocupação de Guilherme com a manutenção da eterna questão e da dualidade, não sendo bom que nenhum tipo de certeza fosse declarado a respeito de nenhum aspecto de uma pessoa, porque assim o interesse se vai, e por conseguinte os holofotes ou todo tipo de atenção, tal qual ocorre com a extinção de qualquer coisa que, eclipsando-se, deixa totalmente de existir. Portanto, ele batalharia para estar muito bem trajado e, quem sabe, até mesmo com imenso sorriso no rosto e bebendo um copo de whisky quando a imprensa e os médicos chegassem ali, por mais estranho que a cena pudesse ser, mas sem dúvida isso mostraria que o homem não se abalava nem mesmo com situações graves, deixando no ar se tudo não estaria sendo encenado — ou teria o escritor poderes de super-herói? Ou talvez não fosse do planeta Terra? Ou ainda: Tinha pacto com a Divindade e por Ele era protegido?

— Pacto com Deus ou, por que não, com o diabo, não é mesmo? Prefiro essa dúvida. Muito mais divertido. Guilherme: o fodão que barganha e ludibria o próprio diabo! — explana baixo e com a voz quase sem força, em meio a um ensaio de sorriso de canto de boca, no mesmo instante em que se vê tomado pela lembrança de que jamais encontraria as roupas na sala como pensara, já que fora alcançado pela chuva quando estava tentando retornar ao interior de sua casa. Portanto, se quisesse de fato estar vestido não apenas com sua cueca quando os médicos e companhia limitada chegassem, deveria ir até seu guarda-roupa e pegar as vestimentas limpas e bem guardadas que lá estarão.

O telefone na mão de Guilherme toca e ele lê no visor que se trata de Fabi, deixando-o com a sensação de que o pesadelo enfim haveria de terminar em instantes, afinal sua irmã estava na jogada e, a partir de agora, tomaria as rédeas de tudo para protegê-lo, como habilmente sempre o fizera com muito êxito, podendo o jovem enfim respirar com certo alívio naquela casa. Mais do que depressa, o homem atende o chamado, mas, quando leva o aparelho até o ouvido, vê-se incapacitado de emitir qualquer fala em resposta aos altos e incessantes apelos de sua irmã, que praticamente está gritando do outro lado da linha em razão do silêncio sepulcral do irmão, que só consegue manter os olhos fixos no imenso retrato de sua própria imagem que decora o centro daquela sala principal…

Até poucos segundos atrás, o retrato mostrava um homem belo de postura sensual e com o dorso desnudo, peitoral bastante trabalhado, mas agora se transmutara na imagem de um homem com abdômen projetado para frente e com intenso acúmulo de gordura, ombros franzidos, aparência altamente fragilizada e desengonçada, cujos olhos estão carregados de tanta tristeza que é quase impossível não fitá-los sem ser tocado de alguma forma por tamanha dor que dali brota e que quase escorre aos borbotões em lágrimas que já se formam, como se aqueles olhos vazios com tudo que um dia testemunharam pedissem e tivessem êxito no requerimento de dividir um pouco de tanta desesperança com qualquer um que ali os encarasse.

Guilherme se vê penalizado com a imagem que agora está imortalizada na moldura da imensa parede, porque se tratava de sua antiga fisionomia, ali estava a imagem física do ficcionista até o momento da fatídica noite do desaparecimento da mulher que, para ele, se encontrava trancafiada na sala secreta do piso inferior neste exato momento. O escritor passa a lembrar com detalhes a repulsa que nutria por esta antiga versão dele, e de como todo o drama vivido na cadeia e com o processo criminal fez disparar dentro dele a sirene da necessidade de mudança; já que ele não poderia trucidar a mulher que o envolvera nessa trama suja e maquiavélica, pois a sórdida mulher se encontrava em local incerto propositadamente, fingindo-se de morta, restava ao desejoso homem encarcerado da época tramar e iniciar o calvário dessa sua antiga versão frágil, nada atraente fisicamente, e que sim deveria ser aniquilada de uma vez por todas.

— Ela pensou pequeno, como sempre, aliás, quando decidiu que a punição adequada para você era apodrecer anos a fio na cadeia, meu caro. Típico dela se contentar com pouca coisa, e o mais cômico era saber que a infeliz com certeza nem percebia como se contentava com migalhas, até porque seria enxergar quanto era baixa, e ela não tinha maturidade para autoperceber-se! — debocha Guilherme, com dedo em riste em direção a sua antiga imagem no imenso quadro da sala.

O escritor permanece tão enfurecido após proferir sua sentença agressiva contra sua antiga versão que a perda considerável de sangue talvez se assemelhasse neste instante a uma mera gota oriunda do arrancar de uma pequena casquinha, não sendo merecedora de nenhuma grande atenção de quem quer que fosse. Guilherme detestava, ou melhor, odiava com todas as suas forças a pessoa dependente, sem autonomia, cuja aparência beirava o grotesco, na visão dele, que um dia fora ao lado daquela mulher que esteve com ele em seu passado. A relação amorosa ou, sendo mais claro, a relação patológica doentia que existia entre ambos o aprisionara durante anos ao ponto de levá-lo a uma quase letargia, vivenciando um grande e intenso "complexo de Estocolmo" (em que a vítima de uma agressão desenvolve um apego emocional com seu abusador).

O plano diabólico daquela mulher que um dia ele tivera a infelicidade de levar ao altar fora manter o fraco e dependente homem prisioneiro seu durante sua vida toda, sem poder ter contato com ninguém além dela, que era a única carcereira da penitenciária em que o jovem cumpria pena, sem se aperceber disso; aquela que possuía a chave da cela onde Guilherme se mantinha enclausurado, e que ali adentrava quando bem entendesse. Sabedora de que nos últimos tempos de convívio o jovem enfim acordara para a realidade, e já ensaiava uma mudança interna gigantesca, em claro sinal de que não permaneceria mais muito tempo preso a ela nem às mentiras que a mulher habilmente travestia em verdades irrefutáveis; a víbora cujo coração ruim era cuidadosamente mantido escondido sob uma aparente bondade decidira, como vingança contra o homem que estava a cada dia ficando mais forte e se reconhecendo como merecedor de uma intensa e desejável liberdade, aprisioná-lo não mais metaforicamente, mas literalmente, para que pagasse pela ousadia de tentar escapar da cela que ela cuidadosamente durante anos usou para dominá-lo. Esse fora o grande plano dela: prisão física como resposta à fuga da prisão mental, sendo ela a responsável, portanto, pelos dois cárceres vividos pelo escritor.

14

Era quase um prazer similar a um gozo farto e intenso saber que conseguira escapar de ambas as prisões, sabotando por completo as projeções e tramoias daquele lobo disfarçado sob pele de cordeiro que resolvera voltar para um ataque físico contra ele nesta noite. Guilherme sabia que aquela mulher fria e determinada não sossegaria enquanto não o destruísse.

Tentara isso quando o anulara durante todo o casamento, tentara igualmente quando planejara a farsa de sua pseudomorte para colocá-lo na cadeia para sempre, e vai tentar agora que o homem atingira o sucesso total, que significava para ela a plena autonomia daquele que a monstruosidade em forma de mulher tanto gostaria de ver anulado e dependente. Assistir ao escritor brilhar com tamanha intensidade e nada tentar contra ele seria reconhecer que Guilherme estava melhor sem ela e que, por lógica, ela só poderia representar um estorvo e um imenso atraso quando casada com ele, já que a vida do homem somente ascendera graças à saída dela de cena. E isso ela não permitiria. Não sem tentar mais alguma coisa contra o romancista, até porque, com a proposta daquela noite na emissora de televisão, logo ela teria sua máscara arrancada diante de todos, quando a identidade do seu comparsa ficasse evidente na versão atualizada do livro do ex-cônjuge. Era preciso impedir que isso ocorresse com urgência. Em poucos minutos, com a nova versão sendo disponibilizada até de forma virtual, ela e seu comparsa estariam sendo avidamente caçados por todos os leitores ávidos pela arte de Guilherme.

— Eu fiz com você muito mais do que ela tentou, *OK*? Ela só quis prendê-lo e mantê-lo assim, patético para sempre. Eu fiz mais que isso, porque sou mais do que ela em tudo! EU QUIS MATÁ-LO E MATEI! — esbraveja Guilherme para o quadro.

Ele sabia que apenas o que odiava com todas as forças ele seria capaz de eliminar com perfeito êxito, como fizera com seu antigo eu. Este fora esmagado com tamanha força e precisão, como acabara de relatar, que nada de muito substancial sobrara; quando muito, fragmentos de lembranças ou fotos, que até nisso serviam como comparativo para o escritor se engrandecer como forma de superação pessoal.

E este era um contraponto que Guilherme internamente fazia constantemente, porque o tirava realmente do sério toda possibilidade aventada de que ele tivesse sido o responsável pelo sumiço ou eventual morte de sua ex-mulher, afinal o escritor só conseguiria destruir, matar ou eliminar algo que ele odiasse profundamente. O homem ali parado odiava desde sempre a figura desinteressante e nada atraente que ele fora um dia e que por mera preguiça não havia liquidado antes, o que não era o caso de sua ex-esposa. Guilherme a amara até mesmo no último dia em que conviveram e discutiram de forma intensa e agressiva. O jovem a amara durante toda sua vida da forma mais devota e sentimental que podia existir no universo. E, nos últimos meses de grande crise conjugal, ele permanecera ao lado dela na esperança de voltar a achar a cela em que ela o jogara um dia, tão interessante como se acostumara a achar durante mais de uma década que ali estivera trancafiado. Ainda que não mais na mesma intensidade, e já muito desejoso de ganhar sua tão esperançosa liberdade, Guilherme ainda nutria sentimentos pela mulher quando a tragédia ocorrera, e isso era mais do que suficiente para ele saber que jamais tentaria algo contra a pessoa que ele amava. O escritor sabia que não havia matado a mulher que ele tanto amava à época.

Guilherme continua com suas lucubrações enquanto observa, curioso, o quadro a sua frente, ficando deveras complicado ao artista ali permanecer contendo o riso constrangedor e que, trazendo uma provável alta carga de satisfação, se encontra bem próximo de emergir das entranhas vaidosas do homem, pois seu pensamento naquele momento eram as incontáveis vezes em que ouvira de pessoas próximas quanto ele era exagerado e dramático, levando coisas que em tese seriam extremamente simplórias para um lado todo mirabolante, só encontrado nos livros de ficção ou nos folhetins novelescos com suas tramas intrincadas. Incontáveis foram as vezes em que Guilherme se chateara ouvindo de um sem-número de pessoas que "A vida não é um filme ou uma novela não, rapaz!", como se o então jovem escritor procurasse incessantemente se assemelhar com os personagens, quando na verdade o que ele mais desejava em muitos aspectos era ter uma vida relativamente monótona sem grandes atropelos, mas, na maioria das vezes, seu dia a dia mais se assemelhava com um *Matrix* ou um *Velocidade Máxima*, havendo um problema mais complicado e rocambolesco do que o outro para ser destrinchado pelo rapaz.

— Mas veja só se eu não sou o próprio Dorian Gray tupiniquim! — E dispara em gargalhadas altíssimas o vaidoso e agora tresloucado escritor, carregando um desejo imenso de que todos que tantas vezes acharam que ele exagerava em seus relatos para, como lembrado há pouco, ter sua vida assemelhada a uma obra artística, estivessem ali para constatar com os próprios olhos que a vida fazia questão de provar que sim: tudo que envolvia a existência dele se assemelhava a obras cinematográficas, literárias, bem como com tudo que tivesse ligação com as artes, ainda que ele não fizesse o menor esforço para que isso ocorresse, mostrando que sua ligação com o mundo criativo da arte sempre fora mais do que uma escolha ou opção, mas uma determinação divina. Qualquer um que visse mais essa prova fática de que a vida imita a arte daria razões ao orgulhoso escritor, que poderia encher a boca, com muito direito aliás, para até mesmo aventar a possibilidade de que ele nem mesmo nascera, mas fora "escrito" por Deus para estar neste mundo em alguma espécie de multiverso, destes que vez ou outra são abordados nos filmes.

Assim como ocorrera na famosa e envolvente trama de Oscar Wilde, *O Retrato de Dorian Gray*, cuja história acompanhava a vida de um aristocrata esnobe, cuja vaidade intensa e a fixação apenas com o externo e a beleza física o mantiveram eternamente jovem e com bela feição, não envelhecendo de forma alguma, ainda que muitos anos transcorressem no tempo, tornando-se alvo das adversidades e consequências do envelhecimento apenas a sua imagem pintada em um quadro na parede, Guilherme enxerga a mesma situação da obra literária ocorrer neste exato momento, bem na sua frente, com ele. Assim como Dorian Gray, Guilherme parecia cada vez estar mais belo e atraente fisicamente na sua nova versão, e a sua imagem do passado, que neste momento se apresenta no quadro que outrora carregava a imagem atual do belo homem, parecia estar pior do que fora, como se a fórmula do que ocorrera ao vaidoso Dorian agora se repetisse com o jovem Guilherme.

O curioso em toda essa situação comprobatória de que o escritor realmente parecia viver cercado e altamente envolvido pela arte e situações assemelhadas a obras artísticas, ainda que não fosse sua intenção, como que a confirmar que a linha divisória entre o real e o fantástico, o comum e o extraordinário, a realidade e a ficção era praticamente inexistente para Guilherme, ainda era a estranha coincidência de que *O retrato de Dorian Gray* fora um dos primeiros livros a que Guilherme dedicara sua atenção e leitura na sua infância, ficando totalmente envolvido na trama assustadora do eterno jovem Dorian de tal forma que, mesmo décadas depois, ainda conseguia sentir o frio gélido na espinha de relembrar o final impactante daquela obra tão perfeitamente escrita. Era realmente fascinante ver acontecer na sua vida o mesmo que ele lera avidamente na infância e que tão intensamente o impressionara.

— Será que, se eu cravar uma faca nessa imagem repugnante do meu passado, destruindo por completo essa vergonha que se encontra exposta na minha parede, vou cair no chão morto e pior que isso: morto estando imenso de gordo, fora de forma e com todas as outras vergonhosas características contidas nessa foto, igualmente materializadas em mim novamente? — questiona debochadamente para si, recordando do final do livro, quando Dorian Gray crava uma faca na tela do quadro, rasgando-a por completo unicamente para cair morto no chão, transmutado a partir daquele instante na versão que antes da facada se apresentava apenas na moldura da pintura na parede: um homem velho e decrépito. Dorian Gray, ao tentar destruir a imagem do quadro, acabara por se destruir e morrer, revelando no momento final como ele realmente era fisicamente.

Por breves segundos, a dúvida toma a mente de Guilherme, que, justamente pela consciência de que vive cotidianamente situações encontradas apenas na ficção, tem receio de acabar se matando involuntariamente, caso opte por destruir a imensa foto que ali está exposta em claro sinal de provocação e insulto a sua pessoa.

Mas justamente a sensação de incerteza somada ao mistério que parecia enlaçar todo esse quadro amedrontador que beirava à esquizofrenia aguçavam e provocavam fortemente a mente do escritor a arriscar sem pestanejar, ainda que o resultado disso se assemelhasse aos dos kamikazes vistos nas grandes guerras, que, mesmo que fossem bem-sucedidos em seus intentos destruidores, acabavam por se liquidar no fim de tudo. Guilherme se vê invadido pela necessidade de arriscar destruir esse quadro, pois brincar com fogo sempre fora sua especialidade, e experiências que traziam a forte sensação de que a morte era altamente possível carregavam ao mesmo tempo uma forte pitada de vida na sua mais pura forma, ainda que isso aparentasse ser muito contraditório, fazendo-nos sentir com muita propriedade a excitação que toda vez surge quando uma dúvida sobre qual atitude tomar acerca de algo se manifesta.

Havia, portanto, o risco sobrenatural de a morte ocorrer ao destruir a imagem contida na tela? Naquela altura do campeonato, tudo era possível, mas a sensação de uma adrenalina percorrendo com velocidade o corpo inteiro do escritor, fazendo com que seu coração estivesse prestes a explodir, como se este tivesse sido alvo de uma descarga elétrica de altíssima intensidade, também o impressionava positivamente, justamente por lhe mostrar que, ainda que às vezes duvidasse, ele estava bem vivo e passível de perceber sensações como qualquer pessoa. E isso era realmente satisfatório para o sofrido homem. O tal risco de morte trazia uma percepção própria daqueles com vida, e essa mistura louca de sentimentos e opostos tinha impacto na personalidade fria do jovem artista.

Guilherme, tomado pela adrenalina da dúvida do "como proceder", continua sem dar atenção às facadas que tomara, por mais que estas exijam a mais rápida atenção, provando que de fato a energia da incerteza e da ansiedade anda de braços dados com a força da vida, que parece nutrir, com certo tipo de bateria extra, aqueles que momentaneamente se encontram por ela envolvidos e altamente embriagados, como Guilherme notadamente estava. Era preciso atentar contra aquela imagem para saber se algo mágico ocorreria em seguida; se a tela apenas se esfacelaria, não importando as condições físicas debilitantes que o escritor pudesse estar encarando, ele jamais seria demovido dessa ideia curiosa, nem que fosse a última coisa que ele fizesse em vida.

Dá as costas para o quadro e apressadamente se movimenta até a mesa central da sala, para pegando em seguida a garrafa de whisky que lá repousava, quebrá-la em um único e forte movimento contra a própria mesa, transformando o simples receptáculo de vidro em uma afiada arma com capacidade de machucar e, por que não dizer, até mesmo matar com bastante precisão quem por ela fosse atingido. Era justamente com esse instrumento afiado que Guilherme iria tirar a famosa prova dos nove com relação à cópia barata de Dorian Gray que estava a poucos metros dele exposta na parede da sala. A hora da verdade chegara, e não cabia ser nem mesmo mais um segundo adiada pelo ansioso escritor.

Com o vidro afiado em punho, Guilherme se prostra novamente em frente ao imenso quadro e, lançando-se de uma única vez em direção à imagem "fora de forma" de seu passado nada saudoso, golpeia o retrato na altura do rosto em um movimento certeiro, tão forte que a tela é perfurada com uma facilidade que talvez apenas o contato da faca com a manteiga pudesse ilustrar a proximidade, ficando comprovado quanto o raivoso escritor tinha de ódio do seu passado, em uma quase obsessão por ver aquela sua versão antiga ser extirpada do mundo físico até que não restasse absolutamente nenhum resquício ou lembrança do que um dia ele fora.

Mas a força por ele empregada para dilacerar o quadro com golpes sucessivos acabava por lançar a dúvida no ar se de fato a forte raiva era direcionada a sua versão antiga, ou se no fundo o que o romancista ansiava era destruir a si por completo, fosse a versão do passado, fosse a gloriosa e famosa versão atual, em uma catarse alucinante de culpa e remorso, a que somente a mais intensa e pujante aniquilação seria capaz de fazer justiça ou trazer a necessária paz. Não havia como ter certeza de que o desejo real do escritor era acabar com todas as suas versões, e por tabela com sua própria vida, mas fugir da afirmação que excluísse por completo tal possibilidade era absolutamente inconcebível.

Muito ofegante, Guilherme observa, orgulhoso, seu grande feito de destruição do imenso quadro que agora paga caro pela ousadia de ter se prostrado no meio da sala majestosa da mansão, desafiando-o e debochando dele com a lembrança de uma faceta sua repleta de fragilidade e dor. A tela fora completamente fatiada pelo vidro da garrafa, a ponto de que a ninguém seria possível identificar se ali estava o vaidoso escritor em sua fase física invejável atual ou na versão rechonchuda de anos antes. Mas o mais importante que Guilherme conclui da experiência surreal experimentada é ter permanecido vivo ao fim da realização de seu intento com os golpes.

A imagem fora destruída por completo, já ele nada sofrera fisicamente com isso. No livro *O retrato de Dorian Gray* o personagem principal acaba morrendo ao destruir sua imagem no quadro, em clara conclusão de que Dorian era aquilo que estava exposto na pintura, e acabar com um era invariavelmente destruir o outro. Então, a felicidade de Guilherme era imensa por permanecer vivo e respirando na sala de sua mansão, pois a interpretação que ele dava a este fato era de que ele não era aquilo que um dia fora no passado, e que, por mais que o "superado" tentasse vez ou outra se materializar em nosso mundo atual, o escritor haveria de destruí-lo e impedir-lhe uma desejada ascensão. O passado, portanto, poderia até algumas vezes forçar uma entrada tímida ou forte para o presente do famoso homem, mas isso não passava de uma ilusão e de um devaneio, sendo no máximo um tipo de trauma que não tinha mais lugar neste tempo, não sobrando muito que ele pudesse fazer que não fosse unicamente tentar forçar um encaixe indevido.

Guilherme estava satisfeito em perceber com clareza agora que seu passado não conseguiria achar o menor espaço para um retorno a sua vida. Só lhe restaria sempre a tentativa, e nunca o êxito, tal como acontece com as crianças birrentas que choram tentando convencer a mãe resoluta a retornar à loja de brinquedos para se verem satisfeitas em seus caprichos pueris e infantis, não se atentando que o tempo em que poderiam conseguir o brinquedo caro ficou no passado, lá atrás, a muitos metros juntamente da loja de brinquedos. Sua versão antiga e adiposa não passava de uma criança birrenta, e cabia a Guilherme corrigir-lhe quantas vezes fosse necessário, nem que para isso ele tivesse de se valer de sua pesada mão, como os pais de pequenos rebeldes se valiam nas ocasiões mais tensas.

— Eu venci mais uma vez, seu elefante medroso! Mais uma vez eu o arrebentei! Faça o favor de sumir de uma vez por todas para evitar mais constrangimentos para você! Acho que já passou muitas humilhações na vida, não é mesmo? Para que insistir por mais, né? — sentencia o confiante novelista.

Mas, voltando-se neste momento à saída da casa, depara-se com a presença assustadora do invasor, ainda trajando o vestido de noiva, parado bem atrás de Guilherme, que nada havia notado até este instante, e que, agarrando de pronto o rapaz pelo pescoço, o arremessa no chão da sala com extrema violência, fazendo com que este caia de costas no solo. Com a força utilizada pelo agressor para lançá-lo para trás, Guilherme sente que por muito pouco não perdera a consciência quando sentira o choque com o sólido piso de porcelanato.

Será que o piso rachou com essa queda? — é a frase que brota na mente de Guilherme, que por muito pouco não sorri com o pensamento que lhe invadira, maravilhando-se com como o cérebro humano é capaz de procurar mil formas de sobrevivência ou fuga quando a realidade se mostra altamente perturbadora ou demasiadamente perigosa e arriscada. Pensar em como o piso ficaria após sentir o impacto de seu corpo era o mesmo que ficar na dúvida se de repente seria possível limpar as manchas de sangue que ali permaneceriam após ele ser golpeado com o punhal incontáveis vezes pelo invasor, até quem sabe ser estripado como um porco ali mesmo, e enforcado em seguida com suas próprias tripas quentes no lustre da sala em que estava caído. Era fantástico concluir como a mente humana tinha um mecanismo de proteção tão elaborado que fazia brotar os mais absurdos pensamentos talvez até no intuito de que ficássemos chocados por estarmos preocupados com essas tolices, que em regra não mereceriam muito foco, ainda mais em uma situação de grande tensão, mas que serviam involuntariamente como distração redentora da dor e do horror da realidade.

Guilherme não aceitaria essa fuga programada brilhantemente por seu cérebro sob hipótese alguma, afinal, como excelente romancista que era, não conseguiria abandonar uma boa trama sem conhecer--lhe o final (ainda mais a história de sua vida pessoal), e ele esperara tempo demais para justo agora aceitar fugas mentais, quando tudo que ele durante anos propagava aos quatro cantos do mundo como a mais lógica das verdades estava realmente se comprovando como um fato óbvio.

O escritor faz força para se levantar, apoiando as palmas de sua mão contra o piso da sala ao mesmo tempo que força uma subida do tronco para cima, mas sem obter sucesso com tal ação, muito provavelmente pela fraqueza da perda intensa de sangue, o que o leva a imediatamente se virar de bruços e iniciar processo de se arrastar até a porta que leva para a área externa da residência.

Numa cena clássica, e clichê, de filmes de terror, o personagem se arrasta ensanguentado pelo chão, deixando um rastro vermelho cada vez maior cada movimento, em uma tentativa inútil de escapar da morte certa pelas mãos do assassino, que acompanha todo o movimento desesperado de sua vítima, andando vagarosamente ao lado desta, sabedor de que não seria necessário fazer muita coisa deste ponto em diante, já que o esforço da vítima é em vão. Em questão de segundos, ele pode finalizar seu ataque mortal sem grandes dificuldades.

Mas, enquanto se arrasta acompanhado por seu agressor, que de fato caminha vagarosamente ao seu lado como se a deliciar com a cena que está presenciando, Guilherme, que sempre sentira a ficção se misturar fortemente com a realidade em sua vida, e muito provavelmente por estar sendo invadido por um medo real de que a morte estava a cada segundo se tornando realmente uma grandiosa possibilidade, tenta se sentir seguro e confiante de que o momento final ainda não havia chegado, pois o personagem principal dessa novela macabra era ele, e não haveria a menor lógica de que a morte o carregasse para a eternidade neste ponto da intrincada trama de suspense. Os finais cem por cento felizes podem até não acontecer, com o personagem principal morrendo no fim (vide *O Gladiador* de Ridley Scott, em que Maximus sucumbe no fim da película), mas morrer no meio da trama era totalmente anticlimático, e muito arriscado de se escrever, até mesmo para grandes mestres da dramaturgia e do suspense. Por mais tentador que fosse, era deveras temeroso e poucos autores abraçariam a ideia de eliminar no meio da trama o personagem central.

Psicose, *de Alfred Hitchcock... será que sou a Janet Leigh da minha própria história?*, pensa neste momento excruciante o quase moribundo Guilherme, recordando-se de que a personagem principal da obra-prima do suspense morre inesperadamente no meio da história, surpreendendo a todos com a forte e brusca mudança de direção que o filme toma a partir dessa morte, que aliás, entrou para os anais da sétima arte, imortalizando-se e sendo considerada insuperável até hoje, copiada de variadas formas em diversas outras tramas, mas jamais igualada.

Guilherme esboça um leve sorriso, que não se mantém muito em seu rosto, mas que brotara sem nenhum esforço quando o escritor que ali agoniza no chão percebe a perfeita semelhança da insuperável obra *Psicose* com a sua forma habitual de escrever, afinal ele sempre prezara pela fuga do cenário comum e da tal lógica natural das coisas, pois tinha a total consciência de que provocar choque em quem estivesse acompanhando a história, e surpreender com uma guinada arriscada, valia mais a pena do que apostar no lugar-comum, que no fundo não era aposta alguma, não passando de um mero conforto narrativo de um escritor, para não ser mais claro em afirmar que não passava de uma imensa falta de criatividade.

A vida em regra surpreende com caminhos inesperados e que fogem do *script* presumido, muitas das vezes em direções que beiram o absurdo, e nada melhor do que contaminar o fantasioso e dito ficcional, em que o clichê em regra é dominante, com essa pitada de realismo duro que geralmente só Deus sabe escrever, mas que alguns bons escritores pareciam tentar igualmente adaptar em suas obras, alguns com êxito, e outros não. Guilherme tinha esse mesmo ímpeto criativo de chocar e dar ao público uma tempestade inesperada de surpresa narrativa intensa, então a possibilidade de que seu drama real igualmente fugisse do senso comum não seria de todo ruim; e, sendo assim, ele aceitaria que o fim da linha poderia realmente estar se aproximando para ele, e toda essa trama *noir*, a partir deste momento, seria solucionada por outros personagens que se tornariam centrais. No caso em tela, poderia ser sua noiva, Amanda, com sua irmã, Fabi, que agora ficariam responsáveis por provar a inocência do escritor no pós-morte, como o fizeram quando vivo ele era, e estivera preso. Seria uma linha temporal interessante.

Guilherme, que estava se arrastando de bruços até aquele momento, para de súbito e se vira, permanecendo com sua barriga agora para cima e com os braços esticados no piso gelado, como em uma posição de aceitação e entrega total e final, apenas respirando vagarosamente, enquanto seu algoz, que estava o tempo todo ao seu lado, agora decide se sentar sobre o corpo ensanguentado do novelista, passando a deslizar o punhal calmamente pelo peito do escritor para levar em seguida a lâmina até o pescoço do rapaz, passeando assim por todo o corpo de Guilherme, como que a decidir onde cravará a faca no golpe final que em poucos segundos será desferido.

Sempre se indagara se, nos momentos finais de uma pessoa, realmente se desenrolava um filme da vida toda da coitada diante de seus olhos (imagine o constrangimento de rever até as situações mais absurdas que foram experimentadas na vida): desde as brincadeiras de infância, os primeiros anos escolares, as descobertas da adolescência, a vida adulta com seus erros e acertos, o reencontro com os seres amados que nos precederam, enfim, com tudo que vem contido no pacote básico que todos que vivenciaram experiências de quase morte e conseguiram retornar confirmam sobre as "quase idas" para o outro plano da existência. Mas, ou o resiliente escritor não estava morrendo nesta noite enquanto estava deitado no porcelanato frio e caro de sua casa (a dúvida se o piso vai ficar manchado ou estragado volta a assombrar o curioso artista), ou essa coisa toda de a vida ser revista em um grande *trailer* não era uma regra, como todos pensavam.

— No meu caso, provavelmente é melhor assim — balbucia Guilherme em tom tão baixo que deixava evidente quanto estava sem forças para nada, e que realmente seria muito provável que a história de suspense que sua vida se tornara desde o encontro do carro caído no barranco à beira do lago estivesse chegando ao fim.

Bem ou mal, o seu desfecho passava pelo crivo crítico do escritor ali caído com perfeição, porque, se antes ele amargara longo período encarcerado em decorrência da acusação injusta e mentirosa do assassinato da sua ex-mulher, nada melhor do que agora ser morto por ELA, o que fecharia adequadamente o círculo iniciado na noite em que a miserável sumira, afinal era ela a única culpada por tudo que acontecera daquele momento em diante. O que se iniciara devido a uma grande mentira orquestrada pela noiva iria se encerrar em uma grande verdade pelas mãos dessa mesma noiva.

Havia sido aquela *noiva* que metaforicamente havia acabado com a vida do escritor, escondendo-se na figura de vítima, ocultando a verdade de que o monstro desde o princípio era apenas ela. Agora, com a provável morte dele pelas mãos da noiva de forma não mais metafórica, mas literal, a VERDADE plena passaria a ser vista totalmente de um ângulo claro e incontestável: de que aquela mulher sempre quisera o mal absoluto do jovem, e, não podendo mais suportar o fato de que, por mais que tivesse tentado acabar com a vida do homem com quem fora casada, desfiando um sem-fim de problemas e tramoias na vida dele, este rapaz resistira ou renascera ainda maior do que a fênix em cada uma dessas situações ruins por ela elaboradas, não restando alternativa que não fosse liquidar com a vida do escritor de forma física. Só a morte real poderia aplacar a inveja e o ódio que aquela mulher leviana e traiçoeira nutria pelo ex-marido.

No fim, Guilherme morto deixaria a verdade evidente em sua totalidade, e não eclipsada ou sob nuvens densas que não deixavam os fatos ficarem limpos de toda possibilidade de dúvida, porque era assim que as coisas, apesar de tudo, ainda eram encaradas nessa história toda: de forma turva e obscura. Guilherme era defensor da manutenção da ambiguidade em tudo na vida, mas, já que ele estaria morrendo ao sair de cena esta noite, melhor que entrasse na posteridade com a pelagem do mocinho da trama, que era o que de fato ele era. Melhor que, a partir desta noite, ele fosse o dono da razão e ela ficasse como a vilã absoluta da história de ambos.

Isso o deliciava sobremaneira. Saber que a imbecil estava se enforcando ao decidir ceifar a vida física dele, e que com isso ela daria plena razão, ainda que de forma involuntária, a cada palavra que Guilherme afirmara acerca dela nos últimos tempos, tinha um peso imenso e prazeroso para o criativo escritor, talvez tanto ou mais do que os anos que ainda poderiam ser gozados por ele em vida.

O agressor, travestido de noiva, segura o cabo do punhal com as duas mãos e o ergue, mantendo suspenso o objeto perfurante no ar por alguns segundos, na típica cena que nos livros e filmes de suspense anunciam que em instantes será cravado tal objeto na carne de uma vítima sem mais delongas ou justificativas. Guilherme observa a lâmina do punhal brilhar, em decorrência do reflexo da iluminação do teto da sala em que se encontra caído, o que o remete automaticamente à ideia de brilho intenso, e de como o escritor perseguira avidamente e de forma insistente brilhar da forma mais estupenda possível, e conseguira atingir com extremo êxito tal objetivo.

Eu sou uma estrela, afirma para si o moribundo Guilherme, caído com o agressor sentado por cima de seu corpo quase inerte, mas não sendo essa uma afirmação desesperada, ou uma tentativa de se fazer autoacreditar nestas palavras como uma tábua de salvação, como a pobre coitada personagem magistralmente interpretada por Mia Goth no tenso filme *Pearl* fez durante uma audição em um teatro em que fora dispensada de atuar. Guilherme apenas estava constatando a realização de um sonho e, muito mais do que um mero sonho, a concretização de um propósito da sua vida. O jovem escritor batalhara para provar que era capaz de ser reconhecido e engrandecido por seu talento e sua arte na escrita, e conseguira encantar milhões pelo mundo todo que compraram sua ideia e se encantaram por cada palavra que brotara de sua mente criativa, e que agora anuncia sua passagem desta para outra vida. Assim como aquele punhal brilhava pela luz do teto que refletia nele, Guilherme conseguira brilhar ao expor a grandiosidade de sua arte pelos quatro cantos do mundo, podendo se considerar, com razão, uma grande estrela.

Mas consegue, neste momento que se desenha como sendo o seu último, perceber uma semelhança real entre ele e uma estrela, por um ângulo ainda mais profundo e melancólico, que mantinha relação com o intenso brilho de alguma forma: é de conhecimento amplo que as estrelas que vemos brilhar em nosso céu estão mortas há muito tempo. Mesmo mortas, sua luz e brilho intenso atravessa o tempo e o espaço e o vasto universo para se fazer perfeita a nossos olhos, que, encantados, se fixam durante longo período para o alto, admirando a grandiosidade do belo espetáculo que essa luz nos proporciona todas as noites sem cessar. São verdadeiras obras de arte perenes, ainda que mortas estejam. Assim seria Guilherme: mesmo morto a partir dessa noite, ainda poderia encantar e brilhar com intensidade pelos séculos por meio de suas palavras contidas em suas obras, podendo ainda iluminar e fascinar de forma perpétua a todos que tivessem contato com sua arte. Essa era a beleza do artista: por meio de suas obras, a vida continuava tão pujante como quando seu autor estava fisicamente nestas paragens. Isso era um presente divino pelo qual Guilherme nutria profunda gratidão. Era um imenso lenitivo saber que a vida seguia plena nas obras.

Ele sabia igualmente que tudo que estava apenas sendo metafórico até aquele momento parecia estar se tornando real, agora no plano fático, e, assim como ele se sentia uma estrela pelo brilho com quem encantava a todos, sabia que estava correto em se sentir uma estrela por outro interessante ponto de semelhança: ele sempre brilhara por meio de sua arte, mas, tal qual uma estrela, o escritor sabia que estava morto há muito tempo, sendo apenas um reflexo de algo que não mais existia. Sua arte brilhava com intensidade; ele próprio, porém, estava vazio e seco desde que seu antigo amor desaparecera naquela noite chuvosa. O grande encantador de palavras não mais existia, somente sua arte percorria o mundo reluzindo e encantando como uma intensa estrela.

Uma pequena lágrima escorre timidamente pelo rosto do pálido homem agonizante, que consegue neste momento final sentir-se, por mais confuso que fosse perceber-se assim, acolhido e protegido por aquela pessoa trajando o vestido de noiva que fora de sua ex-mulher. Sendo ela de fato, ou outra pessoa com motivações ocultas, isso não importava para Guilherme: a sensação de estar novamente com a moça era idêntica à de quando o escritor a tinha em seus braços apertados diariamente e quando, por mais que a vida apresentasse seus fortes problemas e adversidades, ele sabia que no fim da noite poderia afirmar que lhe faltava muita coisa ainda na sua rotina, e que as problemáticas do momento ainda iriam o atormentar por longos períodos até que Guilherme conseguisse passar por elas de uma vez, mas jamais poderia duvidar de como era abençoado por ter companheirismo em abundância, ainda que não fosse um sentimento sincero da parte dela, e que, independentemente das tempestades, ele estava acompanhado no barco da existência da mais forte das mulheres, por que isso era algo inegável para qualquer pessoa, inclusive para ele: a ex-mulher era uma fortaleza quase indestrutível. Quase.

A apatia e a letargia por ter estado só tanto tempo de sua vida, e que acabaram por colocá-lo no "piloto automático" diante das situações de seu cotidiano, como que por encanto sumiram neste momento derradeiro, só restando a sensação de segurança da proximidade com a figura daquela mulher. Guilherme entende que essa tal segurança que tantas vezes sentira o acolhendo nada mais era do que o amor em sua mais perfeita definição, pois tal sentimento magistral e fundamental da existência humana nada tem que ver com reciprocidade ou com a honestidade do outro para com quem nutrimos esse sentimento tão nobre. Essa conclusão de que era preciso uma correspondência plena entre os corações era muito pequena e típica das mentes imaturas, ainda pouco desenvolvidas.

Guilherme percebe, com a clareza solar do jargão jurídico tão comumente utilizado nas petições dos advogados, que amar era muito maior do que essas situações de sinceridade do outro, e tinham mais ligação com nosso aprimoramento pessoal e com aquilo que nos fazia sentir impulsionados a sermos melhores como indivíduos, bem como nos mantinha esperançosos por dias melhores, ao mesmo tempo que nos enchia de força para tornar tais "melhores dias futuros" em dias presentes e repletos de boas coisas. Enfim, amor tinha mais relação com a maneira como modificava nossa visão própria com relação ao mundo, os outros e os problemas, independentemente da ordem que tivesse, do que com uma eventual sinceridade advinda da pessoa que exercia papel de companheira na caminhada da vida naquele instante em específico.

E era justamente em razão de ser conhecedor da profundidade do que de fato era o real amor que Guilherme conseguia sentir falta daquela sensação de segurança que neste momento de proximidade com ELA estava sendo totalmente restaurada, fosse de forma real, por ser a moça de fato ali, fosse apenas como lembrança saudosa da mente do escritor agonizante, e isso de verdade não tinha a menor relevância para o autor. Como refletido poucos instantes antes, o amor tem relação com que a pessoa sente e como isso a modifica e engrandece internamente, e não com o que o outro faz com esse sentimento nobre que nos domina. O amor era pessoal, e ponto final.

Guilherme sentira, em seus momentos dolorosos do passado, um perfeito acolhimento e proteção ao lado daquela mulher, e isso estava se repetindo neste momento. Não importa se, assim como ocorrera no passado, essa pessoa aparentemente o acolhera para, em um momento posterior em que julgara propício, decidir apunhalá-lo ferozmente.

O escritor então cerra seus olhos ao mesmo tempo que esboça um pequeno sorriso que transparece intensa paz e alegria, porque entende que chegara ao fim da linha, captando sabiamente a essência do amor, e mais do que isso: com a plena certeza de que soubera viver este nobre sentimento em sua inteireza, batalhando diuturnamente para se tornar alguém melhor, encarando os problemas de cabeça erguida, e lutando contra seus vícios e defeitos com muita determinação ainda que não tenha se livrado completamente de todos eles. A perfeição plena não era deste mundo, bem sabia o jovem artista que ali sangrava indefinidamente, mas ele podia se orgulhar de ter dado passos largos em direção a sua melhor versão, e isso era muito mais do que suficiente. Nada mais sedutor e esperado do que aceitar o conforto dessa proximidade física e da sensação de segurança que aquela mulher sempre representara para o moribundo homem, e descansar satisfeito no sono eterno dos justos nos braços dela neste instante em diante.

Guilherme não ia negar quem ele era ou o que sentia de certa forma em prol *do que os outros poderiam dizer ou pensar*, ainda mais neste momento final. Foi junto dela que inúmeras vezes descansara a cabeça em paz até cair no sono seguro, e será junto dela que novamente se entregará, agora para o descanso final.

A noiva golpeia o peito do escritor com toda a força, retirando instantaneamente a faca para reintroduzir a lâmina mais uma vez quase que de forma automática em movimentos repetitivos e incontáveis, até que se torna possível escutar os ossos do tórax se esfacelando pelos golpes perpetrados, tamanha era fúria da agressora. A escuridão se apresenta de forma abrupta e completa como a cortina de um teatro que se fecha anunciando o fim do espetáculo, da mesma forma que o silêncio absoluto toma conta de todo o ambiente. Guilherme enfim é abraçado pelo sono eterno. Boa noite.

15

Trovões ecoam no ambiente numa intensidade tal que talvez um surdo conseguisse se assustar por ouvi-los tão perfeitamente bem, o que acaba por acordar Guilherme, que com muita dificuldade abre os seus olhos de forma ainda muito tímida, sentindo que sua vista está muito embaçada, mas não o ponto de não conseguir identificar uma janela bem próxima de onde ele se encontra, e perceber ainda as gotas de água da chuva que escorrem pelo vidro, deixando evidente que a temporada de tempestades permanece bastante atuante, conforme previsto nas notícias televisivas recentes que ele acompanhara.

Ele vagarosamente percorre sua vista pela habitação, cujas paredes brancas indicam ser de um centro médico ou de alguma cidade no plano espiritual, daquelas que são descritas nos livros espíritas popularmente conhecidos, porém a eventual dúvida se era um hospital ou não é dissipada quando o escritor decide focar sua visão em seu braço, constatando que alguma medicação ou soro está sendo ministrado em seu corpo através de uma pequena sonda.

— Ele está acordando! Graças a Deus! — grita Fabi, parada ao pé do leito do escritor, que trêmula e chorosa, ainda que feliz, se aproxima de Guilherme segurando as mãos do jovem, levando seu rosto até elas e repousando docilmente sua face junto à pele do irmão, em clara demonstração de sentimentos, o que era raro de se ver na mulher de pulso firme e grande austeridade (o que de forma alguma representava que a advogada não nutrisse sentimentos pelo irmão, mas sim que não havia o costume de demonstrá-los, assim como o próprio Guilherme, já que a criação de ambos, por melhor que tivesse sido, não fora habitualmente regada por carinhos físicos).

— Estou vivo?! — balbucia Guilherme, em um misto de surpresa, dúvida e, por que não dizer, uma certa decepção, o que fora plenamente percebido por Fabi e Amanda.

Esta também estava no quarto do hospital, mas permanecia imóvel, de braços cruzados e recostada na porta de entrada do apartamento hospitalar, em posição corporal clara de que não estava satisfeita de ali estar, ou a evidente chateação era com alguma coisa de que tenha ficado ciente, ou quem sabe o somatório de todas essas opções, o que era totalmente aceitável não apenas pelo ocorrido com Guilherme, que repousava a sua frente no leito do hospital, mas pela possibilidade de que enfim ela tivesse percebido o complicado de ser a nova noiva de Guilherme, a *substituta* da personagem principal da obra de seu amado. E isto tinha um peso significativo na vida da jovem mulher que concordara em dividir sua vida com Guilherme para sempre. Amanda sabia que já seria complicado ser o segundo casamento na vida de qualquer pessoa, mas, quando este fato se soma a um crime real de repercussão nacional e que se torna uma das obras ficcionais mais envolventes dos últimos tempos, tudo fica ainda mais conflitante. A moça estava farta dessa mistura absurda que todos faziam entre a realidade e a ficção, ainda que seu amado tenha sido o grande responsável pela confusão. A *nova noiva* da vida de Guilherme detestava fingir que não se incomodava por ser vista como um novo personagem ficcional dessa trama absurda. Amanda estava cansada de ter de *atuar*.

— Preferia estar morto então?! Essa sua cara de decepção é o fim da picada, Guilherme! Eu sempre achei mesmo que você não tinha a cabeça totalmente sã, mas acho que está tudo piorando e você está bem perto de precisar mesmo ficar internado em sanatório, para sua própria segurança! — desabafa em tom colérico a irmã de Guilherme, que saindo de perto do leito hospitalar, continua seu intenso "sermão da montanha" enquanto gesticula freneticamente, levando as mãos ao ar e bem próximo de seu rosto com uma rapidez típica de quem tenta espantar eventuais mosquitos que estejam incomodando com seu chato e persistente zumbido.

Guilherme já não escutava uma palavra sequer do que a irmã estava berrando, e somente refletia na possibilidade por ela aventada de que em breve ele precisaria ser internado em um sanatório, o que deixava evidente, portanto, que isso ainda não acontecera, e aquele espaço era apenas um hospital comum. O escritor estava sentindo que um ataque de pânico poderia lhe acometer em instantes, caso permanecesse forçando sua mente a entender tudo aquilo que estava acontecendo na vida dele, e se era real ou apenas fruto de sua mente cansada, traumatizada e altamente criativa.

Fora muito real para o escritor aquele seu momento derradeiro no chão da sala da mansão, não restando muito ao confuso homem concluir algo diferente da opção de que estava de fato ficando maluco, afinal somente alguém com problemas mentais conseguiria vivenciar e sentir fisicamente um ataque monstruoso como aquele que Guilherme achava ter sido alvo, e no fim permanecer vivo e confortável na cama, ainda que seja um leito hospitalar. Talvez ele estivesse naquele estabelecimento médico porque desmaiara bêbado no sofá, caíra da escada de sua confortável mansão (igualmente bêbado), enfim! Algo lhe ocorrera, mas não como o confuso escritor havia imaginado: ao depositar suas mãos na altura do peito, Guilherme facilmente conclui que seu tórax está em perfeitas condições, não evidenciando nenhum osso estraçalhado por repetidas facadas desferidas, como ele achava que ocorrera. A mente do confuso homem então chega à conclusão de que não importava exatamente o que havia lhe ocorrido, o seu inconsciente acabara por divagar criando um cenário que na verdade trazia uma realidade bastante positiva: os resquícios do antigo Guilherme que fora casado com aquela mulher demoníaca, e que porventura insistiam em permanecer escondidos junto ao escritor, ainda que de forma diminuta e quase imperceptível até mesmo para ele, agora enfim estavam liquidados de forma definitiva. O seu *antigo eu* estava, enfim, morto!

Guilherme acabara com sua imagem física e fora de forma do passado quando destruíra o quadro na sala, assim como ELA, em seguida, o esfaqueara incontáveis vezes até à morte no chão da sala. Tudo isso fora a forma de seu cérebro mostrar que agora nada do antigo Guilherme existia. Fora uma morte figurativa.

— O que aconteceu comigo? Alguém entrou na minha casa e me atacou? — indaga, no exato segundo em que, colocando uma das mãos no abdômen, percebe uma dor bastante incomodativa na região, o que prova ao escritor que nem tudo que ele vivenciara naquela noite fora alvo de uma simples criação mental de seu cérebro que desejava apenas mostrar que o famoso homem havia se livrado de seu antigo eu.

— Como você praticamente implorou em rede nacional na emissora, o seu fã resolveu vir atrás de você. Aliás, como tinha previsto, diga-se de passagem. Apenas não achávamos que seria feito de forma tão rápida, né? Estou cansada disso tudo, Guilherme, e de como você parece não se importar nem um pouco com sua vida. Para que provocar essa situação? Para que relançar o livro em uma nova versão? Para que iniciar essa caçada ao verdadeiro autor, sabendo que isso ocasionaria uma caçada a você de igual forma? — desabafa em tom choroso e triste Fabi, enquanto observa o mundo fora daquele recinto em que se encontram, por meio da janela do quarto.

Guilherme faz um esforço imenso para segurar o sorriso que ensaia brotar em seu rosto, e que deixaria sua irmã ainda mais enlouquecida, mas o homem ali deitado realmente se alegra por uma série de fatores, seja porque o atentado era uma comprovação de que ainda não estava maluco e seu cérebro não havia criado cem por cento da situação aterradora, e houvera sim um ataque a sua pessoa, ainda que não na forma intensa que ele havia acreditado que tivesse ocorrido, seja porque o agressor é quem ele desconfia e este de fato está temeroso com a nova publicação de seu livro, com os acréscimos de páginas reveladoras de sua identidade, ou pela simples razão de que ele não era a Janet Leigh de sua obra, e continuava sendo o foco da trama, não tendo saído de cena por enquanto, devendo quem sabe se manter afastado de motéis de beira de estrada e seus chuveiros assustadores, caso deseje se manter em voga.

— Ele levou alguma coisa da minha casa, já sabem como entrou no condomínio, têm alguma suspeita ou qualquer evidência deixada por ele lá? O que ele levou da minha casa? — indaga o curioso escritor, enquanto Fabi dirige o olhar até Amanda, que parece ganhar uma expressão de raiva com a pergunta de Guilherme, saindo em seguida do quarto batendo a porta com bastante força.

— Apenas aquele amontoado de lixo desnecessário que você guardava na sala em que o encontramos caído. Levou tudo aquilo do seu altarzinho pessoal. E como sei que levou o que estava lá, já que não sobrou nada naqueles compartimentos? Porque ele fez questão de entrar na sua rede social, talvez enquanto você estava caído, ou até mesmo antes do ataque, e fazer um filme do local. Todo mundo viu o que tinha na sala secreta. Até mesmo Amanda.

Guilherme aperta os lábios um contra o outro em expressão facial típica daqueles que sabem que agiram bastante errado e, para piorar toda uma situação que já seria ruim, foram pegos no pulo do gato. O escritor, que tanto buscava a perfeição em cada detalhe de sua vida, detestava cometer erros, e essa raiva toda nem mesmo era por ter de pedir desculpas para quem quer que fosse, mas por saber que, assim como qualquer pessoa, ele era passível de cometer deslizes, e isso sim o queimava com o mais intenso ódio. Saber que estava longe da dita perfeição que muitas das vezes ele mentia para o seu próprio eu interno que já havia alcançado.

— É, meu querido irmão. É preciso ter atenção às coisas que são merecedoras reais de cuidado e dedicação. E, para não correr o risco de não ser específica, eu estou falando da Amanda, *OK*? Você vai ter de dar alguma explicação convincente para sua noiva, até porque a grande festa de casamento de vocês será em cinco dias. Se ainda for ocorrer depois disso tudo, obviamente — finaliza Fabi.

Guilherme percebe claramente que a irmã se esforça para não transparecer certo tipo de prazer com essa fala por ela proferida, deixando no ar para o escritor se o quase júbilo era por vê-lo em maus lençóis e tendo de reconhecer suas falhas e imperfeições diante das pessoas, ou se era porque tudo isso seria uma comprovação cabal de que ela sempre estava correta em tudo que aconselhava ao impetuoso irmão. Era difícil realmente saber qual dessas opções era a correta, até porque existia a terceira alternativa, muito mais lógica, de que o sorrisinho contido era justamente pela mescla de ambas as motivações, pois Fabi amava e protegia esse irmão, e, como se colocava quase no papel de uma mãe para o jovem homem, sentia de fato uma certa satisfação em ver o rapaz constatando por si que ela estava coberta de razão no que insistentemente afirmava para Guilherme, não sendo, portanto, nenhum exagero da parte dela, confiante assim, de que, pela dor de suas próprias vivências equivocadas, o teimoso escritor se convencesse das palavras da irmã e mudasse a postura, passando a se expor menos, afinal já era suficiente ser a figura pública que era, não sendo necessário focar e expor cada detalhe de sua vida em um afã desesperador de aumentar a visibilidade.

Mas ainda era forçoso reconhecer que Fabi nunca engolira muito bem, até pelos anos de distanciamento e brigas que tivera com Guilherme por manipulação da ex-cunhada, o fato de o irmão ter despontado na vida como alguém de sucesso absoluto, sendo amado por todos sem distinção, mostrando desta feita que algum tipo de rivalidade da parte dela permanecera, e vez ou outra, tal qual uma baleia que emerge do fundo do oceano, esse sentimento de raiva ou desejo de ver o irmão se arrebentar na vida emergia em uma torrente de más vibrações. O bom era que isso não durava muito, e não comportava grandes julgamentos, sendo bastante compreensível por tudo que fora vivido no passado.

Lidar com estes sentimentos que se apresentavam em alguns momentos de convivência com a irmã era já bastante comum para Guilherme, portanto totalmente dentro dos padrões já conhecidos da dinâmica entre eles, mas agora o que vai tomando a mente do homem hospitalizado é um sentimento ou uma sensação de que, mesmo fazendo intenso esforço com sua memória, não conseguia obter êxito em recordar quando fora a última vez ou em que situação havia tido tal percepção, quase que podendo afirmar ser como um sentimento recém-descoberto por ele, e que nada mais era do que uma forte e intensa culpa.

Culpa por desapontar Amanda guardando todos aqueles objetos que sua ex-mulher usara na celebração do casamento deles, sendo esta sensação que estava devorando o escritor por dentro. Guilherme sabia que guardar algo de um antigo relacionamento desfeito já tinha um peso relevante para o novo parceiro ou parceira de vida, mas a situação era um pouco mais complicada por serem estes objetos representativos de um enlace matrimonial e que remetiam de forma automática e objetiva à noite das núpcias, e portanto à festa em si do casamento, e descobrir isso justamente faltando menos de uma semana para sua própria celebração matrimonial com este homem tem o mesmo efeito que um tsunami aniquilador na mente de qualquer mulher sensata. Guilherme sabia que teria de confiar na maturidade de Amanda, e, por maior que a compreensão da moça fosse digna de aplausos, o risco de um término existia, pois a revelação de que tais objetos permaneciam sob o poder do escritor em um quase "templo monástico" pesava contra qualquer declaração sincera feita anteriormente de amor e vontade de reiniciar de verdade uma nova vida a dois, como tão habitualmente afirmava para Amanda. Guilherme, apesar de saber que a conversa que haveria de ter com sua noiva seria bastante tensa, sentia uma curiosidade benigna enlaçada nesta culpa latente que brotara em seu âmago, afinal era um sinal mais do que evidente de quanto ele amava a advogada realmente, e muito prezava por cuidar do seu relacionamento atual, mostrando-se desejoso para que este jamais fosse atingido por dores ou problemas que pudessem colocá-lo em risco, em evidente postura de maturidade que é adquirida e vista naqueles que, tendo enfrentado dores que culminaram em fins de relacionamentos, refletem com muito esmero antes de tomar qualquer atitude, visando assim sempre preservar a correta vida a dois.

— Quantas facadas eu tomei? — questiona Guilherme, como que tomado de uma objetividade que parecia pressentir que deveria ter a partir deste momento na trama em que estava emaranhado há mais tempo do que desejava estar. Não havia mais tempo para devaneios ou reflexões fantasiosas sobre tema algum, e tudo isso deveria ser deixado apenas para os livros que habilmente Guilherme sabia criar com sua criatividade.

— Graças a Deus, apenas uma. Mas muito pouco não o matou. Ainda bem que você ligou para mim. Eu nem tinha aquele número, mas você fez muito bem em ter vários celulares escondidos para situações adversas — conclui Fabi, enquanto se movimenta no interior do quarto hospitalar.

A irmã, como que movida por certa curiosidade mórbida, ou talvez exercendo aquela pequena parte de sua personalidade que deseja espezinhar sempre que possível o irmão, resolve perguntar, ainda que de forma indireta, algo que deixaria o escritor no mínimo triste por ter de decidir responder.

— Você vai querer que se investigue também o roubo de todos os itens daquela "santinha" com quem você era casado e que você guardou naquela sala secreta? Ou acha que devo insistir para a polícia focar apenas a invasão e a tentativa de homicídio? — dispara a curiosa Fabi, enquanto aguarda a resposta esfregando uma mão contra outra.

— Não. Você pode até mesmo duvidar, mas de tudo isso que me aconteceu ontem, aliás, tudo que vivi, seja real ou não, no dia de ontem, e em todos os momentos do dia, esta ocorrência foi a única coisa boa destas últimas vinte e quatro horas. E não estou sendo sarcástico. Estou muito feliz que tudo aquilo foi levado — dispara, de forma séria e sincera, o jovem, para o espanto de sua irmã, que percebe a honestidade das palavras do homem ali acamado.

De fato, Guilherme em nada estava preocupado com o roubo de todos os objetos referentes ao antigo casamento. O escritor entendia o sumiço como uma ajuda da Providência Divina atuando para que cada vez mais o jovem se desvencilhasse de qualquer fato ou artefato que tivesse relação com aquele monstro com quem ele fora casado. Mais uma vez, ele sentia a proteção especial que, parecendo vir dos céus, praticamente berrava em momentos determinantes para que Guilherme pegasse o caminho X em vez do caminho Y, como se no tabuleiro de xadrez da vida o Criador Supremo de todas as coisas sempre "roubasse" em favor do escritor, sempre facultando ao jovem artista saber previamente certas coisas como se um grande *trailer* fosse adiantando para ele, denotando que o significado de seu nome tinha fundamento em muitas coisas, porém, em vez de "amado de Deus", caberia de forma mais adequada o "preferido de Deus".

— Você vai ficar uns dias lá em casa. Primeiro, porque sua casa está interditada, cheia de policiais e investigadores fazendo uma varredura completa em busca de provas e elementos que o invasor possa ter deixado lá. Não dá para ficar lá, aliás, não dá sequer para entrar direito na rua do condomínio com tantos repórteres, câmeras de televisão, pessoas filmando, enfim! Parece que voltamos para o passado, porque a cena é exatamente igual à de quando aquela pessoa sumiu lá no passado. Enfim, você sabe quem. Um déjà vu dos infernos — conclui pausadamente Fabi, como se estivesse contando um segredo, analisando com atenção cada detalhe do que está dizendo para se certificar de que não está cometendo nenhum equívoco ou falando demais, afinal a advogada era conhecedora do irmão e de suas constantes paranoias, e, debilitado como Guilherme estava, não seria de bom tom preocupar o irmão ainda mais, ou permitir que ele criasse teorias mil com qualquer informação fora do tom que ela acabasse fornecendo com suas palavras.

— Então tem muita gente lá à porta de casa? Na mesma quantidade que na época do processo ou mais? O que você acha? Deveria ser mais, não acha?! — dispara, de forma quase tensa, em um nítido estado de preocupação crescente com a possibilidade de que tudo aquilo não estivesse sendo um espetáculo grandioso em comparação a quando a ex-mulher sumira.

Era preciso que tudo fosse maior e mais intenso agora, pois hoje ele era uma verdadeira atração global, e ter apenas um grande número de pessoas à porta de sua casa, mas na mesma quantidade de quando tudo isso começara na farsa do sumiço da megera, era o mesmo que não ter ninguém mais interessado na vida do escritor, o que equivaleria à própria morte, para o tenso homem. Ou até muito mais terrível que isso.

— Não consigo acreditar no que ouvi. Sinceramente, é essa a sua preocupação? Estar na mira de um perseguidor não lhe importa?! É isso mesmo? O que venha a acontecer com a sua vida, ou comigo e com seu sobrinho é um nada para você então? Ou não tinha pensado na probabilidade de que, para o atingir, esse miserável venha tentar contra minha vida e do Bernardo? Você é um fracasso, sabia? E não falo dessa vidinha de exposição e fama que você tanto foca e ama, porque nisso de fato está tudo cem por cento e você é sucesso. Seu fracasso é como pessoa. Você como ser humano é digno mesmo de toda ajuda possível, que é o que faço até hoje. Mas confesso que tem horas que canso muito, e estou exausta. Estou grávida, mas não tenho prazer nem mesmo com isso, porque tenho que focar minha atenção e cuidado no que meu filho mais velho faz de arriscado para ele e para toda a família. No caso, o filho mais velho a quem me refiro é você — desabafa Fabi, que necessitava realmente colocar para fora toda essa angústia contida em seu peito em decorrência do ataque sofrido por Guilherme, expor a sensação ruim que já a acompanhava desde o processo criminal em que defendera o irmão no passado, e que se intensificara nas últimas vinte e quatro horas, pois era muito óbvio que Guilherme sofreria o atentado, e era muito mais desesperador saber que o irmão literalmente pedira por este ataque de que fora vítima e ansiava que isso se tornasse um imenso *show* para medir sua popularidade.

Fabi não conseguia vislumbrar quem poderia ser considerado mais psicótico: o agressor que invadira a casa do irmão, ou o próprio Guilherme que não conseguia se importar com nada que não fosse engajamento.

— Homer está viajando, ou vai estar lá na sua casa? — pergunta Guilherme, com a intenção de que o foco mudasse e assim quem sabe a irmã ficasse um pouco mais calma, afinal uma mulher gestante não deveria mesmo ficar no meio de um espetáculo tenebroso como o vivido pelo escritor neste momento.

Homer era o marido de Fabi, um grande empresário da cidade, poderoso e conhecido latifundiário.

— Sim, ele está em casa com Bernardo. E já lhe peço para não falar essas loucuras perto dele, *OK*? Nada de ficar se vangloriando do ataque que você sofreu, e perguntando se ele acha que o número de comentários sobre o atentado teve mais divulgação e relevância do que a cotação do dólar do dia, pode ser? — ironiza Fabi, afastando-se da janela ao perceber que aumentara o número de pessoas que, mesmo que de longe, tentavam achar o ângulo perfeito para uma boa foto do quarto do hospital em que a estrela do momento estava se recuperando da punhalada sofrida na noite passada.

Guilherme esboça um tênue sorriso, talvez imaginando de fato a cara do seu cunhado tendo de responder a essa pergunta tão fútil sugerida de forma hipotética pela irmã, ou porque tinha convicção plena de que com certeza ele fora um assunto mais em alta do que o dólar ou qualquer moeda corrente de qualquer nação. Seguramente, seria engraçado falar disso tudo com Homer só para ver a irmã ficando irada. Mas, como no fundo Guilherme não gostava de confusão, como Fabi equivocadamente pensava, ele nada falaria para contribuir com o clima ruim que a situação já trazia com intensidade.

— Já tinha me esquecido de comentar: a nova versão do seu livro foi publicada e já está em primeiro lugar dos mais vendidos em quase todo o mundo. Parabéns. O número de e-mails que têm chegado à editora e mensagens na sua rede social com algumas teorias já sobre a identidade do responsável pelo sumiço da sua ex é assustador! Já li de tudo um pouco. As pessoas que são suas fãs e que estão recomprando esse livro com o acréscimo de páginas para identificar o autor de tudo isso, sobre quem no fundo você deu dicas, são ainda mais bitoladas do que você. Um verdadeiro séquito, similar a uma quase religião. Isso era algo que de igual forma deveria tomar cuidado: a capacidade de movimentar massas que você tem com o uso de suas palavras. Isso é perigoso — reflete, de forma amedrontada, a tensa advogada, parada em frente ao leito do escritor.

Tomar cuidado com essa capacidade brilhante era a última coisa que Guilherme pensaria em fazer em qualquer fase de sua vida, não importasse por qual situação estivesse passando, ou qual dificuldade tenebrosa viesse de encontro a ele. Como Fabi teve coragem de falar um absurdo tão grande como este! Fora o pensamento imediato do escritor, afinal a vida toda o que Guilherme mais ansiara era justamente conseguir envolver com intensidade o maior número de pessoas com suas palavras, e assim ditar tendências, influenciar o proceder das pessoas no maior número possível de situações cotidianas, desde uma simples marca de roupa até manifestações com alcance político, e, se com isso as pessoas formassem uma legião de obcecados por ele, como Fabi temerosamente aventara em suas palavras, que assim fosse, oras! Qual o problema em se ter um líder para seguir? Cristo não tinha e tem os d'Ele, mesmo passados mais de dois mil anos? Ficava muito claro para Guilherme, portanto, que o receio de Fabi não era a existência de um imenso número cada vez maior de pessoas que o idolatravam, mas sim a pessoa objeto de adoração, que no caso era ele. Era evidente que era mais uma opinião banhada na inveja, mas proferida com tom de cuidado fraternal por sua irmã.

— Quando poderei ir então embora deste hospital? Achei que essa facada tivesse sido muito séria, e que demoraria ser liberado para ficar na sua casa — indaga Guilherme, levando a mão novamente até o curativo no abdômen, ao mesmo tempo que a expressão de dor pelo toque dado se mostra presente mais uma vez naquele leito hospitalar.

— O golpe não atingiu nenhuma artéria importante, nenhum órgão nobre, aliás, não acertou em nada, essa que é a verdade! Caso contrário, você estaria em um caixão. Você está aqui se recuperando mais pela perda de sangue, porque demorou para receber ajuda. Isto sim quase o levou a óbito. Não a seriedade do corte. A transfusão de sangue já ocorreu, agora é descansar sem fazer grandes esforços físicos — explica Fabi, para o atento escritor, que nada diz para irmã, mas sabe então que, se a facada recebida não fora de grande impacto e com potencialidade de lhe ceifar a vida, fora pela simples e pura vontade do seu agressor, aliás, agressora, pois, para o jovem ali acamado, a responsável pela punhalada era sua maldita ex-mulher.

Ela, e somente ela, é quem havia decidido que a hora do escritor ainda não tinha chegado, e ele deveria permanecer vivo por mais um tempo, seja lá por que motivo ou até quando. Na verdade, o pensamento subsequente do curioso Guilherme era tentar imaginar se sua vida havia sido poupada pela mulher vingativa na intenção de que o escritor sofresse muito mais com tudo que ela ainda iria causar de ruim para o novelista nessa trama sórdida em um futuro bem próximo, ou se havia sido poupado por algum sentimento bom e amoroso que porventura nutrisse por ele.

A dúvida parecia deixar Guilherme com a perfeita sensação de borboletas no estômago, típico dos que estão no início do encantamento por alguém, o que o deixava deveras aborrecido, porque a lógica depois de todas as desgraças que vieram em razão de ter se envolvido com essa mulher era de que somente sentimentos negativos o envolvessem quando dela se recordasse. Mas nem sempre isso ocorria, por mais que Guilherme desejasse vê-la somente como um monstro diabólico. O escritor sabia que isso era impossível, até por ser ele partidário de que todos temos os dois lados bem ativos em nós (o bom e o mal); portanto, ainda que ele lutasse intensamente e incontáveis vezes contra a lembrança do lado bondoso da ex-mulher, a imagem da moça simples, com cabelo muitas vezes bagunçado caindo pelo rosto após um dia inteiro de trabalho extenuante, mas que ainda assim encantava com uma beleza genuína e impactante, e cuja personalidade humilde e doce magnetizava a todos que estivessem próximos, surgia como mágica e não deixava que ele fosse dominado por sentimentos ruins. Guilherme nestes momentos só conseguia lamentar a inexistência de mais pessoas como ELA no mundo. O escritor refletia nessa divagação, ao mesmo tempo que era invadido por muita dor emocional, não sabendo identificar se a dor se dava pela conclusão de não haver mais pessoas como ela no mundo, ou se em razão de não estar mais junto de uma pessoa tão rara. Era preciso afastar essa ideia com urgência da mente.

Batidas à porta do quarto interrompem o pensamento furtivo de Guilherme (o que deixa bastante aliviado por se ver livre de tudo de que estava se recordando a respeito da sua ex), ao mesmo tempo que adentra o local um homem de jaleco branco, bastante sorridente e aparentando não ter mais do que cinquenta anos, e que cordialmente cumprimenta Fabi e Guilherme.

— O homem está liberado para descansar na minha casa, doutor? — brinca Fabi em sua fala, sorridente e calma, bem diferente do seu estilo habitual, talvez tentando usar de certa simpatia para atingir seu objetivo, que era levar o acamado escritor para longe daquela unidade hospitalar o mais rápido possível, até por questões de segurança.

— Os exames preliminares mostram que seu irmão está muito bem, considerando tudo que ocorreu com ele, e, como você disse que terá um *home care* em sua casa pelos próximos dias, penso que sim, posso dar alta para ele amanhã logo cedo — conclui o médico, enquanto Guilherme se fixa na palavra *home care*, que, para ele, sempre fora sinônimo de alguém em estado de saúde bastante delicado, ficando impossível não recordar sua amada mãe, que em seus últimos dias de vida se utilizou deste mesmo tipo de cuidado.

— Muito obrigada, doutor! Penso que o ambiente familiar, junto de mim e do meu filho, acabará por fazer com que meu irmão se recupere com mais rapidez. Meu filho só sabe perguntar pelo "O TIO" o tempo todo — explica mansamente a advogada, feliz com a autorização médica para alta hospitalar de Guilherme. Ele compreendia a irmã totalmente na pressa para sair de um hospital, e isso não era unicamente por questões de recuperação ou até mesmo de segurança do famoso escritor, mas porque não havia local onde ambos mais estiveram enfiados desde a tenra infância do que unidades hospitalares, junto da mãe em sua batalha árdua contra o câncer durante longos quinze anos, caminhando e esperando em corredores e salas médicas, muitas das vezes até em madrugadas silenciosas, ouvindo diagnósticos e conclusões, acompanhando o tempo inteiro a mãe e o pai, que ao menos neste aspecto fora um homem dos mais dignos que se possa imaginar.

Guilherme não gostava, igualmente, de ficar muito tempo nestes ambientes, ainda que ao mesmo tempo, e de forma estranha, estes locais o remetessem de imediato à lembrança da real representação de família e união, pois, quando fazia parte de sua rotina estar diariamente dentro de um hospital, dera-se conta de que fazia parte de um grupo de amor genuíno e de pessoas que estavam juntas para o que fosse preciso, nos bons e maus momentos, pessoas reais e que estavam lado a lado por esperança, compreensão e amor mútuo. Guilherme tinha muitas saudades de sua família originária, que infelizmente não mais existia neste mundo. Saber que não mais existia somente neste mundo lhe alivia o espírito saudoso, porque tinha certeza de que um dia estariam juntos novamente de alguma forma. Sentia falta de tudo vivido e do não vivido ao lado dos pais. O saudoso escritor tinha necessidade de pertencer novamente a um grupo familiar, e talvez por isso desejava tanta atenção do público com sua arte, como se agora todos estivessem ao lado dele e o amando, passando a clara semelhança de que todos faziam parte de sua imensa família.

A chuva se mantinha caindo de forma frenética na cidade, transparecendo com muita intensidade e familiaridade a sensação que só mesmo nos suspenses policiais transcorridos em grandes cidades pode-se observar, como no conhecido e cultuado filme *Seven*, tão forte era a semelhança entre o real e o ficcional na vida de Guilherme, e que até mesmo nessas pequenas situações da vida cotidiana (como um simples dia chuvoso) se fazia notar e praticamente se misturar com o fantasioso com perfeição, a ponto de ficar difícil separar uma coisa da outra. A vida do escritor realmente parecia um grande enredo teatral, e cada vez isso se tornava mais inegável para quem quer passasse algumas horas ao lado deste, que era o homem mais observado do mundo do momento.

Fabi não tivera dificuldade em sair do hospital levando Guilherme com ela após a alta hospitalar, escolhendo um horário quase dentro da madrugada para fazê-lo, e, como sempre visto nos filmes, por uma saída diferente e pouco utilizada na unidade hospitalar, mostrando que provavelmente estava no sangue a habilidade de se valer das situações ficcionais para conseguir obter o fim almejado.

No interior do veículo da irmã, ele não poderia estar mais desapontado pela previsível atitude de Fabi para não chamar atenção, porquanto pulsava no coração do artista ver a turba enlouquecida cercando o carro a ponto de se tornar praticamente impossível que este se movimentasse meio metro que fosse, desejando quase que o frenesi da massa tivesse êxito em até mesmo virar o carro, deixando-o com as rodas para cima, pouco importando se com isso ele saísse ferido. Pouco importava qualquer coisa mais séria que ocorresse nessa situação hipotética, afinal a ferida real e sanguinolenta que latejava e ardia em Guilherme estava em sua alma havia muitos anos, e não seriam lesões físicas que teriam maior relevância para ele. Se ele suportava a dor interna e moral, haveria ainda mais de suportar ferimentos físicos, e, assim sendo, valia a pena correr o risco para se sentir cobiçado e interessante para um grupo volumoso de pessoas. Mas sua irmã, que era o oposto dele nessas questões, fora quem saíra vitoriosa ao não chamar atenção de ninguém neste deslocamento até sua residência.

A calorosa sensação familiar que nos envolve a alma, principalmente na infância, em decorrência da proximidade com os membros de nossa família, enlaça Guilherme com tamanha força que o escritor quase consegue sentir-se com a idade não superior a seus dez anos, podendo, se fechasse seus olhos e assim quisesse, praticamente perceber o toque da pele macia da mão da saudosa mãe, que, segurando a sua, conseguiria dizer tantas e intensas coisas sem nada pronunciar, só sendo suficiente o ali estar naquele momento acolhedor. Estas pequenas situações deixavam no homem saudoso, a percepção de que tudo em sua vida ao lado dos pais fora tão mágico e protetor, tão intenso e valioso, que a maioria das pessoas teria de viver duzentos anos ao lado de seus próprios pais para, quem sabe assim, chegarem perto da cumplicidade, amor, proteção, diversão, ensinamentos que ele obtivera com seus genitores em seus vinte e poucos anos de convívio diário. Guilherme era grato por tudo que vivera com eles, e por ter a certeza de que fora corretamente preparado por ambos para encarar a vida com todas as suas belezas e tragédias.

Mesmo com a chuva forte que praticamente tornara a visibilidade dentro do veículo quase nula, Guilherme consegue ver acertadamente a entrada do condomínio onde a casa de sua irmã se localiza, e, após adentrar a guarita onde a identificação obrigatória de quem ali chega no altamente vigiado conjunto de casas elegantes se faz necessária, não consegue conter a satisfação quando vê, após a irmã andar cerca de duzentos metros com o carro e virar à esquerda em uma rotatória, a pequena silhueta do menino parado na garagem aguardando de maneira ansiosa que o possante estacionasse ali, o que em poucos segundos se torna um fato notório com o desligamento do veículo após Fabi adentrar a garagem de sua residência.

— O TIO! Meu tio! — grita o pequeno Bernardo ao correr em direção ao carro estacionado, no mesmo instante em que Guilherme de forma apressada também desce do veículo, ajoelhando-se para abraçar o sobrinho, que se joga em seus braços, repleto de ternura. Sentir o corpo do pequeno e carinhoso Bernardo junto ao seu, enquanto o menino alisava sua nuca com os pequenos dedinhos, para em seguida levar suas mãos em direção à barba de Guilherme, era um lenitivo a qualquer dor que o escritor carregasse dentro de si, a ponto de que cada caminhar da mãozinha do rapazinho por seu corpo servia como uma limpeza energética que deixava tudo de ruim que Guilherme estivesse carregando para trás de forma definitiva.

— Vamos brincar de fazenda, tio? — pede o menino, com sorriso maroto nos lábios, ciente de que o tio não negava nenhum pedido do pequeno, a ponto de muitas vezes Fabi ficar bastante chateada por ver o filho sendo atendido por Guilherme em cada capricho exigido, esperando que o irmão fosse, quando necessário, um pouco mais pulso firme, até mesmo para que Bernardo percebesse quando os pais impunham limites, assim como todos os adultos responsáveis fazem, ou deveriam fazer.

Mas Guilherme jamais correspondia a essa expectativa de Fabi. Era impossível ao jovem não atender a todas as solicitações do jovenzinho, porque, estando ao lado da criança, não conseguia evitar de estar totalmente embriagado de amor paternal, porque era desta maneira que ele enxergava o seu sobrinho: como se o garoto fosse o filho que ele não tivera nessa existência, tamanha era a ligação que possuía com o menino.

Poder-se-ia dizer que Bernardo era atualmente, para Guilherme, a pessoa mais importante de sua vida, o que era totalmente lógico, porque o escritor enxergava no pequenino a continuidade de sua família. O menino era filho de sua única irmã, e neto de seus amados e saudosos pais, ficando, desta feita, totalmente impossível impor qualquer limite a este amor, seja nos cuidados, seja no atendimento daquilo que poderia ser considerado capricho por alguns. Um dos desejos mais latentes na alma de Guilherme era ver a família de onde ele se originara ter continuidade, e era isso que o pequeno infante fazia simplesmente por existir: dava sequência a sua linhagem e toda a história familiar que Guilherme tanto valorizava. Bernardo era uma joia de intenso brilho que o tio faria absolutamente tudo para que continuasse fascinando e ofuscando a todos.

O mais curioso era que, mesmo que Bernardo tivesse outros tios pelo lado familiar de seu pai, com nenhum deles o menino parecia ter tamanha interesse em estar próximo, ou gozava de tanta intimidade, carinho e envolvimento, e isto fora dito pela própria Fabi, ainda que fosse complicado, sob algum aspecto, para a advogada assumir essa forte ligação de seu filho com o irmão, com quem ela tivera divergências quase inconciliáveis.

— Pessoal do *home care* já se instalou em seu quarto, mas, conforme o médico me disse ontem, a equipe não se fará necessária por muito tempo aqui. Uma semana, creio eu, e você já estará pronto para outra — explica Fabi, enquanto caminha alisando a barriga onde seu segundo filho se encontra em, como Guilherme gosta de brincar, "fabricação".

Ele assente positivamente as palavras da irmã balançando a cabeça, enquanto o pequeno Bernardo, segurando na mão do escritor, puxa o tio pelo braço de todas as formas possíveis, buscando assim chamar atenção do sempre carinhoso homem, mas que neste momento parece se encontrar absorto de todas as coisas do mundo, fazendo uma minuciosa varredura com os olhos pela sala de entrada da casa da irmã, sempre na esperança de encontrar alguma foto exposta em local de destaque dos pais de ambos, mas, como sempre, nada encontra. Enquanto o notório artista parecia endeusar a família que tivera, Fabi só tinha foco na família que ela construíra com seu casamento, como se a originária de ambos jamais tivesse existido.

O jovem sabia que seria espantoso encontrar algum objeto ou imagem que remetesse aos pais naquele local, porque, desde a morte deles, era extremamente notório o quanto Fabi se afastara de qualquer lembrança dos genitores como o diabo fugia da cruz, como se assim, evitando as lembranças, como fotos e filmes, ficaria apagado de certa forma o que ela tinha vivido com eles no passado. Sempre achara isso uma imensa bobagem, beirando até mesmo a uma grande falta de respeito para com os pais, mas, como com tudo que Guilherme havia criticado em sua vida, este pensamento de censura a atitude de sua irmã fora mais uma das incontáveis vezes em que o escritor havia cuspido e caído no meio de sua testa, porque hoje estava ele tentando de todas as formas possíveis e impossíveis recomeçar sua vida em cada detalhe, afastando-se, assim, da imagem que um dia ele tivera de si próprio, e principalmente: apagando cada fato que pudesse associar sua ex-mulher a ele, fotos ou qualquer coisa correlacionada, chegando ao nível de uma quase obsessão em eliminar o passado.

Esta busca incessante do obcecado romancista diminuía o amor que um dia Guilherme sentira? Ou apagava tudo que fora vivido? De forma alguma, e o reflexivo escritor era totalmente ciente disso. Hoje o maduro homem sabia que de certa forma Fabi não estava errada no seu proceder, porque quando agia assim não era na intenção de desmerecer o vivido ou o amado por ela, mas era justamente para evitar que doesse e sangrasse todos os dias ainda mais do que constantemente já ocorria na mente e no coração da advogada. Não há nenhuma maldade ou erro em agir para tentar se proteger, ou como forma de procura pela cura das feridas internas. O passado era justamente um tempo que não mais existia ou possibilitava algum tipo de retorno a ele, então para que perturbar o presente com coisas que não têm mais retorno? Não tem lógica alguma.

— E aí, Guilherme, como você está? Muita dor ou está dando para ir levando na boa? — a voz masculina que ecoa na sala imensa da casa corta a linha de raciocínio do escritor, que retorna, assim, de pronto para realidade atual e oposta a que seu pensamento o levara poucos instantes antes, percebendo agora seu cunhado com a mão esticada em sua direção em claro sinal de um cordial cumprimento, o que é rapidamente retribuído por Guilherme, que segura firmemente a mão estendida pelo cunhado.

Homer era um homem acima da média em todos os sentidos que se possa imaginar, não apenas pelas qualidades morais como pela grandiosa beleza física, a ponto de que, mesmo que atualmente já estivesse na meia-idade e vivendo na faixa de seus quarenta e cinco anos, era um homem que dava facilmente um baile em qualquer exemplar masculino que ainda estivesse na casa dos vinte e poucos anos. Possuidor de um sorriso que mais parecia ter sido desenhado, de tão belo que era, e que, ainda por cima, tinha os dentes adequadamente brancos, sem descambar para o excesso, o cunhado tinha olhos de um azul-piscina tão profundos como impactantes, o que o pequeno Bernardo havia herdado, mais se parecendo com um pequeno clone do pai do que com qualquer outra coisa. Não havia melhor definição de Homer aos olhos do jovem escritor que ali se encontrava sendo cumprimentado do que o mais perfeito e adequado *macho alfa*, possuidor de uma beleza que impactava e até mesmo conseguia intimidar os mais inseguros da espécie que por um acaso topassem com o marido de sua irmã.

— Estou bem, obrigado. Levando como deve ser, né? — responde Guilherme, de certa forma surpreso pela atitude do cunhado em aparentar certa preocupação para com ele.

Ainda que Homer sempre fosse bastante educado com todos em geral, e ainda mais porque nunca tiveram nenhum problema pessoal, rusga ou discussão desde que se conheciam, a surpresa era porque Guilherme era sabedor que no fundo seu cunhado se continha bastante para não transparecer quanto não gostava de ver Fabi tão envolvida nas questões profissionais e pessoais do irmão, por uma série de questões, que iam desde o fato de a esposa com isso ter deslanchado profissionalmente, tornando-se um dos nomes mais atuantes do meio jurídico, o que acabava por afastar a mulher da exclusividade do lar, como ele tanto gostava e almejava, por ser ele um homem conservador, ou ainda porque todo o cenário midiático que envolvia Guilherme estava cada vez mais perigoso para ele e por conseguinte para a sua família, que no caso eram Fabi e Bernardo, que, assim, acabavam correndo risco real de serem vítimas de algum maluco obcecado por Guilherme. Porém, o fator principal, e que a cada dia ficava mais indisfarçável naqueles profundos e belos olhos azuis cor do mar de Homer, era que o cunhado tinha certeza de que o escritor era o responsável pela morte da ex-mulher, e, se dependesse de Homer, Fabi e seu filho manteriam mínimo ou nenhum contato com Guilherme, que, para Homer, não passava de um monstruoso assassino que escapara da devida condenação por muito pouco.

O grande medo existente no coração de Homer era de que, em razão de suas conclusões tenebrosas acerca da autoria do sumiço da cônjuge do cunhado, e Guilherme sendo portanto o responsável pela tragédia que ocorrera com a ex-mulher, poderia em um futuro também se voltar contra Fabi, e, por que não dizer, investir até mesmo contra o pequeno Bernardo, tentando contra a vida do menino, o que fazia com que Guilherme sentisse uma intensa chama de ódio flamejar em seu interior diante desse temor absurdo, mas que ele não podia descartar que estaria em ebulição no interior do seu cunhado.

O escritor abominava essa possível conclusão de Homer, e somente pedia forças a Deus para que isso nunca brotasse da boca do marido de sua irmã, porque seria demasiadamente complicado para ele controlar o ímpeto de se tornar, em razão da pronúncia destas eventuais acusações, um verdadeiro assassino: a vontade natural que eclodiria seria de cravar uma faca na carne de Homer até a lâmina se partir em quantos pedaços fossem necessários no corpo do cunhado.

— E como foi a reunião, meu amor, conseguiu resolver aquelas questões que estavam pendentes? — questiona ao marido, com excessiva ternura, Fabi, apontando o dedo para o envelope pardo que ele segura em uma das mãos, e que Guilherme imediatamente reconhece ser de um escritório de advocacia badalado na cidade, altamente conhecido não apenas pelos altos preços cobrados, mas também por ser o mais adequado para tentativas de resolução de situações de extrema gravidade e imbuídas de chances reais de lesar potencialmente o patrimônio de cidadãos com pendências com o fisco e outras relevantes e preocupantes situações.

O que provoca certa aflição em Guilherme era o porquê de Homer ter agendado uma reunião com esse grupo jurídico em específico.

— Foi tranquilo, Fabi, eles acham que ainda está longe de qualquer chance de problemas maiores. O negócio é resguardar alguns pontos, e blindar vocês de alguma forma. Mas por ora nada muito preocupante. Já resolvi essa parte do "blindar", fique tranquila — responde

Homer, levemente nervoso, alisando o envelope de forma contínua, o que deixa bem visível que suas mãos estão um pouco trêmulas, aguçando mais ainda a curiosidade do jovem escritor, que assiste a toda narrativa do nervoso cunhado na sua frente.

— É algum problema fiscal? Fabi não me disse nada sobre isso tudo, e que vocês estariam passando algum tipo de aperto com algum problema sério. O que eu puder ajudar, saiba que…

Guilherme nem consegue terminar a frase, sendo interrompido pelo cunhado de forma abrupta e quase agressiva, demonstrando assim que não queria fazer nenhum tipo de confidência para o irmão de sua esposa, deixando claro que o escritor era *persona non grata* naquele local, quase um intruso que deveria saber o seu devido lugar e não se meter em nenhuma conversa que acidentalmente fosse relatada em sua inconveniente presença:

— Obrigado, Guilherme, mas tudo está se encaminhando. Acho que você deveria ir para seu quarto descansar um pouco. Creio que no meio da tarde o médico virá visitá-lo e ver o ferimento no seu abdômen — encerra Homer, enfaticamente, o tema no seu já conhecido e calmo tom cordial, denotando que soubera se recompor, com maestria, da quase agressividade vista pouco antes, mas não deixando margens igualmente para continuidade no assunto envolvendo o envelope pardo, cabendo unicamente ao escritor disfarçar sua raiva, quase evidente, por mais uma vez ser preterido por Homer, que deixa bem claro, com o corte na fala, que Guilherme não faz parte de fato desta família, ao menos não para o marido de Fabi, com o que, na verdade, Guilherme não se importa realmente, afinal, pelos reiterados menosprezos cuidadosa e reiteradamente disfarçados na forma de uma superficial educação, ele internalizara havia tempos que não era bem-visto naquela casa.

— Tudo bem, Homer. Eu vou lá ficar deitado um pouco. Obrigado por sua preocupação — responde, em tom quase irônico, o jovem, observando de forma detalhada novamente a compleição física do cunhado, imaginando se essa beleza tão incomum permaneceria existindo, mesmo que em menor intensidade, se Homer estivesse deitado em um caixão com o rosto completamente branco e cheio de cicatrizes pela quantidade enorme de facadas que eventualmente teria recebido até a morte.

16

A curiosidade de certa forma permeia a mente de Guilherme neste momento diante desta imagem aterradora, mas, por mais que o satisfizesse, por certo ângulo, esse pensamento macabro de Homer morto de forma violenta, o escritor o afasta de pronto de sua mente, afinal ele nunca fora o que o cunhado julgava erroneamente que ele o era, e nem mesmo em sua mente tão criativa Guilherme manteria esse tipo de cogitação ou imagem, pois, como dito no clássico *Psicose* pelo personagem Norman Bates no fim da película, Guilherme não poderia fazer mal para uma mosca. Nem mesmo em pensamento.

Encaminha-se ao quarto de visitas preparado por Fabi para servir-lhe como leito hospitalar, sempre de mãos dadas com o alegre Bernardo, que parece ligado no duzentos e vinte volts, não conseguindo ficar nem mesmo meio segundo sem fazer algum tipo de comentário ou pergunta para o atencioso titio, naquela fase tipicamente conhecida que todas as crianças transitam quando a curiosidade pelas coisas do mundo se torna parte integrante do crescimento. Ainda que um pouco cansativo responder a cada item do extenso questionário do falante sobrinho, era inegável o prazer que a presença do pequenino ao seu lado lhe trazia.

Guilherme adentra o quarto com Bernardo nos braços, como tão comumente gostava de fazer, constatando que a habitação já ganhara ares de um verdadeiro leito, faltando apenas uma pintura em tom mais neutro nas paredes do quarto para que fosse facilmente possível confundir o local com um hospital. O escritor sente certo incômodo em imaginar que teria de ficar ali por alguns dias, em uma quase sessão de tortura, porque isto o lembrava o longo período que a mãe passara acamada em situações semelhantes. Isso era tudo que Guilherme não precisava revisitar.

— Você não deveria ficar com Bernardo nos braços, isso pode fazer com que os pontos dados no local do golpe se abram. Você gosta de se arriscar sem necessidade — alerta Fabi, que, parada na frente da porta do quarto onde Guilherme se encontra com Bernardo, estende os braços em sinal de que o menino deveria ser entregue a ela neste momento, o que o escritor faz de pronto.

— Foi mal, eu não percebi. Na verdade, eu esqueço completamente esse pequeno incidente. Mas você está correta. Melhor não fazer muito esforço. Ah, desculpe ter me metido no lance do seu marido, não foi por mal. Só quis mostrar que, qualquer coisa, estou aqui para ajudar — afirma Guilherme, enquanto se senta na cama do quarto.

— Está tudo bem. Eu mesma não sei de todos os pormenores da situação, e não vejo como salutar ficar comentando sobre um fato que não ocorreu ainda, mas sei que é algo que afeta uma das fazendas do Homer, e pode acabar descambando para alguma situação indesejada — desabafa Fabi, mais desconfortável talvez pela notória impressão de que deveria ter falado disso com o irmão há tempos e somente o faz agora porque Guilherme testemunhara seu diálogo com Homer do que com a situação complicada que envolve a fazenda do marido em si.

A empregada da casa surge neste momento com o rosto um pouco tenso, típico de quem traz notícias indesejadas ou ruins, o que é de pronto percebido por Fabi, que, colocando o pequeno Bernardo no chão, e cruzando os braços em seguida, em evidente "postura armada", aguarda a manifestação da mulher encabulada a sua frente.

— Desculpe incomodar a senhora, mas ele está lá à porta; interfonou perguntando pelo seu irmão, e querendo entrar agora aqui. A senhora vai permitir que ele entre? — pergunta, com certo receio na voz, a empregada, deixando claro que existia um certo tipo de medo pela figura da irmã do escritor.

— Quem está à porta? Eu não vou atender nenhum repórter! Guilherme precisa descansar, eu preciso me organizar com inúmeras coisas, não dá para atender à imprensa sensacionalista! — responde Fabi, em um tom que beira o irritado, ao mesmo tempo que se senta em uma cadeira próxima de uma escrivaninha localizada no mesmo quarto.

— É o senhor William. Ele quer ver o senhor Guilherme, disse que tinha um compromisso agendado com ele, e não conseguiu contato no hospital, e lá mesmo fora dito que seu irmão estaria aqui na casa da senhora — informa, de cabeça baixa, a funcionária, denotando extremo receio com a informação por ela trazida e de como Fabi poderia reagir a isso, ficando bastante evidente, pela postura da mulher que adentrara o quarto com a notícia informada, que já sentira anteriormente na pele algum tipo de reação colérica da irmã do escritor, e, sendo assim, encarar a face da advogada irada seria tão ou mais assustador do que uma resposta ácida vinda da gestante ali sentada.

Fabi se levanta em um rompante da cadeira que quase a vira para trás, tamanho o impulso da advogada para se pôr de pé novamente, que leva as mãos à cabeça como que a tentar se acalmar e não explodir em um tom agressivo com a notícia trazida. E nisto obtém êxito, talvez porque tenha aprendido a não descontar em terceiros que nada tinham a ver com a história (no caso, a pobre coitada da funcionária), talvez no intuito de apenas se preservar em razão de sua gravidez. Enfim, o motivo era irrelevante, o que era válido na atitude era perceber que a mulher estava se esforçando para manter autocontrole emocional diante das notícias de difícil digestão.

— Pode deixar esse rapaz entrar, mas já avise que o tempo de duração da visita dele vai ser igual ou menor do que aquelas conhecidamente feitas pelos médicos: bem rápida. Guilherme não pode ficar se desgastando falando muito nem ficando ansioso com qualquer notícia mais pesada — determina Fabi para sua funcionária, que a escuta com bastante atenção, assentindo com a cabeça a tudo que a patroa diz ali.

A funcionária se retira dos aposentos, deixando Fabi e Guilherme a sós, sendo seguida por Bernardo, que de igual forma sai do quarto de forma apressada, provavelmente por ter já notado que os adultos ali presentes não iriam brincar, como ele tanto ansiava.

A advogada se vira em direção a Guilherme para muito provavelmente falar de sua indignação com a presença de William, que logo estaria junto deles, quando se apercebe sozinha no quarto. O escritor estava no banheiro da suíte dando últimos retoques em seu visual, já se encontrando com o cabelo impecavelmente arrumado com sua pasta modeladora favorita, seu perfume altamente instigante, e uma blusa social de seda escura que, combinada com todo o conjunto da vestimenta e acessórios, transforma Guilherme em um perfeito e único exemplar de homem macho alfa, completamente irresistível para qualquer pessoa que o encarasse.

O jovem novelista exalava sensualidade, de forma que era instantâneo a quem o visse se ver lançado a pensamentos relativos a sexo e todo tipo de luxúria da mais suja que se possa aventar. Essa era a intenção exitosa do instigador homem que ali se arruma para uma saída aparentemente comum: provocar as pessoas com sua sensualidade, despertando sensações, pensamentos e desejos tão quentes e fortes que até as pessoas com a mente mais aberta no planeta teriam vergonha e ficariam ruborizadas por estarem tendo sua imaginação invadida por imagens tão sensuais e pornográficas, e ao mesmo tempo estariam altamente satisfeitas por estarem deveras excitadas e gozando com intensidade vendo o escritor provocando e excitando a todos com sua fisionomia em sua aparentemente simples e comum saída noturna.

— Aonde você pensa que vai, Guilherme? Eu acabei de dizer que William vai vê-lo RAPIDAMENTE, e logo vai embora, e você, como que para me enfrentar, como sempre, está pronto não apenas para recebê-lo, mas para uma noitada completa? Está bêbado ainda? Você foi esfaqueado! Eu preciso lembrá-lo disso e de que há um perseguidor em seu encalço? E uma noitada com William, às vésperas praticamente do casamento com Amanda, logo após a deixar desolada com a descoberta que você mantinha guardado todos os objetos de seu casamento com aquela miserável? Eu não sei mesmo o que fazer com você. Cada vez fica mais claro para qualquer um a sua grande vocação para ser kamikaze. E, infelizmente, pessoas que o amam vão ter de assistir de camarote à sua detonação mortal — lamenta profundamente Fabi, enquanto Guilherme ajeita a manga da blusa em seu punho, mantendo o belo e destacado sorriso no rosto, em total despreocupação com tudo que está sendo relatado pela desapontada irmã.

— Fique tranquila, que eu sei perfeitamente o que estou fazendo. Está tudo se encaminhando dentro do esperado. Vai ficar tudo bem. E não estou indo para noitada alguma. Vou apenas dar uma volta, sentar em algum lugar sem me demorar. Logo estarei aqui novamente — tranquiliza Guilherme a tensa irmã, enquanto se dirige para fora do quarto, sendo seguido logo atrás por ela. Já do lado de fora da residência de Fabi, no pátio da área externa, enquanto esperam a entrada de William, o sol já anuncia que em muito pouco tempo irá se pôr, podendo ainda, neste instante, a jovem grávida e Guilherme sentirem, mesmo que timidamente, o calor dos poucos raios solares que ainda brilham, mas que já deixam evidente a despedida da fase diurna.

Os irmãos então testemunham a entrada do Audi azul em alta velocidade na rua onde a casa da advogada se localiza, parando com extrema habilidade junto à entrada da mansão, para em seguida dele desembarcar um homem loiro que, trajando vestimenta quase idêntica à que Guilherme está vestido, se movimenta em direção à dupla prostrada na frente da residência.

Enquanto Fabi mantém o semblante altamente sisudo de quem não está nem um pouco feliz com essa visita inadequada, Guilherme parece resplandecer o rosto a cada passo de aproximação que o belo homem dá em direção à dupla ali parada. Qualquer um que desejasse observar naquele momento o jovem escritor ali imóvel teria a correta conclusão de que Guilherme nutria uma forte admiração pelo jovem, para dizer o mínimo, e que a presença de William em face de toda a situação vivenciada pelo artista nas últimas vinte e quatro horas seria bastante benéfica.

— Querida Fabi, como você está? Tudo em paz? Pela cara calma de sempre, está tudo bem! — diz debochadamente William, enquanto abraça a irmã de Guilherme fortemente, não esperando obter nenhum resposta, dócil ou não, da moça, mesmo sabedor de que muito provavelmente ela já estaria ensaiando alguma resposta bem ácida à altura, e que estaria na ponta de sua língua para ser pronunciada, mas a que William não estava disposto a dar ouvidos, tanto que imediatamente se afasta do abraço da advogada para se dirigir a Guilherme, agarrando-o de pronto com imensa emoção, sintonia e cumplicidade, em meio a fortes gargalhadas de ambos, erguendo o contente escritor do chão por breves segundos, em uma cena calorosa e muito bonita de se ver, a ponto de ficar difícil não imaginar que ali se tratava de pessoas com uma ligação muito mais forte do que uma simples amizade, quase que um casal homoafetivo. William leva sua mão esquerda até a nuca de Guilherme, segurando forte enquanto ambos sustentam profundo e fixo olhar um para o outro, mantendo os dois o mesmo largo e bonito sorriso no rosto de quando o abraço acalorado se iniciara.

Fabi fica olhando a cena com bastante indignação, considerando-a altamente estapafúrdia em razão de tudo que estava se desenrolando nas últimas intensas horas na vida de Guilherme, e, já temendo o famoso dito popular de que "Nada está tão ruim que não possa piorar", a advogada começa a temer a repercussão ainda mais intensa em cima do irmão, caso o moço resolvesse beijar na boca a visita indevida deste fim de tarde, decidindo então assumir um relacionamento "homo" às vésperas de seu casamento com Amanda, enlace este que estava sendo aguardado e planejado para ser midiático e tão concorrido como eram os matrimônios da realiza britânica. Fabi precisa controlar a descarga de adrenalina que lhe tomava o corpo, muito pelo bem-estar do filho que aguarda, mas igualmente pelo fato de que, se isso tudo realmente ocorresse, ela teria de estar muito bem para apagar eventuais incêndios que com certeza surgiriam ao redor do irmão com a guinada afetiva inesperada na vida deste. Era melhor, por ora, não se deixar levar por conjecturas, pois, ao que constava, Guilherme era apenas amigo de William, e estava prestes a se casar com seu novo amor, sua sócia no escritório de advocacia, Amanda.

— Eu não sei por que eu brigo tanto e exclusivamente com Guilherme e peço tanto que ele controle os ímpetos que parecem que o dominam, quando eu deveria também repartir as irresponsabilidades que ele comete com aqueles mais próximos e que deveriam, até por questões de cunho profissional, refrear as atitudes do meu irmão, até porque, referindo-me claramente a você em específico, que não deveria se esquecer de que é o agente dele e deveria prezar sobremaneira para a manutenção da boa imagem que ele deveria ter, de homem sóbrio e equilibrado, e não um maluco que vive em festas e baladas até mesmo quando é esfaqueado por um maníaco — sentencia Fabi, em tom que se inicia com ares de deboche e termina de forma quase bélica, chegando a quase descambar para uma discussão com o jovem William.

— Ei, ei, ei! Calma, doutora! Este encontro estava agendado há meses! Eu não sabia que o bonitão aqui ia ser rasgado por uma fincada de faca, não! É um jantar de negócios! Não vamos demorar. Todos já sabem o que ocorreu com Guilherme, e que ele não poderá ficar muito tempo no local. Mas, se eu desmarcasse isso, a oportunidade de concretizar um excelente negócio estaria perdida, e você sabe que *timing* não pode ser ignorado, e sim aproveitado em sua inteireza enquanto possível — devolve assertivamente William, em tom sereno típico daqueles que, ainda que não dominassem uma situação ou assunto, e, portanto, não soubessem claramente o que estavam falando, sabiam manter uma imagem impassível diante de todos, a ponto de qualquer um que escutasse e os visse ter certeza de estar diante de um conhecedor profundo da temática que porventura estivesse sendo debatida.

William era um profundo mestre dessa verdadeira arte do engodo, e por isso mesmo Fabi não diminui em nada sua insatisfação com a resposta recebida pelo agente do irmão.

— Eu não vou demorar, Fabi. Prometo. No máximo em duas horas estou de volta, ainda vai estar quente do sol que está se pondo agora. Garanto — tranquiliza Guilherme à sua irmã, que, sentindo certa sinceridade no escritor, vai se deixando acalmar pouco a pouco, ciente de que não poderia fazer muita coisa diferente do que aconselhar e desejar que no fim tudo acabasse da melhor maneira possível para o jovem, pois sabia quanto o rapaz apanhara da vida e era merecedor de um período de sossego e calmaria.

— Vamos, lindão, já estamos atrasados — chama William, ao mesmo tempo que coloca os óculos escuros e adentra seu possante Audi, sendo seguido imediatamente por Guilherme, que, abrindo a porta do passageiro, senta-se ao lado de seu agente.

Arrancando com tudo o veículo luxuoso, este some no horizonte em alta velocidade, assim como o sol desaparece no mesmo momento, como se houvesse uma combinação para que tal cena ocorresse de forma simultânea.

William era um homem de grande beleza, como Homer, cunhado de Guilherme, mas a beleza de William remetia de pronto a quem se deparasse com este belo exemplar masculino ao pecado da luxúria bem como ao sexo selvagem, em uma espécie de vontade quase irresistível de ir para debaixo dos lençóis ou para qualquer lugar, desde que estivesse igualmente debaixo do corpo do excitante William. Guilherme tinha total certeza de que qualquer mulher ficaria molhadinha a ponto de precisar trocar de roupa somente por observar William interagindo em qualquer situação, mesmo que fosse recebendo a hóstia em uma Missa, afinal o seu agente tinha a personalidade de homem cafajeste e sedutor, que tanto mexia com o imaginário feminino, barba farta e perfeitamente desenhada no rosto, sorriso branco em dentes perfeitamente clareados em um sorriso angelicalmente excitante, olhos verdes penetrantes, cabelos lisos e aloirados, cujos fios caiam constantemente sobre os seus olhos (o que forçava o belo homem a ajeitá-los constantemente em atitude que acentuava sua sensualidade), corpo exaustivamente trabalhado durante anos em academia, o que o deixara com peitoral destacado, e com bíceps imensos que se assemelhavam a grandes montanhas, fora o abdômen perfeitamente definido, o que o colocava, sem reparo algum a ser feito, no modelo ideal de homem.

Mas a admiração de Guilherme com relação a William, até mesmo acerca do corpo formoso do jovem homem, em nada tinha a ver com uma eventual conotação sexual (apesar de que o escritor responderia positivamente, e sem papas na língua, a qualquer um que o indagasse que, se tivesse de se deitar com algum homem um dia, este sem dúvida alguma seria o seu grande agente William). O belo macho que buscara Guilherme no Audi tinha uma imensa relevância, porque fora um dos primeiros a acreditar no potencial da escrita do autor, e que aceitara ler alguns manuscritos, contos e roteiros levados pela desaparecida ex-mulher, que diuturnamente batia de porta em porta tentando convencer grandes editoras ou estúdios ao menos a lerem os textos para conhecer o material do então à época desesperançoso marido, o jovem Guilherme.

Quando William, que sempre fizera parte de uma das agências de talentos de maior relevância no país, resolvera não apenas receber o material, mas o ler e procurar Guilherme em seguida, justamente porque ficara hipnotizado pela criatividade do rapaz, a gratidão fizera morada definitiva no coração do agradecido escritor, que, pela primeira vez, via reconhecido seu talento pelos olhos de um estranho, mas não um simples estranho: um especialista em reconhecer talentos. William era a prova de que Guilherme tinha a magia da arte correndo nas veias de forma abundante, e justamente por isso o escritor tanto admirava o seu agente. Até aquele momento, apenas sua ex-mulher tinha certeza de que a arte era intrínseca na vida de Guilherme, mas, desde o reconhecimento de William, as coisas começaram a mudar.

Infelizmente, portanto, para o jovem artista, mais uma vez ele tinha de concordar e lembrar que, se o belo "caça-talentos" cruzara seu caminho e decidira trilhar a estrada do sucesso ao seu lado, fora porque antes a miserável havia colocado o dedo e conseguido que essa oportunidade ocorresse na vida de Guilherme. O escritor sabia que estava no limite do suportável no que envolvia a constante sombra da maldita ex-mulher. Até quando esse fantasma, de forma direta ou indireta, iria permanecer assombrando sua mente? Essa era a indagação mais forte a fazer morada na mente de Guilherme.

— Sua nova edição mal se tornou pública e já está em primeiro lugar em buscas na internet. Primeiro lugar nos mais diferentes países, diga-se de passagem, meu caro Watson. Parabéns! Sempre falei desde o início que você era um puta de um cara foda para caralho — dá a notícia, de sua forma peculiarmente tão conhecida, sempre recheada de palavrões dos mais variados e pesados tipos, o que deixava William ainda mais sexy e bastante viril enquanto os jogava ao vento, porque, se no público ele era capaz de rechear de obscenidades até mesmo um discurso em homenagem a freiras virgens em uma plateia lotada, imagina o que esse homão que exalava testosterona e sacanagem a quilômetros de distância era capaz de falar enquanto fodia uma mulher de todas as formas na sua cama, ou quem sabe no chão do quarto, em um vaivém frenético e altamente intenso, entre gemidos, suor mútuo e, por que não dizer, até certa violência, afinal William mesmo já confidenciara que curtia socar sem dó até sentir arder.

Guilherme talvez tenha percebido um pouco tarde que uma ereção se produzira com toda essa imaginação correndo de forma desenfreada, sendo agora totalmente em vão qualquer tipo de tentativa de disfarçar sua grande animação ao lado de seu agente de imagem.

— Uau, rei do suspense! Essa "animação" aí é pela notícia de que sua nova edição ultrapassou até mesmo o lançamento do livro original, ou é tesão em mim mesmo? Sei que sou um macho gostoso para cacete mesmo, mas controle-se um pouco, né? Quem sabe, se eu beber um pouquinho mais hoje, não peço sua ajuda para dar uma balançadinha quando eu for ao banheiro — fala William, apontando para o volume exacerbado formado na calça de Guilherme, ao mesmo tempo que sorri de maneira tão excessivamente sexy que ficava deveras complicado não aceitar de cara o convite para uma conferida mais apimentada no banheiro do bar no transcorrer da noite.

— Ou quem sabe você já me ajuda um pouco segurando no meu enquanto dirige este seu carro? Eu realmente mereço um pouco de carinho por mais uma vez estar enchendo sua conta de muita grana com esse relançamento especial da minha obra — debocha o escritor, saindo pela tangente ao levar tudo para o lado da brincadeira, afastando assim qualquer possibilidade de que o papo adentrasse o assunto do sexo literal, porque Guilherme sabia que, se isso ocorresse, as coisas poderiam se complicar, afinal a temática sensual sempre fora seu tendão de Aquiles nesta existência e um dos motivos que iniciaram o fim do seu casamento, e o escritor, que durante um tempo de sua vida fora um intenso frequentador de casas de *swing*, orgias e sexo grupal, sabia reconhecer um igual, e William tinha os mesmos hábitos sensuais que ele tivera no passado, e isso não se tratava de uma mera suposição, mas de fato notório (Guilherme se recorda ainda hoje da forte surpresa quando em uma noite frequentando uma dessas casas de orgias no passado, e em data anterior ao surgimento do processo criminal que quase arruinara sua vida, topara com o faceiro William, que transitava pelos corredores do local assistindo e se divertindo com os mais variados casais que praticavam sexo livre ali, em uma prazerosa sessão voyeurista), não sendo hoje salutar que para nenhum deles fosse esticada a corda nesse tema.

— Você sabe que eu concordei com esse lançamento da nova versão justamente por isso, pela grana pesada que viria com todo esse frenesi do público, mas, pelas suas motivações em si, eu não concordo. Já disse isso inúmeras vezes para você — fala William, já em um tom sério e não tão usual para ele.

Guilherme dá uma forte tragada em seu cigarro eletrônico, expelindo forte e densa nuvem que permanece no interior do Audi. O escritor detestava essas opiniões tanto de Fabi quanto de William de que seria desnecessário e perigoso provocar quem não gostaria que a verdade disso tudo viesse à tona. Mas isso só deixava Guilherme com mais vontade de continuar mais a fundo essa busca do real culpado por tudo que lhe ocorrera, pois deixava bem forte a impressão de que ele estava muito próximo de provar ao mundo todo que ele sempre tivera razão quando afirmara ter sido vítima de uma trama ardilosa orquestrada por sua ex-mulher.

— Ela está viva e vai dar as caras; aliás, já deu ontem lá na minha casa, como já amplamente divulgado em todos os sites de notícias. Eu preciso provar que ela está viva, e mostrar isso para o mundo todo ver. E desmascarar quem esteve com ela nesse plano para acabar comigo é até mais importante! Falta pouco para eu revelar a identidade desse sujeito. Quando eu receber de um dos leitores o palpite correto da autoria bem como das motivações, eu vou anunciar em grande estilo e com grande veiculação na mídia. Esqueceu-se de que meus ávidos leitores estão em busca das provas que deixei quase evidentes nessa nova versão? Logo a identidade será revelada, confio em cada um deles. Vai dar certo. — Sorri Guilherme, enquanto explica tudo isso para seu agente, em evidente admiração por seu imenso plano anunciado na emissora de televisão e que agora já está em plena execução por meio da leitura intensa de seus seguidores.

William não consegue mais voltar a sua já conhecida expressão de *bon-vivant* que consegue levar absolutamente tudo para o lado da comicidade, leveza e sensualidade, ficando com uma expressão de forte preocupação com o que poderia surgir desse plano arriscadamente alucinado do jovem escritor que ali se encontra no carro com ele.

— Isso tudo é uma forma de tentar, nem que seja pela última vez, sonhar com a possibilidade de que ela esteja viva e vai dar as caras pessoalmente? Está fazendo igual um garoto que cutuca fundo um formigueiro com um graveto de madeira para fazer as formigas brotarem em grande quantidade de lá só para encher o peito orgulhoso de que sabia que tinha formiga ali, e não se tratava apenas de um montinho de terra abandonado? Cuidado, meu amigo. Pode ser que a quantidade seja acima do esperado, fora o perigo de uma picada, ou de várias. O seguro morreu de velho. Cuidado com quem você pode estar mexendo — aconselha com cautela o jovem William, que continua conduzindo o veículo, agora na noite que já caíra totalmente no céu da cidade.

Guilherme não se importava com isso, afinal sempre fora uma pessoa conhecida por não desistir de nenhum objetivo, e já havia algum tempo que este era seu principal desejo: provar que a ex-mulher estava viva, ainda que pudessem existir centenas de pessoas como William, que acreditavam que seu anseio pessoal em provar a sobrevivência da dita-cuja se dava, em sua maior parte, não para apenas atestar que ele era uma vítima da mulher e de uma terceira pessoa em cumplicidade com ela, mas muito mais em razão da chance de ver aquela a quem tanto amou se movimentando e falando em sua presença mais uma vez, respirando tão próxima dele novamente, trazendo de novo o alento de paz ao seu coração por saber que ela ainda habitava o mesmo mundo que ele, mesmo que não mais caminhasse ao seu lado como outrora. O escritor não saberia precisar com exatidão qual das possibilidades seria mais lógica, e isso na verdade pouco tinha importância agora para ele, sendo muito mais urgente resolver essa trama sórdida de forma definitiva.

William estaciona na entrada principal do majestoso prédio onde fica igualmente localizado o famoso restaurante que nesta noite, como em tantas outras de esbórnia vividas com habitualidade em um passado não muito distante por Guilherme e seu agente, receberá mais uma vez o famoso escritor e seu boêmio amigo. Quem acompanhasse a postura de William confirmaria sem dúvidas que a tão usual expressão “os opostos se atraem” não passa de uma imensa falácia, porque na prática isso resultaria em um imenso sentimento de repulsa entre as partes envolvidas; o correto a se constatar é que “os afins se atraem”, pela semelhança de sentimentos, atitudes e inclinações. William não estava gozando de tamanha consideração e parceria com Guilherme unicamente pelo lado profissional e por admiração da forma mágica com que o escritor sabia encantar a todos com as palavras. A postura de ambos diante da vida era praticamente a mesma, tanto na forma de vestir-se, com belas camisas do tecido mais caro e refinado que se poderia encontrar, quanto em razão do excessivo estilo boêmio e boa praça, bem notório em ambos, sempre sorridentes e prontos para mostrar da forma mais natural possível que a vida deles era farta de apenas bons momentos, e que pertenciam a uma casta privilegiada em todos os sentidos. Ambos mais se assemelhavam a irmãos gêmeos do que muitos que têm o mesmo código genético em sua composição orgânica. A forma arriscada de dirigir chamando atenção de qualquer pessoa também se provava idêntica, tanto que William adentrara o espaço destinado para desembarque de passageiros que iriam jantar naquele lugar tão elegante em grandiosa velocidade, freando tão bruscamente, ao mesmo tempo que girara o volante em direção à parada obrigatória, que por um momento parecia inevitável, para quem observasse, que o carro não capotasse nesta manobra, e em seguida iria invadir literalmente o hall principal do prédio, assustando a todos que naquele local estivessem presentes. Mas, como Guilherme, William possuía a correta perícia no volante para evitar que uma tragédia ocorresse, o que mais aumentava a excitação do belo agente de Guilherme, que assim se sentia como um homem perfeito em tudo que se propunha a fazer, mesmo que esse "tudo" fosse com relação a riscos e eventuais excessos perigosos, como a velocidade indevida.

Os dois belos, elegantes e bem-vestidos homens descem do possante Audi, entregando ao manobrista a chave do veículo para em seguida, a passos largos e rápidos, ainda que mantendo o porte e a presença somente vistas em homens de grandiosa elegância e intensa sensualidade, se dirigirem ao interior do altamente luxuoso prédio, evitando com isso tanto a possibilidade de que Guilherme fosse notado no local de forma mais evidente por qualquer pessoa que tirasse uma foto ou fizesse uma filmagem no hall de entrada quanto o risco desnecessário de ser capa principal de todos os meios jornalísticos em questão de minutos, o que seria ruim para a imagem do escritor, que fora atacado poucas horas antes em sua residência, o que levantaria teorias das mais variadas em razão disso, inclusive de que tudo não passara de uma mentira para chamar atenção da mídia ao relançamento da marcante obra de Guilherme.

— Você fez reservas naquela ala privativa, não é mesmo, William? Não quero chamar atenção de ninguém — lembra Guilherme, ao mesmo tempo que acha graça na própria preocupação, afinal a vida do jovem artista era basicamente uma batalha diária e constante para se manter em destaque no cotidiano midiático, não parecendo crível que houvesse algum momento ou circunstância em que o escritor realmente desejasse não ser notado por alma alguma.

Mas, neste momento delicado, o esperto Guilherme sabia que deveria não chamar atenção, ainda mais naquilo que poderia servir como possível ponto de dúvida no seu papel de vítima de um maníaco, o que na prática ele o era de fato.

— Fique tranquilo, meu caro Watson, que tomei todos os cuidados. Sempre tomo, e você sabe perfeitamente bem disso. Parece que anda se esquecendo de que eu ganho também para manter sempre sua imagem impecável — dispara, em meio a um forte e sedutor sorriso, William, enquanto já pega sua carteira de cigarros no bolso, mesmo que ele e Guilherme ainda estivessem dentro do elevador, em claro sinal de excitação e ansiedade em chegar ao bar para iniciar a prática quase esportiva de ambos: consistente em fumar o máximo de cigarros e pelo maior período possível que tivessem.

— Confesso que não me lembrava de reunião aqui no bar, deve estar agendada há muito tempo, não é mesmo? É da editora, ou de alguma entrevista para jornal? — questiona o curioso Guilherme, que não consegue segurar muito tempo a necessidade íntima de se ver em destaque ou saber quem estaria interessado em sua pessoa, e quais projetos poderiam surgir de uma reunião como esta.

— Você vai logo saber quem está interessado em conversar um pouco contigo nesta noite — conclui, evidenciando seu já conhecido tom sarcástico de resposta, William, ao mesmo tempo que o elevador emite notório som que deixa claro para os homens ali que haviam chegado ao tão aguardado andar do bar.

17

O bar se chamava LOOK e estava localizado no alto de um dos mais luxuosos prédios comerciais da cidade, no vigésimo quarto andar, o que possibilitava uma incrível vista panorâmica da cidade e de todos os outros arranha-céus próximos. A arquitetura, altamente moderna, possuía iluminação *high tech* por toda sua extensão, deixando a decoração das garrafas expostas em variadas partes das paredes ainda mais em destaque. Todo o espaço que circunda os sofás e as mesas dispostas do local era cercado por imensas paredes de vidros, sustentadas por espessas bordas de madeira em suas laterais, passando a impressão de que o bar, que se localizava bem acima do solo, realmente fazia parte das próprias nuvens do céu, de tão próximas que estas permaneciam dos frequentadores, passando a nítida noção de que ali era o estabelecimento dos sonhos e destinado para poucos, e quem ali estivesse casualmente aproveitando uma noite agradável deveria e teria a forte impressão de que estava mais do que em luxuoso estabelecimento gastronômico, mas sim que fazia igualmente parte do próprio céu, tal como uma estrela. De fato, só quem brilhava como uma estrela frequentava este famoso e concorrido ambiente etílico.

Guilherme amava tanto frequentar este charmoso local que nem mesmo se lembrava de que a primeira vez que adentrara o disputado estabelecimento fora com a ex-mulher, como convidados de um aniversário de casamento de um casal próximo e que, diferentemente do escritor e da então mulher, era extremamente abastado; diga-se de passagem, em um momento da vida em que Guilherme jamais sequer sonharia que teria cadeira cativa e privativa neste imponente recinto, como atualmente possui, em uma perene e válida reserva de vinte e quatro horas, sete dias por semana, para usar como quiser e quando achar por bem. A vida realmente traz mais surpresas do que podemos conceber, e o jovem era prova viva dessa afirmação. A sua existência atual era melhor sem ela, e hoje o escritor tinha cada vez mais convicção deste fato.

O requinte do ambiente, que exalava muito mais do que modernidade e luxo, mas status e poder, nada combinaria com aquela mocinha (bem "inha" mesmo, no diminutivo), que, por mais bela que fosse fisicamente, não trazia a energia que se fazia necessária para ser vista como *parte do clube dos ricos* que diariamente por ali passava, emitindo superioridade até mesmo quando desejavam ocultar isso de todas as outras pessoas. A mulher desaparecida tinha simplicidade até o último fio de cabelo, que, aliás, geralmente estava sempre preso para trás em elásticos surrados e gastos, muitas das vezes sem cuidado adequado, por viver a moça sempre muito sobrecarregada de trabalhos do seu cotidiano, portanto sem tempo para vaidades, em mais uma imagem que mostra quanto a pessoa era de uma simplicidade gigantesca, sem tempo até mesmo para um certo cuidado pessoal mais intenso...

Relembrando essa imagem simplória neste instante, Guilherme conseguia ver não uma qualidade da ex-parceira, mas sim quase um defeito, porque o escritor sabia que faltava sal e presença de palco naturalmente na antiga mulher, e não apenas um desejo elaborado na construção de uma imagem feita por ela na intenção de aparentar simplicidade a quem a visse. Ela não precisava se esforçar para enganar ninguém neste ponto, portanto, era da natureza dela não ter destaque e sal. Era a mocinha totalmente apagada quando levada a ambientes assim. Ela não nascera para grandes cenários, ou para luxo e demonstrações de superioridade. Poderia até no fundo desejar essa realidade, como Guilherme mesmo sempre cobiçara, mas estava muito longe de conseguir ensaiar uma possível entrada neste universo de requinte e alta comodidade, e era quase certo que ela destoaria do ambiente até mesmo se ficasse parada na frente da entrada do imenso edifício onde o luxuoso bar se encontrava na cobertura, ou quando muito passaria sem ser notada ou sem incomodar ninguém no ambiente, caso apenas ficasse nas proximidades vendendo botões de rosa para, quem sabe, conseguir juntar algum trocado que lhe permitisse comprar algum lanche bem barato para matar sua fome, ou que pudesse ajudar a pagar a conta de luz de seu casebre.

Guilherme esboça um leve sorriso com a imagem mental por ele criada, satisfeito com esta possível cena, definitivamente bem adequada a sua antiga cônjuge, caso ele pudesse escrever vários finais alternativos de uma obra ficcional de cuja referida mulher fizesse parte mais uma vez, e recebesse o desfecho perfeito como pagamento a todas as maldades que perpetrara na vida se fazendo passar por boa pessoa.

Precisaria ter tantos finais alternativos dentro de uma obra literária ou audiovisual para que ela quitasse tudo de mal que já fizera na vida que talvez os extras, tão comuns na época dos DVDs e Blu-rays, ficassem mais extensos do que a própria criação artística contida no disco como um todo, pensa ironicamente Guilherme enquanto caminha junto de William, ao mesmo tempo que são guiados pela recepcionista do bar, que, sorridente, os leva até a mesa cativa e privativa do escritor, percorrendo um dos corredores do recinto, que praticamente não era acessado por ninguém, utilizado tão comumente por aqueles clientes que primavam, até com muito excesso e razão, por uma forte discrição pessoal, e que evitavam ser vistos no local por um número grande de pessoas que ali estivessem ocasionalmente.

Este corredor era separado por grandes tecidos que iam do teto ao piso do bar, de cor bege clara, como imensos biombos destes que vemos nos hospitais separando um leito do outro, mas que acabavam aqui por permitir à pessoa que se deslocava por ele conseguir ter rápido vislumbre como um todo do salão geral do bar, podendo notar quem ali estava presente, e tudo mais que desejasse captar com seus sentidos e instintos, em um típico momento voyeurista, se assim fosse da sua vontade.

— Elas já estão à espera dos senhores, e bastante ansiosas — informa, com sorriso no rosto, a concierge.

William mal consegue conter a excitação com esta informação, seja no belo sorriso que desponta de ponta a ponta, seja no volume praticamente indisfarçável na calça justa, no que Guilherme acaba por fixar bem o olhar, pouco importando se alguém percebesse tal fato, só deixando de focar sua atenção no membro crescente para se voltar para face de William e questionar quem seriam as exemplares do sexo feminino mencionados no plural pela funcionária que os acompanha até a mesa, e que estariam no aguardo da dupla dos belos homens ali parados.

— Por favor, William, diga-me, por tudo que é mais sagrado, que, seja lá quem sejam essas mulheres, este encontro está marcado para fecharmos algum negócio. Não é mesmo? — questiona asperamente Guilherme, já percebendo o seu sangue correndo com mais intensidade por seu corpo, deixando sua carótida quase explodindo de ansiedade e raiva.

— Na verdade, não seria para fechar nenhum negócio. Seria mais adequado falar que estamos aqui para abrir um negócio. O delas. Arrombar com força mesmo, meu camarada — responde William em meio a uma intensa risada, e que recebe como reação da parte de Guilherme, ao tentar tocar com a mão de forma camarada no ombro do amigo escritor, o afastamento deste, que se vira para retirar-se do recinto, o que força William a segurar rápido e fortemente o nervoso autor pelo braço, impedindo que este continuasse com seu caminhar em direção à saída do bar.

— Pare de agir assim, porra! Relaxe um pouco! Você consegue deixar qualquer um ansioso do seu lado, meu irmão! Que caralho é esse?! Acalme-se um pouco! Você não precisa fazer nada com ninguém, poxa! E você sabe disso! Estou só lhe dando a opção, mas, se não quiser, não faça, *OK*? Mas isso estava mesmo agendado já tem uns dias. Eu não consegui desmarcar. E acho que você precisa relaxar um pouco com tudo que vem ocorrendo. Seria bom que topasse uma trepada por fora, mas, se não quiser, não tem problema. Afinal, uma delas você já comeu mesmo quando a gente se divertia de verdade juntos nas noitadas deste mundão. Só beba alguma coisa, faça a sua cara de bons amigos, e encare-as como duas fãs suas, o que é uma verdade. Se você não vai comer, eu fodo com as duas — explica William para um raivoso Guilherme, que só consegue se lembrar do rosto de Fabi achando uma péssima ideia a visita prematura de William, e muito mais errada a saída com o agente justo após o ataque ocorrido em sua residência.

A irmã, como sempre, estava coberta de razão, e isso o enfurecia ainda mais por passar certificado de que o bobo e inconsequente realmente era ele, por não saber analisar as intenções das pessoas.

— Tudo bem, William, eu já entendi o plano. Você sabe que eu parei com essa putaria toda, que eu gostava de noites desregradas de sexo com incontáveis mulheres e me aquietei definitivamente, além do que estou para me casar com Amanda. Mas, com certeza, você conseguiu convencer as garotas aí desta noite de que eu estaria aqui e toparia um sexo grupal com elas, mesmo sabendo que eu não toparia, mas no fim das contas você estaria firme e forte para garantir a surubinha, e com promessas ilusórias de que, quem sabe na próxima, eu acabaria aceitando, ainda mais se passassem pelo crivo da sua pica nesse primeiro ménage à trois. E quem não toparia um sexo hoje na esperança de uma trepada forte com um artista famoso da atualidade em um porvir? Acertei? — debocha, sorridente e mais calmo, o astuto escritor.

— Por isso eu tenho certeza de que o mundo precisava reconhecer seu imenso talento e perspicácia não apenas com esse livro investigativo. Meu amigo, você tinha de ser premiado com Oscar, com Grammy, Pulitzer e até com Nobel! Sua mente percebe tudo de longe! — sentencia William enquanto, sorrindo, novamente abraça calorosamente Guilherme, que acha muita graça das palavras de seu agente, e desta vez nem tanto pela exagerada ovação habitual de suas qualidades artísticas, mas muito mais por ver que o belo homem não tinha ideia dos fundamentos das premiações por ele mencionadas, porque, se em algo Guilherme não tinha a mais rudimentar chance era com um hipotético talento musical, pois afinação Deus não lhe dera como forma de encantamento das pessoas.

William e Guilherme se aproximam da mesa onde as duas mulheres já os aguardavam ansiosas e em pé, sorrindo como duas tietes de bandas de rock estariam pela proximidade com os ídolos, sendo esse tipo de mulher, na visão do *caçador* William, a presa mais fácil de todas para se enfiar bem gostoso e forte o pau, e ele estava coberto de razão, ainda que isso soasse extremamente pesado ou até mesmo muito machista.

As moças automaticamente abraçam os homens, demorando-se no aconchego do abraço por mais tempo aquela que primeiro foi até Guilherme, deixando evidenciadas suas reais intenções naquela noite no famoso bar. As duas mulheres tinham atributos físicos que as habilitavam, com honras ao mérito, a fazer qualquer pau se enrijecer com intenso vigor, talvez até mesmo naqueles que não gostassem do sexo feminino: a diferença física, talvez a única entre as moças, era a cor do cabelo, uma era loira; e a outra, longos cabelos negros, mas de resto as semelhanças eram muitas, fosse por terem seios volumosos e empinados (sendo impossível não notar a auréola rosadinha de uma delas, que praticamente escapava do vestido a cada movimento do corpo da mulher, muito provavelmente de propósito, e que tem a função bem-sucedida de provocar os homens, deixando-os com a cabeça do pau marcando forte na calça), fosse pelos olhos bem esverdeados e chamativos, a boca carnuda, cuja língua vez ou outra desliza pelos lábios de forma delicada, mas que levavam facilmente a imaginação a ter muita curiosidade de como seria a sensação dessa mesma língua passando ao redor da cabeça da vara enquanto esta se lubrifica de tesão para em seguida ser engolida pela boquinha safada e quente dessa mulher, a cintura fina e quadril milimetricamente adequado como um violão, e, como se ainda fosse pouco tudo isso, essa intensa obra de arte do pecado ainda tinha coxas tão grossas e bronzeadas que ficava complicado resistir a um avanço em direção a elas ali mesmo na mesa do bar, mordendo e alisando a pele sedosa enquanto a mão desliza pela pele na direção da boceta molhada, escondida pela minúscula saia, para em seguida, enquanto a moça geme de tesão, foder sua bocetinha ali mesmo em cima da mesa enquanto a *nata da nata* da cidade o observa, sem nenhum tipo de pudor, saboreando seus vinhos ou destilados enquanto acompanhavam o espetáculo do desejo e da luxúria bem diante dos seus olhos hipnotizados.

Guilherme sabia que sua essência estava em deleite com a possibilidade de que tudo isso realmente ocorresse ali mesmo e daquela forma, até porque sexo desenfreado e promíscuo, com pintadas de orgia e voyeurismo, era sua grande predileção em matéria de fantasia sexual, o que era muito previsível e esperado em alguém tão vaidoso como o escritor. Mas ele sabia que isso também representava uma parte de sua personalidade que havia muito tempo ele combatia, afinal fora ela um dos pilares fundamentais para um grande abalo em seu casamento com a mulher desaparecida. Havia sido, em grande parte, essa excessiva atenção voltada para o mundo do sexo e das fantasias não comuns que dia por dia contribuiu para minar com êxito seu antigo casamento, e agora, não importando a razão, se era porque estava em processo de domar seus instintos e evoluir em uma crescente onda de maturidade e contenção, ou porque carregava a busca pela sua perfeição absoluta, e ser uma pessoa que fracassa em mais de um relacionamento por não saber se conter em infidelidades sexuais era passar atestado de imperfeição das mais pesadas possíveis, e ele não admitiria vivenciar isso mais uma vez, ainda mais agora, que era considerado um modelo a ser copiado em escala mundial, enfim, o motivo não importava para o jovem se conter neste jantar: Guilherme não iria ceder, como incontáveis vezes fizera no passado, a todo o desejo erótico que mais uma vez batia a sua porta, ansioso para se tornar real pelas mãos do excitado escritor. Não desta vez.

Guilherme todos os dias batalhava para vencer principalmente naqueles pontos centrais em que ele perdera muita coisa na estrada do seu passado, deixando bem claro para o reflexivo novelista que ele estava em processo de se transformar no homem que sempre ansiara. O homem satisfeito sente o coração ser invadido pela ideia certeira de que o principal motivo para se conter ali era a segunda chance que a vida lhe havia proporcionado com Amanda. Guilherme sentia que cada dia mais estava ligado à jovem advogada, admirando-a e amando-a da maneira mais terna e correta possível, e não era nenhuma obrigação se manter vigilante para não errar traindo a moça, era uma evidente lógica, assim como a arte que ele tanto amava. Isso lhe dera ali no bar a força necessária para ir se tranquilizando.

— Você continua mais lindo pessoalmente do que nas fotos de rede social, sabia? Porque quem fica do seu lado comprova sua beleza, e que até é mais alto do que aparenta — inicia a conversa a bela mulher de cabelos longos negros, tocando em um ponto que Guilherme de fato achava curioso, que era o fato de diversas pessoas relatarem como ele pessoalmente parecia mais alto do que nas fotos.

O escritor já se achava baixo em estatura em comparação com exemplares masculinos habitualmente admirados e ditos como perfeitos, e ouvir que em suas fotos ele aparentava ser ainda menor do que o era na realidade o deixava deveras incomodado. Ao menos pessoalmente, servia como uma surpresa positiva constatarem que ele parecia bem mais alto.

— Não vá me dizer que não se lembra de que certa vez nós ficamos juntos. Por favor, não diga que não se lembra dessa festa! Para mim foi umas das melhores noites de toda minha vida! Tenho certeza de que o marcou igualmente — continua, com um sorriso malicioso, enquanto leva sua mão até a de Guilherme, entregando-lhe seu celular, que aberto já no perfil de uma rede social da moça, contém uma publicação de uma foto com milhares de curtidas de uma famosa festa onde ambos estão abraçados em intenso clima de romance.

Guilherme analisa a foto em detalhes, como quem no fundo procura confirmar a autenticidade da imagem, afinal não seria de se duvidar que uma montagem visando a benefícios próprios fosse utilizada (e o escritor já fora alvo de tentativas semelhantes inúmeras vezes), mas o jovem desinteressado que olha o perfil da moça chega à conclusão de que a foto era verídica, e eles em alguma festa do passado ficaram, como tão habitualmente o jovem afoito fazia com qualquer moça que cruzasse o caminho dele.

A mulher continua falando e gesticulando sem parar, muito provavelmente sobre este momento em que ambos partilharam de intimidades físicas, talvez na esperança de não apenas reavivar a mente do escritor, mas também atiçar nele a vontade de repetir e se lambuzar no prato, mas Guilherme nada escuta, de tão absorto que se encontrava em seus pensamentos e reflexões, que transitavam entre a curiosidade que lhe tomava a mente para saber como conseguia ficar com mulheres como essa sentada a sua frente falando sem parar: pareciam não ter nenhum tipo de atrativo que não fosse o corpo e eram portadoras de personalidades altamente enfadonhas.

A crescente dúvida era se William foderia ali mesmo, em cima da mesa, a loira sentada do lado dele, que se continha com muita dificuldade para ocultar seus gemidos, enquanto ele a penetrava com a mão inteira por debaixo da mesa em movimentos que já de há muito tempo haviam perdido qualquer discrição ou pudor.

Guilherme, em um lampejo de lembranças, consegue perceber talvez o que possa ter lhe chamado atenção na moça a ponto de terem passado uma noite juntos: os traços da entediante moça se assemelhavam bastante com os da ex-mulher! Não apenas os longos cabelos negros, mas o sorriso e os olhos discretamente claros não deixavam dúvidas da similitude. Estava respondido, portanto, para Guilherme, o que havia feito com que ele se aproximasse dessa pessoa. O que era muito comum, afinal é uma tendência natural do ser humano ter atração sexual por um conjunto de atributos físicos específicos, assim como a existência de outros servir como repulsa, e estava tudo desta feita, nos padrões da normalidade. O escritor até acha certa graça nesta noite estar altamente entediado com a moça no jantar, porque, sendo tão parecida com a maliciosa mulher com quem fora mal casado durante tantos anos, parecia que a vida, mesmo que de maneira indireta, estava oportunizando ao criativo artista ali no famoso bar constatar, com seus sentidos visuais e auditivos, como sua antiga companheira de vida, tal qual a mulher falante da mesa nesta noite, era alguém também sem grandes atrativos intelectuais e morais, salvando-se unicamente pelos atributos físicos, e muito provavelmente não conseguiria se manter interessante mais aos olhos de Guilherme como um dia fora no passado, assim como sua cópia falsificada, que ainda crê na ilusão de que Guilherme irá para cama com ela novamente saindo deste embaraçoso e indevido jantar.

O escritor tenta voltar à realidade procurando com os olhos em qual direção estaria algum garçom que lhe pudesse trazer o menu da casa, afinal o bar era premiado por sua peculiar culinária, e, já que estava ali, deveria ao menos aproveitar para se alimentar com alguma iguaria selecionada pelo chef. Sem sucesso em localizar visualmente quem pudesse lhe auxiliar, Guilherme decide erguer a mão para se ver atendido com a presteza tão comum do local, mesmo sabendo que a norma de etiqueta ensina que o contato deve ser feito apenas de forma visual, e nunca levantando o braço ou por outra conduta.

Neste instante, Guilherme sente que alguém se aproxima de seu ombro direito e lhe entrega algo que, em um primeiro momento, o escritor segura acreditando ser a carta de vinhos ou mesmo o menu com os pratos requintados do dia, mas de forma instantânea e, ainda sem levar seus olhos até ao que lhe fora entregue, percebe, em razão do peso da coisa, ser objeto bem diverso.

O escritor, já com os seus olhos aterrorizados voltados para o que tem em mãos, se percebe segurando com intensidade incomum o seu álbum de casamento! Aquele mesmo que tinha sido levado na noite passada por seu agressor era-lhe entregue neste exato momento no famoso bar que ele tanto amava frequentar. Guilherme, por mais que pense incontáveis vezes em soltar o pesado álbum na mesa, ou até mesmo arremessá-lo o mais longe possível dali, não consegue soltar aquela coisa, como se suas mãos estivessem mais do que simplesmente coladas ali, aparentando ter raízes antigas, grossas e profundas ligadas àquela coletânea macabra do seu passado, o que não deixaria de ser uma correta metáfora para essa situação doentia. E, para espanto do assustado homem, ele passa a muito mais do que apenas segurar aquela abominação sem conseguir se desvencilhar: sem entender a razão, abre a pesada capa do álbum, iniciando o processo de observação de cada foto contida em cada página, como fazem todos a quem, chegando como visitantes a uma casa cujos donos haviam contraído núpcias recentemente, é oferecida como parte da cordial recepção uma boa espiada no álbum do enlace matrimonial dos pombinhos.

Mas, diferentemente da reação de quem no papel de uma visita se deleita e se emociona com a magia e vivacidade de cada foto que ilustra um álbum de casamento, Guilherme encontra somente horror e choque com cada atrocidade que se encontra exposta naquilo que um dia fora o conjunto de fotos de um dos casamentos mais concorridos, lembrados, invejados e conhecidos da cidade: em vez de fotos que transmitiam o encantamento do amor, cada página agora contém fotos de encenações macabras de todo tipo. Em uma delas, pode-se observar todos os convidados mortos sentados nos bancos da igreja, as gargantas abertas de ponta a ponta, algumas cabeças dependuradas, mantendo-se ligadas ao corpo apenas por fina e tênue fração de pele, outras estão caídas pelo salão da igreja como se fizessem parte de uma demoníaca decoração do casamento. Mais para a metade do macabro álbum, vê-se Guilherme matando a ex-mulher de todas as formas e posições possíveis: em algumas ele está com as mãos no pescoço da jovem em intenso processo de estrangulamento, em outras ela se encontra caída no meio do salão do bufê com as entranhas para fora enquanto o escritor, de faca ensanguentada em punho e em riste, dá a entender que a golpeara incontáveis vezes, enquanto os convidados ao redor do casal aplaudem de maneira intensa o ato enlouquecido do homem.

As monstruosidades que ali se encontram encartadas beiram a uma insanidade jamais vista: o jantar principal tem como prato de destaque um feto numa panela, que grita de dor enquanto se esvai em sangue, enquanto os convidados se servem de "iguarias" no panelaço citado; na fila do bufê, continuam suas conversações frívolas e despreocupadas, chegando mesmo alguns a intensas gargalhadas, pouco se importando com o feto, que berra desesperado enquanto agoniza no caldo pútrido do seu próprio sangue formado no recipiente de metal ali disposto para servir os convidados deste *show* de horrores.

O ensaio fotográfico macabro parece só piorar a cada novo grupamento de poses eternizadas naquela explícita celebração infernal, pois, para espanto de Guilherme, há um sem-número de fotos de sua ex-esposa deitada na mesa principal do bufê, com seu vestido de noiva branco erguido acima da cintura, deixando assim suas pernas torneadas com coxas grossas expostas e à vista de quem quisesse cobiçá-las, permitindo notar com perfeição os detalhes da cinta-liga branca que ela utilizava no dia, em uma pose de intensa sensualidade e desejo, e cujo ângulo captado na foto permitira comprovar que a antiga companheira era alvo sim dos olhares lascivos e repletos de desejo e tesão dos convidados que se localizavam ao redor da mesa onde a maldita noiva permanecia deitada tal qual um prato principal que, sem nada dizer, transpirava a clara e conhecida mensagem de que era melhor comer logo, antes que esfriasse.

A mensagem de que era preciso se apressar para saborear a carne quente da mulher em cima da estação principal do bufê parecia ter sido plena e totalmente entendida pelo vasto número de machos que observavam a cena, já que as fotos seguintes eram de um conteúdo totalmente proibido para menores de idade, contendo cenas altamente fortes do sexo explícito mais imundo e ao mesmo tempo excitante para quem estivesse entrando em contato com o famigerado álbum demoníaco da luxúria: sua ex-esposa, ainda deitada no ponto de destaque do salão de festas, se vê rodeada de homens que, trajando finos ternos de alfaiataria de altíssima qualidade e segurando seus copos de whisky de renome mundial, se comportavam como os animais selvagens da savana da África, que, após abater a presa, a cercam para dar início ao processo de consumo da deliciosa e almejada carne. Alguns dos *cavalheiros* ali presentes apenas seguram com extrema força a coxa grossa da mulher, a ponto de se fazer notar surgir a vermelhidão pela falta da normal circulação de sangue no local, já outros, mais atrevidos, lambem da batata da perna da noiva até a parte interior da coxa da fêmea insaciável, chegando em alguns momentos a tocarem língua com língua com outro convidado que estivesse fazendo o mesmo movimento na coxa oposta, em uma cena altamente sensual.

Outros homens seguram fortemente os seios da noiva, deixando-os ainda mais protuberantes e empinados com os seus bicos deliciosamente rosados, enquanto mordiscam-nos e chupam-nos como um recém-nascido esfomeado faria, outros esfregam o pau ereto e que se encontra para fora da vestimentas no rosto da mulher, satisfeita ao colocar com êxito duas picas ao mesmo tempo em sua gulosa boca, dividindo-se ainda na prazerosa tarefa de utilizar ambas as mãos para masturbar outros dois másculos e parrudos homens que se encontram em suas laterais. Simultaneamente, uma fila de outros machos se forma para se alternarem entre o toque masturbatório das mãos da indecente mulher e sua boca aveludada e quente, que chupava como se não houvesse um amanhã.

Guilherme observa todas as fotos pecaminosas invadido por uma gama de variados sentimentos, indo do asco ao ódio em segundos, mas também não negando quanto a cena o havia deixado intensamente excitado pelo comportamento desleal da mulher que estava desposando, o que parecia ser uma descabida loucura tal mistura de contradições.

As fotos finais da orgia cuja vagabunda da sua noiva era a estrela principal eram as mais intensas desde que o sexo fora introduzido naquele álbum, pois a voluptuosa mulher encontrava-se de quatro sendo penetrada por dois homens extremamente másculos, cujas respectivas rolas grossas e imensas a faziam gemer de dor e tesão de forma automática, em movimentos rítmicos cadenciados e que permitiam ver a intensa ejaculação que escorria da boceta da nubente, que era fodida com força pelos sedentos machos, que pouco ou nenhuma atenção davam ao fato de suas pernas peludas permanecerem em um forte roçar de uma na do outro, em uma potente e hipnotizante dupla penetração, chegando até mesmo a ocorrer fricção entre o saco deles, pela proximidade dos orifícios que ambos os pênis estavam preenchendo, emitindo o som típico e bem conhecido da bolsa escrotal em contato repetido com a pele.

Os homens que a devoram como uma cadela no cio tinham o porte físico totalmente oposto ao que Guilherme possuía quando era casado, afinal o escritor não era um homem que prezava por nenhum tipo de cuidado com sua aparência, beirando ao total desleixo na época da sofrida convivência marital. Sua antiga compleição física funcionou, durante certo tempo, para o novelista carregar como culpa sua certas atitudes desleais tomadas pela ex-mulher durante o matrimônio, mas, após tanto tempo de terapia, o escritor conseguira enfim se desvencilhar deste sentimento indevido, por saber compreender e internalizar que as pessoas tomam as atitudes que seu caráter e suas inclinações permitem; sem transferências de responsabilidades para terceiros. Se ela errou, como de fato errara, não fora por ter sido impelida por ninguém ou por Guilherme não ter, quando estava casado, um corpo atraente como daqueles homens, mas sim porque sempre carregara más posturas dentro de si, que cedo ou tarde, por decisão unicamente dela, iriam sim brotar fortemente, como se dera, culminando essas suas predileções pela deslealdade conjugal como um dos mais fortes pontos para o estraçalhamento do já capenga casamento deles.

A foto final da orgia fez com que Guilherme fechasse o álbum em um movimento único e repentino, por estar sua antiga mulher, aquela que ele achava que o amaria até o último dia de sua vida, e que seria a companheira ideal e companhia constante para os bons e maus momentos, sendo penetrada de quatro por ninguém menos do que William, que neste momento possuía a mulher com um sorriso lascivo e que jamais havia, em tempo algum, sido colocado em sua face até então, ao mesmo tempo que o grupamento de homens ao redor que permaneciam se masturbando chega ao mesmo tempo em um forte e explosivo gozo. Mas, para intensificação da repulsa, como se isso ainda fosse possível, o que ejaculam não é sêmen, mas sangue e pus, que cobre por inteiro o corpo da noiva e de William, que continuam o ato sexual selvagem sem se incomodarem, ainda que cobertos pela mais asquerosa substância corporal daqueles homens ao redor, beijando-se ao mesmo tempo que a saliva e suor se misturam ao pus fétido que adentra todos os orifícios e se espalha por cada camada de pele do casal.

O escritor, ao fechar o álbum, precisa se conter para evitar que uma golfada de vômito voe de sua boca para o meio da mesa, ou até mesmo chegue até a insuportável mulher que permanece falando incansavelmente, o que seria ainda mais constrangedor, por mais que ele achasse que era exatamente isso que ela merecia receber por continuar falando.

Arremessa o álbum no meio da mesa de jantar, não sabendo mais responder, nem mesmo para si mesmo, se o que mais o estava apavorando era o conteúdo atual do álbum com a orgia macabra, ou o fato de essas mesmas fotos terem ganhado movimento como se fossem, na verdade, um filme monstruoso, em que ele praticamente conseguia sentir o cheiro de sangue e sexo que dominava o ambiente por completo, ou se era o fato de que, se o álbum estava mesmo ali e lhe havia sido entregue, quem o retirara de sua mansão e o golpeara com punhal também estava, naquele mesmo momento, no alto do prédio, neste mesmo luxuoso bar, no arranha-céu da cidade, esperando para ceifar a vida do assustado escritor.

Guilherme, ainda bastante assustado, se mantém com sua atenção fixa no álbum que ele havia jogado em cima da mesa, pressentindo que alguma nova assombração se manifestará dentro de poucos instantes envolvendo o ensaio fotográfico maligno. Para ele, era questão de poucos segundos para que essa teoria fosse comprovada. À medida que o atônito homem vai se acalmando, no ponto em que isso é passível de ocorrência, vai novamente incluindo no seu raio de atenção e observação toda estrutura existente ao seu redor no famoso bar, como que não apenas tentando reconhecer onde estaria o agressor que o golpeara em sua casa, e que com certeza lá estaria neste momento, como também na intenção de se preparar mentalmente para não ser surpreendido com nenhuma nova aparição monstruosa, como tão comumente ocorre quando ele adentra esse intenso processo de pesadelo mental, em que tantas vezes ele era jogado numa corrente macabra de aparições quando inadvertidamente achava que tudo já tinha acabado, tal qual uma insana montanha-russa, que nos leva a movimentos ainda mais vertiginosos e assustadores justamente quando estávamos convictos de que o pior já havia passado. As coisas sempre podiam ficar mais complicadas, e Guilherme infelizmente era uma das maiores provas de que isso era mais do que uma simples probabilidade, mas sim uma dura realidade.

— *Bingo!* — pensa bem alto consigo mesmo o escritor, quando, após girar trezentos e sessenta graus ao seu redor, percebe que o tempo no local parecia ter parado: as pessoas em suas mesas permanecem caladas e apáticas, sem esboçar nenhum tipo de expressão, similares a cadáveres que aguardam ser periciados na câmara fria de um macabro necrotério, e mais que isso; todas estão imóveis; as bocas, escancaradas ao máximo, como se a última coisa que tivessem visto fosse tão abominável que as teria deixado com a expressão facial praticamente deformada, dando assim forte indício de que não era deste mundo o que teria se mostrado a elas.

Guilherme caminha entre as mesas mais próximas em busca do máximo de detalhes que o ajudem a compreender o que estava ocorrendo, não podendo deixar de constatar que agora, acima de cada mesa do luxuoso bar, pendurado por um longo fio vindo do teto, há um gravador balançando no ar qual um pêndulo, praticamente implorando que seja reproduzido pelo escritor, que ali permanece assustado, mas decidido, o que ele não demora mais do que poucos segundos para fazê-lo, levando sua mão até o objeto prateado, cujo botão vermelho possibilita a audição do conteúdo gravado no aparelho.

A tensão fica uma crescente, pois, nos primeiros segundos de reprodução do conteúdo, só é possível escutar chiados similares à estática de televisões antigas, o que faz a ansiedade pela futura manifestação de alguma outra coisa que se espreita como um bicho antes de brotar do nada aumentar consideravelmente. Como previsto, pouco a pouco se torna audível um tipo de murmúrio, que em milésimos de segundos deixa evidenciado se tratar do choro de um bebê desesperado, que grita com tamanha força que, para qualquer um que escutasse, passaria a impressão de que a criança estaria sofrendo alguma violência ou tortura intensa.

O choro rasga o peito do escritor, que se vê atingido com uma onda de melancolia e arrependimento que ele não consegue entender, mas pressente, mesmo sem saber a razão, que essa criança não é desconhecida, que faz parte da sua vida e do seu passado, e muito do seu arrependimento em geral com as atitudes praticadas lá atrás tem vínculo com esse pequenino ser, que demonstra imensa dor, o que não deixa de ser um contraste com seu diminuto tamanho e tempo cronológico.

— Você sabe muito bem quem é essa criança. Isso mesmo! Ela faz parte da sua dor, Guilherme. Encare sua dor e a verdade que brota com ela. Só assim você será livre totalmente. Quebre os bloqueios, e encare as consequências, mas sem julgamento. Assuma seus atos, mas com acolhimento, e não com censura — é o que fala uma forte porém doce voz que surge no gravador à medida que o choro da criança desaparece no ar.

Tal como o choro plasmava a impressão forte no escritor de se tratar do lamento de uma criança por ele conhecida, a voz forte que surgiu em seguida no gravador, mais do que a impressão trouxe a plena certeza de ser alguém não apenas do passado, mas também do presente, deixando mais e mais evidenciado tratar-se do… doutor Stephano!?

18

Sim, o terapeuta do novelista estava naquela gravação tentando auxiliar o jovem da mesma forma que fizera incontáveis vezes no transcorrer dos últimos anos. Guilherme permanece segurando o gravador, mas, após ouvir a voz conhecida do homem que "o ajudara a se salvar", como bem gostava de contar quando expressava a importância da terapia em sua vida, ele percebe que já vira realmente inúmeras vezes este aparelho na mesa do doutor Stephano, sendo, aliás, a imagem do gravador ligado em meio aos pertences do doutor a sua porta de entrada quando se fazia necessário mergulhar no seu inconsciente, pois era para o aparelho que ele voltava sua atenção, fixando seu olhar até que as palavras do terapeuta, durante alguma vivência específica, atingissem com êxito o ponto necessário para que o escritor entrasse em contato com seu eu real, e pudesse encarar tudo que ele tentava manter oculto até para si.

Guilherme, sendo tão rápido para compreender e perceber aquilo que fica muita das vezes apenas nas entrelinhas, habilidade bem natural do jovem romancista, novamente analisa a imagem dos inúmeros gravadores que permanecem suspensos sobre todas as diversas mesas do luxuoso bar, e, reconhecendo agora as características do aparelho de seu terapeuta em todas elas, chega à conclusão mais lógica dessa alegoria criada por sua mente: Se o mesmo choro de dor da criança consta em todas as gravações ali, o que esse pesadelo quer deixar claro era, nada mais, nada menos, que o recém-nascido de fato faz parte de sua vida, e foi pauta de inúmeras, talvez de algumas dezenas, de sessões de terapia junto do doutor Stephano.

Vou descobrir isso agora mesmo, pensa consigo mesmo Guilherme, indo em direção a todas as mesas, acionando o dispositivo de todos os gravadores que estão suspensos pelo fio no ar, provando que realmente estava acima da média geral para captar mensagens ocultas e cifradas, já que de fato, em todos os aparelhos há o áudio do choro do bebezinho, e em seguida a voz conhecida de seu terapeuta o auxiliando a encarar sua dor interna que estava muito atrelada à criança chorosa.

A mensagem do doutor não era idêntica em todas as gravações, alterando-se a cada dois ou três áudios, deixando ainda mais notório que a criança fora o tema recorrente de sua terapia em todos estes anos, deixando Guilherme ainda mais curioso em saber por que não se recordava dela, afinal a única criança que ele tivera e tem convívio era seu sobrinho.

A mente realmente tinha um labirinto oculto, cujos segredos poderiam ou libertar, ou aniquilar quem os desvendasse. Provavelmente o escritor não se lembrara de nada que envolvia o neném como forma de autoproteção, mas agora seu inconsciente parecia tentar de todas as maneiras, mesmo que por meio de construções alegóricas, fazer com que Guilherme desvendasse a verdade, não importando se com isso ele se tornaria um liberto, ou se chegaria a uma conclusão tão horrível que não restaria alternativa que não aniquilar sua própria vida em seguida.

— O neném foi a razão de você ter me procurado no início da nossa imersão na terapia. Não consegue se recordar dessa situação? Esforce-se, Guilherme! Você parece relutar em enxergar a verdade que, no fundo, tanto você anseia e seu inconsciente se esforça para agora o ajudar a enxergar — conclui a voz potente do doutor Stephano em uma das gravações do aparelho, o que deixa claro para o escritor que a criança desempenha um papel crucial nesta história como um todo, e desde o princípio, aliás.

Tudo em sua vida acabava por ter algum tipo de ligação com a ex-mulher, não seria nenhuma surpresa se esse bebezinho que tem surgido em meio a intensos gritos de dor igualmente tivesse vínculo com aquela mulher, que parece ter ressurgido agora com a intenção de realmente desferir um ataque final para destruí-lo em definitivo, como se as quase duas décadas de convívio já não tivessem sido suficientes para arrasar com qualquer chance de se ter um psicológico sadio. Mas a vontade dela retornando agora não era ferrar com a mente do escritor, como habilmente o fizera por longos anos, mas sim apagar-lhe a existência física, só parando quando conseguisse o ver sepultado em uma cova.

Mantendo o gravador em sua mão, Guilherme escuta novamente o choro do bebezinho, e consegue identificar que não se trata desta vez de uma gravação; o som está originariamente ecoando pelo salão do luxuoso bar naquele momento presente. O escritor, não querendo mais estar na aura do suspense sobre a qual todas essas aparições sobrenaturais o lançam, e sem nenhum receio, portanto, vira-se de uma vez, almejando flagrar a criança ou seja lá o que estaria fazendo as vezes de uma.

A imagem com que ele se depara é de um William monstruoso, extremamente pálido, com a boca tão imensamente escancarada que quase ficava difícil reconhecer o amigo — reconhece-o porque este usa a mesma roupa que o agente estava trajando antes. A imagem assustadora de William está segurando em seus braços o bebezinho, que chora cada vez mais forte e alto, enquanto é embalado por William, que fica com as vestes cada vez mais sujas em razão do contato com a grande quantidade de sangue espalhado pelo corpo do neném, tornando-se cada vez mais vermelhas e molhadas.

O álbum de casamentos, que até então permanecia sobre a mesa após Guilherme tê-lo lançado ali poucos instantes antes, começa a se debater como se tivesse ganhado vida, golpeando a superfície da mesa em espasmos intensos e assustadores, soando tais pancadas como batidas à porta dadas por alguém que ansiava adentrar o interior de uma residência, e, caso não fosse atendido nesta intensa vontade, forçaria a entrada de qualquer forma. Naquele momento, no entanto, tais pancadas só levavam Guilherme a conjecturar que, se algo queria adentrar forçadamente, só poderiam ser do próprio mal encarnado, que, desejoso de invadir seu ser e sua mente, usava essa alegoria como prova de que o talvez Lúcifer em pessoa estivesse já sem muita paciência para esperar qualquer segundo a mais para tomar a vida do escritor por completo. Lúcifer ou sua ex-mulher, o que poderia ser considerado facilmente como sendo a mesma entidade.

William ergue o pequeno ser para o alto, o que possibilita a Guilherme perceber que a criança tem olhos semelhantes aos de um lagarto, sendo estes amarelos e com as pupilas no formato de um risco, como dos répteis, e os dentes igualmente são diferentes dos encontrados na boca dos seres humanos, sendo mais afiados e finos do que os de um felino. A criança grita ainda com mais intensidade, passando em seguida a expelir forte e pegajoso líquido negro, que, caindo em grande quantidade na mesma mesa onde o álbum de casamento macabro se encontra ainda efetuando intensos golpes frenéticos na superfície de madeira, mistura-se com este, como se um fosse o complemento do outro, em uma amálgama ensandecidamente macabra.

O líquido expelido começa a borbulhar como lava vulcânica na mesa, ao mesmo tempo que todos os presentes no bar, que se encontravam imóveis inicialmente, passam a se balançar no mesmo ritmo efervescente e contagiante da viscosa substância, em uma assustadora semelhança com uma onda espasmódica contagiante, como se o que tivesse saído do interior do choroso bebezinho estivesse no comando de cada pessoa das mesas do salão requintado.

Se todos os presentes se comportavam ali como marionete da criança monstruosa que estava nos braços de um William também aterrador, a mensagem oculta seria então que aquela criança estava no controle de tudo, sendo a razão de todo o mal que cercava Guilherme? Isso parecia cada vez mais claro, ainda mais porque doutor Stephano evidenciou pouco antes, em um dos gravadores acionados, que a criança fora a razão de a terapia ter se iniciado, provando que ela era a grande motivação e origem do mal. Mas por que estava ela tão à vontade no colo de William?

— QUEM É VOCÊ?! POR QUE ESTÁ FAZENDO TUDO ISSO? EU NEM O CONHEÇO! E POR QUE ESTÁ NOS BRAÇOS DE WILLIAM? — berra Guilherme para a criança, que continua chorando cada vez mais alto, até que repentinamente se cala, iniciando um processo bastante evidente de tentativa de balbuciar palavras, assim como fazem os pequeninos quando contam com seus dois aninhos, no máximo.

O bebezinho pula em cima da mesa, conseguindo surpreendentemente ficar erguido sozinho, como em um passe de mágica, não tendo mais o físico de um recém-nascido, mas sim de uma criança com um pouco mais de idade, denotando uma evolução biológica muito rápida, e que de súbito passa a encarar Guilherme ao mesmo tempo que mantém seu sorriso de dentes afiados ainda mais à mostra como forma de intimidação.

— Você me conhece muito bem. Você é o culpado de tudo. Qualquer coisa em que você coloque suas mãos morre! Você me tirou do meu pai! — diz a pequena criança, apontando o dedo para William, ao mesmo tempo que todos os presentes passam a rir de forma frenética com a revelação deste fato. As risadas se tornam ainda mais intensas quando Guilherme indaga à criança, sem nem mesmo saber a razão, sobre a identidade de sua mãe.

Os presentes no famoso bar riem tão forte e de maneira tão harmônica que fica complicado não se sentir invadido pela sensação de estar em uma apresentação de um coral de canto gregoriano que estaria ocorrendo no meio de uma suntuosa abadia destas que se localizam em jardins imperiais desde os primórdios dos tempos. Por conseguinte, como a força do pensamento viaja com intensa rapidez, em uma ligeireza às vezes maior do que gostaríamos, a visualização de poucos segundos de uma abadia remete o pensamento para a celebração de um casamento. Ou, já que se estava na presença de uma criança demoníaca, de um batismo, na verdade, por tudo que se desenvolve aos olhos do assustado escritor, seria um batismo de sangue, marcando o pequenino monstro que estava em pé em cima da mesa do bar como mais um servo de Lúcifer, e herdeiro direto do fogo intenso das labaredas do aterrorizante inferno.

Mas as gargalhadas que saem daquelas imensas bocas escancaradas mudam: o esforço de rir tão freneticamente faz com que o maxilar de muitos que ali estão se solte do rosto em direção ao chão, em uma cena asquerosa, que facilmente revira o estômago de qualquer pessoa, afinal a visão do horror que se instaura no ambiente por completo é de dezenas de pessoas sentadas à mesa gargalhando sem maxilar, ao mesmo tempo que convulsionam em espasmos, enquanto todo o chão do ambiente permanece repleto de maxilares ensanguentados espalhados das mais variadas formas, como numa grande cova coletiva que se encontra aberta, deixando exposta a olhos nus a quantidade macabra de "moradores" que estavam avolumados no buraco fúnebre.

Guilherme não consegue identificar se está paralisado pela imagem forte de mais essa alucinação que ocorre no salão do seu bar predileto, onde estão todos esses indivíduos rindo sem maxilar, ou se a tensão verdadeira é com a informação de que a criança seria filho do seu amigo William. Eventuais explicações ainda mais impactantes oriundas dessa revelação poderiam o impressionar de forma tão pesada e negativa que eventualmente lhe direcionariam para uma falência completa de sua saúde mental, culminando na descida vertiginosa e irreversível para seu caixão. O escritor tinha ciência de que existiam verdades tão amargas que se fazia necessário que sofressem certa suavização de como deveriam ser expostas para o público, evitando desta feita que mundos colidissem e universos explodissem no impacto de uma declaração feita sem a devida empatia. O tenso homem que ali matuta consigo mesmo teme pela eclosão ou implosão do universo que tanto demorara para construir a seu redor, e, mesmo ciente de que deseja sim saber qual a sua ligação pessoal com essas informações, ele já anseia que essa descoberta seja repleta de cuidados para que o choque advindo da verdade não seja até pior do que o próprio conteúdo da informação.

Guilherme decide que não mais permanecerá naquele palco do horror orquestrado pela criança de dentes animalescos, colocando-se em movimento de disparada pelo vasto interior do bar, iniciando intensa fuga do local, enquanto todos ali permanecem hipnotizados entoando as mesmas encadeadas gargalhadas macabras. O escritor corre a passos largos, enquanto por diversos momentos se vê auxiliado visualmente pela forte iluminação dos relâmpagos que voltam a rasgar no céu da noite na cidade, com os fortes trovões que retomam seus estrondos, mostrando que mais uma vez a intensa e forte chuva cairá dos céus para combinar com a tensão e o horror dos momentos desta noite macabra.

Guilherme consegue chegar até a entrada do banheiro do local, fechando a porta imediatamente após adentrar o espaço, permanecendo por certo tempo recostado naquele ponto, segurando firme na maçaneta enquanto apoia o seu ombro contra o material da pesada porta, em evidente posição de quem deseja evitar uma entrada forçada. Para o azar do escritor neste momento tenso, e justamente por se tratar de um banheiro público, estes não têm ou não permanecem em regra com a chave na maçaneta, não podendo o nervoso homem relaxar e sair daquele ponto estratégico, a não ser que não se importasse com a possibilidade de que o banheiro fosse invadido por um dos monstros sorridentes sem maxilar que estava no salão do bar, fato este que, era bem claro, ele não gostaria que ocorresse.

Ele cerra os olhos voltando sua atenção às batidas aceleradas de seu próprio coração, adentrando uma quase meditação relaxante, não apenas como forma de se distrair e esquecer-se do cenário macabro do salão do bar e que se encontra separado unicamente pela grossa porta do banheiro ali, mas também para se acalmar e assim refletir sobre a melhor forma de sair de mais esta situação de cunho sobrenatural.

A tarefa de acalmar os próprios nervos tem se mostrado frustrada para o astuto escritor, pois, nos poucos momentos em que quase tem sucesso nisso, um forte trovão eclode em meio a intensos relâmpagos, e Guilherme volta a sentir o coração disparando, e toda tensão que ele tanto se esforçara para dissipar retorna ainda mais forte, deixando o homem que ali se encontra segurando firme a maçaneta com as pernas e mãos mais trêmulas do que estavam quando decidira se esconder naquele recinto.

Mas Guilherme não desistiria de tentar acalmar sua mente de forma absoluta, porque era somente assim, na falta de emoções e estando muito frio, que ele conseguia criar mil saídas e conclusões variadas acerca de um único ponto. Era preciso se acalmar para escapar dali, e como fazia falta, como elixir condutor para tal resultado se dar com mais brevidade possível, uma dose considerável de um bom copo de whisky, de preferência no forte estilo cowboy: puro e quente, para fazer o cérebro arder.

Talvez valha a pena sair e ir até o bar para me servir da garrafa toda de um bom e saboroso destilado, pensa debochadamente Guilherme, sabedor de que a última coisa que ele gostaria era de passar por aquele bar nesta noite assustadora. Mas ao menos a piada lhe servira para a criação da tela mental com tal cena em detalhes, com o vaidoso homem caminhando tranquilamente até o bar, dando pouca ou nenhuma atenção às assombrações que estavam palidamente e sem maxilar espalhadas por toda parte do local, para enfim alcançar a garrafa do cobiçado líquido e se servir sem a menor cerimônia, saboreando a qualidade do produto alcoólico a ponto de quem sabe até mesmo servir um pouco para algum dos monstrinhos que eventualmente o cercassem e ainda tivessem o maxilar para conseguir beber qualquer coisa.

A cena, pois, cria a necessária força interna para acalmar o escritor. Mais uma vez, Guilherme estava na posição de um homem altamente seguro e decidido, que não temia nada, ainda que fossem seres do além, e mantinha apenas o foco na concretização de seus objetivos, que no caso era o de chegar ao bar para saborear uma boa dose de whisky. Esse era o cara que Guilherme demorara para conseguir criar efetivamente no mundo real. Para proteger esta personalidade tão diferenciada e determinada que fazia pouco caso de qualquer problema, e que, até em razão disso, era invejada até mesmo por pessoas que não tinham esse sentimento ruim aflorado em seus atos cotidianos, ele faria absolutamente qualquer coisa, e passaria por cima de quem tivesse de passar, fosse essa criança-dentes-de cobra que o estava infernizando no bar, fosse sua maldita ex-mulher, que ressurgira do túmulo fictício em que estava escondida, para novamente tentar tornar a vida dele um grande pesadelo.

Mais confiante com a imagem que criara acerca da dose de whisky no bar, e até mesmo por isso, arrisca, mesmo que de forma bastante lenta a ponto de evidenciar seu receio com algo ruim surgindo, ir soltando sua mão da maçaneta da pesada porta, assim como deixa de apoiar seu corpo na superfície desta. O escritor sente o coração bater de forma mais tranquila à medida que observa a entrada do banheiro, após se afastar dando alguns passos para trás, ficando a cerca de um metro e meio de distância da entrada em que anteriormente se encontrava, e que estava receoso de deixar tão livre como agora.

Nada como a liberdade, pensa, olhando a porta do banheiro. Ser livre era isto: nada temer, pois não importava o que viesse a surgir, ou por quais intempéries deveríamos passar, no fim sempre seríamos autônomos e senhores das nossas decisões, acertadas ou não. Somente a liberdade era garantidora efetiva de que, em qualquer situação, estaríamos agindo de conformidade com nosso verdadeiro eu, e com nossas reais tendências, e isso tinha uma energia que poucos conseguiam compreender. Mas aqueles que já sabiam da potência dessa dita liberdade não se assustavam com nada, porque, não possuindo rabo preso com cidadão ou situação alguma, não precisavam se esquivar de agir como realmente desejavam.

A liberdade era uma riqueza em todos os sentidos, fosse a liberdade de ir e vir, de pensamento, de ser quem se era de fato sem amarras, a liberdade de crença, ou até mesmo a liberdade sobre a chance real de um acesso livre para uma indesejada entrada de alguém pela porta do banheiro, como esta que agora Guilherme apenas observa de forma tranquila. Nada superava a paz que a liberdade trazia para dentro da alma. Alguém livre é alguém que nada teme, e quem nada teme tem o tamanho de uma montanha, e a força de um deus. Era assim que o escritor gostava de se sentir, e era envolto desta grandeza que ele construíra e estava mantendo essa sua nova personalidade que o mundo admirava e abraçava como padrão. Nada tiraria essa sua liberdade, ainda mais os traumas do passado de um Guilherme que já não existia mais, mas sua mente parecia sentir-se ameaçada por algum tipo de culpa indevida.

Acho que meu cérebro precisava era se encharcar muito mais com essa tal liberdade do que com a dose relaxante de um whisky, reflete Guilherme, por saber que uma mente realmente mergulhada em liberdade genuína jamais sentiria culpa por coisa alguma, ação ou omissão, pois a culpa justamente advinha de um apego equivocado a padrões predeterminados e esperados de como todos deveriam agir ou não diante de situações específicas, e, quando tais expectativas eram frustradas, traziam de forma instantânea ao indivíduo a sensação de fracasso e menos valia. Se cada pessoa reconhecesse a força da liberdade que trazia de forma inata em seu interior, jamais teria nenhum sentimento ligado à culpa. Cada personalidade era única, e não havia de fato uma cartilha de como agir ou reagir em situações cotidianas, ainda que fossem momentos que comumente ocorrem com a maioria das pessoas no transcorrer da vida, e desde os primórdios dos tempos.

Guilherme ajeita a gola da camisa e, de igual forma, alinha a manga dos pulsos, permanecendo com os olhos cerrados enquanto realiza tais movimentos, naquele já conhecido passo a passo para encarnar a personalidade tão cuidadosamente construída por ele ao longo dos anos, muito provavelmente sendo tudo isso parte de um ensaio para, dentro de poucos instantes, se retirar do banheiro, seja para ir embora do grandioso prédio onde o luxuoso bar se localiza, seja, quem sabe, até mesmo para de fato se servir de uma dose generosa de whisky, não importando se iria ainda topar com as imagens fantasmagóricas que estavam no salão. *Quem é livre faz o que quer e não teme nada*, reforça mental e ininterruptamente para si o agora calmo escritor.

O vaidoso romancista se dirige para uma das diversas pias do banheiro ali existentes, para jogar um pouco de água no rosto, sendo essa mais uma possível parte integrante do ritual de se travestir como alguém acima da média das pessoas, livrando-se assim de qualquer "sujeira" que não tinha direito de permanecer fixada nele, ou talvez como forma figurativa de limpar qualquer medo que estivesse impregnado em sua pele, afinal ele era a própria encarnação da perfeição, e, desta feita, não tinha, sob aspecto algum, temor com nada que pudesse ocorrer.

Guilherme caminha firme pelo banheiro, cujo estilo industrial e moderno sempre o encantara, com os canos e tubulações à mostra, passando a imagem de algo ainda inacabado, e em construção. Abre a torneira, deixando a água cair pela cúpula convexa da pia, primeiro em um pequeno filete, para em seguida deixar aumentar a vazão, concentrando sua mente ainda mais no barulho relaxante que surge do contato com o material branco da pia, que, passando a se assemelhar uma fonte termal, torna o ritual de relaxamento do escritor mais prazeroso e eficaz. O homem posiciona suas mãos de forma que consiga abarcar volume considerável de água nelas, jogando-a em seu rosto em seguida, mantendo depois as mãos fixadas na altura de sua testa, descendo as mãos vagarosamente pelos olhos e nariz, mantendo-as paradas na altura de sua boca e barba, enquanto se olha demoradamente no espelho. Tudo parecia de fato estar se normalizando naquele banheiro em meio a mais esta noite com a chuva intensa que continua castigando a cidade havia últimos dias. Apoiando seus ombros na pia, posiciona sua cabeça debaixo da torneira para que assim a água pudesse atingir sua nuca, livrando-se de mais alguns pontos cruciais de tensão.

Infelizmente, o que ocorre é justamente a retomada do pavor, que de súbito gela a pele de Guilherme, arrepiando sua já tensa nuca. O novelista, ao olhar para o pequeno círculo do ralo da pia em que se refresca, percebe que no fundo deste cano há um olho arregalado e assustador a observá-lo atentamente, e, pela coloração da íris, não havia a menor dúvida de ser o olhar que tantas vezes ele se encantara no passado: era o olho da antiga companheira, que mais uma vez se mostrava presente de forma macabra, para incutir em sua vida mais pânico e terror.

Guilherme sente o coração, que já batia em ritmo normalizado, disparar novamente em questão de segundos, passando de pronto a respirar com muita dificuldade, o que faz o artista se erguer da posição em que se encontrava curvado na pia, decisão esta que o domina com arrependimento quase que imediatamente, porque, como consequência do movimento brusco feito para trás, o homem sente o forte impacto de suas costas naquilo que, depois fica bastante evidente, não é uma parede ou coisa similar, mas sim a maciez conhecida da carne de uma pessoa.

Virando-se de uma vez, constata ter acertado, ficando mais uma vez de frente para seu grande horror, que parecia não o abandonar, ainda que fizesse grande esforço para isso. Afinal, ali está, imóvel o observando, sua ex-mulher, que brotara sem explicação naquele banheiro do luxuoso bar, em mais uma noite de forte tempestade na cidade.

Guilherme se afasta do ponto em que trombara seu corpo no da sua ex, dando alguns poucos passos para trás, mantendo certa distância da figura que reaparecera ali como medida de segurança pessoal, ao mesmo tempo que se esforça para não se distanciar em demasia, evitando que ficasse evidente que Guilherme ainda sentia medo, repulsa, ou qualquer sentimento que fornecesse à ex-companheira a certeza que exercia alguma espécie de superioridade em relação ao escritor, mesmo que eventual hierarquia e superioridade indesejada se desse pelo artifício do medo que ela lhe incutia. Astuto, ele não mais deixaria que essa mulher se sentisse superior.

Estava decidido a encarar aquela maldita sem mais fornecer sentimentos a ela, fossem positivos, fossem negativos. Ela merecia apenas ser enfrentada, mas sem nenhum tipo de emoção. Apatia e ostracismo, desprezo e esquecimento. ELA era merecedora unicamente de tais sentimentos, e era isso que ela receberia em resposta a qualquer manifestação que tivesse. Ela não mais exerceria poder sobre o agora consagrado autor. O tempo em que essa megera ditava como Guilherme deveria se sentir diante de qualquer coisa tinha se encerrado.

A personalidade altiva que poucos instantes antes Guilherme se orgulhava de ter criado para si, e que estaria agora mesmo tomando um forte destilado no meio de um bar repleto de demônios pavorosos, pouco se importando com qualquer coisa, ainda que fantasmagórica, no melhor estilo Harrison Ford e seu clássico Indiana Jones, precisava tomar frente, ainda que pouco a pouco, nesta situação insustentável. E era isto que Guilherme havia decidido nesta história toda: encher-se da coragem que o seu "eu criado" tinha em abundância para lidar com tudo em sua rotina. Era assim que Guilherme venceria mais uma vez aquela mulher desprezível.

Relâmpagos continuam a iluminar a noite fortemente, possibilitando que o escritor observasse, ainda com mais detalhes, mesmo que rapidamente, o rosto da moça que permanece parada com os olhos fixos e atentos na figura do agora corajoso Guilherme. O novelista, que vem sendo tão habitualmente assediado pelas aparições dessa mulher, e sempre nas formas mais assustadoras e deformadas que se possa cogitar, não consegue não perceber que pela primeira vez ela se encontra com a fisionomia de uma pessoa normal, sem nenhum traço demoníaco ou macabro, estando exatamente como quando conviviam diariamente. Isso auxiliava sobremaneira o observador artista a colocar em prática essa decisão de cada vez mais se pôr forte e destemido para enfrentar a ex-mulher.

Surpreendentemente, até mesmo para si, Guilherme começa a dirigir seus passos no rumo em que a ex-mulher se encontra, em um primeiro momento, como forma de testar sua coragem, revertendo assim o poder que havia anteriormente dado a essa pessoa de lhe incutir medo, na esperança de que ela passasse a temer o escritor. Mas era inegável a ele a vontade de se aproximar por justamente perceber que a antiga parceira estava fisicamente como no dia em que eles se viram pela última vez. A tez muita branca, apenas levemente ruborizada na altura da maçã do rosto, passava a ainda mais forte sensação de estar aquela mulher bastante viva em nosso mundo real, como tantas vezes alardeara o escritor, e muito mais que isso: que a beleza dela continuava incomum, beirando ao divino, ao extraordinário, com os seus olhos de coloração igualmente marcante, em um verde-esmeralda, contrastando com o longo cabelo negro, milimetricamente alinhado na altura dos ombros.

Por mais complicado que fosse não admirar o conjunto de características incomuns daquela bela mulher, Guilherme precisava se esforçar para não o fazer, porque se deixar conduzir pela atração do físico daquela pessoa tão má era exatamente como saltar em um poço estreito, escuro e profundo, e que ainda por cima seco, ou seja: seria um pulo mortal para os braços da fria e inevitável morte.

Guilherme fecha as pálpebras com bastante força, afastando assim a atração que estava se formando em seu coração, ao mesmo tempo que permanece se aproximando da mulher, mas sem focar a visão em seu espectro, tal como Perseu o fizera quando obtivera êxito em decapitar Medusa, a mulher górgona da mitologia grega, que da cintura para baixo possuía corpo de cobra (bem como o cabelo era um emaranhado de diversas serpentes), e transformava qualquer um que a encarasse, olhos nos olhos, em uma escultura de pedra mortal, para ali permanecer adornando seu palácio, no melhor estilo da incomparável e cheia de detalhes escultura *David*, que se encontra em exibição na Itália.

As duas menções históricas que brotam na mente de Guilherme caem com perfeição neste momento no banheiro do luxuoso bar, afinal era isso que a maldita mulher de fato era: um monstro traiçoeiro. Portanto, não se poderia deixar enfeitiçar pelos aparentes encantos que os atributos físicos da moça pareciam proporcionar a qualquer um ali presente, sob o risco de acabar se tornando mais um entre tantos homens que estiveram ao alcance da miserável unicamente para morrerem ao serem transformados em pedra. *Eu não*, pensa Guilherme, bastante decidido. Não seria transformado em pedra, não seria como aquela obra que se encontra em terras europeias, cujas semelhanças com o escritor, como ele mesmo conclui, seriam apenas terem o mesmo nome e de serem mundialmente conhecidas, admiradas e procuradas como referência. Nada além disso.

Guilherme se encontra banhado em uma coragem quase sobrenatural, aproximando-se cada vez mais daquela mulher que estava assombrando seus dias com intensidade incomum, dando provas, assim, de que muito pouco restava de domínio ou poder para aquela assombração infernal exercer sobre o decidido escritor. Era bastante evidente que o tempo se encarrega de absolutamente todas as coisas, até mesmo das que, pela intensidade da dor, parecem não ter fim. Tudo tem fim, é da lei da vida tal afirmação. O tempo de aquela mulher influenciar Guilherme estava cada segundo mais próximo do fim, e nada mais poderia evitar que acontecesse. Quanto mais Guilherme crescia, mais a mulher diminuía sob todas as formas possíveis e evidentes. E era esta a intenção principal: que sua grandeza esmagasse a pequenez da ex-mulher.

A cada passo dado para se aproximar da ex-mulher, ela dava outro temeroso para trás, como que tentando se manter em distância segura do homem, que, de sua vítima predileta, parecia se tornar agora seu algoz, assemelhando-se mais a um forte carrasco desses que preparavam a guilhotina para arrancar a cabeça dos condenados nos séculos passados, faltando a Guilherme, quando muito, o capuz negro para a mais perfeita exatidão.

19

Trovões explodem no céu da noite tensa tais qual um animal ferido e acuado que, tentando se mostrar superior, quando a fuga não se faz mais possível, emite um potente rugido de aviso aos que estiverem se aproximando demais, querendo com isso se mostrar agressivo e ameaçador, mas que na verdade tenta ocultar o medo que o toma totalmente, em uma tentativa final de aparentar uma força que não mais se encontra em seu interior. Era assim que ELA estava naquele momento, e o céu poderia gritar com toda força que tivesse naquele instante, em meio a trovões e carregado de raios, que Guilherme não seria demovido da certeza de que a ex-mulher é quem estava com medo de uma aproximação.

— Xeque-mate, minha rainha. Você, enfim, perdeu de uma vez por todas. E não tem mais como fugir. Estou certo? — diz, com sorriso maquiavélico no rosto, e com ar de imensa superioridade para ex-mulher, que continua dando passos para trás, enquanto os raios iluminam a noite de chuva pesada.

De súbito, como em uma tentativa final de mostrar que ainda guardava trunfos na manga, a mulher, tal qual uma contorcionista, dobra seu corpo para trás em um único movimento, passando a tocar o chão com suas mãos, assemelhando-se agora a uma grande e imensa aranha, movimentando-se com extrema rapidez por todo o banheiro, de um lado para outro, remetendo a memória de Guilherme ao filme *O Exorcista*, quando a menina possuída, Regan, desce as escadas de sua casa da mesma forma, como uma grande aranha infernal, vomitando sangue, para o horror dos que estavam no local naquele instante.

Guilherme não podia negar que a cena que se desenrola em sua frente no banheiro o assusta fortemente, afinal a ex-mulher está muito mais do que simplesmente andando virada para trás como uma aranha e movimentando-se com uma rapidez sobre-humana, tal qual faria uma imensa caranguejeira cujo corpo fosse queimado, em um estranho e desordenado baile de fuga. Ela está também expelindo pela boca, enquanto emite grunhidos estridentes, teias que acabam se acoplando nos cantos das paredes e do teto. Em poucos segundos, o local parece menos com um banheiro e mais como uma armadilha de um aracnídeo, com teias brancas e fortes espalhadas por quase a totalidade, restando poucos espaços em que o escritor possa se deslocar.

O medo que estava querendo se fazer novamente presente brotando dentro de Guilherme, ele o coloca embaixo do sapato, exatamente como Harrison Ford faria, usando seu famoso chicote, na franquia tão bem conhecida, e rapidamente passa com os seus olhos por todo o ambiente, para mensurar a quantidade de teia que a monstruosa aranha humana havia conseguido espalhar pelo banheiro, e assim, com exatidão, conseguir evitar de se enroscar em alguma delas.

O escritor percebera então que tudo aquilo não estava acontecendo de verdade, e isso de certa forma era um alívio para ele, porque deixava claro que, fisicamente seguro, Guilherme com certeza estava em algum lugar do mundo, e tudo que estava ali se desenrolando era apenas mais uma alegoria de sua mente, que, de forma brilhante, enfim estava criando a imagem da ex-mulher como ela era: uma monstruosa aranha vivendo na escuridão de um banheiro público, e que em um primeiro momento atraía as pessoas com sua beleza física acima da média, para em seguida tentar envolver o incauto em sua teia densa e perigosa, para ir se alimentando pouco a pouco da vítima, até quando isso fosse conveniente para ela. Como ele demorara tanto tempo para enxergar essa mulher como ela era de fato?

A tensão dentro de Guilherme aumenta exponencialmente ao constatar que as teias dominam praticamente todo o ambiente do banheiro, e cada raio que ilumina a escuridão da noite deixa ainda mais evidente que quase ponto algum ali se encontra sem fragmento da pegajosa substância emanada da mulher-aracnídeo. Leva a mão a sua boca, em uma expressão corporal própria de concentração, tentando raciocinar em uma fuga rápida antes que fique preso a uma teia lançada perto, percebendo de súbito que a imensa aranha humana, neste momento, foca os seus olhos no brilho reluzente da pulseira que se encontra no pulso de Guilherme. Era a mesma pulseira de ouro que fora dada de presente ao escritor, e ele usava tal como um amuleto mágico, fazendo vezes de substituição à ausência física da ex-mulher, que até bem pouco tempo atrás era a sua guia protetora.

Guilherme percebera o interesse do monstro no objeto dourado e, sabedor da profundidade dessa alegoria mental plasmada no banheiro, entende a necessidade de mais esse vínculo ser cortado em definitivo. O escritor não precisava dessa pulseira para ganhar uma força quase divina para enfrentar as situações tensas do cotidiano, ou com as quais ele poderia sentir-se desamparado na vida. Ele o fazia perfeitamente sozinho. Sem nenhum amparo de terceiros. Essa fase de depositar em um objeto inanimado uma aura mística protetora era uma grande bobagem.

Agora ele sabia que jamais estivera amparado pela ex-mulher, nem mesmo quando dividiam uma convivência marital diária, e não seria após a partida da mulher de sua vida que ela estaria dando qualquer tipo de força moral intuitiva a distância e por meio de um objeto que ela entregara de presente a ele em um passado distante! Essa ideia de que a ex-mulher, por meio de um presente, o manteria forte e destemido quando ela não estivesse pessoalmente junto a ele era tão patética quanto imaginar que ela, quando esteve caminhando ao lado do escritor, realmente o estava protegendo e proporcionando a ele o reconhecimento da grandeza que eventualmente Guilherme tinha e não conseguia perceber em si. Nem quanto estava segurando na mão do jovem novelista isso fora real, imagine por meio de uma pulseira!

Já havia certo tempo que Guilherme entendera que, assim como acontecia com o elefante Dumbo da Disney, que nas apresentações de circo pulava do prédio em chamas e voava pelo picadeiro, acreditando que isso só ocorria por estar segurando com sua tromba uma pequena pena preta, e que sem ela iria se estatelar no chão, ele igualmente colocava como justificativa da sua atual grandeza, sucesso e capacidade de encarar com serenidade os infortúnios e situações de tensão da vida no mundo real àquela pulseira de ouro dada pela maligna ex-mulher. Portanto, da mesma forma que pensava o elefantinho voador, ele acabava por crer que não tinha capacidade de êxito sem o malfadado objeto.

Mas essa fase de devaneio em uma dependência emocional acabara, e já havia muito tempo que ele descobrira seu potencial por si só, da mesma maneira que o elefante do mundialmente famoso desenho infantil descobrira que conseguia voar devido a suas imensas orelhas, e não por segurar uma diminuta e tão comum pena que ele supunha ser mágica; tal qual o orelhudo do desenho, Guilherme só se apercebera de sua capacidade incomum e acima dos padrões normais quando perdera o objeto com que tanto tinha ligação e adoração: no caso do Dumbo, quando perdera a pena, e no dele, quando perdera a antiga esposa. Foi na solidão que Guilherme encontrara seu potencial, e estava na hora de parar de achar que a ex-mulher permanecia com ele proporcionando qualquer tipo de apoio, ainda que espiritual, até porque a maldita viva estava. A vida já mostrara e provara para o escritor que essa antiga paixão só lhe dera rasteiras e prejuízos, e agora ansiava pela oportunidade de um retorno justamente dessa época em que Guilherme não passava de um frágil e manipulável homem nas teias pegajosas da monstruosa mulher.

Era preciso perder sua utópica "pena" de uma vez por todas, para assim caminhar com a total e necessária liberdade que ele merecia, e já degustava em grandes porções de sua ansiada e plena autonomia. Se uma indesejada dependência, que por acaso estava sendo mantida, estivesse representada na imagem da pulseira de ouro, como sugeria estar o olhar fixo e atento da aranha gigante ali presente, e que mais aparentava estar hipnotizada pelo objeto, não restava opção a Guilherme que não se desfazer desse último objeto de fixação mental que o ligava a um relacionamento morto e acabado em sua inteireza. O desprendimento era uma regra basilar da vida, e ele iria provar para a maldita aranha que ela estava no passado dele, e jamais no presente.

— É isso que faz você continuar cuspindo teia para se manter ligada a mim de algum jeito? Eu percebi isso. Você quer esta pulseira? Pois vou lhe dar esta pulseira! Faça bom proveito dela a partir de agora! — grita em alto e bom som Guilherme, arrancando de pronto o objeto do punho com tanta força que a fivela se parte totalmente no movimento.

A aranha humana grita desesperada, ao mesmo tempo que bate as patas imensas de forma acelerada no piso do banheiro. Mesmo na penumbra do local, com auxílio dos raios que não paravam em nenhum momento de brilhar entre nuvens, era possível perceber que lágrimas escorriam dos múltiplos olhos da aranha imensa, pesarosa por ver que Guilherme estava de fato liberto de seus domínios e teias de mentiras de uma vez por todas, e para todo o sempre.

Guilherme se atenta que, após a retirada agressiva da pulseira de seu pulso, a aranha gigante se contorceu e estendeu as enormes patas no piso do banheiro como se o movimento do escritor tivesse tido o mesmo efeito que um interruptor de energia teria em uma lâmpada de um cômodo, desligando por completo o demônio de teias, ou ao menos diminuído sua potencialidade lesiva. O novelista entende, assim, que deveria dar continuidade à destruição da joia, pois, com a absoluta certeza, isso iria afetar de forma continuada a mulher aranha, que permanecia expelindo lágrimas de seus diversos olhos, agora enegrecidos.

O escritor segura a ponta da pulseira com uma mão, repetindo o gesto com a mão oposta na outra ponta, fazendo em seguida um intenso exercício de força para lados contrários, enquanto a gigante aranha humana berra em pânico com o ato que está sendo praticado pelo raivoso homem bem à sua frente, sendo este desespero tão intenso que era possível facilmente notar os imensos e afiados dentes da criatura à mostra, ainda que o ambiente não tivesse uma correta visibilidade naquele instante para que detalhes mais específicos fossem bem identificáveis.

O objetivo almejado por Guilherme enfim se concretiza quando, não suportando mais a pressão exercida pelas mãos do escritor, a pulseira de ouro — presente dado pela ex-companheira do rapaz, e que este usava nos momentos mais especiais, intensos ou que exigiam uma exagerada calmaria no âmago do jovem artista, e que, portanto, servia especificamente como um amuleto, até fazendo as vezes de uma presença imaterial e espiritual daquela que jurara dedicação total ao escritor ali, a ponto de quase valer a pulseira como a própria presença física da ex-mulher em momentos de tensão como que a dizer que "ele não estava caminhando sozinho na vida" — despedaça-se em diversos fragmentos dourados, que voam para todos os lados do recinto, reluzindo na penumbra como pequenas estrelas brilhantes no céu da noite escura, antes de caírem no chão gelado do ambiente.

Chão frio, que remete a algo sem vida, sem emoção, inexistente. Exatamente como o antigo relacionamento de Guilherme com a ex-mulher se tornara até mesmo antes do desaparecimento da moça: Algo completamente morto também. Era inevitável para Guilherme não perceber que, em mais essa alegoria mental aterradora que brotara, o exemplo da estrela que, apesar de brilhar e se fazer notar, permanecia morta ressurge para ele após mais uma eclosão de um pesadelo relacionado a ex-parceira, mostrando que isso era um fato incontestável também. As estrelas são lembranças que vagam pelo universo, mostrando que algo existiu com intensidade, mas que agora já se extinguira, assim como seu primeiro casamento, e cada vez mais o subconsciente de Guilherme enfatizava isso ao escritor, associando de alguma forma as aparições das assombrações da ex-mulher, ou seus objetos pessoais a uma estrela de luz forte, mas que já não existia fisicamente (essa não era a primeira vez que ele percebia a forte analogia com as estrelas), deixando o novelista pensando consigo mesmo que jamais olharia para um céu estrelado da mesma maneira após tudo isso.

Ao mesmo tempo que a pulseira se partira em diversos pedaços, a imensa aranha humana também se despedaçara por completo, em uma cena extremamente asquerosa de se ver, tendo as suas várias patas espalhadas pelo ambiente, literalmente voando cada uma para um canto do banheiro: uma é deslocada em direção ao imenso espelho do banheiro industrial, fazendo o vidro trincar por completo com o impacto forte, outra extensa pata acerta um das portas do box onde se localiza uma das cabines privativas do salão de banho, amassando-a de tal forma que por muito pouco a pesada estrutura não vai ao chão, duas patas se arrastam pelo chão, indo parar abaixo do mármore da pia, espalhando sangue fétido e de coloração enegrecida por todo o piso de porcelanato, enquanto outras patas atingem até mesmo o teto, explodindo toda a sua carne pelo impacto, manchando, assim, a parte superior quase que em sua totalidade com sangue escuro e podre, que passa a gotejar do agora manchado teto, atingindo Guilherme, como se estivesse garoando sangue por todo o ambiente, em curiosa semelhança com a parte externa do prédio, que permanece também sendo atingida pela intensa chuva que desaba do céus, como tem ocorrido com intensa frequência nos últimos dias.

Guilherme observa com satisfação a criatura morta e partida em diversos pedaços, crendo com muita esperança que seria impossível que houvesse meios de ela ressurgir em qualquer outro momento futuro após essa destruição toda. Estava, enfim, liberto de mais um vínculo com a maldita ex-esposa, permanecendo desejoso de que a pulseira tivesse sido o último elo que estava entrelaçando o antigo casal.

O banheiro estava bastante avariado, parecendo até mesmo que fora palco de uma guerra, ou que um furacão ou ciclone tivesse feito uma completa remodelagem da decoração do local, passando quem sabe do estilo industrial para um mais alinhado e semelhante ao "fim do mundo", ou até mesmo como futura locação de cenário para uma sequência do filme *Fome Animal* (do incrível Peter Jackson, que posteriormente explodiria com a trilogia *O Senhor dos Anéis*), porque a destruição do banheiro, ainda mais com tanto sangue fétido espalhado por cada metro do ambiente, só trazia à mente uma lista de filmes de horror, desses a que o famoso romancista tanto gostava de assistir.

— Não tenho mais o que fazer aqui neste buraco, né, dona aranha? — debocha Guilherme, enquanto chuta uma poça de sangue que se formara próximo a um de seus pés, para se arrepender logo em seguida do ato praticado, afinal o escritor estava certo de que este par de sapatos italianos que ele tanto gostava de usar estava condenado a ir para o lixo agora, sem chance de salvação, fosse porque as manchas de sangue não sairiam em sua inteireza, fosse porque com certeza o cheiro pútrido de carne estava impregnado de tal forma que, ainda que o calçado fosse banhado em perfume francês por dias seguidos, não se conseguiria afastar por completo o odor asqueroso que saíra da carne imunda do demônio em forma de aracnídeo e que se encontra despedaçado ali bem próximo, e Guilherme bem sabia como era complicado se livrar por completo dos resquícios da maldita mulher "falsamente desaparecida", e que, portanto, mais adequado seria desfazer-se do item, mesmo que gostasse muito dele.

Porque ela justamente apreciava isto: permanecer sendo lembrada, ainda que negativamente, até mesmo em uma gota de sangue ressecada e que estava quase oculta na sola de um sapato. Essa era a pessoa com quem ele desfrutara anos de convívio: ardilosa, sombria e paciente com relação ao momento certo de se fazer ser lembrada, como que a dizer que estaria presente de alguma forma, e para todo o sempre, na vida de quem ela assim quisesse, denotando sua diminuta estatura moral e falta de amor-próprio por se manter ligada à vida de quem com ela não tinha mais nenhum contato.

Guilherme sente um grande alívio por ter se livrado da pulseira, sentimento idêntico ao notado por ele quando soubera do sumiço dos itens que antes permaneciam em invólucros de vidro no quarto secreto de sua mansão, em verdadeiro quadro de adoração eterna, que pertenciam à ex-mulher e foram utilizados na noite do casamento deles. Estava, desta feita, cada dia mais forte e desperto para a realidade cotidiana, com bastante autonomia para seguir com sua própria vida, sem muletas ou dependências com quem quer que fosse. Isso o tornava emocionalmente ainda mais forte do que ele já se percebia havia tempos.

Já percebendo seus sentidos um pouco entorpecidos pelo forte odor do local, resolve sair do ambiente para ao menos respirar de forma mais adequada em um ponto mais ventilado, porém, ao abrir a porta do banheiro puxando a maçaneta com certa força e em movimento único, vê-se cara a cara com o vulto travestido com a vestimenta da noiva que estava em sua mansão! Isso só podia ser real, e não mais uma alegoria como a aranha, pensa o nervoso escritor, que vê seu algoz mais uma vez erguer para o alto a lâmina afiada de um punhal, para novamente sentir o objeto rasgando sua carne violentamente, como ocorrera em sua mansão na noite passada!

Guilherme cai no chão, sentindo o sangue quente escorrer de seu corpo como antes ocorrera na sala secreta de sua imensa residência, mas sem o mesmo prazer sexual estranho que lhe invadira os sentidos em um primeiro momento daquela noite após a facada recebida, ficando agora apenas a dor do golpe seco repetido em seu corpo, e o pânico pela possibilidade real de que agora fosse de fato o momento derradeiro em que a agressiva noiva conseguiria concretizar seu objetivo de acabar com a vida do famoso escritor, imortalizando-se com tal ato para todo o sempre, como ocorrera com o assassino de John Lennon. E isso, para o apavorado Guilherme, que se encontra ensanguentado no chão, era tão ou mais assustador e inadmissível do que uma possível passagem só de ida para o além-túmulo. Ele não admitiria que ela ficasse famosa, ou mais do que ela já havia se tornado com o romance. Era hora de isso parar e ela ser esquecida em definitivo.

Guilherme se arrasta com dificuldade pelo piso frio do banheiro enquanto a chuva se intensifica lá fora, tal qual um dilúvio, permitindo que a mente do escritor, que tanto amava os dias chuvosos, divague a ponto de achar que as águas que caem do céu ficaram mais fortes justo neste momento em sua homenagem, como comprovação de que a vida o estava agradando em seu momento final antes de a morte o abraçar com seus gélidos braços e levar sua alma desta existência em definitivo.

Como pode alguém se deixar levar por tantos devaneios enquanto o sangue vaza em profusão de seu já frágil corpo? Será que todos que nasceram agraciados com a magia da arte entranhada na alma a ponto de exalar criatividade por todos os poros, ainda quando nem empolgados para manifestar nada nesse sentido, estariam igualmente "romanceando" até seu trágico e pessoal fim em momento derradeiro como este?

Pouco importava saber a resposta, o escritor, talvez motivado pelo medo ou pela forte dor da facada, consegue retornar sua mente para o foco de sua aterradora realidade atual de homem apunhalado que procura desesperadamente algum meio de se manter lúcido, e mais do que isso: meios de permanecer com vida.

A pessoa que o golpeara à porta do banheiro se aproxima calmamente do novelista caído, ao mesmo tempo que limpa a lâmina ensanguentada na barra do vestido de noiva que está utilizando, deixando à mostra que está usando como calçado um coturno de couro preto bem grande, não sendo em nada similar com os que sua ex-mulher tenha utilizado em algum momento em que viveram juntos. Era impossível não se ver indagando que a identidade do agressor poderia muito bem caber a uma terceira pessoa totalmente inesperada e improvável, em uma dessas reviravoltas alucinantes das tramas da ficção, o que seria muito interessante do ponto de vista de um tenso e intenso romance policial de suspense. Mas a vida não era assim, conclui Guilherme, sendo na maioria das ocasiões o básico "preto no branco", ou o bom e velho "café com leite". Sem surpresas ou mudanças bruscas. A vida era, portanto, muito mais uma linha reta básica do que uma estrada sinuosa de curvas fechadas que traziam emoção e grandes surpresas.

Viver era tão basicamente uma gigantesca rotina que beirava a uma quase sonolenta apatia, que tornava altamente compreensível e desejável que os romances e obras contidas e imortalizadas em livros, filmes, seriados, bem como em qualquer meio artístico duradouro, fascinassem sobremaneira as pessoas que dedicavam o seu tempo para os conhecer e se envolver com suas interessantes tramas, porque essa era talvez a única forma que a maioria das pessoas tinha de adquirir vivências e ter emoções fortes: acompanhando o lúdico, o mágico e assombroso, o cômico e alucinante da vida e das experiências dos personagens da ficção. Essas pessoas desprovidas de novidades e sensações pessoais intensas poderiam sentir um pouco do que era de fato ser e estar vivo! Somente pela arte estampada nas ações dos personagens das obras essa grande massa conseguia, mesmo que de forma tênue, desfrutar das emoções de uma vida repleta de sentido, pois os personagens eram geralmente possuidores de existências banhadas de surpresas, em oposição à desinteressante realidade da maioria dos indivíduos que geralmente acompanhavam as tramas. Arte era muito mais que a vida, isso estava muito mais do que claro, e a existência da maioria por si só não era nada mais do que uma comum e chata semana no calendário, sem direito a feriado.

Guilherme sente-se incomodado em razão de, ainda que por poucos segundos, ter se deixado mais uma vez divagar em pensamentos um tanto filosóficos que quase adentravam no narcisismo dos que gozavam de algum atributo artístico como ele, quando de início estava apenas analisando que havia sim a chance de o indivíduo que ali estava com ele no banheiro ser outra pessoa que não sua ex-mulher (em razão do coturno incomum por ele utilizado), e que, desta feita, no máximo sua mente deveria pensar nas identidades prováveis com interesse em ceifar sua vida, em vez de ficar refletindo que haver múltiplas possibilidades de autores só era comum na ficção e nos suspenses, e que na vida real sempre o simples era a aposta mais acertada, sem grandes surpresas, e bláblábláblá!

O escritor ficara tão incomodado com a perda de segundos preciosos com essas lucubrações mentais que por muito pouco não se julgara de fato merecedor de receber muitas facadas e cair em sono profundo e sepulcral. Decide, então, ser prático neste momento, ainda que não fosse de seu habitual proceder, e ergue com dificuldade sua cabeça em uma tentativa de colher o máximo de elementos que facilitem a identificação da noiva assassina ali parada. Mas, independentemente de quem fosse ali de pé, usava a mesma máscara branca sem expressão da noite anterior na mansão de Guilherme, muito semelhante àquelas encontradas em Veneza, sem traço algum, com a parte dos olhos pintada com coloração negra imitando uma coruja.

Não sendo possível desvendar esse mistério, ao menos por ora, Guilherme resolve partir para a ação, agarrando o tornozelo de seu agressor, apertando com bastante força ao mesmo tempo que tenta derrubá-lo no chão com repetidos puxões, o que serve apenas para irritar aquela pessoa vestida de noiva, que, em reação às tentativas do escritor em levá-lo ao chão, chuta fortemente o rosto de Guilherme com o mesmo pé que poucos segundos antes fora agarrado pelo homem caído.

O impacto do chute fizera Guilherme praticamente virar seu corpo para o lado oposto ao que estava, ao mesmo tempo que alguns dentes saíram voando de sua boca acompanhados de um muco de sangue viscoso, levando-o a quase perder a consciência, o que de todo não seria ruim, pensa o novelista, pois, já que o seu fim parecia ser inevitável, então que ao menos ele pudesse não mais estar ali para testemunhar as atrocidades de que seria vítima nas mãos da noiva mascarada.

Mas ele não perdera os sentidos, como seria o ideal, e teria desta maneira que criar uma força sobre-humana sabe-se lá de onde para levantar-se do chão e lutar com seu agressor, ou assistir com bastante lucidez a seu brutal e doloroso assassinato no chão frio do banheiro do luxuoso bar que tanto gostava de frequentar.

O agressor parte para cima de Guilherme, agarrando o jovem pelos cabelos, arrastando-o pelo piso do local, enquanto este se debate em tentativas inúteis de se livrar da tensa situação, mas sem nenhum êxito. O sangue que se acumulara no piso em razão da facada facilitava muito para o agressor arrastá-lo, levando o rapaz para dentro de uma das cabines do banheiro com facilidade, enfiando com uma mão a cabeça de Guilherme dentro da privada, e com a outra mão acionando a descarga do aparelho, provocando forte agitação da água da privada, que parece um redemoinho, em notória e evidente tentativa de afogar o escritor.

Desesperado, Guilherme apoia as mãos nas laterais do assento da privada, fazendo ou ao menos se esforçando para concluir o mesmo movimento de flexão que comumente é executado nas academias de todos os cantos do mundo, isso para se ver livre da tentativa de afogamento que está em curso, ao mesmo tempo que a "noiva" pressiona sua cabeça ainda mais para o interior do vaso sanitário. Tentava de todas as formas escapar da situação angustiante, mas sua mente novamente voltara a viajar em lembranças absurdas e confusas, das quais o escritor não conseguia se desvencilhar, recordando-se até mesmo das incontáveis celebridades mundiais que tiveram mortes tolas em situações constrangedoras, como, por exemplo, morrer afogado em uma rasa banheira de hotel (claro que em decorrência do uso de drogas de uma overdose), e que provocavam na mente do novelista um misto de lamento pelo falecimento precoce, com um desejo de jamais ter um destino similar, porque, para ele, isso não deixava, no fim das contas, de jogar uma mácula na grandiosidade da arte que essa pessoa carregava na alma, lançando em partes a bela trajetória do artista em um poço patético e risível, o que não deixava de ser quase que cômico e absurdo.

Com tal pensamento, Guilherme se desespera ainda mais, porque, se morrer afogado igual um incapaz em uma banheira transmitia um forte sentimento de fracasso retumbante, o que dirá uma pessoa morrer afogada com o rosto submerso na mesma água onde as pessoas cagam e mijam, onde descartam resíduos e fluídos que não têm mais serventia para o corpo? Era o ápice absoluto da humilhação!

Era mais do que uma analogia ou mensagem de duplo sentido, pois deixava mais do que evidenciado que o vaidoso escritor, ao menos para o seu futuro assassino que ali estava tentando o afogar em águas fecais, não passava de um merda, alguém sem relevância, podre e fétido, absolutamente descartável de todas as formas possíveis, e que toda sua criação artística possuía as mesmas considerações que a ele estavam sendo dadas; portanto, tal arte que pululava com maestria e encantamento de sua mente criativa não passava de uma imensa montanha de merda que havia muito deveria ter corrido pelos encanamentos e tubulações para jamais ser recordada em tempo algum.

Isso Guilherme não poderia deixar que ninguém pensasse dele. Não poderia morrer desta forma constrangedora, com seu legado sendo defenestrado de forma ridícula. Isso tinha de parar agora. A maldita ex-mulher não iria fazer mais essa maldade contra ele, e sua reação a tudo isso deveria ao menos proteger e preservar o seu legado artístico, ainda que ele não sobrevivesse fisicamente. A sua arte seria preservada, e não seria lançada em uma privada suja.

Assim, sentindo-se preenchido de um ódio gigantesco, Guilherme agora parecia ter tomado um potente choque elétrico que lhe concedera a força necessária para sair das mãos de seu algoz, levando o raivoso novelista a soltar sua mão da lateral da privada para em seguida levá-la em direção ao órgão sexual do agressor, apertando com toda força possível, ficando evidente para Guilherme que naquele momento quem estava tentando ceifar sua vida não era a desaparecida mulher com quem fora casado, mas um HOMEM!

Não havia a menor dúvida quanto a isso, porque a mão do escritor ficara totalmente preenchida pela mala volumosa do pau do seu agressor! Guilherme aperta o pau e o saco do mascarado cada vez mais, não apenas para machucar o homem travestido de noiva, o que de fato ocorre, pois este berra de dor, ao mesmo tempo que tenta sair daquele contra-ataque do escritor, desferindo coronhadas com cabo do punhal na cabeça do artista, mas pela explosão de contentamento que lhe invade o cérebro, por mais uma vez constatar que estava completamente certo, e a antiga companheira de fato tinha um cúmplice, um amante, e que este estaria muito temeroso com as suas características físicas lançadas na reedição do livro, sabia que logo seria identificado pela horda de leitores fanáticos de Guilherme. Estava tão acuado que, assim como previu e desejou Guilherme, quando no programa de televisão pediu que todos lessem a nova edição para identificar seu perseguidor, veio tentar matá-lo antes que acabasse identificado e por conseguinte preso pelos crimes perpetrados.

O escritor consegue ficar de pé. Ainda apertando a rola do agressor, empurra-o para longe, fazendo com que o mascarado caia a poucos metros de onde estavam, quase parando embaixo da pia do recinto, enquanto segura o pênis machucado com ambas as mãos em uma reação automática em busca de alívio local. Guilherme, aproveitando que o agressor se mantém caído, se aproxima e inicia um festival de chutes intensos por todo o corpo do meliante, e, por estar este trajando o vestido de noiva utilizado por sua ex-mulher, Guilherme sente-se ainda mais à vontade para desferir os bicos com seu calçado italiano, ao mesmo tempo que o agressor se revira de dor.

Para o escritor, a sensação que crescia dentro dele era de que estaria espancando a maldita infeliz que era a causadora de todas as desgraças de que ele fora alvo na vida, ainda que fosse totalmente covarde imaginar e gostar de espancar uma figura feminina (pois naquele momento ele agredia imaginando ser ela ali, e não um homem caído, como de fato era), mas aquela pessoa que fora sua esposa não poderia ser considerada uma mulher, nem por Guilherme, nem por pessoa alguma, afinal, por tudo que ela orquestrara de ruim na vida, o que ela de fato poderia ser considerada era um personagem macabro de um filme de terror proibido para menores de idade e censurado em diversos países, como ocorrera com *O Massacre da Serra Elétrica* e *Faces da Morte*.

Guilherme sente seus pés já adormecidos em razão da quantidade e da intensidade com que chutava sem parar seu agressor, e, percebendo que este não mais se movia, decide interromper a surra que estava dando, até mesmo para ganhar um pouco do fôlego que sua já evidente respiração acelerada pedia com urgência.

O escritor permanece analisando o espectro caído no chão, sua estatura relativamente acima da média e que evidencia que, ali deitado, de fato se trata de um homem, as características do vestido que agora está sujo e de certa forma surrado, e por fim os detalhes da máscara da cor branca que possui na região dos olhos uma pintura negra que deixa o semblante do mascarado similar ao de uma coruja horripilante.

O suor escorre em profusão pelo rosto, passando a se acumular exageradamente em seu olho esquerdo, o que provoca incomodativo ardor local, fazendo com que Guilherme leve sua mão rapidamente à região orbital mais para evitar que seu cérebro se concentre totalmente naquele repentino incômodo visual. Não queria perder o "fio da meada" do encadeamento de ideias e suposições advindas da observação dos detalhes do agressor desfalecido e que poderiam ser montadas na mente do novelista; elas acabariam por fazer com que, enfim, Guilherme descobrisse a identidade do cúmplice e amante da ex-mulher traidora.

Não havia mais tempo a se perder, conclui Guilherme antes de se ajoelhar ao lado do agressor desmaiado e colocar suas mãos em contato direto com o corpo deste. Os céus continuam a brilhar com intensidade em razão dos relâmpagos que parecem surgir nos momentos centrais de tensão, como se pudessem ouvir os pensamentos e conclusões do escritor, e assim soubessem a hora perfeita de eclodir, como se tudo fosse previamente ensaiado ou fizesse parte de uma obra de ficção que poderia muito bem ter saído da mente inventiva daquele que ali se encontra ajoelhado. Mas Guilherme sabia que o autor desta obra de suspense era Deus, e não ele, e que, apesar de exercer o papel principal da trama, não passava de um personagem, não ditando, portanto, os rumos dessa trama macabra e tampouco seu desfecho. Havia chegado o momento de arrancar essa máscara que escondia a identidade do amante de sua ex-mulher e revelar o rosto daquele a quem de fato a miserável amava e com quem havia decidido partilhar o futuro, destruindo tudo que havia durante anos a fio construído junto a Guilherme, surfando em uma aventura sexual.

Enquanto leva sua mão em direção à máscara branca para retirá-la do rosto do desfalecido ali caído, Guilherme não consegue evitar seu pensamento de mais uma vez se deixar levar por analogias e conexões que sua mente insistia em criar, ou revelar de seu subconsciente, concluindo, assim, que a figura sinistra ali deitada era a perfeita imagem do que sua antiga mulher de fato fora durante todo o relacionamento deles, mas que somente no fim Guilherme soubera identificar: o vestido de noiva provava que era ela, sim, a sua esposa, aquela com quem ele contraíra núpcias; a máscara acoplada na face provava que esta mesma mulher estivera com ele ocultando quem de fato ela era, escondendo sua real personalidade e objetivos sinceros para estar ao lado de Guilherme, e ainda o fato de a máscara não possuir expressão alguma também tinha uma simbologia forte, comprovando mais do que a imensa apatia da mulher perante terceiros, mas denotando sua sociopatia intensa, sendo ela alguém que não tinha de fato sentimentos ou nutria qualquer empatia por ele. Objetivamente, no mundo físico, era óbvio para Guilherme que ali desmaiado no chão frio do banheiro não se tratava mesmo de sua ex-mulher, mas subjetivamente cada detalhe da pessoa que ali o atacara mais uma vez não deixava dúvida alguma de que era ELA de alguma forma; cada minúcia, cada aspecto do visual gritavam que o desejo do seu agressor era praticamente se travestir da noiva maldita, quase que exercendo uma ligação espiritual com o além que facilitasse, tal qual em um canal de ligação direta, que a desgraçada pudesse se incorporar no corpo do agressor, possibilitando, assim, que ela conseguisse agir no mundo físico para tirar a vida de Guilherme por ela mesma.

Que conexão incrível eles tinham, pensa com certa raiva, quase que em uma rápida crise de ciúme o escritor ali ajoelhado, ao mesmo tempo que reconhece o fascínio que a maldita conseguia exercer sobre as pessoas, sem exceção alguma. ELA era mágica pura. E, assim como os truques de mágica, por mais fascinantes, envolventes e cheios de entusiasmo, não deixavam de ser uma grande ilusão. E ela era isso: mágica intensa, mas no fundo inexistente. Tudo nela era ilusão, nada além disso.

20

Guilherme finalmente arranca a máscara branca, erguendo-se instantaneamente de uma vez do chão, em razão do imenso terror que se instaura na sua face por observar que, embaixo da máscara oculta, a identidade revelada leva o seu próprio rosto!

— Não pode ser! Isso não está ocorrendo! — reflete o desesperado escritor, por se reconhecer ali caído no chão, concluindo que era ele seu próprio algoz, único responsável pelas inúmeras tentativas de assassinato, e que tem há muito tempo tornado sua própria vida um pesadelo sem fim.

Seria isso mais uma analogia? Ou apenas um sonho terrível? O que seu subconsciente estava guardando há tempo demais e que resolvera expurgar de seu interior com toda intensidade do mundo nestes últimos dias por meio de fortes alucinações? Ou estaria mesmo Guilherme apenas enlouquecendo? Era preciso ir com urgência para o consultório do doutor Stephano para relatar tais visões, e juntar todas as peças do quebra-cabeça.

Mais um trovão ecoa, no exato instante em que o agressor, ainda com o rosto de Guilherme, se levanta em um movimento único do chão, colocando-se de pé com um sorriso demoníaco no rosto que praticamente deixa a expressão do assassino deformada, indo ao encontro do escritor, que, sem pensar muito, se vira para fugir do ponto em que se encontra. Mas, para seu horror triplicar, vê-se impedido de prosseguir, pois topa com mais uma pessoa travestida de noiva e que também está com um punhal na mão, que brotara do nada bem atrás do assustado novelista.

Em um gesto de reflexo imediato, Guilherme leva a mão à altura do rosto do agressor e arranca a máscara que estava acoplada na face dessa nova noiva, revelando para Guilherme que agora na sua frente, de noiva, está a sua ex-mulher!

— Eram dois! Sempre foram dois! Ela e o amante! Eu sabia! — conversa consigo mesmo, antes de receber mais uma facada no abdômen desferido por ela, que também traz no semblante um sorriso imenso e diabólico.

O golpe por ela desferido ocorre no mesmo instante que o outro agressor, que possui a mesma compleição física do escritor, se aproxima pelas costas e esfaqueia Guilherme com toda a força que tinha. Este grita de dor pelos golpes recebidos, ao mesmo tempo que seu sangue escorre em grande intensidade.

Os dois agressores iniciam o processo de estripar o agonizante homem duplamente atingido pelos punhais, ato este tão comum de ser feito nos peixes durante uma pescaria para retirada dos órgãos internos, o que de fato se inicia no corpo de Guilherme sem o menor pudor ou cerimônia, com cada um deles movimentando a lâmina do punhal que seguram com agressividade em movimentos forçosos para cima, fazendo com que além do sangue que escorre em grande quantidade, os órgãos comecem a cair no chão do banheiro, a começar pela tripas quentes, passando para o estômago, baço, rins, até chegar à caixa torácica, ao mesmo tempo que o visual das costas não se mostra menos aterrador, com a coluna vertebral do escritor já totalmente exposta e praticamente caída para fora do corpo de Guilherme.

O novelista sente a força faltar nas pernas, caindo de imediato no chão, percebendo que em poucos segundos perderá os sentidos, o que é comprovado pela vista, que já dá sinais de escurecimento, mas que nestes segundos finais, que mais parecem horas, ainda possibilitam ao novelista testemunhar mais uma visão horrenda de sua ex-mulher e seu clone:

A ex-mulher e o agressor duplicado com sua face comem os órgãos caídos no piso do banheiro, lambuzando-se com sangue do escritor pelo corpo todo, lambendo tudo ao mesmo tempo que estampam no rosto uma forte expressão de prazer sexual enquanto consomem vorazmente as vísceras, e seguram partes do fígado enquanto isso, como as crianças que estão iniciando a prática de se alimentar com comida sólida fazem, pegando a comida com as mãos e se sujando por completo enquanto as mães, irritadas, tentam fazer "aviãozinho" levando a colher com o alimento até a boca do infante brincalhão.

Sua ex-mulher segura firme uma parte bastante grossa do intestino, e, lambendo de forma lasciva o pedaço de carne, introduz a ponta do órgão em sua boca, simulando um tenebroso e repulsivo boquete na entranha quente que estava caída no piso do banheiro, levando em seguida o pedaço ensanguentado e chupado até a boca do agressor *cópia autenticada* de Guilherme, que não só aceita o pedaço macabro de tecido humano e o deixa ser introduzido em sua boca, como, enquanto mastiga e saboreia a carne entre gemidos e grunhidos, beija a demoníaca ex-mulher de Guilherme, que igualmente geme freneticamente, em um frenesi intenso que termina com os dois se esfregando completamente banhados em sangue e restos dos órgãos internos do escritor agonizante ali perto, e que mais servia como um lubrificante sexual para que o casal consumasse a trepada doentia.

Guilherme percebe que a sua visão pouco a pouco se escurece, o que o enche de paz por saber que não mais precisará testemunhar essa ou qualquer outra cena absurda que a maldita ex-companheira lhe tem apresentado em pesadelos intermináveis e frequentes. Esse último momento lhe servira para captar a essência do que foram os anos excessivamente indevidos ao lado daquela maldita, que, tal como a imagem mostrava, estava ao lado dele para aniquilar o jovem novelista, e consumir com fúria cada ponto do corpo e da alma do tolo escritor que confiava cegamente em tudo que a mulher fazia, quando na verdade estava com essa sua passividade e confiança exagerada, apenas praticando uma feroz e agressiva autofagia, consumindo-se por completo e permitindo que ela participasse da ceia magistral, onde o prato principal era sempre o verdadeiro eu de Guilherme.

Hoje Guilherme sabia que ajudara a desgraçada a apunhalá-lo pelas costas e assim permanecer morto em sua própria vida. Pagamos sempre um alto preço pela nossa inação em resistir em sermos quem somos de verdade. Nós temos que devorar os problemas, e não deixarmos que eles nos façam de alimento.

O escritor esboça um leve e quase inexistente sorriso em seu rosto já pálido e sem expressão, porque era sabedor de que nada daquilo era real, e tudo não passava do seu subconsciente abrindo as portas que eram necessárias de serem escancaradas para a cura definitiva brotar na mente de Guilherme, como se tudo fosse um enredo de *Matrix* ou *A Origem* do Nolan, e ele soubera com exatidão compreender essa mensagem de agora, percebendo e reconhecendo seu erro do passado, quando deixara a esposa tomar as rédeas da vida dele, tomando todas as decisões por ele, transformando-o em mera marionete, fazendo assim com que ela se servisse e se alimentasse do eu interno dele, quando deveria ter sido o escritor um homem mais autêntico e propositivo com a existência dele próprio, e de suas decisões.

— Eu aprendi. Eu sou o senhor dos meus atos, e não estou aqui para ser consumido por ninguém que não tenha vida própria e não passa de um parasita desprezível — balbucia Guilherme em tom quase inaudível, antes de se ver apagado em definitivo no sono eterno da morte.

Os olhos que se fecham lentamente se arregalam com rapidez contrastante no mundo real, quando Guilherme se ergue da mesa em que estava caído, em um movimento único e inesperado para trás, chegando ao ponto de fazer com que a cadeira em que estava sentado caísse no chão, deixando não apenas os presentes a sua mesa bem como todos do bar assustados e tensos com a atitude do ofegante novelista.

— Que droga você usou bonitão? Seja lá qual tenha sido, eu gostaria de provar um pouco, hein? — questiona William entre gargalhadas debochadas, como que tentando cortar o clima tenso e estranho que se instaurara no ambiente com a atitude de Guilherme, que parece estar perdido, e tendo dificuldade até mesmo de reconhecer onde estaria ele próprio naquele exato momento.

O novelista, em uma rápida passada com os olhos pelo ambiente, reconhece estar no seu bar predileto e, ao voltar sua atenção para a mesa em que se encontra, já se recorda de tudo quando olha a moça cujos traços se assemelham a sua ex-mulher a sua frente, e que agora o observa nervosa e assustada pela atitude do escritor. Estava no encontro constrangedor que William o havia levado com as duas mulheres que ali permanecem sentadas.

— Eu tenho de sair daqui, William. Chega desta palhaçada, você me ouviu? Para mim já deu! Você come quem quiser e quando quiser, mas me deixe em paz! — vocifera Guilherme para imediatamente sair em disparada pelo corredor central, dando passadas largas e pesadas no salão, sendo acompanhado logo atrás por William, que mal tivera tempo de se despedir adequadamente das moças que ali estavam com ele, ou explicar de uma maneira melhor a elas a situação ocorrida com o famoso escritor, que agora saíra tenso, partindo em disparada e logo atrás soltando acenos e sorrisos constrangedores no ar em uma tentativa falha de mostrar que Guilherme, apesar de tudo que ocorrera no local, estava bem, e isso não passara de um leve excesso da parte do novelista, em atitude de irritação tão comumente vista na grande maioria das celebridades mundiais, não sendo, portanto, grande coisa.

Mas ninguém comprara sua ideia no luxuoso bar, onde todos permanecem tensos e calados, apenas observando um Guilherme irritado sair do local com pisadas tão fortes que pareciam fazer tremer a estrutura do moderno prédio em que estavam.

A chuva se intensificara sobremaneira, mas Guilherme não estava nem um pouco preocupado com isso, esperando no meio da calçada completamente ensopado, ao mesmo tempo que se movimenta de um lado para ou outro em uma indisfarçável ansiedade que parece crescer a cada segundo que se passa, aguardando que o Audi do seu amigo fosse trazido pelos garagistas do prédio.

William surge logo em seguida com cara de poucos amigos e, quando já estava com um discurso crítico e pesado para despejar em Guilherme em razão do péssimo comportamento público dele no bar, acaba por desistir disso tudo vendo a cena do amigo completamente perdido em meio à chuva que caía forte na noite escura. Cabia a ele, como assessor de imagem, apontar as falhas do escritor famoso para evitar polêmicas e manchas na sua imagem. Mas cabia igualmente, ou até muito mais, ao esperto assessor de imagem que ele, como amigo, soubesse o momento de tocar em certos temas com o devido acolhimento, e naquele instante o mais adequado era apenas cuidar de acalmar o amigo, que tinha de fato motivos para estar tenso como estava. As últimas horas tinham sido tenebrosamente difíceis e macabras para Guilherme, e este necessitava, portanto, de acolhimento e compreensão, e não de broncas.

William tira o próprio blazer e cobre o amigo molhado ao mesmo tempo que o envolve em um tipo de abraço fraternal, no mesmo momento em que o potente Audi é entregue na calçada, fazendo com que os dois homens se desgrudem e entrem no interior do veículo, que sai em desabalada carreira na noite adentro.

A chuva continuava caindo com muita intensidade das nuvens carregadas do céu, que insistiam em se iluminar de forma assustadora em virtude do permanente e incessante baile de raios que ainda rasgavam a noite escura, dando recado evidente de que longe estava o fim desse grande e forte dilúvio que castigava a cidade como um todo.

Guilherme está sentindo o impacto não apenas mental, mas também físico das constantes alucinações e aparições macabras relacionadas à ex-esposa. Seu olhar, que se encontra fixo no vaivém do para-brisa do carro, que em rápidos movimentos limpa a quantidade exagerada de água que atinge como uma saraivada de pedras o vidro do painel do carro, já não disfarça seu cansaço gigantesco, ficando claro que a atenção no movimento de limpeza do líquido do vidro a sua frente não passa de um esforço quase sobre-humano de manter sua concentração para não desmaiar de cansaço.

As mãos de Guilherme estão perceptivelmente trêmulas, o que o faz instintivamente e discretamente colocá-las nos bolsos da calça, não sabendo se para aquecer os membros, evitar que as vejam e haja questionamentos e preocupações que ele julgaria excessivas, ou apenas por vergonha mesmo de demonstrar uma fragilidade que o colocaria no mesmo patamar de todas as pessoas, o que ele detesta até mais do que essa sucessão de visitas fantasmagóricas da antiga companheira. Pensa em levar uma das mãos à fronte, ao menos a que estivesse menos trêmula de acordo com o julgamento pessoal dele, mas, com vergonha de que os tremores sejam notados, só decide, por precaução, recostar a cabeça no banco e fechar os olhos, ciente de que isso poderia o levar a um sono pesado, o que ele também não gostaria que ocorresse ali no carro de William.

Mas Guilherme, no fundo, sabia que não corria o risco de desfalecer em profundo sono, porque algo estava diferente nesta noite, e as razões para esse sentimento que lhe tomava a mente não estavam ali apenas por ter vivenciado mais um momento assustador com a imagem da antiga paixão.

Mais um trovão ecoa no céu, acompanhado de mais raios, e em seguida de mais trovões, deixando Guilherme, que tinha certa crença em intuição, cada vez mais introspectivo, porque tinha certeza de que esta noite era completamente diferente de todas as outras que transcorreram nos últimos anos e o marcaria de forma drástica, tornando-se um marco. Tem, dentro de sua alma, convicção de que esta noite, em matéria de relevância, irá ter tanto ou mais impacto do que a noite em que a ex-mulher desaparecera, forjando sua morte para destruir a vida do novelista.

Como homem atento aos detalhes que sabia muito bem ser, Guilherme percebe mais uma ligação que intensifica sobremaneira, a já incutida intuição de que a noite será de intensos momentos e de significado brutal para ele, já que bastou o novelista se lembrar da macabra noite em que fora implicado na trama da pseudomorte da antiga companheira, para que o escritor passasse a concluir que está vivenciando a mesma tensão da ida até o local onde tudo ocorrera com a ex-mulher no passado, sentindo agonia daquele momento, em que, de forma idêntica, Guilherme se encontrava dentro de um carro em uma noite de tempestade violenta, olhando o movimento frenético do para-brisa limpando a água que atingia o painel do carro, pensando, enquanto fumava um cigarro, que sua vida tinha acabado. Somente essa última sentença de *vida acabada* Guilherme felizmente não dizia, nem sequer sentia como naquela noite horrenda, mas ainda assim percebia que poderia ser esta noite uma espécie sim de término, mas não da perfeita existência de que ele gozava nos últimos tempos, mas do fim da vida de dúvidas que o assolava, o ponto final de uma vida cheia de mistérios e incerteza quanto ao paradeiro da ex-mulher, o fim da vida que de certa forma o mantinha ligado com esse aspecto do seu passado. A grande possibilidade que se avizinhava do término de uma vida focada na ex-mulher fazia com que, apesar de Guilherme ter dentro dele ansiedade e temor em relação ao que esta noite ainda reservaria a ele, afinal o escritor tinha total certeza de que algo assustador iria mudar neste momento crucial, sentimento oriundo até mesmo da forte ligação que os anos de convivência trouxeram e se mantivera, mesmo que de forma tênue, junto à miserável, fosse tomado por certa felicidade. O romancista estava igualmente em expectativa positiva e tomado por certa euforia, pois tinha certeza de que esta era a noite em que ELA iria retornar fisicamente para sua vida, para o acerto de contas definitivo que havia muito o universo lhe devia.

— E aí, meu parceiro, você está me levando para onde agora com esta chuva toda, William? Espero que não para nenhum barranco cheio de policiais com olhar inquisitorial onde, ainda por cima, eu tenha de ficar me arrastando na lama feito uma cobra em fuga — debocha, em meio a um sorriso sarcástico que consegue vir à tona no agora quase alegre escritor, que, sentindo ressurgir o sopro da superioridade que lhe é tão comum, já ensaia o retorno da postura malandra de homem pouco afetado pelas situações que se mostram presentes.

O jeitão Harrison Ford de ser, que Guilherme tanto apreciava, deixava William, que conduzia o veloz Audi, sem entender a pergunta por alguns segundos, para logo em seguida deixar perceptível em seu rosto que compreendera a analogia do momento feito pelo amigo famoso com a noite do acontecido.

— Boa, meu amigo! Gostei que está animado agora! Isso que conta! Relaxe, que não o colocaria em barca furada com polícia, não. Não vai ser esta noite que você deslizará barranco na lama feito cobra, fique sossegado, tá? Eu tentei fazer você deslizar sua cobra no meio da boceta daquela gostosa no bar, mas você não quis — conclui William, com o mesmo sorriso sacana no rosto, enquanto leva sua mão até o volume da calça de Guilherme e aperta levemente o pacote ali contido, em mais uma das suas eternas brincadeiras com temática sexual, mostrando que a normalidade entre os dois homens ali retornara em sua inteireza, sem mais estranhamentos como no bar luxuoso.

Guilherme não consegue mais disfarçar que, tal qual um tubarão na água ao perceber a gota de sangue que caíra a quilômetros de distância, está também em intenso frenesi para chegar ao próximo destino, seja ele qual for, pois tem plena certeza de que será o local onde tudo irá se desenrolar, e a ex-mulher se mostrará fisicamente a ele, como em uma das aparições da Virgem Maria às crianças pastoras. Não havia mais como escapar desse momento, e o escritor vivera estes últimos anos unicamente para presenciar essa aparição inconteste e plenamente real com seus próprios olhos.

William aumenta a velocidade do moderno carro que pilota, como sempre fazia quando já próximo do destino, garantindo assim uma entrada chamativa, como tanto ele quanto Guilherme gostavam. O aumento da velocidade se dá no exato momento em que este vai se aproximando de um imenso estabelecimento comercial, cuja estrutura é bastante iluminada e moderna, e cuja fila de pessoas acumuladas na entrada é tão extensa que chega a dobrar o quarteirão, deixando claro que se trata de uma casa noturna badalada e disputada, e não apenas um das mais concorridas, mas a de maior destaque do momento, a incomparável AZERA, cuja temática inovadora é totalmente relacionada ao Império Romano, o que deixava o escritor ainda mais atraído e à vontade ali estando, talvez por se sentir ali, ainda mais, como um imperador romano, admirado e temido por todos, como ocorria com os Césares daquela época, andando pela casa noturna como quem percorre um palácio imperial, observando seus súditos e toda casta de pessoas que estariam ali a seu inteiro dispor.

Guilherme sempre tivera profunda admiração e atração por essa era específica da humanidade, em que os imperadores dominavam e conquistavam cada vez mais território, estendendo seus impérios de forma avassaladora pelo mundo, aumentando seu poderio e grandiosidade em estatura contínua e ininterrupta, impondo suas conquistas ao maior número de localidades e pessoas que lá moravam e que passavam com a chegada do braço gigantesco e dominador de um dos Césares da época, da condição de pessoas comuns ou até de cidadãos de alta relevância, para meras coisas sem o menor brilho ou importância, perdendo sua individualidade para ganharem unicamente o título de escravas, meros objetos a serem usufruídos, sem mais ter direito a uma personalidade sequer. Tudo dessa época encantava Guilherme, mas muito pela força que havia no famoso "boca a boca", que fazia com que o imaginário coletivo não apenas corresse pelas paragens do mundo com as notícias de mais territórios sendo tomados, como por isso ocorrer de forma mais acentuada do que na realidade.

21

O escritor, que agora na frente da boate mais badalada da cidade, ainda se permite, durante mais alguns segundos antes de sair do veículo parado, divagar sobre a época incrível dos imperadores romanos, não sabendo precisar ou fazer nenhum tipo de diferenciação se sua admiração, que beirava ao fascínio, se dava apenas pelo poder que deles emanava, pela dominação e riqueza material que se avolumava em suas mãos de incessante e interminável exigência, ou se era apenas e justamente pelo falatório que percorria todos os pontos do planeta e que acabavam por envolver e tornar a figura dos imperadores algo místico e totalmente sobrenatural, muito em razão da impossibilidade da época em se saber a verdade plena dos acontecimentos e de seus pormenores, afinal não havia meios de comunicação como os da nossa atualidade. Essa imagem forte de algo não humano e diferentemente criado por Deus para ser inacessível e maior do que a maioria das pessoas de forma deliberada, como uma *espécie nova de portadores de aspectos celestiais*, e cujos boatos acerca de seus feitos ou de sua própria realidade não podiam ser comprovados (até mesmo por serem meros boatos), só aumentava a fama dos Césares com os comentários contínuos que se espalhavam como pólvora até terras mais longínquas, e que iam a cada boato e nova história tornando maiores e mais assustadores os imperadores.

Guilherme, ainda olhando a multidão que aguardava na fila, reflete consigo que, mesmo que a tecnologia tenha evoluído e as pessoas tenham acesso quase irrestrito às informações, sabendo diferenciar o que era real daquilo que poderia ser implantado ou histeria coletiva, elas se mantêm humanas, e com a tendência universal do pendor pelo fantástico. Pessoas ainda escolhiam personalidades para endeusar, de certa forma, e ele era um desses eleitos. Isso era da essência do ser humano, e não mudaria sob hipótese alguma, para o regozijo do vaidoso escritor.

William desce do carro ao mesmo tempo que Guilherme também abre a porta do carona, iniciando uma descida rápida para tentar não ser reconhecido, o que sempre se mostrara impossível em diversas outras ocasiões, não sendo diferente nesta noite, pois o escritor escuta gritos com seu nome no mesmo instante em que coloca o pé para fora do Audi, no tom que ele incontáveis vezes ouvira em premiações ou em qualquer outra ocasião que fosse, e que denotava ter sido proferido por algum fã ansioso por uma migalha de atenção e contato com seu grande ídolo instantes após perceber que estava muito próximo de quem tanto admirava como personalidade de destaque. Guilherme tinha ciência que, neste segundo ali, havia sido notado por muitos admiradores seus, bem próximos, e que estavam no local, na entrada da boate. Acostumado há muito com o tom ansioso com que seu nome era pronunciado por fãs que se encontravam a poucos metros ou a poucos segundos de o tocar, conversar e estar frente a frente com ele, para Guilherme, portanto, era um tom inconfundível e inesquecível, e que o transportava para outra realidade, plena de encantamento e superioridade. O jovem era extremamente grato pelo reconhecimento que o tornara quase uma figura mítica e sobrenatural, como os imperadores do passado, que ele tanto admirava e ansiava se assemelhar, e torcia para que essa situação jamais se alterasse em tempo algum, ao mesmo tempo que jurava para si que faria de tudo para esse frenesi só aumentar com o transcorrer dos anos, para que assim seu nome ficasse sempre no topo do interesse das pessoas em geral.

Guilherme ergue o braço em sinal de aceno para várias pessoas que, ali estando e já de celular em punho, o filmam e fotografam com intensidade incomum, como se aquela situação fosse comparável a um evento da natureza, algo de muito raro, mas que, para o escritor, o considerado mais famoso da atualidade, era mais uma dessas cenas de uma trivialidade dantesca. As pessoas acenam de volta com uma ansiedade tão fixa no rosto que mais parece que estão de frente não apenas de uma grande obra de arte, mas que são as próprias criadoras da tal obra. Era fascínio coletivo em sua mais larga evidência, e Guilherme tinha a perfeita noção disso, deleitava-se, aliás, por saber quanto era o causador dessa catarse.

— Estamos com você, Guilherme! Não se abale, não! Vai superar mais essa! — São algumas das frases que o escritor escuta das pessoas que se avolumam à entrada, dando o apoio que ele tanto ansiava, e que fazia com que ele sentisse que o mundo desejava o abraçar e colocar no colo como em uma rede de proteção sem fim, dizendo assim que o novelista era amado e mais que isso: amado por todos sem a menor distinção.

O que representava o fantasma assustador da ex-mulher diante disso? O que importava um fanático estar o perseguindo e querendo acabar com sua vida, em comparação a esse acolhimento? O que era uma simples facada e a dor que ela ocasionava no seu físico, perante a dor da solidão que assolara sua alma a vida toda, mas que fora aniquilada de forma retumbante por esse amor inigualável das pessoas que mostravam que estão do lado dele e da verdade? Tudo que estava ocorrendo ou tenha ocorrido no passado valera e valia a pena, e Guilherme não faria absolutamente nada diferente, se pudesse voltar atrás, porque este era o resultado que ele ansiara por toda sua vida, e tudo se encaminhara da maneira como devia ter sido; e, se ele gozava do pódio da vida hoje, em absoluto destaque, como poucos, era porque era seu direito quase hereditário de assim viver, e nada no mundo iria interromper sua escalada — muito menos um fantasma travestido de noiva e que deveria estar morta de fato, como por tanto tempo tem fingido estar para destruir a vida do escritor.

— Vamos, Stephen King, que a festa é lá dentro, não aqui fora. Essa atenção toda na entrada é só o *trailer*, lindão. Mero aperitivo. A loucura principal é lá dentro. Preparei tudo com bastante cuidado. Você vai gostar — conclui William, sorridente e levando o cigarro até seus lábios macios e sedutores, formando neste encontro um leve fio de saliva entre a boca e o cigarro, e que, devido à proximidade com que se encontra de Guilherme, incute automaticamente no novelista a curiosidade, ainda que momentânea, de comprovar qual seria sensação da textura e até mesmo da temperatura daquela boca que conseguia com imensa facilidade seduzir qualquer mulher sem a menor dificuldade.

Esse encontro quase fálico do cigarro com a boca do homem machão, como William era, não deixava de ser excitante, até em razão da imagem comparativa que a mente criava naquele instante no pensamento do escritor, que associava o ato a um bom, forte e excitante boquete, já imaginando que o amigo saberia chupar um pau com muita dedicação. Guilherme sente certa estranheza pela curiosidade não apenas em beijar o amigo, mas também na imagem do sexo oral que surge vendo o cigarro entre os lábios carnudos do seu assessor de imagem, mas logo a sensação de surpresa com eventual desconforto pessoal passa por completo, pois ele sabia que isso era algo mais profundo do que a maioria das pessoas conseguiria compreender, caso ele pudesse realmente ser sincero em relação a todas as suas vontades.

O mundo era mais do que essa definição pequena de hétero, homo, ou seja lá o que mais as pessoas gostam de definir para unicamente controlar, limitar ou predeterminar visando ao que elas consideram aceitável ou compreensível, e não caberia a ele tentar entender ou dar muitas explicações a ninguém. Sua preocupação era com ele próprio, e aquilo que eventualmente pudesse sentir cabia a ele elaborar e entender dentro de si, pois eram os seus sentimentos e impulsos, sem se importar, desta feita, com as dificuldades de entendimento de terceiros, afinal, não era culpa do escritor a trajetória pessoal de cada ser humano, e o que entendiam como correto ou aceitável como "normal".

Guilherme sai do interior do veículo com o habitual sorriso estampado na face, e com os braços erguidos naquela posição que mais fazia lembrar um presidenciável em tempo de campanha do que um autor de livros, e tudo sempre envolto na mesma aura messiânica que tanto batalhava para se manter vigente e de forma sempre ascendente, enquanto os gritos e aplausos dos fascinados aumentavam vertiginosamente na entrada da casa noturna. Os celulares das pessoas se mantinham com os *flashes* e com câmeras acesas, iluminando todo o ambiente a cada tentativa de captar um pouco mais do famoso homem que por ali está passando, ávidas de eternizar com seus aparelhos o menor movimento ou detalhe de Guilherme, seja da elegante roupa que veste, seja de uma reação corporal específica, tudo isso enquanto ele adentra a casa noturna esta noite que, para o escritor, seria diferente de todas as outras, pois Guilherme neste momento ainda carregava em sua alma a forte ansiedade de que esta era noite escolhida pela vingativa ex-mulher para se mostrar em sua inteireza. Esta era, para Guilherme, a noite em que ELA escolhera retornar para casa, e ele estaria aguardando pela mulher, ainda que não pelos motivos de outrora. Mas, de qualquer forma, estava pronto para ela como jamais estivera em tempo algum antes.

Tal como ocorre quando o pesado tecido do palco de um teatro se abre descortinando um mundo de magia e encantamento hipnotizante, que contrasta, na maioria das vezes com muita intensidade, por sinal, com a vida das pessoas da plateia, e que por alguns minutos ou horas são enviadas para o mundo das artes, que sempre fora mais envolvente e cheio de cores do que a vida real se mostrava, Guilherme sente este mundo de magia citado o envolver, quando adentra o interior da boate, que mantém sua já conhecida decoração da Roma antiga, aquela dos tempos de domínio intenso dos imperadores, inclusive com suas conhecidas colunas em diversos pontos, em perfeita alusão do que há pouco o jovem estava se lembrando no carro a caminho dali.

Na boate, tocavam-se todos os tipos de música, mas era de praxe a balada começar com os clássicos dos anos setenta e oitenta; e, justamente quando Guilherme chega ao salão central da casa noturna, a música que está agitando a pista é da inigualável Donna Summer, a famosa "I feel love", com aquela característica batida que parece anunciar que a balada em poucos segundos vai pegar fogo, sem chance de a chama se apagar nas próximas horas, ainda que houvesse tentativas para isso.

Aquele lugar vibrava na energia e essência do proibido e do frenético, onde tudo era e deveria sempre ser permitido, não importava o que pudesse ocorrer, ali as pessoas poderiam ser o que eram de verdade, sem nenhum tipo de censura, e este com certeza era um dos pontos que faziam com que Guilherme frequentasse com certa assiduidade o estabelecimento noturno ali: pela magia de apenas ser, sem haver preocupação.

Nesta noite o escritor de pronto constata que a decoração tivera certos acréscimos em sua habitual estrutura, porque há imensos banners caindo do teto ao chão em certos pontos e paredes do local, todos com a impactante imagem da capa de seu livro, cuja ilustração traz o vestido da noiva manchado de sangue e caído ao lado do carro, cuja porta se encontra aberta, próximo do lago, iluminados por uma lua cheia macabra. E mais do que isso: há diversas pessoas travestidas de noiva por toda a boate, fazendo *selfies* para publicações em redes sociais, outras se mantêm dançando já tomadas pelo álcool, como se estivessem possuídas (daí ser inevitável para Guilherme não se pegar refletindo na hipótese de algumas dessas noivas que bailavam ali pelo salão não se sentirem de fato tomadas pela entidade que comandara o corpo de sua ex-mulher, porque o escritor tinha total certeza de que a antiga parceria só podia ter mesmo o corpo animado por um demônio, nunca por um espírito, como todos os seres humanos).

— Espero que tenha gostado da decoração surpresa, meu garoto! É tudo do seu livro, bonitão! Tudo que saiu dessa cachola brilhante aí. Você é foda demais. Não encare com receio essa imagem da noiva. Você superou a real, por que vai temer a fictícia? Jamais, meu nobre! Jamais! Isso tudo para mostrar que você é o criador dessa porra toda! E o resto é criação sua. Ela jamais vai superar você em coisa alguma. Força, sempre — declara para o homenageado a sua frente, dando-lhe um forte abraço, que comprova o real apreço do homem que era seu assessor de imagem.

Realmente o escritor nem mesmo por um segundo se sentira mal ao ver tantas pessoas travestidas de noiva; e, refletindo após a fala de William, conclui que isso se dera justamente pelo ponto levantado pelo amigo: havia vencido e superado a existência real e tóxica da antiga companheira em sua vida, tarefa dolorosíssima não apenas pela umbilical dependência emocional que havia entre eles, mas muito pelas implicações graves com que a ex-mulher tentara acabar com sua vida e reputação de todas as formas após o desaparecimento. Se conseguira superar toda essa trágica realidade e se tornado alguém que jamais conseguiria ser, caso estivesse ao lado dela ainda, transformando-se em um verdadeiro ícone idolatrado por todos e com uma autonomia pessoal que ele jamais sonhara que fosse capaz de ter e exercer um dia, ele era sim agora capaz de enfrentar aquilo que estava apenas na sua mente, oriundo de traumas psicológicos. Se havia superado a causa, as consequências e os resultados dessa causa não conseguir o abater.

Estar naquele local de destaque, observando dezenas de pessoas não apenas admirando sua arte na escrita, mas praticamente desejando fazer parte deste universo criado por ele (afinal era essa impressão forte que ficava demonstrada, bem como declarada para qualquer um que visse um grupamento de fãs comparecendo a uma boate travestidos de noiva, que era a destacada personagem central da trama de suspense e terror criado pelo inventivo Guilherme), fazia com que o jovem artista se sentisse preenchido com a convicção de que vencera na vida ao decidir abraçar seu propósito e sua essência, ao abrir mão do que as pessoas esperavam dele, e olhar e focar apenas o que a sua alma aguardava de sua verdade real: atitude em ser ele mesmo; com sua autenticidade e brilhantismo único. Valera a pena investir em si e no que amava. Valera a pena em ser ele totalmente, sem críticas ou comparações, amando e respeitando cada uma das características do seu eu real, pouco importando o que os frustrados e acostumados a serem mero fantoches das convenções e costumes sociais se acostumaram a ser.

E a prova maior do acerto em ser ele próprio estava ali naquele ambiente, onde o novelista podia ver a movimentação de pessoas, que só aumentava no local a cada minuto, desejosas de uma proximidade maior com ele, cidadãos que estavam abrindo mão até de uma noite de descanso para viver aquela experiência de estar em uma boate prestigiando o romancista mais uma vez, como se a obra reverenciada por todos eles fizesse parte da vida de cada um, declarando assim que Guilherme podia se considerar parte do próprio cosmos ou do universo deles ou de qualquer outro existente, sendo similar ao próprio fluído cósmico universal que está presente em todas as coisas tangíveis e intangíveis, e isso era mais do que um lenitivo para as dores do escritor, pois trazia junto de si o mesmo torpor anestesiante que uma dose forte de uma carreira de cocaína carregava no seu conteúdo: alegria frenética, sensação de liberdade e autoconfiança exacerbada, e mais do que isso tudo: o esquecimento dos traumas, que era o que Guilherme buscava de forma incessante em todos os momentos de sua vida. Uma forma de esquecer os erros, as falhas, um meio de escapar da constatação de sua falibilidade natural, uma forma de esquecer os olhos claro tão fortes, e o cabelo negro de beleza sem igual daquela mulher que fora a responsável por tudo de pior que lhe ocorrera, mas que também era a razão pelo afloramento de seu melhor como pessoa. Esquecer a dor de que ele fora o responsável por não ter mais o amor dessa mulher. Esta sensação não era sobre ela exatamente, como um incauto qualquer poderia imaginar, mas Guilherme sabia diferenciá-la muito bem. Não era uma falta da pessoa física; a dor do escritor era circunscrita à dor do erro cometido, a ferida aberta pela imperfeição surgida da falha como pessoa no seu relacionamento. A dor por ter falhado em seu papel.

Por mais que Guilherme soubesse que tudo estava mais superado do que o inverso, e nas últimas vinte e quatro horas ele tivera incontáveis provas disso, afinal já saíra do ponto de lamentar por ela não mais estar ao seu lado vendo o sucesso dele, para relegar a imagem da desaparecida a uma posição parecida com a que uma prisão de ventre tem, e que sabemos que nos acomete em uma data específica, mas que, tendo passado, em nada nos afeta ou prende atenção depois, servindo unicamente como uma desconfortável lembrança momentânea. A ex-mulher do novelista estava já a caminho (e a passos largos para isto, frisa-se) de ser considerada nada mais do que um peido incomodativo.

Mas, como tudo na vida, há momentos em que as exceções são colocadas em destaque como se regras fossem, já que todo artigo de uma lei possui um parágrafo único e vários incisos que abrem possibilidades diversas do estabelecido como padrão, e esta noite era, conforme a sensação interna de Guilherme, a própria exceção à regra em sua forma mais latente, afinal era a noite em que os sentimentos que um dia foram tão fortes e profundos com relação àquela vilanesca mulher tinham o direito de aflorar da forma que achassem mais adequada, em uma evidente "noite de trégua", como se nada tivesse mudado entre eles nos últimos anos, ou como se dia algum tivesse se passado sem ela estar presente da forma intensa com que se apresentava no cotidiano de ambos, sem jamais perder a ternura e meiguice do sorriso de moça bonita e feliz, não obstante não o fosse.

Guilherme sabe que esta é a noite do reencontro com a sua antiga cara-metade, apesar de não entender como tem plena certeza disso tudo, amparando-se, mesmo que inconscientemente, na ligação quase filial e tóxica que os enlaçava no passado. Tal qual o amputado que ainda sente o membro inexistente coçar, o escritor sempre soubera que a ex-mulher estava viva, mesmo que ninguém acreditasse, da mesma maneira que sabe agora que esta é a noite em que ela virá até ele, como quando caminhara em sua direção até o altar no dia em que contraíram núpcias, em uma festa tão pomposa e que se mantivera vívida na memória dos convidados durante anos a fio como sendo a noite mais perfeita já vista em décadas.

A noite perfeita era esta, e Guilherme, como bom novelista, sabia perceber não apenas o momento adequado, mas a atmosfera perfeita para uma trama dar sua guinada certeira, o *plot twist* inesperado pelo público, aquele com o cenário ideal para uma mudança necessária. Esta noite possuía todos os elementos de uma incrível "tempestade perfeita": uma imensa festa com dezenas de pessoas como testemunhas do que vai ali transcorrer, personagens centrais presentes na boate, imagem da capa do seu *best-seller* exposta de forma constante no telão da casa noturna, pessoas vestidas como a noiva da trama do livro, sem falar que há um perseguidor que se traveste assim, e que está muito provavelmente no local também. Pronto! Todos os elementos estão amarrados uns nos outros para provar que era chegada a hora da trama virar a chave, como a morte no banheiro fizera com *Psicose*. Era chegada a hora de o suspense máximo eclodir em sua inteireza, a hora de a noiva real, aquela que habita na trama trágica e verdadeira da vida de Guilherme, voltar do seu passado e colocar-se de frente a ele, no seu presente, para um acerto de contas definitivo, e que sentenciará como será a estrada do futuro de ambos para sempre. Esta era noite pela qual Guilherme esperava desde o dia em que tudo começara a ir descendo barranco abaixo, como o veículo da demoníaca fizera no dia do desaparecimento.

Guilherme é aplaudido por todos que estão no interior da boate quando a capa do livro é exposta novamente, e este inicia o procedimento de subida para o andar superior da boate, para assistir a toda movimentação do local de camarote, como um bom imperador fazia no púlpito real, quando anunciava todas as suas vontades ao povo, que escutava a tudo calado e bem abaixo de onde o magnânimo se encontrava.

Apesar de estar há muito envolvido na magia de uma vida repleta de exposição e admiração, como almejara, parecia a Guilherme que o momento em que a ficha para a realidade de toda essa situação incomum e glamourosa somente estava caindo agora, neste exato momento na boate, enquanto se movimenta para o andar superior da casa noturna.

Cada passada do novelista em direção ao ponto superior do local transcorria no tempo de forma normal, à semelhança do que ocorreria com todas as pessoas, mas a impressão que Guilherme tinha era de que tudo estava em slow motion, quase lembrando o efeito bullet time de Matrix, em que todas as coisas se movimentam de forma tão gradativa e devagar que é possível analisar cada detalhe das ações das pessoas, percebendo-se até quando o tecido da roupa de um indivíduo se amassa pelo movimento do seu próprio corpo. Mas, principalmente, o que o vaidoso homem observa é que a subida destes degraus era o ápice da analogia de sua própria vida como um todo até esta noite impactante. *Do inferno para o céu*, como o escritor gostava de falar, cada pisada em um degrau produzia um som dentro da mente de Guilherme, bastante similar, quem sabe, a uma bomba atômica, com a potência de alterar completamente tudo a seu redor, como de fato alterara todo o entorno de sua própria vida e personalidade de uma forma definitiva.

Não havia mesmo melhor imagem que pudesse ilustrar sua trajetória ascendente rumo a uma evolução retumbante, tanto pelo lado profissional quanto pessoal, do que a subida desta escada.

A cada passada que o eleva mais e mais para o andar de cima da casa noturna, mais se podia comparar o movimento de subida ao encontro com o seu sucesso incontrolável. Guilherme saíra do chão, erguendo-se na escala da vida de forma como poucos conseguiram fazer, tornando-se sua melhor versão em grau superior ao que ele próprio idealizara para si um dia. Cada vez que a vida por meio de sua obra e arte na escrita o projeta para cima, o escritor mais brilho e atenção puxava para sua figura, mais admiração e aplausos amealhava ao seu redor, saindo do padrão das pessoas, e, tal como ocorria de forma categórica na subida da escada do estabelecimento, distanciava-se mais e mais dos indivíduos ali presentes, menores à medida que a distância entre eles se tornava maior, enquanto Guilherme parecia se tornar ainda maior em razão do destaque e da posição superior em que se encontrava naquele ponto da boate.

Era tal qual o sentimento que Guilherme carregava sobre sua própria pessoa: alguém acima do restante, cujo destino óbvio era subir e se distanciar cada vez mais como um foguete da NASA faz quando rasga o céu em direção às estrelas, tornando-se uma pessoa inacessível para a maioria, e que no máximo conseguiria acenar de longe para rostos sem fisionomia e que tentavam de todas as formas atrair sua atenção, mesmo que por frações de segundos. Guilherme estava já muito acima nos degraus da vida para conseguir identificar as pessoas que gritavam desesperadas por seu nome, passando assim a impressão a ele de que não havia mais individualidade entre seus fãs, ou talvez que estes não tivessem importância como pessoas para o ficcionista, o que era provavelmente a resposta mais cabível entre tantas propostas, porque o que Guilherme conseguia cada vez menos era disfarçar que verdadeiramente só tinha sua real atenção voltada a si próprio e seus anseios pessoais, pouco se importando com qualquer outra pessoa que cruzasse seu caminho.

Quanto mais as luzes da casa noturna focavam sua figura enquanto se projetava degrau a degrau para o andar superior, e isso ao mesmo tempo parecia atiçar a sanha dos presentes, que acabavam manifestando mais contentamento em ovacionar e gesticular palavras positivas em direção ao escritor, mais Guilherme sentia e relembrava toda sua trajetória, como se um imenso *trailer* estivesse sendo reproduzido diante de seus olhos. O escritor sabia que subira acima do mundo como um todo, e mais que isso: sob os olhares atentos da população, como agora em analogia à escalada da escadaria na boate; e isso invadia seu ser como se invadido fosse por uma descarga elétrica, porque era mais uma prova irrefutável de que ele era especial, e único para incontáveis pessoas espalhadas por todo o orbe.

Sua satisfação enquanto subia a escadaria era tamanha que muito pouco o afetava os gritos virem de uma turba de pessoas que em regra estavam travestidas de noiva, ou seja, com a reprodução física de sua ex-mulher, a noiva do livro de sucesso, passando a impressão de que a vil mulher estava representada por muitos naquele momento ali. A imagem que outrora o incomodaria, fosse em forma de lamento por ela não mais estar ao lado do agora escritor de sucesso, fosse de raiva por saber que se mantinha enlaçado à ex-mulher de alguma forma, como se ela fosse eternamente sua sombra, quase indicando que seu sucesso atual só era real em razão da existência dela e da tragédia que se abatera com o desaparecimento da moça, não tinha mais o efeito de tornar o sempre ativo cérebro de Guilherme um muro de lamentos e ansiedade, como tantas vezes se dera antes, deixando bem claro para ele que tudo se encaminhava cada vez mais para o esperado e desejado caminho da superação. Por mais importante que aquela moça tenha sido, e por mais que tenha doído quando ela desaparecera do seu convívio na mesma intensidade que uma grande e tenebrosa amputação sem anestesia teria, o tempo havia sido capaz de acalmar toda dor e revolta.

Minha sombra, o caralho, sua filha de uma puta, pensa Guilherme, enquanto sobe as escadas sorrindo e acenando em direção a todos que se encontram na boate, bastante consciente de sua grandeza e das qualidades que antes da terapia não conseguia reconhecer, mas já habitavam dentro dele desde sempre, e que aguardavam esperançosas que Guilherme um dia despertasse para se enxergar como de fato era: alguém recheado de qualidades e talento, e que merecia, justamente por seus predicados, alcançar seus sonhos e ser totalmente feliz, sem muletas, sem nenhum tipo de dependência ou carência emocional, constatando a duras penas que a dependência nada de bom, no fim das contas, trazia para quem quer que fosse, fazendo assim com que o escritor despertasse nos dias atuais para o fato único de que ele era capaz de fazer qualquer coisa sozinho, e tudo de bom que estava ocorrendo na vida dele no presente se dava em razão do seu esforço individual de fazer sua vida dar certo.

A história que o tornara famoso no mundo literário tinha ligação com a tragédia da vida da sua ex-mulher? Sim, mas isso jamais poderia ter sido visto por Guilherme como prova inconteste que ele vivia sob a sombra eterna daquela mulher, e ela seria, portanto, a responsável por Guilherme ser o escritor reconhecido no mundo todo. Talvez a ligação de longo tempo e altamente doentia que existira entre ambos tivesse deixado algum resquício de dependência e fascínio no rapaz, como se ele guardasse a obrigação, ainda que não quisesse, ou mesmo que tivesse consciência de que nada devia para com aquela mulher, de ser eternamente grato a ela em todos os sentidos e formas, como se a culpa e a subserviência fossem inerentes a qualquer passo que ele desse ou viesse a dar. Mas não mais.

Guilherme sentia-se cada vez mais senhor de sua realidade, e conhecedor do seu valor como pessoa, com qualidades, diga-se de passagem, acima da média geral. A cada degrau que sobe na própria evolução, Guilherme parece se tornar mais autoconsciente, ao mesmo tempo que parece ter deixado para trás, em definitivo, talvez até tendo ficado no primeiro degrau da escadaria que agora sobe, e que já se encontra distante agora, o resto daquilo que já podia ser considerado hoje como algo quase irrisório e incipiente da dependência e sentimento de perda para com a maldita mulher que se autocolocara como rainha da existência e dos passos do tolo e infantil homem de outrora, mas que agora no tempo atual sabe que acolhera no passado uma mentira, e que entendera finalmente que voar com as próprias asas tinha muito mais brilho do que se valer da carona nas asas alheias.

Pela primeira vez de fato, Guilherme talvez estivesse conseguindo sentir e compreender a grandiosidade da arte que corria com intensidade em suas veias, e que tal talento era unicamente dele, que tudo que tivesse relação com sua aptidão de criar mundos e histórias intrigantes era totalmente seu, vinculado apenas a sua latente arte e a seu propósito existencial; sendo assim, ele jamais deveria se deixar levar por pensamentos tão pueris e insanos que eventualmente o induzissem a crer que deveria ter gratidão ou dar créditos a terceiros, por ser ele como o era!

Quanta sandice havia durante tanto tempo permeado o inconsciente do pobre e talentoso homem, que achava que devia à ex-mulher os louros da glória do talento que sempre fora única e exclusivamente dele. Enfim, entendera que estava onde sempre ansiara estar, e isto em razão do seu talento único, e de seu esforço para transformar o sonho em uma bela realidade. Ponto final. A tragédia ocorrida era apenas a inspiração, nada mais do que um tema, o ponto de partida. Já o desenvolvimento da trama, as características de cada personagem, a descrição de cada detalhe dos ambientes existentes, as linhas afiadas e envolventes de cada capítulo, o clima de tensão inteligentemente construído em ricos e envolventes jogos de palavras que descambavam para uma crescente de surpresas do enredo, enfim: tudo que fizera o livro se tornar o campeão de vendas e sensação mundial do momento se dera apenas pela forma mágica, talentosa e única com que Guilherme habilmente transpunha para o mundo físico tudo que borbulhava criativamente em sua mente ímpar.

Ela, portanto, não era e nunca havia sido a responsável pelo sucesso do novelista, de nenhum ponto de vista, e era Guilherme quem estivera míope por longo período e não conseguia perceber tal verdade. No máximo, a ex-mulher poderia ser como havia poucos segundos antes pensado: a inspiração, o ponto de partida do trem na estação, mas o longo caminho feito nos trilhos pela locomotiva, com todas suas surpresas, belezas, magias e descobertas, bem como o ponto de chegada, sempre foram pertencentes ao criativo escritor, e somente a ele, que, orgulhando-se de si como jamais antes havia feito, continua sua marcha para o andar de cima da boate, agora na certeza de que o lugar ao sol de que desfrutava com intensidade nos últimos tempos não era fruto do acaso ou da incansável dedicação da antiga parceira com quem dividira a vida no passado, mas unicamente originário de seus esforços e do seu talento na arte da escrita. O mundo inteiro estava a seus pés, seduzido por sua habilidade em criar histórias e enredos. Tudo era, portanto, dele por direito pleno, mas não porque lhe fora dado graciosamente como uma herança, mas sim em razão de suas próprias conquistas, e hoje felizmente, Guilherme tinha plena consciência disso.

Quando o escritor chega enfim ao piso superior da boate, dirige-se de imediato até um ponto específico do camarote que se encontra a poucos metros da escada, e que tem logo em sua entrada dois imensos seguranças parados, e que mais pareciam o Everest em dia de nevasca intensa (para ilustrar com perfeição não apenas que eram muito grandes, mas que não estavam ali com a cara de que tiveram um dia muito agradável, e denotavam estar no ponto perfeito para descontar as frustrações acumuladas bem no rosto de quem tentasse ultrapassar a cordinha de entrada da área VIP).

Neste espaço, Guilherme consegue observar do parapeito do camarote toda a pista de dança da lotada casa noturna, bem como os movimentos frenéticos de uma parte dos presentes que estavam travestidos de noivas, em ritmo alucinado da música eletrônica que, ressoando no ambiente, deixava o clima perfeitamente adequado para o suspense continuar pairando no ar, afinal a sensação de que ELA daria às caras de uma vez por todas permanecia forte na mente ansiosa do novelista.

A cara fechada dos seguranças funcionara até o momento com perfeição plena, porque, por mais que bem próximos ao camarote estivessem pessoas chamando por Guilherme em meio a acenos insistentes e *flashes* de celulares em busca da atenção do novelista, ninguém se atrevia a nem sequer encostar no tecido do terno preto que as montanhas paradas na entrada do camarote trajavam, tamanho era o receio de ser nocauteado por eles de forma reflexa.

Melhor assim, pensa Guilherme, que não tem a menor dúvida que não conseguiria nesta noite manter o personagem que criara para si mesmo, com a perfeição que sempre soubera mostrar em ocasiões públicas como esta, e havia, portanto, a chance de que até mesmo a menor das contrariedades o desarmasse a ponto de que sua verdadeira face se mostrasse desnuda da máscara de famoso *bon-vivant*. Não era bom abrir a guarda, e uma distância maior de seus fãs agora se mostrava altamente salutar.

Não sabendo se fora em razão do cansaço com tudo que estava lhe ocorrendo nas últimas horas, combinado com a ansiedade pela sensação de que a ex-mulher iria aparecer na boate para confrontá-lo, ou o jogo intenso das luzes da pista de dança que explodiam de todas as formas, intensidades e cores pelo ambiente soturno, ou mesmo pela combinação de todas essas coisas, mas tudo culmina neste momento da noite para que Guilherme sinta repentinamente suas pernas fraquejarem, no mesmo instante em que o seu estômago dá sinais de que algo pretende emergir de seu interior. O escritor leva em seguida as mãos até os olhos, que de igual forma apresentavam certa alteração na visão, típica das crises de labirintite ou dos que estão prestes a desmaiar.

Não posso cair agora. Não posso! Preciso me recompor, não importa quanto esteja complicado, pensa Guilherme momentos antes de se afastar do parapeito do camarote, e correr em direção à saída da área VIP em que se encontrava, passando como um furacão no meio aos seguranças, empurrando não apenas a eles como aquelas pessoas que estavam ainda bem próximas daquele ponto estratégico tentando tirar fotos. Quando esses fãs se preparavam para aproveitar a oportunidade surgida com a partida do novelista da área VIP para seguirem o escritor que saíra em desabalada carreira tal qual um fugitivo criminoso, veem-se impedidos pelos seguranças que ali estavam, e que resolveram usar os imensos braços para formar uma verdadeira barreira no caminho, imobilizando quase por completo a turba que ali se avolumara, e que no momento nada conseguia fazer para se ver livre dos Montes Everest e Sião, restando vociferar impropérios que em nada melhorariam a situação desconfortável em que se encontravam.

Guilherme adentra o banheiro privativo daquele canto da boate, tendo conseguido penetrar o espaço sem ser notado por ninguém. Assim o jovem escritor pensara ter feito. Mas um olhar específico acompanhara todo o seu trajeto feito do camarim até o toalete: a moça que estava no bar junto de Guilherme e William há bem pouco tempo, e que já saíra com o autor no passado. Ela esboça um sorriso enquanto morde delicadamente o lábio inferior, por perceber que essa oportunidade criada pelo universo para estar novamente de frente ao talentoso novelista com quem ela ansiava restabelecer contatos íntimos era única e perfeita, e, se no bar não fora possível ter êxito em ficar com Guilherme novamente, esse banheiro da boate luxuosa era o local ideal para uma forte sessão de amassos e pegação que ela há muito desejava ter novamente.

A moça caminha discretamente em direção ao banheiro, ao passo que analisa minuciosamente o ambiente próximo a ele, como que tentando se certificar de que mais ninguém havia percebido que Guilherme entrara naquele local em específico, afinal ela não gostaria de ter mais essa oportunidade jogada no lixo, e ninguém poderia entrar naquele banheiro e atrapalhar o sexo desenfreado que ela ansiava praticar em cima da pia do lavabo, de preferência. A mulher, que se encontra a poucos centímetros de colocar a mão na maçaneta do banheiro, talvez pela ansiedade que lhe invadira o corpo como um todo ao ver sua oportunidade de ouro brotar do nada, não se apercebera sequer de que ela mesma não havia notado que haviam dois banheiros naquele canto, um ao lado do outro, ou, talvez contando com a tal sorte que realmente parecia lhe sorrir com aquela incrível chance nesta noite, adentra o lavabo que ela julga ser o de Guilherme, na certeza de que ela não estaria equivocada nesta decisão.

— Olá, bonitão! Voltei para terminarmos corretamente nossa saidinha desta noite — diz a mulher, já dentro do banheiro, enquanto gira o trinco do lavabo, trancando a porta para ninguém conseguir adentrar o recinto.

Mas o sorriso vulgar que poucos segundos atrás estava estampado no rosto da sedutora mulher some por completo, ao perceber que a possibilidade de que tivesse errado de banheiro se tornara bastante real, afinal este local, absurdamente silencioso como um túmulo, parecia estar de fato vazio. A mulher caminha curiosa pelo ambiente, posicionando-se parada em frente à primeira cabine privativa do lavabo, que possui mais cinco cabines similares, uma geminada à outra, e, como em um joguinho ou brincadeira de criança, empurra uma por uma das portas das cabines, na esperança de encontrar do outro lado a surpresa de que tanto estava desejosa: Guilherme parado e de preferência completamente pelado, aguardando para rasgar sua boceta com seu pau, ali mesmo na privada da cabine.

A decepção parece pouco a pouco tomar o semblante da mulher por completo, em razão de já ter aberto cinco portas e em nenhuma ter encontrado o seu sonho de consumo a aguardando como estava fantasiando, de forma lasciva. Mas havia uma pequena esperança para a fútil moça, afinal sobrara uma porta, e não restava muita dúvida de que Guilherme estaria ali escondido, sendo misterioso como sempre, aguardando que ela forçasse a porta para consumar um momento de sexo desenfreado com bastante intensidade. A mulher sente a pele do rosto ruborizar como prova de que novamente seu corpo dava sinais de que a excitação da possibilidade do reencontro com o escritor de sucesso era bastante real, e estava sendo reativada em seu corpo como um todo, quase já sendo possível sentir sua boceta se encharcando de tesão novamente.

A mulher empurra esta última porta que restava no toalete com a mesma intensidade empregada para abrir as anteriores, mas constata de pronto que essa cabine está chaveada, portanto havia sim alguém naquele reservado, como ela havia concluído momentos antes, o que a deixa ainda mais cheia de certeza de que o universo conspirava a favor do que ela tanto imaginara e cocriara com suas intenções: Guilherme seria dela mais uma vez, e a partir desse dia de forma definitiva, sem chances de afastamento futuro.

— Ei, gatão, abra esta porta para brincarmos um pouco. Eu sei que se lembra muito bem das coisas que fazíamos juntinhos, estou correta? Estou louca para chupar seu pau gostoso mais uma vez. Aliás, só pensei nisso o tempo todo em que estivemos lá no bar no início da noite, sabia? Tenho certeza de que você percebeu isso sim — conclui a mulher de forma tal que, exalando forte energia sexual, na sequência só precisava informar o cachê do seu programa, para não restar assim a menor dúvida de que se tratava de uma prostituta de altíssima experiência no ramo.

Tal como ocorre quando alguém se mostra disponível demais para um terceiro, e que justamente em razão disso se torna desinteressante pela facilidade explicitada, a mulher não recebe nenhuma resposta, nem positiva, nem negativa, do interior da cabine cerrada, irritando ainda mais a jovem, que, sentindo-se rejeitada pelo silêncio que a cada segundo fica maior do que um elefante africano na savana, passa a esmurrar a porta com socos de intensidade considerável, talvez na esperança de que a esta pudesse cair pela insistência, ou Guilherme dali resolvesse mostrar as caras, mesmo que irritado pela insistência daquela desvairada.

Mas nada ocorrera de diferente com a ação da nervosa mulher, que, ofegante e bastante decepcionada, se afasta da porta da cabine, ainda disparando dardos de ódio com seu olhar, como que para energeticamente ao menos ocasionar algum tipo de prejuízo para aquele que mais uma vez a rejeitara por completo, desconsiderando os atributos que deixariam qualquer homem desarmado e pensando unicamente com a cabeça de baixo. *Provavelmente esse escritor não passava de um veado enrustido*, pensa a jovem alpinista social, soltando uma leve gargalhada enquanto retoca seu batom, já em frente ao espelho da bancada da pia do banheiro.

Mesmo que a moça irritada com a situação no banheiro de fato acreditasse que o famoso homem não gostasse tanto assim de companhias femininas para aventuras sexuais, no entanto, ela não deixava de lamentar a oportunidade perdida de estar novamente ao lado de um dos homens mais midiáticos do momento, e que lhe traria oportunidades infinitas, fossem profissionais, fossem de mera exposição gratuita de sua imagem. Era impossível para a jovem mulher não se deixar tomar pelo ódio naquele instante mais uma vez.

— Você está bem enganado, se acha que a fama veio sorrindo apenas para você, seu babaca pedante! Deixe de ser tão egoísta e ajude os que estão ao redor com a mesma sede que você um dia teve! É pedir muito? — dispara, em tom agressivo, a fútil mulher, que, preparando-se para sair do toalete neste mesmo momento, vê sua intenção de partir dali ser interrompida quando, diante de seus olhos, é lançado por debaixo da cabine que se manteve cerrada e chaveada um objeto quadrado e de tamanho considerável, que desliza até praticamente atingir os pés da mulher que ali assiste a tudo, apavorada com a situação.

Bastante trêmula, a jovem se ajoelha para em seguida levar suas mãos até o objeto que correra até ela, e, sendo uma intensa seguidora das redes sociais de Guilherme, reconhece de pronto que aquilo que tem em suas mãos é o álbum de casamento do famoso escritor, e que fora levado da mansão do rapaz na noite passada, conforme amplamente divulgado nas redes sociais pelo agressor, que a tudo transmitira pelo próprio perfil do novelista, em alguma espécie de jogo sádico e doentio.

Assustada, a mulher folheia de forma desordenada as páginas do álbum de fotos, enquanto seu coração acelera de forma vertiginosa a cada imagem visualizada, muito em razão por ter se deparado com uma das fotos da ex-mulher de Guilherme, que se encontra agora com os olhos riscados a faca por uma inscrição macabra feita de sangue: "Me dê seus olhos, por favor?!"

Assustada, a mulher arregala os olhos pelo horror que lhe invade o corpo, e cuja descarga de adrenalina acaba por a impedir de se mover dali e igualmente a impossibilita de gritar por ajuda, como se suas cordas vocais tivessem sido esmagadas. Este era o resultado do pânico. Era a certeza de que a morte estava ali rondando e, mais do que isso, a escolhera para uma valsa macabra naquela mesma noite, e o convite para tal dança era irrecusável e irretratável.

A luz do recinto por um breve segundo oscila, coincidindo com a abertura total da porta da cabine que estava fechada, de forma brusca e repentina, e, que pela surpresa do ato, atinge de forma certeira o rosto da mulher, que estava ajoelhada, fazendo-a cair no chão gelado do banheiro, ao mesmo tempo que esta leva suas mãos até o agora machucado rosto, que passa a verter muito sangue em razão do impacto, tendo provavelmente fraturado o nariz ou cortado a testa.

Ainda que com a visão turva, a mulher consegue ver saindo da cabine não o seu objeto de desejo, o famoso novelista, mas alguém travestido de noiva! Alguém trajando o vestido de noiva da ex-mulher de Guilherme e que fora levado com o álbum de fotos. A pessoa usa uma máscara branca sem expressão, que impossibilita qualquer identificação, e em uma das suas mãos mantém de forma segura o punhal afiado e reluzente que, tal qual a pessoa que o segura, parece estar ansioso para rasgar a carne de sua vítima da maneira mais feroz e agressiva possível.

A mulher se arrasta pelo chão, sem conseguir se levantar, muito pelo pavor excruciante que se enraizara em seu corpo, ao mesmo tempo que agora grita de forma desesperada. O alto som da balada que ecoa por todo o andar abafa os gritos, o que deixa a *noiva* macabra ainda mais à vontade para concretizar seu objetivo naquele banheiro da boate.

A jovem se arrasta, enquanto o algoz se aproxima com a cauda do vestido deslizando pelo piso do banheiro, fazendo o caminho para o já esperado ataque inevitável se assemelhar em muito ao caminhar de uma nubente até o altar da celebração matrimonial. Sem mais delongas, a noiva se joga nas costas da mulher caída, desferindo incontáveis e rápidos golpes de punhal, com tamanha fúria que se fazia notável o barulho dos ossos sendo atingidos pela lâmina e trincarem com o impacto, enquanto sangue se espalha por todos os lados.

O agressor vira a mulher banhada em sangue de frente para si, e de igual forma golpeia-lhe com imensa selvageria o tronco. Esta não tem mais forças para reagir ou para emitir qualquer som que pudesse sinalizar a quem quer que fosse o que estava ocorrendo, nada podendo mais ser feito para impedir o ataque sanguinolento da noiva deste momento em diante, que continua sua sanha de golpear com rapidez o corpo da vítima, em estocadas precisas e certeiras, somente interrompendo a ação das punhaladas quando decide, ainda estando por cima do corpo massacrado da mulher, direcionar o objeto perfurocortante para o rosto da agonizante moça, cravando a ponta do punhal na cavidade orbital, em movimentos quase cirúrgicos, deixando claro que a rapidez e agressividade com que atacara a mulher em diversas partes de seu corpo poucos instantes antes fora no propósito de neutralizar eventual reação a este último ato de extração das córneas, que necessitava que a vítima estivesse quase paralisada, totalmente sem reação e à mercê do agressor, tal como uma injeção com tranquilizante também faria. A retirada das córneas fora um sucesso, podendo o agressor atestar tal fato balançando no ar os olhos da mulher como quem movimenta um sino natalino nas festividades de fim de ano, para em seguida, após guardá-los em um pequeno recipiente, rasgar o pescoço da mulher de ponta a ponta com o punhal, fazendo com que a vida desta sumisse por completo em meio ao intenso jorrar de sangue do pescoço aberto.

22

A música parece estar ainda mais alta na boate, e o jogo de luzes, mais intenso, quando Guilherme sai do banheiro, completamente ensopado de suor, segurando-se nas paredes com as mãos trêmulas, que não parecem que conseguirão o manter em pé durante muito mais tempo. A visão do abatido homem parece estar até mesmo dupla, e o som dentro da sua cabeça parece dar a impressão de que as potentes caixas de som estão localizadas no interior do seu cansado cérebro. O comportamento do escritor era similar ao de uma pessoa que havia sido alvo de um apagão ou de uma abdução alienígena, e, portanto, não saberia nem mesmo responder, se questionado sobre onde estava naquele exato instante.

Muito confuso, Guilherme consegue, com dificuldade, ver o camarote onde estava há pouco, e lança-se de rompante na direção do diminuto espaço como se este fosse sua tábua de salvação, passando pelas "montanhas de terno" que aguardavam na entrada segurando os fãs da mesma forma pouco gentil que estavam quando o escritor havia corrido para o banheiro.

Guilherme se recosta no parapeito do camarote tentando recobrar a postura bem como o ritmo adequado de uma respiração tranquila, o que parece que irá ocorrer, muito em razão do potente ar-condicionado do local, que, ventilando com facilidade o ponto exato em que o novelista se encontra, auxilia para que o corpo do homem recobre a temperatura-padrão, e pouco a pouco vá normalizando o resto de sua estrutura.

O escritor junta uma mão trêmula à outra, em uma tentativa de fazer cessar o movimento involuntário de tensão que ali se mostra instalado de forma excessiva, ao mesmo tempo que força sua memória para recordar os últimos momentos desta noite e que parecem ter sido deletados de sua mente de forma mágica e misteriosa. Um pouco mais recomposto, Guilherme resolve preparar uma dose considerável do whisky que está ali com exclusividade para consumo do novelista, jogando quatro pedras de gelo e uma dose forte de energético.

Quando Guilherme retorna ao púlpito do camarote para degustar o destilado cuidadosamente por ele preparado, observando a multidão abaixo, que dança de forma intensa como se a vida fosse uma grande festa sem fim, na intenção de que assim igualmente pudesse deixar-se levar pelos movimentos dos dançarinos de ocasião para um lugar distante do tenso momento atual, vê-se golpeado na mente pelas batidas conhecidas da famosíssima versão da música *Always on my mind* do grupo Pet Shop Boys, que fora alçada a título de hino mundial em todas as casas noturnas dos anos oitenta, transmutando a triste música de Elvis Presley para um ritmo mais dançante e descontraído.

Por mais que as batidas da melodia envolvessem intensamente quem as escutasse em uma quase hipnose dançante, nada conseguiria fazer com que a letra da música, tão carregada de dor e lamento, e de significado incalculável para o escritor, fosse esquecida por ele naquele momento. Nem naquele instante, nem em tempo algum haveria chance de Guilherme não sentir o peso da dor de cada palavra da música, não importando em que versão esta estivesse sendo reproduzida, na forma dançante do Pet Shop Boys, ou na calma e terna melancolia de Elvis: dor, lamento, arrependimento e saudades sempre estariam presentes, ainda que tentasse não pensar mais neste turbilhão de sentimentos, afinal essa era a música mais amada por ELA, pela mulher que contraditoriamente fora a razão de todas as suas alegrias e fomento de suas conquistas, mas que hoje era o retrato de todas as suas dores e mágoas, a representatividade máxima de todos os seus erros, a bigorna atrelada a seu pé enquanto ele insiste em atravessar um mar revolto. A música do rei do rock, mesmo que na versão do grupo oitentista, representava a mesma coisa sempre para Guilherme: a prova de sua falibilidade e de seu fracasso em expressar seu amor na intensidade que ele carregava em seu peito, ou seja: lembrava ao novelista as consequências da sua inação em ser recíproco e justo com quem merecia seu afago, e cujos sentimentos de amor ele verdadeiramente nutria.

O jogo de luzes parece se intensificar no ambiente da boate na cadência da música, em *flashes* de luminosidade semelhantes aos raios dos relâmpagos que diuturnamente têm rasgado os céus da cidade, fazendo Guilherme se sentir, quando se vê atingido em cheio pelo foco desta iluminação, ainda que por meros milésimos de segundo, como se exposto pela luz divina, não podendo se ocultar mais de quem ele era ou esconder os erros cometidos no passado. Estava, assim, em evidência, completamente iluminado e, sendo assim, impossibilitado de continuar escondendo a densa sujeira de seus atos para debaixo do tapete. O momento do julgamento havia chegado, e, mesmo sabendo que ele era inevitável, e tendo se preparado de forma adequada para este encontro, Guilherme sabia que estava sentindo um imenso desamparo naquele local, com aquela música no ambiente, e cercado de pessoas que o admiravam pela magia de sua escrita contida em sua obra, mas que agora iriam testemunhar seu lado feio, o seu remorso e sua frieza como ser humano. Era impossível para o escritor não se questionar e temer ao mesmo tempo que seu séquito de admiradores esvaziasse o salão, relegando-o ao mais puro abandono e ostracismo, o mesmo a que a maldita ex-companheira decidira o condenar quando o abandonara à própria sorte, e tramado sua prisão ao se fingir de morta.

A letra da música calava fundo dentro de Guilherme, impactado por cada palavra desta.. "talvez não tenha tratado você tão bem como deveria, ou amado como poderia, pequenas coisas que poderia ter dito ou feito, e eu nunca separei tempo para isso".

Isso era uma verdade dolorosa demais para o escritor, que se mostra cada segundo mais petrificado e sem ação à medida que a música transcorre no ambiente soturno da boate.

Guilherme resolve virar o copo de whisky de uma vez goela abaixo, ainda na sua busca por fuga do local, tentando esquecer a força do refrão, que parece ter o efeito de estraçalhar sua alma, reduzindo-a ao seco e amargo nada: "SEMPRE EM MINHA MENTE".

Será que ela tramou absolutamente cada passo desde que me conheceu?" O escritor não tinha como fugir da indagação, porque era muita coincidência ser aquela música, a predileta da mulher que quase destruíra a sua vida antes de sumir na calada da noite na margem do lago anos atrás.

Quando Elvis lançara este clássico fora como um desabafo diante da dor do divórcio de Priscilla, sua esposa na época, servindo como um grito de lamento por não ter valorizado a mulher que estivera ao lado dele durante anos a fio, e, por que não dizer, uma declaração de amor, ainda que tardia, para aquela que tanto amara e não soubera valorizar devidamente.

Com a mente fervilhando de indagações, Guilherme só consegue imaginar que todo o seu relacionamento do passado não passava de uma armadilha imensa, bem orquestrada e tramada por ela, até mesmo pela escolha desta música como a predileta da víbora, como que deixando no ar desde sempre que um dia só restaria a ele o choro do arrependimento, e o vazio da solidão. Este era o plano dela desde o princípio: envolver e sugá-lo até o fim, ao mesmo tempo que o transformar em vilão de sua própria história, para no momento adequado sumir, deixando-o afundado na dor de um arrependimento que, bem da verdade, Guilherme acabava por enxergar sendo maior do que de fato o era.

Chega de se vitimizar para essa mulher. Ela está bem longe de ser modelo ou exemplo de retidão ou caráter, e você sabe disso muito bem, reflete, fechando os olhos em busca de um rápido retorno a uma normalidade que ele sente ter perdido por completo após sua disparada em direção ao banheiro da boate momentos antes.

Mas, como se o homem tivesse sido alvo de um solavanco forte ou sucumbido a um aneurisma mortal que se instala sem avisar e aniquila por completo a vítima, o copo vazio que permanecia em sua mão inicia subitamente seu caminho de queda livre em direção ao tablado do camarote. Talvez um raio ou um derrame proporcionasse um efeito menos destruidor e impactante do que o que fizera Guilherme soltar o copo e permanecer catatônico naquele momento crucial.

ELA estava presente no piso inferior, no meio da pista de dança, no ponto central do salão, totalmente imóvel, inerte como um manequim, apenas o fitando de forma intensa e dura, como somente ela soubera fazer durante toda a vida, talvez ansiosa para restabelecer seu domínio sobre o escritor, ou como a dizer que jamais perdera a majestade no castelo mental do fragilizado homem, que mal pôde acreditar nos seus olhos, apesar de ter carregado durante todos estes anos a certeza de que ela permanecia viva, e um dia haveria de reaparecer para um acerto de contas definitivo.

Ele também mantém seu olhar fixo na mulher enquanto todos dançam ao redor dela, evitando assim qualquer possibilidade de perder a sinistra aparição de vista, em um misto de pânico com certa melancolia saudosa por revê-la naquele momento.

Curiosamente, ainda que sempre tenha batido na tecla de que a mulher estava viva e apenas se ocultava visando a um prejuízo para sua vida, sendo este o ponto central do seu famoso livro, aliás, neste instante, talvez por certo medo ao ver que essa situação enfim teria de ser finalizada, ele parecia se negar a crer que a figura prostrada no piso inferior o encarando seria de fato sua ex-mulher, não passando de mais uma alucinação de sua mente bagunçada com seus traumas excessivamente pesados.

Mas era impossível a ele não reconhecer que a pessoa ali parada se confirmava real, e não uma nova alucinação, e a prova cabal se dava em razão de que pela primeira vez a mulher se apresentava com aspecto físico humano em sua inteireza, longe de todas as imagens macabras e disformes que cotidianamente insistiam em perseguir o escritor traumatizado.

Não havia espaço para dúvidas: a antiga esposa havia regressado do passado para a realidade de Guilherme, que sabia que não mais podia fugir do embate.

Ainda que as pernas estivessem trêmulas diante do encontro, tal qual um emocionado jovem ficaria ao ver seu objeto de desejo pela primeira vez, Guilherme as coloca em movimento em direção à longa escadaria da boate, iniciando sua descida até a mulher de olhar penetrante e forte, uma descida para as profundezas do inferno, literalmente.

A cada passo que dava nos degraus, sustentando seu olhar no olhar da antiga esposa, era impossível não apenas recordar, mas sentir de forma idêntica a mesma sensação da fatídica noite do desaparecimento, fazendo-o mergulhar na recordação nauseante de seu estômago quando cuidadosamente descia o barranco próximo do lago em direção ao carro com faróis acesos que era de propriedade daquela mulher que agora se encontra o encarando na pista de dança.

A sensação incomodativa podia ser a mesma, mas o sentimento do escritor era diametralmente oposto à daquela noite assustadora, em que ele, acuado, descera à lama do terreno íngreme completamente em pânico diante da possibilidade de que a mulher que ele tanto amava e de quem dependia para absolutamente tudo não mais estivesse viva, não mais estivesse junto dele. A dor que a morte da ex-mulher lhe causaria era maior do que o impacto que ele sentira com a morte de seus próprios pais.

A situação era outra agora: Guilherme não tinha mais nenhuma dependência nem com ela, nem com ninguém, e o seu nervosismo atual nada tinha a ver com nenhum desejo de estar novamente perto daquela mulher, mas apenas por estar em frente à pessoa que tentara acabar com sua vida. Havia, portanto, receio de que ela fugisse em um piscar de olhos, como fizera naquela noite em que ele começou a ser visto como um monstro desprezível, alguém que deveria ser afastado do convívio da sociedade. Guilherme não podia deixar essa mulher escapar mais uma vez, não importando que a presença dela lhe causasse toda espécie de sensação ruim. Ela seria pega por ele nesta noite, como ela o havia pego em um jogo ardiloso no barranco na beira do lago no passado.

Quando Guilherme termina a descida da escada que parecia não ter fim e chega ao piso inferior, começa a caminhar na direção da aparição, enquanto a música permanece tocando de forma intensa no ambiente, a dançante versão oitentista do Pet Shop Boys ecoa forte na boate, deixando no ar a sensação que tudo de fato estava determinado no tempo e no espaço para ocorrer da forma como estava se descortinando, não permitindo que houvesse dúvida de que de fato ali parada no salão da boate estava ELA, sua antiga companheira, a noiva.

Guilherme caminha até a ardilosa mulher enquanto ela permanece imóvel, apenas mantendo os seus olhos esverdeados fixados na direção do determinado rapaz, que se encontra cada vez mais próximo. A mente do escritor, que há pouco instantes percebia a similaridade da descida da escada com a descida do barranco enlameado da noite do desaparecimento, igualmente se vê invadida pela lembrança da noite do casamento, à medida que passo a passo se aproxima da ex-companheira, tal qual uma "noiva" o faz quando percorre o corredor da igreja em direção ao seu amado, desfilando no rumo dos braços daquele com quem anseia mais do que tudo viver eternamente ao lado, de forma radiante, como nos contos de fadas.

Mas os contos de fadas não passam de tolos e pueris sonhos, não sendo mais do que vãs esperanças que o tempo se encarrega de aniquilar de forma definitiva com o peso da realidade e a força das decepções cotidianas, que os encontram de forma certeira, o que era no fundo bem salutar, porque a vida e as relações interpessoais, para darem certo, necessitam de pés no chão, e de pessoas com a mente voltada para a lógica, e não das que vivem caminhando pelas nuvens de forma displicente, e que mal sabem que em breve despencarão do céu em direção ao chão duro da verdade dos fatos.

Já havia muito tempo que Guilherme andava e se sentia muito à vontade com os pés bem fixos no chão duro e frio da realidade, não cabendo mais dentro dele nenhuma possibilidade de nem sequer aventar um retorno ao mundo dos tolos românticos, porquanto fora em razão dessas infantilidades que ele quase sucumbira ao se envolver e confiar em quem não deveria.

Guilherme enfim se encontra frente a frente com aquela mulher que o manipulara da forma mais sórdida que alguém poderia fazer com uma pessoa durante anos a fio, estava o novelista agora a menos de meio metro daquela que incansavelmente tentara o destruir quando percebera que a manipulação orquestrada cedera espaço ao amor-próprio que o jovem iniciara dentro do seu coração como um propósito de vida.

Mas era inegável que a beleza física da mulher permanecia impactando de forma intensa o tenso escritor, que ali se encontra inerte, e que passa a percorrer cuidadosamente com os olhos cada parte do corpo da mulher parada a sua frente, quase se esquecendo, por um segundo, do perigo que ela representava, e de como sua beleza sedutora era de uma toxicidade intensa demais. Tal como ocorria com os marinheiros à deriva em um mar revolto em uma noite de forte tempestade, e que eram atraídos totalmente hipnotizados pelo canto da sereia que os chamava para morte certa, ocultando acertadamente, em uma máscara de beleza e sensualidade a monstruosidade que de fato eram, Guilherme se vê envolvido, como no passado, pelo rosto belíssimo daquela que fora a razão do seu viver, "o ar de seus pulmões", como tolamente gostava de dizer aos quatro cantos e para todo mundo. Estando novamente diante do semblante da mulher naquele segundo, vê-se de frente pessoalmente com mais esta prova absoluta de que o fascínio não conhece razão nem lógica, sendo composto de sensações e nostalgia, nada tendo a ver com a realidade, mas com o ilógico, o animalesco, o imaginado, o inventado.

ELA estava ali como o escritor desejara fortemente por tantos anos: o mesmo cabelo liso e negro como a noite, os olhos verdes como esmeraldas cintilantes, os lábios carnudos, as maçãs do rosto corados, o busto farto e que despertava intenso desejo de se recostar o mais rápido possível neles, o nariz de uma perfeição tamanha que nem mesmo um experiente cirurgião plástico conseguiria obter como resultado, ainda que fosse o mais renomado perito na área, e a imponência de quem sabe que está deixando todos a seu redor totalmente boquiabertos com sua beleza incomum. ELA era uma joia das mais raras, e tinha plena e total ciência deste fato, sendo essa a maior arma que a ardilosa mulher tinha, e sabia manejar com intensa maestria.

Guilherme leva sua mão em direção ao rosto da mulher, tocando a pele do rosto da jovem em seguida, no mesmo instante que seu coração parece ter sido golpeado por um trem desgovernado, deixando uma lágrima incontida escorrer por seu rosto, tamanha era o magnetismo irracional que os envolvera no passado e que parecia ecoar no presente, não importando o mar de dor, decepção e maldade que sempre estivera entranhada na relação deles, e que Guilherme percebera de forma tardia.

As pessoas dançam freneticamente na pista de dança; as mais próximas do casal que permanece se encarando estão justamente travestidas de noivas, fazem movimentos ritmados, passando a impressão de que um verdadeiro musical da Broadway está se desenrolando a olhos nus naquele momento, cujo tema era o *best-seller* do escritor, o que Guilherme, se não estivesse na situação pessoal tensa do momento, adoraria que fosse uma realidade, porque representaria o sucesso absoluto de sua obra, uma verdadeira ode à sua escrita brilhante.

O tempo parecia ter parado, e Guilherme encarava a antiga companheira, olhos nos olhos, como incontáveis vezes fizera no passado durante a vida a dois, quando buscava com isso encontrar abrigo e conforto. Mas agora, na mesma situação, fica claro para o novelista que o que ele procura nessa encarada firme no olhar da mulher é entender o porquê investira ali qualquer tipo de amparo ou reciprocidade de um sentimento amoroso real, não encontrando resposta que não a evidente carência e falta de amor-próprio dele, e que de fato nos leva a agir das formas mais absurdas possíveis, tornando-nos alvos fáceis de pessoas narcisistas como sua ex-mulher.

Certo tipo de tristeza gélida vai ganhando forma no coração de Guilherme por perceber pela primeira vez o tamanho do vazio que aquele olhar feminino sempre possuíra, ao mesmo tempo que a vergonha por ter sido tão inocente neste relacionamento que sempre dera todas as dicas de que seria um grande fracasso o toma de rompante, surpreso pela constatação de que até mesmo as formas fantasmagóricas e demoníacas que havia tempos insistiam em atormentar sua vida pareciam ter mais vida no olhar, e mais que isso: nem que fosse pelo sentimento genuíno de ódio em direção ao escritor, pareciam se importar com a presença de Guilherme, nutrindo por ele um forte sentimento, ainda que negativo, ao contrário da pessoa parada agora à sua frente, que não deixa dúvida de que nada sente pelo novelista, nem amor, nem ódio; nem raiva, nem desprezo, resultando em uma forte e grande indiferença, que incomoda e machuca, ainda que o jovem artista se negue a crer nisso.

Guilherme no fundo estava orgulhoso por constatar que estava com razão: quando afirmava que a ex-mulher estava viva ou quando conseguira juntar todas as peças soltas durante anos de relacionamento e concluíra que a mulher jamais o amara e apenas o utilizara como joguete e ponte para os anseios pessoais dela. Ele fora o único que percebera quem ela era e qual seu jogo sórdido enquanto se ocultava externamente como boa samaritana. Somente ele o vira, ainda que tardiamente, e ninguém mais. O jovem novelista no fim estava com a razão, e isso era suficiente para o gênio da escrita, cuja vaidade ultrapassava fronteiras; vendo-se tão habilidoso em perceber detalhes e construir uma intrincada trama cheia de reviravoltas, isso o envaidecia deveras, porque reforçava dentro dele o imenso talento em criar enredos, e, portanto, toda sua glória estava apenas começando.

— Não vai perguntar aquela baboseira de sempre de *enquanto eu precisar, você estará lá por mim?* — debocha Guilherme, ao mesmo tempo que brota em seu semblante uma expressão evidente de nojo incontrolável, comumente vista nas pessoas que estão perto de cederem à vontade de cuspir no rosto de alguém, sendo esta de fato a vontade do escritor, que, desta forma, descontaria a mesma cusparada figurativa que a mulher lhe dera no rosto quando o abandonara à própria sorte na noite chuvosa para que sucumbisse diante das adversidades futuras da vida sem a presença protetora dela, dando a si própria uma alta importância que ela jamais tivera e nunca teria.

Mas Guilherme se contém nesse pensamento, porque não era necessário fazer fisicamente com ela o que a monstruosa havia lhe feito de forma figurada: a vida já não só cuspira no rosto da moça infeliz, como a derrubara no chão ao mostrar que Guilherme praticamente renascera sem a presença castradora e limitante que ela impunha disfarçado de cuidado e proteção, tornando-se um homem independente como poucos, incontrolavelmente feliz, consagrado e reconhecido profissionalmente, intenso em tudo que se propunha a fazer e viver, fosse nas diversas viagens e festas a que constantemente estava presente, fosse quando deslizava nos palcos dos bailes e festividades como um dançarino exímio. No passado, jamais iria a uma festa, o que diria se levantar da mesa para bailar, sendo agora, portanto, todo o oposto do homem que vivera ao lado daquela mulher venenosa, e este era o maior castigo para a mulherzinha parada a sua frente: ver que falhara em limitar o ilimitável, deter toda energia e talento de quem nascera para brilhar; mais do que isso: perceber que Guilherme era melhor e maior do que ela em tudo, um homem autêntico, gigante, intenso e feliz justamente por não mais estar ao lado dela.

Guilherme era o retrato fiel e imparável do sucesso em todas as frentes da vida, o que a lançava forçosamente ao outro ponto deste cenário, sendo ela a representação evidente da derrota e do fracasso, da inveja e da falta de qualidades, e muito provavelmente o seu sumiço se dera, ainda que de forma inconsciente, por ser sabedora de que não havia nada a agregar em canto algum nem a ninguém, sendo mais correto sair de cena ou, no caso dela, do picadeiro.

A música do ambiente não era mais aquela que por alguns minutos tocara profundamente na alma do melancólico escritor ali na boate, quase o fazendo lamentar seu comportamento em alguns momentos para com a ex-esposa durante o relacionamento deles (em um lampejo de culpa que ele aprendera na terapia a se desvencilhar de forma hábil); bem diferente, o que toca é uma intensa batida eletrônica, muito provavelmente no estilo house, como que dando dicas de que a tensão estava em uma crescente violenta, e que o momento da cena está muito próximo de eclodir em algo forte e impactante.

Guilherme retira sua mão do rosto da antiga companheira, e subitamente, sem que ela note ou possa evitar, agarra-lhe o pulso com a mão livre, segurando-a com toda sua força, como se a sua vida dependesse da intensidade daquele aperto no pulso da moça, que apenas tem tempo de direcionar seu olhar para o próprio pulso que fora fortemente enlaçado, sendo este o primeiro momento em que a mulher deixa transparecer, ao arregalar seus olhos, um tipo de sentimento que é tão comum nas pessoas normais, e que ela, por não ser nem normal, nem pessoa, jamais havia deixado transparecer: medo por ter sido enfim apanhada por Guilherme.

— Você perdeu, desta vez você vai pagar por tudo que me fez — diz Guilherme, ao falar bem junto do ouvido da mulher, como quem cochicha segredos impublicáveis passíveis de ruborizar, o que não seria o caso, pois tudo que o vaidoso escritor faria de agora em diante era dar a este momento toda a publicidade que ele merecia, em todas as plataformas de notícias que pudessem existir no mundo e fora dele, afinal, ao dar intensa publicidade desta situação, ele estaria coroando toda sua obra, alçando-o ao patamar de uma celebridade gigantesca, dando mais notoriedade e destaque a sua pessoa, sua arte e projetos, e de quebra reverter-se-ia em tamanho tsunami de dinheiro que ficaria difícil cogitar que Guilherme passasse qualquer aperto financeiro no futuro depois disso tudo.

O pódio de vencedor era mais uma vez de Guilherme, que automaticamente se lembra de um grande amigo seu, que sempre falava para ele durante os encontros descontraídos que comumente tinham nos fins de semana: "Guilherme sempre cai para cima"; ou seja, aparentemente, poderia ter quebrado a cara em uma situação ruim, mas, no fim, o escritor sempre sabia usufruir da situação, ficando em posição melhor do que estava inicialmente.

Este momento perante a desaparecida ex-mulher era mais uma prova de que ele sempre vencia. Ela havia tentado destruir sua vida quando se fingira de morta para culpá-lo, mas o efeito fora o oposto, afinal o jovem ascendera em todos os pontos da vida. Assim como ela regressara para tentar novamente destruí-lo, sem imaginar que seria presa justo por Guilherme — e mais, que teria de assistir ao ex-marido se valer de mais este mérito pessoal para alçar voos ainda maiores em direção ao estrelato, sucesso e fama, que já andavam de mãos dadas com ele havia certo tempo —, a partir de então, terá de fazer mais do que apenas caminhar de mãozinha dada com o vaidoso homem, como tem feito nos últimos tempos: vai mamar no pau de Guilherme e pedir para ele arrombar o rabo dela por completo, deixando mais do que evidente que o escritor era o dono inquestionável da fama, e esta estaria ainda mais subserviente a ele no que Guilherme almejasse, tendo a obrigação de desejar que o novelista usufrua de tudo que ela puder lhe oferecer, vivenciando algo muito mais forte do que somente desfilar de mãos dadas, como fazem os jovens casais que exalam aroma virginal por onde passam.

Era fato, e não uma mera possibilidade, portanto, que Guilherme sempre caía para cima na vida. No fim, ele sempre tirava vantagens do que lhe ocorria, e ela assistiria de camarote ao jovem escritor continuar a se dar bem no fim da história.

Ele encara a mulher com sorriso de satisfação de quem esperou um longo tempo para ver aquele mesmo rosto feminino, antes dominador e imponente, agora impregnado de medo e altamente assustado, tenso por não ter um plano B, e por estar totalmente acuada buscando uma saída que era sabedora de que não existia. Ela perdera nesse jogo de gato e rato, assim como perdera em todos que travara com o inteligente escritor, só que desta vez não haveria novos embates, sendo este o definitivo. No tabuleiro de xadrez, estava mais do que claro que a rainha enfim estava morta.

Guilherme aperta o pulso da mulher ainda com mais força, como se estivesse desejando arrancá-lo do braço da antiga parceira de vida e projetos, para justo no instante em que iria arrastá-la na direção da saída da boate ser interrompido por um forte grito desesperador que ecoa tão forte no ambiente que mais parecia ter sido emitido por uma enorme e potente caixa de som dos aparelhos que reproduzem as músicas da casa noturna.

— TEM UMA MULHER MORTA NO BANHEIRO! SANGUE PARA TODO LADO — berra uma mulher do segundo pavimento da danceteria, que, muito trêmula, segura os cabelos em claro sinal de desespero, enquanto todos da boate iniciam um rápido corre-corre de fuga do local, como se um incêndio estivesse tomando forma naquele momento, e fosse necessário fugir em disparada.

23

O fogo não existia, não passando de uma alusão ao pânico que fora instaurado entre todos os presentes, mas o desespero era real e inegável. Pessoas trombam-se, algumas caem no chão e são pisoteadas de forma violenta, chegando a perder a consciência; a gritaria se intensifica sobremaneira, dando ao cenário uma amostra de que sim, a mão do destino pode colaborar para criação de um plano B improvável e que favoreça a quem não deveria ter mais chance alguma de se valer da sorte. E colaborou.

Ao ser atingido por um número grande de pessoas em fuga, como alguém que é atingido em cheio por uma imensa onda no mar que nos arrasta violentamente, mesmo que estejamos fazendo de tudo para não sermos levados por ela, Guilherme cai no chão. Não bastasse ter sido derrubado, leva alguns pisões, só conseguindo pensar rápido o suficiente para se colocar em posição fetal para proteger sua cabeça, e por fim, quando consegue se levantar, é confrontado com a realidade aterradora que não queria e a qual temia: ELA havia sumido em meio à confusão.

Guilherme se move por todo o espaço em busca da mulher, olhando para todos os lados na vã esperança de conseguir localizar aquela que durante os últimos anos ele ansiara reencontrar frente a frente. Tudo em vão. Ela escapara mais uma vez. Raiva, ódio e tristeza misturados invadem a mente do escritor, e por variados motivos somados: seja porque ela vai continuar seu plano de acabar com a vida atual dele, seja porque era a comprovação de que ele falhara em capturá-la, e isso era um arranhão ao seu sempre forte desejo de ser perfeito e exitoso em tudo que almeja, mas talvez a dor maior seja pelo fato de que mais uma vez ele havia deixado aquela mulher sair de sua vida em meio ao caos. Ele perdera aquela mulher mais uma vez. Era uma alegoria de que eles não deveriam ficar juntos mais na estrada da vida, sendo os seus caminhos sempre opostos e nunca lado a lado. Guilherme sempre a perderia, não importava o tanto que ele se esforçasse para manter o toque de suas mãos no corpo da antiga esposa. Ela sempre escaparia por entre suas mãos. O jogo de xadrez continuaria existindo agora que ela fugira em meio à confusão. A rainha não estava morta, como Guilherme achara. Era ele quem mais uma vez estava com grande chance de receber um xeque-mate. O rei estava na mira de novo.

— Doutor, eu preciso amanhã cedo falar com você, por favor! Ela voltou! — é o que Guilherme consegue falar em seu celular em uma rápida e intensa chamada de voz ao seu terapeuta, doutor Stephano.

Trovões fortes explodem na noite escura, enquanto a chuva torrencial desaba na cidade. Raios violentos iluminam de forma tal que, durante alguns segundos, tornam a noite mais clara do que um dia ensolarado de verão, sendo um retrato adequado e perfeito do que era a confusão que estava dentro da cabeça de Guilherme, perdido na noite escura, com frio, molhado e sozinho, apenas na companhia de seus pensamentos conflituosos, abandonado e com medo.

A tempestade se intensifica quando o escritor consegue abrir a porta de sua mansão, arrastando-se para dentro de seu lar, e do mundo cuidadosamente por ele ali criado, talvez em busca de algum acolhimento ou entendimento do que acabara de lhe ocorrer. As roupas encharcadas e pingando destoam do ambiente organizado, limpo e luxuoso que Guilherme tanto gostava de ostentar, e que neste momento não deixavam dúvida alguma de que não passavam de uma máscara por ele utilizada, porque, ainda que o escritor não quisesse assumir, sua essência e seu interior eram aquela imagem física de desamparo, medo e abandono que estava caminhando com dificuldade no interior da residência naquele exato instante. A beleza e perfeição que a mansão de fato tinha não passava de uma maquiagem, um verniz ou um desejo futuro de mudança interna. O interior real era aquele homem maltrapilho, assustado, pingando água a cada movimento que dava, e que continuava seu caminhar pelo recinto.

Guilherme se dirige até a mesa principal da suntuosa sala de jantar, onde um envelope branco repousa aguardando que seja aberto por alguém, enquanto a tempestade se fortifica do lado de fora, em perfeita sintonia com os sentimentos de Guilherme, que sente o coração quase saindo pela boca, e a mente girar como um verdadeiro tornado avassalador que engole e destrói tudo que encontra.

— Deus, que não seja verdade, que não seja isso, eu imploro — balbucia de forma tensa o escritor para si, à medida que se aproxima do pequeno encarte branco de papel que permanece na mesa o aguardando.

Não havia mais como fugir deste momento, afinal a decisão do que fazer com o que ali estaria escrito já havia sido tomada, e muito mais que isso: o ato já havia sido concretizado poucos minutos atrás. Não havia mais nada a ser feito. Mas era preciso, ainda assim, saber a verdade, porque, mesmo que fosse insuportavelmente dolorosa, o que fora feito daquilo menos de uma hora atrás era mais repugnante.

Guilherme rasga o envelope com suas mãos trêmulas, abrindo o conteúdo do documento, ao mesmo tempo que seus olhos se arregalam no mais profundo pânico, fazendo-o cair no chão de joelhos em meio a gritos de dor, como se o seu mundo tivesse sido esmagado com a notícia que o papel trazia impresso. E de fato seu mundo fora reduzido a cinzas. O que fora feito daquilo, ao contrário do que Guilherme pensara, não era nada diante do que ele acabara de ler. O estrago era duplo, aliás, era triplo, já que naquele momento em que, caído no chão gritava em desespero, sabia que sua vida igualmente acabara. Era preciso recriar uma nova para si, caso conseguisse sobreviver a tudo isso.

Um grito forte de desespero é entoado por Guilherme, que acorda em um sobressalto, pondo-se em seguida sentado na confortável poltrona reclinável de tecido macio do consultório do doutor Stephano, que se encontra em pé neste exato momento no fundo da mesma sala, apoiando as suas mãos nos livros da prateleira atrás dele como que procurando se manter em pé diante de tudo que testemunhara até ali.

Guilherme está completamente molhado de suor, como se tivesse caminhado na chuva por longas horas, sentindo que sua fronte verte ainda mais neste instante que se vê desperto na realidade, assim como suas costas também transpiram em demasia, ao mesmo tempo que sua respiração se mantém excessivamente intensa. O escritor se reconhece no consultório do seu terapeuta, o que lhe propicia ser invadido por um sentimento inicial de tranquilidade, seguido do amparo que sempre achara nas recorrentes consultas. O envelope branco na mesa o esperando chegar em meio à tempestade não era real, não passando de mais um pesadelo, ou de alguma fantasia criada por seus traumas. Não era real, ainda que Guilherme neste exato momento conseguisse ouvir o pingar das gotas da chuva acumuladas no tecido da barra de sua calça encharcada, no piso de sua majestosa mansão.

— Do que você se recorda, Guilherme? Você agora sabe o que tinha no envelope naquela noite chuvosa, não é mesmo? — questiona de forma instigadora o terapeuta, esperançoso de que essa vivência de regressão tenha sido, diante de tantas já realizadas anteriormente desde o início do tratamento, a definitiva para que o quebra-cabeça seja satisfatoriamente elucidado.

Talvez doutor Stephano tenha tido o êxito que imaginara e ansiara por anos, porque de fato Guilherme, por mais que esteja em partes tranquilo por estar em segurança no consultório de seu terapeuta, percebe que o sentimento ruim que tivera ao abrir o envelope nessa espécie de regressão não permanecera no mundo dos sonhos e ilusões de sua mente, como corriqueiramente ocorre nessas situações, mas acompanhara-o para essa realidade atual, algo que havia muito Guilherme temia que ocorresse.

Enquanto doutor Stephano permanece falando e gesticulando sem parar, Guilherme nada escuta, como se o terapeuta estivesse fazendo ali apenas uma apresentação de mímica, tudo isso em razão de que sua atenção estava voltada para o gravador em cima da mesa do seu terapeuta, em pleno funcionamento.

— Você me gravou, doutor? É isso mesmo? — indaga, com uma expressão indicativa de que não estava gostando de nada do que estava se desenrolando naquele local, que sempre lhe dera a sensação de paz, acolhimento e compreensão.

— Todas as nossas vivências e regressões são gravadas, imperador. Você sempre soube disso. Não estou entendendo a sua surpresa! — responde o terapeuta, com um sorriso forçado no rosto, chamando-o *imperador*, apelido pelo qual o jovem sempre fora conhecido entre os mais próximos, em uma tentativa de sustentar um linguajar de proximidade e de afeição ao famoso novelista, que permanece com a mesma cara de poucos amigos, denotando uma tensão crescente a cada segundo que se passa.

Guilherme percebera o jogo do terapeuta em se mostrar amável e com intensa proximidade, o que não deixava de ser salutar, porque deixava claro assim que este estava igualmente acuado, o que facilitava ao escritor pensar em alguma solução para tudo isso que acontecera na sessão de regressão, e dava-lhe também a certeza de que poderia, se quisesse, coagir Stephano naquilo que lhe fosse interessante. O medo sempre era uma arma que, habilmente usada, possibilitava que mil coisas fossem alcançadas.

O escritor se ergue de uma vez da poltrona, lançando-se em direção ao gravador em cima da mesa, ao mesmo tempo que doutor Stephano realiza o mesmo movimento e, estando mais próximo do objeto do que o novelista raivoso, alcança o aparelho antes que Guilherme possa colocar suas mãos neste.

— Qual o problema, Guilherme? Não estou o entendendo! Desde que começamos nossa terapia, suas sessões de vivências são gravadas, e você me deu autorização para isso! Agora seu comportamento é de quem não tinha ciência disso e eu estivesse cometendo um crime contra você! Não dá para entender! Por que você decidiu pegar a gravação de hoje para si? — questiona doutor Stephano em tom intimidatório, como quem deseja forçar Guilherme a regredir de sua postura agressiva, o que se mostra um acerto, porque a vontade do escritor era estraçalhar a cabeça de seu terapeuta em pedaços, esmigalhando o cérebro dele com dezenas de golpes sequenciais.

Os olhos de Guilherme se fixam na imagem do seu terapeuta, que se encontra parado de frente a ele, de maneira assemelhada aos dos boxeadores em um ringue antes do embate, faiscando de raiva de modo totalmente perceptível a qualquer um que pudesse assistir à cena naquele local.

Quem tivesse acompanhado toda a trajetória percorrida pelo novelista com a ajuda do seu terapeuta, teria se encantado com sua evolução e todas as dores superadas, descobertas íntimas intensamente exploradas, e tudo de importante que se curou e surgiu de belo em razão desse vínculo, sentiria uma pontada de tristeza de partir o coração ao ver que neste momento mestre e aprendiz estavam prestes a se engalfinhar como feras que se odeiam e medem força entre si.

— Nossa terapia acaba hoje, você está me entendendo, doutor? Estou sendo suficientemente claro? Estou me dando alta — esbraveja debochadamente Guilherme antes de sair do consultório do agora ex-terapeuta, batendo a porta com tamanha força que esta por muito pouco não se solta por completo e desaba.

Guilherme chega até a entrada principal do consultório após percorrer o imenso corredor que ligava o complexo de salas do estabelecimento à recepção, o que fez dando pisadas fortes e impacientes. Era preciso sentar-se um pouco no hall de espera para se acalmar e seguir caminho.

O escritor inclina sua cabeça para trás, e cerra os olhos enquanto respira de maneira pausada e cadenciada, em busca de vestir-se em seu já conhecido personagem de *bon-vivant*, quando um toque no ombro o faz abrir os olhos: era Letícia, secretária do doutor Stephano, e sua fã número um, como ela gostava de se autodeclarar e comprovar com muito êxito.

— Está tudo bem com você, Guilherme? Quer que eu lhe traga um copo de água? — pergunta em tom amável e altamente tranquilizador a sua admiradora declarada, antes de lhe oferecer uma prancheta com um papel em branco.

— É para uma amiga minha, sabe? Ela gostaria de um autógrafo seu. Falei que sempre o vejo aqui no consultório, e poderia facilmente conseguir para ela. E até mesmo conseguir que você mandasse um beijo especial e exclusivo em um vídeo curto que eu pudesse colocar na minha rede social — explica, com um enorme sorriso.

Guilherme, ainda nervoso e de certa forma trêmulo, pega uma caneta enquanto olha para o papel em branco que se encontra na prancheta, entorpecido pela sessão de regressão, bem como com a briga com seu agora inimigo declarado doutor Stephano. Não havia símbolo maior para um recomeço na vida do que uma caneta e um papel em branco na mão de um escritor, que tinha o privilégio de poucos de criar histórias e caminhos tanto para os seus personagens como para aqueles que acompanharão a magia da trama elaborada em todos os seus detalhes, e com isso muitas das vezes irão se inspirar em realizar mudanças profundas em suas vidas, mudando trajetórias e destinos.

O futuro era idêntico a essa folha em branco: uma grande possibilidade generalizada de ser absolutamente tudo e qualquer coisa. Nada ainda estava decidido ou perdido. Tudo era passível de uma forte mudança de rumo, e Guilherme, como bom contador de histórias que era, daria conta de mudar a direção que neste momento a narrativa parecia ter tomado. O poder de reescrever algo da forma que lhe fosse agradável e interessante era inato no talentoso homem ali sentado, e não seria desta vez que essa sua incrível habilidade criativa não iria se manifestar.

Guilherme inicia os movimentos com a caneta, escrevendo intensamente na folha em branco, que não mais se mantém intocada como uma virgem sem experiência; e, tendo colocado tanta energia no ato de escrever na folha que repousa ali na prancheta, e ainda usando de uma rapidez não usual para tal, quase consegue no fim disso tudo rasgar o papel em alguns pontos, tal qual a violência de um ato sexual não consentido, que fere e lacera a vítima do abuso monstruoso.

— Pronto, querida. Espero que sua amiga goste. Leia e veja se ficou do seu agrado — pontua Guilherme, de forma calma, enquanto sorri, denotando que já estava travestido da personagem que criara para si de homem perfeito e inatingível, ao mesmo tempo que estende seu braço na direção de Letícia, entregando a prancheta com as anotações feitas.

A secretária lê com atenção o que lhe fora entregue, permanecendo frações de segundos calada antes de estampar seu habitual sorriso no contente rosto.

— Ficou muito bom. Acho que não poderia ter ficado melhor! Muito obrigada — agradece a Guilherme, antes de pedir, como sempre fazia, uma foto ao lado do ídolo para uma postagem em suas redes sociais.

Após atender o pedido da moça, ele coloca seus óculos escuros e retira-se do local, ciente de que jamais pisaria neste ambiente outra vez na vida, mesmo que no passado tenha sido seu ponto principal de acolhimento e compreensão, onde o escritor se sentia real e totalmente desnudo de máscaras ou da necessidade de mantê-las fixadas no rosto, ocultando sua real personalidade. Ali era onde ele podia ser de fato o que ele era, em sua mais crua e intensa inteireza, sem medo de julgamentos ou necessidade de atender as expectativas do mundo; era, portanto, para ele, um local mágico e de paz. Mas tudo na vida passa, e o tempo em que esse estabelecimento era seguro como os braços de uma mãe havia acabado muito tempo atrás. Mantinha-se ligado à terapia por um certo tipo de nostalgia sentimental tola, mas que enfim se acabara neste dia.

Dentro do consultório de terapia, um tenso e nervoso doutor Stephano caminha de um lado para o outro da sua diminuta sala, que parece ainda menor agora do que fisicamente o era, muito em razão do que fora presenciado na sessão de Guilherme, e que estava agora contido no gravador em cima de sua mesa. Todas as palavras reveladas no interior dessa sala haviam deixado uma sensação de urgência inexplicável para o terapeuta, que mantém em uma de suas mãos o seu celular, onde se pode ler que uma mensagem para o contato "JONAS" estava sendo digitada.

"Precisamos nos ver hoje sem falta" é a mensagem que fora enviada para o contato mencionado no celular do terapeuta em seguida, remetida na esperança de que juntos obtivessem alguma solução para tudo que estava havia muito tempo ocorrendo, e que só agora havia sido adequadamente explicado com límpida lógica na sessão que tivera como personagem principal o famoso escritor Guilherme.

Doutor Stephano pega uma maleta preta que estava embaixo de sua escrivaninha e, após colocá-la aberta em cima da mesa, repousa cuidadosamente o aparelho gravador usado na sessão em seu interior, cerrando em seguida a maleta, ficando abraçado em seguida ao estojo de couro como quem deseja proteger um tesouro de valor inestimável.

Permanecendo alguns minutos calado alisando o couro da pasta preta, Stephano aguardava que alguma mensagem de resposta chegasse com brevidade, o que não ocorrera, deixando assim o terapeuta ainda mais confuso e sem saber que medida tomar a partir de então.

— Não posso perder qualquer segundo esperando uma mensagem de texto! Ele vai ter de falar comigo agora mesmo! Isso tudo é muito urgente! — diz Stephano, em alto e bom som, para si mesmo, talvez como forma de se sentir totalmente preenchido de coragem para realizar uma ligação direta para Jonas, o que de fato ele intenta fazê-lo após se apossar do aparelho telefônico mais uma vez.

O telefone fixo da sala do terapeuta começou a tocar no exato momento em que Stephano havia apertado o botão do seu celular para uma ligação para Jonas. Será que o destinatário da mensagem de texto enviado havia pouco resolvera ligar no fixo diretamente? *É preciso atender para confirmar*, pensa o nervoso Stephano antes de repousar seu celular em cima da mesa e atender ao telefone que estava tocando de forma incessantemente alta.

— Case comigo esta noite, doutor, serei sua noiva! — murmura uma monstruosa voz quase gutural do outro lado da linha, aterrorizando Stephano de uma forma tal que o terapeuta só tem tempo de soltar o telefone que segurava, agarrar a maleta preta que contém o gravador em seu interior e o celular que estava em cima da mesa, e correr em direção à porta do consultório para fugir deste espaço o mais rápido possível.

Quando abre a porta para sair em disparada do recinto, Stephano se vê de frente com a presença de alguém vestido de noiva, com a grinalda transparente na face, e ainda usando a já conhecida máscara branca sem expressão.

O terapeuta não tem chance sequer de gritar, sendo golpeado pela pessoa misteriosa, que crava o punhal em sua barriga, tendo o agressor em seguida projetado seu corpo e peso contra o do psicólogo, a ponto de caírem no chão, com a noiva ficando desta forma por cima do homem, facilitando sobremaneira o ato de estripar como um peixe o desesperado doutor Stephano, que assiste ao movimento da lâmina rasgar seu abdômen até o seu esterno, fazendo sangue escorrer em grande quantidade para todos os lados de forma desordenada e em jatos intensos, finalizando com os seus órgãos internos rolando em direção ao chão. Doutor Stephano está morto.

A noiva desfere incontáveis e profundos golpes no rosto do já falecido terapeuta, fazendo com que as paredes e as proximidades fiquem repletas de massa encefálica, enquanto a face dilacerada do terapeuta deixa de existir pouco a pouco, tornando-se apenas um amontoado irreconhecível de pele e cartilagem. Em seguida, a noiva se apossa do celular e da maleta de sua vítima, que estavam caídos no chão em razão do súbito ataque, fugindo em seguida pela mesma porta pela qual havia entrado.

Noite de intensa tempestade, com raios e trovões assustadores, tornando todo o ambiente similar a um filme de terror, desaba fortemente na cidade. O carro que se aproxima do semáforo diminui sua velocidade quando percebe que este rapidamente passa da cor verde para a amarela, em seguida para a vermelha.

Quem dirige o carro é ELA, a ex-mulher de Guilherme, que parece estar assustada, ao mesmo tempo que as lágrimas escorrem por seu belo rosto, o que a faz enxugar os olhos com as costas de sua mão. Toda a sua postura neste momento é de alguém que passa a impressão de aniquilamento total, típico das pessoas que já desistiram por completo de viver. No fundo era isso mesmo que a mulher sentia; que sua vida, com tudo que havia planejado e trabalhado arduamente por anos, havia acabado, e ela não sabia mesmo nem que rumo teria de tomar a partir de agora, ou se ainda haveria algum caminho digno ou não que ela pudesse trilhar para recomeçar. A moça, que jamais em tempo algum pensara em morte como alternativa aos problemas, já se sentia morta, portanto pensar na morte física como conclusão da morte moral, na morte de seus sonhos e projetos que já haviam ocorrido, não era de todo improvável.

Ela toma um imenso susto quando uma mão bate fortemente no vidro da janela de seu carro, o que por muito pouco não lhe arranca um grito de horror, não o fazendo unicamente por automaticamente se recordar de que havia combinado um encontro naquela esquina em específico. A figura em pé ao lado da janela permanece parada alguns segundos, usando um capuz de cor negra, ficando de cabeça baixa de tal forma que não se fazia reconhecível nem mesmo a ela, que estava bem perto do indivíduo.

A pessoa na chuva se movimenta em direção à porta do carona do veículo, passando pela frente do carro e sendo iluminada pelos faróis, o que, mesmo assim, não possibilita nenhuma identificação de quem se encontra a segundos de adentrar o veículo.

A porta é aberta por ELA, que parece ter pressa de que a pessoa entre rápido, e assim saia o mais breve possível do local. O semáforo fica verde no mesmo segundo em que a misteriosa figura entra no possante, fazendo com que a ex-mulher de Guilherme acelere o carro em disparada.

O silêncio que impera alguns segundos dentro do veículo deixa de existir quando o capuz da vestimenta é retirado, desnudando a identidade da pessoa no carona, em um suspense similar ao das grandes revelações dos filmes de suspense de que Guilherme tanto gostava e com os quais deixava se envolver. Quem estava ao lado da antiga companheira de Guilherme era sua irmã, Fabi!

A chuva se intensifica quando o carro adentra a rodovia escura em direção ao nada, no rumo da grande tragédia que destroçaria a vida do famoso escritor por algum tempo antes de seu renascimento glorioso. A ex-mulher dirige tomada por uma tensão crescente e sem fim, olhando por diversas vezes com o canto de olho para sua cunhada, que permanece com os olhos brilhando de ódio e fixados na esposa de seu irmão.

— Eu sabia desde o início quem você era, e do que era capaz. Guilherme foi um grande tolo em confiar nas suas palavras ensaiadas, e no seu veneno disfarçado. As traições, os desvios de valores, e ainda depois de tudo isso, para coroar essa tragédia toda, O MALDITO ENVELOPE! Isso não ficará assim! — grita Fabi, puxando o volante em sua direção, ao mesmo tempo que a motorista, assustada e surpreendida pela atitude da irmã de seu marido, tenta manter o controle do veículo, segurando firme no volante, em uma disputa de forças pelo controle do carro, que patina no asfalto da estrada escorregadia na noite de chuva intensa.

A mulher que dirige o carro, em razão do frenesi do momento, acelera mais do que o devido, permitindo assim que o veículo saia da estrada de súbito, descendo barranco abaixo em direção ao lago que se localiza às margens da rodovia, só parando bem próximo em um impacto seco e forte da lataria com o terreno lamacento.

Fabi desce do carro rapidamente, ainda que esteja visivelmente tonta pelo impacto sofrido após a descida vertiginosa no barranco, mas sabedora de que não poderia perder tempo em realizar o que havia se disposto a fazer nesta noite chuvosa, e isso não apenas pelo irmão, mas também em honra de sua família, que aquela cobra em forma de mulher que estava na direção do carro indiretamente atacara quando se esgueirara para dentro de seu lar muitos anos atrás.

A irmã de Guilherme abre a porta do carro do motorista, permanecendo por alguns instantes observando sua cunhada, que se encontra desacordada, compreendendo que não havia momento mais adequado do que este para livrar o mundo e seu irmão dessa presença nefasta, iniciando assim a esganadura forte que leva a antiga parceira de Guilherme para os braços da gélida morte, sem nenhuma resistência. Fabi não estava feliz em concretizar este ato desesperador, mas sabia que não havia melhor alternativa. A mulher estava morta agora, e o ar do mundo mais respirável com esta certeza.

Descendo do barranco com a carcaça de uma pequena raposa nas mãos, está Amanda, sócia de Fabi, que começa a esfregar na lataria do carro o animal morto, até que bastante sangue fique ali impresso.

— Será que irão mesmo acreditar que ela atropelou este animal e perdeu a direção do carro? — indaga Amanda, sem nenhuma manifestação de preocupação com o assassinato ali ocorrido, sendo mesmo a sua única preocupação saber se foi ou não convincente esfregando sangue na lataria do carro.

— Isso não me importa. Se vão se convencer ou não, isso é o de menos. Saberemos rebater as acusações no futuro, caso seja necessário. O que importa é que essa mulher não mais existe, e não poderá mais prejudicar meu irmão com nada. Qualquer outra questão que surja será muito pequena diante desse fato glorioso — responde Fabi com um leve sorriso no rosto, enquanto desliga os faróis do carro, que permaneciam ligados, evitando assim chamar atenção de quem por ali estivesse passando.

A luz forte de um holofote envolve por completo Guilherme, que se encontra em um palco central de um local altamente decorado, o que evidencia tratar-se de um evento formal e importante da cidade.

— Não, meus queridos leitores. Não fora minha irmã e minha noiva as responsáveis por toda a tragédia com a minha ex-mulher. Gostei deste texto que acabei de ler aqui, e que fora encaminhado a minha rede social. Tenho recebido centenas de mensagens de todos os cantos, mas até agora ninguém acertou a identidade do amante da minha ex-esposa, e responsável por toda essa trama macabra, por mais que as páginas incluídas na nova versão do livro sejam até bastante claras naquilo que se propõe. Gostei de todas as teorias, mas não foi minha irmã, como li agora, tampouco meu terapeuta, que estaria apaixonado por minha ex-mulher e por rejeição a matou, mas confesso que esse foi um dos textos que mais achei interessante; e nem mesmo foi Alice para conseguir mais audiência para seu programa sensacionalista me incriminando para provar que estava certa desde sempre! Não, meus queridos! Olhem os detalhes de tudo! Dentro de muito pouco tempo, irei revelar a história completa. Obrigado! — finaliza Guilherme o seu discurso com seu tão conhecido ar de pop star, sendo ovacionado pela plateia presente no local festivo, que, em polvorosa e fascinada com as palavras do novelista agora no palco, deixam evidente estar ali envolta em uma quase hipnose, habilidade praticamente sobrenatural que o escritor parecia magicamente ter e com a qual envolvia a todos que o escutavam.

O grandioso evento desta noite acontece todos os anos na cidade, com a finalidade de angariar recursos para doações a instituições carentes da região, e conta com a participação de empresários locais de todos os segmentos, bem como artistas variados, estando Guilherme no palco até este momento, fazendo a leitura dos trechos novos do seu *best-seller* relançado há pouco, no que aproveitara para aguçar ainda mais o público com a leitura das possibilidades que estão sendo enviadas a ele acerca da autoria do sumiço da antiga esposa, deixando todos ansiosos para ver quem será o sortudo que conseguirá identificar o grande responsável, e assim ser homenageado no livro-sequência, cujo nome provisório permanece sendo *A CAÇADA*, imortalizando-se na arte das palavras do escritor mais famoso da atualidade, naquilo que seria uma honra sem tamanho para quem é fã do atual mestre do suspense mundial.

O cerimonialista do evento que retoma o destaque no palco após Guilherme sair anuncia que, dentro de mais alguns minutos, começará o desfile que todos estão aguardando: de uma famosa estilista de renome internacional que escolhera o evento beneficente para lançar sua coleção nova, e que tem sido comentada como um verdadeiro escândalo com potencial de concentrar o foco e a atenção de todos pela ousadia e glamour prometido.

Duvido que esse monte de trapo supere a leitura do meu livro relançado. Vamos ver. Confio no meu taco. Pessoa alguma se importa com essas roupas estranhas que ninguém teria coragem de usar na rua, reflete ironicamente consigo mesmo Guilherme, não escondendo, ainda que estivesse na sua tão conhecida arrogância, e que beirava à megalomania, o incômodo com a possibilidade de deixar de ser a atração principal daquela noite. O pódio sempre deveria ser dele, e ganhar nesta competição simbólica a medalha de prata era o mesmo que ser defenestrado da janela de algum prédio vertiginosamente alto. Em sua concepção, Guilherme nascera para ser o número um de tudo e de todos, não cabendo a ele nenhuma outra posição que não fosse a primeira.

Nos bastidores do evento, a movimentação interna no camarim onde as modelos se encontram é intensa. Algumas ainda trajando apenas suas microcalcinhas, concentram-se no espelho enquanto são dedicadamente maquiadas pelos profissionais, outras são auxiliadas no momento de vestir adequadamente os belos tecidos da famosa marca que serão divulgados nesta noite, mas todas, sem exceção, permanecem focadas em dar o seu melhor nesta noite tão importante.

No corredor contíguo ao camarim geral das modelos, e totalmente pronta para ser a entrada triunfal do desfile de lançamento, uma bela mulher de cabelos negros compridos e de olhos verdes penetrantes se movimenta com graça e beleza impactantes, ciente da forte impressão que causa em todos que estejam próximos dela. Não por menos, trata-se de uma das maiores modelos da atualidade, tendo sido eleita uma das dez mais belas mulheres do mundo, e que ali se encontra a pedido ou, melhor dizendo, ordem de seus patrocinadores.

A mulher parece estar aborrecida em ali estar, mas questões legais praticamente não proporcionavam alternativa à esbelta e imponente modelo, que apenas aguarda o tempo do seu contrato escoar para zarpar o mais rápido possível dali, e neste momento, em busca de ficar menos irritada com toda essa situação, decidira ficar do lado de fora de seu camarim exclusivo, fumando um cigarro e mexendo em suas redes sociais.

Andando de um lado para outro, e ainda com seu celular em punho, a modelo recebe uma mensagem de texto solicitando que fosse até a sala de número 23, que também serve de camarim para troca de roupas desta noite. Ela sabe tratar-se do camarim exclusivo de uma colega de profissão tão famosa quanto ela e, portanto, merecedora de sua atenção, por se destacar das demais.

A passos largos a modelo se dirige até a sala 23 e, após bater suavemente à porta, adentra o camarim com seu estonteante sorriso, que automaticamente se desfaz por não encontrar ninguém no interior do recinto. Irritada por ter sido feita de otária nos seus conceitos, a mulher, após mexer em alguns itens de maquiagem da colega e que estavam na bancada espelhada da sala, resolve retornar para seu camarim e aguardar ser convocada para o desfile da noite.

Quando leva sua mão até a maçaneta da porta para sair e ir embora, a modelo é surpreendida por alguém que estava escondido detrás das araras de roupas que estavam no camarim, e que salta com rapidez sobre a mulher como um predador faminto faria diante de sua presa indefesa que não percebera a tempo quanto estava em perigo. O agressor, trajando seu já conhecido vestido de noiva, enlaça um fio de cobre no pescoço da modelo, iniciando o ato de estrangulamento com toda sua força, enquanto a mulher agita suas pernas de forma desesperada, em uma luta intensa pela manutenção de sua vida.

Os olhos da vítima ficam totalmente saltados e vermelhos pelo sangue que ali se acumula em um derrame ocular, provavelmente em razão do processo de sufocamento, assim como o sangue do corpo começa a sair pelos ouvidos, boca e nariz em grande quantidade, da mesma forma que a pele do pescoço envolvido pelo fio de cobre começa se abrir e rasgar, passando o ato de estrangulamento para um intenso ato de degola.

As pernas praticamente não se movem além dos meros espasmos oriundos de reflexos involuntários, como se a alma estivesse com isso rompendo os últimos e tênues fios que a ligam a um corpo já praticamente imprestável, cessando qualquer movimento em definitivo, quando a noiva realiza um último movimento com fio de cobre, suficientemente forte para ocasionar mais do que uma simples degola: o pescoço se abre por completo em um primeiro momento, para em poucos segundos culminar em uma decapitação completa, com a cabeça rolando pelo chão enquanto o sangue vermelho jorra tal qual lava de um potente vulcão em erupção, quase que atingindo o teto do local.

Neste instante, a modelo que deveria estar alojada neste exato recinto surge e abre a porta do camarim de número 23 para, horrorizada, se deparar com a cena aterradora da colega decapitada como a Medusa da mitologia grega. A modelo grita desesperada enquanto tenta fugir pelo corredor, sendo alcançada pela noiva rapidamente, que a golpeia dezenas de vezes nas costas, abdômen, finalizando com um golpe certeiro no coração, que faz com que a bela moça caia no chão morta.

No salão principal onde o desfile irá se desenrolar, a plateia aguarda tudo se iniciar, dando sinais claros de cansaço pelo injustificado e excessivo atraso. Guilherme permanece no recinto conversando com fãs, autoridades e posando para fotos dos mais variados veículos de mídia.

— Guilherme, você poderia subir no palco para uma boa foto? Acabei não tirando uma boa enquanto você estava fazendo a leitura do seu livro. É pedir muito? — solicita com excessiva docilidade uma funcionária de um conhecido perfil social de fofocas.

O escritor apenas sorri com muita educação e cordialidade, enquanto novamente se desloca para o centro do palco do evento, posicionando-se em um ângulo que lhe fosse bastante generoso e favorável.

Para espanto e horror de todos os presentes, neste exato momento, as duas modelos que acabaram de ser assassinadas despencam do teto amarradas e presas a grossas cordas: uma está com a corda em volta do pescoço, enquanto a decapitada se mantém amarrada pelos pés, repousando, após serem lançadas do alto do teto do recinto, cada uma de um lado do escritor, em cena bizarra e monstruosa, que automaticamente remete à imagem de Jesus Cristo crucificado entre os dois ladrões.

A gritaria e o pânico tomam conta do ambiente, e Guilherme, aterrorizado, apenas observa os cadáveres de ambas as mulheres balançando lado a lado como as carnes no frigorífico ficam à espera de serem fatiadas. Mas o horror toma o escritor por completo quando ele percebe que, no dedo de uma delas, está a aliança de ouro de sua antiga esposa, e no pulso de outra está o bracelete de pedras! AMBOS OS OBJETOS ERAM OS DE SUA ANTIGA ESPOSA, E FORAM LEVADOS DE SUA CASA NO ATAQUE EM QUE ELE FORA ESFAQUEADO! Não havia dúvida para Guilherme: ELA ESTAVA PRESENTE E HAVIA MATADO AS MOÇAS!

— Faz anos que desejo falar isto novamente: VOCÊ ESTÁ PRESO, GUILHERME! — fala, em tom alto e grave, o policial Jonas, colocando as algemas no pulso do escritor, que permanece atônito com tudo que está ocorrendo.

24

As mãos que permanecem entrelaçadas em cima da mesa fria da sala de depoimentos da delegacia, muito pelo fato de as algemas ainda estarem fixadas nos pulsos do escritor, remetem instantaneamente a memória de Guilherme a um gesto forçado de oração e súplica como ocorrera no passado quando estivera neste mesmo local e pelo mesmo motivo, mas agora ele tem muito mais a perder do que naquela época, e orar para que Deus descesse de seu trono confortável para livrá-lo mais uma vez de uma enrascada macabra seria pedir demais, e terceirizar soluções. E Guilherme não era muito afeto a súplicas, preferindo alternativas mais lógicas, e de preferência por ele criadas, a esperar que os céus o resgatassem. Os céus não evitaram que ele fosse para a cadeia durante algum tempo por causa do desaparecimento de sua esposa, e tampouco evitaram, por mais que ele tivesse dobrado os joelhos em oração no hospital, que sua mãe fosse aniquilada pelo câncer. Se tivesse de sofrer, Guilherme sofreria e, no fim, sairia ainda maior do que quando enfrentou o problema. Mas jamais iria se curvar a pedidos para um Deus que durante muito tempo ele considerou omisso com as dores do mundo.

Jonas adentra a fria (em todos os sentidos) sala de depoimento em que Guilherme se encontra agora, colocando duas xícaras de café em cima da mesa, enquanto fuma seu cigarro com tanta intensidade que, mesmo tendo o acendido à porta quando estava entrando na sala, este já se encontra quase que consumido por completo.

— Sei que você adora um cigarro, mas já basta este café aí para não dizer que estamos o tratando com falta de humanidade. E é muito ainda lhe proporcionar um líquido quente neste momento, porque você não teve nenhuma humanidade com todas as suas vítimas, e na minha visão também não merecia nenhum ato de empatia agora — dispara Jonas, em tom agressivo e irônico, antes de dar a última tragada em seu cigarro, que se apaga totalmente em seguida, assim como as esperanças de Guilherme de escapar de um pré-julgamento daquele homem da lei.

Jonas fora quem estivera no lago na noite do desaparecimento de sua esposa coordenando as buscas, bem como fora o responsável pela então prisão em flagrante de Guilherme, e, durante toda investigação policial e igualmente nas fases processuais e no julgamento do escritor, fizera de tudo para que Guilherme fosse considerado culpado para apodrecer na cadeia para sempre. Era inegável e indisfarçável que Jonas estava em um verdadeiro frenesi por ver a vida lhe dando a chance de acabar com o escritor mais uma vez, esquecendo-se de que, sendo um investigador e homem da lei, deveria pautar suas ações em fatos e provas, e não procurar que seus anseios pessoais fossem atendidos como uma criança birrenta faz, porque a tal busca de justiça que move as autoridades e homens da lei acabaria por se transformar em uma busca pessoal por vingança, o que, no caso em tela, já era um fato incontestável.

— Então, Guilherme, desta vez não vai ter como você escapar dessa enrascada toda que em que se enfiou. Vamos começar pelo ataque na sua casa, quando você foi esfaqueado. Nenhuma das câmeras de segurança das casas ao redor da sua, de todos os pontos possíveis e visíveis da vizinhança, registrou, nem mesmo por um segundo, pessoa alguma entrando na sua casa quando você já se encontrava sozinho. NENHUMA PESSOA ENTROU! Nem pela frente, nem pelos fundos, nem por porra nenhuma, *OK*? — dispara, quase babando de ódio, o investigador Jonas, no mesmo momento em que acende mais um cigarro, quase como se o ato de fumar servisse como tranquilizante para não acabar com a vida de Guilherme no murro naquela sala.

— E o mais cômico disso tudo: as câmeras internas de sua casa permaneceram desligadas naquela noite. DESLIGADAS! Então você, como um bom e criativo escritor, inventou isso de que alguém entrara em sua casa e lhe dera um golpe de punhal quase fatal! É óbvio que você destruiu a casa inteira e se esfaqueou! Escondeu os objetos de sua sala secreta para em seguida afirmar que fora roubado pelo agressor.

— E para que eu faria isso tudo? — questiona Guilherme, enquanto tenta tomar o café que lhe fora trazido, equilibrando-se neste movimento de levar até seus lábios com certo cuidado a xícara, em clara dificuldade esperada de uma pessoa que permanece algemada.

— Tudo faz parte do seu teatro! Sempre é isso! As duas modelos mortas no desfile, bem como a morta na boate, estavam usando ou estavam próximas dos objetos que você alegara terem sido levados de sua casa no seu pseudoataque. A da boate estava do lado do álbum de seu casamento, e uma modelo estava usando aliança de sua falecida esposa, enquanto a outra usava o bracelete da coitada que você dera cabo no lago no passado. A sua vontade é fazer com que todos creiam que alguém tentou o matar, levou estes objetos e agora tenta o incriminar. Mas isso é balela! Você não foi atacado, e matou cada uma delas deixando um dos objetos de sua falecida esposa.

— ELA NÃO ESTÁ MORTA! — é a única coisa que Guilherme consegue responder de forma imediata para Jonas, quase não dando atenção à grave acusação que lhe estava sendo feita naquela fria sala de depoimentos na delegacia.

— Anos a fio respondendo a mesma loucura, insistindo no mesmo assunto absurdo para tentar ludibriar! É um fato, Guilherme, que ninguém entrou na sua casa! E, se os objetos sumiram, foi porque você os escondeu! Eles estarem em todas as cenas de crime só depõe contra você! E o melhor: TODAS AS MULHERES MORTAS TIVERAM ENVOLVIMENTO COM VOCÊ EM ALGUM MOMENTO! TODAS TÊM FOTO NAS REDES SOCIAIS AOS BEIJOS COM VOCÊ! TODAS SE PARECEM COM SUA ANTIGA ESPOSA FISICAMENTE!! VOCÊ É UM ASSASSINO DE MULHERES INVETERADO E INCORRIGÍVEL! — vocifera de ódio Jonas, ao finalizar o cigarro com sua já conhecida rapidez.

— Tão inteligente que matou seu próprio terapeuta talvez para tentar ludibriar e esconder sua predileção em matar mulheres com mesmo biotipo físico, saindo assim do seu padrão, para confundir as investigações de que não é um *serial killer*. Você não tem solução. Mas, graças a Deus, está preso novamente! — sentencia Jonas.

Neste momento, Fabi entra na sala em que os dois homens se encontravam jogando um calhamaço de papel na mesa fria, no que Jonas pega para ler, não conseguindo disfarçar seu espanto com o conteúdo das palavras ali impressas.

— Meu irmão vai sair daqui agora mesmo, junto comigo. Acho bom, Jonas, que você comece a agir de forma profissional, porque também protocolei um pedido para que você seja retirado das investigações, em razão de sua evidente parcialidade nisso tudo! Você quer incriminar Guilherme a todo custo! E posso até levantar a hipótese de que você seja o autor de todas essas mortes, agindo assim para incriminar meu irmão — finaliza em tom ameaçador a brilhante irmã do escritor, salvando-o mais uma vez, como habitualmente o fazia.

Jonas termina de ler o documento que concedera a liberdade de Guilherme por meio de um habeas corpus, em vista das provas fáticas de que ele não poderia ter cometido as mortes: as imagens das câmeras do desfile provam que Guilherme esteve o tempo todo na plateia aguardando o desfile, não tendo saído dali em momento algum, ou seja, não tinha a menor possibilidade de que o escritor tivesse vitimado as modelos. De igual forma, com a hora exata da morte do terapeuta confirmada pela perícia, Guilherme fora flagrado por uma câmera de vigilância de uma esquina conhecida no exato minuto em que Stephano estava sendo atacado, não sendo, portanto, o assassino do ilustre doutor.

— E, com relação à mulher morta na boate, as câmeras (graças a Deus, sempre as câmeras) mostram que existiam dois banheiros, um ao lado do outro. Meu irmão sai do banheiro do lado ao que a mulher entrara antes de ser morta. Então, ele também não foi o culpado por isso. Aprenda a ser investigador, e mantenha seus olhos abertos para as evidências, e não cerrados e focados em sua vontade pessoal de se vingar — sentencia Fabi, exigindo em seguida que Guilherme tivesse as algemas retiradas imediatamente.

Jonas inicia o ato de soltar aquele que há anos ele considerava e tratava como um monstro, cuja sede por sangue era similar ou maior do que a ânsia pela fama que tanto lutara para obter, e que as provas expostas, agora na liminar, ou jogavam por terra em definitivo suas conclusões sobre o escritor que ganhara aura de inocente até para ele neste instante, ou tornavam a dúvida uma grande possibilidade muito mais lógica.

— Jonas, por favor: veja as câmeras de segurança da boate quando começaram os gritos e todos saíram correndo naquela imensa confusão. Procure essa filmagem, só lhe peço isso! Você vai ver que ELA estava lá! Eu segurei no braço dela! Acredite em mim! ELA ESTÁ VIVA! ELA É A CULPADA DE TUDO ISSO! ELA E O AMANTE! — berra Guilherme de forma desesperada, enquanto Fabi o leva pelo braço para fora daquela sala de depoimentos.

Jonas permanece calado, refletindo nas palavras do escritor, invadido pela sensação e intuição pela primeira vez em anos de que Guilherme está correto e de fato é uma vítima de uma trama macabra orquestrada por alguém.

As copas das árvores se agitam com muita intensidade, e o céu se escurece como a noite mais uma vez, apesar de faltarem duas horas para o pôr do sol, anunciando que uma grandiosa e violenta tempestade está se aproximando da cidade, fazendo com que Guilherme se recorde imediatamente de que havia visto na televisão a notícia de que durante vários dias a localidade seria assolada com frequência pelas tormentas, e assim tem sido diariamente, levando o escritor a associar o clima atual com sua vida nestes mesmos dias tensos, que insistiam em assustar e castigar o rapaz com uma enxurrada de problemas graves.

Sem pensar muito, e buscando apenas uma forma de acalmar seus nervos, Guilherme pega um cigarro e acende-o de pronto, apenas para ser automaticamente repreendido por Fabi, que pede para que o novelista o apague por completo, afinal de contas ela estava no mesmo pequeno ambiente que ele, o carro, e, estando grávida, o desrespeito a terceiros seria em dose dupla.

— Bernardo está na sua casa? — indaga Guilherme, logo após apagar o cigarro na sola de seu sapato, sendo essa a tática de que o escritor se valia para não brigar com a irmã: focar o sobrinho, que ele tinha como filho. Bernardo era o tranquilizante eficaz que Guilherme utilizava para não explodir diante das contrariedades que Fabi lhe impunha na vida, ainda que certa ela estivesse.

— Não. Homer o deixou na avó. Com tudo que está ocorrendo, é melhor para o menino não ficar lá em casa. Ao menos até a poeira abaixar um pouco. Por mais que se tenha cuidado, as crianças captam sim o clima diferente no ar, e tudo está altamente tenso, não é mesmo? Beirando à insanidade — responde Fabi, quase não contendo uma lágrima que insistia em descer por sua face, o que só deixava mais latente, ainda que isso não fosse necessário para Guilherme, quão grave era toda a situação, afinal sua irmã era forte como uma rocha e, se emocionalmente ela estava no ponto de desabar, é porque as coisas realmente estavam em um espiral de loucura intenso.

A chuva desaba fortemente na cidade e com tamanha grandiosidade que, mesmo tendo se iniciado há poucos minutos, a sensação é de que está em ação há horas, destruindo e encobrindo tudo, deixando a visão de todos turva, não se permitindo perspectiva alguma de melhoria, instaurando o caos e a desesperança até mesmo no mais esperançoso dos corações. De fato, tudo estava no limite do enlouquecedor.

Fabi consegue chegar até o condomínio de luxo em que vive, tendo vencido o mar revolto que o caminho até sua casa havia se tornado pela força das águas que caiam com intensidade dos céus, estacionando o carro em sua garagem em segurança. Homer já estava à porta, ansioso e preocupado com a esposa, muito por ela estar grávida e no meio dessa tempestade, não conseguindo esconder naquele exato momento a expressão no rosto do quanto detestava ainda mais Guilherme por arrastar Fabi para a tempestade sem fim que era sua própria vida turbulenta, esquecendo a força que os laços de sangue têm, e que justamente nos momentos problemáticos era preciso contar com a família. Homer poderia ser até a família de Fabi, mas definitivamente não fazia parte da família de Guilherme, e cada vez mais deixava isso bem evidenciado para o escritor. O sentimento de desprezo era mútuo e crescente.

— Está tudo bem, meu amor? Quer que eu faça alguma coisa para você agora? — pergunta Homer, logo após abraçar e beijar Fabi com carinho e cuidado, envolvendo a esposa em seu abraço, e alisando ao mesmo tempo a barriga onde seu filho se encontra, como quem deseja assim proteger e dar carinho e conforto para ambos.

— Gostaria de um chá de camomila. O dia de hoje foi um dos mais pesados dos últimos anos. Um déjà vu desnecessário, mas que no fundo eu sempre soube que aconteceria. Enfim, vamos vivendo um dia de cada vez — desabafa Fabi, em tom cansado, saindo do abraço acolhedor do marido e adentrando a casa em seguida.

Guilherme segue a irmã, tendo a impressão, quando cruzara com seu cunhado, de que iria levar um forte soco no rosto, tamanho era o desconforto com sua presença naquele local. Fabi sobe as escadas com certa dificuldade segurando a barriga, indo na direção de seu quarto, no andar superior, enquanto Guilherme se serve de uma necessária dose de whisky como forma de se acalmar diante de todo este pesadelo que está em seu entorno, e também como preparo psicológico e encorajador em uma eventual discussão com seu cunhado, que permanece encarando o escritor com cara de poucos amigos. A noite prometia ser muito longa, e de fato seria. E da pior forma possível.

Um estrondo violento similar a uma bomba ecoa no ambiente, fazendo com que Fabi desperte de sobressalto na cama, bastante assustada, com o coração quase na boca.

Quanto tempo fiquei adormecida?, pergunta Fabi a si mesma, enquanto tateia o móvel de madeira na lateral da cama em busca de seu celular, que mostraria na tela a hora. A advogada devia estar de fato muito cansada, porque confirma que havia transcorrido cerca de uma hora desde que entrara no seu quarto e se deitara na cama para um "breve" descanso antes que Homer a chamasse para tomar o chá.

Mais de uma hora e ninguém me chamou? Isso não tem a menor lógica, é a conclusão assustadora que invade a mente de Fabi, que sente a adrenalina percorrer seu corpo por completo, por saber que algo grave estava acontecendo dentro de sua casa. A advogada se levanta da cama e pega uma arma, precisamente uma 9mm, que estava na gaveta da cabeceira da cama, no mesmo momento em que escuta uma música de piano ser entoada pela casa toda.

Fabi abre a porta do seu quarto com bastante cuidado para não se fazer notar, emitindo o mínimo possível de ruído enquanto se movimenta de arma em punho, enquanto a música continua sendo executada no interior da casa, ao mesmo tempo que os raios e trovões permanecem em atividade, deixando toda a ambientação macabra como nos filmes de terror que Guilherme tanto apreciava.

A música que está sendo tocada é *Sonata ao luar* de Beethoven, um clássico absoluto, e a mulher grávida que desce agora as escadas com muito cuidado enquanto permanece com a arma em riste tinha total ciência de tratar-se de uma das melodias favoritas de seu irmão, o que a deixava ainda mais tensa, porque não lhe permitia ter certeza do que pensar e sentir quanto ao irmão estar ali dedilhando a música ao piano: isto a deixaria tranquila com a presença dele na casa, ou, justamente, a colocaria em extremo perigo?

Fabi se sentia mal em temer seu próprio irmão, mas isso vez ou outra lhe ocorria, sendo muito mais natural e esperado este receio agora, em vista de toda turbulência dos últimos acontecimentos.

A música era de uma melancolia intensa, capaz de atingir com muita profundidade as emoções de quem se deixasse embalar com a sonoridade das teclas do piano, e Guilherme, por incontáveis vezes, soubera desta forma proceder, ouvindo essa melodia com os olhos cerrados, como que estando a buscar a conexão adequada com o som para assim, quem sabe, encontrar afinidade com seu próprio interior, com sua real identidade e as dores de sua alma. A melodia era mais do que triste, podendo ser considerada quase fúnebre, sendo realmente adequada a toda trajetória do irmão escritor, que parecia ter dependurado em seu pescoço um rosário de tragédias e momentos ruins, que o tornavam uma figura enigmática aos olhos de qualquer um.

Se Guilherme era ou não motivo para se temer uma proximidade naquele instante na casa, como Fabi cogitara para si mesma ao sair de seu quarto, ela não tinha ainda certeza. O que ela poderia categoricamente afirmar como totalmente real ao ouvir a canção era que Guilherme estava, como sempre estivera, em cada nota musical daquele clássico, que ecoava por toda casa em meio a raios e trovões intensos da noite de forte chuva, todo o ambiente neste momento impregnado, como estava em sua própria vida, ainda que ela assim não quisesse. Guilherme era seu irmão, sua ligação com sua família originária que não mais existia fisicamente, o seu elo com passado e com quem ela um dia fora, era, portanto, parte dela, mesmo que evitasse encarar essa realidade.

Quando Fabi termina de descer as escadas, chega até a sala principal, onde o piano se encontra, constatando que não há ninguém nem sequer próximo do objeto musical, o que dirá sentado tocando com maestria a música sendo executada. Porém, a melodia continua sendo ouvida de um ponto bem próximo da advogada, ainda de arma em punho, o que Fabi constata vir de um celular em cima de uma mesa que se encontra do lado do piano, e, aproximando-se do aparelho, pega-o com a mão livre, reconhecendo ser o celular de Guilherme.

Assustada, Fabi desliga a música imediatamente, evitando maiores distrações para ela, que agora tem a plena certeza de que algo ruim ocorreu em sua casa enquanto ela dormia, e só lhe restava neste tenso momento se manter atenta para evitar que a coisa ficasse ainda pior, porque estava nítido que havia alguém estranho na casa, e pior que isso: com o claro intuito de tentar algo contra sua família.

Sem mais delongas, Fabi se dirige até a porta do escritório daquela sala, abrindo-a de solavanco, como que desejando que estivesse sendo acompanhada pelos olhos do invasor neste instante, que teria assim dela a imagem de uma mulher confiante e que não estava assustada com aquela situação, e, caso de fato resolvesse atacá-la, encontraria uma adversária bastante preparada para um embate físico.

A visão com que Fabi se depara após praticamente arrombar com um forte chute a porta do escritório não sairia nunca mais de sua mente, ainda que ela vivesse muitos anos, e isso não apenas pelo impacto da dura realidade que ali se descortinava a sua frente, mas muito em razão de ver sua família aniquilada e destroçada com imensa selvageria: caído morto em uma enorme poça de sangue, com o pescoço totalmente aberto, vitimado por um objeto tão afiado que por muito pouco não lhe decapitara por completo, estava Homer, seu amado marido.

Fabi se vê impedida de gritar neste instante, evitando assim ser facilmente localizada pelo assassino, que ainda estaria no local, mas a emoção lhe toma a alma destroçada, e ela treme com intensidade enquanto os seus olhos são tomados pelas lágrimas, que logo escorrem pela face em razão de tanta dor, caindo de joelhos no chão diante do corpo inerte do seu marido. Homer era mais do que seu marido e pai de seus filhos, era a constatação de que era possível sim recomeçar e ser feliz na vida, por mais que se tivesse sentido no passado o fel amargo das dores de inúmeras tragédias e perdas.

A morte de Homer era mais do que o esfacelamento da existência daquele homem íntegro: era a desintegração completa de sua família, e pior: pela segunda vez. Novamente Fabi se via diante da implosão de seu círculo familiar, tal qual se dera quando seus pais haviam morrido, sendo a dor atual ainda mais pesada e dilaceradora, não apenas porque amava este homem bom que acabara de morrer, ou porque seus filhos seriam órfãos agora, como ela própria era, mas em tenra idade (o que era muito pior), mas muito porque ela depositara neste casamento a reconstrução de seus sonhos perdidos, o afeto que sentia no seu lar originário que fora vitimado por incontáveis doenças, o renascimento do sentido do que é ser e ter família novamente. Tudo isso lhe fora tirado neste momento, arrancado e morto a golpes de punhal.

A noiva surge logo atrás de Fabi, segurando a mulher pelos cabelos, que, sendo pega tão de supetão, acaba soltando a arma que segurava sem disparar contra o agressor, para em seguida se ver imediatamente arrastada do escritório para sala com imensa violência, e jogada em seguida por cima da mesa que se encontra no local, deixando claro que o ataque não era um aviso de algo pior no futuro, mas sim o ataque final para ceifar por completo a vida de todos os moradores daquela casa.

A pessoa travestida de noiva se debruça por cima do corpo de Fabi, que permanece deitada na mesa para onde fora lançada, tentando desta forma fincar o punhal afiado no rosto da advogada, que segura os braços do assassino, fazendo força em sentido contrário, ao mesmo tempo que a lâmina se aproxima mais e mais da carne da desesperada mulher, que vai mantendo as forças além do que naturalmente teria, muito em razão do próprio filho que carrega no ventre, e que depende dela para tudo. Portanto, resistir ao ataque atual era lutar não apenas por sua sobrevivência como era proteger seu filho ainda não nascido. Fabi não podia desistir, e não tinha a menor chance de fraquejar no seu intento.

O agressor desiste de cravar o punhal no rosto de Fabi, mudando a direção de seu ataque para um golpe certeiro na lateral da barriga da mulher grávida, que grita de dor enquanto se esvai em sangue por cima da mesa, em uma imagem que remete de forma evidente a um sacrifício em um altar, girando a lâmina enquanto a mulher se contorce na mesa em desespero angustiante.

A figura vestida de noiva retira a lâmina que estava fincada no corpo de Fabi, erguendo em seguida o punhal para o alto, preparando-se para o golpe final e certeiro contra advogada, quando é impedido por Guilherme, que lança seu próprio corpo por cima do agressor, livrando assim sua irmã do ataque fatal no segundo crucial, iniciando uma briga no chão da sala com o responsável por todas as mortes atuais, e muito provavelmente o autor do sumiço da antiga companheira.

A luta no chão da sala é animalesca, e, para Guilherme, deter a noiva ali, talvez mais do que proteger sua família, culminaria no clímax adequado que encerraria essa história absurda em que sua antiga mulher parecia insistir em não abandonar.

Guilherme consegue chutar a figura de branco de forma certeira, fazendo com que esta caia para trás, ganhando assim alguns segundos, o suficiente para se levantar do chão para já se colocar novamente em frente ao monstro de grinalda, e em seguida desferir um soco fortíssimo, que quebra a máscara branca em razão do forte impacto, revelando a identidade do agressor, que não era a antiga companheira do escritor!

— EU SABIA QUE ERA VOCÊ! Que um dos assassinos era você! Maldito desgraçado! — berra Guilherme, com o rosto completamente vermelho em razão da ira que lhe toma os sentidos por completo, revivendo toda a traição de que fora vítima no passado nas mãos da antiga companheira.

— Cale essa boca, seu merdinha! Como você tem coragem de me acusar de qualquer coisa? Estou me defendendo da sua acusação!! Pensa que eu não percebi o seu jogo sujo? Eu li a porcaria da versão nova do seu livreco! Analisei bem as páginas em que você introduziu a visão do comparsa da sua ex-mulher, as menções às roupas, por exemplo! Roupas que eu tenho e que estou usando em fotos ao seu lado em suas redes sociais! Até expressões e comportamentos que eu tenho você detalhou na sua porcaria de escrita! Você está tentando jogar a culpa disso tudo em mim! Você criou a fantasia de que eu sou o culpado, e passou acreditar piamente nisso, e agora deseja tornar isso uma realidade para todos!! Eu não matei ninguém! — berra William enquanto mantém o punhal em sua mão, gesticulando na direção de Guilherme.

— Você teve um caso com minha esposa! Vai negar, seu cretino? Você acabou com meu casamento! — responde o escritor, tão irado quanto o antigo amigo, que permanece a sua frente ainda com parte do traje de noiva, em uma imagem constrangedoramente patética.

— Sim, eu tive! Nós nos amávamos! E íamos ficar juntos. Faltava pouco para isso. Questão de poucos dias, até que você resolveu matar a mulher que eu amava por inveja, e, como se isso não fosse suficiente, agora resolve armar para cima de mim toda essa palhaçada, colocando-me como um grande vilão para o seu público — expõe William para um cada vez mais tenso Guilherme a sua frente.

— Engraçado, você amava tanto aquela infeliz, mas teve estômago para continuar trabalhando comigo, gerenciando minha carreira e imagem, aproveitando-se do dinheiro e do sucesso da obra que colocou sua amada como um monstro! Que amor é esse? Você é um oportunista. Só ama a si próprio! Mas, se estiver falando sério acerca desse sentimento, e esse amor todo é real, só penso que de fato ela está viva, e junto de você! E ambos estavam tirando vantagem do livro de alguma forma, nem que fosse para viverem do salário que lhe pago mensalmente! A maior prova disso tudo é que, além do fato de continuar trabalhando ao meu lado, você está aqui tentando me matar e a minha irmã, porque sabe que é o culpado disso tudo, e estava com medo que eu o desmascarasse com a nova versão do meu livro! Olhe-se no espelho, meu caro: até trajando o vestido de noiva você está! — dispara Guilherme, esbaforido e contente com sua conclusão elucidativa do caso que durante anos o atormentara.

— Seu escroto de bosta! Eu vim aqui jogar conforme suas regras! Estou assim porque um dos seus fãs juntou as migalhas fantasiosas que você colocou no livro e concluiu em uma publicação na internet que eu sou o grande autor de toda essa trama, no que você CONCORDOU! Você já fez sua publicação de resposta anunciando que haviam acertado o enigma! A mídia está em polvorosa! Você conseguiu criar toda uma atmosfera em que eu sou o culpado! Então, já que tem um assassino por trás disso tudo, porque não me vestir como ele e dar cabo de você e de sua irmã, e sair ileso? Deixar a culpa nas costas de quem está fazendo isso tudo com você. Já que tentou acabar comigo publicamente, vim aqui acabar com você de fato! Plano perfeito, não acha? — explica William, enquanto sorri tentando disfarçar a tensão e o medo que no fundo está sentindo com tudo que está se desenrolando na sala de Fabi.

Guilherme mal consegue conter a satisfação do momento, por mais louco que isso pudesse parecer, mas o criativo escritor havia focado sua atenção apenas em dois pontos desse monólogo tosco que o quase choroso William havia declamado há pouco: o primeiro quando ele assumira que tinha um caso com sua antiga esposa, e depois quando em alto e bom som afirmara que estava ali para acabar com sua vida e de sua irmã. Isso sim era perfeição de um *gran finale*, digno de um bom romance policial.

— Você sempre pecou por falar demais, meu caro. E não fez diferente desta vez. Minha irmã, quando desligou a música do meu celular aqui na mesa, ligou no mesmo segundo o gravador no aparelho. Foi ótimo não ter apenas testemunhado a sua confissão, e não digo isso apenas sobre seu caso com minha ex, mas principalmente quando assume que veio aqui acabar comigo e com minha irmã após ser identificado por um fã. Ter tudo isso gravado é ainda mais saboroso do que apenas ter escutado quando você assumiu — conclui enquanto, segurando o aparelho em sua mão, mostra a tela para William, comprovando que o gravador estava mesmo ligado o tempo inteiro.

William arregala os olhos em um misto de ódio, medo e desespero, e, sem pensar muito, parte em direção a Guilherme de faca em punho para uma tentativa final de matar o escritor, que saca a 9mm de forma surpreendente, para em seguida, com um tiro certeiro na testa de

William, estraçalhar a cabeça de seu algoz em uma quase explosão, fazendo com que o teto e as paredes da sala fiquem cobertos de sangue e pedaços de carne do agora falecido *bon-vivant*. O corpo sem cabeça de William cai no solo, ainda se mexendo por reflexo, como uma cobra faria ao ser decapitada, em espasmos em meio à grande poça de sangue que só se avolumava cada vez mais no chão da mansão de Fabi. O pesadelo parecia ter terminado.

— Por favor, venham aqui com urgência! Minha irmã foi esfaqueada! O endereço?! É... vocês não conseguem localizar pela chamada!? Então, venham por favor — responde Guilherme, ao finalizar a ligação para que paramédicos venham rapidamente salvar Fabi, que ainda se encontra sangrando bastante.

Enquanto Guilherme tenta estancar o sangramento fazendo pressão no ferimento da irmã, seu celular começa a tocar, mostrando que sua noiva, Amanda, está fazendo uma chamada de vídeo. É a primeira vez que a moça o procura desde que ele fora esfaqueado em sua casa, e Guilherme sabia que era preciso contar a ela tudo que estava acontecendo, e não apenas para pedir socorro pelo ocorrido neste instante na casa de Fabi, mas para se acertarem de uma vez por todas, e acabar assim com o mal-estar que havia se instaurado entre eles quando a moça soubera da existência dos objetos que pertenciam à antiga esposa, e que foram levados da sala especial da mansão do jovem rapaz.

Para o horror de Guilherme, quem está de posse do celular de Amanda é o assassino, mostrando-se na chamada de vídeo com sua já conhecida máscara branca sem expressão e vestido de noiva com grinalda. De fato, William dizia a verdade ao afirmar não ser o assassino, e estava ali naquela noite para se aproveitar da imagem do verdadeiro agressor e assim matar o escritor e se livrar de eventual suspeita.

Quem está vestido de noiva passa a caminhar pelo imenso espaço em que se encontra, deixando claro que é um salão de bufê, filmando cada detalhe para que Guilherme acompanhasse pela chamada de vídeo, andando vagarosamente pelo ambiente para criar o suspense adequado, como um experiente diretor de cinema faria, o que permite a Guilherme reconhecer ser o bufê onde o casamento dele ocorrerá.

O espaço possui um salão de festas imenso, e está repleto de manequins trajados com vestidos de noiva de todos os modelos e estilos, posicionados a formar um imenso círculo no centro do salão, e bem no meio dessa exposição macabra, amarrada e amordaçada em uma cadeira, está Amanda, para o terror de Guilherme, que sente seu mundo acabando por ver a mulher que ama nessa situação de intensa agonia, e que não deixa de ser um anúncio de que uma tragédia está prestes a ocorrer.

O mascarado vestido de noiva se aproxima de Amanda, que tem seus gritos abafados pela mordaça em sua boca, colocando no cabelo da advogada em seguida o adorno de prata que fora levado da casa do escritor no atentado. O objeto era o último entre aqueles que foram levados da sala secreta da mansão do novelista, portanto era um recado claro do assassino de que Amanda seria a última vítima dessa trágica história que insistia em assombrar o novelista.

Guilherme desliga o telefone e corre para a garagem da casa da irmã, entrando no carro e partindo em grande velocidade em meio à intensa chuva que permanece castigando a cidade na noite tenebrosa.

Por mais que permaneça focado em chegar depressa ao bufê onde Amanda está, e assim salvar a moça de um destino terrível, Guilherme não consegue deixar de observar o vaivém frenético do para-brisa do seu carro, no movimento ritmado de ir de um lado para o outro no vidro do veículo, fazendo-o relembrar da noite igualmente chuvosa em que ele se dirigia ao local onde a ex-mulher sumira na margem do lago.

A história parecia se repetir, afinal Guilherme estava mais uma vez dentro de um carro, dirigindo na estrada em uma noite de chuva intensa, com o coração sob forte emoção, e com o mesmo medo de outrora em perder a mulher que amava. *Amor*, pensa o escritor ao fim dessa conclusão toda, era o que ele verdadeiramente sentia por Amanda. Ele agora tem ainda mais certeza do seu forte sentimento pela moça que escolhera para caminhar lado a lado pelo resto de sua vida, reconhecendo uma maturidade emocional que jamais tivera ao lado da antiga esposa, o que faz com que ele hoje tenha plena consciência de que convivera além do tempo devido ao lado da ex, e pior: por puro comodismo e apego emocional, típico dos inseguros e dominados, daqueles que não confiam em sua grandeza e capacidade de serem plenos e inteiros sozinhos. Mas não mais. O escritor sabia hoje do seu valor e capacidade. No que tange a relações amorosas, Guilherme não se sentia mais que ninguém na atualidade, mas tampouco se sentia inferior ou no mundo da inutilidade como tantas vezes se julgara no passado, quando casado era com a antiga parceira; sabia agora que era maduro e capaz, e sentia-se completo e por inteiro na sua individualidade, rechaçando os conceitos imaturos de que duas pessoas que se amam devem se completar.

Devo ser completo e inteiro sozinho, e com quem eu me envolver amorosamente, e decidir partilhar da vida, que o seja pela conexão estabelecida, e similaridade de ideias e visões de mundo. Um casal que dá certo não se completa, e sim é inteiro sozinho. Casal perfeito é o que soma, o que agrega. Dois inteiros que se somam, e não duas metades que se completam, pensa Guilherme, reconhecendo que, por mais que em um primeiro momento a situação ali seja parecida com a cena do passado, em uma visão macro tudo ali estava bem diferente, e justamente porque Guilherme já era outra pessoa hoje, totalmente oposta da que fora um dia e que tinha um imenso apego a antiga esposa.

O escritor sabia, portanto, que estava indo salvar a mulher que amava, a pessoa que todos os dias escolhia enfrentar os desafios da vida a dois junto dele, indo socorrer uma pessoa REAL, e não a que ele no passado temia que morresse ou sumisse em definitivo por ele carregar um imenso medo da vida, um receio de estar só, angústia e temor de ser incapaz de vencer os obstáculos por ele mesmo. Hoje Guilherme corre para salvar uma pessoa real, de valor e de importância, e antes ele estava indo salvar uma IDEIA, uma fantasia de falso acolhimento, uma tentativa de manter sua eterna válvula de escape das responsabilidades diante dos chamamentos da vida.

Guilherme praticamente "pilotava" em vez de dirigir, levantando tanta água no asfalto encharcado enquanto comandava a direção do veículo que lembrava até mesmo um jet ski deslizando na superfície de um rio. Com tanta rapidez, não demorara para o escritor chegar ao estacionamento do bufê, desligando o motor do carro logo em seguida à parada completa na vaga de estacionamento mais próxima da entrada.

Desce correndo do carro, adentrando o prédio, que se encontrava com a porta de entrada destrancada, para justamente facilitar a entrada do novelista, evidenciando que ele era esperado naquele espaço, o que deixava de igual forma totalmente claro que o ato final da trama, o grande clímax, iria se desenrolar ali, de forma apoteótica, aliás, como bem era do gosto do megalomaníaco novelista.

Guilherme percebe de cara que, no interior do bufê, a temperatura estava muito mais elevada do que costumeiramente, como se a situação ali estivesse tentando encontrar de alguma forma meios de plasmar no meio físico, como estava o interior de Guilherme, o emocional do jovem escritor naquele momento, que a cada segundo que se passava também ardia como uma imensa fogueira, em razão da tensão da situação, e por saber que, mais do que salvar a mulher que amava, iria colocar as mãos em definitivo no autor de toda essa tragédia.

— Socorro! Por favor, alguém me ajude! — ecoa no local, em tom rouco, a voz de Amanda, deixando claro que já tem algum tempo que a advogada está gritando ali, não possuindo mais força para continuar por muito mais tempo pedindo ajuda.

Após correr desesperado em direção ao som da voz da amada, Guilherme consegue chegar ao salão principal do bufê, lá encontrando um cenário aterrador: o local está quase que por inteiro sendo consumido por chamas, com labaredas que em alguns pontos atingem quase que o teto por completo.

Mesmo com o coração quase saindo pela boca, o que o deixava muito ciente de que não deveria perder nem mesmo meio segundo parado com distrações, era impossível para Guilherme não se ver atingido em cheio por uma série de pensamentos e analogias com situações e sentimentos do seu passado, ao estar ali em meio às chamas ardentes: além dos manequins vestidos de noiva formando um círculo onde Amanda permanece amarrada sentada em uma cadeira no centro do salão, o piso do espaço está cheio de fotos de sua antiga esposa, sejam estas do dia do enlace matrimonial deles, sejam de ensaios fotográficos feitos antes da festa do matrimônio, e que agora eram lambidos pelas labaredas de fogo, quase que deixando evidenciado que ELA estava mesmo queimando no inferno por não ser, e nunca ter sido, uma boa pessoa. As fotos espalhadas, os vestidos de noiva que representavam a vida em comum do casal, tudo isso sendo consumido em chamas era a perfeita analogia de que a relação deles fora um calvário de incontáveis intranquilidades e de muita dor, e que, se o escritor não agisse com a necessária rapidez, iria consumir em chamas Amanda, sua atual noiva, e isso Guilherme não poderia deixar ocorrer. Era preciso ser rápido para impedir que o seu passado envolvesse em combustão o seu presente, e por conseguinte, seu futuro.

Era preciso deixar o passado se consumir em brasa por inteiro, mas sozinho! *Salve seu presente, e fuja sem olhar para trás*, diz a própria consciência para o resoluto autor, que já tivera uma alucinação recente envolvendo fogo e que o fizera chegar à mesma conclusão de agora. Mais do que ter captado essa certeza, Guilherme se sentia aliviado e surpreso por desejar de alma e coração sair do local para as chamas queimarem por completo qualquer lembrança da ex-esposa. Era este o desejo de Guilherme, o que ele jamais pensara que um dia iria ansiar, deixando bem notório que a antiga companheira de vida não mais representava nada na existência do escritor, tendo-a superado por completo. Só restava Amanda, e seu futuro.

Guilherme corre na direção da noiva, que chora aliviada com a presença do amado, que inicia o processo de soltar as cordas que a mantêm acoplada na cadeira, não conseguindo esconder o medo crescente estampado em seu rosto, por constatar que vários pedaços do teto começam a cair do alto, mostrando que, dentro de muito pouco tempo, a estrutura do bufê iria desmoronar, enterrando-os por completo ali como numa imensa sepultura flamejante.

— Fique calma, amor, falta pouco para soltar este último laço aqui, logo vamos estar fora deste inferno. Eu juro — conforta-a Guilherme, ao desamarrar a última corda que mantinha Amanda junto a sua forçada permanência na cadeira.

Já livre, a advogada abraça e beija o noivo, como fazem os nubentes no momento do "SIM" no belo altar, sendo este o momento em que o casal de fato confirma um para o outro que sim, estava junto para toda vida, nos melhores e piores momentos.

O rosto de Amanda é atingido por uma cusparada de sangue que sai da boca de Guilherme, em razão do golpe de punhal que ele acabara de receber na lateral de seu quadril, e que fora desferido pelo assassino, que agora, além de ter o vestido de noiva suja com as cinzas que voam por todo o local, possui partes deste chamuscadas pelo fogo, que se mantém aceso em alguns pequenos pontos do traje, passando ainda mais a imagem demoníaca de que o assassino não é humano, e sim uma entidade proveniente do próprio inferno flamejante, decidido em carregar em definitivo o famoso novelista para as profundezas trevosas com ele.

O assassino travestido de noiva lança Guilherme para trás, que, caindo de costas no chão, permanece praticamente imóvel no solo, enquanto o mascarado lentamente se aproxima do escritor caído para terminar de ceifar a vida do homem, o que só não ocorre pelo fato de Amanda se atracar com o agressor, lançando seu corpo frágil contra as costas da "noiva macabra", em uma luta alucinante do que Guilherme veria como a metáfora perfeita: o embate final das *duas noivas* de sua vida; presente e passado estão ali lutando ferozmente, como lobos adversários o fariam em disputa de quem iria liderar a matilha a partir daquele instante. Era uma cena desesperadora, mas que tinha sim sua relevância no psiquismo de Guilherme, que passara os últimos anos de vida vivendo esta batalha em sua mente quase que diariamente, e que agora ele tinha a oportunidade perfeita de acompanhar a conclusão.

Quem venceria? O passado e os traumas sairiam vitoriosos, provando assim que nem todas as dores e tragédias são superáveis na vida, e algumas realmente vêm para acabar com a paz e com os sonhos de uma pessoa de forma definitiva, ou quem venceria seria o presente, que provava todos os dias, ainda que a duras penas, que era possível sim se reerguer e trilhar um caminho novo de boas coisas, de felicidade e sucesso, mostrando que a superação sempre era o caminho mais benéfico a se seguir?

Guilherme sabia que a decisão cabia única e exclusivamente a ele, e sempre fora sua a responsabilidade pela escolha do lado que sairia ganhador nessa disputa de titãs em sua mente, da mesma forma como agora o escritor tinha ciência de que deveria escolher e encerrar de forma definitiva essa luta no campo do real, no meio físico que se descortinava bem na sua frente.

O calor do local se intensifica quase a ponto de deixar a visão de Guilherme embaçada, mas, ainda que este fato somado ao ferimento no quadril pudesse o atrapalhar fisicamente, ele saca a arma que trouxera da casa da irmã, a 9mm que usara para matar William, e aponta na direção das noivas em luta intensa em meio ao salão em chamas, disparando em seguida vários tiros a esmo.

A arma cai no chão em seguida aos estampidos efetuados. As noivas de igual forma cessam os seus movimentos de forma automática, como se fossem duas máquinas movidas a eletricidade e cujo interruptor fora desligado repentinamente. Amanda cai no chão, enquanto o assassino se vira na direção do escritor o encarando por alguns segundos antes de retirar sua máscara branca sem expressão, revelando sua identidade para Guilherme.

25

— LETÍCIA! — grita Guilherme ao se ver de frente com a secretária do doutor Stephano! A sua grande fã, que sempre o tratava com imensa admiração, a que sempre pedia incontáveis *selfies* para publicar em sua rede social, a sua fã número um. Era ela a responsável por todas essas mortes e por toda perseguição de que durante anos Guilherme fora vítima.

— Eu sempre o amei! Eu fiz tudo para ficarmos juntos! E, mesmo assim, você não conseguiu perceber meus cuidados e toda minha dedicação?! Não, meu amor, você é meu, ainda que não queira! — diz Letícia, de forma assustadoramente tensa, antes de partir com punhal levantado em posição de ataque na direção de Guilherme, que, mais do que rápido, pega a arma do chão e dispara um tiro certeiro na testa da assassina, que cai morta no chão.

Vendo a mulher morta no chão em meio à poça de sangue que só aumenta a cada segundo, Guilherme só consegue pensar na palavra *FASCÍNIO*: era justamente isso que Letícia nutria sobre a pessoa dele. E, no mesmo instante, sente um frio percorrer sua espinha por imaginar que milhares de pessoas no mundo que o acompanham cotidianamente em redes sociais e mídias, por ser ele uma figura pública, possam igualmente ter este mesmo sentimento de admiração e fascínio que a assassina tinha, podendo fazer coisas ainda mais graves do que os atos cometidos por Letícia. Este era o lado ruim de ser uma figura exposta: ter de lidar com a maldade do ser humano.

O terror pode estar ainda muito longe de um fim, e de repente este tenha sido apenas um encerramento do capítulo 1 de um verdadeiro rosário de sangue e perseguições de obcecados e fascinados, ávidos por novos capítulos onde Guilherme permaneceria sendo caçado. Este era o pensamento que dominava o escritor enquanto observava o corpo de Letícia no chão.

Amanda vai até Guilherme, ajudando-o a se levantar do chão, para juntos saírem do inferno em chamas que se tornou o bufê, afastando-se o máximo possível da estrutura do prédio quando já estavam a salvo do lado de fora.

O bufê está completamente tomado pelo fogo, desabando logo em seguida, enterrando para sempre o passado de dores e angústias de Guilherme, que sente o peso que há muito tempo o acompanha ser retirado em definitivo de suas costas.

Alguns dias se passam desde o incêndio do bufê, e Guilherme caminha pelo gramado da casa de sua irmã enquanto lê satisfeito as notícias em seu celular: a nova edição robusta do seu livro continua em primeiro lugar entre os mais lidos do mundo (e a conclusão das mortes com a revelação da autoria de Letícia fez tudo ser consumido ainda mais rápido), os convites de entrevistas para os mais variados segmentos jornalísticos pululam incessantemente, e Guilherme igualmente fica em êxtase por constatar que está na capa das revistas de maior relevância como o *sobrevivente de uma trama diabólica que todos julgavam encerrada*.

O sobrevivente. Enfim, Guilherme era o senhor de sua própria história, e estava sendo visto da forma que sempre idealizara, a vítima de tudo que ocorrera até aquele momento. Até mesmo a história sobre o desaparecimento de sua antiga esposa ganha ainda mais adeptos entre aqueles que o veem como inocente.

Enquanto fecha as janelas e abas abertas em seu celular, e que mostravam incontáveis notícias sobre seu livro e dele próprio, Guilherme se depara com uma reportagem em que são levantadas dúvidas se não seria ele o autor de todos os assassinatos recentes perpetrados pela “noiva macabra”, tendo os cometido para se manter em evidência na mídia.

Guilherme sorri de canto de boca ao terminar a leitura do texto acusatório, achando até mesmo que a reportagem está muito bem redigida. Não era segredo que o escritor no fundo gostava da manutenção da dúvida, porque, como sempre refletia consigo mesmo, a incerteza atraía ainda mais atenção das pessoas, e mantinha em destaque e relevância o alvo das suspeitas.

A incerteza era o que preservava o interesse e o foco das pessoas. Quando algo é declaradamente assumido, as pessoas perdiam interesse em falar sobre, porque adentrava o caminho do comum, do conhecido, do já bastante evidenciado e, portanto, irrelevante e trivial, tudo que Guilherme jamais iria admitir acerca de sua pessoa. Era como a questão da sexualidade; enquanto há dúvida se alguém é hétero, homo ou bissexual, o interesse e os comentários se mantêm; mas quando há uma definição, tudo deixa de ser novidade ou digno de falatório.

Assim, ele se encontrava satisfeito em ser o foco como protagonista de sua própria história, com sua ex-mulher enfim se apequenando no tabuleiro de xadrez da sua mágica arte de escrever? Sim, estava realizado, afinal ele era agora o autor incrível e o personagem principal da trama, e anteriormente ele fora apenas o escritor do enredo.

Mas era forçoso admitir que ficar apenas com a imagem de inocente acabaria por lançar sua figura muito em breve no ostracismo, sendo perfeito que existisse uma parcela de pessoas que ainda o considerassem culpado, tanto do sumiço da antiga esposa quanto das mortes das mulheres e de seu terapeuta. Isso só o manteria altamente interessante aos olhos do mundo. A dúvida era sua vitrine, e o que importava era justamente ser eternamente exposto e cobiçado pelo maior número possível de pessoas.

O importante é que sou o protagonista da minha própria história! Ser suspeito e culpado na opinião de alguns, mas desde que tudo gire em torno de mim mesmo, é totalmente aceitável! Sou considerado por inúmeras pessoas como o mocinho, e para outros sou o vilão, mas não importa o ângulo em que se olhe, eu sou o personagem principal! Sou o senhor da minha história, e não coadjuvante da minha ex-mulher — sorri satisfeito com sua própria conclusão, só cortando essa sua linha de raciocínio quando, após abrir o seu e-mail e ler com atenção o conteúdo de um documento, assina-o digitalmente, ficando alguns segundos depois fitando o horizonte e sentindo o vento forte bater em seu rosto, contemplando este momento sublime em que tudo em sua vida, não importando em qual aspecto fosse, parecia estar total e corretamente encaixado, não havendo outra palavra para defini-lo que não fosse PERFEIÇÃO.

Guilherme volta a olhar o conteúdo do e-mail cujas palavras traduzem a realização de um sonho que durante muitos anos ele havia batalhado para se tornar real: um conhecido canal de *streaming* comprara os direitos do seu *best-seller* para uma adaptação televisiva, uma cinessérie de oito capítulos. E, como se isso não fosse suficiente, o documento com a transação milionária previa contratualmente a adaptação de mais dois livros que seriam escritos por Guilherme o mais breve possível: a sequência de sua obra, que contaria a história recente dos ataques da noiva fanática, cujo título seria *A CAÇADA*, e mais um livro de encerramento, englobando assim uma trilogia de terror.

O sentimento que o escritor carregava no peito neste momento era de que tudo valera à pena, e que não importavam os dissabores que tinham experimentado na vida, tudo que ele havia sonhado desde a tenra infância havia acontecido, deixando bastante claro que aquilo que tinha de ocorrer poderia no máximo ser adiado, mas era inevitável. Sua arte e sua fama estrondosa eram inevitáveis, e agora também inadiáveis.

Guilherme resolve sair do jardim e entrar no interior da casa de sua irmã, fazendo-o ainda pela área externa da residência, passar pela piscina, onde dá de cara com Bernardo, seu pequeno e doce sobrinho, afogando o frágil cachorro da casa, que realizava os seus últimos movimentos na água, em uma última e frustrada tentativa de se salvar, morrendo em seguida.

Bernardo fica visivelmente tenso, iniciando um choro doloroso, típico dos que estão acuados em uma situação constrangedora, correndo na direção de Guilherme em seguida, agarrando-se às pernas do amado tio como quem pede socorro e compreensão.

— Eu sou ruim, né, tio? — pergunta o pequenino, ainda enlaçado nas pernas do tio, que, abaixando-se para ficar na mesma altura que o sobrinho, abraça a criança com carinho o suficiente para que ela pudesse sentir todo o acolhimento de que necessitava naquele momento crucial.

— Isso não existe Bernardo, entendeu? Não existe essa divisão, essa diferença. Perfeito somente Deus. Nós somos as duas coisas, e transitamos nos dois lados. Ora somos muito bons, ora somos ruins. Isso é o natural. Querer que sejamos apenas uma coisa ou outra é errado. Não passa de uma convenção estabelecida pelos homens para tentar ter o controle sobre as coisas. E sempre quebram a cara nesse aspecto — conclui Guilherme, de forma extremamente paternal para seu sobrinho, que parece de fato ir se acalmando após a explicação.

— Eu mesmo tive quando criança um cachorrinho como o seu. E na minha casa tinha uma piscina também, e eu fiquei um dia sozinho com ele e entediado como você ficou hoje... Portanto, fique tranquilo! Você está ótimo, como sempre! E olhe: eu não vou contar nada para sua mãe, *OK*? Vai ser o nosso pequeno segredo, está bem? — fala de forma bastante descontraída o famoso escritor antes de pegar o amado sobrinho no colo e adentrar o interior da residência.

Guilherme coloca Bernardo no sofá da sala, ligando a televisão no desenho favorito do sobrinho, sentando-se em seguida ao lado do menino, com o braço em volta dos ombros de Bernardo, ficando ambos sentados e tranquilos acompanhando o programa televisivo como se nada de anormal tivesse ocorrido poucos instantes na área da piscina da casa de Fabi.

Ao lado do aparelho de TV, Guilherme observa que existe um porta-retrato que antes ali não estava: na moldura, uma foto dele abraçado a Fabi e segurando o sorridente Bernardo no colo, representando uma família muito feliz, deixando evidente que ele agora havia reestabelecido por completo o seu lugar como membro daquele lar, o que só se dera após a morte de Homer, retomando assim o que jamais deveria ter sido interrompido em tempo algum.

Guilherme agora podia dizer e sentir-se parte de uma família novamente. A sua vida era incrivelmente perfeita em todos os aspectos, como havia pensando há pouco quando assinara o seu contrato exclusivo com o canal de *streaming*, e ainda estava no gramado da casa de sua irmã, e, se tudo isso que ele estava vivendo fosse uma obra de ficção, estava na hora exata e perfeita de colocar o famoso *The end*, anunciando que tudo dera certo, e o final, quando os personagens eram abandonados pelo autor da trama para serem felizes longe dos olhares dos espectadores, havia chegado.

26

A chaleira no fogo assobia de forma tão estridente que até mesmo um surdo poderia notar a necessidade de que fosse retirada da boca do fogão, o que mais do que depressa é feito por um homem que parece não ter mais do que trinta anos, de corpo esbelto, porém sem grandes atrativos físicos, e que logo em seguida joga a água quente no recipiente em que prepara um café preto coado.

O homem arruma a simplória mesa do diminuto apartamento em que vive, ajeitando a toalha que recobre o móvel, ajeitando talheres, deixando bastante notório que está tenso e ansioso, mas não de forma negativa: é uma tensão boa, típica daquelas ocasiões em que estamos prestes a realizar um sonho antigo.

A televisão permanece ligada em um noticiário jornalístico, que curiosamente está falando de Letícia, a assassina dos "crimes da noiva", e de como muitas coisas acerca da tragédia iriam ficar sem resposta, porque a casa da mulher havia sido alvo de um incêndio criminoso na noite passada, e quase nada sobrara que pudesse auxiliar em eventuais explicações ou motivações para a selvageria das mortes.

A campainha do apartamento é acionada, fazendo o homem quase dar um grito de susto, como se o som fosse mais potente ou estridente do que a chaleira que há pouco avisara que estava pronta para ser retirada da boca do fogão. O homem, mais do que rapidamente, abre a porta de madeira do apartamento, dando de cara com Guilherme, o famoso escritor, e seu ídolo.

— Não consigo acreditar que estou em frente ao maior romancista de todos os tempos! Acho que posso morrer realizado depois desta noite! — declara o extasiado homem, recebendo de Guilherme um sorriso sincero que por muito pouco não se transforma em uma gargalhada eloquente.

— Fiz até mesmo um café para nós. Desculpe meu nervosismo, mas ainda não estou acreditando que você está na minha casa! — conclui o rapaz, oferecendo uma xícara de café para Guilherme, que educadamente levanta a mão em negativa, dispensando a cortesia desse fã, que não fica nem um pouco chateado, pois mantém seus olhos vidrados no sorriso charmoso do escritor.

— Eu vim pela mensagem que me mandou na rede social quando ainda estavam me encaminhando os palpites de quem seria o amante de minha esposa, e autor de tudo de trágico que me acontecera desde que minha ex-mulher sumira. Você leu a nova versão do livro com as pistas? — indaga Guilherme, enquanto fita o homem, agora com muita firmeza e uma seriedade quase intimidadora.

— Li sim! A primeira versão, e li agora a nova! Perfeitas ambas! Uma melhor do que a outra, diga-se de passagem! Você tem magia quando escreve. Impossível não se encantar! Como gostaria de ter acertado quem era o culpado, e poder assim ser homenageado no livro sequência! Seria incrível! — responde quase em tom de lamento pela perda da oportunidade de ser o ganhador do desafio proposto por Guilherme quando estivera no programa de Adrianne.

— Não percebeu que colocar William e Letícia como parceiros de crimes, em razão do fascínio que tinham por mim, era um final bastante satisfatório? Tão obcecados por mim que mataram minha antiga esposa só para que eu ficasse isolado, e tivesse dependência emocional unicamente com eles? O melhor amigo e a secretária do meu terapeuta! Não acha esse final mais mirabolante? — desafia Guilherme de forma bastante curiosa, ao mesmo tempo que sente quase que um orgulho ferido por sentir que o homem a sua frente não pensara desta mesma maneira.

— Sim, sim! Quem sou eu para criticar! É um final melhor. Não tenho dúvida disso. Para uma história de ficção sim, mas, como o seu livro é uma situação verídica, e, analisando cada passagem da obra, eu só podia chegar a uma conclusão mais concreta, ainda que pareça um final mais simples, ou óbvio. Às vezes, a opção correta é a mais lógica, mesmo que seja comum, enfim: acho que não tem *plot twist* mais charmoso hoje em dia do que aqueles óbvios, porque ninguém espera que um livro tenha uma conclusão esperada ou simples. Mas a vida é assim. Sendo uma obra não ficcional, só poderia ser um retrato da realidade até na revelação do culpado, portanto uma conclusão comum e óbvia era muito adequada — arremata o homem, que se mantém em pé de frente a Guilherme, enquanto saboreia o café que havia feito.

— Por isso me mandou o texto afirmando que EU MESMO ERA O GRANDE CULPADO DE TUDO QUE OCORRERA DESDE O INÍCIO: DO DESAPARECIMENTO DA MINHA ESPOSA, ATÉ AS PERSEGUIÇÕES QUE SOFRI EM SEGUIDA ETC.? — grita Guilherme para o homem, que parece agora assustado com o tom com que seu ídolo lhe dirige a palavra, o que não o impede de manifestar concordância, mesmo que timidamente, balançando a cabeça levemente em confirmação.

Guilherme coloca o sorriso mais largo que consegue em seu rosto, abraçando em seguida o homem, que, assustado, não entende absolutamente nada do que está acontecendo ali.

— Obrigado por me explicar. Estava realmente sem entender sua linha de raciocínio. Gratidão pelo momento, e por me receber em sua casa — responde Guilherme.

— Eu quem agradeço. Poderia tirar uma foto comigo? — pergunta para o escritor o seu fã, já com câmera do celular acionada, ao que Guilherme consente, abraçando em seguida o rapaz, que tira foto com seu ídolo, que imediatamente após este momento, se dirige até a porta do apartamento para sair, parando por alguns segundos antes de se voltar novamente para o dono do apartamento.

— Só uma última coisa: qual seu nome completo? — pergunta ao seu fã, que, ainda de frente a ele, mantém a caneca de café quente em uma das mãos.

— Por que você quer saber? — indaga, de forma encabulada ao ídolo parado na porta de entrada do seu apartamento.

— Para o homenagear no livro-sequência, como havia prometido quando lancei o desafio! — confessa Guilherme, no mesmo segundo em que, desferindo um rápido e certeiro corte, rasga a garganta do homem de súbito com uma afiada faca que trouxera escondida no sobretudo que estava utilizando.

— Parabéns! Você é o grande vencedor! Viu como, apesar de ser um final óbvio, como você acertadamente imaginou, dá sim para a virada da trama se tornar impactante da mesma forma? Garanto que não imaginava que isso aqui iria ocorrer — conclui Guilherme, sorrindo enquanto pega o celular do homem que estava em seu bolso, ao mesmo tempo que este se afoga em sangue.

Enquanto apaga as redes sociais do defunto a sua frente, bem como a *selfie* recém-tirada, eliminando provas, Guilherme reflete como era bastante similar ou quase idêntica à expressão facial dos que ele havia matava desferindo este golpe de surpresa no pescoço.

Fora desta forma com Homer, seu cunhado, quando Guilherme percebera o momento perfeito para agir (estava ciente de que William poderia, naquela noite em que o ataque de fato ocorrera, ir atrás dele na casa de Fabi, após saber que o escritor havia declarado nas redes sociais ser ele o culpado de tudo, sendo este o momento perfeito de matar o cunhado e jogar a culpa no assassino), e assim poder ter novamente sua família por inteiro só para ele, sem a ingerência de Homer, que tanto o detestava, mas que ao menos tinha sido esperto o suficiente para assinar um seguro de vida gigantesco em benefício de Fabi para proteger a advogada de uma questão grave nas finanças e que ameaçava liquidar o patrimônio do marido de sua irmã por completo. Era este o conteúdo do envelope pardo que o cunhado segurava, e que havia chamado atenção de Guilherme, que conseguira descobrir do que se tratava o documento na noite em que decidira matar Homer.

Será que essa fora a expressão facial do doutor Stephano também, quando Letícia o apunhalara até a morte, após receber o comando para execução do terapeuta, escrito na prancheta por mim, quando estive na última sessão no consultório dele? Ao menos ela pegou o gravador com minha confissão e me entregou em mãos depois, como solicitei, fingindo estar autografando no papel, reflete Guilherme, satisfeito com seus próprios feitos.

Ele caminha tranquilamente em direção a seu carro, permanecendo sentado ali alguns segundos em postura contemplativa, ao mesmo tempo que procura posição mais adequada e confortável para se acomodar no banco de estofado de couro marrom de seu luxuoso possante.

O jovem de fato era fascinado com sua própria figura, tanto que era incontrolável dentro dele a necessidade de ouvir a voz do doutor Stephano o analisando de forma minuciosa, como se o escritor fosse uma espécie de estudo complexo e fora do comum, e que seria digno de ser lembrado pelos séculos, sendo sua pessoa objeto de intensas discussões e debates, não apenas no campo da arte e da literatura, como achara que seria, mas também agora no campo dos distúrbios e patologias, o que o deixava ansioso igualmente.

Guilherme liga o carro e em seguida aperta o *play* do gravador que pertencera a seu terapeuta, passando a escutar mais uma vez toda a conclusão do seu trauma, que Stephano descobrira na sessão final no consultório, quando quase caíra na porrada com Guilherme, que pressentira ter falado demais na terapia, e ficara tenso ao ver o gravador fazendo prova contra ele ali, ao gravar tudo que o novelista havia falado.

— *GASLIGHTING: Guilherme fora alvo desse abuso psicológico por parte de sua antiga esposa, que o manipulava psicologicamente de forma sistemática. A mulher buscava o desacreditar continuamente, convencendo-o que ele não era capaz de nada sem ela, fazendo-o questionar sua própria percepção e sanidade* — afirma a voz no gravador.

"Logo após o ocorrido com a ex-mulher, Guilherme, ainda na prisão, começou a fazer uso de CETAMINA, um tratamento para depressão e ansiedade, cujo possível efeito colateral eram alucinações, até mesmo a perda de controle, e episódios de amnésia. Sei que até hoje ele usa esse medicamento, mesmo eu tendo pedido que interrompesse a ingestão. Ele era o causador das alucinações monstruosas com a imagem da ex-mulher de que Guilherme constantemente era alvo".

Um curto silêncio se faz na gravação, mostrando que até mesmo para o experiente terapeuta estava sendo de difícil digestão a conclusão macabra e doentia a que ele havia chegado.

— Guilherme, tendo sido vítima do fenômeno GASLIGHTING, começou a ver a esposa com características que ela não tinha: pessoa amorosa, amiga, doce e calma, que não media esforços em ser boa com todos, e muito mais ainda com ele, agindo unicamente em razão do rapaz e dos anseios pessoais de sucesso que o rapaz carregava. Era justamente o oposto de tudo isso que a abusadora era na vida dele, no entanto. O esforço de criação dessa imagem paralela foi tão intenso que até mesmo as características físicas da cruel mulher foram alteradas na mente do escritor: passou a ver essa mulher dedicada e boazinha que não existia, com traços que nunca foram ou estiveram nela, nem em mulher alguma com quem Guilherme tivesse convivido.

"A esposa real, egocêntrica, manipuladora, aproveitadora, promíscua era uma mulher loira, de olhos azuis, com no máximo 1,50 m de altura. Já a mulher que ele criara em sua mente em razão do chip do gaslighting implantado em si era uma mulher alta, de cabelos pretos e lisos, nariz afilado e olhos verdes. Uma imagem física irreal da mulher com quem fora casado, criada por ele talvez para sintonizar com perfeição com a imagem de personalidade também irreal que ele fora obrigado a crer durante os anos de relacionamento com ela.

"Ele procurara minha terapia junto da esposa, em uma tentativa de salvar o casamento que havia entrado em grande crise: o jovem descobrira que ela estava saindo com outro homem, e havia desviado parte dos recursos amealhados do casal ao longo da relação, sem autorização do escritor, e sem nenhum motivo plausível. Mas o pior de tudo era que a mulher estava grávida, sem ainda saber se o filho seria de Guilherme ou do amante.

"Com as sessões de terapia, ele começava aos poucos a sair do casulo-prisão ao qual fora lançado pela esposa à época, tanto que conseguia ver quem ela era realmente: uma aproveitadora, uma pessoa ruim e sem caráter. Mas a imagem física ilusória que sua mente criara um dia, permanecia: tanto que ele atualmente, quando era assombrado pelas aparições da ex-mulher, a via como monstro, em razão de o interno dela ser mau, mas, ainda assim, a via em algumas ocasiões com a

imagem humana, mesmo com a fisionomia que ela não tinha; isso, com tempo, iria se ajeitar na mente dele, e passaria a ver aquela mulher tanto no interno quanto no externo físico da maneira real e correta.

"Ele não mentia quando afirmava não ter matado sua esposa. Ele falou a verdade. Seria incapaz de matar a mulher que ele amava, a mulher que ele achava que se dedicava a ele em tudo, a mulher de cabelos negros como a noite, e olhos verdes como uma esmeralda. Justamente por aos poucos estar acordando para a dura realidade de quem ela de fato era, é que Guilherme matara na beira do lago a mulher monstruosa que ele descobria dia a dia ser real, e que o enganara desde o primeiro momento em que conviveram.

"Mas o pior para ele foi, após matar a esposa, chegar àquela noite em casa e ler o envelope com exame de DNA que confirmava que ele era o pai da criança que ela estava gerando! A mulher o traíra sim, mas estava grávida dele. A mente de Guilherme entrou em parafuso então e o fez esquecer totalmente tudo que fizera: o assassinato, a existência do bebezinho no ventre da esposa, fazendo-o crer, portanto, que era uma vítima inocente no processo criminal a que respondera. Por isso, ele escuta com frequência o choro da criança, e até chegou a vomitar um feto em uma alucinação. Era a culpa, e o inconsciente tentando manter esse segredo guardado, e por isso no fundo ele se negava a fazer as regressões, bem como havia diminuído sua frequência às sessões, tudo para fugir deste imenso trauma.

"O choque com a informação que o filho que a esposa adúltera gerava era dele, somado com o uso da cetamina na prisão até os dias de hoje, com a culpa, culminou em uma AMNÉSIA DISSOCIATIVA, que nada mais era do que um grande esquecimento, com a pessoa saindo da realidade quase que por completo. Depois que a situação de tensão passa, fica a lacuna na memória, e por isso ele não se lembrava de nada que fizera.

"Mas é preciso deixar claro que Guilherme fora dominado mentalmente pela esposa muito por comodismo: ele gostava de achar que era amado ao extremo. No fundo ele não amava, e sim gostava de imaginar que era amado. Por isso o ódio profundo ao descobrir que a esposa tinha um amante e jamais o amara, e sim se aproveitava dele naquilo que era interessante a ela.

"Por descobrir quem era a esposa, ele, que sempre fora fascinado consigo mesmo e com nada além do que seu próprio umbigo, se viu obrigado a sair do comodismo que era a ilusão de ser amado e adorado pela esposa. Ao descobrir quem ela era de fato, a sua imagem de vida e de casal perfeito ruiu, e alguém com grande FASCÍNIO por si não ia admitir essa mácula na própria imagem.

"Guilherme planejou matar a esposa porque, sendo fascinado por si próprio, era natural que sua vida refletisse perfeição total. A traição da esposa acabou com a realidade paralela de perfeição que o escritor tinha. Mas o pior foi ter matado a mulher: a morte dela também o lançou na imperfeição, e por isso Guilherme apagara de sua mente o ato por ele realizado. Não tinha como ter fascínio por alguém com defeito ou com uma história a dois igualmente imperfeita!

"O livro que se tornara um grande best-seller RESTAURARA A PERFEIÇÃO AO RECRIAR UMA REALIDADE, dando uma nova versão a um fato. Guilherme não matou para escrever um livro e ficar famoso com isso, ele é um fascinado por si, e sempre foi, e escrever sobre isso tudo era uma forma de REESCREVER SUA HISTÓRIA, para que ele mesmo mantivesse o autofascínio sem máculas ou defeitos na sua historiografia.

"O livro, portanto, é um acaso. Teve a finalidade de restaurar sua autoimagem, que não poderia ter mácula alguma. Escreveu para extirpar qualquer resquício de culpa (e justamente vê a ex-esposa agora e crê que ela está viva e o perseguindo, por culpa). Guilherme quis com o livro criar outra história para si, que não aquela, que não a real. A função de um escritor é criar, é escrever. Foi o que ele fez.

"As mortes, e falo no plural, porque, apesar de apenas uma ter ocorrido até agora na boate, em transe aqui na sessão de agora pouco Guilherme me revelou que novas ocorrerão em breve, não sendo elas mais do que sua superação definitiva e atual da ex-mulher, e, para manter-se em voga, claro, aumentando sua projeção atual com suas obras literárias.

"O fascínio de Guilherme é com ele próprio. Foco único na sua própria pessoa. Nada tem importância, a não ser seus interesses pessoais, e ouso afirmar que, sendo este um caso tão grave de narcisismo patológico, ele nem sequer sabe ou se lembra do nome da esposa morta, sempre

se referindo a mulher como "ELA", não mencionando nome de ruas ou prédios por onde transita, por não se lembrar ou se importar, podendo arriscar dizer que nem mesmo o nome da cidade em que mora e que se encontra atualmente é de conhecimento do escritor. O foco é apenas nele, e os nomes que ele eventualmente pronuncia são de pessoas com relevância para ele. Do contrário, ele não saberia afirmar ou informar qualquer denominação. De nada e de ninguém.

"Ele tem um parceiro nesses crimes, alguém que o ajuda desde o assassinato da esposa, e estou em choque por saber que é a minha secretária, Letícia. E as mortes e tudo que está ocorrendo agora fazem parte de um plano orquestrado pela mente de Guilherme, mas executado por ela a mando do escritor!

"Ele sabia que era preciso superar a ex-mulher de uma vez e assim ser protagonista de sua própria história de forma completa. Era preciso eliminar as poucas coisas que restaram da antiga esposa e se testar, para saber se de fato havia superado a mulher que durante décadas lhe fora a pessoa mais importante.

"As mortes das mulheres não se deram ao acaso: todas em algum momento se envolveram afetiva ou sexualmente com Guilherme, e, sem exceção alguma, todas tinha traços físicos similares à imagem que o escritor criara em sua mente da ex-mulher: todas tinham o mesmo perfil, a mesma cor de cabelos e olhos.

"Ao permitir que elas fossem mortas, ao nada fazer para evitar as mortes, Guilherme estava dando sinais de que havia superado a própria existência da antiga companheira. Estava mostrando que não mais se importava com ela. Esse era o plano: se ele impedisse ou tentasse evitar alguma morte, era porque nutria ainda sentimentos pela esposa. Guilherme não impediu, portanto estava nítido que, muito mais que a disposição de virar a página em relação à mulher desaparecida, havia já se instaurado nele o desapego e o amor pela ex-mulher, de forma total e definitiva. Igualmente, ao permitir que Letícia invadisse sua casa e levasse os objetos de adoração que tinha, e eram relacionados à noite em que havia se casado: álbum, o vestido, o anel, o bracelete etc.

"Se Guilherme conseguisse ficar sem estes objetos, se permitisse que fossem levados para longe dele, que tanta ligação mantinha com eles, era porque tudo estava superado. E assim foi feito, e ele até muito bem se

sentiu após o ocorrido. A cada morte perpetrada sem que ele fizesse nada para impedir, e com cada objeto sendo deixado na cena de cada um dos crimes, Guilherme estava permitindo que a ex-esposa fosse morta em definitivo dentro dele e das memórias mais preservadas em sua mente. Ele estava permitindo que ela fosse morta incontáveis vezes, até que nada mais sobrasse dentro dele com relação àquela mulher que um dia "amara".

No fim, se Guilherme resolver salvar a atual noiva no grande final que está planejando para toda essa loucura sangrenta, será um sinal de que Amanda já é a mulher que ele ama, e com quem deseja construir uma vida a dois, tendo superado por completo o primeiro casamento. Só não sei se Letícia vai lidar bem com isso ao perceber que não passara de um joguete nas mãos do nobre romancista" — conclui a voz do terapeuta contida no gravador, que é desligado por Guilherme, que, ainda dirigindo, não consegue conter o riso que brota com força em seu semblante maquiavélico.

— Que bela explicação. Mas infelizmente você não teve a menor capacidade de descobrir tudo sozinho, doutor. Precisou tirar minha confissão em uma sessão de regressão — conclui Guilherme, acendendo um cigarro e se recordando de imediato da parceira de crimes, Letícia.

Quando começara a terapia de casal no consultório do doutor Stephano, Letícia conhecera os manuscritos de contos de Guilherme pelas mãos da antiga esposa do escritor, e ficou fascinada por cada palavra ali contida. Não demorou muito para se tornar amante de Guilherme, que constantemente estava em seu local de trabalho para as sessões de terapia junto do doutor Stephano.

Ao mesmo tempo, Letícia se tornara uma espécie de confidente da esposa do novelista, que, algumas vezes, ao aguardar o marido sair das sessões, mantinha conversações com a secretária, tendo confidenciado ter um amante, que igualmente estava encantado com os contos do marido dela, e apostava no sucesso literário de Guilherme. Este amante era William, sócio em uma agência de publicidade perita em revelar novos talentos.

A secretária do doutor Stephano, percebendo claramente que a esposa de Guilherme estava com seu amante, William, temerosa de que o novelista traído voasse para longe deles conforme a terapia fosse surtindo efeito, carregando consigo seu talento que traria muito retorno financeiro em um futuro breve, percebera o que era preciso incutir dentro do frágil escritor, ainda tão dependente da esposa naquele momento.

Letícia já estava muito obcecada pela criatividade das palavras de Guilherme, mas, quando se tornara amante do jovem autor, sua obsessão se agravara, e, pensando em salvar seu amado das garras da meticulosa esposa, a secretária revelara para Guilherme um plano macabro para ceifar a vida da esposa do criativo homem como forma de libertação daquela prisão terrível em que o jovem vivia.

— Mate sua esposa, Guilherme! Eu o ajudarei nisso! Só assim você poderá ser o senhor do seu caminho! Ela não o ama, e só está ao seu lado para tirar vantagens. Seu potencial artístico é o que a mantém ligação com você. Você não passa de um investimento para ela — aconselhara em tom forte o suficiente para que Guilherme igualmente pensasse da mesma forma.

— Sua arte incrível precisa de reconhecimento mundial e real, e não o que essa infeliz planeja. Ela precisa sair de sua vida urgentemente, como um câncer deve ser extirpado, ou vai acabar o consumindo. E eu não vou permitir isso — conclui a secretária apaixonada.

A amante fora a responsável pela implantação na mente de Guilherme de que a morte da esposa poderia ser habilmente explorada por ele em um livro, tornando pública em uma obra toda a história do relacionamento conturbado que tinham, podendo, quem sabe assim, mudar por meio da ficção a realidade da imperfeição de sua vida atual, ao mesmo tempo que conseguiria conquistar reconhecimento e fama. Ademais, seria uma forma de grande superação daquela relação tão traumática.

Guilherme não entendia por que não tinha sucesso com seus contos publicados, o que acabava por abalar o seu conceito de autoperfeição. Letícia, percebendo isso, dera a ideia de que a morte da esposa do romancista seria o divisor de águas na vida artística do homem.

Ele precisava recriar sua versão como pessoa, necessitava renascer junto do seu novo livro, que já seria também uma forma de reescrever o passado junto da esposa de alguma forma, e atingir assim perfeição, como tanto ansiara.

Igualmente, Letícia sabia que era preciso deixar no ar uma eterna hesitação, porque esse era o charme da vida, a forma ideal para sempre deixar as pessoas interessadas em algum assunto ou personalidade. O livro que deveria ser escrito sobre a morte da esposa só conseguiria ser um sucesso avassalador, se as pessoas tivessem dúvida da inocência de Guilherme. Portanto, o crime deveria ser cometido com os elementos de contraditórios espalhados em todos os pontos e circunstâncias.

Por isso o sangue do animal foi esfregado na lataria do carro da mulher, após rolar a ribanceira na noite do ataque: para que fosse levantada a hipótese de o veículo ter atingido algum bicho na estrada, fazendo com que a mulher perdesse a direção do carro e rolasse barranco abaixo. Mas Letícia colocara o sangue justamente onde a lataria se encontrava em perfeito estado, sem nenhum sinal de impacto, para que a dúvida ficasse em evidência, o que de fato ocorreu, deixando no ar que a cena fora montada, aumentando as suspeitas em torno de Guilherme. Era preciso deixar no ar se ele era culpado ou não, se a mulher apenas sumira após um acidente, ou se de fato fora assassinada.

De igual forma, a incerteza ficara a favor da inocência de Guilherme, fazendo-se forte, pelo fato de as câmeras de segurança da rua onde o novelista morava terem provado que ele somente saíra de sua casa quando a polícia entrou em contato solicitando sua presença no local onde o carro se encontrava. Mas, ainda assim, havia a dúvida, afinal as câmeras de segurança dos fundos da casa estavam com defeito naquela noite, e fora justamente por ali que Guilherme havia saído de sua casa na noite fatídica, pulando muro e entrando no carro de Letícia, que se encontrava estacionado vazio, em ângulo perfeito que impossibilitava que qualquer outra câmera de vizinhos registrasse sua fuga, partindo em seguida para o ponto de encontro combinado, para lá mesmo concretizarem a execução da esposa do escritor, sendo este local quase um cenário de filme de terror: à beira do lago em uma noite chuvosa.

Este mesmo *modus operandi* fora repetido posteriormente pela parceira de crimes, quando Guilherme fora atacado em sua residência por Letícia poucos dias atrás, sendo até mesmo esfaqueado na ocasião, o que ele consentira visando a uma maior credibilidade entre o grande público, tendo a moça saído em seguida levando os objetos de adoração referentes a sua antiga esposa, para serem deixados no local em que cada mulher morta seria achada.

Letícia se encontrava igualmente na rua na noite da morte da esposa de Guilherme, no horário combinado com ela, e no ponto certo que impossibilitava um perfeito reconhecimento, ficando totalmente oculta e protegida de registros. A secretária estava próximo ao semáforo em que a esposa de Guilherme acabara por parar seu carro, sendo Letícia, portanto, a pessoa que, usando um capuz, adentrara o veículo da esposa do doentio escritor.

Fora muito fácil convencer a finada esposa a se encontrar naquele semáforo com Letícia, que se tornara confidente da infiel e interesseira mulher de Guilherme. Bastara dizer que havia conseguido informações valiosas que poderiam comprometer o patrimônio da família do marido de Fabi, sua própria cunhada. Com essas provas em mãos, a víbora em forma de mulher chantagearia Guilherme para permanecer casado com ela, caso o resultado do exame de DNA não concluísse que o escritor era o pai do bebezinho. A perigosa mulher precisava contar com mais uma carta na manga, caso a paternidade fosse do amante, portanto não fora nem um pouco difícil convencer a megera a se encontrar naquela noite de forte chuva com a esperta Letícia.

O desfecho da história foi o já previsível fim: Letícia puxara o volante do carro de forma repentina e abrupta, fazendo com que o carro, desgovernado em decorrência da pista muito molhada, despencasse barranco abaixo, quase parando dentro das águas do lago. Guilherme, já na direção do carro de Letícia, observara toda cena a uma certa distância, para em seguida estacionar e descer o barranco, abrindo a porta de forma brusca ao chegar até o veículo acidentado, estrangulando sua esposa, que já se encontrava desorientada em razão do impacto que sofrera batendo a cabeça quando o veículo saíra da estrada.

Guilherme arrastara a mulher pelos braços, tendo arremessado seu corpo nas águas do lago, enquanto Letícia esfregava na lataria o sangue de um animal. A escuridão do local era tão intensa que o escritor não conseguira ver o momento em que o corpo de sua esposa afundara, nem em que ponto exato isso se dera.

Não sabendo se por arrependimento instantâneo pelo ato perpetrado, algum apego emocional de quem sabia que estava enfim sozinho na vida sem aquela que bem ou mal sempre estivera junto dele, ou por mera curiosidade, Guilherme se mantivera tentando achar a esposa sem sucesso em meio às águas, andando de um lado para o outro como alguém que se despedira de um ser amado que embarcara para longe, tendo ficado no cais, olhando o horizonte e sentindo, entaladas na garganta, as palavras devidas e não ditas.

Como o corpo jamais fora achado durante as buscas policiais, e com a rapidez com que desaparecera nas águas quando o lançara no lago, Guilherme tinha certeza de que a esposa estava viva, e também por isso ele no fundo não se considerava um assassino por completo. Isso se chamava esperança. Esperança de não ter cometido algo tão terrível, fé de que ainda existia humanidade dentro dele, incredulidade por não ter conseguido enxergar que vivera dentro de um relacionamento sem amor apenas por carência.

Enquanto dirige, Guilherme acende mais um cigarro, dando uma intensa tragada, direcionando imediatamente um pensamento de gratidão para doutor Stephano, homem que ele condenara à morte, mas que sempre reconhecera como alguém que muito o ajudara com relação a estes sentimentos intensos de culpa, que nada serviam para o aprimoramento, posto não ter o condão de alterar o já acontecido. Este homem fora luz na estrada escura do escritor, ajudando-o a ver seu potencial.

Todos carregamos a dualidade dentro de nós. Meu sobrinho matara o cão, e isso o não tornara alguém mau. Bem e mal não existem, todos somos amados e odiados em algum momento e por um número determinado de pessoas, dependendo da situação, diz Guilherme para si, enquanto fuma como que saboreando o gosto de suas palavras e conclusões que justificavam seu proceder até este momento.

Cristo fora recebido de forma calorosa, como mostra a celebração de Ramos, e uma semana depois era morto na cruz pelas mesmas pessoas que o recebiam em grande festividade outrora. Somos, bem ou mal, vistos em algum momento como heróis ou vilões, de acordo com o momento. Minha ex-esposa foi assim. Eu sou assim. Sem culpados: apenas humanos em busca de seus objetivos, em busca de sermos felizes. Ela não era má nem boa, e era exatamente isso tudo ao mesmo tempo que não era, como todos nós somos: grandes contradições. Não há mais raiva dentro de mim, apenas esperança nos dias futuros, que serão ainda maiores e melhores... Guilherme segue na reflexão entre uma tragada e outra, enquanto observa a estrada que se descortina a sua frente em um dia ensolarado, em típica analogia de que a vida agora também era um belíssimo dia claro, sem chuvas na vida do escritor, que podia agora seguir seu caminho em paz e liberto, com todas as possibilidades de felicidade e realização a sua frente de forma ampla. A estrada da vida de Guilherme estava perfeita como um tapete, cabendo unicamente a ele acelerar em direção à felicidade. As chuvas que assolaram a região por dias a fio cessaram, coincidindo com a plena retomada de Guilherme das rédeas de sua própria vida.

Uma moeda tem dois lados, sempre. Mas ainda é moeda, não importa o ângulo que se veja. Somos imperfeitos como pessoas reais. Passado não se altera? Não. Mas pode ser reescrito. Um contador de histórias como eu pode o que bem entender: reescrever absolutamente tudo como acha que deveria ter sido, podendo e devendo até criar finais alternativos, e este é o meu final alternativo, é a forma como eu acho que tudo deveria ter acontecido: eu vencendo, Guilherme sendo o protagonista, sendo perfeito como era antes de descobrir que ELA era imperfeita, reflete, satisfeito, jogando em seguida a bituca do cigarro pela janela, sabedor de que seria a última vez que fumaria um cigarro, fosse eletrônico, fosse comum, não porque não gostasse mais do vício, ao contrário: tudo que era ligado ao prazer de toda ordem envolvia Guilherme de forma avassaladora, e fumar era um prazer que o novelista não gostaria de abrir mão; tampouco era por questões de saúde que estaria largando o fumo a partir de agora.

O cigarro fazia parte da construção de sua imagem forte e impulsiva, como que desejoso de mostrar ao mundo que pouco se importava com qualquer coisa, até mesmo com sua saúde, e despreocupadamente dava de ombros até mesmo para doenças que o tabaco poderia trazer. Somente um macho alfa poderoso ficaria tranquilo enquanto fuma, mesmo o mundo a seu redor ruindo com mortes e perseguições de todo tipo. Essa era a imagem que o escritor habilmente queria alcançar, e teve muito êxito nisso. O cigarro era para Guilherme sinônimo de superioridade, displicência, mostrando um pouco caso misturado com indiferença diante de pessoas e problemas, diminuindo-os a quase nada.

O mesmo sentimento que Guilherme sentira que o mundo implantara com muita maldade dentro dele desde sua adolescência: de que o novelista não era coisa alguma, pessoa desimportante e dispensável. Chegara o momento do troco, e Guilherme conseguira retribuir isso com mais intensidade ainda do que recebera em seus conceitos.

— Sempre a pena do Dumbo, não é mesmo Stephano? — indaga, sorrindo, Guilherme, relembrando suas sessões junto a seu terapeuta, quando confirmava que o cigarro lhe dava segurança e imponência para encarar as multidões e estar em certos locais, transmitindo desta forma medo a quem o encarasse, sendo, portanto, sua armadura perante situações tensas, usando o cigarro como o personagem do elefantinho do filme fazia com a plumagem já citada, que pensava que só conseguia voar devido à pena que segurava em sua tromba, para no fim, já seguro e confiante de si próprio, descobrir que voava graças a suas imensas orelhas, justo elas, que eram a razão pela qual todos riam do elefantinho, debochando porque elas o tornavam diferente da maioria.

— Às vezes ser diferente da maioria é o que o destaca e faz seu sonho ocorrer, amealhando admiração de todos — sentencia Guilherme, enquanto estaciona seu carro no acostamento da estrada, descendo em seguida, batendo forte a porta do carro.

Não era preciso mais fumar. Guilherme sabia que sua imponência, estilo e atitudes eram devidos a sua personalidade forte, e não por estar com um cigarro aceso entre os dedos, mas era cômodo se servir da segurança aparente da brasa do fumo, como antes se servira da companhia da antiga esposa, achando que só conseguia alçar voos em razão de a moça estar junto dele.

Mas seu peito era uma brasa ainda maior, e não havia mais por que se enganar com o uso dessa substância doentia. Guilherme estava disposto a não mais usar as máscaras habituais, e assumir quem era e como era sem muletas: o escritor assim tinha consciência de ser altamente forte, estiloso, e com personalidade envolvente, e tudo isso simplesmente porque veio ao mundo desta forma. Chegara a hora de enfim abraçar quem era sem desculpas. O cigarro não passava de mais um item insuficiente e descabido na sua trajetória atual. Jogar a bituca pela janela agora era mais do que uma analogia, e sim uma conclusão de que aquilo que não nos serve mais deve ficar para trás definitivamente.

O ponto em que Guilherme está na estrada é o mesmo onde o carro da antiga esposa caíra ribanceira abaixo, e o escritor agora faz o mesmo caminho daquela noite macabra, descendo o barranco íngreme, agora sem lama, de forma serena, quase que totalmente ereto, não deslizando como uma cobra acuada, quando o fizera no passado, sob os olhares julgadores dos policiais, sujando-se por completo com a lama do local, como se o meio físico naquela noite quisesse transparecer a lama e a sujeira que estava em seu interior pelo ato que havia praticado.

Guilherme anda pelo terreno onde o carro estava pisando com força na areia, quase que dando leves chutes, desejoso de enxotar tudo aquilo de sua lembrança de forma definitiva. A superfície da água brilha fortemente, refletindo o sol forte desse dia, sem falar no calor que aquece a pele como um abraço consolador de quem diz: você não está só.

O local agora, mais do que pela claridade do dia, e muito pelo que Guilherme carregava na alma, estava acolhedor, com cores fortes e cheio de vida e paz. Tudo estava diferente no sentir de Guilherme, mesmo sabendo que nada havia mudado faticamente. O que estava alterado era seu interior, e sua visão das coisas, e principalmente: a visão de si. Agora ele reconhecia seu valor e a sua importância, bem como sua capacidade e merecimento de ser FELIZ.

O escritor percebe que é tomado por uma sensação intensa de vitória e que tudo estava em paz na sua vida de forma plena e absoluta pela primeira vez em muito tempo, resolvendo então ficar sentado na margem do lago observando toda aquela natureza, admirando cada segundo deste sentimento intenso que o arrebatava, permanecendo também cheio de gratidão pela oportunidade de estar novamente no mesmo local em que sentira que tudo havia acabado para ele no passado, para perceber hoje que sim: o mundo dá voltas, e todos podemos revisitar os locais de dores com o peito cheio de maturidade, para constatarmos que estamos ainda maiores e melhores, podendo em seguida dizer *Eu cresci, eu melhorei, eu venci*, mudando assim a forma de olhar uma mesma situação, um lugar ou uma pessoa.

Guilherme passa a relembrar as visões fantasmagóricas e demoníacas da ex-esposa, pensando que, contrariamente à conclusão de Stephano na voz do gravador, ele não estava sendo alvo dessas aparições por culpa. Ele estava vendo a ex-mulher em uma forma física assustadora por INSEGURANÇA, tendo isso persistido até o momento em que ele estaria totalmente reerguido e confiante, não mais dependente da presença, ainda que apenas mental, da antiga mulher.

Era assustador e muito aterrorizante não estar com ela nas atribulações da vida atual, por isso eram igualmente aterradoras as aparições dela, conclui sábia e bem rapidamente Guilherme. *O terror não era estar sem ela nos problemas e dificuldades como eu achava até no último pensamento de agora, mas sim o fato de me sentir tão dependente dessa mulher, quando eu tinha até mais capacidade para encarar a vida do que ela. Era por isso, na verdade, que ela estava monstruosa fisicamente. O horror não era estar sozinho, como pensei há pouco, mas achar que dependia de uma ilusão para encarar minha vida. As aparições eram apenas isso: ILUSÕES. Era meu cérebro gritando para eu fugir quando ela aparecesse na minha mente, e só fugimos daquilo que assusta, por isso ela estava sempre deformada: era a consciência arrumando meios de me afastar daquilo que não tinha mais necessidade de convívio, nem que o afastamento fosse por medo, ou susto. Não era culpa, portanto, era a batalha pela superação da minha insegurança,* conclui o escritor.

Guilherme sabia que o novo livro que seria escrito acerca dos crimes atuais o tornaria o protagonista absoluto, como sempre desejara ser, a história seria sobre ele, e não mais sobre ela. Seu plano dera certo além do previsto. Era Guilherme agora o senhor de sua história sem a muleta que a ex representava. A antiga companheira agora faria parte de um passado de forma completa: não apenas para ele, mas para todos, afinal a sequência do *best-seller* estava começando, e seria ainda maior e melhor. Enfim, o passado havia sido superado, por todos os prismas.

Guilherme sorri, satisfeito por ter alcançado a superação de sua insegurança, tendo agora consciência de que a ex-mulher estava em definitivo no seu passado, e que nada mais nutria pela moça: nem raiva, nem ódio, nem amor. Sua mente distorcida e doentia conseguira enfim ficar sem os objetos da noite do casório, pelos quais antes tinha imensa adoração, permitindo que fossem levados, tendo ficado internamente até muito bem com este fato, da mesma forma que não interveio para salvar nenhuma mulher que se envolvera com ele e que parecia fisicamente com a antiga esposa.

Não haveria por que salvar o que não tinha salvação, e, se assim tivesse agido, estaria figurativamente salvando a ex-mulher e a relação deles, e Guilherme nem sequer teve essa vontade, sabendo, portanto, que havia superado por completo o antigo amor. Seu plano de constatação de sentimento superado dentro dele fora perfeitamente executado.

Pena que Letícia teve de levar a culpa no fim. Mas não tem como fazer uma omelete sem quebrar alguns ovos. E ela, como fã das minhas palavras, ficará orgulhosa de ficar eternizada na continuação do meu livro como a grande assassina, pensa consigo mesmo o satisfeito escritor, que continua observando o lago neste dia ensolarado.

Guilherme escuta a música tocar, ainda que baixa, quando um carro passa rapidamente na rodovia, reconhecendo ser um clássico do rock nacional brasileiro, *Ainda é cedo*: *"Uma menina me ensinou quase tudo que eu sei, era quase escravidão, mas ela me tratava como um rei..."* foi a parte audível quando o carro cruzara a pista na estrada, deixando Guilherme com as lembranças de sua ex-mulher ainda mais pulsantes em seu coração e memória.

O escritor sabia que este instante à beira do lago era uma despedida completa; afinal o local era o último em que estiveram fisicamente reunidos, a música que tocara há pouco contava a história de um casal dependente um do outro, como eles foram também, e cuja letra deixava bem expresso que *"ela também estava perdida, e por isso se agarrava a mim também, eu me agarrava a ela, porque eu não tinha mais ninguém"*.

A brisa no rosto de Guilherme parecia neste momento alcançá-lo de forma diferente, no mesmo instante em que um sexto sentido parecia lhe pedir que se virasse, o que o escritor de pronto o faz, ficando frente a frente com a figura da ex-esposa.

Lá estava, diante de Guilherme, a mesma imagem feminina de olhos verdes brilhantes, cabelos lisos, pretos e compridos, nariz perfeitamente desenhado e arrebitado, sorriso de quem é capaz de amar o mundo em sua totalidade sem esmorecer, ainda que toda dor dele lhe atingisse e estraçalhasse a alma, o caminhar confiante de quem sabe ser capaz de se sobressair de qualquer drama, transformando-o em comédia e em motivação para melhorar tudo que o rodeia, enfim: a mulher que Guilherme acreditara amar e que ele colocava certeza de estar caminhando ao seu lado com sinceridade e afeto, e que o fazia diariamente querer ser um homem melhor, estava diante dele, mais uma vez. Pela última vez.

Apenas a imagem ilusória estava ali em pé na verdade, e cuja existência agora Guilherme sabia que jamais existira em tempo algum. Agora o escritor tinha plena consciência de que nem mesmo era essa a fisionomia verdadeira da antiga esposa, sendo essa morena apenas a projeção de sua mente para tudo que ele pensava ter sido real durante a união de ambos. Mas ela nunca fora assim, não passando essa imagem perfeita, tanto interna quanto externa, de uma criação de sua mente. Essa figura feminina imaginada é que o fizera sentir-se protegido durante anos, e cuja perfeição aparente (mas inexistente) servia de prisão voluntária para Guilherme, já que ninguém em sã consciência cogitaria se afastar de uma mulher de coração tão bom e de beleza estonteante.

Hoje Guilherme consegue ver que a mulher com que fora casado jamais fora ou agira como ele um dia imaginara. A fisionomia que surge a sua frente agora se mantém belíssima como jamais aparecera antes para ele, desde que a esposa fora morta neste mesmo local. Sinal da perfeita sincronicidade de sinais: neste instante, Guilherme percebe que tanto as ações quanto a imagem física não condiziam com nada que ele achara um dia. Era uma criação mental. Portanto, a bela imagem pode novamente estar atrelada a uma aura igualmente doce e calma como a que se apresenta neste momento, justamente porque o escritor sabe que não existe nem existiu em nenhum outro lugar que não fosse no seu antigo coração carente. Não há mais conflito entre a imagem e as ações, e Guilherme sabe que esta imagem física e de bom coração parada a sua frente jamais existiu em sua antiga companheira, não passando de fruto da sua vontade de ser amado, e, por que não dizer, de sua mente altamente criativa.

Mas agora ele estava seguro e em paz, podendo ver essa imagem irreal e saber que ela não podia fazer nada contra ele, justamente por não ser tangível nem verdadeira. E nunca fora, em tempo algum. Muito mais que isso: ali na sua frente, estava a figura *positiva e boa*, a que ele dava créditos de ter um nobre coração, sabendo em razão disso que ela só poderia se aproximar dele para ajudar.

— ENQUANTO EU PRECISAR, VOCÊ ESTARÁ DO MEU LADO? É isso que veio me dizer mais uma vez? — questiona Guilherme, em um tom calmo, relembrando a frase que incontáveis vezes a aparição dizia, quando se apresentava na forma monstruosa. A pergunta é feita pelo escritor com uma imensa sensação de paz em seu coração, o que chega a ser irônico, pelo fato de ele ter ceifado a vida dessa mulher, ainda que para o novelista ele não tenha feito isso, porque a mulher que em sua mente ele convivera, amara e com quem fora casado justamente se tratava dessa imagem ilusória a sua frente, e contra essa figura em específico Guilherme não fizera nada, a não ser amá-la e desejar viver ao lado dela até o fim da vida.

— *VOCÊ NUNCA PRECISOU DE MIM, NEM DE NINGUÉM. SEMPRE FOI COMPLETO. BRILHE CADA VEZ MAIS. QUEM PRECISAVA DE VOCÊ, ALÉM DE MIM, ERA VOCÊ PRÓPRIO. AGORA JÁ SABE QUE PODE CONTAR CONSIGO MESMO. SEJA FELIZ* — conclui, de forma terna e com o sorriso mais amoroso possível, aproximando-se do jovem em seguida, abraçando-o de forma carinhosa como uma irmã mais velha faria, encerrando por completo a participação na vida do escritor, que sabia que definitivamente estava virando a página importante dessa história.

A imagem da antiga companheira, após alguns segundos brilhando como um feixe de luz, desaparece nos braços de um satisfeito Guilherme, que não chora nem expressa negatividade com isso, apenas levando suas mãos até o coração, permanecendo de olhos fechados e com um sorriso terno no rosto. Sorriso de quem estava em paz, de quem achara seu lugar no mundo, de quem sabia que tudo fizera sentido para si, sorriso de quem, independentemente da forma, fora feliz e conseguira superar.

Guilherme decide permanecer sentido a energia boa ainda presente neste mesmo metro quadrado em que se encontra, deitando-se neste mesmo pedaço do solo, aproveitando o acolhimento com que há muito tempo não se via envolvido, absorvendo assim aquela paz pela última vez por completo. Quando abre os olhos, percebe que o sol já estava bastante baixo, quase com a noite adentrando de uma vez, fazendo o famoso escritor estranhar o porquê de não estar coberto por bolhas e queimaduras de exposição exagerada ao sol, afinal ainda era muito cedo quando resolvera deitar-se naquele ponto.

Ele deixa os questionamentos para mais tarde, levantando-se rapidamente do chão; colocando-se em escalada rápida barranco acima, chega ao seu carro com rapidez surpreendente, para depois dar partida no veículo, sair em disparada pela estrada na noite, que agora se fez escura por completo.

Guilherme segue em alta velocidade pela estrada, com velocímetro marcando exatos 203 km por hora, como habitualmente fazia, viajando em seu pensamento e memórias, quando se lembra da noite do crime nessa mesma estrada, quando, dirigindo também seu carro, pensara: *minha vida acabou*. O escritor compreende o temor daquele homem que era tão dependente emocionalmente de uma imagem feminina que nem sequer existira, mas hoje sabe que naquele momento sua vida estava apenas começando. A estrada de sua vida e de seu futuro brilhante estava de fato livre de qualquer obstáculo.

O telefone celular de Guilherme começa a tocar, para espanto do artista, pois dificilmente na estrada haveria sinal telefônico. Após uma rápida olhadela no visor do celular, lê o nome de Jonas, o policial que sempre fora uma pedra em seu sapato, acendendo de imediato o sinal de tensão no peito do artista assassino, que sabe que é preciso atender o telefone e descobrir se fora pego de uma vez por todas.

— Onde você está agora? Preciso que venha para a delegacia urgentemente! — berra fortemente o policial Jonas, aumentando o nervosismo em Guilherme, que já aguarda pela conclusão da fala do homem da lei que permanece do outro lado da linha telefônica. — Você estava certo desde o início! Eu fui atrás das imagens de câmeras da boate como havia me pedido, e, por Deus, você está com a razão: ELA está nas imagens, no centro da boate e com você segurando o braço dela! Você estava certo, o seu livro estava certo! SUA EX-MULHER ESTÁ VIVA!

Jonas grita em desespero, ao mesmo tempo que Guilherme sente o sangue de seu corpo sumir e a mente girar anunciando um quase desmaio com a reviravolta na trama que nem mesmo ele poderia imaginar. Sem permitir tempo para reflexão, uma forte luz eclode na traseira do carro de Guilherme, refletindo intensamente no interior do veículo do escritor, que mal consegue permanecer com os olhos abertos, quase não mantendo mais o domínio pleno do possante.

Guilherme estava sendo seguido por outro carro com os faróis desligados durante todo o percurso atual, tendo percebido isso apenas agora, ao se ver surpreendido pela forte luz do farol ligado de supetão atrás dele. O veículo perseguidor se emparelha ao de Guilherme, atingindo violentamente e por diversas vezes a lateral do carro do artista, com a intenção clara de tirar-lhe da estrada, ocasionando um imenso acidente. Em uma cena digna dos grandes filmes de suspense, o veículo de Guilherme sai da estrada, descendo uma ribanceira de forma abrupta, capotando duas vezes antes de cair em um imenso lago.

Ele fora lançado para fora do carro e por muito pouco não havia perdido sua consciência totalmente em razão do impacto e dos ferimentos, para não ser mais claro em afirmar que por pouco não escapara da morte. Ele consegue ver o seu carro acidentado dentro do lago, com a água já até a metade do veículo, e com os faróis ainda acesos sob o céu intensamente estrelado, enquanto uma névoa densa se aproxima da superfície da água, dando sinais de que irá cobrir toda extensão do lago, dentro de poucos segundos.

Barulho de passos ficam a cada segundo mais audíveis, deixando notar até mesmo o som das pequenas pedrinhas que se movimentam no solo em decorrência do atrito nítido dos pés. Guilherme chega a desejar que seu coração até pare por completo para que assim fosse possível fixar sua atenção total no som que se tornava mais destacado e próximo dele.

O horror se instaura por completo ao ouvir *Always on my mind* de Pet Shop Boys ao fundo, originando-se do interior do veículo que o tirou da estrada, e que permanece na rodovia com a porta aberta e som ligado no máximo, entoando como uma melodia macabra o anúncio da entrada triunfante do seu grande pesadelo, a sua noiva de outrora: sim, ELA ESTAVA ALI, DESCENDO O BARRANCO DE FACA EM PUNHO, caminhando como uma noiva adentrando a catedral.

Com dificuldade, ele consegue ficar em pé, observando os detalhes da mulher, que ele agora consegue ver com perfeita nitidez como antes não conseguia: uma mulher loira, de pequena estatura, mas de imensa maldade no peito, e que está decidida a acabar com o escritor de uma vez por todas. Não havia dúvida para Guilherme disso. Somente agora com tudo superado, ele conseguia ver quem era realmente aquela mulher que fora sua companheira. Alguém diferente do que ele enxergava, alguém que de fato ele não conhecera, mas que sempre fora exatamente esse monstro.

— ESTÁ DOENDO VER MEU SUCESSO, NÃO É? VER QUE NUNCA PRECISEI DE VOCÊ, NÃO É MESMO? SUA INVEJA VEIO TENTAR ME MATAR, NÃO É MESMO? — grita Guilherme, raivosamente, em direção à figura de sua antiga mulher, que está muito próxima do escritor, que discretamente começa a retirar o punhal que carregava escondido no sobretudo que estava vestido.

— Sim. Você vai pagar por todo esse atrevimento, meu querido — afirma a mulher de faca em punho, com tanto ódio em seu olhar que era possível sentir os dardos negativos que deles emanavam.

Guilherme saca seu punhal por completo, ficando com ele à mostra, anunciando que o último enfrentamento de ambos se dará a qualquer segundo, em um embate sangrento sob a luz forte da lua.

Se ela está em meu encalço, tão cheia de ódio e inveja, é porque não me superou. Não desapegou. Para ela, ainda é difícil superar o fascínio que tem por mim. Ainda dói nela não estar do meu lado e me ver brilhar sem ela do lado. Ela ainda está um passo atrás de mim, portanto. Eu preciso ajudar essa mulher a superar tudo de bom e ruim que vivemos, e superar como superei. Deixar para trás, pensa Guilherme, apertando o cabo do punhal.

— Ei, mulher, por tudo vivido e pelo que só foi sonhado por nós, eu vou ajudá-la a superar, como eu mesmo superei. Acabou. Graças a Deus, acabou — berra Guilherme, correndo de punhal em riste em direção à ex-mulher, que igualmente parte para cima do escritor com sua afiada faca erguida, trombando-se um no outro em um forte impacto violento, permanecendo acoplados como em uma valsa nupcial maligna, enquanto os golpes são efetuados às margens do lago na noite macabra.

Fale conosco!
WhatsApp (41) 9798-7623
Instagram @editorainverso
editorainverso@editorainverso.com.br
www.editorainverso.com.br